U0926921

霹雳火行动

【王海 作品】

时事出版社

谨以本书

献给参加过抗日战争的父辈们

目 录

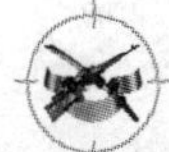

想劫持我？诡计居然玩到我头上来了？可见敌人智穷计尽、穷途末路了，连这种下三滥的招数都使出来了，不得不在我身上打鬼主意了？

“老秒神枪”根本不是人，而是一个传奇，他枪法极准，弹弹爆头穿心，一击必杀，是皇军的梦魇。没想到这个人竟然从一个狙击手，变成了大桥的掘墓人。

我们曾建起过一条物质的长城，自我欺骗和自我折腾了两千年，可我们应该大声问一句，我们精神上的长城在哪里？

天底下还有比他脸皮更厚的人吗？还有比他头皮更硬的人吗？如果世界上真有脸皮最厚、头皮最硬的比赛，江雄风这小子一定能得冠军。

“但江雄风不同，他是属于那种你杀也不行，不杀也不行的主儿，是那种你杀他心尖儿直打颤的主儿，是我这辈子碰到的杀起来难度最高的主儿，所以也必定是个杀完就后悔的主儿。”

孙子问："爷爷，那个在你背后的人，最后开枪了吗?"爷爷答："无所畏惧的人是打不死的。"

引　　子

孙子问："是南斯拉夫那个电影里的'桥'吗?"爷爷答："不是，是中国版的'桥'。"

朝阳。翠柏。墓碑。

一碗老酒。一支步枪。三支香火。

孙子："爷爷，这枪上有你的名字，我认得的，这个是方什么舟?"

爷爷："方逸舟，他是爷爷的另一个战壕的战友。"

孙子："碑上就是他的名字。这又是什么?"

爷爷："你还小，这是俄文，是两个苏联红军的名字，一个叫马萨耶夫，一个叫扎伊采夫，都是反法西斯战争中的狙击英雄，还曾得过斯大林亲授的红星奖章呢。"

孙子："这枪上的道道儿是什么意思?"

爷爷："这是他们击毙德国鬼子的人数，死一个便刻一道，前面那个是391道，后面那个是485道。"

孙子："这个，是子弹孔吧?"

爷爷："是的，是从背后打来的一枪，险些要了爷爷的命。"

孙子："爷爷，这个道道儿为什么这么深?"

爷爷："噢，这是一条桥的记录，所以刻得深一些。"

孙子："一条桥? 是南斯拉夫那个电影里的'桥'吗?"

爷爷："不是，是中国版的'桥'。"

孙子："爷爷，那你给我说说中国桥的故事吧?"

第一章

桥头曝尸

一张接一张尸体的脸在狙击镜里一一掠过、消失，掠过、消失。

钱塘江面，弥漫着还未散开的晨雾。

雾气飘浮着、流淌着、笼罩着，淹没了江面，淹没了沿江低矮的楼房和两岸茂密的松树林，使世界变得荒凉死寂。

几颗疏星在天宇上闪烁，远远的，隐语般地透出神秘的幽光。

天刚有点蒙蒙亮，江边空气潮湿，腐质物混合着春日的花香，淡淡飘来，大地与江流的衔接处显得模糊不清、影影绰绰。

松树梢上的针叶丛厚厚实实的，晨风在这些针叶丛上轻轻地戏闹了一阵。天色渐渐变亮，最后的一批星星无声无息地消失了，天空与地面连成了一片，浑身翠绿的树林也最终抖落了它身上残留的黑暗和雾气，威严地耸立着。一只背上带条纹的松鼠正在忙碌地在松树上吃着松果，偶尔也会把空的和裂口的松果扔下来。它一不小心把一颗大粒的带着鳞皮的松果弄掉到草丛里，于是这个树林的小主人便顺着树干爬了下来找寻它的可口食物。那枚松果掉在一团松软的花花绿绿的“草丛”上，松鼠跳了上来，一个黑黑的、圆圆的、闪着亮光的东西吸引了它的视线，这是什么？松鼠好奇地打量着这个古怪的东西，用鼻子嗅了嗅，突然这草丛动了一下，机灵的松鼠一个本能地一窜，爬上了松树梢逃跑了。

这枚松果恰巧滑落到草丛边上，如果用人的眼睛从这里往前望去，可以清晰地看见500米开外的钱塘江上飞架着一座庞大的桥梁，钢架、横梁、铁

轨、桥身，这些景物像胶卷底片从冲印液中慢慢地显影一样，由惨白色变成青灰色，再变成黛蓝色，在迷雾中层层加深。

一片模糊的灰色闪入一个圆孔内，一张脸进入了。模糊，清晰，模糊，又清晰，始终是男人的脸，左右晃了一下，又定位在圆孔的正中心不动了。

这是一张布满了血污的男人脸，僵硬、惨白、肌肉扭曲。这张脸在十字分划线的交叉处定格了。只见这人的头耷拉着，双目紧闭，头发油圬，太阳穴有一个深黑色的血洞和已经风干了的大块血痂。

圆孔上移，先是露出了一双手，这双手被一根很粗的绳子反扣着悬吊在大桥的横梁上。圆圈下移，露出遍体的血污，一个布满浑身弹痕的尸体，在风中轻轻地摇摆着。

这是一具男人的死尸。

圆孔右移，很轻、很慢、很谨慎，又一张脸出现了，准确地说是半张脸，另外一半不见了，被炸飞了，露出森森的白骨，灰黄的头发在风中飘着；接着是另一张脸孔，眼部是两个黑洞，从浮肿着裂开的嘴唇里看不见一颗牙齿。

圆孔中每张脸孔都腊白腊白的，紧闭双目，了无生气。

是的，这又是一具尸体，他的旁边是另一具尸体，一具接一具，横梁上一共吊着八具尸体。一张接一张尸体的脸在狙击镜里一一掠过、消失，掠过、消失。

圆孔中又模糊了，下面的景物慢慢往上浮动，虚影重叠，远近互见。500米开外的大桥上，几十个荷枪实弹的日本兵整齐地排列着，如临大敌般面朝外肃立着。日本兵的脸，骄横、狂傲、满布煞气。

圆孔中，又出现了一个手牵狼狗的日本士兵，穿着带钉的皮靴，正在一层铁路桥上巡逻。一只纯种德国狼狗在他手里牵着，狼狗嘴里露出血红的舌头和尖利的牙齿。

圆孔晃了一下，开始往远处窥望：江对岸，雄伟的六和塔临江而立，俯瞰着钱塘江宽阔的江面，昨天，这里还没有任何旗帜，今天，一面日军的太阳旗却在塔顶上迎风招展。两岸有数十个碉堡，一个接着一个，整齐地沿江排列，上面都站着拿枪的日本士兵，旁边墙上还写着“武运亨通，东亚共荣”几个粉白的大字。

江北岸有一个三层的桥头堡，高高耸立在大桥的顶端。这是一座大型的塔式岗楼，岗楼上方，也插着一面太阳旗。岗楼下方堆满了沙包、铁丝网、鹿砦和防撞栅栏。

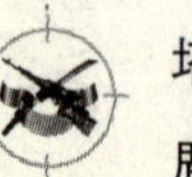

江北岸，距离大桥五百米远的草丛中，狙击镜后，一双深黑的瞳孔精芒毕露，那是一双男人的眼睛。眼睛四周散布着褐色斑点和充血的虹膜，那眼睛像冻住了似的，完全没有改变，既不眨动也不更改它与镜片的距离，彷佛已跟狙击镜的镜片连为了一体，连瞳孔都是静止的，既不放大，也不缩小，一如狙击镜锁在枪上，那眼睛也锁在了狙击镜上，任由景物、尸体、大桥和守桥的日本兵在眼前一一划过。

那个圆孔原来是一面狙击镜，就是刚才那只调皮的松鼠发现的古怪装置，那狙击镜高高地立起在一枝隐蔽得很好的狙击步枪上，那支枪从江边小山丘上茂密的松树林中的一簇灌木丛中探了出来，透过凌乱的枝桠，隐隐露出狙击镜后的一张脸。

虽然还涂着两三道纵横交错的黑灰，但那是一张男人的脸是确定无疑的。这张脸有着矿石般的特征：石岸般突出的眉峰，深潭般的双睛，慧黠的双眸履盖着一层寒霜，皱成了“川”字的眉宇间浮现着一丝焦灼、忧愤、恍惚的混合表情。从略高的颧骨往下，是刀劈斧削般的下颌，处处隐现出一种内在的力感。这张脸上有一个突出的特征，在右眉骨稍稍靠上的位置，有一道略斜的、三寸长、一指宽的伤疤，此刻正随着情绪的紧张、激动而胀得发红透亮。

这个持枪的人，就是新四军浙东游击纵队三北独立一团的侦察连副连长方逸舟。他和战友们正在奉命执行一次危险而又艰巨的任务：炸掉钱塘江大桥。这是一场“必炸之局”与“死守之阵”的殊死较量，可眼下，桥仍然矗立在那儿，不但没被炸掉，九个炸桥人中却只有方逸舟一个人活了下来，其他的八个人全死了，死于一次无果而终的炸桥行动，死于守桥日军的拼命顽抗之下，死于一阵扑面而来的疯狂弹雨之中，死得悲惨，死得壮烈，也死得十分憋屈。

方逸舟怎么也想不到，事情会搞到如此地步：“霹雳行动”彻底失败，而且全军覆没。

要了解这次炸桥行动的前因后果，需从十天前他们接受任务时说起。

那天的任务是浙东纵队的谭司令亲自下达的。谭司令的湖南腔清亮而又悠长，从草棚中飘来：“自从1942年5月份以来，日军发动了浙赣战役，打通了浙赣路，大批国民党军队西撤了，敌后空虚。中共华中局及新四军军部决定，进一步发展浙东游击战争，乘日军后方空虚之际，创立抗日根据地。现在，浙东主力部队统一整编为第3、第4、第5支队，共约3万人马，与敌

人展开了一场广泛的游击战和破袭战，重创日伪军，为在沿海和山区进行长期的游击战争打下了坚实的基础，实现了保持战略支点的重大目标。从1942年下半年开始，也就是去年，日军转入巩固对占领区的统治，去年冬季日伪军对三北地区连续发动了3次大扫荡，加修了许多公路、铁路和沿线的据点、炮楼，还对沿海地区进行了大规模的'清乡'。目前，抗日的局势仍然十分严峻，为了更好地配合我新四军在苏、皖各地抗击日伪军，进行反'扫荡'和反'清乡'，我们浙东纵队必须积极行动起来，展开一系列的破袭战，以游击战的形式，达到宏观上削弱日军和赶走顽军的战略目的。此次你们小分队的任务，很明确，就是不惜一切代价，炸掉钱塘江大桥。这是一次典型的内线作战，在敌人的心脏部位来个突然袭击，来个中心开花，打敌人一个措手不及，炸它一个桥塌人亡，让敌人'南北不能呼应，东西不能驰援，首尾不能相顾'，彻底打乱日军下一个'扫荡'的重大军事步骤，粉碎日军的'清乡'美梦。"

与会的九个人，一听是这个任务，大家的情绪一下被点燃了。

大家争着表决心时，方逸舟激动地站起道："谭司令，可不可以这样理解，炸桥是一箭三雕：重创日军，震慑伪军，挤走顽军?"

"唔，说得好，真有你的，'老秒'啊，连我都没你总结得这么精辟。"谭司令一面赞扬，一面有些后悔，心想把这样的人才撸了两级，不，是三级，是不是有些太过草率了?

侦察连长龚大鹏"虎"地站起，当即向纵队首长和鲁团长表了态："司令员，给它狗日的送上一顿霹雳大餐和惊天迅雷，看我们的吧！我保证坚决完成任务，炸不掉大桥，提头来见。"

提头来见，这话说得豪气，说得霸气，说得谭司令连连点头赞许，更说得九个人信心倍增，跃跃欲试。因为他们都知道，守桥日军就是当年首批冲进南京城的日军华中方面军第6师团所部，师团司令官就是中将冲山元，那个战争狂人，那个撒旦和魔鬼交织而成的恶魔，在他的命令下，那些进城的日军疯狂地烧杀、掳掠、奸淫、施暴，最后在中华门杀害了无辜平民和国民党军投降官兵近30余万人，写下了人类历史上最残暴、最疯狂、最血腥的一页。现在这批即将要执行任务的人中，许多人的父母和亲属，兄弟和姐妹，都是死于那次大屠杀，作了日本人的刀下鬼和亡国奴。

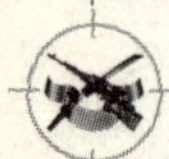

可现在，复仇的机会来了，炸桥勇士们个个摩拳擦掌，人人心中都在怒吼："复仇！复仇！复仇！血债血偿！国仇家恨一次了断！"

开完会后，独一团的鲁团长把连长龚大鹏和副连长方逸舟单独留了下来，在团部的草棚子里面授机宜，对二人作了一番仔细叮咛和郑重交待："这次行动因为事关重大，对内对外都要严守机密，行动代号定为'霹雳行动'。你们此去只是侦察敌情，如果机会好、把握大，可以立即实施爆炸，但必须事先向我请示汇报。上个月兄弟部队曾经先后派遣过三个小分队，都伤亡惨重，无功而返，因此你们决不能轻敌，不仅要有必胜的信念，同时还要做好艰苦作战、连续作战的准备，甚至要做好牺牲的准备。"

接下来，三人又对炸药运输、爆破器材的准备、行动路线、落脚点等等细节问题进行了充分的讨论和周密的部署。

第二天天没亮，炸桥小分队就紧急出发了。

可别说新四军中没有人才，这可是一个由神枪手、地雷战专家和战斗英雄组成的精英团队。带队的侦察连长龚大鹏，曾荣获过"孤胆侦察魂"的光荣称号，曾孤身潜入敌后，一个人一杆枪，两个日制掷弹筒，15 颗美式手雷，阻滞了一个大队的鬼子三天三夜，最后被包抄而来的新四军六纵全部歼灭。连陈军长都亲自给他佩带了大红花呢。然后是副连长方逸舟，他是一个曾经一个月内从副营长一直被撸到副连长的传奇人物，外号"老秒神枪"，一杆狙击枪，弹弹爆头穿心，飞弹传书，给日寇送上了一张张地狱的请柬。他还是新四军中唯一一个见过斯大林的人，一个头上光环多得数不清的战斗英雄。再下来是黄明辉，立过六次三等功，两次二等功，是一个"抬手打飞鸟、飞骑钻火海，毙敌过了百"的神枪手。玩爆破的是张拯民、刘志斌，从山东地雷战中起家，后来专炸日军的桥梁、公路和岗楼，曾把地雷玩到了树上、门梁上和房顶上，有些地雷居然会跳起来凌空飞炸，炸得日军鬼哭狼嚎，心裂胆丧。而赵振清是火车司机出身，什么车都会开，船也会，是一个曾经大言不惭地夸口说"不用学也会开飞机"的主儿。

就是这样一个精英组合，世界上还有什么桥炸不掉的吗?

守桥日军，败局已定。

可问题是，高估了自己，或低估了敌人，都是同样的致命。

他们一行九人，乔装成一伙客商，来到了杭州城外的一个小镇滨江镇，在一个旅社里安顿了下来，这里离大桥只有三公里，又隐蔽又安全。炸桥被分为三个步骤进行：首先是侦察敌情，下来是密谋策划，最后是实施爆炸。

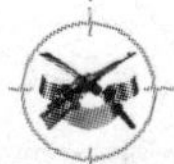

一行九人，分成两组，一组在龚连长的带领下，有的化装成乞丐和小贩，

有的乔装成砍柴人和拾荒者，四处刺探、打听；一组由方逸舟带领，混迹在茶馆、酒楼、澡堂和旅社，采用询问、聊天和听壁角的办法，用了五天时间，初步摸清了大桥的基本情况：

自“8·13”抗战爆发以来，日军从杭州湾登陆，紧逼华中和浙东。为了阻止日军继续南下，桥梁的设计者及施工主持人茅以升，不得不奉国民政府军政部的命令亲自将大桥炸毁。日本人占领杭州后，为了打通去宁波方面的路线，于1941年开始重修此桥。目前，经过两年建设，大桥已被修复，并成为了江浙一带日军的重要交通干线和军事据点，其战略地位十分重要。整座大桥全长1400米，为钢筋水泥建筑，共有20个桥墩，分为上下两层，上层是公路桥，可以通汽车和行人，下层是铁路桥，可以开行火车。为了防范新四军、游击队和国民党的忠义救国军、别动队的破坏和袭击，日军对大桥进行了全天候禁行。民用车辆和行人如要通过大桥，必须持有杭州警备司令部开具的蓝色派司方可。守卫方面，除在大桥两端500米处设立了伪警检查处，检查来往的行人、车辆外，还在桥上、桥下，以及沿钱塘江两岸修建了数十个坚固的碉堡和据点，还安设了许多探照灯和岗哨。而伪军是不能接近大桥的，守桥的全是日军士兵。其明哨35处，暗哨二十几处。白天，大桥上每隔100米就有荷枪实弹的日本兵站岗，晚上，每隔50米还要增加流动哨。钱江两岸，一个接一个的探照灯，把整座大桥以及桥两边的滚滚江流都映照得清清楚楚、明明晃晃，连飞鸟都很难接近，更不用说船只和行人了。上个月，就在大桥即将竣工的前期，日军增派了4个高射炮兵中队进驻大桥两侧的小山，其160门口径不同的高射炮群组成了一个火力密集的防空网，任何想从空中靠近大桥的飞机，在离大桥还有两千米的距离时，就会被炮火击中而被打得粉身碎骨。

守卫的情况是：1个日军宪兵中队、2个步兵野战中队、4个高射炮兵中队、1个探照灯部队、1个雷达兵部队，还有后勤、维修、补给中队等，总兵力2500人。”

看这架势，动用了如此庞大的兵力，日军是铁了心地要死守这座大桥了。

情况摸清后，接下来是进行爆炸方案的策划。

龚连长和方逸舟副连长组织侦察骨干们开了三天的会。会议是在小镇上一间川菜馆的包间里秘密召开的。面对钢筋水泥的坚固桥体和桥墩，防范严密的守卫措施，强大的兵力布署与火力配置，多点防御与交叉支援，“空、地、桥、水”的立体防御，让他们陷入了“老虎吃天，无从下爪”的尴尬

窘境。

这一群从来没有被任何困难难住或吓倒的人，一群高智商的战斗精英，一群游击战的高手们，第一次遇到了难题。他们绞尽了脑汁，出尽了八宝，怎么也想不出一个万全之策，既可以顺利地炸毁大桥，又可以全身而退，不伤一兵一卒地悄然撤离。

严峻的挑战摆在了他们每个人面前，这道难题似乎把他们彻底难住了。

是的，战争，两军厮战之地，生死存亡之间，从来都是对人类智慧的终级考验。

他们为了种种方案而争论得面红耳赤。各种逻辑被摆了出来，各种方案在互相驳难，许多大胆的想法都在挑战极限，离奇的设想也一个跟着一个提了出来。

如果从水面偷袭，则需要船只或快艇，但这条防守得如铁桶般的大桥，无论是任何人和船也难以接近而不被发现，这个从水面袭击的方案因为条件不具备最终被否决了。如果从空中偷袭，新四军不要说没有轰炸机，甚至连一个能飞得起来的机械装置都没有，这个方案根本就是无稽之谈。如果从水下偷袭，也许行，但你用什么？用潜水员吗？当然九个人中会潜水的有三个人，但他们怎么安放炸药呢？这么一座大桥，没有2000来磅强力TNT炸药，根本动不了它一根毫毛。而且这么多炸药，你光靠一两个人怎么把它们安全运到并放置在桥墩之下呢？这个方案斟酌再三也被否决了。

比对来，比对去，既然空中不行，水面不行，水下也不行，剩下最可行的办法，就只有从陆路进入大桥。但从陆路进入，关卡太多，不仅人员进入颇费周张，如果叫日本人发现怎么办？即使不被发现，你那2000来磅的炸药怎么随人一起运上大桥？怎样在狡猾透顶的日本卫兵眼皮底下瞒天过海，骗过严格的盘查，而把"地狱之礼"安全地带上大桥呢？最后炸一下倒也简单，"嘣"的一下灰飞烟灭，一了百了，可问题是，还没等轮到你炸呢，人倒先被干掉了。

"唉，难啊，真的难"，人们始料未及，要炸毁这座桥，真的比登天还难。

行路难，难于上青天，炸桥难，比上青天更难。

新四军炸桥小分队的九个侦察员，九个亲如兄弟的人，躲在川菜馆的包间里，争吵、辩论、拍桌子、踢板凳、吹胡子、瞪眼睛，甚至还有几个被"问候"了老娘。

可三天过去了，还是一筹莫展。架也吵了，脸也红了，娘也骂了，怎么

办？不好办。不好办怎么办？就剩下一个字，一个谁也不愿意说出口的字——“撤”。

撤？真的要撤？桥不炸了？

真的要撤，不撤不行，桥炸不了，好汉不能硬充，现实的确比人强。世上的聪明人都懂得，承认自己无能，并不等于完全认输。等下次具备了天时、地利、人和，咱们再来找狗日的们算帐也不迟。

这条桥，迟早都要在侵略中国的版图上被勾掉。

就在大家垂头丧气，准备打道回府的节骨眼上，龚连长一拍大腿，高叫一声，“着啊，山人自有妙计！”八双眼睛精光回射，齐刷刷地盯着龚连长的嘴。

这简直是“最后一分钟营救”嘛。

“就说天无绝人之路嘛，这道难题终于让我给破解了。”龚连长大嘴一咧，双手一抖搂袖子，激动万分地望着大家，嘴里妙语如珠：“同志们，你们给我竖起耳朵听着。我们在小镇上偷他一辆日军的吉普车，我们都化装成日本伤兵，头上、手上、腿上、脚上都缠上绷带，假装要去杭州的陆军第二医院疗伤看病。我们把炸药事先装在改装后的汽车底盘上，当然要藏得严严实实的，然后把车开上大桥蒙混过关，等车到了大桥中央，看我的眼色行事，刘志斌引爆炸药，然后我们一起跳江逃生。”

爆破手黄明辉立刻提出了疑问：“如果日本人硬不让我们上桥怎么办？再说我们的身份也无法证实，怎么能让日本人相信，我们是他们部队的伤兵？”

“咳，这不难，这个问题我早想好了。”

龚连长大手一挥，豪气十足地说：“这儿附近刚好有一个宪兵中队，我知道中队长是一个叫长谷川的上尉，我们就打着他的旗号。如果日本人查起来，我会日语，我就说是长谷川的部下，日本人会立即打电话去证实，会查问两件事：一，是不是有长谷川这个人？二，有没有伤兵这回事？我们怎么办？如此这般，都听好了，今天晚上，我们偷袭一下他们的营房，狠揍它一下，打死打伤他几个人，搅它个天翻地覆，他们肯定要派车送人上医院的，至于是半夜送还是一大清早送都不要紧了，赶前错后也就一两个小时的事儿，时间差不是问题，送伤兵却是事实。整个计策就是如此，你们说怎么样？”

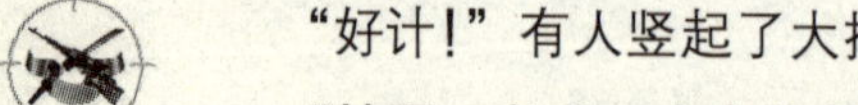

“好计！”有人竖起了大拇指。

“妙啊，老龚，真有你的！”

"龚头儿妙计赛诸葛啊！"

最后，大家一致赞同龚连长的绝妙计策，行动方案就这样定了下来。

他们分成了两拨人，一拨人偷汽车，改装汽车底盘，安放炸药；另一拨人连夜袭击了日军宪兵中队，一顿空中飞来的手榴弹，炸死、炸伤了不少日军官兵，日军营地里顿时乱成了一窝蜂，营房里响了一夜的枪。

第二天清晨五点，天刚蒙蒙亮，炸药便藏进了中吉普的底盘，万事俱备，准备行动了。副连长方逸舟却提出了一个问题："老龚，这个行动是不是先请示一下鲁团长？"

"请示谁？鲁团长？你神经呀你！"

"临出发时鲁团长提醒过我说，一旦行动方案确定了，一定要给他打招呼。"

"哎呀，老方呀，这都什么时候了，你还这么婆婆妈妈的。"龚连长的鼻子差点被气歪了，"瞻前顾后还打什么鬼子呀？"

"是啊，我们都准备好了，不能再犹豫了。"

"我看最好还是请示一下吧，啊？"方逸舟坚持说道。

龚连长剜了方逸舟一眼，咧嘴冷笑道："怪不得你被撸得这么快，从我的上级变成我的下级，都快成大头兵了，都是你活该。一贯如此，都蹲那儿拉开了，才想起没脱裤子，嘁，正像鲁团长说的那样，你到底是多根弦，还是少根弦哪，我的'老秒神枪'同志？"龚连长突然叫了他的外号，把大伙都逗笑了。

方逸舟也够拗的，板着脸道："可老龚，战斗方案必须上报，这是纪律，更是命令呀。"

龚连长大手一挥，"将在外，君命有所不受。"

方逸舟急了，"还有，那个炸点也有问题，我是玩炸药出身的，我也炸过桥，我知道，一个点不足以炸塌一座桥，要两个炸点甚至三个炸点一起爆炸才能爆炸成功。"

龚连长一听火大了，瞪起牛眼怒吼道："你是连长还是我是连长？是你指挥还是我指挥？啊？"龚连长转头看了看手下，大声问道："谁愿意跟他走，站出来，我不会怪你们。谁愿意跟我走，抄起你的家伙，抱定必胜的决心，我们走！"

侦察员们大眼瞪小眼，面面相觑，在这个时候，没人站出来，没人愿意跟方逸舟走，都站到了龚连长一边。

龚连长这句话把方逸舟噎得半天说不出话，脸也给憋红了。最后龚连长走过来，缓了缓语气，拍拍他的肩膀道："老方，我知道你是为了大家好，可现如今，箭在弦上，不得不发了，没有时间再报告了，等请示了一溜遭儿再回来，黄花菜都凉啦。要不这样吧，我们干我们的，你回去请示团长，怎么样？这叫双管齐下。"在走向汽车时，他又扔过来一句话："你走吧，桥炸了，还算你一份功劳。"

这算怎么回事？这么大的事儿怎么能这样儿戏？你这叫请示吗？你这叫先斩后奏啊！老龚啊老龚，你这个计划明明还有几处明显的漏洞嘛，再考虑考虑，准备充分点不好嘛，仗这样打岂有不败之理？面对这种局面，方逸舟真不知道该哭还是该笑。可人家是连长，他只是个副手，军令如山倒，他没办法，只能点点头，背上他的狙击枪，离开了队伍。

他本该赶回团部报告的，但走到半路，他却停住了脚步。思忖再三，从他嘴里嘣出一句话："都这个时候了，还报告个屁呀，我也去。"方逸舟抄起狙击枪，就往江边赶去。当他进入江南岸的隐蔽位置，举起了军用望远镜观察大桥时，桥上还一片平静。

这是一种大战前的平静，连空气都好象绷紧了神经。

时间刚好，他们的车要走公路，没有那么快到。方逸舟立即整理了一下自己身下的草丛和狙击枪的支撑物。随手打开德国野战式背囊，向里面看了一眼，只见上面一层装的是小包炸药、地图、毛巾、擦枪通条、剪铁丝钳、净水丸、止血剂、强力手电筒、除湿脚气粉、驱蚊剂。隔层里装的是：80发子弹的弹袋，其中有15发穿甲弹和15发燃烧弹，弹壳底部被红漆涂成一圈红色。这两种子弹打坦克和汽油桶时最有用，先用穿甲弹击穿目标，再用燃烧弹引起目标着起大火。还有10发达姆弹，弹体有姆指般粗，弹头是平的那种。另外，还有10发曳光弹，这种弹是用来测量风向、测试步枪射程时候用的子弹，但决不能用在狙击战场上。还有10发观测弹，这种子弹在击中目标时会爆出很小的火花，可以帮助射手辨认是否击中了目标。除此之外，里面还有一副德国折叠式潜望镜，可以有效地保护观察者的生命安全，另外还有1把附带小起子、调观测镜度数的瑞士军刀，1个带吸管的水袋、1支笔、几个火柴匣。

这个野战背囊，是他1942年底参加斯大林格勒保卫战时亲手从一个德军狙击手的尸体上缴获的，同时缴获的还有一个英式狙击伪装衣。他对这些专业设备和伪装装备十分满意。他还有一个更大更全的背囊，因为太重所以没

有带来。他从野战背包的夹层里拿出伪装衣，迅速套在身上。这是一件由粗麻布制成的宽松罩袍，外面装饰有暗绿色和深棕色的绳条，可以有效隐藏穿着者的身体外部轮廓，上面还有许多网格，他揪下几枝树叶和一些不知名的绿色植物，插进网格中。五米之外你根本分辨不出这是一个人还是一株枝叶茂密的小树。帽子是一种针织软帽，可一直向下拉到颈部，把面部全部罩起来，只留眼部的两个小孔方便观察。这样他头部的整个外轮廓就被完全地破坏和隐藏起来了。

作为一个专业的狙击手，首先要做的事是伪装好自己，不然，你就会从猎手变成别人枪口下的猎物。他现在藏身的位置在江南岸的山丘上，两块巨石之间，一簇灌木丛下。从这里看大桥，视野十分开阔，长长的桥身尽收眼底，距离只有 500 米左右。

战友们的汽车还没有在南桥头出现，不过方逸舟估计他们快到了。他虽然不能参加这次炸桥行动，但他还可以从远距离上给战友一种火力上的支援。

他小心翼翼地拿起那支枪，将缠在枪身上的沙袋片碎布条一圈一圈地解了下来，露出一支油光锃亮的狙击步枪。“老伙计，该你出场了，要让小鬼子们尝尝你的‘甜头’啊。”

这是一支苏军在二战中广泛使用的“莫辛—纳甘”狙击步枪，中国人都亲切地叫它“水连珠”，型号 1891/30 式，口径 7.62 毫米，全长 1232 毫米，枪管长 729 毫米，重量 4 千克，弹仓容量 5 发，战斗射速 20 发每分钟，标尺射程 2000 米。在 1000 米距离的测试中，20 发子弹打过去，着弹点的分布不超过一个巴掌大。这种枪的有效狙击距离为 400 米。这支枪原来配有一副 4×PEM 光学瞄准镜。后来，他在一次战斗中，缴获了一支德国毛瑟 K98 狙击步枪，那支枪上配有一副世界上最先进的莱曼光学瞄准镜，放大倍率 8 倍，成像清晰度高，视场宽阔，调节功能齐全，防水和防潮性能好，操作又方便，坚固性和可靠性都非常令他满意，他就把这副光学瞄准镜换到了自己的枪上。

枪身前指，那把“莫辛—纳甘”狙击枪立刻变成了他肢体的延伸部分，他的骨骼、血管、神经早就长进那把步枪的枪身和枪管之中了，直达枪口。现在，人枪一体，枪管自然地舒展着。每当精神高度集中的时候，他都可以感觉到旋转着的子弹射出后在空气中飞行时的轨迹和姿势，翩翩的，悠悠的，甚至感觉到那不是火药的推动力，而是自己的意念力在裹着弹头飞，飞向他所看到的一切目标，就像音乐家弹出了一个准确的音符那样惬意和欢畅。

时间在焦急的等待中像琴键一样一拍一拍地过去了，突然，一个“和弦”

响起，一辆中吉普鸣着喇叭出现在南桥头附近。他们终于来了，他从望远镜中看到了坐在副驾驶位置上的龚连长的身影。

日军哨兵伸手拦住了汽车，车上人全部都下来了，守桥士兵对他们每个人都进行了搜身检查，龚连长正对着一个上尉解释着什么，两手忽上忽下地摆动着。不一会儿，只见那个上尉走进了桥头岗楼，三五分钟后，上尉走了出来，挥挥手放行了。

方逸舟发现自己攥枪的手心里冷汗涔涔，他真为战友们的安全捏一把汗哪。不过，总算是过关了，那辆小小的吉普车继续向大桥中部驶去。

再有五分钟，战友们就成功了。可突然，意外的情况出现了。

一辆日军小型卡车从南桥头方向撵了上来，“嘟嘟嘟”一阵喇叭响，车上的军官大声地吆喝着什么，手里挥动着军刀，好象在命令他们停车。中吉普无奈地停了下来，卡车也停了下来，从车上跳上二十几个鬼子，其中一个士兵手里牵着一条棕黑色的狼狗。

“不好，要坏事!”方逸舟失声叫道。

哪儿来的狼狗？不可能啊？这是怎么回事？方逸舟瞪圆了惊奇的眼睛。因为在前几天的侦察中，他们并未发现有狼狗。如果他们事前知道有狼狗的话，也许就不会有这次行动了。

那显然是一条德国巴伐利亚纯种狼狗，身材高大，毛色棕黑，目光凶狠。方逸舟立刻想起苏联教官在狙击学校给他们教过的一堂课，专门讲到了狼狗。狗的嗅觉和脑神经相连，其灵敏度十分惊人。有关研究结果表明，人的嗅觉细胞只有500万个，覆盖着鼻腔上部黏膜的一小部分，面积仅有5平方厘米左右，而狗的嗅觉细胞大约为12500万至20000万个，特别是狼狗的嗅觉细胞甚至还要多。狗因此能感觉到200万种物质发出的不同浓度的气味。因此警犬被广泛应用于各种刑事案件的侦察活动中。不管是什么毒品、炸药，它鼻子一闻就能闻出来。果不其然，狼狗在车底盘跟前转悠了一会儿，突然仰头发出阵阵狂吠。“汪汪汪汪，汪汪汪汪”的狗叫声震惊了守桥的日军，大批的日军闻声从南北两面的桥头集结过来。

“咔咔咔咔”两排士兵排着队，厚重的日本军靴，震得大桥的钢板隆隆直响。

情况已万分危急，危险已迫在眉睫。

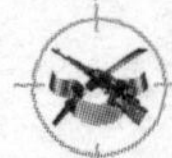

情急之中龚连长挥手一枪，“当!”，击毙了1名日军军官，车上7名勇士飞跳下来，以车身为掩体，七八支汤姆森冲锋枪狂喷着红红的枪焰。

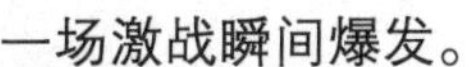

一场激战瞬间爆发。

“哒哒哒哒，哒哒哒哒……！”

“啪啪，啪啪啪，啪啪啪啪!!”后面的日军踏着前面的尸体，后浪赶前浪似地往上冲来。

“点炸药，炸呀，炸呀，还等什么!”一直举着望远镜的方逸舟心急如焚，高喊着，一拳砸向了地面。

激战中，刘志斌手持双枪撂翻了十几个鬼子，但不幸中弹倒地，炸药没能点响。

“哒哒哒哒，哒哒哒哒!”敌人的火力太猛烈了，桥上桥下枪焰频闪。

“砰！砰砰！砰砰砰!”日军士兵拼命开枪，从各个方向射来的密集交叉的弹雨，像一片火网把7个人网在了中心。

悲惨的事情接连发生，龚连长在对射中前胸中了几弹，不支倒地，其他几个人，也一个接一个地倒下了，在他们的身前身后，是日军成片、成堆的尸体。

大队的日军疯狂扑来，密集的弹雨潮水一般袭来，黄明辉不幸牺牲了，刘志斌头部中弹倒伏，张拯民的半张脸被手榴弹炸飞了，赵振清伏身驾驶盘，背部殷红一片。

突然，龚连长从死尸堆里站起身子，掏出一个手雷，举过头顶，瞪视着敌人，拉开了引信。随着“轰隆”一声巨响，龚连长和七八个日军士兵一起化为了硝烟、灰烬。紧接着又是“嘣”地一声巨响，吉普车终于爆炸了，又连带着炸倒了一大片日本兵。

错愕间，枪声停了，硝烟散尽，这场战斗前后打了不到十分钟。

方逸舟傻了眼，他完全不敢相信自己的眼睛。一瞬间，激战骤起骤停，8个战友就这样和守桥的日军同归于尽了。

方逸舟目睹了这场战斗的全过程，但他并没有开枪，他知道，他开枪也无济于事，顶多隔空撂翻几个鬼子，对他们的整个行动帮助不大。

就在此时，日军的机枪又响了，大桥两岸的各个碉堡和工事里万弹齐发，吐出串串火舌，桥上的日军在向天发射，一阵狂扫，就连六和塔上的士兵也在向沿江两岸的山坡拼命开枪射击。

“哒哒哒哒，哒哒哒哒……！”

他知道，这是泄愤式的盲目扫射。

第二章

留学苏联

不想当将军的士兵就不是好士兵，不想击毙将军的狙击手，就不是好狙击手。

方逸舟僵卧灌木丛中，一动不动。

整整一个白天，整整一个夜晚，很快就过去了。

一场全军覆没的炸桥行动，把他彻底打懵了，他的脑中一片空白。

战友们都到哪儿去了？是牺牲了还是活着？我们的任务完成了没有？这里是哪里？我是不是又犯病了？这一切，令他心思迷乱，精神恍惚，他怎么也想不起来了。

天地一派肃杀之气，空气中有一种混合着硝烟的刺鼻血腥味缓缓飘来。

枪声、爆炸声、呼喊声、狼狗叫声隐约可闻，有焦糊味、血腥味一个劲儿往他的鼻腔里钻，眼前好像有无数的影子倏忽闪过，黑的、红的、白的，一个、两个、三个，还有那片“海市蜃楼”。

他忽然想起来了，就在昨天，战友们在他眼前一个接一个地牺牲了，顶着日本人的枪子儿往上冲，大义凛然，视死如归，死得那样悲惨，那样壮烈。

他的心全碎了。

他不知道自己是活着还是也已经死了。

他忘记了时间，忘记了环境，忘记了春夜砭骨的寒气，也忘记了饥饿，始终一动不动地趴在灌木丛中，他背上那个装得满满的德式水袋的软管一直在他嘴边，可他却一口水也没喝，眼睛直愣愣地瞪着，一眨也不眨。他已经整整 24 小时粒米未进了，焦渴的嘴唇也裂开了两道血口子。

可眼下，从狙击镜中看见了吊着的八具尸体，把他拉回到了现实中来。

狙击镜中一张人脸模糊了一下，但又清晰了起来，这是龚连长的脸。这是一个嫉恶如仇的血性汉子，也是他的好战友，好拍档，他们一起执行过多次危险而又艰巨的偷袭日军的任务：炸车队、炸岗楼、炸铁轨，次次任务都能出色完成，也许当时他不顾一切地冲上前去硬拉住他，龚连长就不会牺牲了？他此刻又是惭愧，又是后悔，但一切都悔之莫及。几天来，自责和愧疚一直啃噬着他的心。

又一张脸出现在狙击镜中，这就是黄明辉，一个在边区射击大赛中取得过冠军的小伙子。开朗、好学、热情是他的个性，他做梦都想拥有一支苏联产的“莫辛—纳甘”狙击步枪。那阵子，黄明辉已经从一个日军狙击手中缴获了一支“毛瑟 K98”狙击步枪了，这种枪的口径 7.92 毫米，全长 1250 毫米，枪管长 740 毫米，重量 3.9 千克，堪称世界顶级枪。可黄明辉还不满足，除了向他学习狙击外，总是缠着他，想换他手里那支俄式狙击步枪。提出的交换条件是：毛瑟枪带 10 倍光学狙击镜，外加一把象牙把的日军将军指挥刀和一架美式高倍望远镜。

交换的条件是够优厚了，但方逸舟不稀罕，说什么也不换给他。

“老方，据说这支枪杀人的头天晚上会发出一种神秘的‘铿锵’声，还有一种类似于西方神话中女巫的歌声？真有这回事吗，吹的吧？”

听了这些孩子气的问话，方逸舟总会摆出一副高深莫测的笑模样。

中国古代有“宝刀夜鸣”之说，那支“莫辛—纳甘”就是他方逸舟的“宝刀”，是他的秘密，甚至是他的生命。他就是死了，那支枪也要跟他陪葬。为什么？因为那支枪是一支有故事的枪，一支上过苏联战史的枪，一支浸透了两个苏军英雄鲜血的枪，一支无数次为德军敲开过地狱之门的枪。对，这支枪就叫“扎伊采夫”。

扎伊采夫？对，扎伊采夫，那个苏联的战神。

二战时期，苏军战绩最高的著名狙击手就叫“瓦西里·扎伊采夫”，曾有 480 余名德军命丧于他枪口的“问候”之下，其中包括 2 名少将、1 名中将、250 名德军狙击高手。一个人就是一支军队，这句话放在瓦西里·扎伊采夫身上，真是再合适不过了。但“扎伊采夫”怎么会变成一支枪的名字？而且居然会在这个中国小子手里握着，这里还真有一个生死传奇，一个动人心弦的故事。

1938 年大学毕业之后，方逸舟从一个地下党员变成了一名八路军战士。

他所在的部队是晋察冀北岳军区所部，1939 年的时候，他已经是一名八路军排长了。日军在进攻武汉的同时，对五台、涞源、阜平等中心地区开始了大规模的军事进攻。日军第 110、第 26 师团等 5 万余人，分 25 路围攻冀北根据地，企图寻找八路军主力决战。为粉碎日军对根据地的占领和破坏，军区各部队动员群众坚壁清野，以运动战与游击战，内线作战与外线作战相结合的战法，在广大民兵配合下，积极袭扰敌人，破敌交通，破袭据点和军事目标，有力地打击了日军的嚣张气焰。就在那次战役中，方逸舟率领一个排的兵力，与民兵配合，歼灭了一个旅团的日军。战斗中他使用了一种自己发明的地雷，前面踩，后面炸，底下踩，上面炸，把日军炸得心惊胆战，损失惨重。后来，有人给他发明的地雷起了个学名，叫“诡雷”。人家都以为他是个天才，岂不知他是国立浙江大学机械系电子工程专业毕业的高材生，小小地雷对他不算什么难题。

自打他玩地雷玩出了名堂，战功累累，杀敌如麻，自然就成了一名战斗英雄。1940 年年初，党组织决定向苏联派遣一批学习军事的留学生，军区把他的名字报了上去，很快就被上面批准了。他来到了苏联首都莫斯科，进了一间名叫“伏罗希洛夫”军事院校分院，学习地雷和爆破专业。两年半的学习生活，是伴随着德军飞机的轰炸和不断传来的溃退战报中挺过来的。到了 1942 年年底，因为战事吃紧，学校准备向大后方转移，方逸舟通过中国留学生总部的干事李乔峰，向苏军参谋总部递交了一份上前线的申请书。这份申请书递上去就没了音讯，这期间，为了能够亲手消灭德国鬼子，他又进了一间苏军开办的狙击学校。

苏联于 1930 年代早期就推行了“伏罗希洛夫”射手计划，大规模培养狙击手。训练受到苏联当局的格外重视，到 1939 年时，苏军已拥有专业狙击手 6 万名以上。

方逸舟进的这所狙击学校，是全苏联最大的，学员近 3000 人，位于莫斯科近郊，训练时间为 3 周，训练课目包括：狙击射击、观测、侦察、情报收集、伪装和读图、识图等。学校特别注意城市作战、巷战、近战、夜战的训练，学员要学会使用各种不同的武器，包括各种狙击枪、地雷、手雷、反坦克步枪、半自动步枪等等。

按照苏联人的习惯，狙击手都是分组的，每组两个人，1 名狙击手、1 名观察员。观察员除协助狙击手搜索重要目标外，还担任警戒的任务，并记录和确认每次射击的结果。记录本上记着时间、地点、人数和毙命经过。

方逸舟因为有大学的文化功底，又有实战经验，加上他原来的枪法就打得很准，所以很快就掌握了全部射击要领，学习成绩也得到了教练的赞赏和表扬。为此，他一离校，就被派到战况最为惨烈的斯大林格勒前线。

斯大林格勒是一座每寸土地都被鲜血染红了的城市。

1942年7月，在莫斯科遭到惨败的德军决心将战略重心转入南线，征服苏联南方铁路交通枢纽和重要的工业城市——斯大林格勒。1942年7月17日，斯大林格勒外围防御战开始了，经过激烈的战斗和反复的争夺，德军于8月23日逼近伏尔加河，苏军阵地被切为两半，为了摧毁斯大林格勒的抵抗意志，德军进行了对苏开战以来最猛烈的轰炸，一昼夜间出动了2000架次的飞机，一座原本有着60万人口的城市被夷为废墟，成千上万的无辜百姓倒在火海和屠刀之下。

斯大林在1942年7月28日颁布了严酷的第227号令：凡是不服从命令而离开战斗岗位或者私自撤退的军人都将被枪毙，其口号是："绝不后退一步！就是人死光了，也要守住这座城市！"

在斯大林格勒战役期间，苏军抵抗住了德军的疯狂进攻，遍布四处的房屋废墟成为了良好的狙击场。在这个工业城市的中心地带，到处都是残垣断壁，管道纵横交错，使得苏军狙击手有机会最大可能地接近他们的敌人而不被发现。不过完成任务仍然需要极大的勇气和毅力。

方逸舟被分配到一支苏军狙击分队，给一名名叫扎伊采夫的上尉作观察员。这位男子英俊潇洒，一头卷发、高个子、背略驼、一双鹰眼、眼光犀利，目光中有着一种冰寒般的穿透力，脸部线条硬朗，态度格外严厉。

他一见方逸舟，便一把扔过来一支狙击枪，高叫道："我可不要保姆，都是怕死鬼。喂，中国小子，你会开枪吗？"

方逸舟被一下子震住了，讷讷地说："会……会会……会……开枪。"

"那好，打一枪给我看看。"扎伊采夫随手指了一下对面阳台上一个已经被击毙的德国鬼子的尸体说："就打那块手表吧。"

方逸舟抬头目测了一下距离，大概有300米远，那块手表就戴在那个扑身在阳台外面的尸体的手腕上。这考题还真有点难度，如果再远点，就超出有效狙击距离了。

方逸舟想露一手给这个傲慢无礼的俄国佬看看，叫他见识一下什么是中国神枪。说时迟，那时快，他枪口一抬，连瞄都没瞄就扣动了扳机，只听"啪"——"嘭"的两声，那块手表就被打炸了。

扎伊采夫的眼睛亮了一下，面上流露出一丝赞许的神情，但他动了动嘴唇，却只冷冷地扔过一句话来："野路子。"

扎伊采夫转过身，潇洒地摆了下头，带着方逸舟向街道深处搜索前进。

在街道上狙击?

是的，在街道上狙击，形势要求必须如此。如果在乡村，这些狙击行动大多依赖灌木丛和矮树桩，而在城区，尤其是在斯大林格勒这样的街道上，狙击手要学会利用废墟、街角和阴影，与敌人进行周旋。在残酷的战斗中狙击手们获得了宝贵的作战经验。如在日出时分，如果身处面朝西方的位置就极其危险，光线会将人的轮廓勾勒出来，形成反光，或投射在墙上。在广袤的俄罗斯冰原上，阵地上的德军官兵往往不注意这一点，有经验的苏军狙击手会在清晨和傍晚时分找到合适的狙击目标。

一般来说，苏军的训练水平和综合作战素质都不如东线的德军，尤其是那些打猎出身，又经过严格训练、有丰富战斗经验的德国狙击高手，所以，战斗中苏军狙击手牺牲的比例非常高。但在斯大林格勒，作战发生的距离都不大，郊外一般在 400 米之内，城区更多发生在 100 米之内，最近的距离甚至只有十几米。在这种近距离上，苏军狙击手只有通过灵活多变的战术和积极主动的出击，才能取得应有的成效，避免自身的伤亡。

当下这场战斗的严重程度，用"激烈"二字已无法形容，用"惨烈"也不够，只能用"酷烈"来比喻。根据统计，被增援到斯大林格勒的红军士兵，平均生存时间不足 24 小时。

走着，走着，脚下的血塘淹过了鞋面。突然，扎伊采夫不动了，他的头机警地扭到一侧，双目精光一瞥，牢牢地盯着一处废墟下面，方逸舟刚想问怎么了，只感觉右臂被人重重地撞了一下，他整个人飞了起来，在他还没有落地的瞬间，听见一声枪响，一颗子弹带着尖锐的嘶鸣从耳边呼啸而过，他的头重重地撞在一块钢板上，扎伊采夫一个腾跃就地卧倒，接连打了两个滚儿，仰卧着扣动了扳机，对面立刻沉静了下来。他的动作一气呵成，用时只有两秒种。

方逸舟狼狈地从地上爬了起来，灰头土脸地拉起了扎伊采夫。二人小心翼翼地来到废墟下察看，只见一个德军的狙击手，右眼被打了个血洞，还在向外流着黑黑的浓血。

方逸舟掏出了记录本，把那个数字记在了上面。

漫长而又危险的一天总算捱过去了，那天晚上，他们二人是在一处房顶

上的沙包上度过的。方逸舟一根接一根地吸烟，掐烟的手指在轻轻地战抖。

朗月，疏星，天地一派肃杀。

斯大林格勒，一座死城。

第三帝国的士兵们把这场战斗戏称为“老鼠的战争”，倒可真有点幽默感，只不过是一种黑色幽默。形容双方的战斗人员在隧道间不停地穿梭，隐蔽于巨型工业设备和倒塌的公寓建筑的废墟楼板中，你咬我一口，我咬你一口，彼此都是“老鼠”。

夜深了，死神的翅翼覆盖了大地，人们都死了，或睡了，连老鼠都搬了家，夜风刮得就像魔鬼的哭吟。只有两粒星火忽明忽灭，像是在交谈中等待着天亮一般。

方逸舟给扎伊采夫讲了许多家乡的故事，讲了长城，讲了黄河，还讲了远东最大的城市上海，还有他的故乡杭州。扎伊采夫对中国文化十分向往和痴迷，那双“鹰眼”总会时不时地流露出一种羡慕和沉醉的神情，他的微笑是那么天真稚气，不由得让你想起苏联农村的纯朴农民。

从交谈中得知，扎伊采夫是一个出生于乌拉尔山区的牧羊人，从小就跟着父亲进山打猎、打狼、打雪豹、打梅花鹿，甚至打老虎，练就了一手好枪法，后来他成了全苏青年射击大赛的冠军，被保送进了“伏龙芝”军事学院，在那儿进行了系统、完整的军事理论学习和射击训练。1940年时，他就和德国人在苏联西部战场上拼上了，他的狙击战果十分出色，德国人怕他都怕到骨髓里去了，但他的理想是要超过那个芬兰人，那个叫西蒙·海耶的芬兰人，也是世界第一狙击记录保持者，他创造了迄今为止世界上最高的官方确认的狙杀纪录542人，还不含用冲锋枪击毙的200人，不过死者都是苏军。“742”这个数字，被扎伊采夫说成是一个“无法企及的高度”。扎伊彩夫还给他看了一张保存完好的“西蒙·海耶”披着滑雪斗蓬的黑白小照片，扎伊采夫那种羡慕和入迷的表情，让你相信，他根本就是一个崇拜英雄的高中男孩儿。他自己本就是一个了不起的英雄了，可他却崇拜另一个英雄，而那个英雄却是他的敌人。这难道不奇怪吗，也许英雄从来就不能以常理来揣度。

他是和怎样的一个人在谈话呀，在这样的地点，这样的时刻，一座死城，一个中国迷，一个英雄崇拜者。

方逸舟是十几天以后，才从一名上校军官的口中知道身边的这个人究竟有多么了不起的，他竟然就是那个在他心目中顶礼膜拜、久久呼唤的战神。可现在，他并不知道，他只知道，这个人已经是他的朋友了，一天之内他曾

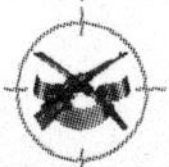

三次从德军的狙击枪口下救回了自己的命。

“当你锁定死神的时候，死神也锁定了你，这就是每一个狙击手的宿命。”

从扎伊采夫嘴里轻轻地吐出的这句话，震得他灵魂都颤了起来，从此这句话就被永铭心中，成了方逸舟受用终生的座右铭。

战斗继续着，鲜血还在流，死亡的苏军狙击手越来越多。

有一天，扎伊采夫和他一起利用一条地下管道进入了一个隐蔽的狙击阵地，打算从后方突袭德军。他们先匍匐着进入一条地下管道，扎伊采夫爬前面，方逸舟爬后面。管道里潮湿、黑暗、空间狭小，几乎不可能沿原路返回了。他们手上都沾满了黏稠的污物，令人十分不快。一种有毒的气体让他们呼吸憋闷，几乎窒息。爬着爬着，前方管道出现了一个弯道，一阵新鲜的空气迎面吹来，他们认为附近的管壁一定有个破口，于是，他们迅速爬出管道破口，发现自己已身处在一个被铁皮盖子封闭的砖瓦通道里，像是排污系统的一个分支。

他们究竟在哪儿？是在德军占领的工厂车间底下么？如果是的话，上面的德军一定不会少。方逸舟轻轻地掀开顶部的铁皮盖，外面顿时枪声大作，子弹在墙壁和机器之间肆意横飞，外面到处都是尸体，有德军的，也有苏军的，还有老百姓的，横七竖八地堆在一起。

一辆德国坦克隆隆地开过去了，二人小心翼翼地跟着坦克慢慢地往上摸去。扎伊采夫在前，方逸舟跟在他后面两步远的距离上。突然，方逸舟发现有一个德军的尸体堵在前面的路口上，手握在枪机上，但整个人却一动不动地俯卧着，头低脚高的倒趴在楼梯口，而他手中那支枪的枪口却对着他们二人的方向，也可以说正对着扎伊采夫的胸膛。

扎伊采夫扫了一眼，根本没把这个拦路的死人当回事，而是继续向上走去。

60 米……50 米……40 米……30 米……

方逸舟心里犯开了嘀咕，不对呀，如果这个家伙不是个死人，是个活的，那将会发生什么事？一枪毙命？爆头穿心？飙血溅肉？那个臭德国佬根本就不用看，他只要手指一抠，扎伊采夫就会被打得横飞起来。

他决定一不做，二不休，先给那个“死尸”补一枪再说，排除隐患。他立刻抬起枪口，仅用了不到 0. 01 秒的功夫，手指就找到了扳机。可就在这时，意料中的事情果真发生了，那个装死的德军突然抬头，带着狞厉的奸笑，手指瞬间扣住了扳机，凶猛地一压，一颗子弹咆哮出膛，向着扎伊采夫的前

胸扑来。

死亡距离：30米，距离死亡：0.0001秒。

“砰!”

晚了，一切都晚了，一种天塌地陷的感觉立刻攫住了他的心。

时间凝固了，世界定格了。

“好枪法!”扎伊采夫缓缓地转过头来，暗叫道。

这是一句遗言，紧接着他的英雄就会轰然倒下。

一个时代结束了。

一部传奇画上了句号。

可扎伊采夫却扭头望着他笑，笑得那么灿烂，完全像个刚刚长大的男孩儿。

“什么？你没有死？你居然还活着?”方逸舟脱口而出。他顺着扎伊采夫的目光转过头去，看见那个刚刚开枪的德军狙击手的钢盔上被打穿了一个洞，黑色的血正一股一股地飙出来，洒了一地。

方逸舟低头看看手中的枪，枪口正冒着一股白烟，发出刺鼻的火药味。

“怎么，我开枪了么?”他拉栓查了下弹仓，的确少了一发子弹。

扎伊采夫笑道：“是的，你开枪了，或者说你们同时开枪了。就像接了个吻一样，她吻了你，你也吻了她，你说是一个吻，还是两个吻呢?”

扎伊采夫勾着两个姆指，对着碰到了一起，挤着眼睛露出俏皮的神色。

“一……一个吻，不对……两……两个吻？不对，一个吻……可是……我明明记得，我还没有来得及开枪呀。”方逸舟的嘴张得很大。

鬼使神差?

“你这一枪，噢，我的上帝，可以彪炳战史了，我的中国兄弟。”扎伊采夫一把扔掉狙击枪，把方逸舟紧紧搂在胸前，一个劲地用拳头痛擂他的后背。

方逸舟全明白了，他下意识地打出了那一枪，凭的是“超人”的枪感。

怪枪，一记怪枪，这可是二战史上唯一的一记怪枪。

凭借着战火历练的超人枪感打出了一记怪枪，却救下了一个英雄，方逸舟的那一枪根本就是一个传奇，可狙击战中哪一枪不是传奇呢？不同的是，有人狙击，有人被狙击，有人创造传奇，有人上了传奇。

这件“鬼使神差”、“歪打正着”、“不打也着”的狙击轶事，很快就在苏军中风传开来。有一天，一个留着一抹小胡子的苏军上校递给方逸舟一支烟，随口说道：“喂，中国小子，你知道你救的是谁吗?”

“是准?”

“苏联的战神，德军的丧门星，神话主角——瓦西里·扎伊采夫呀。”

“啊，他就是那个450个?”

“不，是485个。”

方逸舟一个箭步冲上去，紧紧拥抱着扎伊采夫，一句话也说不出来，只是一个劲地俯在他肩上，“呜呜”地哭，哭，哭，哭，哭。

士兵的眼泪啊，在你还能流的时候，你就尽情地流吧。

作为一名狙击手，最大的心愿，不仅仅是从枪口下拯救战友，而是打一只“大老虎”。

创业要创千秋业，立功要立万世功。

不想当将军的士兵就不是好士兵，不想击毙将军的狙击手，就不是好狙击手。

迄今为止，方逸舟最大的收获就是击毙了一名德军的上校，两杠三。可他知道，这远不是他心目中的目标：“三颗星”。可是，要打一只“大老虎”，要打到“三颗星”，谈何容易，绝非动动手指、扣扣扳机就能办到的事，那需要很多方面条件的配合。

一天，他跟着扎伊采夫利用夜色掩护爬过战场上的一片无人地带，溜过一栋废弃的建筑物和小树林，钻进一个堑壕中。因为他们接到情报，一个德军的观察团要到前线考察，他们想利用此次机会，进行狩猎，也许会打到一只令人喘不过气来的“大老虎”。

他们在前线的堑壕里，一潜伏就是两天两夜。第三天早上，方逸舟正举着望远镜观察敌方阵地，突然，800米外出现一道短暂的闪光，他觉得十分奇怪，把望远镜递给扎伊采夫。此时扎伊采夫正趴在离他两米远的麻袋上，地势略高于他。扎伊采夫接过望远镜，仔细观察了一阵道：“噢，我的上帝，它根本不是一只老虎，而是只雄狮哩。”

方逸舟立即端起枪，从狙击镜里可以看到，一个德军士兵的手里拿着一只热水瓶，正为前面的人送咖啡。而那个仰头喝咖啡的人，肩章上露出两颗星星，刚才的闪光正是从这些“星星”上射出来的。

扎伊采夫的“鹰眼”露出兴奋的目光来，立即俯下身，只用了1秒钟时间就架好了狙击枪，只听“咔嗒”一声轻响，他惊呼道：“噢，我的上帝，怎么是颗臭子，快，方，你来打!”

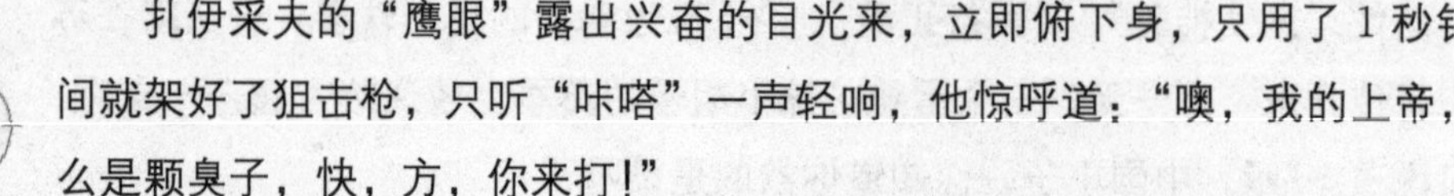

时不我待，方逸舟已经举起了枪，一瞬间扣动了扳机，一颗子弹咆哮出膛，那粒火花越过了800米的距离，闪电般地钻进了那个指挥官的脑袋。

扎伊采夫从望远镜中看到，中将的脑壳突然间炸了开来，灰白的脑浆和脑壳碎片拌着鲜血朝后方漫天飞洒，飙飞的血雾之中，还有一条咖啡色的水柱溅得老高。

“一枪爆头，死神之吻。”两只大手紧紧握在一起。“中国话怎么说，‘百万军中取上将首级’，了不起呀，小兄弟。”扎伊采夫露出灿烂的笑容，竖起了大拇指。

“您过奖了，扎伊采夫大哥，可惜他不是个上将，而是个中将。不过，这个功劳应该记到您的名下，因为我心里很清楚，这一枪，根本就是你让给我打的。”方逸舟腼腆地说。

“噢，上帝呀，我是傻瓜么？让？这么大的功劳我抢还来不及呢？我难道不知道肩膀上多背一颗星星会更威风，对女孩子会更有吸引力吗？”扎伊采夫挣红了脸分辨道。

不管扎伊采夫怎样不承认，方逸舟都知道，那颗臭子，是他早有“预谋”，专为自己准备下的。

三天后，这场战役取得了胜利，为此前线的主要军官得到斯大林的接见。方逸舟第一次从近距离见到苏联的最高统帅——斯大林。

斯大林面对全体战斗英雄发表了演讲说：“同志们，你们为苏维埃争得了荣誉，是你们英勇的战斗和无畏的牺牲挫败了帝国主义的又一次阴谋，打败了德国法西斯的猖狂进攻，我代表所有苏联人民感谢你们。苏维埃是不会忘记你们的。”

方逸舟站在队列里，等着和斯大林握手。可让他有点失望的是，这个伟人是个矮子，跟照片上完全是两回事。他嘴上留着两撇微翘的小胡子，两只眼睛黄黄的，但却炯炯有神，为那些立功的军官们一一挂上红星奖章，完了还要对每个人夸奖几句。

但等轮到方逸舟的时候，50枚奖章都发完了，斯大林的小胡子撅了撅，有些歉然地回头问道：“鲁勃留夫是谁干掉的？”

扎伊采夫用手指着方逸舟介绍道：“报告主席，是他，中国人，方逸舟。”

斯大林握着他的手，深情地望着他的眼睛说道：“很好，来自红色中国的共产主义勇士，谢谢你，猎狮人。可我们总是来不及制造更多的奖章，因为德国军官永远比奖章多。”方逸舟握着那双温暖的大手，眼中热泪涌溢，一句

话也想不起来说。

世界上有一种人，你一见到他，就发现那种神性的光辉会立刻笼罩了你，他会把一种无形的力量一下子注入到你的心中，这就是伟人的过人之处。

这时的方逸舟已然成为了一名苏联英雄，虽然是一名既没有苏联国籍也没有奖章的英雄，但他已经为苏联卫国战争做出了贡献。他此刻最想做的事，是尽快回到祖国的怀抱，该跟日本人算算总账了——用他的万丈雄心和那杆铿锵嘶鸣的狙击枪。

一周之后，四月中旬，经过上级批准，方逸舟奉命回国。这天，他坐上了一辆苏式戛司吉普，在扎伊采夫的陪伴下赶往森林中的一个小型飞机场。

可车刚到半路，一辆轿车赶上了他们的车，一名军官下车递给了扎伊采夫一份命令：空军侦察机发现一支德军机械化部队正在附近移动。很显然，尽快实施拦截以避免其突破我军的下一道防线才是当务之急。为此，部队命令扎伊采夫立即组织一支 6 人战斗小分队，乘雪橇快速进入作战区域。扎伊采夫留下了方逸舟，再加上 4 名狙击手，迅速组建了小分队。他们的任务是阻击德军部队，切断其退路，尽可能坚持到后续步兵增援部队的到来。

不久，6 名狙击手在扎伊采夫的带领下迅速进入了埋伏地，并在距离公路 300 米到 400 米的区域内进行了巧妙的伪装。小组被分成了三组，一组打头，一组打尾，一组打腰。他们彼此相隔较远，扎伊采夫和方逸舟负责截击德军部队先头车辆。

不久，德军先导车开过来了，这是一辆指挥用的高级轿车，等车一进入狙击视野，扎伊采夫率先开枪，一枪击毙了司机，那车一个倒栽葱，翻倒在路边的壕沟里，德军的队形一下乱了，士兵抱枪乱打一气，根本不知袭击来自何方。

公路上，越来越多的德军车辆出现在狙击手的视野里，等他们进入狙击手的射程后，腰部和尾部的狙击手们一齐开火了，顿时弹雨横飞，枪声大作，德军死伤惨重。

方逸舟沉着射击，打得特别过瘾，弹无虚发，有十几个鬼子登时飙血溅肉。

一时间密林中的 6 个狙击点一起喷出致命的枪焰，准确而密集的火力倾泻到德军车队中。车队前面的车辆被击中后停了下来，后面的车辆也因此受阻，有几辆车避让不及还撞在了一起，整个公路上一片混乱，死伤遍地，硝烟滚滚。

德军士兵一边仓促开火还击，一边试图将前面中弹被毁的车辆推下公路，以便后续车辆继续前行。

但6名神枪手杀得兴起，枪枪毙命，弹弹爆头，压得德军喘不上气来，让他们死伤惨重。6个人，成功地阻止了一支德军机械化纵队长达4个小时，这期间德军仅前进了3公里，更重要的是，不久就被及时赶到的苏联红军三个师的增援部队包围了，1万多德国兵的下场，不说也可以知道。

大部队终于赶到，一阵狂轰滥炸之后枪声渐渐稀落了，一个干净利落的歼灭战后，他们准备撤离了，方逸舟松了口大气，转头对扎伊采夫挤了挤眼睛，竖了下大拇指，刚想站起身来，突然，一声枪响，枝头的雪被震落了一地，方逸舟只觉得眼前一红，立刻失去了知觉。

一片雪白，有金星在跳舞，一种金属碰撞的声音发出叮叮当当的音乐。

这是哪里？为什么一切都是白的？白的天，白的地，白的墙，白的衣服，天堂也许就是这样的吧？

几张大型的人脸出现了，也是白的，但只有眼睛没有嘴巴，又不像人脸，怎么会有六只眼睛，还发亮有光环，又像动物的脸，还像女人在笑，嘴唇像“风扇”，都在说着一种莫名其妙的语言。

又过了不知道多久，方逸舟终于能够睁开眼睛了，准确地说，是睁开一只眼睛，另一只眼睛还是什么也看不见，漆黑一片。他感觉右眼部位有些刺痛，还在轻微地跳动，他伸手就要去摸。

“别动，老实待着。”

那是谁的声音，怎么这么熟？难道是扎伊采夫么？一张脸出现在上方，他是？他是扎伊采夫，对，就是他。可我是谁，我在哪里？

“兄弟，你醒啦？”那张嘴动了动，声音有些激动，那灿烂的笑容又回来了。

“我怎么了？”

扎伊采夫一只手捏着方逸舟的手，放在他的右眼部位，让他自己摸了摸，噢，是我的眼睛，我受伤了？

“对，你受伤了，伤在右眼。”扎伊采夫痛惜地望着他。

“什么，右眼？”方逸舟浑身一震，惊得差点从床上翻到地上。

一个狙击手，哪里都可以伤，就是眼睛不能伤，特别是右眼。

“安静，安静，兄弟，没什么大不了的。”

扎伊采夫用一只手压着他的上身，另一只手竖起一个指头放在唇边，微笑着。

“别动，好好躺着，听我说，真是不幸中的大幸，那颗子弹只是跟你的右眼开了个不大不小的玩笑，只轻轻地‘吻’了一下就离开了。呃，那吻就像蝴蝶翅膀掠过花瓣儿那么轻。你知道，吻就是吻，嗯，是那种知书达礼的‘吻’，绅士风度的‘吻’，而不是法国式的‘深吻’、‘抱吻’、‘湿吻’。如果是法式‘热吻’的话，那你的右眼就看不见日出了，再也看不见女友的笑脸了。”

扎伊采夫俏皮地眨着眼睛道：“但一切都过去了，那只是一次‘蝶翅之吻’，轻轻的，神秘的，有惊无险，‘嘭’的一下死神就和你擦肩而过了，是你的造化帮了自己的忙。你的右眼完好无损，该有多明亮就有多明亮呢，只是你的眉骨运气不太好，被他留下了永久性的纪念：一道疤，还有点斜。”

“谁干的？德国人？”方逸舟立刻用手摸了一下右眼和眉骨。

“对，不是德国人，还能是谁呢？那场狙击战，那个德国佬把最后一颗子弹当作礼品留给了你。不过，那个家伙一定是个艺术家，一个精准大师，而不是一个狙击匠呢。”扎伊采夫似乎是在用一种夸奖和叹服艺术大师的口吻称赞起了他的敌人。

“他竟然，嗯，怎么说呢，玩得真漂亮，用中国话说就是：邪乎，还能怎么说，出神入化？嗯，应该这样说，在一次狙击战中，一个狙击手打出的一发子弹，竟然穿过对面一个狙击手的狙击镜，从前面的镜头中射入，从后面的镜头中钻出，纵向贯穿，玻璃全碎，但绝不伤及被狙击者的眼睛或睫毛，他难道不是一个真正的狙击艺术家？噢，我的上帝，这个难度有多高？这个几率又有多大？”扎伊采夫用从“好莱坞”电影中学来的美国佬的腔调，作了个怪相。

方逸舟那只独眼拼命地眨着，这怪论听得他一愣一愣的。

“告诉你吧，我的兄弟，这种几率，只有千万分之一啊！能打出这么有水平的一枪，或者说‘旷世一枪’，你说他是什么人？”

“魔鬼艺术家？”方逸舟调侃道。

“对喽，是个魔鬼艺术家，只不过他的作品上帝没有接受，拿去擦了屁股。”

两人都笑了。

他们就这样一直交谈着，嘲笑着德国人的愚蠢和自己的小失误，扎伊采夫总爱学着美国人的感叹句：“oh，My God!”（噢，我的上帝），同时双手一摊，双眼上翻，作出一副滑稽的鬼脸。他们的交谈时而愉快，时而沉痛，时而涛涛不绝，时而相对默然。

突然间，扎伊采夫做出了一个出人意料的动作，那杆狙击枪被平放在方逸舟的胸前。

那支著名的“莫辛—纳甘”，一个“神话”的必然组成部分，仿佛有生命一般在他胸前跳动。

“怎么，你这是?”

扎伊采夫眼眶有些发红了，声沉字重地说：“中国兄弟，你要走了，留个纪念吧。”

“这怎么行，这枪可是你的命啊!”方逸舟把枪一把塞回到扎伊采夫的手中。

“它不仅是我的命，而且也是另一名红军狙击手的命呢。那人是我的老师，他死得很惨烈，他叫马萨耶夫，呶，这儿刻的有他的俄文名字，还有他的狙杀记录呢。”

方逸舟这才发现，在木制枪柄的右侧，密密麻麻地排列着两行整整齐齐的刻痕，从枪扳机一直排到枪托的尾部，在那个旁边，写着扎伊采夫的俄文名字，旁边也有三排清晰的刻痕。这些刻痕显然是扎伊采夫大哥的狙杀记录。他抬起敬佩的目光，深情地望着他心目中那个伟大的战神，一句话也说不出来。

扎伊采夫用手帕擦干眼角的泪花，把枪又郑重地塞进方逸舟手中。“拿着吧，兄弟，我可不想让它在胜利之后就被博物馆收藏，我想让它在你的手里继续它未竟的事业。”

他顿了顿，沉沉地说：“一个狙击手，整个人生其实就是一场倒计时，你不知道哪一场战斗，哪一分，哪一秒，就是你的大限，就是你秒针归零的时刻……上帝总是在关照我们的同时，又和魔鬼签定了生死契约，所以，我们狙击人总是在做着同样的傻事：狙击，被狙击，命中，被命中，活着，或者死亡。咳，你总会做同样的噩梦，有个人总在你耳边说：‘喂，小子，你的时间到了’，也许我的时间真的快到了，打一个就少一个，每一枪都有可能是最后一枪，我不知道哪一天就再也不能打了……”

扎伊采夫深深地吸了口气，又缓缓地吐出：“逸舟兄弟，你登过山吗？我登过，不止一座，可有些山你就是翻不过去，为什么？因为每个人都有他命定的高度，有的人能过八千米，有的人只能过五千，大部分人只能过三四千。我的高度呢，也许是珠穆朗玛，不过也许到不了那儿，冥冥中一定有“魔鬼”的休止符在等我呢。是的，我命中注定了要去那儿的，那是座什么样的山峰啊，巍然、孤傲、凛凛屹立，真想去那儿看一看啊，那个伟大得像神一样的珠穆朗玛啊，只看一眼，此生足矣，那也许是壮丽的一眼，壮烈的一眼，永恒的一眼，只一眼，全世界就都在你的怀中了……”

扎伊采夫眯着眼睛，舒展眉头，目光是那么悠远、苍凉，有一种罕见的光辉在里面隐隐闪动。那目光的力量深深地震颤了方逸舟的心弦，像一柄光剑穿透了他。

方逸舟读懂了：那是一种什么样的目光啊，一种眷恋人生、渴望和平的目光；一种从地狱里仰望天堂的目光；一种穿越时光遂道、飞跃历史长河的目光；一种将几个战士的生命交织重叠在一起的目光；一种拨开人性迷雾、绽放神性光芒的目光。

方逸舟读懂了：每一个取得骄人战绩的英雄，每一个登上山巅的勇士，包括社会上的每一个成功者都不是偶然的，都不可能靠撞大运获取成功，在他们的心灵深处，一定有一种风骨，有一种嶙峋，有一种超迈，支撑着他们精神的脊梁。

方逸舟读懂了：英雄让偶然走开，让小人走开，让机运走开。战火会蒸馏出一种极其严苛的生死观，人世间所有的狂妄、虚骄、伪善、浮夸的心理阴影都会顿时化为泡影，所有的侥幸、取巧、功利、投机的心灵杂质都会潜踪遁形，最后锻造出纯钢般的意志，凝结出一颗纯金般的心灵。

高贵的目光，金子般的心。

第三章

老秒神枪

心神交融，人枪合一，光学狙击镜分划线上，六名日军高官已然被死神锁定。

只有经过战火洗礼和锤炼的友谊，才当得起“高贵”二字。

恋恋不舍地告别了扎伊采夫，坐上了开往西伯利亚的火车，怀抱着那支有生命、有故事的枪，方逸舟十天后回到了祖国，回到了抗击日本法西斯强盗的第一线，被中央军委总部分配到新四军的浙东游击纵队三北独立一团，当了一名副营长。

他这个苏联留学生，这个声称见过斯大林的人，一开始在部队并不受欢迎，大家嘴上不说，其实都在心里腹诽：“你见过斯大林怎么了？凭这就可以跃升四级，由一名排级干部直接升为副营？充其量不过是个‘嘴头客’，一个徒有虚名，并无真才实料的‘空降兵’。”以往总有些“牛皮大王”，总有这样、那样的背景，在部队体验生活，走走过场，混了个战斗履历，很快就又被上面提拔走了。

在部队立足，其实就凭两点：一有战功，二有绝活，不然人家绝不服你。

他究竟是个怎样的人，还得由他自己的枪来证明。

有一次，方逸舟和龚大鹏还有几个连排干部进入了前线的一个堑壕潜伏待机，侦察敌情。忽然从望远镜中发现日军的一批旅团军官出现在前面的山包上，也许是在巡察，也许是在进行战役布署，他们共有六个军官，其中一个是少将。他右胯下斜背着一把军刀，威风凛凛，不可一世。因为距我军太远，约有五六百米，所以站在山头上的军官们根本无所畏惧，正指指点点，

谈笑风生。

一个狙击的大好机会突然降临了，老龚和几个排长凑了上来，撺掇方逸舟打一枪试试。方逸舟二话不说，目测了一下距离：550 米。好，打就打。这个距离已经超出了有效狙击范围 100 米了，从狙击镜里望过去，那些人影比大头针的屁股大不了多少。

方逸舟不慌不忙地趴在堑壕边沿，“莫辛—纳甘”狙击枪平展地伸在前方。左手向前，以掌心托住枪身，枪背带缠在胳膊上方。手腕打直，让步枪稳稳地握在掌心后缘。手指捧住枪身，却并不紧握。左手肘在枪身下方，以手臂的骨骼而非肌肉撑住枪的重量。木质枪托贴在他右肩窝上，右手环住枪托，大拇指勾着枪托最细的部位。他以左手肘为轴心移动枪管，双肩保持平衡，右手食指贴在扳机护环旁边。

他把眼睛稍微用力眯紧了一点，狙击镜圈住了当面之敌，步枪稳稳地托在手上，稳到就算放一珠水银在枪管上也不会滑落。心神交融，人枪合一，光学狙击镜的分划线上的交叉处，六名日军高官已然被“死神”锁定。

老龚和三名排长一人举着一架望远镜，齐齐地盯着对面的山头，呼吸已被屏住。

“当!”第一枪响了，只见一名日军大佐一弹爆头，颅骨炸裂，脑浆喷出，被死亡定格了。

方逸舟拉机退壳，重新上弹，再次瞄准，不到一秒。

“当!”第二枪，子弹咆哮出膛，一粒火花瞬间钻进日军少将的天灵盖，只见血雾飞溅，脑壳掀翻，人被冲力弹向空中，重重地向侧后栽倒，立时毙命。

方逸舟拉机退壳，重新上弹，再次瞄准，不到一秒。

“当!”第三枪，一名中佐捂住右眼，狂呼一声，倒地挣扎两下，腿一蹬不动了。

方逸舟拉机退壳，重新上弹，再次瞄准，不到一秒。

“当!”第四枪，一名参谋人员一弹穿心，当胸血雾喷出，手中望远镜扔得老高，向后栽倒。

方逸舟拉机退壳，重新上弹，再次瞄准，不到一秒。

“当!”第五枪，两名手拿地图的参谋人员回身就跑，但子弹追了上去，一个透心凉，击穿了前者的后背，又击中了后者的脖颈，二人先后栽倒，地图上溅满了污血。

方逸舟打空了弹仓，一个回抽，狙击枪通灵般地跃回他怀中，像美国西部片的枪手那样对着枪口轻轻吹了口气，哂笑一声，轻蔑地用袖口擦去火药残留物，转过头面带嘲讽地望着龚连长和几个排长。

几个人全傻了眼。共毙六敌，用时五秒。

“我的乖乖，五秒六命啊！简直就是关云长再世，过五关斩六将！”龚连长一迭声地叫道。

“简直神了，副营长，神枪啊，你是一秒一个呀！”李排长惊呼道。

“那个少将哽儿屁了，天灵盖都被你掀翻了。”

“最后一枪更绝，冰糖葫芦，一箭双雕啊！”

老龚拿过方逸舟的枪，拉开弹仓，万分惊奇地问道：“副营长，为什么只打五枪?”

方逸舟笑着说：“因为这种枪的弹仓，一次只能装五发子弹。”

这次狙击大获全胜，凯旋而归。

方逸舟的战果很快就登上了新四军战报，那个新闻记者用了个奇怪的称呼，称方逸舟为“老秒神枪”，为什么叫“老秒”? 语出“一秒击毙一名日军少将”和“一秒夺双命”，枪法精湛，枪枪爆头，弹弹穿心，疾如风火，快如闪电。

军报上，他被人画了漫画，特别突出了他右眉骨上的疤痕，有点像个黑社会的亡命徒，一笑，旁边配了首打油诗，一赞：

“秒神枪，勾魂枪，

指哪打哪威名场，

鬼子胆敢来犯境，

一秒之间见阎王。”

军报一登，这个“老秒神枪”的雅号从此不胫而走，传遍了浙东根据地。从此，方逸舟从一个被大家怀疑的人，一个被官兵瞧不起的人，一个也许“有点背景”的人，变成了一个倍受尊敬的人，倍受欢迎的人。

无论他走到哪里，都会传来一片笑声和起哄声，没人叫他方副营长，总是亲切地称呼他“老秒”，总是有人围着他：“喂，老秒，讲一个，老秒，再讲一个撒。”

他把自己的枪称之为女神“扎伊采夫”，这已经是大家耳熟能详的故事了，可他居然把扳机昵称为“奶头”，这又是“老秒神枪”的“妙论”。他总是煞有介事、板着一副扑克脸，对爆笑的战友们解释着：“你看，狙击手扣扳

机的时候，他的手指头总像是在抚摸女人奶头那样的轻柔曼妙，绝不能重。手指要像演奏乐器那么流畅、精准，食指只往后扣一根头发丝那样的宽度，扳机就会给你微乎其微的美妙阻力，它一分一毫地向后缩着，有一种神秘的性感，你感觉胳膊和颈侧的动脉，在两次心跳之间‘咔嗒’一声轻弹，地狱之门就悄然打开。”

老秒的故事可真是多了去了，他最显摆的就是向战友们展览他的战利品——那个德式军用背囊。那可是当今世界上科技含量最高、军事用品最全的小“仓库”，那包里有：防雨斗蓬、宽牛皮背带及腰带、求生刀、指北针、可折叠手锯、开山刀、护肘及护膝、伪装网、可对折工兵铲、两升饮用水袋、垂降工具、园丁剪刀、伪装服、登山手杖、大容量背囊、地垫、睡袋、手枪袋、野战口粮、净水药剂、尼龙塑料扣、急救包、弹性橡皮带、降落伞绳、备用袜子、线锯、爽足粉、驱蚊剂、温度计、迷彩服、冬天的深色毛衣、夏天的丛林圆边帽加防蚊网、冬天的暖手化学药包、短管散弹枪及破门弹头、撬门工具、护目镜、螺丝起子、听诊器、手钳、战斧、30M 黑色登山绳、玻璃切割刀、电线捆扎胶布、木工手钻、铁钉及木工螺栓、攀爬树林用脚踏等等。这包里真是大有乾坤，让战友们眼界大开，大呼过瘾。

从此以后，每一次狙击战斗都变成了他的故事，而他故事中的每一枪，都打得不同一般，永不重复，连接着一个个日军军官的名字。一时间那杆神枪着实闹得这个战区有点人心慌慌，很多事情引起了改变：日军的阵地常常变成了靶场；进攻转眼间变成了逃命；巡逻队变成了收尸队；富人的轿子变成了棺材；日军将军的眼睛变成了出气孔；指挥官拿刀的手变成了四指；望远镜变成了万花筒；庆功会常常变成了追悼会；回乡祭祖的汉奸连自己的小命也一块祭在了祖坟上，祭祖变成了祭自己。不久，浙东一带日军各部都风闻了他的大名，许多士兵一听“老秒”来了，心理防线立刻崩溃，连晚上睡觉都噩梦连连，连呼“老秒饶命！老秒饶命!”，以至后来，日军居然把许多将官的死亡记录统统都归到了他的名下。

有一次军部开干部大会，陈军长趁开会前等人的当儿，甩着四川腔高声问后排的方逸舟：“喂，老方，人家都叫你‘老秒’，你那个‘秒’是哪个‘秒’嘛?”

方逸舟刚站起，还没等他回答，有个人抢着说：“他那个秒，是藐视的藐。老藐视。”

那人的话立刻引来一片笑声。

后排有人高声叫道："不对，他那个秒，是渺茫的渺。老渺茫。"

又是一阵笑声。

方逸舟讷讷地说："瞎说，哪个秒？回陈头儿的话，是眇一目的眇，目字旁，加一个少字那个眇。老眇。"说着，他做了个眯起左眼，睁着右眼瞄准的动作。

不知是谁说了句："独眼龙。"又引来大家一阵开心的哄笑。

陈军长笑赞："不愧是留苏的高材生啊，我们新四军，如果多有几个像你这样的高手，我看这仗就不用打了，小鬼子只剩下收尸的份儿了。"

方逸舟板着扑克脸道："陈头儿，我胆大包天给你提个意见嘛，允不允许？以后军报不要宣传我了，为什么呢？因为……呃……因为，秘密勾当，不宜曝光。"

听了这话，大家更笑得前仰后合了，可他始终一本正经，板着一副扑克脸。

陈军长也哈哈大笑，"嗯，好好好，我同意，以后少宣传，让我们的'老秒'旺旺地活着，只准你请日本人的'客'，不准日本人用子弹回请你。你们不要笑嘛，军报总编在吗？还有那个谁，你们都给我听着，从今天起，'老秒'要消失，知道么，尽快消失，而且'老秒'还是我们的重点保护对象。"

从此以后，"老秒"真的销声匿迹了，但日本军官"爆头穿心"的数字却在不断上升。

大家估计，凭他战功多如牛毛，再加上陈军长一赞，他就快升了。但就在他快要当上营长或许还是副团长的节骨眼上，一件事情让他的升官步伐戛然而止。

那件事情，说来蹊跷。

三个月前，杭州地下党敌工委需要一名狙击手去完成一次特殊的狙击任务，上级指派了他。他化装来到日军占领的中心城市杭州城，躲在康福路一间宾馆房间的窗子后面，对面是一个高档宾馆的后楼，他的狙击目标是日军的一名副官，叫小野洋平。此君手中有一份日军近期对我浙东根据地进行围攻和扫荡的计划书，这是一份重要的军事文件，他的任务是必须击毙这个副官，然后，由行动组另外两人摸进房间，将计划书从被击毙的敌人身上"偷窃"出来。

一切布置得十分严密。

是夜，方逸舟带着枪箱提前潜伏进宾馆，当他看见对面宾馆房间灯亮的

时候，他笑了，那距离只有250米。这种距离对他来说根本就是小菜一碟。

他打开箱子，拿出狙击枪，把枪组装好，支在窗框边上，调校了一下狙击镜的距离档，俯身枪上，瞄准对面斜下方二楼的窗户，静静等待着那个日军副官出现。

凡是被他狙击镜圈住的人，都只能用秒来定生死了。

不久，果然有一名男子出现在镜头中。那名男子长得英俊挺拔，身材略高，方脸平头，穿着一身米色西服，而不是日军的军装，但他已经看过这个人的相片，知道这就是自己今天要狙击的目标：那个叫小野洋平的人形野兽。

但有点遗憾的是，小野的头部刚好被窗户的横框挡住了。因为他在三楼，对面的小野在二楼，要打只能打胸部，但胸部过宽，如不能一记穿心，对方很可能不会当场毙命。而且，此刻这个家伙是侧身对着窗口，右侧在外，在他右手前方，似乎还有一个女人的身影晃了一下。

哦，是一场幽会？怎么办，打还是不打？

方逸舟犹豫了片刻，就在这时，一张女人的脸突然出现在狙击镜中。

怎么有点面熟，她是准？是一个我认识的人吗？

怎么会？我一定是在发神经。方逸舟紧了紧狙击枪，脸贴枪托，手指扣在扳机上，决心未变。

对面窗里，两人抱在一起热吻了起来，一边吻，一边转，那女人的脸慢慢转了过来，两人分开了，女人开始说话，怎么越看越像一个熟人？

女人用袖口擦着唇上的口红。

笑脸灿烂，美丽依然。

倏然间，一道电光石火脑中掠过，方逸舟被冥冥中的闪电击中了。

“她是冷丽苹！”刹那间他心念电转，汗毛倒竖。

对，就是她！是冷丽苹，那个魂牵梦萦的女人，那个苦苦思恋的情人，那个久绝音信的老同学。

真的是她么？不，不可能是她。

在学校里积极参加一切抗日宣传活动的积极分子，一个与侵略者有不共戴天之仇的刚烈女性，一个深富家国情怀的进步青年，怎么可能和一个日本军人搅在一起？听说后来她还参加了地下党。

天良泯灭，认敌为友？

难道她变了？她有理由变吗？为什么没有理由？时间会改变一个人，环境会改变一个人，况且又是在眼下这个充满变数，充满悲情，充满动荡的年代，难道不足以让一个纯洁的姑娘投入敌人的怀抱吗?

形势所迫，献身邀庞?

他多么希望这是一种错觉或是一场误会啊。

可他终于看见了左脸颊上的那颗美人痣，那颗他多少次想吻却不敢吻的美人痣啊，就长在冷丽苹脸上最美的部位，现在却那么醒目地出现在狙击镜头中。

他的天地崩塌了，爱情变味了，一切对于未来的美好梦想瞬间粉碎了。

他看见了最不想看见、最不可能看见，而又偏偏就是赫然在目的人和事。

有道是:“仇人相见，分外眼红，那么，情人相见呢?”

居然是在这种情况下，和情人在狙击镜中相见? 这难道不是世界上最大的讽刺? 最出奇的怪事?

一个狙击手，在狙击镜中只可能看见三种东西，一是敌人，二是尸体，三是死神，四是什么? 没有四。可从今后，那个狙击史该改写了。

他从狙击镜中居然看见了自己过去的情人?

情人? 敌人? 仇人? 他已然难以分清了。

一个投敌怀抱、卖身邀庞的人，一个不顾廉耻、丧失人格的人，她难道还是自己原来的情人吗? 她与一个敌人还有什么区别呢?

即使她是自己的情人，做出这种下流行为、背叛勾当，也是不可原谅的。

一个不可原谅的人，就这样被死神锁定了。

一束凶光顿时从他眼中喷了出来，嘴唇紧抿着，一只手战抖着打开背包，哆哆嗦嗦地从子弹袋里摸出一颗子弹，愤怒地压进枪膛，合上枪栓，手指扣紧了扳机。

致命的错误就此铸成。

他根本不知道，此刻压进枪膛的，竟然是一颗达姆弹。

达姆弹是一种被日内瓦国际公约明令禁止使用的子弹，这种子弹打入人体，会在贯穿人体后立刻爆炸，并在人的背部留下一个碗大的洞，凡是被这种子弹击中的人，百分之百都会毙命。

也许潜意识里面，他想“轰”掉眼前的一切，让那个背叛了自己的恋人和那个日本鬼子同归于尽，一起被正义之弹炸得粉身碎骨?

“快—意—恩—仇!”

血涌上脑，怒火攻心，方逸舟根本来不及细想了，他凭着超人的枪感凶狠地扣动了扳机，只听“当!”的一声枪响，子弹带着惊愕、愤怒、怨怼、仇

恨向两个竟然还在拥吻的人飞去。

死神刹那间张开了黑色的翅膀。

随着“啪”的一声巨响，狙击镜中登时血雾一片，两个人惨叫着分开了。日本男子米色西装的右胸部位登时殷红一片，男子的手向前抓了两把，嘴张成一个大大的“O”字，直立了两秒钟，就直挺挺地向后栽倒了。

子弹贯穿了男人的身体，打中了女人，那女人前胸衣衫破碎，左乳部位血肉模糊，像被撕裂一般，也跟着惨叫一声，晃了两晃，向男人倒卧的方向栽去。

怎么搞的，今天这枪声怎么这么刺耳？响声大得让人心惊肉跳，魂胆欲丧？以往像天国音乐般美妙的扳机声，怎么听起来竟像一声丧钟？

那一枪好像打在了他自己的心上。

狙击者被狙击？被自己狙击？

他苦笑着摇了摇头，“我怎么会成了摧花辣手？”

这是怎么了，一切好像全变了味？

行啦，来不及细想了，他的狙击任务不管怎么说也算是“顺利完成”，剩下的事就交给地下党敌工委的行动小组去处理吧。

当晚，方逸舟回到了团部，却被立即请进了禁闭室。

鲁团长和纵队部派来调查事件的张处长找他谈了话。

他被告知，此次狙击行动完全失败了。他的那一枪，贯穿了小野洋平的右胸，但只打穿了右肺，并没有击中左胸下的心脏，而且，贯穿后的子弹，击中了我党一名潜伏进国民党军统的内线。因为是达姆弹，引起了爆炸，炸开了女人的左胸，现在伤势严重，危在旦夕。

问话始终围绕着他认不认识那个女情工而展开。

这一切都是方逸舟始料未及的。他当然认识那个女子，对这一点他毫不隐讳。他不仅认识她，而且过去一度两人还是恋人关系。只是后来因为他去了苏联，战争年代通信不便，二人就此失去联系，这才导致这次意外的发生。

如果他不认识冷丽苹，事情还情有可原，不知者无罪嘛。可问题就在于他是认识她的，而且他恨她，他一度还想让她和那个日本军官一起死。

这就成问题啦，这难道不是假公济私、公报私仇？

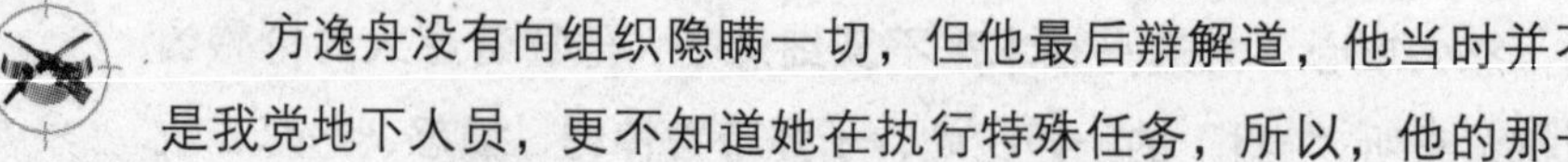
方逸舟没有向组织隐瞒一切，但他最后辩解道，他当时并不知道冷丽苹是我党地下人员，更不知道她在执行特殊任务，所以，他的那一枪应该只是

误伤。而且，他也不知道那颗达姆弹是怎么跑进自己的枪膛里去的，他真的不知道。

可这些话有人信吗?

你是干啥吃的，你不知道，难道鬼才知道? 难道子弹长了脚自己跑进枪膛里去的? 更为严重的问题是，作为一个狙击手，你的使命是什么? 组织上让你狙击的目标，并不包括这个突然出现的女人，在任何情况下，你都不能违反组织的命令，并且逾越这道命令去擅自击伤或击毙另外的人。

张处长非常痛惜地告诉他，冷丽苹是我党一个非常优秀的情报工作者，打进军统四年，经过重重考验和九死一生的奋斗，已经逐步接近了军统的核心层，甚至得到了戴笠某种程度上的认可和信任。她这次之所以会突然出现在现场，可能是和军统的某个任务有关，暂时还不清楚，不过终归是会清楚的。现在她人在医院里，左胸伤势过重，一只乳房已经炸碎了，不存在了，人也昏迷了三天，如果她一旦牺牲，那这些年的卧底努力将全部付之东流，她所掌握的大量秘密：军情机密、政治异动、电台密码、内线、情报、内奸、高层人士的动向，等等等等，这一切都会全部丧失，那对组织来说可是一个无法挽回的重大损失。

方逸舟追悔莫及，但也悔之晚矣。他的枪被没收了，人也被关进了禁闭室，上级让他作出了深刻反省。

昨天，鲁团长来看他，通知他经过报请纵队和军部批准，他已经从副营长被撤到了副连长，连撤三级，如果冷丽苹醒不过来，他可能会被一撸到底。

在愧悔交加的心境中，他度过了漫长而又痛苦的十天，十天后，他被解除了禁闭，枪又回到了他的手中，不用问，冷丽苹没有死，他心里的一块石头总算是落了地。

可要命的是，他从此得了一种怪病，手指无端端会发出阵阵颤抖，根本找不到扳机。头冒虚汗，脖子僵硬，在他的狙击镜中，经常出现虚影和重影，有时两重，有时三重，有时还会出现海市蜃楼：一片雾气中的大漠景象或是幻想中的海上仙山。他已经不能望镜头了，一望镜头就头晕目眩，天旋地转。

他知道毁了，都是那一枪惹的祸，得上了这种怪病，一块狙击的好材料就此报废。他私下请假去了当地一家大医院看病，当然是背着人偷偷去的，作了严格检查之后，教授告诉他，这是一种心因性疾病，因为精神高度紧张得不到舒缓而引起了肌肉痉挛症和手指抽搐症，脑部可能有血管阻塞，但如果抓紧治疗，按疗程吃药，还可以控制，因为它只是间歇性的发作。

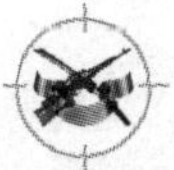

狙击恐惧症?

对了，他曾经听扎伊采夫说起过这种病，苏军和德军中都有人得过。对于一个狙击手来说，最痛苦的是，有一天你被告之不能再打了，要永远离开那支与你同呼吸、共命运的枪了，那不比杀了他还难受? 可他还算好，还算不幸之中的万幸，他的狙击生涯并未因为狙击恐惧症而完结，只是准头上受了点儿影响。

疾病的痛苦他可以忍受，间歇性的发作咬咬牙就挺过去了，最让他忧心如焚的是，他不能把这件事告诉任何人，只能自己知道，打落牙齿和血吞，悄悄忍着。

他想到了退役，可面对侵略者他怎么能放下手中的枪呢? 他是一个战士啊，更何况他手里攥着的是两个红军战士的生命啊。但这种折磨得人快要发疯的隐疾，对他无疑是一种遥遥无期的精神熬煎。

千不该万不该，他就不该打那一枪，就因为那一枪——惹祸的那一枪，致“残”的那一枪，打碎了一个梦想，打碎了一颗爱心，打碎了今生今世对美好生活的全部奢望，最后也把自己打废了。

我怎么老打这种怪枪啊? 他怎么也想不明白。

从此以后，新四军少了一名狙击手，多了一名怪枪手。

第四章

终极飙靶

眼泪和悲伤无法让死去的战友复活，一场更加危险残酷的考验正等待着他。

炸桥人死了，可桥还在，这一切都像一个神话。

三天来，方逸舟一直僵卧灌木丛中，紧握狙击枪，眼睛茫然地睁着，在那泪光闪烁的目光背后，有一股复仇的火焰在熊熊燃烧。

他下意识地抬手摸了摸右眉骨上的疤痕，那里有一种又酸胀、又刺痛的感觉，老伤疤里面又肿又烫，好像还在嘣嘣跳动。但他顾不了那么多了，此刻正用狙击镜扫视着眼前的一切。

此时，五百米开外的大桥上，军警林立，如临大敌。流动哨也比平时增多了一倍，达到三步一岗五步一哨的地步。可桥头堡三楼临江的窗户却紧紧闭着，窗帘也拉上了。

野岛大佐，你等着，别让我的狙击镜第二次圈住你。你不出来么？好，你藏在桥头堡里很安全是吧？你杀完了人搂着染血的刀呼呼大睡是吧，行，不管你是玩捉迷藏还是装孙子，老子都陪你，老子都等你，一直等到海枯石烂，天塌地陷。

方逸舟心里明白，眼泪和悲伤无法让死去的战友复活，一场更加危险残酷的考验正等待着他。

那考验就是："炸掉那座无法炸掉的大桥！"

但眼下，首要的是先得把野岛大佐送下地狱。那个左手沾满南京人民的鲜血，右手沾满 8 名炸桥勇士鲜血的人，没有理由可以再活下去了。

这一回，老子算跟你骠上了，死磕到底!

方逸舟不轻易下决心，一旦下了决心，他就会用子弹来兑现自己的诺言。

那天中午，空气中的湿度很大，将近百分之百。他能由狙击镜中抖动的波纹和冉冉上升的热气看出来。他知道，波纹越深，混度就越大。而湿度越大，空气密度就越大，子弹前进时产生的阻力也就越大。这时就需要有高度的控制技巧，这湿气不但会减缓射速，也会把弹道压低，所以在湿度大的天气射击，狙击手就必须要把枪口稍稍抬高一根头发丝，以弥补湿度所造成的误差。

一个专业的狙击手，会在射击之前参考风速、湿度和风向来调整自己的狙击枪镜，专业术语叫“修偏”。方逸舟常常旋转两个调节钮，来调整枪的标尺和刻度，做好击发前的一切准备。今天还好，基本上没风，所以，他就不用计算风速和调节风偏旋钮。

对方出现的时间也许会非常短，短得让他措手不及。也许只是几秒钟，人影一闪就不见了，这是很正常的情况。

但对他来讲，时间不是问题，只要两秒就够了：一秒钟反应，半秒钟瞄准，半秒种击发，用时两秒，爆头穿心，一弹索命，这就是“老秒神枪”。

“嘀嗒，嘀嗒，嘀嗒，嘀嗒”，时光像一个钢铁哨兵，正急步向前跨进，那脚上厚重的皮靴，正一下一下地踩踏在他的心上。

桥头堡里。

“呼哧，呼哧，呼哧”一阵古怪的声音从脚边传来，这声音一会儿又变成“呼噜噜，呼噜噜”的嘶鸣声，伴着一阵扑鼻的腥味钻进鼻孔中。

野岛大佐一下睁开眼睛，“虎”地从藤椅上跳了起来，伸手就去抓挂在墙上枪套里那支“南部十五”手枪。可他手刚举到一半又停住了，苦笑一声，“妈的，又做白日梦了”。

野岛快步走到窗前，轻轻撩开窗帘，向桥头堡外窥视一眼：大桥、碉堡、六和塔、炮兵阵地尽入眼帘。江面像往常一样平静，大桥周围更加平静，死一样的平静。

那些尸体呢，还吊在那里，随风摇摆。

好，很好，要的就是这个效果。

士兵们荷枪实弹守在各自的岗位上，从这里俯瞰大桥和卫兵，就像一群蚂蚁在蠕动，有点像一个童话中的小人国。而野岛，俨然是这个小人国的国

王，手握生杀予夺、至高无上的大权，脚边有雄狮在卧。

雄狮？是的，他的雄狮就是一条名叫“狐狸”的狼狗。此刻，发出阵阵呼噜声，在他脚边安睡。

野岛用脚踢了狼狗一下，狗醒了，睁开那双布满血丝的眼睛盯着他看，鼻子一抽一抽的。“狐狸呀狐狸，知道你馋了，”野岛起身，从水池里抓出一块带血的人肉，扔在“狐狸”脚下，“吃吧，吃吧，再不吃就臭了。行了行了，你不用拿那种眼光看我，那些尸体不是你的，那是诱饵，诱饵，你懂么？你的肉下午横田就会送来，新鲜的，温热的，男人的，女人的，也许还是小孩子的上好的大腿肉，刚从活人身上剥下来，带血丝，管你够。好了，好了，我的宝贝，这一次你又立功了。你是怎么闻出炸药来的？啊？狐狸，你这个坏家伙，把那些不自量力的亡命徒全吓傻啦。哈哈哈哈，哈哈哈哈！”

野岛边笑边用手亲热地捋着“狐狸”的头毛，“狐狸”像是听懂了他的话，红红的眼珠转了转，一口咬住肉，喉咙里发出威胁的噜噜声，躲到一边吃去了。

这可不是一条一般的狗，这是一个战胜者的“光环”。

6 年前，攻进南京的时候，刚升大佐的野岛带着一个日军联队一路猛冲猛打，所向披靡，战功赫赫。死在他联队枪口下的国民党士兵，多达两万多人，还不算后来的中华门那一场屠宰和“会餐”。

支那人就是一群猪，不杀白不杀！杀了绝对不白杀！这不，师团长冲山元对自己的战绩非常满意，当场就把他的狗奖给了我。这就是我的“狐狸”，我的雄狮，更是我的杀手锏。你们没有料到吧，有多少人没料到呢。

古来军人什么最荣耀？一是获赠武器，二是获赠长官的心爱之物。获赠狼狗就像获赠武器一样，同样是军人的至高荣誉。当然他明白，同时获得的，还有师团长冲山元对他的信任和勉励。

野岛走到洗手池边，洗净了双手的血迹，抬头望着盥洗镜中自己的脸。这张脸不太平，有些坑坑洼洼的鼓包和疙瘩，眼睛倒是很大，只是露着三白边，像个死鱼眼，上嘴唇留着那种著名的仁丹胡，长长的，黑黑的，但修剪得很整齐的那种胡须，像把刷子，下颌上，有个铜钱大的痦子，上面有一撮黄毛斜刺里长了出来。他对自己充满了军人阳刚气的相貌非常满意。

他高伸双臂，做深呼吸状，转眼间眉头又皱了起来。大桥一守五六年，他一直待在大佐的位置上一步未动，像被焊死在这大桥上。和他同时当兵的山木君、佐田君都已经当上了旅团长，早就扛上了少将军衔，可我呢，这么

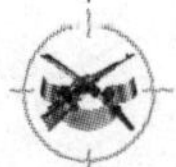

多年就在这里死守一条桥，整日里挨打受炸，不得安生，却不能上阵杀敌，建功立业，当然也就升迁无望。可眼下机会来了，那群胆大不知羞的歹徒居然敢老虎屁股挠痒痒，跟我玩炸弹？硬给我眼里揉沙子，把我野岛当什么人了？让你们知道知道我的厉害吧，一顿机枪开了大餐，你的炸弹怎么不响啦？喊，化装偷袭，瞒天过海，敢给我上眼药？这下好了，桥没炸成，小命却一个一个玩丢了，变成了桥头倒挂的“鱼干儿”。

“曝尸，是不是有点太过张扬了？”

这话谁说的？真是胆大不知羞！喊，张扬？这叫张扬吗？我就是要张扬，就是要扩大影响，就是要搞得全世界都知道！我好不容易有这点战功，有这点成就，有这点邀功请赏的资本，我不利用，谁利用？难道你们要让我在这条臭桥上一直干到退役？我还不是傻子。不知道哪一天，哪一分，哪一秒，那颗本该挂到脖子上的星星，就会钻进我的肚子，被它送下地狱，我还不趁现在好好活着，能捞多少捞多少，能升多快就升多快？

张扬？说这种话的人，都是不懂军事，不懂谋略，都是军中的白痴。

“尸体为什么穿国民党的军装？”

这话谁说的？真是愚蠢透顶。为什么？难道我们让他们仍旧穿着偷来的日军军装被挂上去展览？那成何体统？那不是成了自己人打自己人了？天皇白养了你们这群低能儿，连这都看不懂？这叫谋略你们知不知道？只有让尸体穿上国民党的军装，才能把水搅得浑浑的，什么叫浑水摸鱼？什么叫干扰视听？什么叫转移视线、嫁祸于人？穿上国民党军装，国民党会怎么想？共产党会怎么想？他们两个冤家会不会互相猜忌，互相指责，甚至大打出手？其他人又会怎么想？胆小的会躲得远远的，胆大的也再不敢轻易来碰桥，尝试那种等于白白送死的勾当，这难道不是一步一箭数雕的高棋，一步离间国共的鬼棋？

“哼哼，看着吧，好戏就要登场了。”尸体已经发臭了，那些复仇者的怒火一定在某个角落里烧得正旺，那就来吧，诱饵在等着你，不，等着你们，不管你们是谁，是国民党也好，是忠义救国军也好，是别动队也好，是共产党、新四军、游击队也好，都不重要，重要的是我的网已经张开。

“还有人说了……”，他妈的，怎么这么多废话！

“说什么，真正的军人不能感情用事。”他妈的，老子枪毙你，这种话狂妄话你都敢说。

不过，这家伙说的倒是实话，话歪理正嘛。曝尸？自己是不是有点太过

愤怒了？太过偏激了？把事做绝了？这种事换一种做法是不是更好？如果处理得更冷静些，更理性些，把尸体放下来埋掉，息事宁人，给战殁者一点应有的尊严，也许就不会遭致更加猛烈的报复和攻击？因为人家在暗处，我们在明处，一座桥就是一个死靶子，明晃晃地摆在那里，我们不知道他们是些什么人，会干什么坏事，会在什么时候、什么方位，以什么规模，用什么武器，采取什么手段进行再次偷袭。

总是偷袭、偷袭、偷袭，没完没了的偷袭。也许下次偷袭就是我们的末日，桥毁人亡，天塌地陷，前途尽毁？

野岛有些不敢往下想了，想想都叫他冷汗涔涔，心生寒意。

有人在敲门，是横田中佐回来了。横田一进门，先对着野岛“啪”的一个敬礼，接着就放下手中的麻布口袋，从里面掏出一块带着血丝的肉，扔给了“狐狸”，边捋着狗毛说道：“狐狸，知道你只吃活人肉，吃吧，全是活人的，这下你该满意了吧?”

“怎么样，见到师团长了?”

“没有，见到参谋长了，”横田立起身，眨着小眼睛说道，“他说东京的几家报社有了反馈，其他各国的主要报社都在联系中。他说这种新闻最好配些相片，一起发，准会造成轰动效应，会对全世界的抗日势力造成震撼和杀伤。”

“照片？好主意。我怎么忘了这个事。”野岛翻了翻白眼，思索片刻道：“你去布置一下警卫，如果安全没问题的话，我们就去拍些照片。”

“哈依。”

横田拉开抽屉，拿出一部德国产的小型蔡斯相机放进野岛的手中，转身走出房间。

“哗啦，哗啦”树叶轻摆，一双手拨开树枝，露出那双精芒四射的眼睛，接着露出一张猎人般粗犷黧黑的面庞。

作为一名受过严格训练的狙击手，方逸舟的耐力是超一流的，他可以一动不动地在狙击点内潜伏24小时，不吃不喝，不用排泄。他甚至可以在没有任何补给的情况下在野外生存七天以上，仍可保持一定的战斗力。

从早上到现在，整整六个小时过去了，方逸舟双眼一眨不眨地盯着大桥的桥头堡，如果一旦有什么动静，他一定会第一时间捕捉到目标。

可突然，他脑子“嗡”的一下，眼睛就什么也看不见了。

不好，狙击恐惧症发作了。

他立刻觉得口干舌燥，双手不住颤抖，枪身也跟着剧烈打颤，两眼出现重影，视线也变得模糊不清，而且越来越重，“海市蜃楼”来了，大片浓重的黑影纷纷落下，就连呼吸也变得压抑和急促起来。真是要命，怎么会这样的?方逸舟暗暗痛骂自己，在这个关键时刻，自己可千万不能垮掉或者崩溃。

突然，一阵汽车引擎声从江边长堤方向传来，方逸舟立即掉转枪口，瞄向江边长堤方向，可他从狙击镜中看见的是几个模糊的人影，在摇摆，在横移，在跑动。

远处有一排持枪的宪兵紧急跑来，在那个军官前后站成一排，军官对士兵进行了训话。

那是谁? 难道是野岛吗?

方逸舟拼命地用拳头拍打自己的脑袋，用手背揉着双眼，想看清楚那个500米开外的人究竟是谁。

此时，一辆日本吉普车开到江边长堤上停下，从车后座上下来了一个日军大佐。

江边的中佐横田从一排日军中迎了上来，指着大桥向野岛大佐介绍着什么，大佐兴奋地点点头，接着举起了手中的蔡斯相机，选了个位置和角度，远远地对着大桥上的尸体拍下了几张照片。

瞄准镜的十字分划线从野岛大佐的头部下移至脸部，又移到眉心要害部位，方逸舟终于看清了，他就是那个魔鬼大佐野岛，那个下颌上长着痦子的人形野兽。

虽然狙击镜模糊、摇晃、颤抖，但方逸舟还是努力保持镜头锁定在野岛脸上，那个黑黑的痦子清晰在目。此刻的他已经抛却了一切杂念，抗住了撕心裂肺、狂猛袭来的颤抖，心如止水，身心似乎和枪已融为了一体，达到了人枪合一的至高境界。

“野岛大佐，地狱久等了，你的瞬间即将成为永恒。”

江边长堤上，中佐横田得意地说：“野岛大佐，这张照片明天就会在全世界各大报刊登出来，你给起个标题吧。”

野岛略一思忖道：“标题? ……有了，”他狂妄地向天空伸开双臂，“钱塘江大桥！大日本皇军建造的远东第一桥！一座永远永远也炸不毁的……”

方逸舟闭起了眼睛，心一横，头一低，完全凭借着超乎常人的枪感打出了那一枪。

“砰……！”

天地静穆，万物潜踪。

一粒火花瞬间飞过五百米的距离，咆哮着钻进了野岛大佐的后脑，把那个“桥”字噎了回去，他伸向天空的双臂僵在那里，子弹从后脑勺钻入，前脑门钻出，喷带出一条血柱，溅得老高，红白之物四散纷飞，人直直地仰倒在地。

打中了？没打中？打中了？没打中？

方逸舟有点不敢看，不知道究竟打中了没有，但他还是拼命抑制住颤抖、恐慌和激动的心情，强忍住狙击恐惧症带来的干扰，挣扎着睁开双眼，透过几层重影，看见野岛半个头颅不见了，在他横尸的地方，有一片很大的血塘在身下汩汩流出。

方逸舟浑身一松，通身之力全部放下，一下趴在地上，剧烈地喘息着。

他那一枪，居然是闭起眼睛打的。

谁敢这样打枪？谁会这样打枪？在这个世界上，只有一个人敢这样打枪，这个人就是“老秒”神枪。这一枪，难道不是厚积薄发的一枪？炉火纯青的一枪？笑傲狙坛的一枪？旷古独步的一枪？

是的，因为那一枪，是他从心里打出去的，所以打则必中。

“哇呀呀，大佐，大佐！你不能死啊！”中佐横田抱起地上的野岛，声嘶力竭地狂呼乱叫，野岛大佐的双臂僵直地伸着，眼光失神，怒视苍天，嘴里“呜噜呜噜”地冒着血泡。

“敌人，有敌人，有敌人！给我打呀！”

一名少佐大声吼叫，手舞指挥刀，指挥手下日军士兵向四处开枪射击：

“哒哒哒哒……哒哒哒哒……哒哒哒哒……！”

桥上，桥下，山上，山下，塔上，塔下，桥头堡中的日军一起开枪射击“哒哒哒哒…………！”

“咚咚！咚咚！”山上的高射炮群也在对着天空一顿盲射。

第五章

闻风而动

委员长有多少耐心他不知道，但戴笠有多少耐心沈默然非常清楚。

杭州郊外，荷塘路52号是一座西班牙风格的豪华别墅。

日本人来之前，这里是一位姓陈的富商的私家宅邸，后来为了躲避战火，陈永年举家迁到了南洋，现在，日本人占领杭州后，这里是国民党军统的秘密基地。内部人管它叫“荷塘”，对外简称“52号”。

“叮铃铃，叮铃铃”，二楼办公室桌上电话铃乍响，一只手一把抓起电话。

打电话的是一个两鬓微白、穿中山装的中年男人，“喂，我是沈默然，什么什么？你再说一遍……钱塘江大桥怎么啦？嗯嗯，什么？有人炸桥？嗯嗯，……什么什么？桥头曝尸？嗯嗯，什么？都穿着国军的军装？……你没搞错吧？嗯嗯，谁干的？不知道？嗯嗯……我知道是日本人，我问的是，是谁搞的袭击？不知道？一点儿线索都没有吗？嗯嗯，万科长，你听着，这件事情非同小可，你立即带上行动队的便衣，到大桥附近侦察一下，查明事情原委，立即向我报告，要书面的，但千万不要惊动了日本人。”

沈默然刚想放下电话，想了想，又立即对着话筒道：“喂喂，万科长，这件事你先不要告诉“刀斧手”（指戴笠），明白吗？嗯嗯，我知道戴老板已经到杭州了，他如果追问起来，你就说是我沈处长说的，事情还在调查中，不便向他汇报。对，就这样说。哎，另外，你把‘夜莺’给我叫来，有紧急事情。什么，她失踪了？联系不上？你怎么搞的嘛，太不像话了！好了，好了，我自己想办法吧。”

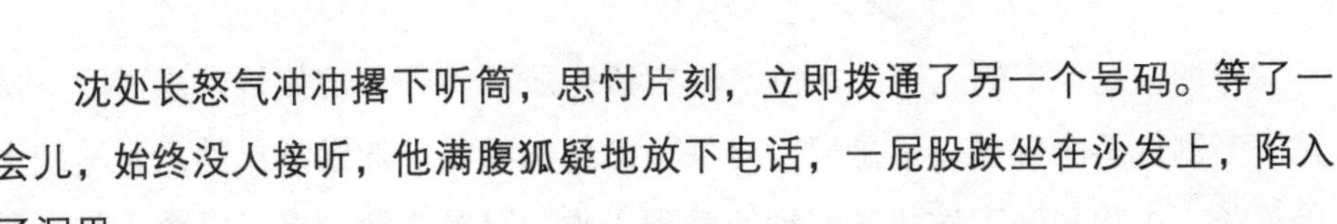

沈处长怒气冲冲撂下听筒，思忖片刻，立即拨通了另一个号码。等了一会儿，始终没人接听，他满腹狐疑地放下电话，一屁股跌坐在沙发上，陷入了沉思。

沈默然目光阴鸷，双眉紧蹙，本来就瘦长的脸显得更长了。他伸手从茶几上的铁盒里拿出了一支“三炮台”香烟，放在鼻下嗅了嗅，若有所思地点着了烟。

这次桥头曝尸的事情发生得太突然了，太意外了，而且非常蹊跷，散发出一种神秘古怪的气息，让人云山雾罩，摸不着头脑。他隐隐约约地感到这“曝尸”的后面，似乎隐藏着什么重要的信息，也许是个更大的阴谋？为什么这些人都穿着国民党的军装？难道是我们的部队或某个组织对大桥进行了某种突然的袭击，袭击失败之后，日本人为了泄愤，就把这些牺牲的人曝尸桥头，公开展览？

泄愤？的确，就是泄愤，这是符合日本人往日作风的，不论是遇到袭击还是遭到埋伏、死了军官或战斗失败，无不疯狂报复、本性毕露、惨无人道。

但现在的问题是，炸桥者究属何人？什么身份？什么目的？对对对，这才是关键。

沈默然一拍沙发扶手，脸上立刻浮现出得意的笑容。他从事谍报多年，从来就是以眼光犀利、嗅觉灵敏，善于在纷乱繁杂的线头中拨云见日、抓住主线而著称，这也是他深受“刀斧手”重用的原因之一。

一定要尽快查清这些人的真实身份和事件的来龙去脉。

这是大方向，接下来就是怎么查和由谁查了。

他脑中飞转了一下，几个形象跳了出来：一是上海站站长周镐；二是南京站站长王乐山；三是杭州特别组组长董长礼；四是忠义救国军总指挥马志超；五是别动军总指挥徐志道。要先找这几个人了解一下情况，事情很快就会水落石出。

因为在杭州一带，国军主力离得很远，第三战区的顾祝同所部更不可能干。能够调动兵力进行武装袭击的，就是以上几家，而这几家之中，上海站和南京站基本不大可能，一是他们还都处于地下潜伏状态，手下的情侦特务和电讯人员也不多，根本没有外勤人员和行动队编制，如何能够组织有效的军事进攻？而且，即使他们要进行这种武装偷袭，也必须事先经过他沈处长的批准，而他根本就不知道这些屁事。所以说，这件事，最大可能是忠义救国军或是别动队的人干的。

可即使是他们的人干的，自己也应该有所耳闻哪，但偏偏就是两眼一抹黑，节制这两个部队，可是“刀斧手”给他的特权。沈默然虽然只是军统七处处长，主管司法工作和各监狱的管理工作，可是在敌占区，在敌人的心脏部位，他也算是个“土皇帝”了。在军统局局本部，他的处不算是大哥，排行靠后，在那些一处、二处、三处，也有叫情报处、电讯处、行动处、内勤处、外勤处的跟前，只能是小老弟，但跟布置处、督察处等几个后勤服务部门比起来，也不算太边缘。

他之所以能够坐到现在这把交椅上，完全得益于一次偶然的机运。

1937 年，国军在“8·13”淞沪抗战中，付出重大牺牲之后，几乎全军覆没。在敌强我弱的情势下，实施了“以空间换时间”的策略，进行了战略撤退。

国军刚一撤退，国民政府战前在上海的实际控制地，闸北、南市、沪西和浦东四部分组成的华界，就相继沦入了日寇之手。

在上海沦陷之初，身为一个科长的沈默然就奉戴笠之命秘密潜入上海，配合军统上海工作区负责人收拢潜伏下来的军统上海站特务，再加戴笠派出的新干部重组了军统上海站，而南京站也在筹组和恢复之中。根据戴笠“长期潜伏，伺机行动”的指示，他将上海区的一切活动都从公开转入了地下，活动地点也从华界转移到了租界。

好不容易熬到了 1939 年，在前一任上海站站长陈恭澍叛变“76 号”之后，“刀斧手”让沈默然全面担负起了重整山河的重任，让他做了上海区的代理区长，也算是“危急存亡之秋，受任于败军之际，奉命于危难之间”了。

不过此时，上海区虽然重组了，上海站机构重新恢复了，干部也配齐了，但活动方式却彻底改变了，从地上和公开转入地下和隐蔽。之后的三四年间，军统特务组织受到汪伪特工总部“76 号”的疯狂破坏、分化和瓦解，大特务头子李士群因其原来就是中统特务，深谙中统和军统的内部机制和运作方式，所以对军统的特务组织进行了有效的破坏和颠覆。许多军统特务被捕后都投降了“76 号”并成为了帮凶，使得形势更加险峻。

上海沦陷之前，军统特务的注意力都放在对付中共地下党组织上，对日军的情报工作基本上是零，而对“76 号”更是闻所未闻。但日军情报机关却对军统了如指掌，其所属的特务组织“76 号”更是杀气腾腾、步步紧逼。

军统上海站陷入了三面受敌的严重局面。一方面，要继续抓捕和迫害共产党地下组织和情工人员，绑架和暗杀是他们的常用手段；其次，要刺探日

军的军事、政治、经济和日本国内等情报，破坏日军重要的军事设施和军事目标，绑架、暗杀叛变投敌的汉奸和出卖民族利益、祸国殃民的奸商；再次，要应付“76号”无孔不入的渗透和疾风暴雨式的搜捕和暗杀。

俗话说：“大难不死，必有后福”，这句话在沈默然身上真地得到应验。渡过了腥风血雨的岁月，躲过了无数次绑架、偷袭和暗杀，沈默然为军统重建上海站和南京站立下汗马功劳，一举扭转了被动挨打的不利局面，使工作逐步走上了正轨。

1942年年初，“刀斧手”一声令下，沈默然调回了军统局本部，出任了布置处处长一职。可布置处对他来说既不是鱼，也不是熊掌，他志倒不小，区区一个处长早已不在他的眼里搁了。1942年年底，随着中日战局的实力消长，“刀斧手”决定加强对苏浙一带的情报工作，特别是加强对几个重要城市军统站的领导，就把沈默然调了过来。他对内是苏浙区的区长，对外是一家外贸公司的总经理，军统人员都是公司职员，人们都习惯地叫他“沈总”。

军统的组织结构分为四级，最高一级为军统局局本部，下来是区、站、特别组。区是负责大城市或几个省的组织机构，例如南京特别区、上海区、香港区等。站是以省为单位，一般设在省会，如天津站、北京站、广州站等。特别组设在较重要的城市，比如苏州特别组，等等。

沈默然这里是区一级的机构，对内他是苏浙区区长，有些老下属还是习惯性地叫他沈处长。他负责领导上述组织、机构，负责履行戴笠交待下来的各种针对日寇和共党地下组织的行动命令：暗杀、破坏、策反、纵火、爆炸、绑架、颠覆、离间、渗透、卧底、刺探和搜集军事和政治情报等任务。

工作内容五花八门，但因为是在日军占领区从事地下工作，所以沈默然的机构自然不能十分庞大，“公司职员”30多人、专用车辆3台，人员精干，一专多能，独当数面，有时候一个特工既是联络员，又是交通员，同时还是译电员，甚至是行动队队员。

为了应付日军的电侦车的严密侦听，电台也不能设在别墅里，而是放在离这里50公里以外的一个村民开办的饲料加工厂的地窖里，他们管那里叫作“牛胃”。

沈处长现在只有两个比较得力的骨干，一个是刚才通电话的张科长，对外称“张经理”，另一个是代号叫“夜莺”的女特工冷丽苹。这二人，一个主管行动，一个主管情报，是他的左右手。

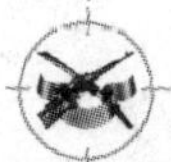

本来还有一个人，叫江雄风，是他的副手，那家伙在军统内可是个一等

一的高手，也是戴笠手下的十大王牌特工。这姓江的小子头脑灵光，极有心计，打一手好枪，又精通英、日语，还会破译日本军方的密电码，如果不是他放走了一个共党要犯被请进了“修养斋”，相信这个江雄风一定就是自己这个位置的最大挑战者和竞争者。

“卧榻之侧，岂容他人安睡？想要跟我斗，你还嫩了点。”军统家法你还不了解，一个不小心，就把你请进了有“修养斋”之称的拘留所，吃吃斋饭，尝尝私刑和家法。

沈默然知道，本来江雄风的事不算什么大事，就是在押解案犯途中被新四军游击队偷袭了汽车，六个人犯乘乱逃掉了。逃掉的人里有两个比较重要，一个是浙东的一位敌工委书记，另一个是新四军的一位副营长。本来这件事可大可小，可轻可重，但他知道，戴笠最恨的就是共产党手下的特工，只要一沾上“共”字，那他的政治生涯就算完结了。这个江雄风太不知趣，处处和他唱对台戏，还整天和冷丽苹眉来眼去，暗中勾搭，老给他“上眼药”，这简直是让他怒火攻心，醋性大发，干脆给他扣了一顶“通共”和“资敌”的帽子，让他进“修养斋吃斋”去了。

能干的人被弄走了，不能干的人却留下了，而且什么也干不了，这就是他最感头痛的大问题，特别是面对像眼下这种“案件不算案件，事故不像事故，事件不成事件”的局面，更加使他如坐针毡，头皮发麻，坐困愁城。

按说像炸大桥这种事情他可以不管，偶然的突发事件和他一点关系也扯不上。但他心里明白，一推六二五，最终还是苦。为什么？因为他吃的就是这碗军情饭，调查、侦察、取证、获取情报是他的主要工作。可这群亡命徒居然穿的是国军的军装，这就是惹祸的根苗，肇事的火种。戴笠知道这事儿是迟早的，而且很快高层也会知道，说不定委员长都会过问。委员长有多少耐心他不知道，但戴笠有多少耐心他非常清楚。所以，他必须得管了，不但管，而且还要尽快查清原委，以免被动。他可不想为这事儿吃“刀斧手”的板斧。

想到这儿，他立即抓起电话，对上述几个机构挨个儿进行了严厉的询问。但得到的回答都是否定的，没有人参与了这次炸桥行动，而且对这种行动都表示了震惊和困惑。

既然不是我们国军的部队或人员所为，那剩下的就只有一种可能，是新四军或游击队干的。如果真是这样，那反倒好办了，那更加和他无关了。但问题是，那身军装是怎么回事？如果炸桥是新四军所为，那为什么没穿着新

四军的军装被吊上去？日本人难道犯糊涂了吗？发了神经或者得了抽风病？这一切，他真的有点疑惑不解了。

想来想去，这种事情还真不能这么草率地下结论，如果万一搞错了，就等于提供了假情报，那罪名可就大了，他的乌纱帽这下就算丢定了，弄不好连小命都会搭上。所以他不能掉以轻心，必须尽快找到“夜莺”，让她做进一步的侦察和刺探。她在情报方面，多少还有那么点儿小聪明。

可一想到“夜莺”，那副德性，那副扮像，那身行头，那身入骨的媚态，他的眉头就皱得更紧了，这个女人呀，可不是个善主儿。

这个代号叫“夜莺”的女人，其真名叫冷丽苹，是军统八枝花之一，好像名列老六。哼，老六，他不知道这个排名的由来，是跟军统的资历有关，还是仅仅是按年龄大小排的序？

在这里，“夜莺”的军衔是个中校，职务是个科长，当然得归他上校管。但从她仅仅只有二十七八岁的年龄来看，能这么年轻就得到这个衔级，职务上还兼着局本部高级情报参谋，还真是不能小觑她。

不过，他沈默然历来对女人搞情报嗤之以鼻，不以为然。女人嘛，饮两杯红酒，骗几份情报，聊几句闲天，套一点军情，也没什么了不起，不值得大惊小怪。能掀起什么大浪来？真正动脑筋、玩绝活儿、纵横捭阖的高手，女人里头没几个，有也是凤毛麟角。

不过，他不相信冷丽苹就是这样的人。她不过是一个被惯坏了的娇小姐、阔太太，在家里被父母惯，在军统被老板惯，仅此而已。

她刚来的时候，我对她多好呀，危险的差事不让她干，累了给她泡咖啡，下馆子不让她掏钱，下雨天连伞都为她打了，可是她竟然不动心，说什么要是老板知道了不好，分明跟我玩暗示，摆出一副拒人千里之外的冷脸子。

她以为她是谁？不过就是一个“直属情报员”嘛，直接对老板负责，这不假，但我的账你多少也得买一点吧？成天就只会跟我装，以为我没看透。一会儿装天真，一会儿装高贵，一会儿装谦虚，总之一个“装”字了得，虚张声势的，不就一身军皮嘛。

嘁，这种女人还真是少见，你对她软不得，硬不得，近不得，远不得，亲不得，疏不得，所以，你也捏不得，拍不得，训不得，管不得，不管更不得。

可军统就爱用这种人，情报处的“八枝花”全是这路货，有一半是“直属情报员”，这不能不说是“刀斧手”的悲剧。

想到这儿，沈默然忽然想起，有一个地方一定能找到“夜莺”，而且必须在今晚就找到她，因为，骂归骂，咒归咒，他还真地离不开她呢。

南京，日军第6师团司令部。

门口守卫森严，双岗肃立。

“咔咔咔咔”两排士兵迈着紧急的步伐跑过，太阳旗挑在刺刀尖上，身后是庄严巍峨的司令部大楼。

上午9点刚过，三辆高级轿车先后急驶进司令部大门，停在楼前，从车上跳下3名军官，横田手抱一把指挥刀，慌慌张张地向楼门口奔去。

师团参谋长办公室里，宫崎兽男参谋长一脸悲戚，眼含热泪，下巴绷紧，嘴角神经质地抽搐着，眉毛皱了一下，灰黄的眼睛喷出一道凶光。此刻他正在仔细端详着这把指挥刀，刀把是象牙柄的，全象牙刀鞘，上面雕工精美，镶金嵌银，制作精良。他缓缓地抽出刀来，刀锋冷艳，寒光乍现，使人不敢逼视。

“刀，武士之魂，他死了，可魂还在!”

横田中佐和两位少佐在他面前肃立不语，面容哀戚。横田的嘴唇有些哆嗦，欲言又止。横田递上一个牛皮纸文件袋，宫崎参谋长接过，从袋中抽出一叠相片。突然，一叠大桥曝尸的照片映入眼帘：大桥、尸体、血污、绳索，8具穿着国民党军装的尸体赫然在目，惊心动魄。

横田中佐立正禀报：“报告参谋长，野岛大佐就是拍摄这些照片时，被不明身份的枪手击中身亡的。”

宫崎参谋长抬起严厉的目光问道：“查到是什么人干的了吗?”

横田立正回答：“还没有。但一定和新四军游击队有关。”

宫崎死盯着照片看了半天，抬头道：“你们跟我来，立即去见司令官。”说罢，领着三人匆匆走出了办公室。

师团长办公室里，宽大的办公桌后面，坐着师团长冲山元司令官，威风凛凛，佩中将军衔。

冲山元长着方正脸庞，50余岁，两鬓斑白，两道剑眉下，目光如炬。

参谋长领着几名军官正弯腰低头，肃立在他面前。

“参谋长，这就是那座桥吗?”冲山元从摆在桌上的照片上抬起凌厉的目光，死死地盯着对面的少将。

宫崎立正禀报：“报告司令官，就是这座桥，钱塘江大桥，重建的。”

“宫崎君，开枪打死野岛大佐的人，查到了吗?”

宫崎又禀报：“报告司令官阁下，还没有。军部已经派出了调查组，特高课的尾崎正男也出动了。不过大桥附近人很杂，有国民党军统的特工、忠义救国军的部队，别动军也离得不远，还有新四军的游击队，另外，还有小股抗日武装分子、帮会捣乱分子，都在威胁大桥的安全。”

冲山元扭过头，盯着参谋长身后的几名军官问：“谁是横田?”

横田一个立正，跨前一小步，慌忙禀报：“报告司令官阁下，职下是横田。”

“野岛的死，究竟是怎么回事? 做过仔细调查吗? 袭击大桥的究竟是什么人? 何方神圣? 他们的目的为何? 采取何种手段? 我方有多少人在袭击中丧生? 做过详细的统计和分析吗?”冲山元问话时，目光像一把寒光闪闪的利剑直刺横田的心底。

“没……没有……没有做过全面的统计，在下失职。不过，这次枪击完全是个意外。”横田低着头，诚惶诚恐地回答。

“意外? 八嘎!”冲山元的目光刹那间变得异常森冷，厉声喝斥道：“我养你们这群饭桶干什么? 脑袋都要搬家了，还大言不惭地说什么意外?! 你们要给我查，全面地查，彻底地查，查不出原因，统统枪毙!”

冲山元的吼声震得办公室窗户沙沙作响。

参谋长和几个军官都低着头，弯腰肃立，大气都不敢喘一口。

冲山元伸手按了下桌面的电铃，很快，一个军官夹着一个蓝皮文件夹走了进来。

他是冲山元的副官，正是那个小野洋平。小野洋平一看这个场面，便知道是怎么回事了，立即打开了手中的档案夹。

“念!”冲山元厉声命令。

“哈依。”

小野洋平念道：“根据多方统计资料显示，大桥建成的前三个月和建成后一个月以来，共发生桥面袭击事件 3 起，毙敌 35 名；水面袭击事件 5 起，毙敌 48 名，水面不明漂流物 8 起，缴获炸药包、地雷装置、定时炸弹装置 31 件，炸药当量共计 4500 磅；空飘物事件 6 起，缴获气球、模型飞机、巨型风筝 6 个；敌机逼近大桥空中侦察 18 起，没有伤亡。另外，我方伤亡情况是：

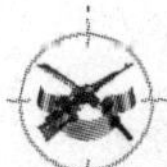

雷达阵地袭扰事件中，3名士兵阵亡，高炮阵地袭扰事件5起，1名少佐和6名士兵阵亡；桥面汽车袭击事件中，25名士兵死亡，缴获炸药当量1800磅；冷枪事件中，8名士兵、1名少佐中弹死亡；江边不明枪手袭击事件中，野岛大佐头部中弹身亡，共计伤亡47名官兵。"

"听听吧，听听，这就是你们的光荣战绩，这就是你们的意外借口，47名官兵，47个冤魂，我们第6师团从来没有吃过这样的败仗，从来没有受过这样的耻辱。不败而败！虽胜尤败！奇耻大辱!!"

冲山元声嘶力竭地吼叫着："他们不是人吗，他们没有父母兄弟、妻子儿女吗？他们不是天皇的忠诚战士吗？他们的宝贵生命就这样白白地被支那鬼夺走了，成了枉死城中的冤魂。可你们却站在这里，流着鳄鱼的眼泪，厚颜无耻地活着？"

冲山元揪住参谋长的脖领子，拼命摇着，气急败坏地吼道："47名官兵，你还我！你还我!!"

横田和两名少佐"扑嗵"一下跪倒在冲山元的面前。

冲山元面布煞气，狰狞笑道："他们全死啦，可你们还活着，啊，你们还有理由活么？帝国的脸面呢？第6师团的威信呢？统统都被你们葬送了！小野，你，立刻把这三个无能的蠢货、失职的畜牲送交军法处，严厉治罪，绝不姑息！"

"哈依。"小野听令，头一摆，上来四个卫士，把横田等四个从地上抓了起来，戴上手铐，押出了房间。

冲山元扭过头来，阴鸷的目光紧盯着参谋长宫崎兽男的脸。

"宫崎君，你认为形势还不够严峻吗，还不够骇人听闻吗？你说说，下来我们该怎么办？就这样坐以待毙，让大桥在我们眼皮底下被炸掉？"

"不，绝不。"宫崎抬起头，露出一股坚毅的神情，"报告司令官阁下，我已经想好了行动方案。"

"说！"

"第一步，当然先要处理好那些尸体。现在那些尸体挂了三天了，已经臭了，我看应该立刻把他们撤下来，喂狗或者焚烧灭迹。让那些想前来报复的人或组织找不到出气的理由。"

"不行！绝对不能撤！既然挂上去了，当然挂上去绝对是一步臭棋，那个野岛根本长了一幅猪脑子，他从来就过高地估计对手的天真程度，什么叫引火烧身，什么叫玩火自焚？他不懂，永远不会懂，所以他的死就是活该！"

冲山元双手背后，负气蹀躞，“尸体既然已经挂了，已经臭了，就要让它一臭到底。你们不是想找线索吗？想抓黑手吗？想要引蛇出洞吗，离开这些尸体，你这盘棋又该怎么下？”

宫崎立正道：“好，既然阁下这样说，那就不撤好了。师团情报机关、特高课和宪兵队我已经安排了，立刻派出一个小分队，再带上几名狙击手，埋伏在大桥附近张网捕鱼，守株待兔，不怕他们不上钩。”

冲山元板着的脸上毫无表情。

宫崎继续道：“这第二步，迅速展开一次全城大搜捕，对各交通要道都严密把守，严格检查过往车辆和行人，一有可疑，立即逮捕。第三步，对各宾馆旅社进行突击检查，并核对登记本，对外地来杭的人员，不论经商、探亲、旅游和公干的，全部抓起来，严格筛查。第四，派出得力的特工，漫天撒网，混迹于普通平民之间，采取偷听、询问、引诱等办法，获取进一步的信息，摸清袭击者的真实身份和他们下一步的企图。”

“嗯，哟西。”冲山元从鼻子里挤出一声道：“这件事情，你可以和小野商量着办，先成立一个案件调查小组，你挂帅，由我的副官小野代理机关长和尾崎正男课长二人作你的副手。”

“哈依。”

“还有，”冲山元转头叮咛道，“宫崎，你要尽快选择大桥的主管将佐，来接替野岛的岗位。”

宫崎立正道：“禀阁下，这个问题我已经在考虑了，明天就会上报一份名单。”

“注意，”冲山元眼光灼灼、声沉字重地说，“这个人生死攸关，责任重大，帝国的荣誉和师团的前途完全都扛在他的肩上，所以，万万不能草率行事。你要先从本师团开始，先选出20名大佐，然后逐一筛选，行就上，不行就下，淘汰、淘汰再淘汰，要优中选优，好中挑好。我会让小野起草一个选拔标准，一个严格、苛刻到完全不近人情的标准，而你，要严格按照标准来选拔。记住，宁可虚位以待人，不可以人而滥位，懂吗？如果我们把关不严，选人不当，就等于自杀，等于全盘失败，等于桥毁人亡。明白吗？”

“哈依，我的完全明白。”说罢，敬了个礼，转身出门。

小野副官拧开了另一扇门，走了进来。

冲山元脸色稍霁，露出了一丝笑容道：“小野，很好，你的工作很有效率，你不愧是帝国大学的高材生啊。”

小野一个立正，恭敬说道："司令官过奖了，小野只有尽忠将军，至死不渝，努力效命，竭尽心智，才能报答将军恩情于万一。"

"嗯，哟西。"

"还有，司令官阁下，您看，这些照片明天要不要见报?"小野以期待的眼光盯着冲山元。

冲山元一怔，凛然作态道："为什么不? 这出戏既然已经张开了口，就一定要唱下去，因为我们要向全世界宣告，钱塘江大桥是一条由日军监督、建造的钢铁交通线，一把插在中国心脏上的沥血尖刀，一面展现帝国雄心的胜利旗帜，一座名符其实的远东第一桥，一座世界上最坚固的桥，一条永远、永远也炸不毁的桥!"

小野英俊的脸上焕发出由衷赞美的笑，"太高明了，司令官阁下，我会把这些话，放到照片上当标题的，我马上和世界各大报社联系，明天就会见报。"

"哟西。"冲山元转头叮咛道："桥炸不炸得毁，我说了不算，你说了也不算，谁说了都不算，只有一个人说了才算。你安排完登报的事，就马上起草一个选拔守桥大佐的标准，要有十条，我们一定要选出最合适、最优秀、最出色的大佐，帝国最勇敢、最智慧的校官去守卫大桥。"

稍后，他微微放缓了语气道："知道么，人在桥在，人亡桥塌，一切都在于人，人，人，人，人永远是最重要的，道理就这么简单。所以这个标准，要不同一般，不怕高，越高越好，如写得不好，你提上校的事就只能放一放了，明白吗?"

"哈依!"小野深深鞠了一躬。

"看报啦，看报啦，看重大新闻!"

第二天一大清早，满杭州城街道上的报童都挥舞着手中的报纸高叫道："看报啦，看报啦，重大新闻，重大新闻，钱塘江大桥被炸，桥被炸啦，国军8勇士壮烈牺牲，桥头曝尸。看报啦，看报啦，看今日重大新闻。"

"看报啦，看报啦，桥头曝尸，看日本人的大手笔，看日军的大发明，看国军的大牺牲！看报啦，看报啦，重大新闻。"

"特别号外：桥头曝尸！特别号外：桥头曝尸!"

路人纷纷买报，有的在驻足观看手里刚买的报纸，街头民众也是三五成群，交头接耳，议论纷纷。

几排扛枪的士兵，刺刀上挂着太阳旗，排着整齐的队列从街上走过。

一张报纸飘落到地上，士兵像没看见一样从报纸上的照片上踏过。

官邸起居室里，冲山元穿着和服，气定神闲，抽着雪茄，品饮咖啡。他身后的门开着，一个妖艳的半裸女郎从里面摆了出来。

那女郎瞄了一眼冲山元，嘴一撇，娇态毕露，伸开双臂作了个深呼吸，慵懒地捋了捋披散的头发，从茶几上烟盒里拿出根“摩尔”烟点上。

冲山元眼睛亮了起来，紧盯着她敞开的胸域和半只雪白的乳房，“我的宝贝儿，你醒啦，你总是那么美艳不可方物。”

“什么美？值什么钱？现在中国流行一句话，美丽是成功者的通行证，丑陋是失败者的墓志铭。所以说，一张脸蛋，不过是一张通行证或者一张饭票。”她说的是中国话，显然是个中国人。

“噢，好啦，美人儿，精辟的话，都是中国人说的，可黑心的事，都是支那人干的。中国人的聪明劲儿，全都用在窝里斗和干坏事上了。好啦，好啦，你别总用那种眼神看我，真受不了，我说的支那人当然不包括你，因为你已经加入了日本国籍，只不过是在我的床上加入的。”

“哈哈哈哈，哈哈哈哈！”冲山元为自撰的名言放声大笑起来。

“笃笃笃笃”，有人敲门。

“进来。”

女郎拉开门，小野站在门口，一见这场面，有点犹豫着不敢冒然进来。

“进来吧，没事，她还不是你引荐的吗，可能早就试过水啦。哈哈哈哈，哈哈哈哈。”

小野瞥了一眼女郎，怯怯地走了进来。

冲山元指着小野问女郎道：“他，动过你吗？哪怕是一根手指或一根头发？”

女郎睁着惺忪的睡眼，慵懒地道：“他呀，当然……”她说了一半故意顿住了，小野紧张地盯着女郎的嘴，他不知道这娘儿们会说出什么来，女郎“嘻嘻”一笑接着道：“他呀……当然……没有动过我，还是很绅士的一个人哦。”

小野暗地里松了一口气，这些死中国婆娘，幸好没胡喷乱道，不然的话，他下一顿饭就要在牢里吃了，不久，他的血肉就要喂饱军部那十几条德国狼狗了。

小野稳了稳神，举起手中报纸道："司令官阁下，这是今天早上全世界各主要报刊对大桥事件的报道。"

"念。"

小野副官拿起报纸一份份介绍："这是《朝日新闻》的头版头条，标题是'皇军再建远东第一桥，帝国的骄傲，一座永远炸不毁的桥'。这一份《读卖新闻》头版，标题是'冲山元将军即将出席钱塘江大桥落成典礼暨剪彩仪式，盛况定会空前'。这是《每日新闻》的头版，标题是：'沥血尖刀，卡住中国命门，桥头曝尸，彰显皇军神威'。

"这是《纽约时报》的头版头条，标题是'8壮士热血洒钱江，法西斯罪行大曝光'。这是英国《泰晤士报》的头版报导，标题是'钱塘江大桥，历史在这里定格'。还有一个标题：'钱塘江不会说话，中国人民不会忘记。'"

"行啦，行啦。"冲山元越听脸色越难看，气得一把夺过他手里的报纸，一份份地翻看着不同的报纸版面，一幅幅触目惊心的黑白曝尸照片映入眼帘，他不由得抿紧了嘴唇，皱紧了眉头。

"司令官阁下，那您去大桥视察和剪彩的行程?"小野怯怯地问。

冲山元有些迟疑："嗯……去……还是不去? ……嗯，暂时推迟吧。"

小野鞠躬道："哈依。"

"那个……"冲山元刚要问，小野迅速递上一张公文纸。冲山元接过来，只见上面写着"遴选守桥大佐人选之十条标准"：

之一：毕业于日本陆军大学，受过严格军事训练，履历完整；

之二：支那战斗中，曾亲手击毙营、团级以上指挥官十人以上；

之三：战功卓著，曾三次以上获得金鵄三级勋章；

之四：守护过重要军事目标，智勇兼备，有丰富带兵经验；

之五：不好色，不饮酒，不吸烟，在美色、金钱面前有钢铁般的意志；

之六：擅柔道，通忍术，会剑道，有强健之体魄；

之七：精通中国话，更懂得大和文明优越于中国文化之处；

之八：有武士道的家族传统；

之九：忠于天皇，忠于帝国，忠于职守；

之十：誓与大桥共存亡，以命抵桥。

冲山元看了看罗列的标准，抬起头道："你真是个人才，我以前还真低估了你，只是最后一条，是什么意思？什么叫'以命抵桥'？"

小野鞠躬答道："这个嘛，呃，就是大桥的存在就是他活着的唯一理由，一旦桥被炸毁了，他就必须切腹，以谢天皇。"

冲山元冷哼一声，随即狞笑道："远东第一桥可能被炸毁吗？不可能，完全不可能！"

他站起身，急行两步到了窗前，突然返身道："不过……不过……如果不存在这个可能、这个风险的话，我们也就没有必要这么兴师动众，对人选百里挑一了，所以，还是有可能的。正因为有可能，我们才要精挑细选一个才智超群的人来守卫它，让它从有可能变成不可能。"

"要想叫桥炸不毁，首先得人炸不毁才行呀。"小野讨好地说。

"哟西，这个想法就上道了。"冲山元露出赞许的神情，"你告诉参谋长，让他按这个标准进行遴选，把人选名单尽快报给我。"

"哈依！"小野鞠躬退出。

街头一间电话亭，一位日本年青军官闪身进去，拿起电话，瞄了一眼四周，神秘地对着听筒小声道："冲山元推迟了去大桥的行程……嗯……对对，行程没有取消，只是推迟，具体时间等我通知。"

日本男子说完，放下电话，走出电话厅，向四周又瞄了一眼，机警地向一条小巷深处悄然隐去。

第六章

蜜糖战术

"你有枪，是支勃郎宁，当时就在你的小手里攥着。"

小野的目光越来越冰寒。

夜幕方降，华灯初上，"梦巴黎"歌舞厅正迎来一天中最疯狂的时刻。

在这间杭州城最有名的舞场门口，霓虹灯早已发出五颜六色的光彩，高音喇叭把场内的流行音乐播了出来，一些大腹便便的阔佬和珠光宝气的太太、小姐和名媛闺秀们正在进进出出，显得十分热闹。

四个日本将级军官走了过来，人们慌忙闪开，军官们一边谈笑，一边大摇大摆地走进舞厅。

一辆黑色的劳斯莱斯高级轿车停在门口，小野洋平独自走下车门，整理了一下颈上的蝴蝶式领结，扣上了西服的扣子，扭头瞄了眼身后，便大步走进舞厅。

歌舞厅里灯光幽暗，男男女女的舞客正紧搂着，双双对对翩翩起舞。

前面台上一个女歌手正唱着一首哀怨凄迷、缠绵绯恻的情歌。

沈默然潇洒走来，穿着一身乳白色西装，大背头，态度温文儒雅，风度翩翩。他找了个角落坐了下来，服务生立刻端上了果盘和茶点。

沈默然装作漫不经心的模样，其实他的眼睛却在人群中紧张搜索，希望尽快找到"夜莺"，这是他今晚来这里的唯一目的。

"哟，这不是沈先生吗？"一阵银铃般的声音传来，说话的是一位风情万种的少妇，沈默然一见她，立刻站了起来，"哦，凤兮小姐？好久不见啦，怎么今天不在'爵禄'，跑到'梦巴黎'来了？"

崔凤兮笑容灿烂，“因为在爵禄见不到你啊，嘻嘻……”

沈默然难忍焦急的心情，有些急切地问道：“哎，凤兮呀，你见到冷丽苹了吗？说好了在这儿见面，怎么半天也见不到她人呢？”

崔凤兮脸一吊，没好气地说：“你心里就只有冷丽苹，我哪一点比不上她？哼。”

“好了，好了，”沈默然解释道，“我找她是谈合约的事，是公事，等一下陪你跳，啊，就跳那种慢三，就是那种什么都不用想，却让人想入非非的舞。”

崔凤兮噗哧一笑，薄嗔道：“这还差不多，算你还有良心。你找冷丽苹啊，刚才还在这儿呢，这会儿，可能被日本鬼子‘占领’啦，嘻嘻。”

“哦，那好吧，我等她。”

崔凤兮被另一个男人拉走了，沈默然紧盯着舞池中的日本军官，在满场的舞客中搜寻冷丽苹的身影。

充满豪情的舞客们跳得正欢。日本军官们搂着那些身着各式旗袍的中国女人，时而疯狂，时而柔情地跳着，女人们则展示出她们各自的美艳、风骚和亮丽。

这时，娉娉婷婷、袅袅娜娜地走过来一个女人，她的出现立刻在舞客中引起了一阵骚动。

“冷丽苹！”沈默然心里惊呼一声。

只见她穿着一袭白色高领真丝旗袍，旗袍上丝绣着几朵红艳艳的牡丹花。那腰身阿娜多姿，线条性感，胸域丰满，脚登透明高跟鞋，表情妖媚，动作轻盈，当她回头灿然一笑时，立刻光华四射，引来一阵掌声和喝采。

冷丽苹从他的座位前5米处走了过去，她竟然没看见沈默然。

“装，装，装，看你的洋蒜装到何时。”沈默然从心里“问候”了她的老娘。

目中无人的她走到了离他约七八米处的一张台子边，那个戴着蝴蝶节的小野洋平毕恭毕敬地站起身，拉着冷丽苹的手二人一起坐了下来。

“哼，衣冠禽兽。”沈默然从心里恨透了这个日本男人。

一个大腹便便的阔佬走了过来，对着冷丽苹一个鞠躬道：“冷太太，多日不见了，今晚能赏光跳一曲了吧？”

冷丽苹灿然一笑，起身拉着他的手道：“哟，瞧您说的，刘老板，哪次不是跟您跳得最多，不过，今晚不行，时间都排满了，下次吧，哪天到您府上

去跳，你看行吗?”肥佬干笑了笑，讨了个没趣，耸耸肩走了。

这时，又一个花花公子型的男子，端了杯红酒晃了过来，“哟，冷太太，好兴致啊，你真是穿什么都好看哪。魔鬼身材加天使面孔，再配一袭中国旗袍，真是典型的苏杭美女呀。来，我敬冷美人一杯，这次，你一定要赏光哟。”

冷丽苹嫣然一笑，“刚喝了点儿路易十三，有点上头，不过，您张老板的酒，我向来是来者不拒的，来，干。”

二人碰杯，饮完亮底一笑。

“冷大美人，怎么，又交了新男朋友?”她身后传来一声问话，原来是一个身穿府绸长衫的中年男子，那男子用下颌指了指坐在她旁边的小野洋平。

“新男朋友? 李大老板，您这是哪跟哪啊?”冷丽苹摆出了冷脸子，“我跟您算不算新朋友? 我这人是爱交朋友，四海纳贤，只要打过两圈牌，喝过一次酒，或跳过几次舞，就都是朋友了。他是一位日本朋友，明天，我还要在府上接待一位商谈开矿的德国朋友，怎么，朋友多犯戒吗?”

那人一听“日本朋友”，知道触了“霉头”，赶紧回身溜掉了。

这一切，都没能逃过沈默然的眼睛。这个冷丽苹，眼睛里净是阔佬、大班和流氓，当然还有那些日本畜生，唯独没有我沈默然。

她冷丽苹是干什么的，什么不明白。当她一跨进舞厅的时候，第一眼用余光瞥见的就是沈默然。而且她还知道，他今晚来找自己，一定跟前天的炸桥事件有关。

她是从报上知道这件事的。她今晚必须得跟沈默然接头，她已经想好了应对之词。

乐声缠绵中，小野推开酒杯，很绅士地拉起她的手，二人轻盈地走下了舞池。

二人舞步很默契，步步在点，只是冷丽苹总埋着头，不看小野的眼睛。

“怎么不说话了，这可不像你。”小野在她耳边轻声道。

冷丽苹抬起头，充满柔情地盯了小野一眼，幽幽说道：“我在想那晚上的事，差一点我们就阴阳两隔了，也许……那一枪是冲我来的。”

她说的那晚上的事，指的是她被枪击负重伤的事，她医院中躺了十几天，出院后又去上海安装了义乳，今晚是她历劫之后第一次和小野在这种场合见面。

小野闻言一怔，尴尬一笑，“那一记黑枪？你还在想它？那枪是冲你来的？不会的，它一定是冲着我来的，不然为什么先打中我？事后我想，都怨我没有替你挡住子弹，害得你损失了女人最宝贵的东西。”小野露出了痛惜的神情。

“噢，不，”冷丽苹双眼闪着泪光道，“你能够这样想，说明了你对我的爱绝不是说说而已，只可惜我没能把自己完整的交给你，就被那记冷枪打掉了乳房，那一枪太意外了，太无情了，太残忍了。不过，也许正是因为那一枪，我们的命运，今生今世就连结到了一起呢。”

小野苦笑道：“一个残酷的玩笑，一段异国的情缘，竟然由一颗达姆弹造成，你不觉得滑稽吗？我们竟成了一对生死鸳鸯，简直像一出由凶手谱写的黑色幽默剧。那个该死的枪手一定跟日本人有仇，下手太黑了。唉，那天多亏了你，你负了那么重的伤，竟然还用手枪击退了两个暴徒的进攻，真是不可思议呀。如果不是你，那天我不但会命归天国，而且那份重要的军事文件也会落入敌手，那祸可就闯大了。我事后才明白，他们一定是冲着那份文件来的，我们师团内部一定有敌人的奸细。”

“什么文件，我怎么不知道？”冷丽苹瞪着天真的大眼问道。

“噢，是的，是的，好人永远不知道坏人有多坏。”小野把她搂得更紧了，“你是一个善良的女人，你怎么会知道文件呀，军事呀，政治呀，战争什么的，可你无意中却做了一件天大的好事，不仅保住了文件，还挽救了我的生命，最重要的是还从枪口下拯救了我的军人生涯。如果那些文件被歹徒抢走的话，我就只剩一条路，剖腹自杀，以谢天皇。如果我杀不死自己的话，就要被送上军事法庭，那就永远也看不到你美丽的容颜了。”

“那些歹徒太可恨，也太胆大了，可他们毕竟没有得逞，不是么？我当时真是不知道是哪来的勇气，心想跟他们拼了，豁出去了，其实我根本没拿过枪的，我不知道子弹怎么就飞了出去，枪声把我吓晕了，事后我才感到后怕，躺在医院的病床上，一连哭了好几晚呢。”说这番话时，冷丽苹泪光闪闪，露出了梨花带雨般的模样。

“啊，哭了好几晚？噢，天哪，亲爱的，这话让我的心都碎了。你在我心中的形象越来越神圣，越来越纯洁，也越来越完美了，当然，也让我对你的爱更加坚定不移了，海枯石烂，永不变心。不过……你哪儿来的枪？”小野的目光带着问号望着她的眼睛深处。

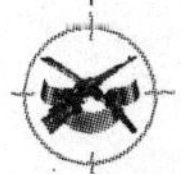

“枪，什么枪？我有枪吗？”冷丽苹内心一惊，后脖梗子直冒凉气。

“有，是支勃郎宁，当时就在你的小手里攥着。”小野的目光越来越冰寒。

“枪？勃什么宁？我我我……我真的想不起来了，”冷丽苹一脸无辜地说：“也许是从地上捡的，也许是从你身上拿过来的，也许是歹徒手里掉下来的，不过，呃……场面那么乱……情况危急得……呃……我觉得你没必要那么认真，如果……没有那支刚好握在我手里的枪，我们也许只有在天国相见了。”

小野望着冷丽苹天真无辜的眼神，缄默无语，半天才点点头，轻声道：“我真傻，我保证以后不再问这样的傻问题了。”

他们不再说话，只是紧紧地搂着，跳着，深情地融在舞曲中。

舞会的高潮一个接着一个，沈默然的脸色越来越难看，最后终于轮到他和冷丽苹见面了。

“冷丽苹，我希望下次见面，我不是被安排到最后。”

沈默然语带讥讽地对坐在包间沙发上的冷丽苹说道。

“沈总，对不起，有些场面不应付不行，那些人你不知道有多难缠，好啦，好啦，您大人不记小人过，来，干一个吧，算我给您陪礼了。”

沈默然黑着脸，一语不发，阴森的目光穿透了冷丽苹。

冷丽苹边扇着扇子，边举着杯红酒打趣道：“看看看，你那张迷死人的俊脸，严肃起来还真的挺吓人呢，好啦，来吧，大帅哥，笑一个，笑一个嘛。”

“笑一个？对不起，笑神经坏死。我问你，这几天你都跑哪儿去啦？你眼里还有我这个区长吗？”沈默然口气越发严厉，一脸的严霜。

“什么跑到哪儿去啦？”冷丽苹摆出一副莫名其妙的表情，“旅游、吃饭、闲逛、睡觉，怎么啦，沈总，你是我的老公吗？”

“我不是你的老公，但也不能让你肆无忌惮、随心所欲！”沈默然露出一脸奸邪的笑。

“喊，”冷丽苹冷笑道，“沈总，别把话说得那么难听。言归正转，我现在可以向您汇报了，我去上海是安装义乳，因为是女人的事，所以不便向您请假。得罪。”说完头别向一边。

“安装义乳？真的是去安装义乳？”沈默然便伸出一只大手，摸了过来。

冷丽苹手一挡，面色一凛道：“去，死远点！玩笑开到这儿为止吧。沈总，我知道你找我什么事，是大桥的事，对吗，是曝尸的事，对吗？”

“哟荷，真是聪明绝顶啊，怪不得深得君心哪。”

沈默然油滑地一笑，嘴一撇说道：“不让看就不看，一只假奶那么值钱，

先说任务吧。你必须立即查明事件真相，到底是谁的人马袭击了大桥？我们自己的人我都了解过了，不是我们的人干的，既不是忠义救国军，也不是别动队，那剩下的就只能是新四军了。但那些尸体上的国军军装，让人疑惑，疑云重重啊。还有，老板已经来了杭州，可能明天就要召见，所以你必须要快。"

"我知道，我们已经吃过饭了。报纸我看了，你怀疑是新四军干的？您是估计呢，还是有了确切的证据或线索？"

冷丽苹凛然地盯着沈默然，她说的"我们"，其实是暗指她和戴笠，这种隐语沈默然一听便知。

"我要是有了证据和线索，还用劳您大驾吗？"

"那好吧，遵命，我一定尽快查清事实真相，这下总行了吧？"

"你就那么有把握？是不是新四军里有你的内线啊？"沈默然一脸狞笑地望着她。

冷丽苹知道他在怀疑自己，嘴一撇说道："哼，新四军的内线？沈总，你是不是酒喝高了把话说反了，你是想说我是新四军在军统的内线吧？这样你往上爬就又找到了一块垫脚石。你以为老板会信你吗？"

冷丽苹说这话时用冷峻的目光直视着他的眼睛。

"哼，是不是新四军的内线或卧底，我说了不算，'刀斧手'说了也不算，谁说了都不算，我只坚信一点，是狐狸，总有露出尾巴的一天！"

"哼，谁是猎手，谁是狐狸，那就走着瞧好了。"

冷丽苹鄙夷地冷哼了一声，站起身来，二人尴尬一笑，分先后走出了后台的包间。

出了歌舞厅，冷丽苹坐上了黑色奥斯汀轿车，打道回府。

冷丽苹是1938年年初打入国民党军统的。当然这一切都是中共浙东地下党敌工委的周密安排。

五年前的一天，她以忠义救国军蔡副司令小姨子的身份，第一次在家宴上见到了戴笠。一见之下，戴笠惊为天人，为她的动人美貌和高雅气质所倾倒。

在那个年代里，不少人听到戴笠这个名字都会闻之色变，人们在背后送了戴笠许多绰号："东方的希姆莱"、"间谍王"、"蒋介石的佩剑"。当然还有一个更为特殊的外号——"色魔"。

在戴笠的眼里，这个美人，立刻登上了他的红粉兵团的主角名单，他正思量着如何才能让她落入自己的掌心。他主动与之攀谈，很快了解了她的经历、爱好和兴趣，先用自己的不凡经历和动人故事吸引住她的注意力，这在他已经是轻车熟路的事了，进一步他就会安排她进入黔南学习班，就在息烽监狱，先给她洗洗脑，输输血，染染色，这些都是必须优先考虑的程序。

得知冷丽苹毕业于国立浙江大学机电工程系，学的是无线电专业，现在还在家里待业，这更让戴笠喜出望外，军统缺的就是这种具有高等学历的好苗子。戴笠的赞美之词就像绝了堤的洪水一般向她扑来。

冷丽苹知道，眼前这个人，就是民国历史舞台上那位呼风唤雨、充满神秘色彩的风云人物。从 1927 年到 1938 年这整整 11 年间，许多重大历史事件背后都可以看到他的影子，其中不少事件更是由他一手策划和组织实施的，从而一次次在民国历史上造成强烈的震荡和深刻的影响。

人活在世上，大部分的时间都在互相研究，男人在研究女人，女人在研究男人，上级在研究下级，下级在研究上级。戴笠在研究冷丽苹，冷丽苹也在研究戴笠。

她们的互相研究，始于不期而遇，“一见钟情”，但一直延伸到她从黔南班毕业，进入军统的情报处为止。不过，她发现，戴笠是属于那种越研究越研究不透的主儿。

人们是怎么说哈姆雷特的？有一千个观众，就有一千个哈姆雷特；那么，有一千个民众，就有一千个戴笠。

戴笠是中国历史上的一个千面人：郑重时的戴笠是“狼狗”，思考时的戴笠是“猎鹰”，微笑时的戴笠是“狐狸”，发怒时的戴笠是“老虎”。戴笠的性格是一面多棱镜，你从不同角度看见的是不同的色彩。

戴笠是有“狗性”的。狗的特点是忠心耿耿，按照主人的眼色和命令行事。

戴笠对蒋介石的“攘外必先安内，抗日必先剿共”的基本国策心领神会，忠实执行。从“4·12”清党开始，就对共产党绝不手软，大开杀戒。“宁可错杀一千，不可放过一个”，就是他唯一的信仰和一切行动的指针。从 1932 年复兴社成立，到 1938 年军统局成立，死在戴笠枪口和屠刀下的中共地下党员和革命干部更是数以千计。

戴笠是有“鹰性”的。猎鹰代表的是眼光精准，心思敏捷，洞若观火。你一张口，或者还没张口，他就知道你的真实想法。他没学过心理学，可他

却是个无师自通的心理学大师。所以很多人都说他“不学有术”，这术，指是就是他的“读心术”和“鉴貌辨色”之术。

跟他耍小聪明、鼓捣障眼法、玩灯下黑、搞阳奉阴违的人曾有许多，那些过高地估计了他的天真程度，和过低地估计了他超常智商的人，最后发现在和魔鬼打交道时都悔之已晚。在戴笠的花名册上，只有三种人：第一种人是已经被他处决了的人，第二种是即将被他处决的人，第三种是正在押赴刑场的人。

戴笠对于部下，从来都是以严厉凶狠、作风残暴、手段毒辣著称。但有时候，也有小恩小惠，小利小诱。这种驭下之术，叫作“恩威并济”。他把袁世凯的“左手钱，右手刀”奉为圭臬，玩得出神入化，既给部下金钱、官职、房子、奖金或出国留学的好处，也给部下撤职严办、家法伺候、拘留修养、坐牢囚禁的待遇。部下送上新婚妻子换取自由，他来者不拒，该玩照玩；部下坐过牢释放后，他给官升一级，谓之毕业。戴笠绝不允许部下走权贵之门，去钻营门子，巴结做官，他要部下一辈子做他的驯服工具，忠实门徒，绝对服从他一人的号令。

冷丽苹就是在和这样一个“狗狐鹰虎”的特性集于一身的人打交道，其难度可想而知。面对这个“色魔”老板，一个动不动叫她到办公室“谈心”的上级，她研究了一下她的大姐大们的光荣“履历”，就知道应对的策略了。那些大姐里有姜毅英、向影心、余淑恒，还有许多蜻蜓和蝴蝶，野草和闲花，即使不算那些部下的妻子和姐妹，那个名单也长得一卷手纸也写不下。

冷丽苹采取的是“蜜糖战术”，所谓“只闻其腥，不得其味，只闻其味，不见其人”。有一天晚上，戴笠把她叫到罗家湾一栋秘密别墅里，说是去谈工作，其实是想哄她上床，她的态度始终若即若离，欲拒还迎，就在最后一道防线即将弃守的时候，一个蓬头垢面的女疯子突然冲进了房间，抓住戴笠一顿狂咬，又哭又叫，把她给吓坏了，不知是人是鬼，戴笠对那个女人大打出手，后来让警卫把那个女疯子关进了监狱才肯罢休。

事后，冷丽苹从侧面了解到，那个女人，是一个被戴笠玩弄后又被抛弃的译电员，那人受不了刺激，疯了。据说，像这样的女人，还不止一两个。

那次事情出来之后，戴笠突然对她失去了兴趣，刚好赶上形势发展，上海、南京要建站，需要新的有生力量和新鲜血液，她就趁机多次主动要求调来南京区工作，戴笠经不住她软磨硬泡，最后便批准了。

但是，前途莫测，新的考验在等待着她。首先，她必须在杭州城站住脚，

这一点组织上又为她进行了妥善安排。她“嫁给”了一个上海的金融资本家作了三姨太。那人名叫易梦诗，是一间德资银行的二股东。这个易姓老板有六个“姨太太”，分别住在上海、苏州、无锡、常熟、杭州等不同的城市，每人一栋小别墅，都是单独居住，平时易老板很少过来与她“团聚”，所以，她工作起来，非常自如方便。

作为阔太太的冷丽苹开始施展起自己交际手腕。其交际对象，既有上流社会的那些达官显贵，富商大贾，淑女名媛，又有日本军界的高级军官，还有汪伪政权的军政要员和政府高官。

她的公开身份，是52号的贸易专员，办公地点就在“荷塘”。平常下了班，不外乎就是和一群贵妇名媛打打麻将、喝喝茶、逗逗狗、聊聊天，有时候还去参加个舞会，或逛逛公园，于是结交了更多的头面人物、商界老板和党政要员，这就免不了要参与各种社交应酬和慈善活动。久而久之，大家都知道她是一位阔太太，老公在上海开德资银行，名头很响，后台够硬，她虽然交际广泛，但还是属于一个中规中矩的生意人。

让戴笠对她刮目相看的是一次重要的行动。

1941年8月的一天，戴笠亲自交给了她一项重要任务，暗杀一名国民政府要员，那人姓孙，叫孙逸夫，在上海公开投敌，影响十分恶劣。那人的情妇在杭州，他经常跑到杭州来鬼混，出没于舞厅和酒楼，仗着有日本人撑腰，花天酒地，肆无忌惮。

但那人有12个贴身保镖，出入乘坐进口高级防弹轿车，平时戒备森严，连上厕所都有人提枪站岗。军统为了除掉此人，已经先后派了七八个专职特工，但结果不是丢了小命，就是铩羽而归。戴笠此番派她出马，也有想考验一下她的能力和忠心的意思在内。

“夜莺”奉命出动了，她很快就掌握了孙姓要员的生活规律，她潜伏跟踪了七天七夜，其间三上上海，又三下杭州，几次险些失手，在火车上还被日本宪兵扣留了两个小时，证件都被搜走了，但最终她还是凭借着机智勇敢，逃出了日本人的虎口，终于在一个月黑风高的晚上，骗开了孙要员的保镖，把那人一枪撂翻在西湖旁一间豪华酒店的包房里。第二天，人们在浴缸里发现了孙逸夫的尸体，同时还发现了一张贴在他额头上的字条，上面写着：“汉奸的下场”五个血红的大字。这件案件，曾经轰动一时，成了社会新闻，震慑了一些蠢蠢欲动之人，投敌叛变之风顿形收敛。后来街头小报上对此事大加渲染和演绎，说什么杭州城出了个“江湖女侠”，会手指落锁，飞檐走壁，

穿墙过壁，云云，一时吹得神乎其神，离谱得可笑。

戴笠对她的“突出成绩”十分满意，多次当着沈默然的面，夸奖她的能干和精明，这让沈默然深感忌惮，只能对她“发乎欲，爱乎言，注乎目，止乎礼”。

上个月初，沈默然通过日军占领军南京司令部的内线，得知第6师团师团长冲山元的副官手里有一份十分重要的军事文件，是一件军事行动计划书，内容和日军在江浙一带的兵力布署、武器配置、战略调整和兵力调动有关。

沈默然遂派冷丽苹主动出击，用美色勾引小野洋平，准备用酒把他灌醉后，再用相机偷拍那份文件。但人算不如天算，一记意外的冷枪，打碎了沈默然的如意算盘，也打碎了冷丽苹的一只乳房。所幸的是，危难之中，她临危不惧，不但带伤拍下了文件的全部秘密内容，还救了小野洋平一命。由此一来，那个小野洋平从她的恋人变成了她的忠实朋友，两人竟成了一对生死鸳鸯，对她是言听计从，顶礼膜拜。沈默然当然大喜过望，那一枪歪打正着，倒是帮了他的大忙，让他把一支“匕首”直接插入了日军的心脏。

那份冷丽苹偷拍到的重要文件，冲印出来两份，一份交到了他的手中，他即凭此向“刀斧手”邀功请赏了。可他万万没料到的是，另一份文件则交给了中共杭州地下党敌工委，当然很快也出现在新四军军长的案头。

从此冷丽苹手里又多了一张牌，利用小野洋平获得了越来越多的日军情报和军事机密，甚至对日军高层的人员异动，也了如指掌。

此时的冷丽苹坐在别墅二楼起居室的梳妆台前，望着镜中自己的脸，满面戚然，一语不发。她下意识地用手摸着自己的义乳，怅然良久，两行清泪悄然滑落。

抬起泪眼，她幽怨地看着镜中的自己，只见镜里一张芙蓉般的俏脸回望着她：媚眼如丝，樱唇微闭，充满成熟女人的万种风情。

是啊，我们什么都是，唯独不是自己，我们什么都有，唯独没有爱情。可一个女人，没有了爱，她的人生就不完整，她的一生就会长夜漫漫，如同浸泡在眼泪和苦水之中的清灯冷月，她的心野上，永远只能是一片荒原，一座孤坟，或一片废墟……

第七章

香艳满船

这会不会引发一次多米诺骨牌效应？进而引发一系列外交和军事上的连锁反应，我不知道，你们知道吗？

杭州城真不愧是省城，入夜之后，街道上开始热闹起来。

东西十里的长街上，游人如织，摩肩接踵，笑语喧阗。沿街两面，商店、酒楼、戏院、影院、妓馆、大烟馆、澡堂，一家挨着一家，生意非常火爆兴旺。

街道两旁亮着电灯，有些地方还有煤气灯。主街是柏油的，辅街还铺着石板。那些古玩店，满是青砖到顶、黑匾金字的中式铺面。

还有乐器店、南纸店和书肆，什么“翰文斋”、“来熏阁”、“二酉堂”、“聚珍阁”、“文锦堂”更是紧紧相邻，灯火明亮，顾客盈门。

间或有几家日本料理店，什么“大和料理店”、“富士料理店”、“京都料理店”错杂其间，进出的多是日本军人和时尚青年。

街面上熙来攘往，煞是热闹。各式小轿车来来往往，不时有几辆日本军车隆隆驶过，行人大都避在两旁，侧目而视，等车一过，又好像什么事都没有发生一样，该逛照样逛，该吃照样吃。

街上有骑马赶驴的，有乘车坐轿的，有推车挑担的，最多的当属那步行闲逛的。逛街的人有的着长衫，有人穿西装，姑娘们大都穿洋装、学生装，妇女们多数身穿旗袍。

此时，远远地有一辆黄包车驶来，一个青年男子头戴黑色礼帽，帽沿压得很低，警惕地瞥了一眼身后，挥手让车停在一个高大的门楼跟前。

安徽同乡会馆到了。

青年男子付了车资，信步走进大门。

进了那扇挂有“安徽同乡会馆”牌匾的红色油漆大门，大厅内很是宽敞，正面墙上悬挂着一块巨大的万寿牌，牌下摆着一套古色古香的八仙桌，蛮有气派。

“哟，这位先生，请问您找谁?”一个男佣礼貌问道。

男子摘下礼帽，原来他就是方逸舟。

“多有打搅，我找蒋会长。”方逸舟捋了下头发客气说道。

一位身着蓝色绸缎长衫的中年男子大步迎了上来，“哟，稀客，稀客，方先生，多日不见了，最近在哪里发财呀?”

方逸舟握着蒋会长的手，亲热说道：“老蒋啊，托您的吉言，最近跑了趟南洋，做了点茶叶和丝绸，进口、出口都玩玩。怎么样，你还好吧?”

蒋会长：“还好，还好，里面请，快请，小虎子，泡壶龙井来。”

蒋会长拉着方逸舟进了会馆另一间隐蔽客厅。

这客厅也很宽畅明亮，开间足有百十平米大，内里布置得典雅高贵，富丽堂皇，墙上挂着钟表、名人字画，条案上摆着古琴、景德镇瓷香炉，博古架上摆着各色名贵古董。

二人在一幅花梨木茶几旁落座，相视一笑，小虎子端上了热茶。

“蒋会长，没想到这杭州城繁华依旧，市面上还挺热闹的，不知道的还以为现在是太平盛世啊。”

“那是，那是。”蒋会长一笑，端起茶杯道：“来，喝啊。这就是中国人啊。有人说，中国人是世界上最懂生活、最会生活的人，不管在什么年头，就是天上下刀子、下炸弹，他该怎样生活，照旧怎样生活。”

方逸舟品了一口龙井道：“等赶跑了小鬼子，我们的生活一定会更美好。”

“说得好。”

蒋会长起身走到门口，向外扫了一眼，回身关严了门。

“怎么，老方，有任务吗?”蒋会长压低声音问。

“对，也可以算是任务。钱塘江大桥的事，听说了吧?”

“三天前看报纸就知道了。怎么，你是为那些尸体来的?”

“真有你的，老蒋，正是为此。”

方逸舟语气一顿，面露难色道：“老蒋，我们得想个办法，得把那些尸体弄下来，找个地方埋了，不然，我们真的太对不起死去的战友啦。”

蒋寿康面色凝重，俯首沉吟道："咳，我就知道牺牲的是我们的同志。我这两天还在琢磨呢，怎么组织上一直没有动静，也没人来找过我，这些尸体不能一直这么挂下去，已经发臭了，是得尽快想个妥善的解决办法啦。"

蒋寿康是中共浙东地下党杭州区委的负责人，对外的身份是安徽同乡会会长，兼杭州市商会副会长，典型的"白皮红心"。

方逸舟笑望着他说："你看，我这不是来了嘛。这种事找你就算找对人了。你这个商会会长，在杭州城算是老江湖了，地面熟，人缘广，路子野，上至政府官员，中到商界头面人物，下至三教九流，无所不交，无人不识，就连日本人也得买你的账。所以呀，你一定有办法解决尸体的问题。"

蒋寿康谦逊一笑道："看看看，你就会给我戴高帽子，我哪有那么神，不过是吃四海饭，喝三江酒，混了个脸熟，我是背靠大树好乘凉啊。你说的办法嘛，我得想一想。这小日本，精起来鼻子赛狼狗，心肠如蛇蝎，眼睛都长在后脑勺上，千万不可小觑。"

"老蒋，你是老地下了，这些可都难不倒你吧。"

蒋会长略作沉吟道："老方，凭我的经验，要和小鬼子斗法，一定得找准他的软肋。"

"软肋?"

"对，软肋。硬碰硬我们绝对不行，那条桥有多少守军，你比我清楚，2500多人，你怎么动它的手? 从哪里下刀? 鸡蛋碰石头，还没碰够?"

"我也想啊，可是三天了，我怎么也想不出它的'软肋'在哪里。"

蒋会长露出了一抹莫测高深的微笑，"这软肋，远在天边，近在眼前。"

"近在眼前，在哪里?"

"在人性。"

"啊，人性?"

"对喽，人性。我是个商人，你知道商人是干什么的么? 商人都是研究人性的专家，顾客喜欢什么，想要什么，最缺什么，抢购什么，都研究透了，你的生意就成功了。对付日本人也一样，那些小鬼子缺什么，最想要什么? 不是明摆着吗?"

方逸舟有些摸不着头脑，"小鬼子缺什么? 缺什么? ……缺钱? ……缺美酒? ……是不是缺花花姑娘呀?"

"聪明，到底是'老秒'神枪，一枪就打中靶心。小鬼子都好色，这就是他们的软肋，我们为什么不投其所好呢?"

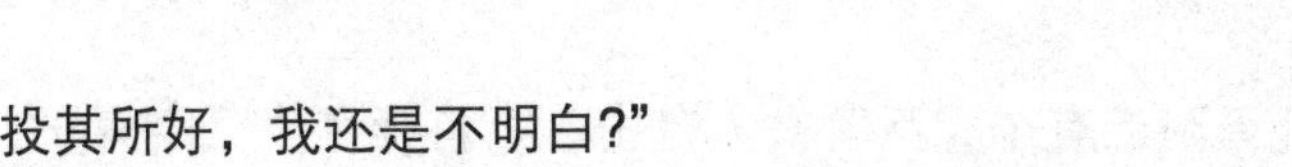

“投其所好，我还是不明白？”

“据我了解，守桥的日军是不能进城的，更不能进妓院，那么他们想嫖妓怎么办？只能偷偷进城，单独行动，化装嫖妓。”

“化装嫖妓？都化装成中国人么？”方逸舟吃惊地张大了嘴巴。

“对呀，我刚才还介绍了一个中佐去了隔壁的妓院呢，那个中佐叫中村，现在大桥归他负责，这小子是个他妈的色情狂，如果我们通过他，就有办法。”

蒋会长的眼中闪出一种兴奋的光来，“我的办法是这样的，我们借一条船，当然最好是客轮，带上几十个妓女，从江面上开船到大桥下停泊，当然是事先和中村约好的，让那些饥渴的日本兵上船嫖妓，我们不是可以趁机下手了吗？”

“嗯，好计！”方逸舟一拍桌子道：“送上慰安妇或妓女，只有用这个理由才能让船只靠近大桥，而且就在桥下，这个时候，我的神枪就可以发挥作用了。我把那些绳子打断，让尸体掉进江里，然后，再把尸体捞起来，藏到船上，这不就偷运出来了吗？”

蒋会长发现话中有漏洞，立刻提醒道：“这还不行，老方，你打掉了尸体，日本人一定急了，立刻派人下水去捞，但发现尸体不见了，这不就麻烦了吗？”

“嗯，这倒是个漏洞。”方逸舟面色凝重起来，略作思忖后道：“最好用一些日本兵的尸体去偷换，你知道附近哪里能搞到日本兵的尸体吗？”

“搞尸体？你的意思是……偷换？掉包？嗯，好主意。”蒋会长一下激动起来，“可以事先就把这些日本兵的尸体藏在船上，一共八具，等船一停靠码头，就把这八具尸体先抛进江里，等你把那些同志的尸体打下来之后，我们再暗中把这些尸体都捞起来，藏进船上的夹层中，日本人不是去打捞吗？他们万万想不到，捞上来的，就是真正日本兵的尸体了啊。”

方逸舟兴奋地一拍大腿，“对！这就叫偷天换日，水中掉包。用日本人的尸体，在江中偷换我们同志的尸体。好了，就这样定了。现在需要解决三个问题：1、客船；2、妓女；3、尸体。”

蒋会长胸有成竹地笑了笑说：“这些事包在我身上。至于船嘛，我的一个好朋友是开轮船公司的，我可以向他借条船，就是那条排水量200吨的大型游船，最多给他几根金条就搞定了。这些经费嘛，我还拿得出来。第二，妓女嘛，也可以通过关系雇到，没大问题。老板不就认钱嘛，认钱就好办。第

三，尸体嘛，前几天附近有个宪兵营被人袭击了，打死了十几个鬼子，都埋在城外的乱葬岗上，我们趁天黑把它挖出来，偷运上船，不就什么都有了吗?”

方逸舟故意打趣地说：“宪兵队偷袭？不好意思，正是在下所为。”

蒋会长点着他的鼻子笑道：“我就说嘛，谁有这么大胆子，连日本宪兵都敢揍，原来是你们哪!”

方逸舟开心地笑了，“嘿嘿，我们不揍他谁揍他，我就是他们的丧门星嘛。哎，你刚才说，要通过中村同意，船才能靠近桥下的码头？这个中村是个什么人物?”

蒋会长：“对，现在大桥没有大佐，一切事情都由中村这个中佐说了算，所以，他就是关键环节，如果他不同意我的船靠码头，那一切都是画饼充饥，什么妓女啦，尸体啦，全用不上。”

“那最好先跟他沟通沟通。”

“对，我们现在就去。”二人站起身来。

方逸舟跟着蒋会长，出了会馆的大门，拐了个弯，二人装作逛街的样子，步行了十几分钟，又拐过两条小巷，到了另一条正街，走进了一间叫“活神仙”的大烟馆。

像这样的大烟馆杭州城里有几十家，规模相当大，设施齐全，不但备有上等烟土供烟客们享用，而且还提供洗浴、妓女、赌博等一条龙服务，是一座真正的销金窟。

门口挂着两个硕大的红灯笼，门后不远处竖着一面大屏风，绕过去眼前是一个大厅，厅内灯光昏暗，四边设有大通铺，上面躺满了烟民，人人手里拿着一杆大烟枪正在吞云吐雾，飘飘欲仙。

小伙计领着他们二人，推开一扇偏门，走入二进院落，顺着曲折幽长的回廊往前走，方逸舟看见每隔一段回廊都安装着一只小灯泡，使得整个院子充满了神秘感。

转了四次弯，穿过两处月门，他们被人带入了一座花园式院落中，这里环境幽雅宁谧，别有洞天。

院落中共有六间贵宾室，其中五间都灯火通明，不时传出男女调笑的发浪声。

“蒋老板，您带客人先在贵宾室休息，我去叫人。”那个带路的小厮说。

二人进了贵宾室，在沙发上落座。

所谓贵宾室，就是个大套间，外屋陈设有上好的红木桌椅，还摆放四五盘新鲜瓜果，宝蓝色的茶具相当精致，室内有淡淡的檀香味在飘动。内屋是专门用来抽大烟的，陈设相对简单一些，但摆列的家具也是非常豪华考究的，档次的确不低。

蒋会长侧身端起檀木茶几上的青花瓷盖碗，手指拈起茶盖，轻撇碗中沏得恰到好处的铁观音，随后送到嘴边啜了一口。

方逸舟也是神色平淡，沉默不语，点了根烟静等。

等了一会儿，一个穿着平民服装的男子跟着小厮走了进来。

蒋会长立刻起身招呼道："哟，中村君，你好快活呀。怎么样，我没说错吧，这里的女人都是全杭州最漂亮的。"

"蒋的，你的，大大的好人，大大的好人！"中村的肥猪脸满面油光，不停地拍着蒋会长说："我很满意。下次，我还找你，你要给我介绍更风骚的小妞。"

"嘿嘿嘿嘿，小妞嘛还不有的是，哎……"他扫一眼身后，方逸舟起身避了出去，留下二人在屋里密谈。

方逸舟在屋外抽了两根烟的功夫，中厅门打开了，蒋会长送走了中村中佐，方逸舟进了屋，蒋会长冲他颔首，露出了满意的笑容。

他知道，一切顺利，中村答应了，明天晚上，他们即将展开行动。二人小声计议了一番，决定分头准备，方逸舟负责准备狙击，蒋会长负责租船，雇佣妓女和偷掘日本兵的尸体。

第二天晚上，准8时，一艘客轮出现在钱塘江的江面。那条船在江上拐了个大弯，驶近了大桥下，码头上有一个日本兵在挥动小旗，打出旗语，让轮船靠岸停泊。

这条客轮船长约30来米，共有3层，每层都亮着明亮的灯光。从打开的窗户里，飘出阵阵留声机的歌声。

那是一支日本的民歌，一个女人的声音幽幽传来，歌声在夜里越发显得缠绵悱恻，哀婉动人。

每一个窗口，都有女人的身影，若隐若现。

大桥下的码头上，两个日军士兵在大声呼喊着，其中一个急忙向桥头堡跑去。

客轮上，蒋会长站在船头，向着大桥的桥头堡张望。

不一会儿，士兵带着中村中佐从桥头堡方向赶了过来。

中村来到江边码头上，顺着横梯上了船。

“啊，老朋友，你真准时啊。你知道，我都等不及啦。”中村一把拉住蒋会长的手，上下摇晃着，激动得脸上泛着亮亮的油光。

蒋会长拍着他的后背，亲热地说：“中村先生，生意场上的规矩，第一条就是守时，第二条是守信。答应你的事，我就是抛头洒血也得兑现哪。”

中村大笑着，“好，好，好，真有你的。都说中国人最不守信，看样子在你这里不能成立。怎么样，货色如何啊?”

“来来来，先点上，一会儿，先让您过过目，保你满意。”蒋会长笑着掏出大前门香烟，恭敬地为中村点了一支。

“嗯，这烟，味道上乘，但愿今晚的小妞也都味道不错。”中村深吸了一口。

蒋会长手一摆，意思是开路。中村跟着他上了二楼。沿着走廊往里走，每扇门都开着，里面每一间都是一个或躺或卧的妓女。

中村的眼睛立刻亮了起来，他看见，每间客房里的女人都不一样，但都很美艳风骚。

客房里陈杯列盏，美酒盈杯，女人们都浓妆艳抹，性感异常。

中村眼光灼灼，看得目不转睛，她们有的花枝招展、笑容灿烂；有的媚态毕露，酥胸半解；有的醉态盈盈，笑靥嫣然。

“太君，来呀，人家想死你啦。”一个美艳的女人突然跑出房间，上来就拉住中村。

中村轻拧了一把女人的脸蛋，“啪”的在她脸上亲了一口道：“嗯，好，你等我，今晚我是你的俘虏。哈哈哈哈，哈哈哈哈。”

中村转身对蒋会长说：“老蒋，女人的，一共有多少个?”

蒋会长：“一共是 48 名，全是杭州美女，还有从上海专门请的名妓。”

中村的眼珠转了两转，有些犹豫道：“我们人太多了，可能轮不过来。这样吧，你们的，明天晚上还要再来。我们的士兵，每间房每个人只有 10 分钟时间，48 个女人，每个人每小时招待 6 人，以 4 个小时计，今天晚上可以招待 1152 人。我的人一共 2500 人，除去站岗的，两天就刚好够。”

“随意，随意，只要太君们能满意，就是再多一天，我们也在所不辞。”蒋会长打恭作揖道。

中村道："很好，那我就去叫人了。你们的，准备好，大餐就要开始啦。"

"好好好。"蒋会长把中村送到栈桥边。

码头上，日军士兵已经排好了队，整整两排，人数众多，一直排到江边的坡上。几个士兵在讲下流话，几个人在做猥亵动作，引得身边的人哈哈大笑。

中村下了船，对站在码头上的一名少佐耳语几句，少佐点了点头，回身大声宣布道："你们都听着，大家守桥大大的辛苦，今晚中村中佐为了慰劳大家作了特意的安排，让你们好好地放松放松，以后更好地为天皇效忠，为大日本帝国效命。今晚规定，每人一个花姑娘，可以尽情地玩，但是，每人只有10分钟时间，到了点就得离开，不得有误。另外，酒的，不能多喝，只准一杯，谁喝多了，闻出来，一律军法从事。好了，山田上尉，你的带队，上船吧。"

"哈依。"山田上尉手一挥，带着一队鬼子登船了。

鬼子们很守秩序，排着队，一个挨一个进了房间，而山田却站在二楼的楼梯口，背着双手站在那里，显然他是执行检查和监督任务的。

三楼的楼梯口，也站着一名上尉，但每间房门都关严了。

传来喝酒的呼喝声和女人"咯咯咯"的浪笑，有的房间，还传来了女人的哭声。

蒋会长看见鬼子们都进了房间，走到船舷边，招了招手，小虎子跑了过来，蒋会长使了个眼色，虎子点点头，下了二楼，走到甲板层，拐进了一个梯口。

小虎子进了底舱，七八个青年迎了上来，虎子对众人小声叮咛了几声，几人一起来到底舱的一间工具房，从里面推出一辆小车，小车上放着一个大方木箱子。虎子打开箱盖，露出几具日本兵的尸体，这些尸体都还穿着日军的军装，但尸体脸色煞白，肢体僵硬地摞在一起。

几人强忍着扑鼻的恶臭，虎子轻轻拉开船身上一个偏舱门，露出一个三米见方的上货口，下面就是乌黑的江面，水流声哗哗传来。

虎子探出头在舱外，露出精芒四射的眼睛四下扫视，又侧耳倾听。他听见船上二层和三层隐隐传来阵阵的音乐声、碰杯声和浪笑声。不远处的大桥上，守桥日军还像平时一样在站岗放哨，江边碉堡口闪着鬼火一样的灯光。

虎子又扭头，看见斜上方的大桥横梁上，那几具挂着的尸体，被船上的灯光映得清清楚楚，还在风中轻轻地摇摆着。从船的这个位置看，距离也就

100来米。

一切正常，一切顺利，可以按计划实施。

虎子缩头进舱，与几人相视一笑。

虎子和一个小伙子从箱子里抬起一具尸首，轻轻地抛进江中，几个年轻人跟着他，把剩下的几具尸体挨个儿抛进了江中。

抛完了尸首，几人收拾好箱子，虎子冲几人点点头，小声道："注意了，等会儿一听枪响，你们都一起潜下去，要把那些掉进江里的尸体都捞起来，然后藏进箱子里，动作一定要快，听见了吗?"

"听见了，放心吧。"几个年青人都摩拳擦掌，跃跃欲试。

虎子上了甲板，他从舱里拎出来一个水桶，两眼向江边看了看，一扬手，把桶中的水倒进江中。

"哗……!"水进江心，激起一阵浪涌。

虎子用倒水发出了开枪的暗号。

间隔五秒，只听见"啪、啪、啪、啪……"几声不大的枪响，虎子急忙扭头望向大桥，只见原来挂着的尸体，全都不见了，再一看江里，那些尸体全都掉进了江心，正随着阵阵浪涌，或沉或浮，随波起伏。

枪声虽不大，但还是惊动了日本人，日本人的机枪立刻响了，"哒哒哒哒，哒哒哒哒!"

探照灯"唰"地一下全亮了，雪亮的光柱来回扫射，把江面照得如同白昼。

大桥上的日军开始调动，上百个日军持枪跑步，列着整齐的队伍冲上大桥，立刻严密封锁了大桥上下。

不到一分钟，桥上日军已经沿桥站成一排，持枪对准了客轮。

尖利的哨声由远及近。

"哇呀呀，有情况，快跑，快跑!"船上的日本人都冲出房间，有的还没来得及穿上衣服，有的提着裤子，有的光着上身，但都没有枪，因为上船的时候，他们的枪都没有带上船。

"嘟嘟嘟嘟，嘟嘟嘟嘟……!"江边碉堡里射出重机枪子弹，打在船的周围，江中泛起浑浊的浪花。

中村冲出二楼一个房间，望着狼狈逃窜的手下，高喊道："八格牙鲁，不要慌，不要慌，都快快回到桥上，快快回到自己的岗位，准备战斗!"

底舱中，小虎子打开了侧上货门，露出那个舱口，等了不一会，只见七

八个小伙子从江中冒出头来，人人背后都背着一具尸首。

尸首很快就被拖进了舱中，小虎子指挥大家把尸首装进木箱中，盖好盖子，把箱子藏进工具棚中。

中村此时已经来到了码头上，指挥着十几个日军士兵跳进江中，山田上尉也跟着跳了下去。

不久，有个日本兵从江里探出头，高叫道："快快放条绳子下来，这里有一具尸首。"

一条绳子放下，捞起了一具尸体。不一会，又一具尸体被找到并被捞起来。一具接一具的尸体都找到了，全都捞了上来，整齐地排列在码头的地上。

枪声已经渐渐稀落下去，中村吊着脸，目光阴鸷，背手来到尸体停放地点，俯下身来，仔细地看了看尸体：确实是八具尸体，一个不少。

中村眉头皱了皱，思忖片刻，抬头厉声下令："把这些尸体，全部剁碎，全部剁碎，烧掉，烧掉！"

几个士兵把尸体抬起，沿着江边石阶向桥头堡走去。

蒋会长凑了上来，悄声问道："中村太君，您看，我可以走了吗？"

中村扭过头，严厉地盯着蒋会长："你的？那些，打枪的什么人？"

蒋会长："中村先生，您真会开玩笑，我是一个规规矩矩的商人，杭州城最大的良民，我怎么会知道打枪的是谁呀。"

"你的，不知道？真的不知道？"中村满面疑云地盯着他的脸。

蒋会长苦笑一声："我我我……我只知道伺候皇军，让太君们舒坦、高兴，别的，我真的不知道。"

中村不耐烦地挥了挥手道："好啦，好啦，你可以走了，走得远远的，就当什么也没有发生，什么也没有看见，你的懂了吗？"

蒋会长眼中流露出一丝阴笑，"我懂，我懂，我什么也没有看见，那，我走了，有什么需要，我一定效劳，一定效劳。"蒋会长连鞠了几个躬，返身上了船。

客船很快启航，迅速驶离了大桥码头。

江边密林中，一个黑影拨开树枝，闪了一下就不见了。

夜色浓重，明月高悬，星斗阑干。

12 点之后，杭州城郊外一个荒无人烟的墓地上，出现了几个穿着黑衣黑裤的人影。

几个人抡镐挥锹，掩埋了那八具尸体。

“偷天换日，功德圆满。”蒋会长把一块无字的木牌插进坟头。

“入土为安，烈士可以安息了。”这句话从方逸舟嘴里吐了出来，声音有些沙哑，边说边用衣袖擦了擦湿润的眼角。

蒋会长握着方逸舟的手，“逸舟同志，要走了吗?”

“不能久留了，我得赶回部队了。”方逸舟露出恋恋不舍的表情，“唉，一下死了八个，真要命，下一次见到我，我可能就是一名士兵了。”

蒋会长宽慰地打趣道：“哦，我以为该叫你‘方团长’了呢，没想到会叫你‘方士兵’。也好，怕什么，总比叫你‘方平民’强吧。”

“叫什么都无所谓，就是别叫我‘方叛徒’。”方逸舟别过头，咬紧嘴唇，紧紧拥抱了一下老蒋，转过身大步离开。

黑夜张开庞大的羽翼，将大地和它的秘密完全覆盖。

“八格牙鲁！偷袭，偷袭，没完没了！没完没了！大桥快完啦!”

“哈依!”

“凡是参与嫖妓的，每人二十皮鞭，一鞭都不能少!”

“哈依!”

“领头的是谁?”

“报告司令官阁下，是中村中佐。”

“打四十军棍！撤职查办!”

“哈依!”

师团部的办公室里，冲山元正在大发雷霆，宫崎参谋长正低头站在他面前，屏住呼吸，双腿战抖，额暴青筋，浑身觳觫。

冲山元双手倒背，虎目圆睁，怒气攻心，在办公室里来回踱蹀。

转了几圈，冲山元怒气稍平，转身望着宫崎，缓了缓语气道：“宫崎君，你说说，这条桥重要不重要?”

“重要。”

“为什么重要?”

“不……知道。”

冲山元死死地盯着参谋长的脸，从牙缝里蹦出一句话：“只知道重要是不行的，要知道它为什么重要。你跟我来。”

冲山元走到会议室的一面墙前，拉开一道布帘，露出整整占了一面墙的

大型地图。

地图上写着："支那东部沿海战略态势图"

冲山元用指示棍指着地图道："你看，这座钱塘江大桥，位于中国东部沿海一带，它刚好座落在东部的交通要冲，它的东面，可以扼住杭州湾的咽喉，它的西面，可以控制整个江浙内陆地区，所以，它是一个战略要地，也是我们大日本皇军在整个华中地区的命脉之所系。战略，战略，我总是跟你们讲战略，什么是战略，啊？这就是战略，它的存亡关乎着我第6师团的生死安危。为什么敌人三番五次地想要炸毁它，如果它不那么重要，不那么关键，有必要炸毁吗？桥又不是什么进攻性武器，它的存在不会影响任何人，为什么？啊？"

参谋长眨着眼，盯着地图，体会着师团长的话中深意。

"我们的敌人绝不是傻子，"冲山元眼中露出一种锐利的芒刺，"死了那么多人为什么还要坚决地炸？拼命地炸？明知道我们在死守，为什么还要玉碎攻击，永不放弃？我们死了47个官兵，他们死了多少？可能是147个，也可能是447个，还可能更多，这就是支那人的可怕之处，不达目的，绝不罢休。是什么驱使他们硬拿鸡蛋往石头上碰的，明知不可为而必欲为之，如果背后没有一个战略的动机，没有一个重要的军事阴谋，它是不会干的，不值得干的，这就是关键，是要害。我这几天一直在琢磨，敌人到底要什么？你说，敌人到底要什么？"

参谋长一怔，急忙说道："我看，我看，他们是想要切断我们的交通命脉？"

"切断交通动脉只是其一。"冲山元指着铁路干线道："你看，在杭州、宁波、镇海、定海、温州这一带，驻防有我们的十几万大军。我们第6师团的5万人马在这里，这个四角形的中心，就是这座大桥，它位于这个四角形的核心位置，你说它的战略地位重要不重要？一条命运线，一条生死线，一旦大桥出现了意外，打起仗来兵力和弹药就不能及时投送，这个四角形就会被从中切开，变成一个首尾不能相顾，四面不能呼应的残局和死局。敌人为什么会炸桥，而不是炸其他什么地方，结论不是已经出来了吗？如果我是这个敌人，我会选哪里，我想了整整两天，最后居然也是这里。整个战局的重心和软肋都在这里，所以炸这里就是中心开花，炸这里就具有战略价值。这个敌人太狡猾，也太可怕啦。"

参谋长："司令官阁下，你是说敌人是个玩战略的高手？"

“对，此人一定精通战略，炸桥看起来是一个局部战斗，其实是颗战略棋子。这会是什么人呢？国民党的将军里面没有这样的高手，三战区的顾祝同根本就是个蠢货。国民党军打仗的不行，除了撤退、逃跑就是签定城下之盟，没有这样的眼光和胆量。那会是谁？一定是共产党和新四军。再深想一层，除了新四军，会不会是美国人在幕后指使或干脆就是美国人在下指导棋呢？不是没有这样的可能。为什么，因为美军最近在太平洋战场连战连捷，斗志正盛，如果他们想要把中国大陆当作一块跳板，对我军进行战略反击，进而扑向日本本土的话，它会选择在哪里登陆？啊，选哪里？你看看东部沿海，还有比杭州湾更安全、更便捷的地方吗？没有，绝对没有。如果它从杭州湾登陆，最先会打击哪里？还是这里，把这座桥一炸，就瘫痪了我军。一瘫死肉，就只有任人宰割了。”

“我的彻底明白啦，将军阁下，您这一席话，使我茅塞顿开，拨云见日啊。”参谋长宫崎拍着脑袋说。

冲山元意味深长地盯着他的眼睛，“说一千，道一万，回到大桥，守桥这个人选极其重要，一丝一毫也马虎不得。因为敌人太狡猾、太精明了，而且下定了破釜沉舟的决心。我们选对了人，桥就没问题，选错了人，不但桥毁人亡，你我也要上军事法庭，我们的军事生涯就算交待了，而且，还会对整个华中战局产生极其严重的负面影响。”

冲山元顿了顿，又问：“你那个名单准备的怎么样了？”

参谋长一个立正，递上一分卷宗，卷宗里是一份名单。

“报告司令官阁下，这是备选将佐名单，共20个人，我在其中3个大佐名字下面划了勾，请您裁夺。”

冲山元接过报告，看了看上面的名字。

“这些人都是经过3轮淘汰，从45个大佐里面精挑细选出来的。”参谋长补充道。

冲山元思忖片刻，“嗯，松井村山，这个人不行，刚愎自用，狂妄自大，虽然略通谋略，但不足以当此大任。嗯，看看下一个吧。”

又翻过一页。

“嗯，这个岸信荣介倒是勇武过人，战功极多，但仅凭战功多，不必然胜任如此艰巨、复杂、危险而又关键的岗位。根据选拔标准，他没有上过大学，没有接受过系统严格的军事训练，这一点就通不过。”

又翻过一页。

“哦，佐藤英三郎？其他条件还可以，杀中国人倒是一马当先，还是什么‘千人斩’的冠军，但是标准中有一条，‘不好色，不饮酒，不吸烟，’这一条打死他也做不到。烟酒和女人就是他的命，用这种人一定会误事。”

“司令官阁下，如果这三个人不行的话，本师团就没有更合适的人选了。”

“为什么一定要限定在本师团内，其他兄弟师团也可以嘛，再不行就上报方面军司令部，请冈村司令官批准，在全中国占领军范围内进行选拔嘛。”

“这个……？”参谋长有些为难地挠着头皮。

当晚，冲山元就亲自给中国占领军总司令冈村宁茨打了电话，详细汇报了自己的想法，得到冈村宁茨的肯定和支持。冈村是一个极有头脑的战略家，他明白这个守桥大佐“事关生死，责任重大”，所以一定不能凑合，一定要把选拔标准坚持到底。

冈村遂下达了命令，在中国占领军内，实行了一项大规模的选拔行动。参与选拔的军官达到了1000人，并组建了一个由第6师团参谋长宫崎兽男少将为首的选拔团，下到各师团进行严格的选拔。

“霹雳行动”失败，已过去了四天。在第四天的晚上9时整，在“荷塘”秘密会议室里，召开了一个紧急会议。

戴笠一脸怒气地走进秘密会议室。沈默然处长、万科长和两个随从军官跟在后面，冷丽苹最后也走了进来。

“戴局长好。”分座于桌子两旁的众人立即起立齐声问候。

戴笠阴鸷的目光扫一眼众人，沉声道：“嗯，都坐吧。”

众人落座后，都紧张地注视着上首的戴局长。

只见戴笠穿着灰色中山装，留着短分头，长长的马脸吊着，眼光阴狠，浑身透出凛凛震慑之气，一双虎眼杀机隐伏。

沈默然起身道：“局座，今天到会的有忠义救国军总指挥马志超，别动军总指挥徐志道，江南别动队队长李士英，浙江省省党部部长陈万才，书记刘咏林；南京站站长周镐，上海站站长王乐山；江浙情报处秘密电台电长张士超，苏州特别组组长董长礼，外勤组九组组长赵方勇，杭州特别组组长朱浪舟。”

沈默然扫了一眼自己的手下，补充道：“还有本区负责行动的科长万子良，负责情报的冷丽苹。”

戴笠毫无表情，默默掏出一支小手枪轻轻放在桌面上，冷冷言道："我已经很久没有杀人了，特别是在沦陷区，在日本人的心脏杭州。我不想杀人，可是，你们就是要逼我开杀戒！"

"刀斧手"的声音突然提高了一个八度，众人倏现惊色，噤若寒蝉，个个端坐低头，敛容禁声。

会议室立刻充满了低气压。

"司法科长，念！"从戴笠嘴里突然冒出一句，众人心头倏然一跳。

司法科长打开了手中的卷宗，扫了一眼众人，朗声念道："查，浙江省党部书记刘咏林，以权谋私，勾结不法商人，以假批文进行走私贩私活动，将一批多达数百吨的桐油、猪棕、食盐等战备物资贩运进沦陷区，公然倒卖，中饱私囊，给党国造成极大损失。现予以拘捕法办。"

两名军官走到刘咏林身后，将他拉起，戴上了手铐。

"局长，我是冤枉的，我是冤枉的，有人陷害我，我完全是清白的呀。"刘咏林高呼着，被两名军官拖出会场。

司法科长翻过一页，继续念道："查，杭州特别组组长朱浪舟，玩忽职守，勾结不良奸商，出卖党国政治、经济、军事等情报。上个月18号，南京日军特务队突击搜查，朱浪舟事前毫无警惕，造成电台被毁、密码本失窃、重要文件被抄走等重大损失。证据确凿，不容抵赖。"

朱浪舟脸色煞白，双腿颤抖，冷汗淋漓，强辩道："报告局座，这全是诬陷，是诬陷，日本人搜电台的事，我的确一点都没耳闻，而且……"

戴笠手一抬，"好了，送他去留学吧。"(军统家法：处死)

"局座饶命，局座饶命！"朱浪舟惊呼着被两个军官拖了下去。

司法科长还要往下念，戴笠挥了下手道："好了，不用念了，剩下的几个，都送到修养斋（拘留所）去，叫他们先'吃斋饭'，家法伺候，主动交待罪行的，可以去息烽。"

"是。"

"沈默然，往下进行。"戴笠下令道。

沈默然一个立正，向万子良摆了下头，万科长把一叠叠报纸摆到十几个人面前。

戴笠冷冷道："报纸你们都看了吧？哼，曝尸，震惊世界呀，说吧，谁的人干的?!"

马志超站起身道："报告局座，我已经彻查了，这事绝不是我们忠义救国

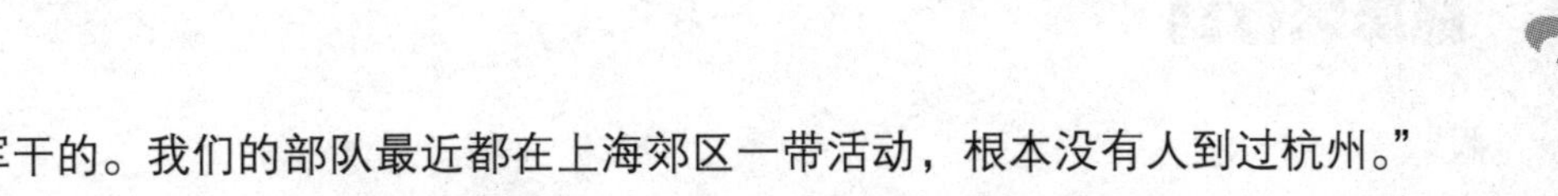

军干的。我们的部队最近都在上海郊区一带活动，根本没有人到过杭州。”

别动军的总指挥徐志道站起身道：“报告局座，我们别动军正在定海和宁波等郊县一带活动，没有人到过杭州，更不会有人去炸什么桥。”

别动队队长李士英也急忙站起：“就是嘛，我们别动队正在接受美军顾问团的训导，所有人员全天上课，没有一个人缺席，更不知炸桥所由何来。”

南京站周镐站起道：“南京站更不可能，我们正忙于组建新的机构，招募新的人员，正准备向上海、无锡、南通和周边地区渗透，没人听说有什么炸桥之事。”

苏州特别组组长董长礼站起道：“局座，我杭州站手下尚无一兵一卒，这种事想干也干不了哇。”

戴笠一举手，全场肃然。刀子般的目光扫了一下众人，狞笑道：“嗯，都不承认，都不是你们干的，那就是我们军统自己人干的了，是不是啊，万科长?”

万科长急忙站起道：“报告局座，这事闻所未闻，沈处长和职下负责的行动队一直忙于掩护美军顾问团考察浙江、福建沿海之事，筹备接待，还有‘荷塘’的事也要处理，根本没有人参与或发起什么炸桥行动。”

“那就奇怪了，那炸桥的人到底是谁?”戴笠面布疑云，目光狐疑，“如果不是我们的人，那为什么他们都穿着国军的军装?”

冷丽苹插话道：“报告局座，刚刚得到可靠情报，昨天晚上我们的人抓了几个砍柴的老乡，有一个人供出爆炸发生的时候，他看见一伙日军的伤兵和守桥士兵激战，枪打得很凶，有一辆中吉普被炸得稀烂，人全都死光了。这个事万科长也在场，他可以证明，决无虚言。”

戴笠面色一凛，转头盯着万子良：“汽车? 还爆炸了? 但从照片上看不出桥有什么损失呀? 嗯，这倒像是一次有准备、有组织的自杀式袭击? 但会是谁干的呢? 不是日本人，不是我们的人，还会是谁呢?”

众人面面相觑，但没人敢讲话。

沈处长在一旁频频用目光向冷丽苹示意，意思是让她说，冷丽苹会意，表情平静地说：“这个事我已经查得差不多了。也多亏了沈处长的提醒和开导，让我找到了方向。”

冷丽苹卖了个关子，说到这儿来个急煞车，众人的目光一起射向她，不知她会扔出什么重磅炸弹来。

冷丽苹决定出卖假情报了。有道是“真做假时假亦真，假做真时真亦

假”。

“局座，这件事，完全是新四军总部策划的一次军事攻击，目的是炸毁大桥，切断日军的交通线，打乱日军的军事步骤。据我的内线报告，十几天前，新四军总部召开了一次极其秘密的会议，新四军的首脑悉数出席，有人痛陈日军的‘扫荡’和‘清乡’，根据地破坏严重，兵力损失十之八九，现有所有根据地加起来，兵力已不足三千，加上各区县游击队，也不过四千出头，遂决定策划一次行动，从背后打出一记所谓的铁拳，以少击多，以暗击明，痛击日寇，让日寇取消这次新的大规模扫荡计划。这就是这次行动的背景情况。”

“情报可靠?”

“完全属实。”

戴笠从不当面夸奖属下，这次却忍不住了，“你们都看到了，也都听到了，谁说我们军统没有人才，谁说我戴笠只会以貌取人? 别人干不了的，不敢干、不会干、不能干的事，她全干了，而且还全都办到了，一介女流之辈，于无声处却有此惊天骇鬼之举，手到擒来，是偶然的吗? 是撞大运吗? 你们这些堂堂七尺男儿，党国栋梁，作何感想啊?”

到会之人虽被责备，但都在暗中松了口气，带着感激的目光望着冷丽苹。

戴笠转头望着万科长，“万子良，你是行动方面的专家，我倒想听听你的高见。”

万科长清清喉咙道：“回局座的话，这次新四军的炸桥行动，代号为‘霹雳行动’，看起来策划周密，但必败无疑。为什么? 不败才怪呢。你们想啊，就 8 个人，要对付 2500 个日本兵把守的像铁桶一般的大桥，谈何容易。只能以血肉之躯当炸弹，破釜沉舟，玉石俱焚。事后，日本人曝尸桥头，则完全是出于泄愤，不足为论。至于身上的军装嘛，那是日本人为了掩人耳目，事后换上去的，因为他总不能挂出穿着日本军装的人上去吧。”

戴笠点点头道：“嗯，你这样分析就说得通了。你们看呢?”

其他人纷纷点头赞许。

沈默然指着照片道：“还有一个疑点，既然是炸桥，那个炸药的当量应该有个准确的计算吧，依我看大桥毫发无损，自己的车倒炸碎了，这药量可能有问题?”

万科长献媚地一笑道：“沈处长高见。像这样坚固的大桥，钢筋水泥加 40 公分厚的钢板和 30 公分粗的铁管，没有近 2000 磅的炸药，你根本奈何不了

它一根毫毛，可一辆吉普车能装多少炸药呢，顶多装五六百公斤，撑死了八百公斤，再多了就露馅了，你还要坐8个人在上面呢，所以说，没有解决好运送炸药的问题，是它最致命的地方。”

“是呀，致命，致命，现在最致命的不是他们，而是我们。”戴笠露出一副苦相，喟然长叹一声。

沈默然在他耳边小声提醒道：“局座，昨晚上8点多钟的时候，有人又偷袭了大桥，那八具尸体，都不见了，被不明身份的人抢走了。”

戴笠从鼻子里冷哼了一声，“抢走了不等于事件真的结束了。听侍从室主任来电话说，委员长大光其火，让我迅速查明真相。如有擅自炸桥者，一律就地处决。我告诉你们，目前中日战局呈现胶着状态，双方保持一种脆弱的平衡，委员长多次告戒我们要忍，要克制，绝不要先打第一枪，更不要给日本人任何口实和把柄。我们最大的敌人，是谁？未来和我们争夺江山的，是谁？不是日本人，而是共产党，八路军和新四军才是我们的心腹大患哪。委员长说过，对日本人，不打，少打，能避则避，当退则退，可现在倒好，8个国军被人曝尸桥头，让人家在头上扣了屎盆子，搞得在全世界面前臭名远扬，丢人现眼，这会不会引发一次‘多米诺骨牌效应’？会不会进而引发一系列外交和军事上的连锁反应，我不知道，你们知道吗？也许只有天知道，咳，听天由命吧。”

底下发出一阵嗡嗡的议论声，沈默然挥了挥手道：“好了，好了，戴局长舟车劳顿，也累了，诸位远道而来，今天会先开到这了，你们回去要严格管束部队，绝不能再有半点麻痹和疏漏。颤自行动者，定不轻饶，军法从事！”

众人站起道：“是！”

“冷丽苹，你留一下，戴局长要找你个别谈话。”沈默然淫笑着说。

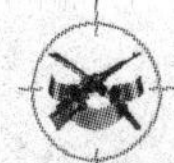

第八章

东京论剑

二人沉浸在一种宁静、肃穆、高远的境界之中。樱花、武士道、宝刀。一种无形的力量在二人心中升腾。

第二天上午10时，宫崎参谋长夹着一份卷宗急匆匆地走进冲山元的办公室。

冲山元正在俯案看文件，见了参谋长，他的心一下抽紧了，“什么事，这么慌张？你不会是来报告桥毁人亡的噩耗吧？”

参谋长立正禀报：“报告司令官阁下，到目前为止，还没有人对大桥进行新一轮袭击。大桥尚属安全。”

“哟西，人选的事进行得如何？”

宫崎立正：“在冈村司令官的安排下，在方面军联席会议上，我与各师团的参谋长们开会进行了研究，从三四百人选当中，严挑细选，最终挑出了10名军官，材料都在这里。但是，他们里面，不是差一条，就是差两条和三条，连一个百分之百符合条件的人都没有，所以，我才来请求您，可不可以放宽标准？”

“放宽标准？”冲山元眯着的眼里闪出狡黠诡秘之色，倏尔变得严肃竣厉，“不行，绝对不行，一定要‘百分之百’！人选不定，我们就等于是坐在一个炸药桶上！这样吧，这份名单我不看了，烧掉！我马上给东京大本营的总参谋长打个电话，让他在大本营里挑选吧。你即刻起草一份详细报告，列清十条标准，说明选拔理由。”

“哈依！”宫崎参谋长鞠躬退出。

冲山元一把抓起了电话。

东京三宅坂。

一栋灰色的建筑，高大，威严，戾气森森。

楼前的石碑上刻着几个字：军方大本营·陆军参谋本部。

18 楼一间豪华宽大的办公室里，一个大将在听电话，他是日本陆军省参谋本部的总参谋长。

大将正笑迷迷地听着电话："……什么？人选不定，我们就是坐在一个炸药桶上？什么炸药桶？啊？冲山元啊冲山元，你是在跟我下最后通牒吗？哈哈哈哈，我是吓唬你的，你怕什么？你这老家伙，名言就是多，我都听说了，什么'等待死亡，比死亡本身更可怕'啦，什么'中国人就是一群贱种和奴才'啦，什么'上帝只关爱战胜者'啦，仗叫你越打越精了，名堂也越来越多啦。嘿嘿嘿嘿，听说你还有一个爱好，收集死尸照片，有没有这回事？你是准备办展览啊还是打算出画册？啊？你胆子不小。哈哈哈哈，真有你的……嗯嗯，嗯嗯，我知道，知道，冈村君为此事特地来过三次电话啦，一个大佐真有这么重要？嗯嗯，嗯嗯，好好好，你认为重要就重要吧。你那个标准我看了，嗯，十条，还好不是一百条，你是在选天皇吗？嗯嗯，大本营里有这样的人选吗？这个我还不知道，要选起来看……实在没有，就叫天照大神给你生一个吧，哈哈哈哈，哈哈哈哈……什么，百分之百？好啦，好啦，放心吧，我说话啦，没有也得让他有，死也得给我死出一个来。还有，选人期间，如果万一桥被炸毁啦，你就不用来电话了，你那把短剑可是一把'京积正宗'的名剑啊，哈哈哈哈，哈哈哈哈。"

总参谋长打完电话，立刻叫来了一名少将级军官，这个人是他的助理，名叫山本英夫。

山本英夫拿着那份遴选标准的电传文件，肃立在他面前。

总参谋长当面给山本英夫布置了任务，并把第 6 师团司令官冲山元的请求转告了他，责成他负责此次遴选守桥大佐的工作。同时，还从总参各部门抽调了八个人协助他工作。

这 8 名军官中有 3 名女军官、5 名男军官。

山本向总参谋长提出想要一个助手，此人名叫高桥一郎，现任大本营参谋本部第一部作战科高级参谋。此人精明能干，极有头脑，但是他在新加坡占领军的第 26 师团任上，曾经亲手枪毙过一名中佐，由此得罪了大本营的一

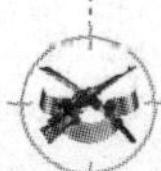

位副总司令，因为那名中佐是这位副总司令的侄子，所以被撤职查办。后来因为那名中佐确系违犯了战场纪律，通敌的罪名已经查实，按律当毙，所以，高桥一郎又官复原职，只不过不能再回到新加坡，只能留在大本营作战科工作。

总参谋长认识高桥，而且相当欣赏他的才干，也知道高桥蒙冤免职的经过，同情他的处境，所以就同意了山本的请求，将高桥调入了“遴选将佐小组”帮助工作。

山本英夫这个人十分了得，极有心计，为人奸滑，是一个典型的口蜜腹剑的“笑面虎”。

他长着一副善良亲切的面孔，生就一副胖乎乎的圆脸，小眼睛总是眯着，见谁都笑，不知道他底细的人，都把他当作知心朋友，什么话都跟他说，以为可以通过他打开升官发财的捷径，岂不知，他早已把那些人的心里话、知心话汇报了上去，成了他向上司邀功讨赏的资本。

山本之所以把高桥一郎调入自己的小组，其实自有他不可告人的目的。

山本英夫有一个爱好，就是收藏日本刀。

日本刀又叫东洋刀。

收藏界中流传一句话：“东洋刀天下第一。”

山本知道，这绝不是虚言，更不是妄语。

说起东洋刀，自然绕不开中国。中国上古时代就有不少名刀宝剑名扬四海，誉满寰宇，诸如轩辕、太阿、鱼肠、昆吾、巨阙、纯钧、承影、干将、莫邪等，后世还有七星宝剑、龙渊宝剑、赤霄宝剑、湛卢宝剑。这些名刀名剑千古传扬，闻名遐迩，引起后世喜好刀剑之人无穷的向往和遐想。所谓“吹可断发”、“削铁如泥”，形容的就是这些刀剑的利害之处。其实制造这类宝刀的主要秘诀就是其中含有钨、钼一类的稀有元素，中国人早在5000年前，就凭此发现造出了特殊钢材：“合金钢。”

东洋刀最早仿自中国西汉的环头直刀，至唐朝时又模仿“唐大刀”，其后以“唐大刀”为基本蓝图，对冶炼方法、淬火技术、造形变化等逐年加以改进，至镰仓时代初期（西元12世纪）其兵器制作已脱胎于中国而自成一格，后来居上。

东洋刀长的称为“武士刀”，短的叫做“切腹刀”，刀鞘用朴木制成，素面白鞘名之为“浪人刀”。

世界各国的铸刀匠无一例外是手艺精湛的工匠，但唯独日本不是。为什

么呢？因为日本的铸刀匠不仅仅是工匠，而且是富有灵感的艺术家。他的工厂就是他的殿堂。每天开始工作之前，都要斋戒、淋浴，并向神佛祈祷，使此后的抡锤敲打、沾水淬火、砥砺研磨都不再是一般的制刀工序，而成为在神佛灵气的加护之下的宗教行为。如此打造出来的日本刀，在从刀鞘中拔出的瞬间，会闪出一道清冽的寒光，具有清澄莹明、阴森冰冷的美，由这种美迸发出来的魔力，可以将人引入镇定和宁静的至上境界，使人能够得到如同眺望皎月、淋浴水光似的极致享受。同时，这种绝妙的美，又能产生出一种强硬感与力量感，使人感受到震慑、畏惧与恐怖，而这些就是日本刀的艺术观赏价值之所在。

更确切地说，日本人是以“以灵魂和精神铸炼钢铁”。每一次抡锤，每一次淬火，每一次在砂石上打磨，都是不可怠慢的宗教仪式。宗教大师的灵魂或守护神在刀剑上施展了魔法，这样锻出的刀剑才是独步剑坛的完美艺术品，与之相比那些闻名世界的托莱宝刀和大马士革名刀等世界著名刀剑与之相比都相形见绌。

山本之所以喜爱东洋刀，对东洋刀达到痴迷狂热的程度，是因为他是一个刀剑收藏家。日本人中，或者说日本军人中，有三类人有收藏癖好。一类是崇尚勇武而收藏军刀的人，这种人为数不多；第二类是把刀剑当作战利品而收藏的人，这刀剑当然包括别国的古刀和宝剑；第三类人是看中日本刀的收藏价值和喜欢那精湛绝美的制造工艺，山本显然属于后一类人。但他看重一把刀，还看重它丰厚的历史内涵和它的传承过程。

山本家里有一个大大的壁龛，里面摆满了日本各式古刀。在每把刀的旁边都有一张纸条，上面写着刀剑名称，还有制作人的名字、年代及特殊工艺。

山本和高桥是上下级，是主管和助手，更是剑友。他们一起谈收论藏，一起品茗赏剑，二人十分投缘。他们在一起，除了工作，大部分时间就是谈刀论剑。

与山本不同的是，高桥不是收藏高手，而是一把宝刀的继承人和心传者。

那把宝刀，山本英夫从未见过，只是听高桥反复说起过，高桥说得神乎其神，天花乱坠，这更勾起了他想一睹“宝刀”真容的强烈愿望。

说起高桥的这把宝刀，就要从他的家世渊源开始说起，那还真有些不同凡响。

高桥出身于一个武士道家庭。他的祖上，曾是德川家康手下一员功勋卓著的战将。而德川家康是日本历史上大名鼎鼎的人物，是江户幕府的开创者。

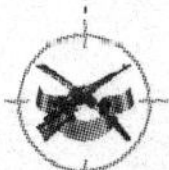

1598 年丰臣秀吉去世后，德川家康为了将实权真正掌握在自己手中，于 1600 年，在现在的岐阜县西南一带，与丰臣秀吉的儿子丰臣秀赖展开了一场恶战，史称“关原之战”。从此确定了德川家康的霸主地位。他在江户宣布成立幕府，使日本进入了最后一个军人封建专制的时期——江户时期。

从镰仓时代到江户时代，在长达 680 余年的漫长岁月里，日本武士一直拥有最高的社会地位，是最受尊敬的英雄人物。为了表明是否具有武士身份，幕府规定腰间佩刀是仅为武士才可享有的一种特权。平民百姓根本没有带刀的资格。因为，当时在普通人眼里，日本刀象征着一个人的身份和地位，而在武士的心目中，则表明自己作为武士所怀有的忠心和享有的荣誉。日本刀在武士手中，如同教主所持的锡杖，大臣所捧的笏板，代表着权威和忠诚。当时全社会对日本刀都抱着尊敬和崇拜的心情。进入明治时代，即从 1868 年以来，日本国全面推行新政，明治政府颁布了《废刀令》，取消了武士的佩刀特权，以法律的形式明确规定，只有政府官员在因出席皇宫的仪式和宴会需要身穿大礼服时，或者身为军人警官者，才允许佩戴刀剑。

高桥的祖上跟随德川家康南征北战，在一次战斗中，从敌酋手中缴获了一把宝刀，这把刀，刀名就叫“江户长铭正宗”。这把“江户长铭正宗”，其来有自。相传，在日本制刀的历史上，出了三位最著名的制刀名匠。第一位出现在镰仓时代后期，即 13 世纪末到 14 世纪 30 年代前后，他的名字叫正宗。他打造的刀剑软硬适中，锋利无比，其刀纹更是光华灿烂，十分漂亮，据说在日本仅遗留着 5 把正宗的名刀，它们的名称分别为“京积正宗”、“不动正宗”、“大黑正宗”、“本庄正宗”和“江户长铭正宗”；第二位制刀名匠的名字是村正，他是在室町时代后期，即 15 世纪中叶涌现出来的著名制刀大师，制作出刀刃极其锋利、坚韧硬健的村正刀；第三位是江户时代前期的名匠虎彻，他擅长刀身雕刻，人们特别喜爱那些刀体花纹和华丽装饰，便成为这种刀的观赏重点。

高桥家的这把刀，居然就是那最著名的五把历史名刀之一：“江户长铭正宗，”这几个字是刻在刀身上的，并经过多位考古学家验证过，决没有假。而且，把这把刀放在今天全日本任何一间博物馆里，都是超级文物，同时也是国宝。这不能不使山本英夫惊讶万分和佩服得五体投地，朝思暮想也要一睹此刀的真容。

但此刀是高桥家的传家之宝，岂能轻易示人？这把刀，从他祖上一脉相传，一代接一代，其间越过了 400 多年漫长的战乱岁月，等传到他的手中，

已经是第18代传人了。这刀身上有祖先的故事，有祖先的鲜血，也有祖先的武士道精神遗留，寄托着祖先对未来子孙的殷切希望和谆谆教诲。

山本英夫之所以处处讨好高桥，拉拢高桥，就是想看一看这把宝刀。但这只是第一步，第二步呢，就是出大价钱买下这把刀。把这把宝刀据为已有，才是山本英夫真正的目的。当然第二步之后还有第三步，第四步，第五步。可高桥要是不卖怎么办呢？他很可能不卖，传家宝怎么会轻易出卖呢？山本还是有办法，如果没办法，他山本就不是山本了。他家中客厅里那满满一面墙，五个玻璃柜子中的近300把各式古刀、名刀、宝刀，都是怎么来的？只有他山本自己心里最清楚。

宝刀谁都爱，你爱我也爱，玩了一辈子军事战略的人，还能玩不过你一个小小的参谋？但山本知道，凡事不能操之过急，他在等待一个机会。

军人是最讲究战机的。

每天上班，头等大事还是遴选守桥大佐。

总参谋长给的期限是7天，7天之内如果大桥没有遭遇再次袭击，他们都没事，但如果在此期间桥塌人亡，虽然离中国杭州远隔千山万水，他们还是会受到某种程度的牵连，说不定还会撤职查办。所以，山本不敢对此掉以轻心。

山本立刻把那个遴选大佐的十条标准交给了高桥，让他尽快拟定一个考试的程序和办法。

这天，高桥拿着一摞报名表走进了山本的办公室。高桥中等个头，身板厚实，见棱见角的四方脸上，生着一双炯炯有神、目光犀利的大眼。那脸颊、眼眉、双唇，都显得硬梆梆的，像钢浇铁铸般的冷峻。健硕挺拔的腰板，透着一股军人所特有的刚毅和威严。

让山本英夫始料未及的是，居然有1000多名军官应征此一职务。区区一个守桥大佐，竟引起全东京青年军官的极大兴趣，竟会趋之若鹜？山本怎么也想不明白。他估计，可能他们都把这个官位当作了一个“肥缺”，一个获取战功的机会，一个迅速爬升的阶梯了吧。那些人怎么可能知道，这条桥有那么多悲惨的故事，那么多官兵的悲剧，那么多武装的奇袭呀，那简直就是一座军人的坟墓，一纸地狱的邀请函嘛。

他们都上当啦，这些年青人哪。

可既然来啦，那就审吧。

高桥递给山本一份厚厚的报名名单，这些名单被分为三类人，一类是自己报名类，二类是单位推荐类，三类是长官指定类。第一类人最多，占了总比例的80%；第二类次之；第三类只有七八个人，都是现任高官的儿子或亲属。

面对这么多人要参与遴选，他感到老虎吃天，无法下爪，昨天他就命高桥找出一个办法，提高工作效率，不然，一千多个人，就凭他们9个考官，就是累死7天也办不完哪。

高桥早就仔细研究过了“十条标准”，他对山本说道：“组长，您看，这十条标准，只有一条是关键，就是第八条：‘有武士道的家族传统’，我们就拿这一条作进门槛的衡量标准，够了的进入第二轮，不够的，自然淘汰。你觉得如何?”

山本眼睛一亮道：“好好好，高桥，我没看错你，你一句话就解决了我多日的烦恼，一切问题都迎刃而解了。我估计，这一条一卡，有一大半的人会出局，这一来，我们的工作量就大大减轻了。好，就这样办。”

高桥接着道：“剩下来的人，怎么考呢，可以这样。第一条标准要求，毕业于日本陆军大学；第二条：在支那战斗中，曾亲手击毙营、团级以上指挥官十人以上；第三条：战功卓著，曾三次以上获得金鸦三级勋章；第四条：守护过重要军事目标，智勇兼备，有丰富带兵经验。这些都是硬杠杠，只要查一下他的个人资料和档案，就全都清楚了，不是吗?”

山本更为惊喜了，“对对对，拿着申请者的履历和他的资料一对，就全部清楚了，不合条件的，一次过完全都排除了。还有那些到没到过中国的，一看资料就清楚了，淘汰。”

“对，这就又排除了一大批人，”高桥接着侃侃而谈，“剩下的，进行三种考试，一是笔试，考什么呢？就考第九条：‘你是如何忠于天皇，忠于帝国，忠于职守的’这道题，他的思想、意识、理想、节操和文字表达能力一试就都清楚了；二是口试，考什么呢？就考第七条：‘精通中国话，更懂得日本人高于中国人之处’。一个人中国话讲得怎么样，一张口就知道啦，而对于日本人高于中国人之处，则是比较高深的学问，这个出题的人，绝不简单哪。”

山本露出满意的笑容道：“哟西，笔试，口试，下来还有什么试呢，还有两道题呢?”

高桥一笑，道：“下来，是最难，也是最关键的一试，就是身试。身试主要是考第五条和第六条，即‘不好色，不饮酒，不吸烟’和‘擅柔道，通忍

术，会剑道’。”

山本点头道：“可以，就第五条来说，不饮酒、不吸烟，比较好办，做一个事先的调查就全清楚了，饮酒、吸烟的人立即淘汰，但‘不好色’这一点，比较难办，因为这是个人隐私，怎么考呢?”

高桥略一思忖道：“这个嘛，其实也不难，比方设置一个特殊房间，里面布置成一个挂满了性爱图片的空间，然后让七八个裸体女人呆在里面跳舞，把那个被试者关进这个房间里，让那些女人对其进行挑逗，如果他真是一个好色之徒，他的本来面目就一定会暴露无遗；如果他是一个本质上就洁身自爱的人，再加上具有极强的控制力，他就会战胜自己的欲望，昂然挺过一关的。”

山本淫荡一笑，慨叹道：“你真是一个魔鬼呀，高桥小子，这么高难度的事儿你都能解决。这种场面，我可顶不住，想想就起性，那可是八个美女呀，人生能有几次遇? 一次性搂抱八个美女是何等的艳福呀? 除非被试者是个阉人，不然他一定会兽性大发的，哈哈哈哈，哈哈哈哈，不过，唯其有难度，才叫考试嘛。就这样定啦。”

“最后一个身试，就只有打啦。也就是比武，只有比武，才能证明他是不是真的精通拳击、柔道和剑道。”

“可比武，谁跟谁比?”山本露出为难之色。

“当然是找些个中高手或者冠军之类的人来跟被试者比啦，或者找剑道的范士来比，真人对真人，真功夫对真功夫，比的难度越高，出来的结果就越真实。比试的结果要打分，前面所有各项皆要打分，最后累计总分第一者获胜。”

听了高桥一番高论，山本从心里表示叹服。他暗自庆幸，能有这个人辅佐自己，这次的考试任务就不难圆满完成了。

下来几天，考试就按照四轮的程序顺利地进行了。

第一轮，先淘汰了那些没有武士道家庭传统的人，就有800多人出局了，只有300多人进入了下一轮。第二轮是硬杠杠，又有200来人不符合标准，无缘进入第三轮。剩下100多人，进入了笔试，又淘汰了80多人，口试又淘汰了30多人，进入最后一轮的，仅剩下12个人。

在这12个人中，查出有4个人曾经吸过烟和饮过酒的，又被无情地淘汰出局，进入最后身试阶段的，只有8个人。

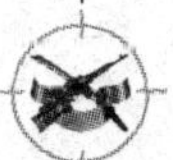

8个杰出的军官，8个日本的精英，争夺1个职位，其激烈程度可想

而知。

桌面上的风平浪静，其实台底下暗流汹涌。

考试还有 3 天就全部结束了。最后的当选者，如果不出意外，就在这 8 个人当中了。

这天吃过晚饭之后，山本和高桥坐上了一辆吉普车，来到了京都。

他们约好了，要到高桥在京都的家中观赏那把绝世的宝刀。

车是由山本驾驶的，高桥坐在副驾驶座上一言不发，交叉双手放在胸前，双眉紧蹙，目光忧郁。他那张方型的面庞上，仿佛庞罩着一层愁云惨雾。

他从新加坡被撤职回国后，今天是第一次上街，他完全没料到，大战之下的京都，居然呈现出别样的风情，异样的繁华。

京都这座千年古都最初的设计是模仿中国隋唐时代的长安城和洛阳城建造的，整个建筑群呈长方形排列，以贯通南北的朱雀路为轴，分为东西二京。

因为街边挂着各式灯笼的砖瓦木楼，与四川小城的砖瓦木楼并没有什么区别。只是京都是仿隋唐国都建设的，显得更加富丽堂皇。

街上的行人都穿着薄薄的西式衣裙，穿和服的年轻女子反而不多。有些年轻女子穿着纱裙，裙裤长长的，轻摇轻摆，仿佛扇出唐朝的风情一般。

京都人把街不叫街，将路不叫路，而叫町。也许是比较起唐朝长安、洛阳的繁华景象来，京都还显得很乡村吧，所以街也不叫街，而叫町了。

可眼下，高桥眼中的京都，怎么看怎么不对味，不舒服，让人从心里往外犯恶心。

在他的脑海中，盛世繁华对应着山河破碎，一边是京都的美艳繁华、歌舞升平，一边是中国大陆每一个城市的残垣破壁、断桥塌楼。一边是游人如织、笑语喧嚣，一边是流民满地，饿孚遍野；他的同胞一边贪婪地享用着中国文明的各项成果，一边像野兽一样毁灭着这种文明和创造了这种伟大文明的人。杀人、杀人、杀人，强奸、强奸、强奸，轰炸、轰炸、轰炸，放火、放火、放火，还有无止境的侵略，打下中国还不够，还要打下东南亚，打下美国，把战火烧遍全世界，这难道是我们大和民族应该干的吗？这难道是我高桥应该参与的伟大事业吗？不，绝不是的，一切都有违初衷，我一定要干点什么，不能再这么浑浑噩噩地混下去了。

他们的车很快就开到了京都东北部的比睿山脚下的阪本一带。在高桥家的别墅前停了下来，二人下车走进了别墅。

别墅豪华，一楼是个宽大的日式客厅，两厢十几个房间相连，但家中只有一个女佣人。

客厅的角落里，墙上挂着一张框着黑边的相片，相片下方摆着一个牌位。高桥指着相片道，神色有些黯然地说："家父已经过世了。呃，请随便坐吧。"

女佣端上了茶。

高桥扫了一眼客厅，走上前打开古董架旁的玻璃柜子，拿出了那把宝刀递给了山本。

宝刀很重，那重量着实让山本有些吃惊。

只见那刀，刀长十五握，用鲸鱼皮制作的刀柄，用金银器打造的护手，用彩漆涂画的刀鞘，上面还雕镂着一朵菊花，显得华丽无比，简直就是一个制作精湛的上乘艺术品。

"你可以抽出来看看。"

山本带着一种瞻仰圣物的心情小心翼翼地抽出宝刀，只听"仓啷"一声，利刃出鞘，顿时眼前光华四射，寒光凛凛，青锋乍现，使人不敢逼视。

"这是一把真正的武士刀。"

高桥得意地介绍道："武士刀带来的当然不仅仅是武器，更是艺术，它冰冷的刀锋可以瞬间吸收大气中的水蒸气，钢质纯净，会泛出一道青光，你看，从这个角度看得真切些，这是无与伦比的刀刃，锋利无比，可以毫不夸张地说，山精水魄、日月精华被凝聚进这刀体中，上面密藏着过去、现在和未来的时光之秘。那弯弓似的刀背，凝聚着至勇、至雅的品质，这些品质会令我们充满力与美、敬与畏的情感体验。所以说，刀剑不仅仅是兵器，它还是一种意念力的凝结，一种精神力的升华。"

高桥把一张白纸抛向空中，用刀轻轻只一划，白纸就无声地断为两截。

"想不到你还是个哲学家。"山本接过刀，举着它反复观赏，左右掂量，露出一脸的肃穆和景仰，禁不住喟然慨叹道："真是把绝世的好刀啊，像富士山峰一样神圣和伟大。如果它只是件美丽而令人愉悦的玩物，那么它也许是无害的，但是它总会被放在伸手可及之处，总会铿锵铮鸣，也总会诱惑人们去亮出它，挥舞它，甚至滥用它。所以，刀锋总会频繁地从宁静的刀鞘中一闪而出。最极致的滥用是一些武士会用无辜生命的脖颈来试验新到手的钢刀是否锋利，自己是否神勇无比。"

"是啊，我家这把刀也曾饱经战火，但它从不滥用，只用敌人的鲜血来灌溉。可杀人，绝不是它来到这个世界上的唯一使命。"

说着，高桥又展开一幅条幅，上面写着几个大大的毛笔字：

“花中樱为王，人中兵为贵。
武士军之魂，勇士将之才。
生为樱花盛开，死为勇士辉煌。”

“这是德川家康的手迹，是他亲手为我祖先写的，为了表彰和奖励他的战功，为了武士的荣耀，也为了大日本帝国的明天。”

二人不再说话，沉浸在一种宁静、肃穆、高远的境界之中。

樱花、武士道、宝刀。

一种无形的力量在二人心中升腾。

是的，日本以樱花为国花，远古的日本就有“樱花与武士”的格言，在日军中流传甚广。樱花是最美的花朵，武士是最高尚的人，他们对樱花和武士的赞美，也就是对死亡的赞美。

明治维新后，日本废除了武士制度，建立了欧洲式的现代军队，然而武士道的精神，在人们的思想中还是根深蒂固的，特别在军队中，仍以此为建军宗旨和精神支柱。

樱花灿烂夺目的盛开之日，便是凋谢零落之时，武士效命疆场之时，也正是他们人生最光荣的结局。武士的生命与樱花的生命是一脉相通的。

刀，是武士之魂。

武士道把刀剑视为力量和勇敢的象征。

武士道允许随便滥用这种武器吗？回答是毫不含糊的：“不！武士道着重强调的是如何正确使用，而非滥用武器。”不问场合就轻易挥舞刀剑的人，不是出于懦弱就是因为心虚。泰然自处者知道用刀的恰当时机，必须出刀的时刻极少。因为，早在2500年前，就有一个中国的伟大军事家说过，“不战而屈人之兵，善之善者也。”

山本露出行家里手的表情，故作高深状地说：“伟大的穆罕默德曾经宣称：‘刀剑是通往天堂和地狱的钥匙’。”

“刀剑是通往天堂和地狱的钥匙？我们有天堂吗？我们有樱花，有武士道，还有宝刀。可山本阁下，我们一定有地狱，这场战争就是我们的地狱，但，我们有天堂吗？”

高桥冷冷地逼视着山本的眼睛问道。

“我们有天堂吗?”山本愕然间脱口而出：“这句话问得好，像是一声拷问，你在拷问谁？是在拷问我？还是在拷问历史？抑或是在拷问天皇?”

“不是我在问，是刀在问。”

“刀在问？哪把刀在问？啊？你不会说是这把宝刀，或那把‘达摩克利斯’之剑吧?”山本有些恼怒了。

高桥背过身，望着院子里的景物，久久不语。

“总有一天，我会拿上这把刀，站到富士山顶上，去问一声：我们有天堂吗?”高桥冷冷地说道。

山本没再说话，也不敢看高桥，他躲闪着高桥的目光，更不敢看宝刀，走了，低着头走了，像是刚从地狱的火海中逃出来，步履慌张，也许是被这个问题彻底震慑了，压垮了。

就像象棋有“绝杀”，书信有“绝笔”，琴声有“绝响”一样，这句话，是个“绝问”，绝问的答案是没有答案。

从此以后，富士山在等一个人，一个必定会出现的人。

日本，我们有天堂吗?

第九章

巅峰对决

胜利、光荣、血誓的尽头，却连接着悲哀、凄惨和灭绝。

家中客厅，高桥一动不动地坐着，低头看看手中的宝刀，抬头看看父亲的遗像，心中有无限的感慨，无限的悲凉，无限的痛苦，他怅然良久，禁不住心海潮涌，热泪长流。

宝刀沉默。

心如死灰。

是的，宝刀无言，一旦握刀在手，你就会知道它的心声。

刀，是武士之魂，刀，是一个家族的血缘故事，刀，是一首武士道的铁血战歌，刀，就是胜利者、残杀者、传承者的头顶光环。但刀有双刃，这刀之刃，又是一个业障，一个宿命，一个推不翻的铁证，它夺去了一代又一代祖先的生命。胜利、光荣、血誓的尽头，却连接着悲哀、凄惨和灭绝。自己的父亲，不是被一伙忍者的后代残酷地谋杀了吗？也许父亲是为了保卫这把刀而死的？也许是碰上了复仇者？从自己祖父的曾曾祖父起，有哪一个家族的先人不是被人暗杀、绑架和下毒而死的呢？自己的每一位祖先，无不热爱这把刀，但也无不死于这把刀。这刀，不是一个传承者的光荣，不是一笔财富，不是一个传家之宝，而是一个魔咒，一股煞气，一笔冤债。

高桥的目光，透过这把刀望向虚空，冥冥中似有一种巨大的恐怖向他袭来。

现在的日本，不正像这把刀？

杀人如麻、战功赫赫、威武炫耀、不可一世。看起来，锐不可挡，所向披靡，实际上它已病如膏肓，无可救药，因为它忘记了正义，背弃了人性，沦落了良知，滋养了兽性，用无辜人民的血肉喂饱了自己，它迟早有一天，会割断自己的咽喉，用自己的血淹死自己。

高桥僵直着站起身，缓缓地走进亭院，那些熟悉的假山、鱼池和园林景物跳入眼帘，闯入心扉，让他想起了自己惨淡的童年。

他5岁时，父亲要他穿着整套武士的盛装，置身在一张围棋棋盘中。腰带一柄镀银的木刀用作真刀的替代品。可他总爱偷偷佩带上虽钝重但却是钢质的真刀。

从6岁起，他的父亲便教他用木制匕首学习切腹的动作要领；8岁时，父亲送给他了一本《切腹割颈动作要旨》。切腹是他千百次练习过的动作：在地上铺一块白布，双腿跪在上面，露出胸腹部，用白布擦干净匕首，双手紧握刀柄，猛然刺入腹部左边，用力向右边割去，在刀痕的末端，迅速向上转动，将匕首拔出来，然后再从后颈部直接刺入喉头。这是一个标准的切腹程序。

可他动作迟缓，不得要令，所以总不能让父亲满意，不时受到训斥，父亲还骂他是笨猪、小懦夫和胆小鬼。有一次，父亲当着外人的面，竟然说他："你不是武士的后代，你只会给这个家族丢脸。"

他开始记恨父亲，开始通过恨来学习爱。

在记忆里，他只有父亲，没有母亲，他刚生下来母亲就死了，他一点儿也没有尝过母爱的滋味。他生于豪门旺族，父亲给他灌输的唯有武士道。父亲是一位富商，母亲死后他没有再娶，但他家里却女人不断。那些女演员、女艺伎把他的家当作了舞台，浓妆艳抹，你出我入，粉墨登场。

这些莺歌燕舞的女人，一拨接一拨的女人，不断地更新换代的女人，把他仅有的父爱也剥夺了，无奈之下，他只好白天躲到外面，图个耳根清静，只有晚上才回家睡觉。

有一次，一个小伙伴带他参加了个柔道学习班，他第一次感觉自己像个大人了，在习武练棍中个性也觉醒了。他学习了击打、冲撞、踢踹、摔按、抛扔等动作，认识到练习柔道不仅可以强身健体，最重要的是对于修养精神、锻炼毅力有很大的帮助。

不久，他觉得学习柔道不过瘾，又学习了剑道。而剑道与武士道有很深的内在联系，因为他有家学渊源，所以上手很快，进步自然也快，到16岁时，他已经是教士等级了。在这个等级上，他可以以一敌四，他立志向以一

敌八奋斗。他只要继续练下去，很快就能成为一个范士。

日本的剑道分三个等级，有练士、教士、范士，范士是最高等级。

后来，发生了一件事，改变了他的学习方向。

有天晚上回家，他看见家中的大厅里正在表演歌舞伎。

歌舞伎、净留璃、能，是日本三大传统戏剧。

高桥从不看戏，一有戏班子的人来，他就躲出家门，那天他却鬼使神差地从窗户外往里面偷看。

他看到的是一出名戏，叫《镜狮子》。这是一出以舞蹈为主的歌舞伎。剧情是：每年正月20日，日本妇女便分吃供在梳妆台前的圆饼，这习俗被称作“镜开”，在举行镜开仪式前，江户时代的大臣和将军们的侍女把制成狮子模样的手套戴在手上，在神前跳舞。跳着跳着，美丽的少女被狮子的神灵附体，动作一下变得疯狂起来。那位文静淑女突然变成了一个疯魔一般的女人，披头散发，十分恐怖，她变成了一头狮子，剧情从优雅而变得豪放，前后形成鲜明对照，扣人心弦。

那位演疯女的演员，一下子便吸引了高桥的视线，他盯着她看，突然被闪电击中，他不知道自己是被她的美貌打动了，还是被剧情打动了，反正他一下便爱上了她，她的名字是后来从那些长辈的口里知道的，她叫夕树舞子。

夕树舞子是个孤儿，从小被一个艺伎收养，后来就学了歌舞伎，以此谋生。

演戏结束了，高桥跑到更衣室里找到了正在换装的夕树舞子。卸了妆的舞子，长相十分甜美，气质也温和高雅，她也被高桥健美的身材和俊郎的外貌所吸引。他约会舞子第二天和他一起去郊游，舞子想也没想马上就答应了。

他们一起爬山、郊游、逛街、购物，一起谈论人生，一起梦想未来，憧憬明天。他们郎才女貌，年龄相若，兴趣相投，二人渐渐盟生爱意，彼此心属。但那个时候，他们才刚刚17岁。

有一天，舞子突然说出一串古怪的话语，让高桥大吃一惊，一问之下才知道，这是中国话。因为舞子小时候曾被生母带到过中国的东北，在那里度过了她的童年，后来，作为一种回忆母亲的方式，舞子总会时不时地说一说这种古怪的语言。

高桥就跟她学习了这种语言，不久，两人就能用这种语言来进行对话交谈了。

一年后，高桥考上了帝国陆军大学，紧张而又繁忙的学习、训练使他们

很少见面，但舞子并不介意，她会等他毕业，她告诉他，无论等多久，她都会等，一直等到海枯石烂的那一天。

可命运第一次跟高桥开了个玩笑。他 23 岁刚毕业就参了军，立即被派到中国占领军第 18 师团所属的第 9 旅团，作了一名少尉参谋，在中国的东北、河北等地作战。两年后，本来他有一次回国开会和学习的机会，已经 25 岁的高桥准备和舞子完婚。

但突然之间，太平洋战争爆发了，命运第二次跟高桥开了个大玩笑。高桥被调入了新加坡占领军的第 56 师团，地点在森美兰州的橡胶园，他作了一条桥的守卫将佐，那时的他已经官升大佐了。

婚是结不成了，高桥十分思念舞子，但无奈之下，他只能坚守岗位，一天一天地熬着，盼着，等着。

后来，有一名中佐违反了战场纪律和军人武德，竟向新加坡的英军输送情报，被高桥发现当场枪毙，为此事他得罪了大本营的那位副总司令，高桥被撤职严办，调回了东京，等候处理。他等于被软禁了起来，再也无法见到自己心爱的情人舞子。

当他平反之后，官复原职，并留在大本营效力时，他专门去找了舞子几次，但每次都被寄居公寓的管理人员告知，舞子早就不知去向，她彻底地失踪了。

他最后一丝希望也破灭了。

命运啊，命运，你给高桥开了最后一次无比残酷的玩笑。

他在这个世界上一个亲人都没有了，如果那个舞子也算他的亲人的话。

父亲的被害，杀死了他生活的理想和活下去的勇气；舞子的失踪，杀死了他对爱情的向往和对未来的希望；而国家的穷兵黩武，侵犯世界，杀死了他对国家和民族的信仰。

他已经形同一个行尸走肉，一个灵魂破灭的躯壳。

此刻的高桥，唯一能做的事，就是给天皇写一封信。

他返回客厅，用颤抖的手拿出纸笔，把信纸平铺在桌面上，郑重提笔，一字一划地把他早在心中想过千百遍的话写在信纸上。

天皇陛下：

在我离开战争，离开军队，同时也离开人世的时候，我想对天皇陛下说几句话：几十年来，我国对外扩张的基本国策是错误的。也许一个

国家可以被征服，但是一个民族却永远不可能被征服，肉体的征服不代表思想的征服和精神的征服，更不代表文化的征服。而且，征服的国家越多，敌对的民族就越多，每一个敌对的民族都是一颗炸弹，都是一把永不熄灭的火炬，因此也必定是一座征服者的坟墓。不管这个民族是那个拥有五千年文明的中国，还是新加坡、缅甸、印尼或其他弱小的民族和国家。伟大也好，渺小也好，他们都是无法战胜的。

如果大和民族不想毁灭的话，现在是该反思的时候了。重新思考、制定基本国策，从各国撤兵吧，停止屠杀，检讨自己，甚至认真忏悔。即使我们不去思考，最后的战胜国也会为我们思考，为我们制定生存法则，甚至逼着我们忏悔。不管这个最后的战胜国是中国也好，是美国也好，是苏联也好，都一定会有最后通牒，一定会有赶尽杀绝，一定会有投降签字，一定会有历史的耻辱柱，这就是战败国所必须付出的惨重代价。

侵略者被消灭，征服者被征服，历史就是这样写的，伟大如成吉思汗，辉煌如拿破仑，也不能逃脱这个铁律。

但你不是成吉思汗，你也不是拿破仑，你不仅缺乏雄才大略，你还缺少帝王所必须有的高瞻远瞩的战略头脑和面向未来的智慧勇气。你比中国历史上那些最差的皇帝强不了多少，你只是一个东方的尼禄，你只配作希特勒的傀儡，可那个玩火自焚的法西斯已经快要完蛋了。

就此离开人世吧，这是我最后的心愿，我没脸看着你签署投降书。我没有选择在硝烟弥漫的战场上剖腹自尽，是因为我一直在犹豫、徘徊和彷徨，在等待那个永远也等不到的你对人民的忏悔。选择此刻，是因为今后我不会再有梦想和希望了，也不会再有选择的自由了。因为这场战争，我失去了亲人，失去了最爱，最终只能自作自受，一个人离开人世。

我对不起天皇陛下，对不起国家和民族，对不起死去的父母，对不起我终生挚爱的女友，不是因为我的懦弱，而是因为我的愚昧和无能！我走了，留下此生最后的几句肺腑之言，希望天皇陛下能看到它，这样我也就没有枉废人生，可以安心瞑目了。

帝国大佐　高桥一郎

昭和十九年（1943 年）五月五日

第二天一上班，高桥就把这封信交给了他最信任的上司山本英夫。

山本答应他会把这封信逐级上报，直至交到天皇手中。

山本当然看了信，知道这是高桥的绝笔，言辞激烈，态度绝决，不留后路，紧接着会发生什么事他心里非常清楚。但他现在最关心的不是高桥的生死，而是高桥死后那把家传的宝刀会如何处置?

高桥会不会立下遗嘱，让那把宝刀在他死后随身陪葬? 或者交给亲属或其他人保存? 如果是那样，就麻烦了。山本很想问一问，但他始终张不开口。

高桥仍然尽忠职守上完了最后一天班，那个遴选人选只剩下最后两名竞争者。

高桥握了一下山本的手，凄然一笑，毅然决然地离开了办公室。天黑时他回到了家中。在家中客厅，他在墙上挂了三样东西：天皇裕仁的画像，一面日本国旗，一面日军军旗。

高桥把一块白布铺在地上，跪在上面，面向天皇裕仁的画像、日本国旗、日军军旗，磕了三个响头。

他准备切腹，像一个真正的武士那样死去。

切腹，在日本并不是一种单纯的自杀方法，也不像世人理解的那样，是一种懦弱的表现，它实际上只是一种习俗，既带有法律意义，又有礼法的意义在其中。作为中世纪的发明，它是武士们赎罪、悔过、免于耻辱、解救友人或效忠君主的一个方法。当然还有一种是被迫剖腹，类似于中国的赐死。

高桥的剖腹，是为了殉道，为了亲情，为了爱情，更为了国情的不堪。

他向着画像和旗帜再次鞠躬，将衣服的上半部分脱下，袒露到腰部，他又小心地依照习俗把衣袖掖入膝盖底下，防止自己向后倒下，因为高贵的日本武士应当前扑而死。他不慌不忙，一手稳稳地拿起放在面前的短刀，似乎在依依不舍，近乎深情地注视了它一会，看来是在集中临终的念头。他知道，他要把短刀深深刺入下左腹，然后慢慢将刀拉向右侧，再从伤处拉回左侧，向上轻轻切开，一切就都结束了。

高桥举起了短刀，闭上了眼睛……

“咚！咣！”

山本英夫一脚踹开门，倏然间闯了进来，高呼道：“且慢，高桥一郎，先别急着死，有信！一封给你的信!”

山本高举着那封信，像举着一把燃烧的火炬。

高桥紧握匕首的手停住了，睁开眼睛，犹豫了一下，颤声问道：“谁的信?”

高桥一把抢下那封信，从信封的邮戳上看，信是先寄到中国的大连，后又辗转寄到新加坡的森美兰州橡胶园守军驻地，后又寄回日本的，他好奇地打了开来，读着读着，眼睛突然焕发出一道强烈的生命华彩。

那信上写道：

亲爱的一郎：

当你看到这封信的时候，请不要难过，也许这是我一生中最正确的一次决定了，为了天皇，为了国家，为了大和民族，为了子孙万代的幸福，我决定参加一个由女学生组成的“女子报国队”前往中国。一方面是为了慰问前线的官兵，作一名光荣的慰安妇，另一方面，是为了见到朝思暮想的你。

亲爱的高桥，我非常非常地思念你，惦记你，牵挂你，你的音容笑貌每天晚上都出现在我的梦中。

两年多以来，你带着对我的爱和牵挂，去了中国作战，舍生忘死，浴血奋战，我知道你太爱我了，我们约定了你下次回来就是我们的大喜之日。你是知道我的心的，我这一生，非你不嫁。

你是那样的优秀，是一位真正的帝国军人，你一定会成为最出色的将军！我要到你的身边来，但我不会阻碍你工作，只要能看你一眼就够了，虽然为了这一眼，要付出身体的代价，但我不怕，见上你一面，死都值了。

我不知道此行能不能见到你，你总是不来信，我有点生你的气了，我甚至不知道你在哪个部队，在哪里驻防，是不是又受伤了？我真的非常非常的担心。

我来啦，我的爱人，也许找不到你，或许已经发生了最可怕的事，但那不要紧，那就让我们相聚在靖国神社吧。

一吻。

夕树舞子

昭和十八年六月十二日

高桥读着信，早已泣不成声了，那柄短剑从手中滑落，“当啷”一下掉在

地上。

山本了解了信的内容之后，表面上对高桥的遭遇深表同情，还劝他珍爱生命，说不定将来有一天，他们作为情人会再次相见，喜结良缘的。

高桥抬起泪眼，目光灼灼地望着山本，一字一顿吐出惊人之语。

“山本阁下，我要去中国，我要见到舞子，我不能没有她，她是我在世上的唯一希望，也是我活着的唯一理由，所以……拜托了，我要和那个人竞争大佐人选！”

“什么，什么？你疯了？”山本万分惊诧地望着从地上站起来、铁青着脸的高桥。

“我没疯。”高桥露出坚毅的神情，双目像有火在喷出，“我此刻才真正清醒了，我不死了，为了舞子，我不能死，绝不能死！舞子为了找我，去做了慰安妇，去做了丢人的……”高桥已经泣不成声了。

“就是为了见我一面啊，她竟然去做慰了安妇！我不是人，我没脸再活在世上了，我不是一个真正的男子汉！我我我……我一定要赶去中国，就是走到天涯海角，我也要找到她，把舞子带回日本，和她结婚，给她一个和平美好的未来。……可现在，只有一个机会能让我去中国，只有这一个机会你知道吗？就是竞争那个人选。山本阁下，你能帮我吗？”

高桥拉住山本的手，跪在他的脚下痛哭流涕。

“帮你？”山本眼中露出复杂的神情。

略一思忖，心念电转间，山本露出了诡谲的笑容，“可那封信我已经交上去了呀，说不定已经到了天皇手里了，你知道天皇看了信会做出何种反应，天威震怒，大发雷霆，然后……哼哼，赐你剖腹。”山本乜斜着眼睛，观察着高桥的表情和必然会有的反应。

听了这话，高桥愣住了，他不知如何是好，这句话犹如五雷轰顶，把他彻底震蒙。

可，这杯苦酒是他自己酿下的，丝毫怨不了别人，他已别无选择，苦酒再苦，他也必须痛饮了。

“不过嘛，事在人为，也不是完全没有机会。”山本眼珠一转，语气中透露出转寰的余地。

高桥的眼睛又亮了，失声叫道：“什么，还有机会？”

“也许吧，看看我能不能把那封信要回来。”

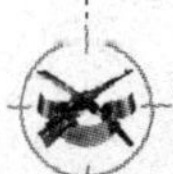

山本顿了顿，察颜观色地道：“高桥君，世上的事都有代价，不是么？况

且这么高难度。你知道，绝笔信可不常有，世上敢写绝笔信的也只有你老兄一个，况且又是给天皇的，这对某些人来说，就是一道天梯呀，天梯，你懂吗？对另一些人来说，还可能是一个法码，法码，你懂吗？高桥君啊高桥君，不是我说你，你聪明一世，糊涂一时，看看你把什么交上去了，绝命书？嘿嘿，那可是你的小命啊，小命，你懂吗？当你的小命攥在别人手里，该怎么做？难道还要我教你吗？"

山本英夫的脸上，平时友好亲切甚至有几分傻呵呵的笑容全不见了，取而代之的是一脸的冰霜，满面的讥嘲之色。

理智告诉高桥，他必须拿出一件东西，一件价值连城的东西来交换，那不正是山本英夫的意思吗？拿出什么东西才能让山本为自己讨回那封信呢？

一件很重要的东西，一件够份量的东西，一件有价值的东西，高桥心里猛地一沉，"那把刀?!"

对，就是那把刀。

山本不会说出来，天照大神更不会说出来，一切尽在不言中。

但是，为了实现心中的愿望，壮士可以断腕，勇士可以取义，战士可以洒血，我还有什么不能牺牲的呢，更何况一把刀？

这把不祥的刀啊，你的魔咒是不是就要显现？

舞子呀舞子，你为什么这么痴情，这么疯狂，这么不顾一切后果？你去中国，哪里不能去，你偏偏去那里，那里现在可是一座人间魔域呀。

我不去救你行么？此时此刻，我不去救你，谁去救你？谁会救你？谁能救你？谁敢救你？这个世界上只有一个人可以做到，这个人就是我，高桥一郎。

刀告诉他，必须把自己拿出来与山本交换了，即使这种交换是那么的屈辱和不等价，也必须交换了，换回那封信，换来一个竞选大佐的机会，换来拯救爱人于死亡边缘的机会。

换？还是不换？不换又能怎样？可换，就能保证一定能换得回来吗？

高桥没有功夫再犹豫了，一下把那把宝刀郑重地放进山本的手中，无比郑重地鞠躬道："拜托了。"

"啊？这这这？"

山本也被这个举动吓了一大跳，他万万没想到那么快就实现了梦想，宝刀在手了？这个傻瓜一定疯了！但很快，山本脸一沉，凛然作态道："这可是你的命根哪，高桥君，拿回去吧，不然，你会后悔的。刀可是你的传家宝啊，

我可不能接受。”

“我没有别的选择了，长官，请您务必收下，拜托啦。”高桥又是一个深深的90度鞠躬。

山本虚情假意地说道：“不过嘛，我知道，你是在以命相托啊，高桥君，我山本英夫，从来就是一个一诺千金的人，从来就是一个对朋友绝对忠诚的人，我一定不会做对不起你的半点事情，绝不辜负你的厚望，既然如此，那我暂且收下这把刀，争取尽快用它换回那封信。”

山本顿了顿，他在察颜观色，看见高桥仍然执迷不悟，他继续道：“嘿嘿嘿嘿，会换回来的，一定会的，谁见了它能不动心呢？这可是一把国宝级的传世名刀呢。好啦，高桥君，不管那封信现在在什么人手里，不管有多难，都要换回来，好让你有机会参加大佐遴选。”

高桥眼含热泪，盯着山本那张虚伪的脸，不知道会有什么命运在等待着自己。

第二天上午，一直没有音讯，到了下午3点，山本才把那封压在自己手中的信件交还给了高桥，顿时让高桥百感交集，热泪盈眶。

山本编了一大套说词，说这有多么多么的不容易啊，说了多少多少好话呀，托了多少多少人情呀等等，最后还告诉他，他可以参加最后阶段的大佐遴选了，上司已经特批，因为高桥的所有条件均符合标准，只不过，他的灾难也许才刚刚开始呢。尽管现在只剩下一个竞争对手了，但这个对手，却是大本营副总司令的儿子，名叫中村吉藏。

中村吉藏何许人也？高桥懵然不知。但听听来头就知道，这个人极难对付，不仅有背景，有后台，而且说不定还有绝活儿，不然，他怎么能一路斩将搴旗，杀入决赛？

要不要迎难而上，不畏强权，与之做最后的决战？

高桥没有了退路。

第二天，决战的关头到了。

经过几轮较量，中村和高桥二人的比赛分数如下：

首先要把第十条标准排除。为什么？因为这一条标准：“誓与大桥共存亡，以命抵桥”，无法考核，只能在前九条考核的基础上，进行人为的判断，才能得出一个大致的结论，所以，在选拔中，这一条不计算分数。剩下九条，

满分是 90 分。

第一条标准：毕业于日本陆军大学，受过严格军事训练，履历完整；

中村吉藏成绩：1937 年毕业于陆军大学，受过严格军训，得分 10 分；

高桥一郎成绩：1937 年毕业于陆军大学，受过严格军训，得分 10 分。

第二条标准：支那战斗中，曾亲手击毙营、团级以上指挥官十人以上；

中村吉藏成绩：参加过对华作战，击毙营团级军官 11 名，得分 10 分；

高桥一郎成绩：参加过对华作战，及新加坡之战，击毙营、团级军官 12 名，得分 10 分；

第三条标准：战功卓著，曾三次以上获得金鸡三级勋章；

中村吉藏成绩：获得金鸡三级勋章 3 枚，得分 10 分；

高桥一郎成绩：获得金鸡三级勋章 3 枚，二级勋章 1 枚，得分 10 分；

第四条标准：守护过重要军事目标，智勇兼备，有丰富带兵经验；

中村吉藏成绩：守护过中国东北某地的电厂和煤矿，得分 10 分；

高桥一郎成绩：守护过新加坡森美兰州的一座铁路、公路两用大桥，得分 10 分；

第五条标准：不好色，不饮酒，不吸烟，在美色、金钱面前有钢铁般的意志；

中村吉藏成绩：不饮酒，不吸烟，他完全能够做到，但不好色方面，因为中村生就的性功能障碍，所以在身试时对八个妖艳女郎表现得毫无兴趣，因此顺利过关，得分 10 分；

高桥一郎成绩：不吸烟，更不饮酒，顺利通过。但到身试好不好色时，他以极大的意志力，顶住了八个美艳女郎的挑逗，表现得从容镇定，毫不起性，让躲在幕后偷窥的考官们惊叹不已，因此，顺利通过。得分 10 分。

第七条标准：精通中国话，更懂得日本人高于中国人之处；

中村吉藏成绩：他中国话说得并不太流利，但他找了一个精通中国话的人，而这个人又长得和他十分相像，让那个人作替身代

考，而考官们事先被上面“关照”过，都睁一眼闭一眼，因此顺利通过。至于日本人高过中国人之处，他认为大和民族是高等民族，优等民族，而支那人是劣等民族，唯有迂腐和奴性而已，甚至还是东亚病夫，此论深得考官赞赏，得分10分；

高桥一郎成绩：他向女友学会了中国话，口语非常流利；而日本人有游牧民族的血缘传统，其忠勇骠悍、凶猛刚烈的民族个性，的确胜过谦谦君子、温柔敦厚的中国人，他此论也非常深刻，得分10分；

第八条标准：有武士道的家族传统；

中村吉藏成绩：祖先曾是镰仓时代的著名武士，家族传统源远流长，得分10分；

高桥一郎成绩：祖先是江户时代创始人的德川家康的战将，渊源深厚，得分10分；

第九条标准：忠于天皇，忠于帝国，忠于职守；

笔试：

中村吉藏成绩：因为是笔试，不用亲身到现场，中村找了一个帝国陆军大学的博士生代笔，自然妙笔生花，“千”花照眼，得分10分；

高桥一郎成绩：文通字顺，思想深刻，见解精辟，宏论涛涛，得分10分，

最后一条是第六条，也是最关键的一考：身试。

第六条标准：擅柔道，通忍术，会剑道，有强健之体魄；

轮到中村吉藏出场了。

为了这一条标准能够让自己的儿子顺利通过，那个副总司令可是煞费了苦心。他知道决定命运的只有一个人，那人就是属下山本英夫，这就好办了。他当然不会傻到给山本下一道命令，强令他为自己的儿子开后门，但他是个军事家，深通进退攻守之道，更知道哪里才是山本英夫的软肋，那个软肋就是爱刀如命。

副总司令刚好有一把家传的宝刀，是12世纪一个著名的工匠打造的，不但刀刃极其锋利，吹可断发，削铁如泥，而且装饰极其华贵高雅，嵌金包银，光华绝代，刀长十五握，真正一代东洋名刀。可是为了自己的儿子能够顺利通过遴选，当上守桥大佐，用不了两年，中村吉藏就会因为战功或者别的什么光荣的借口，被调回大本营本部，当上少将。一把刀和一个少将的将星和前程比起来，不算什么。刀可以没有，少将不能没有。刀以后还会有，只要自己还是大将，还手握军权。

一天之内，那把刀就从副总司令的刀柜里，跑到了山本英夫的刀柜里，这种交换在神不知鬼不觉中完成了交易。同时，副总司令还得到了两个私下的保证：第一个保证是在比试剑道时，让对方暗中退让，假装惨败，最后让中村吉藏获胜。

至于第二个保证，是个绝密，只有他山本一人知道。

果不其然，中村经过三轮激烈的打斗，终于“打败”了那个著名的剑道师，拿到了满分10分，把球踢到了高桥的脚下。

轮到高桥出场了。

决定胜负的时刻到了。

这天比赛，考官们都到了现场，要看高桥如何取胜或怎样惨败。

山本的身后立着一个人，面色青黑，眼露凶光，毫无表情。

剑道场地为正方形，每边长11米，比赛时间为5分钟，比赛规则是：击中腰部或以下不得分，有效击中手臂获得1分，击中胸部得2分，击中头部得3分，也可直接获胜。比赛双方都必须用竹剑，不得使用竹刀以外的其他兵器，如有违反，立即取消参赛资格。

高桥身穿剑道服，配戴面罩、护腕、护肩、护身，手举着一把竹剑参赛。而他的对手，是一个“全日本剑道联盟”的范士，是一个比他级别高一级的可怕对手。

但高桥毫不畏惧，勇猛出击，因为理智告诉他，这是他最后一个机会，最后一个回到中国找到女友的机会，他绝不能放弃，即使以命相搏，也在所不惜。

高桥从心底爆发出一种劲道，剑剑直逼对方的脑袋。双方战过3个5分钟即三个回合，还是不分胜负，突然，那个范士一刀劈来，高桥用力一架，两把竹刀同时落地。

山本英夫身后的人作了一个动作，一个很小的动作，谁也没有发现，黑

衣人早已收回了手，仍旧立在他的身后。

高桥急忙俯身，一把将地上的剑抓了起来，准备再次迎战。

糟糕，上当了！

剑一入手他就发现手中的剑变得比原来那支重了两三倍，心念电转间，他立刻醒悟道，这是一支别人作过手脚的剑，剑身的里面藏着一根铁条，外面被竹皮包着，不仔细看根本看不出来，只有用剑者自己知道。

怎么办？用这样的假剑即使是战胜了对手，只要对手一举手叫停，就会有裁判上来检查那支剑，查出里面的铁条，那他就是现场做弊，他的成绩会被取消，他的前程就此葬送，更不要说当什么大佐了。

坐在旁边的山本，此刻心底发出了窃笑，高桥这小子终于上套了，他就要露馅了，而且颜面尽失，臭名远扬。而他山本，既得到了两把价值连城的宝刀，又可以得到顶头上司的竭力推荐，不久，肩膀上就会多出一颗将星来。

可高桥却玩得很古怪，路数越来越看不懂了，连连几个劈刺，刀法刁钻狠辣，如疾风扫落叶般频频进击，打着打着，只听“啪”的一声脆响，两只剑又在空中相碰，同时震掉地上。

这一次高桥没有丝毫犹豫，一个箭步冲上前去，俯身捡起一把剑，双手紧紧握住，盯住了对方。

范士没料到高桥会有这一手，只好捡起地上的另一支剑，准备进击。

是真剑！高桥从心里发出欢呼声来。

高桥捡起的这把剑，就是他原先的那把没有做过手脚的剑，剑一入手，他就心知。他是怎样从两把一模一样的剑中分出真假的呢，他不知道，只是凭着一种感觉，一种真正的军人的直觉，一种把自己完全交付给命运的瞬间感应。

天道不负所托，把那把真剑交还给了他。

攻击再次开始，双方奋勇搏击，互不相让，打着打着，只听“咔嗒”一声脆响，对方那把竹剑破碎了，露出了里面藏着的铁条，剑道师的脸色顿时煞白一片。

高桥露出了胜利者的笑容。

“哄！”的一片哗然，现场的人们发出了阵阵惊叫。

假剑穿帮，高桥赢了，满分 10 分。

高桥一郎和中村吉藏打成了平手，结局：两个 90 分。

平局？这个结果出乎所有人的意料。

怎么办？平局难分高下，结果不能没有。

山本英夫黑着脸，全场哑然。

山本英夫毕竟老谋深算，他眼珠一转，提出加试一道题，以凑满十题之数，这样满分刚好就是100分。

这道题是口试，题目是：如果这个世界上真有一条桥，被称作炸不毁的桥，让你去守卫，你认为这座桥真的炸不毁吗？

题出了，按规定，中村吉藏先答，高桥后答。

中村吉藏当着众多考官的面，口若悬河，面不改色，从容应对，侃侃而谈，他的角度是：世界上的确有这样一条桥，绝对炸不毁，而且现在这桥还在，就是钱塘江大桥。铁证如山，的确没有炸毁。

他的回答，虽然振振有词，论点鲜明，论据确凿，但论证尚显空泛，逻辑稍有含混，最后众考官讨论之下，给了他9分。至此，中村吉藏得99分。

轮到高桥了。

生死考验，殊死对决。

高桥知道，自己的犹豫绝不能超过3秒钟。谙熟兵法的高桥脑中电光石火，只一秒就蹦出了两种答案，一种是迎合之论，吹嘘豪言，夸夸其谈，满足提问者的虚荣心；另一种是忤逆之语，直言犯禁。大发违心之论吗？趋附、迎合、讨好、献媚吗？一个真正军人的良知又何在？作为军人的他懂得置之死地而后生的道理。

高桥直视着考官的眼睛，面容平静，波澜不惊地说："炸不毁的桥？没有这种事，过去没有，现在没有，以后也没有。世界上迄今为止还没有发现一种物质是硬到炸不毁的。比方说金刚石，它最硬，是地球上最坚固的物质，但砂轮和磨石就可以磨损它。水晶、玉石的硬度也很高，但钻头照样穿透它。人造合金中钢铁最硬，但还是可以被炸毁，如坦克车、火车、军舰之类。所谓炸不毁，只能存在于铁血军人的必胜信念中，存在于疯狂之人的豪言妄语中，存在于战胜一切的空洞理想中。

"中国有个寓言，讲的是一个卖矛的人遇见了一个卖盾的人，那卖矛人说，我的矛是世界上最尖锐的利器，没有任何盾牌可以抵挡得了。那个卖盾人却说，我的盾牌是世界是最坚固的防守兵器，没有任何矛可以刺穿它。这时候来了个智者，对二人说，请用你的矛，刺一下他的盾吧，结果闹了笑话。其实所谓'炸不毁'纯粹是个哲学命题，可世道是有阴必有阳，有矛就有盾，有魔自有道啊。所以说，所谓'炸不毁'纯粹是个伪命题，人既然可以建造

它，也必定可以毁灭它。人类到目前为止，还真地造不出一种刚硬到毁灭不了的东西，如果真有这种东西，比方说‘无敌剑’之类的兵器，以人类好战之天性，那全人类岂不早就灭亡了吗。所以说，吹牛皮、讲大话、凭妄想是守不住大桥的，真要想大桥不被炸毁，只有一种情况，那就是摒弃一切美好想象的誓死捍卫，把血肉之躯融进炮火硝烟之中的殊死对决！而这些，都是需要付出极其惨重的代价的。这就是我的逻辑，也是天理和公论，只有它的力量才能推动群山，埋葬狂言。”

一席话，掷地有声，铿锵在耳。

怒火，怒火，还是怒火，立刻在对面几个考官的眼中淤积，升腾，翻滚，眼看就要在一张张或肥胖或瘦削的脸颊上爆炸开来。

谁批准他这样说的？几个高阶考官心里跳出了同样的问题。

可是接下来，大家心里又产生了另外一种呼声，另外一层思考：“一个小小的大佐竟然胆大不知羞地回答了一个看似战争却是哲学的深刻命题，狂妄是狂妄了点，思路和口才都让人妒忌得发疯，但不管怎么说，他说的是对的，他的话直击要害，正中靶心，没有半句迎合、夸张和讨好的谀词，而对的就是对的，真理就是真理，不论它掌握在谁的手里。”

这就是日本人的可怕之处，虽然口里不承认你，同时也非常忌恨你敢于直言犯禁，慷慨陈词，但还是在心里暗暗承认了你，并对你佩服得五体投地，这种回答只有满分 10 分。

100 分对 99 分。

最后的绝地反击，力压群雄。一个小时之后，高桥的任命下来了，他成了新一任的守桥大佐。

此时的高桥一郎已经搞不清，这究竟是天上降下的喜讯还是天上降下的霹雳，面对这一任命，他已是欲哭无泪，额首苍天了。有谁能够知道，他付出了多么惨重的代价，每一步都危如累卵，每一步都泣血溅泪，每一步都九死一生，步步血脚印淌出这条生死不归路来。

高桥匆忙回到自己的办公室，想要烧掉那封差点惹下杀身大祸的绝笔信，但一时找不到火柴，突然间听见走廊上响起急促的脚步声，他紧忙把信件撕成两半，一半刚塞进嘴里准备吞下，山本和总参谋长就推门走了进来。总参谋长握着他的手，声冷字重地说：“高桥君，拜托了！你要永远记住，日本者，乃日所出之国，是天地间最初生成之国，为世界之根本，世界万国皆为日本之郡县。一切有大和民族血统的人，都向往并致力于在地球上崛起一个

强悍的大日本帝国，帝国将要进行的不仅是一场从暴烈、孤独的海洋里走出来，去开拓生存空间的‘圣战’，而且，还是将有色人种尤其是亚洲的黄种人，从白种人数百年的蹂躏下解放出来的一个改变世界秩序的革命。”

“阁下，我记住了，我高桥，生，为大日本帝国而战，为天皇陛下而战；死，为大和民族而死，为天皇陛下而献身。”高桥向两位长官敬了个礼，决绝地跳上了一辆黑色的轿车，向机场急驶而去。在车上，慌乱中的他把一直攥在手心、已经冷汗涔涔的另一半绝笔信塞进口中，死命吞了下去，他不知道，自己此刻吞下的，究竟是“罪证”，还是“良知”，抑或是精神毁灭的“谶语”。

十分钟后，高桥终于登上了夜班飞机，飞机迅即腾空，像一把巨大的利刃扎向了乌云滚滚的夜空，飞机的目的地：中国南京。

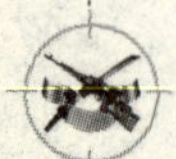

第十章

临危受命

“我们睡在刀锋上，屁股坐在火山顶上，头上有炸弹，脚下是地雷，江面有黑枪，上一秒不知下一秒是生还是死。”

面对战争，不论个人还是部队，都要面对许多层次的问题：生与死；胜与败；攻与守；进与退；重与轻；点与面；真与假；正与奇，等等。还要面对许多范畴：军事与政治；武器与战略；进攻与防守等等问题。因此，世上有所谓战略学、军事学，研究的都是此类似浅实深的哲学问题。

很多时候，一个点上的问题，一个小小的局部，却关乎着整个战斗、战役甚至战略上的成败。

1453年，土耳其苏丹穆罕默德率大军对拜占庭帝国发起了进攻。拜占庭是欧洲几千年来文化的中心，更被尊为“圣地”，是任何希望建功立业的帝王都凯觎的目标。几十万大军在博思普鲁斯海峡进行了历史上著名的一场大战。

保家卫国的拜占庭民众与统帅、军队一起进行了殊死的抵抗，经过几十天的战斗，还是久攻不下。当时，拜占庭城的每一个缺口，每一扇大门，甚至每一扇小窗口都尸横遍野，矛、枪、箭、火等铺天盖地。但就在战斗进行到关键的时刻，土耳其人却意外地发现内墙处竟有一扇城门敞开着，那扇门叫凯尔卡门，从此便永载史册。这是一个疏忽，几个土耳其士兵趁机冲进城去，并高喊道：“拜占庭被攻占了！”

致命的谣言四起，失声尖叫和歇斯底里的欢呼声交织在一起，土耳其士兵从这扇门像潮水一样涌入城内，疯狂的杀戮开始了，拜占庭终于陷落了。

一个芝麻绿豆般的意外，一扇遭人遗忘的凯尔卡门，竟然导致了一个帝国顷刻间覆灭，阴差阳错地成了改变世界历史的始作俑者。

在世界战争史上，因为这种小疏忽、小失误而导致的大失败、大毁灭，真是数不胜数。

今天，冲山元正在把以上的故事讲给高桥听。

高桥毕恭毕敬地肃立在冲山元面前，他的身后站立着宫崎参谋长和几个高阶军官。

高桥是昨晚乘夜班飞机赶到南京的。今天一大早，他就赶到第6师团司令部报到。

他们站在作战室大厅的一个大型沙盘前面，下面是一个近乎15平方米的大桥模型。

在给高桥介绍了大桥的地理位置及其所处的极其重要的战略地位之后，冲山元对高桥道："高桥大佐，这就是你的任务，钱塘江大桥，现在就摆在你的面前，你要不惜一切代价，全力保护好这座大桥的安全。你先熟悉一下大桥的模型，结合大桥的兵力布署，今天下午，不，上午11点整，给你3个小时，我和宫崎参谋长要听你的守桥方案。"

参谋长上前一步道："高桥，这是大桥的兵力布署，你要尽快熟悉。"说罢，把一张公文纸递给了高桥。

冲山元又说道："这次选拔的事情，我都听说了。我也知道你在新加坡森美兰州守护过一座大桥，这是再好不过了，我要的正是你这种人。你能从大本营1000多名军官当中脱颖而出，没有点真功夫、真本事，是根本做不到的。我提出的那十条的标准，虽然过于严苛，太不近人情，但如果不这样做，我们就根本守不住这条桥。要知道，它既是选拔标准，更是你今后守桥的金科玉律。任何一条，都不能有半点疏忽和错漏，我希望你能不折不扣地做到其中的每一条。"

高桥一个立正道："司令官阁下，我保证做到，我一定会把大桥当作自己的生命，坚决守住大桥，誓死捍卫大桥，绝不辜负您的重托。"

"哟西，等会儿见。"

冲山元笑了笑，和宫崎一起走出了作战室。

高桥一郎俯身在模型边上，欣赏着眼下的钱塘江大桥模型，一面对照着模型，一面看着手中的兵力分布图："嗯……守卫2500人、一个宪兵中队、2个步兵中队、高射炮兵、4个中队、150门高射炮、探照灯1个团、雷达兵1

个团，还有一个后勤中队，唔，怎么没有水面巡逻艇？……”

三个小时之后，冲山元和参谋长又走进了作战室。

面对大桥模型，高桥对着模型向两位长官开始了他守桥方案的汇报：

“这座桥的防守，从兵力上来说已经足够，2500 人，这是我大日本皇军为一个军事目标所投入的最多的兵力。但是，光靠兵多，不一定守得好大桥。目前，还有很多的漏洞、缺失，甚至是空白点。所以，守好大桥，首要的是制定一个严密的方案，堵死任何可能的漏洞。我上任之后，第一件事就是废除前任的所有守桥措施，将新的守桥方案迅速付诸实施。

“我的方案，是从四个可能遭遇攻击的方面入手的。这四个方面就是：空中、桥面、水面和水下四个层面。”

参谋长问道：“那你认为，哪个方面最容易受到攻击呢？”

高桥：“回参谋长的话，大桥不仅是个‘四战之地’，而且是个‘四层之地’。‘四战’不用说了，那么什么是‘四层’呢？‘四层’也就是四个层面都容易受到攻击。我不能排除任何一个方面和任何一个层面。因为我们不知道，敌人会在什么时间、会从哪里、会以何种手段、以何种规模、用何种武器，进行何种形式的偷袭。所以，如果我们忽略任何一个方面和层面，它就立刻会变成我们的死穴。这就要求我们，必须架构起一个‘空中、地面、水面、水下’的四层立体联防的防御体系，这样才能确保万无一失。

“首先讲空中。目前敌人虽然没有轰炸机，但美国却有，所以，我们的高炮网要随时保持高度警惕。特别是在夜晚，是敌人最容易进行空袭的时间，所以，我们要增加一个断电自启动装置，自备发电机组一台，断电 15 秒钟后自行启动，以防假想敌利用断电制造空袭。”

参谋长：“嗯，这一点讲得好，目前我们确实没有这种装置。”

高桥：“防空炮火火力的交叉配置，防守区域，也需要重新检讨，我一上任，就会马上去做。第二个方面，是陆地上的防御。首先，为了防止假想敌使用撞车战术，桥两侧的铁轨要作成两节叉道，由总控制室操纵，关键时刻一搬道叉装置，火车就会开上另一条叉道支线，就可有效避免用火车撞桥的惨剧发生。其次，加强过境盘查，凡过桥者，需手持杭州警备司令部签发的派司方可通行，且不允许结伴而行，一次只能通过一人。其三，凡一切车辆，不论大小，一概禁行。其四，增设一铁甲巡逻车，每天两次来往于南京到金华市之间，对杭州两端之铁路进行严格巡视。”

冲山元点点头道："嗯，你想得很周到，参谋长，通知各部队，今后大小车辆一律不许从大桥通过。另外，铁甲巡逻车，我配给你，不过要由师团部直接调控指挥。下来呢？"

高桥道："第三，讲到水面防御，目前漏洞很大。一是没有巡逻快艇，一旦江面有事，我们就不能立即赶往出事地点，只能靠大桥上的守卫和江两岸的地堡，火力难免单薄，无法形成合力，所以，恳请师团长为大桥配备一条巡逻艇。"

冲山元说："哟西，一条不够，我给你配两条吧。"

高桥接道："那太好了。为了确保江面安全，在桥两端的山丘上，这儿，这儿，还有这儿，设置四个秘密观察哨，时刻监视江面动静，给假想敌接近大桥制造障碍，我需要配备四个狙击手，每人还要配备超小型无线电发报机一台，随时与我大桥控制室联系。"

冲山元说："嗯，你要四个狙击手吗，好，我配给你。没有人，从日本调。"

参谋长道："我有一个人选，叫铃木晓雄，刚从德国学习狙击归来，现在正在组建一支狙击分队，我可以通过方面军，把他调过来。"

冲山元点头道："嗯，可以。"

高桥立正鞠躬，说道："谢谢二位长官。最后就是水下防卫了，这是大桥的软肋，也是大桥命脉之所系。要想大桥不被假想敌炸毁，水下是关键。为什么？因为水面之下不同于水面之上，那里肉眼根本看不见，敌人很可能会利用这一点，而目前这正是我们防守的盲点，也是最薄弱的一环。具体怎么防护，要和工程师商量，请问二位长官，我们有工程师吗？"

参谋长一怔，"工程师？我们的施工工程师已经回国，只有中国工程师，这个人好象叫张鼎诚。"

冲山元的眼中露出了一抹狡黠的神色，"叫小野带上特高课的人，立即把这个人控制起来。"

"哈依。"参谋长立正回答。

高桥接着说："这个工程师非常重要，他不但要协助我们安装水下探测仪和预警装置，还要协助我们完成一项更为重要，也更为关键的任务，就是为大桥加装钢板。"

"加装钢板？"

"对，加装钢板。"高桥胸有成竹地说："二位长官，这是我的初步设想。

你们请看，这条桥全长1400米，有20个桥墩，那么哪个桥墩最重要呢，依我看，就是中间的四根，它的重要在于它是承重的。对这些桥墩怎样防护呢？我想了个非常绝的办法，就是从四面用钢板作成一个方筒，把它焊接起来，把整根墩子全包住，对付假想敌的水下爆破就可以稳如泰山了。但是怎样包和包到什么程度，这就需要工程师的指点和帮助。”

冲山元喃喃道：“全包？妙啊，非常之妙，水下桥墩周围包了钢板，就不怕炸弹来炸了，好好好，看样子，你不仅有经验，更有智慧，我们用你，算是用对人啦。”

高桥谦逊一笑道：“不过，两位长官，还有一个最大的漏洞我还没说呢，只是我担心，说出来，你们会枪毙我，所以我不敢说。”

冲山元直视着高桥的眼睛道：“有什么话，就请直说，我还不是一个昏庸加残暴的长官呢。你说得对的话，我立即给你嘉奖，授勋都可以。”

“那好吧，”高桥下了决心说道，“我先跪下，斗胆直言，如果我的话太过刺耳，我就不用再站起来了……只是缺一把短剑。”

高桥说着，跪了下来，直视着两位长官。

冲山元和参谋长交换了一下目光，这场面他们还真没见过，不知道该用笑脸还是该用严肃的面容来面对这个狂妄的下属。

就在犹豫间，高桥一字一顿地说：

“我要说的就是那条狼狗。我已经听说了，是那条叫‘狐狸’的狼狗，闻出了炸药，在最后1分钟时，发出了叫声，才使得守桥部队如梦初醒，险中获胜。那一仗固然胜利了，但是，那是一次险胜，一次惨胜，更是一次侥幸之胜、意外之胜，如果不是那条狗的话，大桥早就被炸塌了，对不对？我们可以这样设想，如果没有那条狗的话，会是什么结局？我军从上到下，包括每一个大桥卫士都在感谢那条狗，可依我看，那条狗不仅不应该感谢，而且更应该立即枪毙。为什么呢，因为我们要枪毙的，绝不仅仅是一条狗，而是侥幸之心、依赖之心、撞大运之心、碰头彩之心。想一想吧，我们能把全部希望都寄托在一只狗身上吗？如果哪天狗病了，狗死了，我们靠谁呢？敌人的狙击手既然能够打死人，也同样可以打死狗，更何况这只狗曾经让他们功亏一篑，死伤惨重？他们能放过它吗？所以说，我们怎么能把守桥的全盘战略建立在一个狗鼻子上呢？这就是我大胆的看法和建议，请二位长官明鉴。”

高桥跪着说完了这番话，有一种如释重负的感觉，脸色显得异常平静。

听了这番话，参谋长不禁为高桥捏了把冷汗，那条狗可是师团长亲自奖

给野岛的呀，这个不知趣的大佐，也许还没上任，就要被贬回东京了。

这时的冲山元，脸色从白变红，由红变青，由青变紫，由紫变红，最后，冲山元一步跨前，从地上扶起高桥，面带愧色，慨叹一声道："年轻人啊，把你从东京调来，可是费了一番周折的，现在看来，一切都值了。你能从别人看不出问题的地方发现问题，从胜利和成绩之中发现隐患和祸根，真是不简单，说你是千里挑一，绝非虚言。有你这样的人守桥，我就放心了。"

冲山元面色一凛道："高桥大佐听令：从今天起，你就是桥，桥就是你，你在桥在，桥的生命就是你的生命！你就按照方案大胆实施吧，让它真正变成一条举世无双的桥，一条永远也炸不毁的桥。"

高桥站起，"啪"的一个立正，说道："报告司令官，我高桥，愿意立下军令状，誓与大桥共存亡。"

江面上，一条汽艇高速驶来，高桥大佐傲立船头，手按军刀，威风凛冽的目光横扫江面。

汽艇切开江面，水花飞溅，太阳旗迎风招展，日本兵持枪站立，一派凛凛军威。

汽艇在大桥下拐了个大弯，从几个桥洞下钻过，高桥举着望远镜向四面观察。

很快，高桥神情严肃地来到了桥面，大步向前，后面跟着 2 个中佐、4 个日本兵。

不久，高桥又登上了桥头堡，俯瞰大桥，伸开两手向中佐说明着什么，中佐们频频点头。

高桥来到江边枪击地点，听一位中佐介绍当时的情况，紧皱双眉，四下扫视。

桥头堡三楼，大桥控制室里，会议正在进行中。

一架巨大的桥梁模型摆在中间，高桥坐在上首正中，6 名日本军官围坐在两旁，人人正襟危坐，面容严峻。

渡边中佐正在汇报："……高桥大佐，大桥建成的前三个月和建成后一个月以来，共发生桥面袭击事件 3 起，毙敌 35 名；水面袭击事件 5 起，毙敌 48 名，水面不明漂流物 8 起，缴获炸药包、地雷装置、定时炸弹装置 31 件，炸药当量共计 4500 磅；空飘物事件 6 起，缴获气球、模型飞机、巨型风筝 6

个；敌机逼近大桥空中侦察 18 起，没有伤亡。”

高桥问道：“被击毙的袭击者的身份搞清了没有?”

渡边答道：“没有。因为袭击歹徒全穿的是便衣，根本分不清他们是国民党军队还是新四军游击队。”

“嗯，我方的伤亡情况呢?”

另一个叫夏目的中佐站起道：“我方伤亡情况是，雷达阵地袭扰事件中，3 名士兵阵亡，高炮阵地袭扰事件 5 起，6 名士兵阵亡；桥面汽车袭击事件中，25 名士兵死亡，缴获炸药当量 1800 磅；冷枪事件中，8 名士兵、1 名少佐中弹死亡；江边不明枪手袭击事件中，野岛大佐头部中弹身亡，共计伤亡 47 名官兵。”

高桥目光如炬，厉声问道：“在座的，有谁知道，为什么要曝尸，啊? 是谁下的令? 我再问一次，是谁下的令?!”

渡边中佐站起，颤声道：“是……呃，野岛大佐。”

“愚蠢！这不是引火烧身吗? 他以为自己是谁? 啊? 你不怕炸? 不怕打? 不怕烧是吧?”

高桥的眼睛瞪得滚圆，勃然大怒道：“那些狡猾透顶的支那鬼什么坏事干不出来? 啊? 中国人给我们的教训，难道还不够惨痛，不够深刻吗? ……吹，吹，吹，牛皮吹上天，什么远东第一桥，什么帝国的骄傲，什么永远炸不毁的桥，有这样的事吗? 如果世上真有一个军事目标是炸不毁的，那世界军事史就要改写了!”

高桥的下马威，吓得众人噤若寒蝉，没人敢正视他。他心里暗暗得意，他要的正是这个效果。

他继续训斥道：“……诸位，谁能够告诉我，我们的敌人是谁? 在哪里? 什么时候袭击? 袭击哪里? 袭击的规模有多大? 啊，你们告诉我!!”高桥怒击一掌。

6 名军官低着头，不敢吭声。

“别人吹，可以，长官吹，也可以，但我们不能吹，更不能狂!! 我们要是也跟着吹，就等于是毁灭的开始!! 我们睡在刀锋上，屁股坐在火山顶上，头上有炸弹，脚下是地雷，江面有黑枪，上一秒不知下一秒是生还是死，稍有疏忽，你们都会死得比野岛更难看!!”高桥的吼声震得窗户纸索索打抖，众军官低着头，敛声禁气。

高桥铁青着脸，余怒未消，看着属下的表情，缓了一下语气道：“守桥功

臣们，你们说说吧，大桥的软胁在哪里？软胁，明白吗?!”

“你们都聋了还是哑啦？啊?!”高桥瞪着刀子眼在众人脸上划过。

又是一阵令人窒息的沉默。

高桥稍稍缓了缓语气：“我是说软肋，软肋，明白吗？我说的日本话你们听不懂吗？软肋就是大桥最薄弱、也最容易受到攻击的地方。”

中佐渡边站起答道：“我认为桥面是软胁，炸桥，炸桥，炸的就是桥面。如果桥面断了，不仅火车通不过，汽车和行人都通不过，那大桥就等于瘫痪了。”

高桥盯着他没吭气，脸上毫无表情。

中佐水泽站起道：“不对，我认为，桥墩是软胁，炸毁桥墩，整座桥就塌了。而且，现在桥墩一点防护也没有，如果再有袭击，很可能会攻击那里。”

少佐夏目紧接着站起来道：“不对，我认为空中最危险，如果来几架轰炸机，从不同方向同时进行轰炸，我们的高炮顾东顾不了西，恐怕大桥就危险啦。如果再有一个飞行员不怕高射炮弹，来个‘玉碎’攻击，那大桥必定会被撞毁。”

高桥还是毫无表情，扭头盯着没发言的军官。

一位少佐道：“我认为水面最危险，因为水面广阔，如果对方有一艘快艇，装满炸药硬冲的话，我们很难防卫。”

高桥此时摆了摆手道：“听了你们的话，让我大梦初醒。我可以明白地告诉你们，如果我不来上任的话，不出 1 个月，桥一定会被炸毁，你们都必死无疑。你们四个人，说的完全不同。空中、桥面、水面、水下，都让你们说到了。这说明，我的前任大佐野岛君是个饭桶，是个军中白痴，幸亏他死了，他死得好，死得及时，如果他不死，那大桥就彻底危险了。”

高桥顿了顿，继续说道：“你们都说错了，大桥的软胁，不在桥面，不在空中，也不在水面，而在水下。在水下！你们要永远记住这一点！你们看，水面以上部分，在我们全方位立体交叉火力严控之下，敌人钻不了任何空子，可水面以下就不同了。我们看不见，摸不着，最容易被攻击。渡边，你说说，如果你是假想敌，你会选择哪里偷袭?”

渡边略一思忖道：“嗯，我会选择水下，在桥墩处安炸药，就安在中间四根桥墩的下面，大概要 2000 磅炸药就够了。”他五指并拢，又一张，玩了个幽默手势。

高桥笑了，“哟西，水泽君和夏目君，你们选择哪里?”

水泽："如果水下攻击的话，当然是桥墩这里。因为这里是大桥的要害。"

"聪明，我也选这里。"

高桥用赞许的目光望着大家道："其实你们都不笨，只是你们的想法没有统一，所以，你们的意志也没有凝结成一个铜墙铁壁，我再强调一遍，桥墩，桥墩，还是桥墩！懂了吗，桥墩就是整座大桥的心脏，是要害，记住啦，就是这里。所以，我们今后的全部防守，要以桥墩为核心。我的守桥调整方案刚才已经告诉大家了，下面做一个分工，你，渡边，负责水下施工，当然具体如何操作，还要等工程师到位后我们来一起研究；你，水泽，负责改装铁轨道叉，具体施工方案，我们下来详细讨论；你，夏目，设立四个观察哨，很快，师团部会派来四个狙击手，由你负责，你需要先观察一下地形，找好隐蔽地点；你，炮兵中佐，安装备用发电机组，这个发电机组是防备在突然断电的情况下，有敌机空袭击时，这个电机在断电15秒钟之后就会立即启动，不给敌人留下任何可乘之机，懂了吗；你，负责巡逻快艇的调度，同时，加强水面过往船只的盘查，分头行动吧。记住，要在晚上开工。"

众人起立："哈依。"

高桥摆了下手道："还有一件事，那只狼狗呢？"

"狼狗就在隔壁房间。"有人回答。

"把它牵走，找个没人的地方，打死它埋掉吧。"

渡边疑惑地问："为什么呀，这只狼狗可是个功臣哪。"

"功臣？我看是祸害。绝不能再留着它啦。"高桥扫视众人一眼，道："我们怎么能把守桥的全盘战略，建立在一个动物的鼻子上呢？要知道，一有风吹草动，第一个被干掉的，一定是它。难道，它死了，这大桥就不守了吗？所以，唯有除掉它，我们才能抛弃侥幸之心、依赖之心、撞大运之心、碰头彩之心。要守住大桥，我们唯有靠自己的头脑，其他的别有任何指望。渡边，你去执行吧。"

"哈依！"

时隔5分钟，一声枪响，"狐狸"就去见天皇了。

第十一章

狼嘶虎吼

有没有一个既不得罪“狼”，也不得罪“虎”的计策？一个两面都能讨好，左右可以逢源，进退都能自如的万全之策呢？

天黑之后，“荷塘”来了几个神秘的客人。

客人是乘坐两辆黑色豪华雪佛兰轿车来的，轿车在大院中停下，几人先后下了车，都穿着黑色的西装，显得步履匆匆，神色紧张。

走在前面的是个身材高大、面容严肃的美国人，他身后紧紧跟着一位美国女士和 8 名头戴黑呢礼帽、身背匣枪的保镖。

美国人领头走进了金碧辉煌的大客厅。

窗前，背手站立着一个中等身材，长着长长马脸的人物。只见他双眉紧蹙，神情凝重，但他听见脚步声时，却浑身倏然一振，刹那间换上了一副满面春风的笑脸。

他就是戴笠。一见来人，急忙迎上前去，伸出双手，紧紧握着美国人梅乐斯的手，过分热情地说道：“哎呀呀，梅乐斯将军，见到您真是太高兴了。”

“你好啊，我的戴将军。”

二人热情握手，都注视着对方的脸。

那个身材高大的人正是美国海军部少将梅乐斯。梅乐斯热情地握着戴笠的手：“老朋友，你还好吧？”

“托您的吉言，我一切都好，”戴笠毕恭毕敬地说：“只是我有些担心您和美军顾问团的安全哪。这里不是重庆，到处都是日本人。”

二人落座后，沈默然也走了进来。

梅乐斯指着保镖说："日本人有什么可怕的，我这人哪，在家怕老婆，上班怕上司，出门怕小偷，就是不怕日本人。"

几人哈哈大笑。

梅乐斯笑着说道："这一个月来，我住在忠义救国军总部，那里可是全世界最安全的地方啦。你那个马志超司令，可真是个能干的家伙，他给我派了20个保镖，20个呀，跟着我寸步不离，甚至连我上厕所都提着枪站岗呢。戴先生呀，这难道不是限制人身自由吗?"

戴笠笑了笑道："梅将军，我知道你们美国人最讲自由，可眼下，这里不是重庆，是沦陷区啊，杭州城这里更是在日本人眼皮子底下，日本人的特务无孔不入啊，鼻子赛狼狗，眼睛都长在后脑勺上，所以，我们对尊贵的美国客人，除了要好吃好喝好招待之外，每人都加派了两名贴身保镖，以防不测。还有，您是美国将军，我们更不敢稍有疏忽。依我看哪，20个人还不够，我还要叫马志超加一倍，我才能稍感放心哪。"

梅乐斯点着戴笠的鼻子道："再加20个人? 可以，但我事先声明，如果哪一天我正在跟女朋友在床上办事，如果有人在旁边偷看，我会开枪的，我的枪子儿可不认人。是不是，玛丽小姐。"

玛丽是梅将军的翻译，玛丽听后眼皮一翻，嘴一撇道："他呀，他最受女人欢迎了，也许是他那张像极了马龙·白兰度的脸蛋儿，或者是他肩膀上的星星，引来了大群狂蜂烂蝶，但除了我。"

"为什么?"

"因为，我先生有言在先，如果梅乐斯敢对我无理，他就走不下回美国的飞机。"

"哦，竟有这样的事? 那，你先生是干什么的?"戴笠充满兴趣地问道。

"是一位拳击教练。"梅乐斯耸耸肩，双手一摊。

几人听后不禁哈哈大笑起来。

几位客人继续说说笑笑，戴笠想起了忠义救国军的后台老板杜月笙，满意之情溢于言表。

自"八·一三"淞沪抗战之后，戴笠就认识了杜月笙，并与杜结下了莫逆之交。这个青帮大佬手下门徒众多，势力遍布上海滩，已与黄金荣和张啸林成鼎足之势。戴笠早就认识到杜的价值，一方面可以暗中与日本人抗衡，

另一方面可以扼制黄金荣和张啸林的地下势力继续坐大。还有一点，也是最为重要的一点，是可以为将来的反共做好准备。所以，戴笠在经过蒋介石的批准之下，成立了以杜月笙为后台老板的忠义救国军。这是一支戴笠自己的武装特务组织，其骨干就是杜月笙的门徒。

忠义救国军发展壮大得很快，和它几乎同时成立的还有别动军。这两支特务武装可谓兵强马壮，在江南一带呼风唤雨，威名远扬。因为都是戴笠的私人军队，因此对其主子更是忠心耿耿，唯命是从。而且在军统局偶尔遇到经费困难时，杜月笙总是慷慨解囊，常常提供无息借款。

近两年来，戴笠和杜月笙又组建了一个官商合办的“通济公司”，主要业务就是利用杜月笙的门徒在上海收购棉纱、布匹、食盐、煤油等战略物资，由军统局掌管的货运局将货物运到西安、重庆、兰州等蒋管区，在黑市上抛售，从中牟取暴利，以解决军统局浩大的经费开支问题。如今，戴笠在迎接美军在华准备新的军事进攻方面已做了大量的工作。

但他认为，若能利用杜月笙在东南地区和南京、上海一带的特殊人际关系，准备工作就将做得更加完善，而且也将给村月笙提供一个报国立功的机会。因此，当时身在重庆的杜月笙正被卷入一场黄金舞弊案，情绪极为低落时，如若委以重任，携其离渝，便可使他免去公堂对簿之苦，于公于私都是有利的，于是，戴笠在蒋介石面前极力保荐杜月笙，请他参与“将来配合盟军新的战略”的准备工作。蒋介石不仅答应了戴笠的要求，而且还亲自召见了杜月笙。

蒋介石的召见，告诉他抗战胜利指日可待，这让杜月笙兴奋莫名。他深知此次陪同美军顾问团的东南之行，对他日后返回上海滩，重整旗鼓，再度称雄是何等的重要。他决心要尽最大的努力完成蒋介石和戴笠交给他的任务。所以，一到忠义救国军总部，他就立即大刀阔斧地干了起来。

忠义救国军总部位于浙江淳安县城郊的西庙。

西庙是一幢雄伟庄严、雕梁画栋的大庙：四周苍松翠柏，花木扶疏，环境极为幽静。抗战以后，这里便成了军统局淳安站及忠义救国军总部办公室及招待来往军统人员的场所。梅乐斯率领的美军顾问团就下榻在这里。

美军顾问团此行有两个目的，一个是视察浙江和福建东南沿海，为美军下一步军事布署进行事先考察。另外，还有一个重要的任务，这就是梅乐斯今天来见戴笠的原因。

梅乐斯收敛起笑容，正色道："戴将军，你和你的手下都很尽职，你的机构也很有效率。美国海军部的将军们，准备在抗战胜利之后，与您领导下的军统进行一项新的合作，那就是协助中国建设海军。而且我可以明确地告诉你，我准备推荐你出任中国海军部部长。"

戴笠"腾"地一下站起，脸上一阵红，一阵白，紧握梅乐斯的手说："谢谢你，谢谢你，将军阁下，我的前程全靠先生在委员长面前的一句话呀，相信我不会让您失望的。"

梅乐斯大度地说："坐坐坐，戴先生，用不着这么激动，好事还在后面呢。现在有一件极其重要的事情需要你来做。"

"哦，什么事，我一定全力以赴，只要是梅将军的吩咐。"

梅乐斯锐利的眼光盯着戴笠的眼睛道："炸掉钱塘江大桥。"

"啊?"戴笠一惊，"什么什么? 炸掉钱塘江大桥? 我没听错吧?"

梅乐斯嘴一歪，狞笑道："对，没听错，炸了它!"

梅乐斯故意停顿了很长一段时间，才放低声音道："我可以告诉你一个军事秘密，最近，美军，准确地说是美国海军太平洋舰队准备采取一个大胆的军事行动，在杭州湾登陆，准备一举歼灭日军3个师团共约8万余人。这里，钱塘江大桥是个战略要点，也是一块绊脚石，所以，必须提前炸毁它。"

梅乐斯顿了顿，继续道："炸掉钱塘江大桥，有问题吗，戴将军? 你要知道，钱塘江大桥若不炸毁，一俟美军在杭州湾登陆，日军即可通过大桥源源不断地把分布在宁波、定海、温州、上海等地的重兵运到杭州，使登陆美军腹背受敌，这不仅会造成登陆美军的极大伤亡，而且还会导致整个行动全盘失败。"

戴笠满面狐疑地问："这么说，炸掉这座桥，就具有了巨大的战略意义?"

"完全正确。"梅乐斯手一挥，笑起来道："内行就是内行，戴将军，这一行动，不仅对中国有利，对美国有利，而且对您自己的前途更有利。"

"我我我，我……明白，我……明白，梅乐斯先生，您放心，我一定派最得力的干将，近期就把大桥炸了。"戴笠这番话说得言不由衷，显然缺乏底气。他嘴上说"明白"，其实他心里完全不明白。

梅乐斯愉快地站起身道："那就好，戴将军就是痛快，好了，好了，桥炸掉了就通知我，我好告诉美军太平洋舰队。"

戴笠恭敬地鞠躬道："好的，好的。桥，一定炸毁，一定炸毁。"

他把梅乐斯一行人送到客厅门口。

“回头见。留步。”

梅乐斯在随员陪同下走出客厅，上了轿车，轿车一溜烟开走了。

戴笠望着远去的汽车尾灯，心神不安地回到客厅。

沈默然急忙迎上前问道：“局座，您真的同意炸掉大桥啦?”

“什么叫真的同意?”戴笠一屁股跌进沙发里，“你不同意怎么办? 你说说吧，怎么办? 这个梅乐斯呀，从来都是用命令的口气跟我说话，他是中将，我也是中将，但我就是得听他的，必须听他的，为什么? 知道原因吗?”

“职下不知道。”

“因为他刚给我的忠义救国军拨了一笔巨款，还相当不少。中美合作所又运来了数百吨的设备，还有新式电台，最先进的武器，又派美军顾问团和美国教官培训了我们2000个干部，这可是天大的恩慧啊，美国人，财大气粗，我们呢? 仰人鼻息，受人之恩，你不跟着美国人的指挥棒转，能行吗?”

沈默然面布疑云道：“可，可委员长那里如何交待?”

戴笠用手指敲着脑门道：“是啊，委员长那里如何交待? 这可是个难题呀，一头是领袖，一头是金主，一头让你炸，一头不让你炸，我们夹在中间，还能怎么办? 这这这，这不是要我的命嘛?”

一阵令人窒息的沉默。

“委员长那里可能还不知道，您看，要不要先向委员长禀报一声。”沈默然诚惶诚恳地问道。

“别急，容我再想想。”戴笠双手加额，陷入了沉思。

“好的。”沈默然起身，走出客厅，在走廊上点燃了一支烟。

戴笠和这个美国将军梅乐斯的认识，说起来还有一个复杂、曲折的过程，但也正是因为认识了梅乐斯，戴笠本人和军统局的命运也发生了根本的改变。

1941年底，军统的密码破译机构“中国黑室”发现，日本方面突然全部更换了电报密码。他们估计日军将有一次更大的行动，因此除将情况逐级上报之外，同时还要加紧对日军新密码的研究破译工作。

由于他们早已掌握了日军密电码的更改规律，很快便掌握了新密码的破译方法。不久，即从日本空军、海军的密电中得知，日本空军正准备向太平洋地区活动，有袭击美国珍珠港的迹象。这可是个重大的情报，戴笠立即向蒋介石作了汇报，蒋立刻通知了美国站的肖勃，让其设法转告美国国防部，叫他们注意日本空军的动向。孰料，美国佬听了这个破译的电讯之后捧腹大

笑，认为中国方面根本不可能了解日本军方的行动，也没有能力破译日军的任何密电码，甚至认为这是中国有意离间美日关系。

直到同年 12 月 8 日，日本舰队袭击了珍珠港，向美宣战之后，美国人痛定思痛，才想起中国大使馆曾向他们提出过警告，这才开始打听消息的来源。当他们知道消息来自国民党军统的破译机构也即“中国黑室”之后，立即令驻华大使馆武官迪帕斯就近与戴笠接触，查明破译的真相，后来他们得知，这个破译之人是军统军技室的一个叫池步洲的中国人。

从此以后，美国人就想从军统方面得到更多的有关日军的情报。

而在迪帕斯与戴笠接触之前，英国方面早已抢先与军统开始合作了。一时间，军统局和副局长戴笠简直成了炙手可热的合作大热门。英国方面提出要与军统合作，立即成立中英技术合作所。美国驻华大使馆武官迪帕斯坐不住了，也前来登门拜访戴笠，并对戴笠本人大加称赞。戴笠早就想利用英美势力来扩充军统的电讯部门和充实器材、设备，以抬高自己和军统的身价，他当然不会放过任何一个与英军或美军合作的机会。

对于美国人，戴笠采取了积极主动的姿态。他一方面加紧与迪帕斯的联络，向他表示自己对美国政府的崇敬，另一方面密令肖勃抓紧时机在美国进行活动，促进美国军方与军统的合作。因为戴笠知道，“珍珠港事件”之后，美国不得不放弃利用中国抵抗日本而自己不参战的企图。这意味着中、英、美、苏四国将联合抗日，日本就注定会失败。当时，蒋介石已向美国建议，成立中、美、英、苏等国的军事同盟，美国总统罗斯福回电同意这一建议。后由蒋介石发出邀请，中、美、英三国派代表在重庆上清寺蒋介石官邸召集联合军事会议。当时苏联因与德国作战，无暇东顾，没有参加。

在这种时候，戴笠的设想和肖勃在美国的活动，均得到了蒋介石的首肯。不久，美国海军部部长命令海军上校梅乐斯设法尽快地在中国建立一些基地，为美国海军将来在中国沿海登陆做一些准备，并尽力协助美国海军，扰乱日军。为此，梅乐斯与海军部长及季威廉少将在华盛顿大饭店的客房内召见了肖勃，谈到梅乐斯到中国的任务。肖勃对此当然非常高兴，但不敢当即表态，只是答应向蒋介石请示。没几天，蒋介石即回电表示欢迎梅乐斯，并指定由戴笠协助他。

梅乐思这时对戴笠还一无所知，肖勃即对他说：“戴登将军是蒋委员长幕僚中的一位极重要的人物。他是个很好的人，完全可以安排你的一切。”他还告诉梅乐斯，只有在戴笠的协助下，他的任务才能轻而易举地完成。

为了进一步了解戴笠，梅乐斯还特意跑到国务院和陆海军情报署去阅读有关的文件。梅乐斯也意识到，要想完成任务，必须与戴笠合作，否则到中国之后，自己将寸步难行。

1942年4月，梅乐斯硬着头皮独自乘飞机前往中国。

戴笠从肖勃的电报中已得知梅乐斯前往中国的时间，早就做好了安排。第二天下午，戴笠才在曾家岩公馆接见了梅乐斯和麦克胡。一见面，戴等就笑容满面地问起梅乐斯家人及沿途的情况。他虽然知道梅乐斯“七·七事变”时曾在北平待过，多少会一点中文，但他还是让余淑恒在一旁做翻译。

第二天，戴笠让人把梅乐斯接到“豁庐”亚德利曾住过的地方，并派刘镇芳做他的翻译。亚德利是军统从美国请来的情报顾问，也是当今世界手屈一指的破译大师，此时已因故回国。当天晚上，戴笠特备酒宴为梅乐斯洗尘。酒宴上梅乐斯进一步提到想去东南沿海走一趟的想法，戴宣回答得更加干脆：“当然可以，我会做出妥善安排。”

紧接着，戴笠又问起梅乐斯对中国的观感。梅乐斯为了进一步获得戴笠对自己的好感，便称赞道：“我佩服中国。你们跟日本人打了这么多年，依然屹立不倒，坚强不屈。而日本人刚刚进攻东南亚两个月，新加坡、东印度和菲律宾等国就全部沦陷了，连我们美国的强大舰队也在珍珠港遭到日军的惨重轰炸，英国的两艘战舰也被炸沉于南海。倒是中国人，令人钦佩。”

梅乐斯的这番话，确实赢得了戴笠的好感。他觉得梅乐斯比英国合作者更有诚意，甚至比前不久拜访过他的美国驻华武官迪帕斯更尊重自己，尊重中国。酒宴将散之际，戴笠对梅乐斯说：“梅将军，你可以跟我一道去东南沿海走一趟。我们明天出发，如何?”

“明天？好!”梅乐斯做梦也没想到，戴笠会如此爽快，又如此性急。其实，他哪里知道，如果不是得知他已动身来华，戴笠早就离渝赶往东南沿海一带了。主要原因是中英合作因英方要求作业控制权，同时拒绝提供军统局所要求的物资、器械等援助而将告结束。蒋介石批准的“军事委员会别动军司令部”成了个空牌子，马志超成了光杆司令。戴笠自然不愿放弃已经得到正式批准的特务武装机构，他早下令让东南各沦陷区的特务武装——便衣混城队于4月20日一同对敌采取一次袭击行动后，迅速撤离，赶到江西上饶集中，改编成别动军，使马志超成为有兵司令。另一个原因则是上海一区区长陈恭树及南京区区长钱新民，均被伪敌特工总部逮捕，该两区的秘密组织几乎全部遭到破坏，所以他急于赶去处理诸项事务。

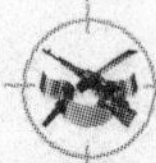

他邀梅乐斯同行的目的，一是为了想与其多多接触，联络感情，乘机争取美援，装备、培训忠义救国军和别动军；二是为了让梅乐斯看看自己的实力，好顺利地达成合作的关系。

出门之后，梅乐斯高兴地对麦克胡说："戴将军是个很爽快的人，将来我们一定能合作得很愉快。"

他与戴笠接触两次后，对戴笠的看法完全改变了。同时，他也觉得，既然来到中国，是有求于戴笠的，那就应该尊重他，不能摆出一副高人一等的傲慢样子。戴笠离渝一星期后，军统局便准备了一辆道奇卡车，让刘镇芳带着事务员、卫士等十来个人陪同梅乐斯、鲁赛开始向东南沿海进发。

经过十来天的长途旅行，梅乐斯一行终于到达福建蒲城，与戴笠会合。戴笠当时正在那里接见来自东南各沦陷区的负责人，并一一向梅乐斯做了简要的介绍。实际上，戴笠这样做的目的，是在进一步向梅乐斯显示自己的实力。

第二天，戴笠接到情报，说近日有日军飞机要来轰炸蒲城。他立即和梅乐斯、刘镇芳等一同驱车到城外的田间躲避。很快，果然有11架敌机飞临蒲城上空进行轰炸。

梅乐斯称赞道："你们的情报很准确！"'

戴笠听完刘镇芳的翻译后，笑道："告诉梅将军，他们美国希望在中国做的许多事情，像气象报告，海上飞机、军舰的指示，关于敌军的行动意向，以及作战活动情报等项作业，都需要保护。所以，我希望你们给我装备，训练5万游击队。他们既可保护美军作业，又能打日本人。如果美国允许梅将军接受中国陆军任命的话，那我们就可以共同来运用这批训练人员了。"

"OK！"梅乐斯听后，认为戴笠的要求也完全符合美国人的利益，这是为美军日后在中国东南沿海登陆创造条件，因此，毫不犹豫地答应下来。

"很好！"戴笠高兴地一把握住梅乐斯的手，表示一言为定。戴笠想利用外援扩建特务武装之心愿，总算有了实现的可能，因此格外高兴。此后，戴笠因公赶回重庆，派赵世瑞等陪同梅乐斯在沿海地区继续视察。

梅乐斯实地勘察了该地区的地形、水文、气象，还拍了不少地形照片，意外地得到了如此满意的资料，非常高兴。他深切地认识到，在中国，只有跟戴笠密切合作，才能顺利地完成海军部下达的任务。

自戴笠陪同梅乐斯第一次巡视东南之后，又经过了一年左右的谈判、磋商，几经波折，终于在1943年年初，在重庆线丝厂军统乡下办事处大礼堂，

正式举行了第一次合同的签订仪式。美国方面除梅乐斯外，罗斯福总统还派来了当时的海军部长诺克斯和自己的私人代表鲁斯。中国方面原定由外交部长宋子文和戴笠共同主持签订仪式，后因宋子文临时有要事不能出席，才改派外交部常务次长胡世泽前来参加。

这天下午5点整，已被晋升为中将的戴笠衣着整洁、满面春风地陪同诺克斯、鲁斯及胡世泽等人走进会场。会场正面墙壁正中悬挂着青天白日旗和美国的星条旗。军统局的三个副手——郑介民、唐纵、毛人凤，以及八大处处长等负责人，与美国来华人员，如中美所参谋长贝乐利、主任秘书史密司等数人，分别端坐在摆成马蹄形的会议桌两边。戴笠等人一步入会场，便把郑介民、唐纵等中方人员一一向诺克斯等做了介绍。随后，戴笠、诺克斯、胡世泽等一一讲话，分别宣读了中文和英文的合同文本。合同的内容主要是确定了以军统局戴笠为主任、美国海军部军事情报署梅乐斯为副主任的中美特种技术合作所正式成立；合作的业务范围是中美双方将交换关于日本海、陆、空军部队在中国沿海及大陆的活动情报，允许美方派人在中国沿海布雷、测量，合作双方将共同在沿海和中国的主要城市设立气象站、水文站和无线电台，同时由美方提供武器、器材和经费，帮助军统局培训由忠义救国军和别动军组成的五六万人的特务武装，以备日后协助美军在中国东南沿海登陆及骚扰日军。

双方代表在合同上签字之后，戴笠和梅乐斯心里都非常高兴，仿佛吃了一颗定心丸。

合同签订之后，中美双方在电讯、气象、人员培训等方面很快就全面展开了协作。各类特种技术训练班相继在安徽、河南、福建、江西、浙江、广西等地成立；美方人员及武器、器材等亦源源不断地运到了中国。戴笠多年来所纠集的5万特务武装，原本是由三教九流、帮会流氓组成的乌合之众，此时，也相继受到了由中美双方教官共同执教的正规训练；军统局曾因经费不足而遇到的种种困难，也随着美元的流入而迎刃而解。中美合作所正式成立后的几年间确实是戴笠事业上最得意的时期，真可谓是翻手为云，覆手为雨，运筹帷幄，心想事成。

就在戴笠得意非凡之际，国际反法西斯的战争形势发生了历史性的大转折。苏联红军实行战略大反攻，希特勒军队节节败退。苏联和英、美三国首脑在伊朗德黑兰会晤。斯大林向罗斯福和丘吉尔保证，打败德国之后，立即对日本宣战。

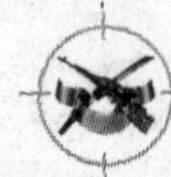

在此期间，美军已占领了太平洋上的许多重要岛屿，切断了日本的海上交通线。日本人也意识到，自己失败的命运已无法挽回。但为了最后的垂死挣扎，使日本本土免遭美军轰炸，他们急需打通从中国东北到越南的大陆交通线，救援深入南洋的日军，摧毁美军在华中、华南的轰炸机基地。于是日军集中兵力，对国民党的豫、湘、桂战区发动了大规模的进攻。而此时的蒋介石看到日本人失败已成定局，为了保存实力，以便日后与共产党争夺地盘，即对日军的大规模进攻采取了观战、避战的策略，致使豫、湘、桂战役中，国民党军队一触即溃，造成了国民党战场上第二次战略性的大溃败。

与其相反的是，中国共产党领导的八路军和新四军，却在敌后战区取得一次次胜利，扩大了解放区和人民武装。因此，以史迪威为代表的一些美国人认为，国民党与国民政府已日趋崩溃，共产党及其领导的人民武装已变成了中国最有活力的力量，为了减少美国对日反攻的困难，美国方面必须同时把中国共产党也控制在手中，应给共产党提供援助，利用共产党领导的人民武装力量去抗击日本人。与此同时，史迪威还向马歇尔建议，剥夺蒋介石对中国军队的指挥权，把国民党的军队和共产党的军队全部纳入他的军事计划。罗斯福对国民党的大溃败也非常恼火，他不但派副总统华莱士到中国活动，还派美国军事组到解放区访问考察，准备给共产党提供援助，而且还写信要蒋介石把国民党军队交由史迪威全面负责指挥，以阻止日军最后的进攻浪潮。

戴笠在东南地区听到这一消息时，不禁为国民党、为军统局以及自己的前途感到深深的忧虑。他清楚地知道，蒋介石绝不会把军队指挥权交出去的，这样一来，国民党势必会失去美国的援助，而共产党一旦得到美援，势必会发展得更加壮大。

还有一件更让戴笠忧心的事，那就是抗日战争胜利后军统局的出路问题。

抗战伊始，蒋介石就把特务处扩大为军统局，扩大的理由是为了适应抗战的需要。一旦抗战胜利，军统局和许多机构还有什么存在的必要呢？如军统局下属的战时运输管制和交通检查机构，庞大的无线电通讯机构和负责电讯监察、邮电、航空经济等方面检查的特务机构，以及多达5万之众的特务武装，都将如何处置？出路又何在呢？若取消、遣散这些机构，自己惨淡经营的军统局就将变成个空架子，若不取消它们，经费开支又从何而来？军委会不可能再拨给他那么多预算，他也不能再像抗战期间一样制造伪钞，到沦陷区去抢购物资或利用运输管制和交通检查之便，在国管区和沦陷区之间进行倒买和倒卖活动。到那时，“中美所”也将按照合同规定而宣告结束，从美

国方面也不可能再得到援助。

现在，戴笠对梅乐斯这道不算命令的命令，深感头痛。

直觉告诉他，自己眼前站着一匹狼，后面站着一只虎。那只狼就是蒋介石，而那只虎就是梅乐斯及其代表的美国海军部。

蒋介石的态度他很清楚，对日本人是观战、避战，以等待美国人最终打败日本军队，他就可以渔翁得利，最后和共产党一决高下，从而实现最终统一中国全境的梦想。

而梅乐斯呢？他一定会告诉蒋委员长关于这次炸桥行动的一切背景和美国军方的迫切需要，而委员长也一定会答应梅乐斯的一切要求。但是蒋委员长的内心他更是十分清楚，即使口头上答应了美国人，他也不会有任何实质性的动作，去和日本人拼什么消耗，撄其锋锐的，他只想坐山观虎斗，坐享其成。

这就是他最感为难之处：委员长在玩两面派手法，表面上，不得罪美国人，还答应与美国人积极配合，马上动手炸桥，可实际上，私底下却按兵不动，绝不会采取任何刺激日本人的举动，更不会去炸什么桥。

可梅乐斯这只虎却虎视眈眈地盯着自己的一举一动，他不听行吗？他虚与委蛇，阳奉阴违，到底能撑多久？他在内心反复诘问自己。那梅乐斯是何等样的人物，精明过人，智商奇高，且手握实权。一旦发现他在玩虚的，跟他“过家家”，那他的输血脐带就会马上断掉，美援和美元连想也别想了。这还是轻的，如果哪一天梅乐斯火了，一纸黑状告到领袖那儿去，恐怕他连“顶戴花翎”都会提前被摘掉。

说白了就是一句话，他处境堪忧——“狼”既不能冒犯，“虎”更不能得罪。

戴笠为此紧皱双眉，焦躁不安地在大客厅内来回踱蹬，举棋不定，左右为难，不知如何是好。

正如梅乐斯所言，钱塘江大桥若不炸毁，一旦美军在杭州湾登陆，日军即可通过大轿，源源不断地把分布在宁波、镇海、定海、温州等地的重兵运到杭州，使登陆的美军腹背受敌，这不仅会造成登陆美军的极大伤亡，而且也将影响到他和军统局日后的前途。

事关他自己的前程，他能不慎重对待吗？

刚才梅乐斯还说，美国海军部对他在配合美军登陆方面所做的种种工作

感到非常满意，海军部的将军们，准备在抗战胜利、中美技术合作所的工作结束之后再与军统局进行一项新的合作，那就是协助中国重建海军，他们准备推荐他为中国海军部长或海军总署署长，并准备将配合美军登陆的忠义救国军和别动队经过美军的培训后，改为中国的海军陆战队。

梅乐斯的这个新设想，对戴笠而言，无异于一支强心剂，一颗定心丸。这一设想若能成为现实，他就用不着再担心胜利后自己军统10万部属的出路问题了。为了进一步赢得美国海军部的好感，为日后新的合作铺平道路，戴笠决心竭尽全力去把桥炸掉。

可转念一想，还是不行，如果真把桥炸了，一旦委员长怪罪下来，自己可是“吃不了，兜着走”，破坏了蒋介石的“不惹恼日本人，与其保持一种脆弱平衡”的整体军事战略布署，这个罪名他可担待不起。

“虎”的意思是什么：“你给我炸！一定要炸！不惜一切代价也要炸！如果不炸，或炸不掉，你的官就别想当了。”

“狼”的意思是什么：“好好好，我炸，我炸，我一定炸，实际上却按兵不动。”

这是一个谁都知道，但谁都不能说出口的隐衷，是国民党的一种潜规则，难办就难办在这里。表面上，大家都赞同炸桥，可实际上，却各有鬼胎。蒋介石的心里，是绝对不希望得罪日本人的，更不希望把桥炸掉。

可是“老虎”给出的诱饵实在太诱人了，只有把桥炸了，让美国人高兴，他戴笠才有可能最终坐上海军部部长的宝座。

现在，作为一个军统局局长，连具有巨大战略意义的钱塘江大桥都不能按计划将其炸毁，那又将如何证明自己能够担当大任，是最适合海军部部长的人选呢?

戴笠越想越觉得炸桥的意义非凡重大，必须不惜一切代价去完成此项任务。既然决心已下，剩下的关键，就是如何对付委员长了。或许，先瞒着他，是一个比较好的办法?

但这个办法也有漏洞，更有风险，让他难以遽下决断了。

有没有一个两全其美之计? 一个既不得罪“狼”，也不得罪“虎”的计策? 一个两面都能讨好，左右可以逢源，进退都能自如的万全之策呢? 他左盘右算，前后掂量，这样的计策也不是完全没有，他忽然想起了沈默然，这个智多星，怎么把他忘了? 遂招了招手，把站在门外走廊上吸烟的沈默然叫进了客厅。

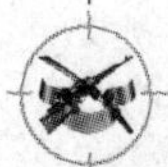

戴笠是很少征求手下意见的，特别在重要关头，更是独断专行，可今天晚上他却破了例，他把自己的担心、忧虑，以及委员长那边会有何反应，都全盘托出，他的眼中第一次露出了真诚讨教的目光，这目光看在沈默然的眼里，也着实让他深受感动。

沈默然知道，这回老板算是遇上真正的难题了，刚才在走廊上他就为此打好了腹稿，但他更清楚，自己绝不能表现得过于精明，一定要装得大智若愚。

面对询问，沈默然小心翼翼地说："局座，职下倒有个不成熟的想法，不知当讲不当讲。"

戴笠眼睛立刻亮了，急切地说："别婆婆妈妈的了，有话直说无妨。"

"那个江雄风你还记得吧?"沈默然在察颜观色。

"江雄风?"戴笠一怔，"你是说行动处的那个科长江雄风吗? 他不是在息烽吗? 不是已经被毙了吗?"

"还没有毙。"沈默然会心一笑道："没有您的手谕，谁敢毙他呀。他过去一直是您的心腹爱将，是你手中最大的王牌，关在息烽监狱里，也是倍受优待呀，他的单间里，还有弹簧床和抽水马桶呢。"

"噢，我想起来了……给他'吃过斋'了吗?"（军统暗语，"吃斋"即用刑）

"吃过了，我是听息烽监狱长说的，我和老刘是老朋友啦。不过，他们只用了军棍、鞭刑和电刑，只过了三堂，没用老虎凳，怕哪一天江雄风又会被重新启用，人废了，怕是不好向您交待。"

戴笠似有所悟地点头道："我想起来了，他是不是放跑了两个共党的要犯才被关的? 好像还是你报的告?"

"是职下报告的。"沈默然有些惶恐不安了，"您不是一直教导我们，要做个忠诚于党国，忠诚于领袖，忠诚于您的属下吗? 我……"

戴笠摆了摆手道："我不是在追究责任，他在狱中交待了吗?"

"他什么都不承认，打死都不承认，什么也不交待，还说什么，截车的时候，他是开了枪的，可当时天太黑，没打死，绝不是有意放跑共党要犯的。"

戴笠慨叹了一声："死不认帐? 真是个硬骨头啊。"

沈默然诡秘一笑，字斟句酌地说："局座，有时候，让死囚犯去执行必死的任务，往往会有奇效，英国人和美国人最爱这么干。您可以设想一下，一

个死刑犯，越狱逃跑之后去炸一条桥，如果失败了，会是什么局面？这完全是他个人的行为嘛，与我们有何干系？可如果桥炸成了呢？局座你想想，那不照样是我们的功劳吗?"

戴笠恍然大悟，双眼登时放出锐利的光来，"好计，好计，很好，你不愧是我的智多星啊。江雄风是可堪大用的，我就知道，一定会想出一条万全之策来的。"

沈默然谦逊一笑道："智多星职下可万不敢当，可用死刑犯却好处多多，这样两面都不得罪，两面都能有所交待：如果梅乐斯问起来，我们可以告诉他，已经派出最顶级的爆破专家前往炸桥了，至于那桥炸不炸得掉，只有听天由命了。如果事后委员长追究起来，我们可以说江雄风是越狱逃跑的，我们并不知道他的所作所为，我们还在追捕他呢，因此，这责任就追究不到我们头上了。"

"可好处却能落到我们头上。"戴笠也诡秘一笑道："沈默然啊，沈默然，只有你才能想出这么个缺德的办法，一个两面都能讨好，左右可以逢源，进退都能自如的计策，一个万全之策，说明我这十几年没有白白培养你。"

戴笠一个巴掌重重地拍到沈默然的肩上。

沈默然慌忙起身，立正鞠躬道："局座对职下恩重如山，职下只能肝脑涂地，竭尽忠诚，以报答局座于万一。"

戴笠大度地说："好啦，坐吧，坐吧，鬼点子多是好事。让江雄风去执行这个任务吧，就这么定了。也只有让他去，我才放心。局里不是流传一句话吗，'傻蛋出马，一个顶俩。'好啦，我们来分析一下，究竟是越狱逃跑好，还是搞个假枪毙好？我想再听听你的鬼点子。"

"局座高明。职下万万想不到这一节。"沈默然故作钦佩状说："其实，两种方法，各有利弊。我还是觉得'越狱逃跑'要好过'假枪毙'。为什么呢？因为如果我们对江雄风进行假枪毙，好了，他出来以后虽然也会听命前去炸桥，但如果桥炸了，他自然会回来领赏讨封的，可如果桥炸不了呢？或者中途出了变故呢，那他还会回来吗？他会主动把脑袋伸给您让您'咔嚓'吗？古语有云：'扽开金锁走蛟龙，摇头摆尾不再来'呀。您想想，他要是逃了，畏罪潜逃，我们怎么收场？桥没炸掉我们又如何向梅乐斯交待？是不是还要再派个人去？可这样的人我们一时上哪儿去找？再反过来想一想，既然身后还有逃跑一途，那他还会义无反顾地去炸桥，为局座您拼死用命吗？不会，绝对不会的。这就是假枪毙的弊端和漏洞啊。"

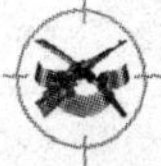

“是啊，假枪毙最大的坏处就是无法牵制他，而且他也无法再回来，那，越狱逃跑又当如何呢?”戴笠那双寒光闪闪的眼睛死盯着沈默然。

沈默然胸有成竹地说：“越狱逃跑，是带引号的，当然是为了掩人耳目而演出的一场假戏，我们可以告诉他，他此行是戴罪立功，如果完成任务，就将功折罪，如果完不成任务，回来也是个死，而且罪加一等，因为他本身就是个逃犯。当然喽，您事先要允诺给他一笔重赏，是何重赏呢? 也许是一笔黄金，也许是重庆某地的一栋豪华公寓，也许是出国考察或留学欧美，作为他完成任务之后的重赏或巨额报酬。对间谍赏赐要厚，这是大军事家孙子在2000多年前就提出的著名论断。当然最重要的是官升两级，江雄风现在只是个少校，他能不垂涎那个上校官衔吗? 这只是进的方面，退的方面呢，难道姓江的还有退路吗? 要明确告诉他，桥炸不掉，他回来就不用回‘修养斋’，而是直接去刑场，他能不后怕吗? 他是罪上加罪呀。他要是想逃跑呢，那他的损失可就大了，不但黄金打了水漂，公寓成了泡影，连混了十几年眼看就要到手的上校军衔也成了画饼，他能不惋惜吗? 能不有所顾忌吗? 他逃跑吧，但能逃去哪里呢? 新四军能收留他吗? 他带什么见面礼去投奔新四军? 难道就带一座没有炸掉的大桥? 既然前路艰险、后无退路、投靠无门，他只能昂然向前、义无反顾，与大桥拼个鱼死网破。如果最后，他竟然真地走了狗屎运把桥炸掉了，那更好，他就一定会回来领赏讨封的。到那个时候，嘿嘿，要怎么处置他，还不是看您老人家当时的心情如何而定吗?”

戴笠听后，目光狡黠，神情诡秘地一笑道：“你呀，你呀，你不得了呀，”戴笠指着沈默然的鼻子，“我那一套‘左手钱，右手刀’的把戏，真是让你给玩精了，看来我没有白培养你一场。我从来都尊奉‘重赏之下，必有勇夫’的信条，可以给他100两黄金，上校嘛也可以封给他，公寓嘛也没有什么舍不得，给他一套，只要他为我把桥炸掉，什么都好说。当然喽，桥炸了，你算首功。既然你都想好了，就拟成文字方案报来吧。我批了，你马上执行。”

沈默然躬身道：“局座，那我就立刻去息烽提人，把江雄风给您带回来。”

戴笠缓缓颔首道：“好吧。我刚巧要去忠义救国军走动一下，四天之后，我要见到江雄风。”

“是! 局座，您看是不是给这个行动定个代号?”

“当然要有代号，这样吧，我们效法赤壁之战中的周瑜和诸葛亮，一人在手心写一个字吧。”沈默然匆忙点头，二人在手心里各写了一个字，同时亮了出来，戴笠写的是“烈”字，沈默然写的是“火”字，戴笠抿着嘴唇露出阴

森的笑，“很好，这两个字合起来，就是这个行动的代号：‘烈火行动’。

“是!”沈默然敬了个标准的军礼，刚要走出客厅，戴笠在背后叫道：“等等。”沈默然匆忙回身，戴笠盯他的目光十分锐利，具有一种穿透力，跳跃着可怕的火苗，用一种从冰窟中飘来的寒声命令道：“你听着，这次行动为最高绝密级，严守机密是成败的关键。行动指挥部就设在苏浙区你这里，你坐阵总指挥，每天的进展必须向我汇报。另外，经费问题不走区机关的资金帐户，直接从局本部的金库里调拨，我先给你 20 万美金作首批启动资金，不够的话你再打报告来。炸药和爆破器材我从 39 军工兵营那里调拨。这种事太敏感，要绕开忠义救国军和别动队，那帮乌合之众我太不放心，总之，‘烈火行动’决不能让外界觉察到一丝一毫的风声，以防中统那帮家伙落井下石，在背后施放冷箭，更要提防那些无孔不入的日本间谍和社会上那些耳尖嘴快的新闻记者，如有半点差池，我唯你是问。你不用怕，放手干吧，要知道，不管‘烈火行动’这把火烧不烧得起来，将来是一定要赖在共产党新四军身上的，千万不能让日本人知道是我们干的，你我前程、身家性命，全都压赌在这上头了，事成之后，要效法曹孟德之举，埋尸之后全部灭口，你听明白了吗?”

沈默然诚惶诚恐地答道：“死人是不会泄密的，我明白局座的良苦用心，我保证坚决完成任务。”

戴笠冷哼一声黑着脸走了，沈默然掏出手帕擦着额角的冷汗，他不知道“刀斧手”说的事成之后“全部干掉”包不包括自己在内，也许该提前准备一张船票，从上海去香港? 也许该早计之? 他从来不干哭都没有眼泪的事儿。

第十二章

越狱事件

江雄风是那种“走起路来像农民，板起脸来像弱智，笑的时候像文盲，干起活来像教授”的主儿。

第二天一大早，沈默然就坐上他的小轿车，奉命赶往息烽监狱。

一路上山路颠簸，景色枯燥，搞得他昏昏欲睡，索性靠着椅背打起了盹儿。

息烽监狱座落在贵州省息烽县城外的阳朗坝镇附近的山坳里，这里四周都是崇山峻岭，监狱被山形很好地掩蔽着，从远处只能看见重峦叠嶂，看不见任何人工建筑的影子。黔渝公路从它的背面的山凹里横穿过来，斜向插过，若是不熟悉此地的人，即使有公路通过，也看不见房子，更猜不到这就是国民党最大的监狱：息烽集中营。

这里面关押着三类人，第一类是政治犯，是不幸被捕的中共党员、民主人士和爱国进步人士；第二类是国民党内的所谓同志，有军官，有政府官员，还有军统内部犯了罪或犯了大错的人；第三类是普通刑事罪犯。

监狱共有八个大监区，以忠、孝、仁、义、爱、信、和、平八个字来命名，其中义斋为女监，其余七斋皆为男监。

在军统内部，监区统称为“斋房”，被囚禁的人犯统称为“修养人”。

监狱里最可怕的地方要算是监室了，这里面摆着一个拉肢刑架，上面有铁栓和铁链，旁边摆放着火盆、火钳、捞子、手枷、夹棍、烙铁、凿子等诸种刑具一应俱全。

墙上钉有木桩，堆放着橡皮棍、钢鞭、铁条、绳索、脚镣和手铐，中间

摆了一张木床，床上装有铁环，用来把赤裸的人犯捆住，然后用电线头缠于人的手腕、脚腕或脖子上，通上电源，人就全身抽搐，脸色煞白，四肢瘫软，豆大汗珠滚滚而下，这就是电刑。

这里的刑罚多如牛毛，其中最有名的是：火刑、电刑、水刑、竹签子、老虎凳。

狱卒们对爱国志士、中共地下党和抗日人士手段特别残酷，酷刑如针刺阴茎、吊穿睾丸、水煮包皮、披麻戴孝。什么是披麻戴孝？这可是军统人自己发明的刑罚，就是用钉满钢针的木棒抽打被扒光衣服的受刑者，使其遍体鳞伤，血流满身，然后再在伤口上涂上酒精、食盐，最后再抹上一层油，贴上纱布。稍事休息等伤口结痂止血后，再来受审，如不招供，就将白纱布一根根、一条条缓缓地撕下来，这样，纱布的碎皮肤和肌肉同时被撕了下来，令人闻之色变，毛骨悚然。

如果世界上真有这么一个人间地狱的话，那指的就是这儿了。

既是地狱，那就要有魔鬼、夜叉、狱卒和判官了，他沈默然原先就是最大的判官。几年前作为七处处长，他就是主管监狱的主官。

车猛地颠了一下，把沈默然颠醒了，他抬头看了看天色，又看了看周围的景物，知道快要到息烽了，他想起了江雄风，那个和自己暗中较劲的对手，一丝狞笑爬上了他的嘴角。

他之所以在关键时刻把江雄风抛出去，表面上看是为了解“刀斧手”的燃眉之急，其实是有着不可告人之目的。

江雄风虽然被他一记黑状告进了监狱，背了一个“通共”和“资敌”的罪名，但他还活着，活着就有卷土重来的一天，卷土重来会有什么后果，什么局面？他的心里不会不清楚。论才学，论本事，他都远不如江雄风，而且他已经四十出头，可江雄风却风华正茂、锐气正盛，如果干得好，用不了两三年，他的位置就一定会被江雄风取而代之。与其那样，不如这样，与其被人挤走或干掉，不如趁现在手里有权有势，先下手为强。

他为江雄风准备了一份“一石三鸟”的大礼，料他这回决翻出不他的如来掌心。

什么叫一石三鸟呢？这一石，就是派江雄风去炸桥。这第一鸟，就是一番高论让老板既看到了他的忠心，又看到了他的头脑和能耐，飞黄腾达，指日可期了。这第二鸟，这条桥并不那么容易炸毁，日本人拼死守卫，可是下了大本钱、大赌注的，如果江雄风不识好歹、硬充好汉的话，那无疑于以卵

击石，自取灭亡，那就可借日本人之手把他干掉了，岂不省事。这第三鸟，如果万一江雄风撞了大运、碰了头彩，真地把桥炸毁了，那更好，江雄风是将功折罪，不过打了个平手，功过相抵，提拔也是没份儿的事，而他沈默然却领了个头功。至于江雄风的下场嘛，哼哼，一个有大本事、功高震主的人，还有留下的必要吗？武大郎的店里会容忍高个子吗？那个“刀斧手”还会有耐心再跟你玩什么空头支票、海誓山盟吗？

所以，他江雄风怎么着都是个死：不去，监狱处死；去了，被日本人打死；成了，被老板处死。对于一个越狱的逃犯，还能怎么死呢？

想到这里，沈默然从心里发出了得意的讪笑。

不久，息烽到了，轿车直接开进大门，在监狱长的办公室前停了下来。

监狱长刘得贵满面春风地迎了上来，拉住沈默然的手，一口一个老上司叫得格外亲热。沈默然懒得跟他废话，出示了戴局长的手谕后，很快就办妥了江雄风的出狱手续。

江雄风终于等来了平反昭雪的一天，欣喜之情自然难于掩饰。

沈默然跟着刘得贵走进江雄风的监室，甩着不阴不阳的腔调对江雄风道：“江老弟，局座有令，将你官复原职，请跟我回杭州吧，另有任务给你，马上走。”

江雄风缓缓地从床铺上站了起来。只见他个头一米七八，生得眉清目秀、体态魁梧，两条乌黑的剑眉下有一双深邃明亮的眼睛，在棱角分明的嘴唇上，留着短短的小胡子，有一种英武之气和潇洒之态不经意间流露出来。

江雄风愣愣地看着沈默然，旧恨新仇一下涌上心头，他很想一下扑上去，死死地掐住他的咽喉，把这个工于心计、口蜜腹箭、狡诈阴险之徒干掉。但这只是一闪念而已，他马上堆上了笑脸道：“多谢局座不杀之恩，更要谢谢处座宽容、提携之意。我江雄风，受人滴水之恩，定当涌泉相报。我们走吧。”

“等等。”监狱长刘得贵一步上前，拉住江雄风的手道：“雄风老弟，对不住了，那两次刑罚，不，三次，鄙人也是职责所在，不得不为呀，还望老弟宽宥见谅。我早就料到你有时来运转、否极泰来的一天，果不其然，这不，官复原职，出去后肯定官升一级，将来前程远大，可喜可贺呀。”

江雄风鄙夷地扫了一眼这个色厉内荏的势利小人，什么话也没说，头一昂，跟着沈默然走出监房，提着行李上了轿车后座。

轿车迅即启动，很快就开上山间崎岖不平的公路上了。

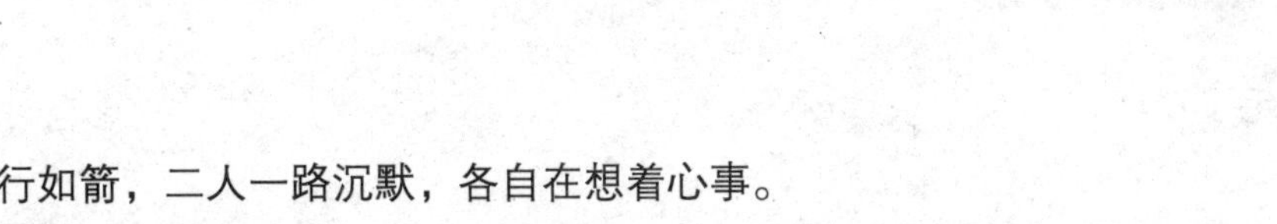

车行如箭，二人一路沉默，各自在想着心事。

刘得贵那张肥猪脸总在他的眼前晃悠，江雄风不由得想起他头一天进息烽的往事。

两个月前的一天，他被执法人员送进这里，刚到监狱，就办理了入狱登记等手续，随即被带到了大操场，聆听监狱长训话。广场上黑压压坐了一片囚犯，有男有女，估计也有一千五六百人。江雄风来到后排，找了个地方坐了下来。

这时，一个手持马鞭，长着一张肥猪脸的军官出来训话了：

“你们现在都是死人了，什么是死人呢？就是在这个世界上，你们再也没有亲属，没有家人，没有工作，没有长官，也没有自己的名字了，更没有过去。在这世上，你们活着的唯一身份，就是你们的代号。你们过去都犯有重罪，每一个人都罪行累累或死有余辜。党国痛惜你们的一身本事，感念你们的大好青春，这才赦免了你们的死罪，将你们集中在这里进行训练。练好了本领后，将来你们才有机会报效党国，也才有机会洗清自己一身的罪孽。……”

刘得贵的训话很长，讲的最多的是三个词：死人、死地和生地。

什么是死地、死人和生地？江雄风此时还懵然不知，后来才知道，他是被关在死地。什么是死地呢，死地就是关在这里的人，基本上都是军统内部犯了过错或违反了纪律的特务，也就是“修养人”。这其中半数人都是因为戴笠的喜怒好恶而被关进去的，半数人是因为犯了过错而被关进来的。为什么会被关到这里呢？用监狱长的话来说，就是一来借以杀杀他们的傲气，二来在此教他们做人做事的规矩。

什么是生地呢？生地在隔壁，是另一个大院，这生地就是刚入军统的人在里面培训用的，他们都是学生。这个培训班名叫‘黔南特训班’，是专门培养特务的。班级分为春季班和夏季班。进班时要先念军统的志愿书，互相称同志，登记姓名，填写个人履历、背诵墙上的标语等。学生在这里要学习各种军政课程，包括无线电发报技术和破译敌军的密电码等课程。

训话完了之后，刘得贵提着军棍晃了过来。

“你是新来的5037号吗？”

“是的，我叫江雄风。”

“我没问你叫什么！刚才的话你没听见吗，是不是耳朵聋了还是塞了驴

毛了?”

“……”

“知道是因为什么事儿进来的吗?”

“知道，我是被冤枉的。”

“冤枉? 冤枉? 哈哈哈哈，怎么不冤枉别人，偏偏冤枉你呀? 你是冤死鬼托生的吗? 啊? 我明白告诉你，进了这里，就是一只脚迈进了阎王殿啦，不死也得脱三层皮? 早知今日，何必当初啊。现在只有一条路，就是诚心忏悔!”

刘得贵把那根军棍挂在一个架子上，转身下令道：“听着，5037号，跪下，听见没有，叫你跪下！就给这根棍子跪！这根棍子，就是党规国法，就是孙总理在天之灵，向它忏悔！磕头忏悔!”

江雄风没理他，一动不动地站着，双腿倔强地挺立着，脸上平静得像一块风干的化石。

刘得贵气得脸色通红，双眼喷火，大吼道：“磕头忏悔！磕头忏悔!!”

江雄风把头扭过一边，正气凛然，根本不理睬他。

“好好好，你是好汉一条，那就别怪我不客气了，来呀，赏他一百军棍!”

此令一出，众囚犯不禁大惊失色，因为谁都知道，一百军棍打过，非死即残。

“为什么要打我? 我犯了什么法?”江雄风怒不可遏地质问道。

“为什么? 问得好。自古来监狱自有监狱的规矩，杀威棒听说过吗，杀威棒就是给你们这些冥顽不灵、死充英雄的家伙准备的。”

刘得贵杀气腾腾地背着手，来回围着江雄风转悠，“哼哼，谁能够吃得起一百棒呢? 明摆告诉你，张飞是个大英雄吧，他也只能挺五十棒，项羽算个大英雄吧，他也只能挺八十棒，只有孙悟空才能挺过一百棒。哼哼，如果你是孙悟空，那老子就是五指山！今天这顿棒，算你吃定了，来呀，军棍伺候!”

江雄风不再争辩，挺直身子，棍子如雨点般打在他的身上和后背，阵阵钻心的疼痛袭来，他还是咬紧了牙关，一动不动。

棍棒横飞，刹那间，江雄风头上、身上、胳膊上到处都在流血。

当打到三十棍时，刘得贵挥挥手，狱卒停住了手。“好啦，好啦，看样子你也是一条宁折不弯的硬汉，这样吧，你说一声‘我忏悔’，只要三个字，我就不打了，而且你还可以住单间，不用住水牢，怎么样?”

"三个字，好，就三个字，操你娘！哈哈哈哈！"江雄风吐出一口血水，发出一阵狂笑。

"他妈的，死到临头了还满嘴喷粪，今天不给你点厉害，你就不知道我'四两油'的手段。来呀，继续打，70 棍，你监棍，一棍都不能少！"

噼里啪啦，一顿棍棒满天飞，打得江雄风立即昏死过去。

众人心里说，完了，明天乱葬岗上又多了一个无主的孤魂。

也许是江雄风命大，也许是命硬，也许是命好，当他被狱卒扔进水牢的时候，一个狱卒忽发恻隐之心，把他的头放在高出水面的地方，他才活了下来。

江雄风的身体一个月以后才慢慢地恢复过来。

放风的时候，他从狱友的口中得知那个监狱长刘得贵是以心狠手辣、极端变态而闻名监狱的，囚犯们私下给他起了个外号叫"四两油"，为什么会叫"四两油"呢？语出他自己的名言："再硬的骨头，老子都要给它榨出'四两油'来。"

囚犯们经常背地里交流，每当刘得贵从旁经过时，狱友们只要伸出四个手指，大家就立刻心照不宣，知道刘得贵来了，都会躲得他远远的。

久而久之，这个绰号也传到了刘得贵耳中，他也不忌讳，叫就让他们叫吧，他就是灾星和克星，令他们胆寒，令他们从噩梦中吓醒，他要的就是这个效果。

面对这帮可恨的囚犯，他的原则是"士可辱而不可杀"。

为什么他要将"士可杀而不可辱"的成语反过来用呢，因为他知道，凡是关进这里的囚犯，都是犯有大罪和重罪的要犯，而这些要犯当中，真正会拉出去枪毙的少之又少，多数人关个一年半载的就都随着一道手谕或一通电话而官复原职了，或者离开监狱，恢复了平民之身。关与不关，放与不放，都在于戴老板一时的心血来潮而定。真正有问题的，真正该死的，该毙早就毙了，而剩下的所谓"修养人"，只不过是在这儿"修养"一下而已。吃吃斋，过过堂，悔悔过，受受教，洗洗脑，杀杀威，该放的最后也就放了。所以，他对这些人，知道该怎么办。

对那些死硬分子如江雄风之流，他的对策也是威吓大过动刑。自打江雄风挺过一百"杀威棒"之后，他就从心里怵这个家伙，也更加忌恨这个不识趣的死硬分子。他从来没有见过这么有生命力的人，堪称本监历史上的头一

号。以前他从不相信世上有不怕死的人，这一回算让他开了眼界。不过，旁边“信”字监区里关的都是共党分子。共党里面这号人比较多，真正怕死的还是极少数，他江雄风如果不是共党，哪来的这股硬气、正气和豪气，与共党如出一辙，不用说，这姓江的一定是共党分子。

所以说，他私通共党，放跑了共党的要犯，暗中资敌，就绝不是冤枉他，而是上峰的慧眼明断。

这种人要不要给他上上老虎凳，大刑伺候一下呢？着实让他费了踌躇。别的刑都能用，唯独这老虎凳轻易用不得。为什么？因为一用，腿就废了，一趟老虎凳下来，非瘸即拐，地永远不平。万一哪天戴老板一时高兴或酒喝高了，想叫江雄风马上“毕业”，那他刘得贵的厄运就算来了。这个江雄风过去可是老板手下最红的红人，着实火过一阵子，听说还是什么十大王牌，所以，想到这一节，他就手下留了点儿情，只过了三堂，一堂鞭刑，一堂吊刑，一堂电刑，人被折腾得半死，但还是从头到尾只有两句话：“我是清白的，我是冤枉的。”

“清白？清白为什么你进来？冤枉？妈的，谁不冤枉？进来的都喊清白，都喊冤枉，要想证明自己清白，自己被冤枉，你得拿出过硬的证据来证明自己。不然，你就只能老老实实、规规矩矩地呆着。”

不过，老呆着也不行，这种人留着迟早是个祸害，我得给他找点事做，来证明他就是共党分子。是不是真的共党分子其实并不重要，重要的是，他有通共的证据或嫌疑，哪怕一点点，这就够了，就像把骆驼脊梁压塌的最后一根稻草，只要一根，就足以把他压死、钉死。而他死了，我就可以向老上司交待了，总不能白收沈默然的礼物吧，况且还是一份厚礼。

江雄风，你等着吧，你的末日就要到了。

自古来，监狱就是个能人、聪明人、高人聚集的地方，息烽自不例外。

在“平监区”关的都是一些江洋大盗、地痞流氓、黑道枪手、土匪豪强等黑社会分子，这些人个个武功高强，身手了得。在“和监区”关的是军统内部犯了事的军官，这些人受过多年严格的军事训练，有的还受过美国教官的调教，进军统之前又经过千挑万选，本来就是好中选好、优中选优，所以，这些人无论从体能、技能、心理、头脑、胆量、魄力、心计、智谋等诸多方面都不是寻常之辈，其中有很多都是一等一的高手。

一伙人，一群人，被关进了这里，失去了什么？失去的是他们生活中的

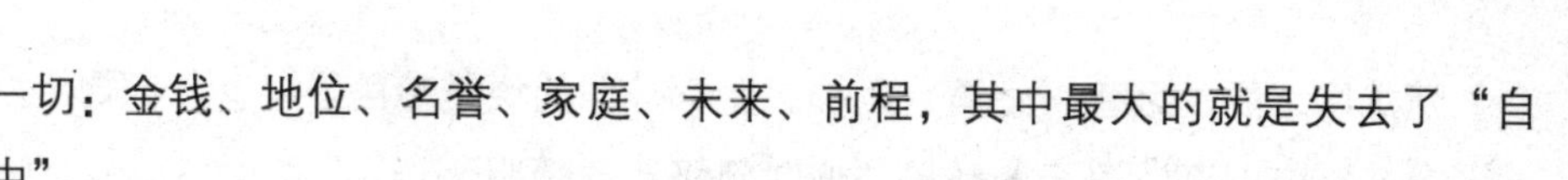

一切：金钱、地位、名誉、家庭、未来、前程，其中最大的就是失去了“自由”。

但“自由”是个文明词儿，对那些靠“干硬活儿”为生的人，自由体现为：美酒加美女，金银加财宝，香车加宝马，华宅加美眷。对于靠一杆枪搏出身的人，自由体现为官阶加金钱，功名加利禄，将星加前程。

一个人，什么都可以失去，唯独自由不能失去。一个已经进来的人，什么都已经失去，连自由也成了泡影，成了水中月、镜中花，甚至成了梦魇。

一伙人，一群人，再加梦魇，会是个什么局面？聚集、串通、同谋就是唯一的选择。聚集了，串通了，又同谋了，又会是个什么结果？这时候，一个大逆不道的方案就悄无声息地酝酿开了。

这种表面上风平浪静，暗地里激流汹涌的情况，怎能瞒得过精明过人的江雄风。

但江雄风却是个高人，高就高在他不动声色，会装傻。人家是大智若愚，他是大智若傻。人家精通谋略，他则精通韬晦。

那些准备“干点儿什么”的人都以为自己最聪明，在江雄风看来，聪明人都把别人当傻子，其实自己最傻。你不傻为什么会进来？就凭此一点就说明，你不仅是傻，而且是愚、是笨、是蠢，是无可救药。

江雄风的精明全藏在心里，他是那种“走起路来像农民，板起脸来像弱智，笑的时候像文盲，干起活来像教授”的主儿。

江雄风从不玩小聪明，他拥有的是高智商和大精明，精明到别人都以为他很傻，这就是他要的效果，这就是聪明的极致。其实江雄风在军统的外号就叫“傻蛋”。为什么会被人叫成这么个古怪外号呢，是因为，那些特别困难棘手的任务，那些艰巨到几乎完不成的任务，那些生死攸关的任务，或者那些很可能会送掉小命的任务，都会摊到他的头上。一者是因为他的胆子出奇的大：搞炸弹和玩地雷的有几个不胆大的呢，没有胆量是吃不了这碗干饭的；再者是因为他的智商出奇的高：别人发现不了的疑点，想不透彻的问题，猜不懂的谜题，搞不明白的技术，他一瞬间就能抓住要害，一点就透，顺利破解。他最擅长的就是关键点上的灵光乍现、节骨眼上的跳跃思维和细微末节上的敏锐洞见。

久而久之，难题破解的多了，任务完成也就越来越出色了，关键时刻顶上去的也只有他了，军统的同僚们都知道这小子是揣着明白装糊涂，是个大智若傻的人精，于是乎，就给他送了个亲热加调侃的外号：“傻蛋”。

江雄风之能、之智、之勇、之神，全都被他的傻气掩盖了。

有一个事例可以显示他那种“傻”到极致的精明。

武汉会战之后，国民党军溃败。一天深夜，一团国军在武昌附近一条郊区的公路上袭击了日军的一个车队，击毙了数十名日军，缴获了一个保险箱。根据判断，这个保险箱中装着极其重要的军事文件，需要立刻打开，以获取其中的秘密文件。

但是，军统受命之后，召集来所有的情报处和行动队的高手和骨干，进行了开箱作业。可不幸的是，没有人能够打得开这个一尺见方的铝合金箱子。

为此，戴笠亲自下令，从上海秘密调来三位专家来开箱，其中有一位是留学德国的机械工程师，另一位是一个专业锁匠，江湖人称“包打开”，上海滩上没有他打不开的锁，还有一位是一个比利时人，精通各国出产的各种保险箱，他本人也在中国经营和销售保险箱业务。

三位专家搬来了一大堆稀奇古怪的工具和专业书籍，连听诊器都用上了，鼓捣了整整五天，三人轮番上场，绞尽脑汁，还是没能打开那个保险箱。而且，专家说了，这种保险箱，是当今世界上最最顶级的保险箱，如果不知道开箱的程序和方法，就是知道密码也打不开。专家还说了，这种箱子非常怪，如果你开法不得当，比方撬它、敲它或砸它，稍稍用力就会引起自动爆炸，导致箱毁人亡。而且它里面还有一种自融装置，就是当你的开法不合程序的时候，打是可以打开，但瞬间就会喷出一股液体，把里面的文件自动融毁。开箱人什么也得不到，只剩下一滩发臭的绿色溶液。

戴笠没折了，全部技术人员都束手无策，这时有人推荐了江雄风。江雄风是个爆破专家，让他来开箱，一开始就针对爆炸而来，倒是有几分滑稽。不过，戴笠想想还是同意了。大家其实都在暗地里看他的笑话，就让那个“傻蛋”试试吧，反正没有坏处，爆炸是一定会有的，只要不是他们自己挨炸就好。有人还提醒戴笠要提前准备后事，不过多数人对他还是有那么点儿信心，“傻蛋出马，一个顶俩”，或许真的会有奇迹发生。

“傻蛋”江雄风硬着头皮出场了。

戴笠只给了他三天时间，说完就背着手走出了现场。

一开始，江雄风并没有忙于开箱，而是先了解了专家开箱的全过程，用了一天时间翻遍了几本工具书。第二天，他才开始动手。他知道，专家们的思路全不对，他必须另辟蹊径。他不撬不敲也不别，只用一把放大镜，上上下下、来来回回、仔仔细细地观察了整个箱体，又是一天宝贵的时间过去了。

第三天中午时分，他拿起一把很细的起子，小心翼翼地撬动了一条细缝，只听“嘭”的一声，后箱体上一个10厘米见方的小门打开了，露出里面一个键盘样的东西，上面有26个黑色的圆纽，纽上有26个白色的英文字母。江雄风没有急于按下任何按纽，而是端着下巴仔细思考着、研究着、琢磨着。

又过去了1个小时，所剩时间已经不多了，他心里说：“你们想要我上当吗？26个字母，有多少种组合呢，几十亿种啊，一直到世界末日我都打不开，这难道不是障眼法吗？聪明人呀，绝顶的聪明，保险箱设计界的大师呀，你们出的难题，却让我一个‘傻子’来破解，真是惭愧哟。不过，我虽然是个傻子，但我是个不上当的傻子。”他继续按着自己的思路研究着，突然，他又有了新发现。一个古怪的像按纽样的东西吸引住了他的视线，他轻轻一按，那个键盘跳开了，又露出后面一个更小的键盘，这次上面不是按纽，而是五排数字，这些数字间完全没有规律，这又是个什么古怪东西？他又用去了1个小时进行思考，在离规定截止时间还剩20分钟的时候，他发现在那排数字旁边，有五个呈梅花状的像针眼那么大的小洞，他找了根细针向里面探了探，深吸一口气，眼睛顿时亮了起来。

江雄风抬起头来，对围观的人说道：“要害终于找到了！是声控装置！其他全是障眼法。”但他发现周围一个人也没有，那些人都躲在离他二三十米外的水泥掩体后面捂着嘴笑呢。他苦笑了一声，大声说了几句话，拍了拍手，跺了跺脚，还高声唱起了歌，见保险箱没有反应，他高喊道：“哪里有钢琴，我需要找一架钢琴！”

有反应快的军官立刻禀报了戴笠，戴笠立刻命令开来一辆车，他们端起保险箱，上了车，迅速开往到一位住在附近的富商家中，找到了一架钢琴。

放好了保险箱，江雄风开始弹钢琴，他弹出了各种音调和曲子，保险箱还是没有反应，最后，他灵机一动，何不试试和弦呢，他学过音乐，知道各种和弦，他试了小和弦，大和弦，属七和弦，最后，当他弹出1、3、5、$\dot{1}$四个音组成的主和弦时，只听得“咔嗒”一声，保险箱盖自动向上弹开了。

戴笠大喜过望，急忙冲上前来，掀开箱盖，拿出里面那份厚厚的日军文件，让手下尽快拿去翻译。

江雄风硬是把任务完成了，第二天就从中尉直接晋升到少校，还得到了一枚三级云麾勋章。一个所有专家都完不成的任务，居然叫这个“傻蛋”给完成了。从此之后，戴笠更对他刮目相看，加倍重用，甚至当着众人面夸他是自己手中的十大特工王牌。

还有一例也能突显他的傻中之智。

1936 年 5 月的一个周末，戴笠领着江雄风在上海警备司令杨虎家里喝喜酒，突然来了一名军官，此人名叫梁华盛，是南昌行营第五军薛岳手下的机械化师的师长。他此次来南京领了 7 万元军饷，怕从银行汇去太慢，就直接把现大洋领了出来，装在一只小黑皮箱内随身携带着，顺道便来上海游玩。没料想，在火车上遇到了一个美貌女人，被那人哄得晕头涨脑，最后 7 万元军饷都被骗走，才知道上了"拆白党"的当。

拆白党就是上海人说的那些专门靠女色骗人钱财的流氓诈骗团伙，他们很舍得花钱培养这些有姿色的女骗子，那些女人走出来，个个像大家闺秀或千金小姐。好色如命的梁师长能不上当吗?

可问题是这种事情非常难办，钱被骗跑很难追得回来。茫茫上海滩几百万人口，你上哪儿去找? 戴笠碍于杨虎的面子，答应他一定帮忙解决，于是，便随口把任务交给了江雄风。

江雄风领受任务之后，没有急于破案，而是召集队员们分头到各自的"师傅"和"眼线"那里去求教。那些师傅和眼线大都是社会上的盗窃犯、诈骗犯之流，大都是"几进宫"的老油子。江雄风从他们嘴里了解到许多流氓盗窃团伙、黑社会各帮派的情况，那些人告诉他，凡是得了外财的三教九流中的妇人，往往都爱去南门外一座小财神庙进香还愿，若盯住那个小庙，说不定就能逮住那个行骗的赵小姐。

第二天，他独自一人前往小庙，还打扮成一个打扫庭院的小和尚，留意着每一个进香的女人。等了两天，第三天突然有个女人引起了他的注意。那个女人满面春风，敬香后，扔下两块大洋在钱柜里，返身就走，似有遇到了什么高兴的事。江雄风仔细打量了那女子一番，觉得她很像梁华盛形容的样子，他就跟着那个女人来到了街上。

他冲着女人的背影大喊一声，"赵小姐，看你往哪里走!"那女人一听，撒腿就跑，这一跑，就露出了马脚，没事你跑什么? 骗子不是你是谁? 他紧紧追赶，最后把那个女人抓获。结果一审，那女人全部交待了，7 万元军饷一分不少，全部追了回来。

事后，戴笠重重地奖赏了他，又给他官升一级，当上了科长。

江雄风的一连串光荣战绩，在军统更是无人不知，无人不晓。

所以，在关键时刻，监狱里就来了几个问计的人。

问什么计呢? 当然是逃狱、暴动之计。

来人叫朱浪舟，是江雄风以前的室友，和他处得很铁。他原是杭州特别组组长，因玩忽职守，造成了电台被毁、密码本失窃、重要文件被日军抄走等重大损失而获了死罪，被关在死囚牢里。

连续几天放风，在操场的一个角落里，朱浪舟代表所有死囚，把他所制定的详细计划全盘托出，来征求他的高见，直到此时江雄风才知道，他们根本不是逃狱，而是暴动。

这一下事态就严重得多了。

“逃狱”和“暴动”不同，完全不可同日而语。逃狱只是趁机逃跑，只要能脱离监狱，一切就算大功告成。但暴动相当于武力抗法，相当于持械造反，相当于人头落地、血流成河。

经验告诉他，朱浪舟他们不可能成功。为什么？江雄风明白，以息烽监狱防守之严密，看守之众多，武器之精良，制度之完善，狱长之刁蛮，要想逃狱，简直是天方夜谭。监狱里面有三围高墙，墙高六米，外面有两道双层铁丝网，还通了电，再外面是荒山野岭，几百公里没人烟，你们怎么能逃得了呢？

江雄风给朱浪舟玩了个莫测高深、不动声色。其实他在心里早就为他们盘算了一下。一次成功的逃狱要具备五个最基本的条件：一是武器，二是行动计划，三是路线图，四是盘缠，五是身份证件。

首先第一关就是难题，你上哪去搞武器呢？当然，武器可以从看守手中抢夺，但150多人的看守，你如何下手？如何策应？如何冲出重围顺利脱逃呢？这都是问题。好，即使你们最终搞到了武器，也杀死了看守，这问题就又来了，这就意味着没有回头路了，息烽的规矩是，凡逃狱者，抓回来一律枪毙。而且你不但逃跑，还杀死了看守，这就是罪上加罪，更加不可饶恕了。

好了，即使你们从监狱逃出去了，你们的外逃路线又是如何安排的？你们知道哪条路是通哪里的吗？有地图吗？周围几百公里深山老林，野兽出没，你们走得出去吗？如果一旦被路人或老乡发现，会不会报告给当地政府和周边驻军，你们又如何应对呢？

即使你们逃出了狱门，涉险过了深山老林，躲过了追杀和清剿，但你们身无分文又将如何生存呢？靠打家劫舍、偷盗绑票吗？那能撑多久呢？在国统区需要身份证，在沦陷区需要良民证，你们有吗？准备了吗？即使你们想搞个假冒的证件，监狱有条件让你们伪造证件吗？

这些都是问题，这些问题不解决，光想怎么逃狱或怎么暴动，那不是异

想天开是什么？你们长了几个脑袋，敢跟枪子儿和铁丝网开玩笑？

连逃狱都这么高难度，更别说暴动了。

还不仅如此呢，最重要也最致命的是，几十个人参与行动，你的保密工作是如何做到的？能不能人人守口如瓶，事先不走漏一丝一毫的风声？就像上个月，有人组织逃狱，因为事前走漏了风声，跑了气，是何等样血腥的下场，你们不是都看见啦？

戴笠是何等样精明之人，闻一知十，见神知鬼，你们跟他玩心眼，斗智商，你们的一举一动，逃得过他的无所不在的“眼睛”、“耳朵”和“鼻子”吗？

想到这里，江雄风一字未吐，只做了三个动作：叹了口气，摇了摇头，翻了翻白眼。

暴动发起人朱浪舟百般劝说无效，最后只扔下一句“傻蛋”，便离开了操场。

江雄风望着朱浪舟离去的背影，感觉很对不起这位老哥儿们，但他没办法，他只能选择一言不发，只能选择一傻到底，他怎么知道，这个朱浪舟是不是戴笠派来试探他的呢？是不是一个局或一个圈套？有没有人在他背后下指导棋呢？

世道太险恶了，监狱更险恶，而人心最最险恶。

接下来几天，朱浪舟等人紧锣密鼓地准备暴狱，4月8号是他们暴动的时间点，可突然间发生的一件事，让江雄风大吃一惊。

4月7号晚上10时左右，刘得贵突然把他叫进了狱长办公室，悄悄告诉他，据有人揭发，朱浪舟等死囚犯40余人准备第二天起事暴狱，图谋造反，刘得贵假惺惺地提醒他不要参与，因为他已经做好了防范准备，还向附近军营调了两个营的兵力过来，将要弹压这群暴狱狂徒。同时，刘得贵还建议他一起参与保卫监狱，让江雄风立功赎罪，还答应给他一支枪，并承诺事成之后，一定向戴局长极力保荐，大力美言，并为他减刑。

这会不会又是一个圈套呢？着实让江雄风费了一番猜详。

理智告诉他，朱浪舟这群乌合之众，迟早会暴露行迹的，不是口风不严，就是有人出卖，这种事可是邀封讨赏的重量级筹码，那些急于出狱的小人、心怀叵测的歹徒们能不趁机大做文章、落井下石吗？监狱是世界上最为黑暗之地，小人更为猖獗，其居心之歹毒，手段之狠辣，真正令人发指，汗毛

倒竖。

江雄风知道，暴动的一方他断然不能参与，反暴动的一方他更加不能理睬，谁知道你刘得贵会不会在关键时刻从背后打黑枪呢？暴动的场面他不是没有经历过，那打起来双方都是以命相搏，弹雨横飞，那时还分得清谁是造反的人，谁是保卫的人吗？

刘得贵是在给他下套子。这个套子的巧妙之处就在于，如果他答应了参与保卫监狱，他很可能就会吃黑枪，他背上又没有长眼睛；但如果他不答应，那他就罪加一等，与暴狱者同流合污，理当枪毙；再如果，他把消息捅给了朱浪舟他们，只要他们一取消行动，就证明了他江雄风向暴狱者告了密，那他就再也看不见第二天的太阳了。

刘得贵的如意算盘打得太精了，所以，无论如何不能答应刘得贵。

不答应怎么办呢，他只能装傻，不仅装傻，还得装孬。面如土色，魂飞魄散，萎萎缩缩他还装得出来，叫刘得贵一时难分真假，最后只得作罢。

暴动还没开始，败局已成定论。

江雄风什么也不能做，被迫选择了装傻，装孬和沉默。

第二天一早，暴动的枪声响了，响了整整一个上午，江雄风坐在监房里，心惊肉跳地听着那一声声的枪响，好象每一颗子弹都打在了他的心上，最后，寂静终于降临了。

意料中的失败没有例外，血腥的戏路又一次上演。

整座监狱变成了一座死城。

俗话说，阎王好斗，小鬼难缠。

江雄风在这次危机面前以不变应万变，一味装傻，让刘得贵这个“小鬼”恨得牙痒痒，又无可奈何，无计可施。

他始终坚信，天生我才必有用，他算准了，只要他不乱说乱动，戴笠是绝不会轻易杀他的。

杀一个人很容易，只要一道手谕，甚至一个电话就能办到。可杀一个人才，特别是稀有人才，杀一个聪明到极致的傻蛋，那就是无法估量的损失。戴笠还不傻，“傻蛋”更不傻。

要不怎么说他是个一等一的高人，那戴笠是何等样人，何等样的眼光，他能看错？

从戴笠的角度来说，要说江雄风“通共”、“资敌”，他戴笠不是不相信，

天下人中，疑心似戴笠者、精明似戴笠者能有几人？戴笠是不愿意相信他“通共”和“资敌”，“不愿意”三个字才是关键。他花费了大量心血栽培出来的人才，他的王牌特工健将，能堪大用的，能有作为的，能在关键时刻顶得上去且能取得突破的主儿，不是跑到共产党那边去了，就是投降了76号汪伪特工总部，剩下的还有几个可用之才呢？

戴笠不爱才吗？非也，只要看一看他手下高手云集、强手如林的阵仗即可明白。即便如此，他还在用美国军援、美国军事教官为他不断培养和造就人才。戴笠是个忌才和爱才的奇妙组合体，忌者，爱者，存乎一心，存乎一念，存乎于心血来潮之际，翻云覆雨之间，有时快到两者可以在刹那间互换位置，这正是戴笠的过人之处，也是他的可怕之处，更是他的悲哀之处。

以江雄风之“傻”，能识不破戴笠之识人善断、明察秋毫吗？

总有一天，他还会重新得到重用的，没想到的是，这一天这么快就降临了。

第十三章

舍生取义

“与其当个怕死鬼、冤死鬼、缩头乌龟，还不如壮烈一回，血洒疆场，当一回英雄！”

路上走了两天，下午四点，车到了“荷塘”。

江雄风跟着沈默然走进后院。

这是一座跟“荷塘”相通的庄园，中间有一条甬道相连。穿过砖石小径，过了几道月亮门，绕过一片很大的水塘，他们一行人走进了庄园。这座庄园的规模和风格与“荷塘”相仿，是军统南京区的“修养斋”，以前江雄风往这里送过“修养人”，对这里并不陌生。

这里有三进院子，前面住着几十名看守，看守着这里关着的100来号“修养人”。二进院子和三进院子共有几十个房间，都是平房，呈围合状，每间房间都住着两至三名修养人，可能是因为人多房少的缘故，有的大房间甚至关押着四五名囚犯。

江雄风被关进一间只有一个小窗户的单间，沈默然背着手，看了看四壁和窗户上的铁条，什么也没说就离开了。铁门在他身后“哐啷”一声关严了。

刚才在车上，江雄风提出想见见自己的家人，沈默然很爽快就答应了。他估计这个小小的愿望，沈处长还是会满足他的。

这里的看守都是以前的属下，所以见了他，都还算客气，仍旧以“江科长”相称。

6点半的时候，看守送饭的人来了，是青菜加糙米饭，但暗中，那名看守悄悄地塞给了他一块咸菜疙瘩。

江雄风管不了那么多了，尽管难以下咽，但他还是大口大口地吃完了满碗的糙米饭。

时隔不久，看守又押来一名修养人，关进了江雄风的十八号监室。

来的人名叫丁时俊，是军统行动处的外勤参谋，是个上尉，与江雄风过去就是好朋友。丁时俊素以头脑精明、英勇果敢、坚毅顽强、综合素质高而闻名整个军统。

两人阔别几年，今日狱中相见，自然别有一番感慨在心头。

二人好一番欷歔，又互相介绍了彼此分手几年来各自的情况。江雄风这才知道，丁时俊三年前被调入了南京站，因为不慎丢失了一份极其重要的军事情报而被关进来的。这是一次重大的责任事故，曾导致南京站被占领军特高课捣毁，三个队员负伤逃亡，电台也被日军缴获。

丁时俊犯的是死罪，江雄风犯的也是死罪，两个死囚犯关在一起，叫物以类聚，同命相连，现如今哥儿俩只有惺惺相惜、互相安慰的份儿。

二人正小声聊着，突然，一名戴黑色礼帽的男子，手拿两副铁镣，身后跟着四个穿便衣、挎匣枪的人，打开了监房的门锁，来人喝道："江雄风，丁时俊，起来，戴脚镣了。"

坐在草堆上的江雄风缓缓起身，没吱声，让男子为他戴上了脚镣。丁时俊可不吃这一套，他就是不站起来，傲然地伸出脚让男子戴。男子看了看他，苦笑着摇了摇头，为他戴上了铁镣，返身关紧了门。

江雄风陷入了沉思，感觉事情有些蹊跷：

不是说要优待我吗，而且老板明后天就要召见我，他们怎么玩这一套？这唱的是哪出戏？按照常理来说，只有死刑犯才戴脚镣的，难道我是死刑犯吗？他们要在这里杀我吗？要杀我为什么不在"息烽"动手？还要把我千里迢迢地带到这里再杀，这不是多此一举吗？或者，"刀斧手"忽然改变了主意？决定动手了？他思前想后，左盘右算，不知道他们葫芦里倒底卖的什么药？

空中像有一把无形之刀悬在头上，他们感到世界末日即将降临。

丁时俊双手插在袖子里，蹲着挪到江雄风身边，悄声道："雄风哥，你说他们是什么意思？是不是打算明天送我们上路？"

"上路？……上路？……不知道啊，时俊老弟，你没在'修养斋'中呆过，这里什么地方啊，离地狱只有一步之遥，一切都可能发生，要有思想准备啊。"江雄风苦笑着频频摇头，沉沉地说。

丁时俊有些沉不住气了，愤声道："我是有错，也有罪，但罪不至死，他们怎么连审都不审，就这样了结我？"

"是啊，我们有什么罪，还不是他们说我们有什么罪，我们就有什么罪吗？"

"他妈的，我恨死这个吊军统了，老子这回如果活着出去，打死我也不干军统了。"丁时俊愤然道。

"谁让我们犯到人家手心里，有些事儿，其实怨来怨去，最后只能怨自己笨、自己蠢呀。"江雄风安慰他道："好啦，兄弟，既来之，则安之，人落到这步田地，只能顺人事，安天命，一切都要靠自己的造化啦。"

"咳……"丁时俊发出一声喟然长叹，沉沉地低下了头。

过了一会儿，丁时俊抬起头来，眼睛里闪着一股怒火，"妈的，砍头不过碗大个疤，二十年后又是一条好汉。妈的，实在不行，老子就跟他们玩命，怕什么，我丁时俊什么风浪没经过，什么死神没见过？想拿我的头颅，得够胆才行！"

丁时俊说这话时，双拳紧攥，额上青筋暴跳，胳膊上的肌肉绷成一棱棱、一条条的，里面像蕴藏着千钧之力。

"好兄弟，这话说得有骨气。"江雄风佩服地望着他道："我在息烽的时候，也这样想过，缩头是一刀，伸头也是一刀，好汉不等死，与其坐以待毙，还不如跟他们拼个鱼死网破，死也要死得像个英雄。可后来，事实教育了我，像我们这号人，总会有机会的。"

江雄风把在息烽监狱所经历过的几件事情一一告诉了丁时俊。

"息烽"是什么样的地方，以前丁时俊只是听说过，今天听了江雄风的一番介绍，才真正了解了内情。

"雄风哥，你是说，只要活着，就有希望？"

"对喽，老弟呀，跟这些小人，犯不着动那么大肝火，"江雄风鼓励地望着丁时俊道："一定要想开些，古人道，生死有命，富贵在天。该死的，活不了，该活的，死不了，就是这么回事。"

听了这些话，丁时俊心中略显宽慰，但又悄声问道："雄风哥，你说，如果上路的话，有没有酒哇？"

江雄风看了看丁时俊道："酒？肯定有酒，哪个朝代杀人，都是有酒喝的，况且我们也是有过汗马功劳的人，他军统能不优待我们吗？你知道什么是送去'留学'吗？"

“没听说过。”

“这可是军统术语呀，就是处死。然后请你喝断头酒，吃断头饭，是将死的死囚才会有的待遇，让你吃饱喝足了，好好地上路。”

“我明白了。”

“怎么，兄弟，你好像有点儿怕了?”

“怕个吊!”丁时俊一拍胸脯道：“砍头不过碗大个疤，妈的，没死在抗日战场上，这样死法总觉得太窝囊!”

“生当作人杰，死亦为鬼雄，大丈夫赤条条，来去无牵挂嘛。”

二人就这样聊着、谈着、咒骂着、议论着，度过了难熬的一天。

第二天傍晚时分，门上传来开锁的声音，一看守进来道：“江雄风，有人来看你了，五分钟啊。”

看守员身后走出了一个老年男子，江雄风一怔，急忙迎上前去，拉住来人的手叫道：“彪叔，你怎么来了?”

彪叔眼含热泪道：“昨天有一个自称是沈默然的人给你爹打了个电话，说什么你要上路，叫我们来看看你。”

“哦，是他? 他说了我要上路? 他是这样说的吗?”

“是的，句句是真，不敢有假，你爹一晚上都没合眼，一天都没吃一口饭哪。”彪叔顿了顿接着道：“你爹他非常惦念你，但他体弱多病，不能下床，他让我给你带来这件衣服，你可要收好啊。”

“彪叔，谢谢你。回去告诉他老人家，叫他多多保重，我没事，不会有事的，让他放心。”江雄风眼含着热泪，哽咽道。

彪叔点点头，回身扫一眼关严的监门，小声道：“雄风，里面有货呀。”并用眼睛示意衣物。

江雄风悄悄掀开衣服一角，里面露出一支小手枪和一把黄铜钥匙。

彪叔压低声音道：“这是看守所后门的钥匙，今晚 9 点整，江边有条小船接应你。这是你爹花了 300 两黄金走了门子的。我走了，你快准备吧。”

江雄风郑重的点点头，彪叔打开门走了出去。

江雄风重又坐回草堆，丁时俊立即坐到他身边，江雄风小心地抽出枪来，原来是一把“掌心雷”微型手枪，枪身锃亮，小巧玲珑，十分好用。

江雄风把那钥匙递给丁时俊看，二人边看边小声合计着。

“江雄风，起来!”门外的看守突然一声喝道：“提审!”

“什么，提审？这时候提什么审？”

“起来吧，江科长，这是命令！”看守道。

江雄风一个机灵，迅速把手枪塞进了丁时俊怀中，站起身跟着看守走出了监室。

“荷塘”的豪华客厅中，灯火明亮，气氛肃穆，此刻正进行着一次重要的谈话。

戴笠坐在正中的沙发上，对面坐着江雄风，斜对面坐着处长沈默然。三人面前的茶几上，摆着一个钱塘江大桥的小型模型。

戴笠轻声道：“刚才，沈处长已经把大桥的守卫情况作了详细介绍，废话我就不想说，你是个一点就透的人，外号叫‘傻蛋’，其实精得跟鬼一样，剩下的就看你了。”

江雄风抬头望着二人道：“局座，你是让我去炸掉大桥吗？”

“对，这是你唯一可以活命的机会。”戴笠斩钉截铁地说。

沈默然狞笑了一下道：“怎么样，江雄风，考虑好了吗？这种机会可不常有啊，要知道，有多少人都想一试身手哩，但他们没这个运气。要知道炸掉大桥可是大功一件哪，说功高盖世也不为过，可为什么这么重要的任务没选别人，而偏偏落到你头上呢，你不会想不明白吧？”

“我知道，我当然知道，这是局座的恩慧和抬举，职下没齿不忘。”

戴笠和沈默然交换了一下会意的眼光。

“不忘就好，明白就好，”沈默然半阴半阳地说，“现在，你脚下只有两条路，要么，接受任务，去把桥炸掉，戴罪立功，将功折罪，要么，回到看守所，明天上路。你只有一次选择机会。”

江雄风抬起头道：“……没有别的选择了？沈处长？”

沈处长笑而不答。

一阵尴尬的沉默。

“江雄风，你不是怕炸不掉这座桥吧？”沈默然又问。

“怕？怕我就不会当兵，怕我就不会进军统，怕我就不会杀鬼子。我江雄风的字典里，从来就没有这个怕字。”

“说得好，你还是我的十大王牌，我总算从你身上找到了当年的豪气。”

戴笠眼含笑意、目光深邃地盯着江雄风，字斟句酌地说：“要知道，和其他任务相比，这次的炸桥任务可是有着最高的难度和最高的风险，所以，我

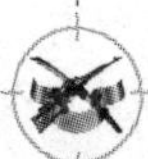

会选择最有才干和最富有牺牲精神的人来承担它。你是不是能够胜任呢？我早就知道，从来没有你完不成的任务，更没有你啃不动的硬骨头，所以我才千挑万选让你来执行它。我这人没别的本事，就一点长处，就是会用人。本来嘛，你私放共党要犯，背着资敌的罪名，这可是罪不容赦的啊，有人早就劝我剁你的手了。可我没听他们的，我只相信自己的判断。我培养了你这么多年，你也没有辜负过我，我也没有亏待过你，把你从一个小小的少尉科员，一路提拔到正科级少校情报官，奖章和奖金也多得数不清了，公寓也有了，你还有什么不满足？”

戴笠盯着江雄风的眼睛，继续说道：“我还知道你热爱三民主义，深富家国情怀，一贯追求进步，绝不会干‘通共’、‘投共’的下作事。我还知道，要投共你早走了，凭你一身本事，谁还拦得住你。可你没有，说明什么？说明你的忠心，忠于领袖、忠于党国、忠于我，说明只有跟着我戴笠干，才有出路，才有前途，才有你梦想的一切。对不对，啊，你说说。”

江雄风“虎”地一下从沙发上站起，朗声道：“我始终牢记局座的一句话：军统成员，要有勇敢之精神，明死生，履艰险，命令所在，虽赴汤蹈火，皆锐利向前，毫不犹豫，以牺牲报国为光荣，足以达成其任务而立伟大之事功！”

沈默然听了这话，不禁在一旁鼓起掌来。

“嗯，好，江雄风，你还是你，一点没变，值得我信任。坐下吧，坐啊。”

戴笠摆摆手道：“养兵千日，用兵一时，现在关键的时刻到了，就像你的名字一样，是该你大显‘雄风’的时候了。去吧，去把那座桥炸掉！一定要炸掉！把通身的本事抡圆了使出来吧。你要明白，这既是一个军事任务，也是一个政治任务，它不仅于国、于民、于领袖、于我，而且于美国人，都是同样的重要，甚至于你自己，更加重要。桥炸了，什么都好说，要什么没有？要官有官，要钱有钱，可是，桥炸不了，对谁都交待不了，那就等于把自己送上了绝路。”

沈默然道：“局座说得多好啊，现在，一个制造奇迹的机会就摆在你的面前，别人想要，还轮不上他呢，如果你这次把桥炸了，任务完成得圆满漂亮，将功赎罪，我相信局座一定会让你官得原职的，怎么样？”

此时戴笠摆了下手，一个保镖走上前来，手捧着一个托盘，上面盖着一块红布，揭开来，露出上面的十根明晃晃、金灿灿的大条。

戴笠笑着说：“收下吧，江雄风，别跟我说你不爱财。”

江雄风毫不犹豫收下了，“好，我干，当然不是为了这一百两黄金。局座，我早就说过，是战士，就要死在战场上，现在，您给了我一个建功立业的机会，一个杀身成仁以报效党国的机会，我江雄风定不负你。不过我有一个条件，那就是我要丁时俊当我的助手。”

“可以，”戴笠十分大度地说，“你的条件我都满足。从现在开始，整个军统局都是你的后援，要人有人，有枪有枪，要炸药有炸药，你还有临机处置权，越级上报权，你的任务很明确：不惜一切代价把桥炸掉！一定要炸掉！”

“可我的人手还是不足啊。”江雄风看了一眼沈处长。

“那好办。默然啊，把万科长调给他，归他节制，再从忠义救国军抽调20个精干的爆破能手，组成一个炸桥小分队，你当队长。另外，‘夜莺’也配给他。哎，我记得你和‘夜莺’是同学吧，相信你们会有默契的。不过，这两天我交给‘夜莺’一个秘密任务，也是和炸桥相关的，等她完成了那个任务，就过来帮你，你看怎么样?”

江雄风笑道：“我当然欢迎她来了，这一下我就兵强马壮了。”

“还有，你保荐的那个丁时俊怎么样？他能胜任吗?”戴笠用锥子般的眼光盯着他。

“局座，他可是咱军统最好的侦察员哪，”江雄风解释道，“我们要炸桥，先得摸清大桥周边的地形、地势，布防情况，还有碉堡、炮兵和雷达阵地等兵力情况，第一步就得依靠他呀。”

“嗯，好吧，军统的好人都给你配上了，你要再炸不掉，可别怪我手下无情啊。”戴笠笑着抿了抿嘴道：“我可把丑话说在前面，沈处长也在场，今天，奖金发了，功劳薄准备着，奖章也伺候着，桥炸了，你回来就是上校谍报官，下一步，六处处长就非你莫属了，可桥炸不掉，你回来，不用来见我，直接去刑场。”

“我明白。我一定把桥炸掉！舍命捐躯，抛头洒血，也要为四万万同胞争这口气!”

江雄风向戴笠敬了个军礼，跟着沈默然昂然走出了会客厅。当然，他的手里自然少不了那包沉甸甸的“大条”。

在送江雄风回看守所牢房的路上，沈默然告诉他，还不能马上放了他，必须等到今天晚上12时整，要上演一场越狱逃跑的假戏。

当时江雄风还不大理解，炸桥不是光明正大的事吗？为什么要搞得这么

见不得人呢，沈默然就把道理讲给他听，是为了防备上峰的追查，好让戴局长有个退路，但保证不会影响到他江雄风，如何如何。

江雄风也没深问，答应一切按照沈处长的安排去做就是了。

回到牢房，江雄风就把今天面见局长，又如何领受炸桥任务以及大桥的防务等等情况，一五一十地告诉了丁时俊。

丁时俊是个耿直的人，不听则罢，一听江雄风准备放弃逃生，而执意要去炸桥时，当即提出了抗议和质疑。

"争一口气？雄风哥，说得多好听啊，"丁时俊怒气冲冲地道，"我看你是犯傻！傻透了！傻得不能再傻了，军统的人都叫你'傻蛋'，我看没叫错。你看看你干的这事，放着活路你不走，却要自寻死路，去炸什么桥？你知道那桥是那么好炸的吗？日本人号称那是世界上最坚固的桥，防守最严密的桥，永远炸不毁的桥，你不知道吗？2500多号人守着，又是高射炮，又是机关枪的，这种事别人想躲还躲不过来呢，你可倒好，大包大揽，牛B啊？逞能啊？"

"时俊老弟，"江雄风耐心解释道，"不是我犯傻，更不是我逞能，我是没的选择。他们告诉我，我的任务是必须把桥炸掉，如果不干，就是死路一条。当然，干，也许会死，但哪怕只有百分之一的机会，我们也应该试试啊，我们过去不是成功地炸毁过桥梁和铁道吗？怎么知道就一定不成功呢？所以说，与其当个怕死鬼，冤死鬼，缩头乌龟，还不如壮烈一回，血洒疆场，当一回英雄！"

丁时俊眼一瞪，吼道："英雄，英雄，英雄，老子英雄当得多了，有用吗？不是该枪毙照样枪毙吗？什么叫没的选择，这是什么？放在眼前一条逃生之路，你不跑，却要去炸什么桥？是不是吃错药了你？啊？"

丁时俊拿着后门的逃生之匙，扬着手，铁青着脸厉声质问。

"兄弟，你不懂，你不懂啊。你把那玩艺儿放好，别叫看守看见了。"

丁时俊把钥匙塞进江雄风怀里，余怒未消，"我不懂什么？我不是不懂，我是不傻！知道有一条逃出魔掌之路，逃出地狱之路，就摆在脚下，你老爹可是花了三百两黄金哪，为了个啥，就是为了让你挥霍的，让你慷慨的，让你犯傻的吗？"

"兄弟，我这不是犯傻，我是为了报仇。"江雄风眼中有怒火在隐隐闪动，"你知道我的两个妹妹是怎么死的么？37年在南京，日本兵强奸了她们，又用汽油烧掉了她们的尸体，从那天起，我的血管中流的就不再是鲜血，而是炸

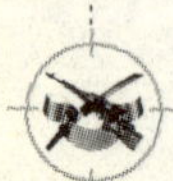

药！！好兄弟，难道你不也是国仇家恨集于一身吗？你家的十口人不是也叫他们几乎全杀光啦，啊？这个仇我们不报了吗？”

“我……”丁时俊一时语塞，想了想又道：“我的家人也是死于小鬼子之手，你说得没错，我与他们有不共戴天之仇，不报家仇，谈何国恨？”

“你恰恰说反了，国恨永远排第一位，国恨不报，民族就要灭亡，连民族都灭亡了，你的家仇怎么报得了？玩命死磕么？就凭你一个人或几个人的力量，怎么和武装到牙齿的几百万日本军队斗呢？”

“可，我们总不能在这儿等死，逃出去怎么都有希望啊。”

“是的，我们逃跑可能会成功，但我们能逃去哪里？你想想，现在到处是战火，到处都是日本人，到处在打仗，苦难深重的人民正在等待像我们这样的人去解救他们，去为他们的父母、兄弟、姐妹复仇。可我们，却去当逃兵，为了自己能活命，却置百姓于水深火热之中而不顾，这种事我不干，你说说，这不叫临阵逃脱、苟且偷生叫什么？”

江雄风耐心地解释着。

“可我们逃出去，就不能打日本鬼子了？一样打！”丁时俊余怒未消，恨声道。

“那这样吧，好兄弟，你实在想走，我也不拦你，你，你走吧。”说着，江雄风一把把钥匙和手枪塞进了丁时俊手中。

“啊，这这这，你这是干啥？”

“干啥，逃命啊。我们两个，只能逃出去一个，我反正是不逃，你要逃，你逃吧。”

丁时俊的眼睛瞪圆了，“我逃？雄风哥，你开什么玩笑，你把我丁时俊当什么人了？我是贪生怕死的小人吗？你这不是陷我于不义吗？”

“嗨！没时间争论了，兄弟，他们马上就会来人了，要逃就要快，晚了就来不及了！”

“不！要逃一块逃，要死一块死，我怎么能扔下你不管？这种事打死我也不干！”丁时俊红着脸争辩道。

“好，不逃是吧，这可是你自己的选择，以后别说我强人所难。”江雄风继续说道：“兄弟，你刚才说逃出去一样打日本，这可不一样，完全不一样。你想想，你逃出去是什么身份，现在是什么身份？逃出去只能像野狗一样生存，只能去当土匪，土匪是怎样打仗的你还不清楚？几十个人加几十条破枪，能闹出多大动静？而我们现在却是正规军，代表的是政府，有部队可以调动，

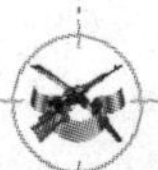

要人有人，要枪有枪，要炸药有炸药，像这样的好事能落到你我兄弟头上，是我们的福气而不是我们的灾难。你再想想，这条日本人号称的“远东第一桥”，最坚固的桥，炸不毁的桥，如果我们真的把它炸了，那是什么结果，我们就是民族英雄啊，我们就可以青史留名啊，你当了十几年兵，等的，不就是这一天吗？一条为国建功、痛宰日寇的道路摆在脚下，难道我们还要去逃跑，去当一个整天被人追杀的亡命徒吗？我相信，你是个明白人，这个道理你不会弄不懂。”

江雄风说完，双目紧紧盯着丁时俊的脸。

沉默良久，丁时俊终于抬起了头，愧悔之色溢于言表，“雄风哥，我服你了，你这一番话，让我梦醒。你的境界高，兄弟我眼界低，你的胸怀广，兄弟我心眼窄，你没有让我白信任一场。过去我最不爱听大道理，今天，我算服啦，兄弟错怪你了……嘿嘿，你说吧，大哥，怎么干？我跟着你去炸桥。”

江雄风笑道：“好，这就对了。丁时俊听令，现在我命令你为炸桥行动组副组长，跟着我去炸桥。记住，行动代号为‘烈火行动’。那条狗桥炸不了，我们一起杀身成仁。明天，我们的队员就到齐了，到时候我们先开个碰头会，先研究出一个可行的炸桥方案来。”

“哐啷”一声，监门打开了，一位看守带着万科长风风火火走了进来，万科长向二人敬了个礼道：“江组长，丁副组长，戴局长命令你们立刻越狱。”

“啊？越什么狱？”丁时俊眼睛立刻瞪圆了，他以为他们刚才悄悄议论越狱的事儿被暴露了。

江雄风伸手挡住了扑身向前的丁时俊道：“莫慌，这事是先说好了的，是一场演给外人看的假戏，你跟着我保险没错。”说着，扭头对万科长道：“老万，可我们没枪啊。”

万科长笑了笑，递给了他们一人一支左轮手枪，叮嘱道：“记住，这枪是‘刀斧手’叫我交给你们的，美式左轮，全是假弹，看守的人，枪里也全是假弹，到12时整，你们两人从后墙头翻出去，你们听到有人大喊：‘囚犯跑啦，囚犯跑啦’，看守就会开火，你们一边开枪，一边往江边跑，那里有小船接应你们。船靠岸以后，有一辆汽车会在那里等你们，然后，‘夜莺’会带你们到达一个安全的隐蔽地点，从此以后，你们就只能潜伏行动，不得暴露自己，听明白了吗？”

万科长说完，把一个大纸包交给江雄风，江雄风打开一看，里面是整整两沓法币，足有五六万元之多。

万科长补充道："这钱是生活费和活动经费，沈处长命我交给你。"

江雄风接过钱，抬起头道："好吧，何时开始行动，老万?"

"马上。给你们两分钟收拾一下，马上跟我上后院。"

江、丁二人交换了一个会意的眼神，郑重地点点头。

当晚12时整，江、丁二人按计划行事，一阵"枪战"，"越狱"获得成功。他们果然被事先安好排的汽车送到了杭州附近的小镇滨江镇的一家客栈里安顿了下来。

客栈隔壁是一家叫"回家湘"的湘菜馆，馆子门面很大，大厅能坐百十位客人，里面还有包厢和雅间。客栈后面就是钱塘江支流上的一个靠江的小型码头，南来北往的都是各种上下游的船只，有中国船，也有外国船，有客轮，也有货船。

傍晚时分，一位富商模样的青年男子和一个阔太太打扮的女人走进了湘菜馆，有十几个苦力打扮的青年男子跟在后面。那们富商就是万科长乔装的，那个阔太太是冷丽苹装扮的。

进了门来，万科长、冷丽苹相视一眼，走进了最里面的一间雅间。也是一身商人打扮的江雄风和丁时俊顿时站了起来，四人相视一笑，拱了拱手，寒暄几句后，四人落了座，后面那几个褐衣短衫的男子也入了座。

堂倌很快就端上了茶壶。堂倌退出之后，会议就开始了。

"我来介绍一下吧。"万科长扫视了一眼坐在下面都穿着便衣的20来个队员，先开了腔："这位，就是我们军统的十大王牌、鼎鼎大名的江雄风江科长，他现在是我们'烈火行动'组组长，以后大家都要叫他江老板。我是万副组长，这位是冷副组长，这位是丁副组长。这一位，是别动军的赵营长，这几位是他手下的弟兄，个顶个都是好样的，他们20位，加上我们，一共是24个人。下面，我们请江老板训话。"

众人转头望向江雄风。

江雄风扫一眼众人，抱拳拱手道："诸位，鄙人才疏学浅，此番能够担此大任，实属戴局长有意栽培，鄙人不敢推托，只好当仁不让，还望众弟兄鼎力支持，大家共谋壮举。现如今，党国正逢危难之际，民族已到危亡关头，抗日进入决战前夜，我等更应不避斧钺，勇赴国难。现在，我们为了一个共同的目标走到一起来了。这个目标就是炸掉钱塘江大桥，切断日军的交通大动脉，在日本人的心脏部位插上一把钢刀，向日本人讨还那笔久欠不还的

血债。"

万科长插言道："江老板说得好，记住，以后不许说钱塘江大桥这个字眼儿，一律以'烈火行动'为代号，从今以后，我们就是一家人了，弟兄们一定要精诚团结，共襄壮举。"

"不就是一座桥嘛，没什么大不了的，凭我们的本事，一定能把它炸掉。"

"杀鬼子，老子早等得手痒痒了，这回总算可以大干一场了。"

"江组长，我们早就听说你的大名了，跟着你，我们有信心，坚决完成任务。"

一时间群情振奋，士气高涨，争着表决心，让几位长官十分感动。

"弟兄们，有信心很好，"江雄风脸色凝重地说，"但我们万万轻敌不得。这条桥你们知道日本人是如何形容的吗?"

"知道，"赵营长插言道，"不就是吹嘘什么'远东第一桥'，'世界上最坚固的桥'，'帝国的骄傲'么，还有什么'永远也炸不毁的桥'么?"

"对，是这样说的，但绝不是吹嘘。"江雄风冷冷的目光扫视着众人的脸道："如果是吹嘘的话，新四军早把它炸掉了，还能轮得到我们么? 知道守桥日军的兵力布署吗? 你们听着：大桥的守卫：一个日军宪兵中队、2 个步兵野战中队、4 个高射炮兵中队、1 个探照灯团、1 个雷达兵团，后勤、维修、补给中队等，总兵力 2500 人，已经相当于一个大队了。其防空方面有 160 门口径不同的高射炮群组成了一个火力密集的防空网，任何飞机都不可能靠近。"

万科长道："是的，日军为大桥组成了一个四层立体交叉的防护网络，从空中、桥面、水面到水下，都布防得相当严密。沿江的碉堡、岗楼，还有六和塔上，都有鬼子的岗哨和强大的火力，一旦发生险情，几个方面都会一起开火，交叉消灭入侵者，所以，对炸桥我们万万不可存有侥幸之心，轻敌之心，骄慢之心，要从一开始，就做好艰苦作战甚至是殊死血战的精神准备。"

冷丽苹插言道："万科长说得对。江组长，我还有一个最新情报，可不可以透露给大家。"

见江雄风点了下头，她说道："上个星期四，一位新的守桥大佐已经上任，据说他是从东京大本营直接派来的，此人名叫高桥一郎，是个头脑精明、出类拔萃的日军将佐。至于为什么日本人不从驻扎杭州的第 6 师团内部选派人选，偏偏要从东京选派，我还在调查中。但可以肯定的是，此人狡诈多谋，经验老道，极难对付。至于他上任以后，会采取哪些新的布署，新的防卫措施，或玩出一些新名堂，我都会尽快查清。还有一个重要的情况，下来我会

单独向您禀报。”

“好。”江雄风目光犀利地望着众人道：“有一点需要在这儿强调一下，冷副组长是我们组里负责情报和联络的主管，大家如果有重要情报，都要先向她反映和汇报。还有，今后你们在会上听到的一切、看到的一切，均属高级机密，绝不许走漏一字一句、片言只语，如有违反，均按违反军纪论处。”

“明白。”众人齐声道。

江雄风又道：“整个‘烈火行动’分三步走，第一步，侦察。先摸清大桥的防卫情况和兵力布署；第二步，制定炸桥方案；第三步，实施爆炸。先说第一步，我们分成四个侦察小组，一组直接归我指挥，二组归丁时俊指挥，三组归万科长指挥，四组归赵营长指挥。给你们三天时间，四个组分头行动，要摸清情况，最好画成地形图，第四天晚上在这里开碰头会，汇总情况，不得有误。侦察中，要格外注意人身安全，守桥日军现在警惕性极高，他们很可能已经在江边各路口和小山上布下了伏兵，一定不能大意，赵营长，对你的手下再仔细交待一下，我需要每一个人都能够活着回来。”

“是！那我们先回去休息了。”赵营长起身带着20个手下先行告退。

众人离开后，冷丽苹关严了包厢的门，回身小声道：“根据可靠情报，日本人已经把那个造桥工程师抓走了，那个工程师叫张鼎诚，是杭州设计院的高级工程师，参与了大桥的设计和施工，并且是中方的主管。至于日本人为什么要抓他，我还在调查中。”

“哦，这倒是个值得注意的新情况。”江雄风沉吟道：“日本人为什么要抓工程师呢？这里面会不会有什么阴谋？你看呢，万科长？”

“这个嘛，不太好说，不过我估计，无非是为了获得大桥的建造数据。”万科长有些迟疑地说道。

“不会的，”冷丽苹打断他的话道，“建造一座桥，数据就是桥的命脉，日本人不会不知道，因此资料的保管也必定相当严密。他们如果要什么数据的话，只要打开保险柜查就是了，为什么还要去抓一个工程师？由此可见，他们需要的一定是资料上没有的东西。你们说是不是？”

“还是丽苹高见。”江雄风流露出由衷的赞美之情。

“那是当然啦，”万科长也打趣地说，“不然，怎么会得到老板的青睐。噢，我说的不是你这个小老板，是大老板啊。”

“去，就你会饶舌。”冷丽苹白了他一眼。

江雄风正色道：“你看啊，老同学，我估计，这个高桥一郎很可能需要工

程师提供一种水文地质方面的情况，比方说流速、流量、地基、岩层、水下能见度、水温等等情况，现在还只能是猜测，或许高桥想加装一些什么新的水下防护设施，也说不定，但很有可能，这些都需要在工程师的指导下才能进行。……看样子，这个高桥不傻也不笨，他聪明绝顶，已经抢先一步把工程师掌握在手中了，也许他已经猜到了我们也会去找工程师，说不定等他利用完了之后，就会把工程师杀害，以免被我们再利用?"

"你的分析很有道理。"

"如此看来，我们还真的得采取一些行动了，"冷丽苹沉吟道，"如果按你的思路分析，日本人在利用他加装某种神秘的水下设施，也许是某种预警装置，一旦利用完他，日本人就一定会杀人灭口的，这样就会给我们的炸桥行动制造很大的麻烦和障碍。所以，这个情况我会立刻汇报给老板，如果老板同意，我们就尽快想办法把工程师抢救出来。"

万科长转头，露出一丝嘲讽的眼光问道："你是直属情报员，当然得由你亲自向老板汇报。不过我闹不明白的是，这些都是日本人的高度机密，比方说高桥一郎上任啦，抓工程师啦，你都是怎么知道的?"

冷丽苹诡秘一笑，摊开两手道："如果哪一天你当上局长，我一定如实禀报，可现在，事属绝密，无可奉告。"

万科长讨了个没趣，不再吭声，江雄风打了个圆场道："好啦，各管各的事嘛，事不宜迟，我们分头行动吧。"

几人同时站了起来。

第十四章

风云际会

与这种人打交道，一句话不能说错，一个眼神不能用错，一个动作不能做错，错了就是杀身之祸。

自从一周前方逸舟和地下党领导人蒋寿康合伙埋葬了战友们的尸体之后，就返回了独立一团报到。可他刚回到部队，却立即失去了人身自由，被鲁团长关了禁闭，炸桥连想也别想了。

他满以为回到团部后，受点批评是免不了的，坐两天冷板凳也是有可能的，但还不至于背上处分，或受到更重的处罚，毕竟他还亲手击毙了日军守桥大佐野岛，还在日本人眼皮底下，冒险救下战友们的尸体给以厚葬，怎么说也算有点功劳吧，即使没有功劳也有苦劳吧。

可是他想错了，鲁团长一见他，劈头盖脸就是一顿“臭骂”。

那顿“臭骂”足足持续了两个小时，随后，他的枪就被一声令下没收了，人被撤了职，一撸到底，还被关了禁闭。

鲁团长扔给他两条前门烟，让他在禁闭室里反省思过，还说了，如果不写出深刻检查，就别想恢复职务，更别梦想着重新拿起枪去战斗了。

这下惨啦，那个副连长职务他虽然不甚稀罕，但那杆跟他形影不离的枪可是他的命根儿啊，这对他的心理打击太大了，越想这事儿觉得越不公平，这两天他闹开了“绝食”。

他打算给鲁团长一些颜色看看。

这天中午，张班长端来了一盆炖老母鸡，热气腾腾香味扑鼻，就放在那盘已经凉了的红烧肉旁边，老张咽着口水道：“方副营长，你看你，有意见就

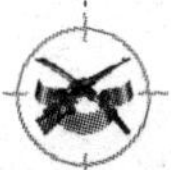

提嘛，这肚子可是自己的，饿坏了可划不来。这年头，跟谁生气也别跟自己的肚皮生气，你说是不是？来来来，今天团长大人犒劳你，让你开开洋荤，这儿还有一瓶高度郎酒呢。"

张班长变戏法似地掏出一瓶60度的郎酒放在桌上。

"去去去！什么方副营长，应该叫方副士兵。全拿回去，就说他的美意我姓方的消受不起，谢谢他的虚情假意，就说我准备成仙。"方逸舟板着脸没好气地说。

张班长讨了个没趣，端起剩饭剩菜，扮了个鬼脸，快快离开。

方逸舟气鼓鼓地坐在板凳上，那盆鸡的香气却一阵一阵飘进他的鼻子，搅得他思绪混乱，心情烦躁。他使劲挥了挥手，决定不再看那盆鸡一眼。他掏出一根前门烟点上，抽了一大口，又喷出一片烟雾，盯着天花棚出神。

他仿佛又看见了那天的情景，鲁团长脸红脖子粗的面相，他还真是第一次"欣赏"到。

"老秒啊老秒，你看你办的这事儿，你到底是多根弦还是少根弦哪?"鲁团长吊着脸问道。

"团长，我都告诉你了，炸桥的事，我是一点责任都没有。当时，龚连长他们硬要干，我拦都拦不住，还差点打起来。"

"那你为什么不报告？不回来请示?"

"报告？都那个时候了，猴儿急上火的，报告来得及吗？龚连长倒是说了，他们去炸桥，让我回来向你报告，你说这是不是先斩后奏，违反军令啊?"

"军令？你还知道有军令啊，你为什么不提醒龚连长？这就是你的失职。"

鲁团长脸吊得很长，横眉立目，声沉字重。

"我当然提醒了，可当时那种猴儿急的情况下，提醒有用吗？我一再说，鲁团长说了，任何行动之前，都必须向团长先行汇报，然后才能动手。"

"你当真是这样说的吗?"

"当然，不信你问问……我只有向天发誓了，我确实说过这话。"方逸舟知道现在没人可以问，头低垂下来。

"我明摆着告诉你，不管你说没说，你这回犯了三个错误，不是一个，是三个错。"

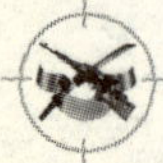

鲁团长摆着指头数落道："一、身为副连长，没有及时阻止其他人盲目炸桥，以至酿成全军覆没的惨剧，导致8个优秀侦察员牺牲，给队伍造成重大

损失；二、没有在做出错误决定的当口，及时赶回团部报告和请示；三、冒险狙击守桥日军，纯粹凭一己意气和冲动行事，是一种不值得提倡的个人英雄主义和一种没有任何意义的报复行动，反倒暴露了我军的意图。”

方逸舟还想争辩，鲁团长一摆手打断了他，冷冷笑道：“‘老秒’啊‘老秒’，你也是真有本事啊，大本事，一次就犯三个错误，你这个副连长还当得下去吗？啊？我本来还想让你回来就当营长呢，这下可好，你那一枪把自己的‘乌纱帽’打飞了，反正你是专打怪枪的专家，回去做你的大头兵吧。不仅如此，还得关禁闭，写不出深刻检查，别想出来。”

“一撸到底？还关禁闭？”方逸舟的脸通红，急切地分辨道：“团长啊，我的团长大人，这处罚也太重了吧，这这这，这不公平嘛，你不是这号人，对不对？你对我可从来都是重点保护的，不是吗？”方逸舟又嘻嘻一笑，把“重点保护”端了出来，是想借陈军长的话来敲打敲打他。

“重点保护？嘿嘿，我的‘老秒’神枪同志，到草棚子里去重点保护吧。”

“草棚子”是新四军内部的行话，意思是关禁闭。

方逸舟愣在那里，一脸的沮丧。看样子，团长这次是一点面子都不准备给了。

“哼，你们的祸，准确地说是‘你’的祸这回闯大了，连陈军长都知道了。陈军长的脾气你是知道的，暴跳如雷，摔了军帽，只说了三个字，三个决定你命运的字，你猜猜是三个什么字？”鲁团长说着，板着脸望着他。

“三个字？我的妈呀，这回完啦，三个字？他——妈——的？”

“不对，再猜。”

“龟——儿——子？”

“不对，再猜。”

“撤一职一查一办，不对呀，这是四个字呀。”

“再猜。”

“再猜？拉一出一去一毙一了。”方逸舟腆着脸，搬着指头算了算，“更不对，这是五个字呀。”

“嘁，你以为陈军长是军阀呀，再猜。”鲁团长忍住了笑说道。

“我知道了，他说的三个字是，死远点！不对不对，是‘让一他一滚’！”

“滚？想得倒好，这不便宜你了吗？你的检讨书呢？要滚不难，先拿检讨书来。”

“要命有一条，要检讨书，门儿都没有！”方逸舟故意气鲁团长，双手一

插，白眼一翻，做着鬼脸。

鲁团长脸一板，凛然作态道："方逸舟，你给我严肃点，上级训下级的时候，有你这么开玩笑的吗？我老实告诉你，陈军长那三个字是：打一得一好！"

"什么，什么，打得好？你再说一遍，陈军长真是这么说的吗？"方逸舟一下来了精神，腾地跳起来，满脸通红地问道。

"当然啦，我敢乱编吗？"

"说'打得好'那是表扬啊，团长，那这么说，什么撤职呀，没收枪啊，关禁闭呀，都是你在开玩笑？"

"想得倒美呀你，开玩笑，这种玩笑我敢开吗？说'打得好'不假，撤职查办也不假。领导上有时候说话，也是一时有感而发，说过也就忘了，可我们忘不了，一下死了8个人，8个战斗英雄，你是带队人之一，难道一点责任都没有？这个'黑锅'由谁来背？难道让我这个当团长的来背嘛？再说了，功是功，过是过，两不相抵，你也是当过干部的人，这个道理你不会不懂吧？"

方逸舟无可奈何地耸耸肩道："好吧，好吧，全赖在我身上，我就是一'倒霉蛋儿'、'臭黄瓜'、'冤枉鬼'、'老鼠屎'，你关我吧，关吧，没什么大不了的，有吃有喝有烟抽，还不用打仗，我怕什么，不过我倒是有点替你担心哪。"

"替我担心？我的'老秒'同志，你省省吧，先把后勾子上的屎擦干净再说。替我担心，嘁，担心什么？"团长叉着手说。

"要是陈军长哪一天突然醒悟过来，甩着四川腔问道：那条桥怎么还没有炸掉呀？你怎么回答？"

"你……"

"他还会再问：那个'老秒'神枪哪里去啦？是不是没有保护好啊？你如何解释？"

"你……"

"好啦，送我进棚吧，鲁大团长同志，禁闭期间，请你别的东西就不要送了，多送两条前门烟就行了，如果隔三差五再有两瓶郎酒喝，那就更好，以便将来有一天，我见了陈军长，也好向他美言几句嘛。"

对于这样一个聪明绝顶的家伙，鲁团长气得差点儿背过气去，拿他一点折都没有，对这种多根弦的人，连脾气都发不起来，他也只好挥了挥手，让

人把他带进了禁闭室。

这阵子，那只鸡的香味还是一阵一阵地飘过来，方逸舟的绝食已经“玩”了三天了，他实在有点受不了眼前美食的诱惑了，心想干脆吃了它吧，赌气有什么用，不吃白不吃。

当他想通了，就不再犹豫了，一把捞起鸡，先撕下一条大腿，又打开酒瓶盖，倒了一茶缸白酒，咬了一大口鸡肉，就着美酒吃了起来。

就像风卷残云，一只鸡，一瓶酒，很快就吃干喝尽了。

正在这时，鲁团长笑迷迷地推开草棚门走了进来。“哟嗬，伙食不错嘛，胃口也开了，看样子，不准备跟我玩绝食了，老秒同志？好好好，就知道你是个识时务的俊杰，有觉悟的干部，怎么样，检查写好了吗?”

“检……什么查?”方逸舟剔着牙花道：“我没做错事写什么检查？不过，东西我倒是写了一份，是份炸桥方案，你感不感兴趣呀，团长大人?”方逸舟手举着一份材料，得意地说道。

“还想着那条桥呢?‘老秒’同志，那不是你应该操心的事儿。明白告诉你，炸桥小组另有其人了。独二团的侦察连长耿剑青听说过吧，好像跟你还是老交情，他们已经出发了，带着一支能征善战的队伍，可能现在已经到了滨江镇了，估计就快有捷报了，桥就要被炸掉了，准备痛哭流涕吧，我的大英雄，别人的庆功宴你准不准备参加呀？想去的话，你只要也说三个字就行了，那三个字就是：‘我-错-了’。这个要求不算高吧?”

“这么说，检查可以不写了？那好，我要说的三个字是：‘我-没-错’。”

“哎呀呀，‘老秒’呀，别死要面子活受罪了，一块自己口里的肉，却进了别人的嘴，多香啊，可惜吃不到，我真替你感到惋惜呀。”

鲁团长连讽刺带挖苦的话，句句刺痛了方逸舟的心。一个计划迅速在他心里成型，他没理鲁团长，抽出根大前门，点上深吸了一口，用有些轻蔑的语气说道：“不管谁去，都别想炸掉那条无法炸掉的桥，除非……”

鲁团长笑了笑，走到门口，扔下一句话：“没有什么除非，这个世界上，离了谁，地球都照样转。”说完就背着手走了。

月明星稀，万籁俱寂，只有草丛里的虫儿发出“瞿瞿”的叫声。

一条山间小路上，闪过一个魅影，魅影脚下生风，向山下的方向急步跑去。过了两道山梁，渡过几条小河，魅影来到一座小山岗上，前面不远处，就是滨江镇了，远处有城市的灯火在隐隐闪动。

魅影停住了脚步，回过头来，方逸舟望着远方，心中不无愧疚地说：“鲁

团长啊，恕我不辞而别，跟你玩一回失踪，真是对不起喽，等我把桥炸了，别说蹲班房，就是吃板斧都行。”

方逸舟放开脚步，很快就消逝在夜幕之中。

深夜，江面泛着磷磷波光，两条人影一闪而过，迅速卧倒在一个土丘后面。

江边密林中，树枝摇摆，轻轻分开，露出江雄风和丁时俊机警的脸。

灯火通明的大桥，就屹立在他们面前约 500 米处。二人交头接耳，小声交谈了几句，各自点点头，分头悄然离开。

两束探照灯雪亮、粗大的光柱从江面不时扫过，灯光交叉轮替，光柱所过之处，一切都被照得明晃晃的，甚至连江面上一小块浮动的木片都被映照得十分清楚。

夜色对江雄风他们来说是天然的伪装。穿着一身黑色夜行衣的江雄风悄无声息地来到江边一个山坡上，俯卧在一块岩石上面，举起一架望远镜向江面偷窥：

望远镜中，亮着灯光的大桥桥面，有几个日军在巡逻，皮靴的“咔咔”声传得老远。

在靠近左面的江边，几个日军正在忙碌地架设着电线，有些士兵在搬动高大的铁梯，有些士兵爬在树上，地上有士兵把巨大的电线轮盘转动起来，粗长的电线一条条地架起在空中。

江雄风转动了一下观测方向，望向六和塔上，只见那里站着几个持枪的日本士兵，有一架探照灯亮着强光四下扫射。

江雄风拿出怀中的地图在岩石上摊开，把一个超小型的笔型电筒咬在嘴里，那电筒用红布包着，发出微弱的光亮，他用笔在地图上标示着一个又一个的红圈。

与此同时，在铁路边的密林中，丁时俊带着几个穿着黑衣黑裤的男子潜伏了进来，无声无息地悄卧在树后，几人都举着望远镜，纷纷向铁路方向偷窥：

从望远镜中看去，只见通向大桥的铁轨上，日军在紧张施工，路边架着白炽灯，几十个民工正在搬运铁轨，有些人正在建筑路基，一些人在打夯，另一些人在铺轨，那儿显然又多了一条通向右面的铁道。

这显然是一条叉道，丁时俊心想。他掏出怀中的小型地图，又拿出一个

用红布包着的小型手电，照着用笔在图上不同地点标出红色圆圈作为记号。

在靠近大桥的地方，赵营长带着几个人来到了江边，他们看见一艘货船正在桥边不远处的码头上卸货，日本兵押着民工搬运笨重的东西，但搞不清楚是何东西。

赵营长举着望远镜，瞄向江中心，看见江中桥墩下，一条施工船正紧张施工，潜水员在江中出出入入，但搞不清他们在搞什么名堂。

赵营长挥了挥手，一个手下来到他旁边，他小声交待了几句，黑影点点头，迅速离开。

江边小山坡上，江雄风看了下夜光表，已经11点多了，可以收工了。他收好了地图，从岩石上刚要站起身，他的余光瞥见不远处有一个黑影一闪，像个幽灵一样，他刚想看个究竟，就只听“砰”的一声枪响，一颗子弹带着尖锐的嘶鸣声从耳边呼啸而过，他吓得一缩脖子，立刻就地卧倒，拔出手枪，拉开枪栓，眼睛在黑暗中四处搜索。

这才发现，刚才那一枪，竟然把自己头戴的礼帽打掉了，他悄悄地捡起滚到脚下的礼帽，同时把刚才紧张时忘了装好的地图折叠好塞进怀中。

那一枪响过后，四周显得更加寂静，只有一种像天籁般的嗡嗡声隐隐传来。

有两只夜鸟从头顶上扑棱棱飞过，只有天上的冷月默默地看着大地上和江边树林中发生的一切。

四周呈现一片恐怖的寂静，他估计，那一枪是从背后密林中打来的，但什么人会向他打黑枪呢，他不知道，这很可能是日本人的狙击手。

狙击手？日本人派来了狙击手？

他发现自己的位置很不好，因为对方藏身于密林中，那里光线幽暗，而他前面就是钱江，江水在月色下有很强的反光，被江水一衬，他那身剪影无疑就是对方的活靶子。

江雄风向林中窥望，不远处好像又有一个黑影一闪即逝，但是那条黑影竟像猫一样敏捷迅速，一点声音也不发出，他知道今天自己遇上高人了，必须赶紧撤离这里。

江雄风弯腰潜行，绕过刚才黑影的方位，突然，他听见有轻微的脚步声，在离自己不太远的地方响起，怎么回事，难道那里又有一个枪手吗？

他被包围了？

他心里“咯噔”一下，第一次意识到问题的严重性。如果对方是两个人，不，也许是三个，或者更多，那他今晚就交待在这儿了。他的任务还没开始就结束了。

妈的，日本人真是太狡猾了，居然派来了狙击手，把他们的敏感神经的触角伸到了江边附近的小松林里，这不能不说是步很鬼的棋。他们显然不想坐以待毙，而是暗中主动出击，张开了一张无形之网，让人无法靠近，防不胜防，从而使大桥得到更好的保护。

理智告诉他，他不能逃跑，必须跟这些狙击手较量一下，硬碰硬地干一下，让他们也知道他这个对手的厉害，他绝非无能之辈，不是几记黑枪就能打发的。如果他逃跑的话，反而会受到交叉火力的攻击，那他将必死无疑。

想到这里，他开始猫腰向山坡上慢慢摸去，并找到了一个有利的地形，两块岩石的中间，有个豁口，他藏身于其中，端平了手枪。

等了大约半根烟的功夫，突然，借着月光，一个黑影从一棵树后面闪了出来，鬼鬼祟祟向他的方向靠拢，机会来了，江雄风瞄了瞄，猛然扣动了扳机，随着“当”的一声枪响，那人“哎哟”一声，向后便倒。

江雄风知道打中了，他趴在地上等了一会，见再没有动静，就利用黑暗向后迅速撤离。

他沿着一条小路弯腰向前，警戒前进，突然，另一个黑影在前面出现了，但跑得很快，江雄风扬手就是一枪，然后在后面紧紧追踪，发现那黑影脚步如风，瞬间闪进了一间林中的木屋。

这种木屋是拾荒者的栖身之处，一般没人居住，又低又矮，四面透风，但对于狙击者来说，却是最好的藏身之地。江雄风悄悄地绕了一个大圈，悄无声息地从木屋的背后摸了上去，侧耳听了听动静，突然跃起，一脚踹开木屋门，伸枪对准前面，但发现里面是空的，一个人影也没有。他打开笔型电筒，照见满地都是烟头，他捡起了一个烟蒂嗅了嗅，顿时皱紧了眉头。

就在江雄风等人在江边遇见了一个又一个惊险场面的时候，在这个城市的另一个角落里，又一个惊险场面正在上演。

这个叫小野洋平的人，不仅仅是个日本男人，而且是个非常关键的重要人物。他过去是冲山元的副官，掌握着日军第 6 师团的全部机密，他在做副官之前，曾经做过几年对华情报工作，在陆军情报部二处工作过，其诡计之歹毒，手段之狠辣，心机之叵测，都是日本间谍中出类拔萃的。现在，为了

保卫大桥又被冲山元专门抽调出来，掌管着军部特务机关，当了特务机关长，手下有60余名日本特工，还具有节制和调动宪兵的权利，并负责与守桥大佐高桥一郎直接联络，某种情况下，对大桥的事宜有决策权。而且据说，他的人几天前抓走了中国工程师张鼎诚，被关押在一个秘密地点。所以对冷丽苹来说，唯有紧紧抓住这个枢纽人物，关键人物，才就能够刺探到日本人的更多机密和关于大桥的情报。为此“刀斧手”命令她，必须不惜一切代价，看紧他并伺机打探到工程师被关押的准确地点。

但是间谍就是间谍，间谍的嗅觉是极其灵敏的，间谍的眼光和头脑都是超级精准、格外灵光的，与这种人打交道，一句话不能说错，一个眼神不能用错，一个动作不能做错，错了就是杀身之祸。但冷丽苹是何等样人，何等样头脑，她知道，对付这样的超级男人，有三招，首先要抓住他好色的软肋。为了国家和民族的大业，她别无选择。第二，充分利用她对他的救命之恩，使之产生一种报恩心理和感恩之情，而这正是大可利用之处。第三，抓住日本人的民族性格和矛盾心理，而这种性格、心理，在小野的身上表现得十分充分和突出，这正是可以最大限度地加以利用的地方。

那么，什么才是日本人的性格和心理呢?

有两本书曾给了她很大的启示。一本是一个日本教授写的关于民族起源的历史：日本人的远祖是土著的倭族，他们曾是农耕的民族，后来有一支骑马的民族入侵了他们，长年的共同生活中，与他们进行了充分的混血与融合。书中指出，日本古代的大和政权是由来自亚洲北部的游牧民族征服了倭族而建立起来的。当今，日本民族之所以能够将农耕民族的温顺平和与类似哥萨克民族式的凶勇彪悍这两种截然不同的性格集于一身，是有其历史学和人类学渊源的，是经过了几千年的发展而来的。另一本书是美国文化学者，也是著名文化人类学家鲁思·本尼迪克特写的《菊与刀》，这确实是研究日本文化的人不可不读的一部名著。这本书对日本人的心理特征进行了深入的研究和无情的剖析。以象征日本皇室的菊花和代表日本武士的刀，向世人展示日本民族同时具备的双重性格，即：温和与野蛮、和蔼与凶残、好礼与尚武、柔美与刚毅、守旧与创新，这些相互矛盾的双重性格奇妙地组合在一起。还有典型的日本人心理：自大与自卑、狂妄与萎琐、色厉与内荏矛盾地纠缠、纠结在一起。

日本正是成于斯，也败于斯，日本人也一样。

小野不是一块无懈可击的钢板，他是一个典型的日本人。以上所列举的

日本人的性格和心理，在他身上表现得十分充分。

这就好办了。

这一天下午，小野来找冷丽苹，碰巧冷丽苹正在洗澡。

小野坐在沙发上，顺手抽出了一根“樱花”牌香烟，点着抽了一口，过了一会儿，他起身走到窗前，向外望去，城市正被灯光蒙上了一层温馨和平、梦幻一般的色彩。他不由得想起了此刻的东京和大阪，那个流光溢彩、歌舞升平的城市啊，只有那里才有和平，而这里，只是地狱，一座人间的地狱，满目疮痍，尸横遍野，臭气熏天。

那是谁，是个女人吗？好像在飞行，轻盈、潇洒、袅袅娜娜。

他再定睛一看，原来是冷丽苹，她这么快就变了？穿着石榴红方领宽袖丝袍，头发美妙地向上梳着，漂亮的脖子上戴黑天鹅绒缎带，上面绣着仿古的宝石浮雕。她这身打扮并不奢侈，透出一种有教养的优雅丰韵。

小野被冷丽平的装束惊呆了。

小野轻声道：“我的美人，我发现我们之间有一种致命的吸引力，也许叫缘份吧。我多年来一直等待的那个人，终于出现了。我愿意和你一生相守，永不分离。你愿意和我回日本吗，我是说战后，在我们胜利之后。”

“我？愿意。”冷丽苹说这话的时候，没有一点犹豫，虽然她心里想的是，你不会有那一天了，因为你的命就在我的掌心里攥着。

小野得意地笑了，轻声说道：“过去我把日本人、中国人都看做是人，现在我明白了，中国人不是人，而是笨猪，是蠢驴，是母狗，无论采取何种处置行动都是可以的。”

“为什么这么说，为什么把中国人不当人看，难道我不是人吗？”

“噢，我说的中国人，当然不包括你，你不算中国人，你已经是日本人的老婆了，我的老婆，不是吗？”小野抬起头，眼望着窗外说道：“我说的是一个工程师，他叫张鼎诚，简直是个猪一样的蠢货。一开始硬得不得了，说什么也不愿意与我们合作，可是我们用了一点小小的手腕，他就乖乖地听话了，叫他干啥他干啥，知道是什么手腕吗？”

“什么手腕？动刀还是动枪？”

“嘿嘿，都不是，我们把他的老婆抓了来，要当着他的面强奸那个女人，他怕了，低下了高贵的头颅，俯首听命，这就是中国的知识精英，纯粹是奴才，嘿嘿嘿嘿。”

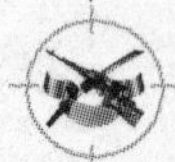

“你们就是爱强奸，可能你们的祖先有野兽的血统吧？嘻嘻，人兽混血？”

“好啊，你别跑，看我怎么收拾你，野兽来啦！”小野跳起来，向冷丽苹扑去，二人在房间里打闹起来。

“咯咯咯咯。”从冷丽苹的嘴里逸出一串娇笑。一时间枕头乱飞，嬉闹声满屋。

冷丽苹整了整乱鬓和衣衫，似乎是不经意地问：“哎，我听你上次说，好像你们要到大桥去视察，还要照相什么的？到时候能不能带我一起去呀？我也想在大桥上照张相呢。”

小野从地上爬起来，拍了拍身上灰尘道：“别开玩笑了，那是什么地方？况且，也不是我一个人去，而是冲山元司令官要去，可能还有支那方面军的最高长官们，搞不好冈村宁茨司令官也要亲自到场，那可是个盛大隆重的大桥通车剪彩庆典呀，全是军人，你去算什么呢？”

“我算什么？”冷丽苹瞪圆了眼睛问道：“我难道不是杭州的知名人士吗？我的艳名谁没听说过？那些本地和南京的高官哪一个不想认识我？再说了，你就不会把我介绍给冲山元司令官吗，这样，我不就可以堂而皇之地随他前往了？”

“我的美人啊，别作梦了。”小野正色道：“我会把你介绍给冲山元吗？除非我是个傻瓜、白痴，是个无可救药的大混蛋。当然了，我不是有意在背后说长官的坏话，但我要告诉你，冲山元可是个天下最大最大的大色狼，噢，对不起，我实在找不到一个合适的词来形容他，他他他，他是个变态的色情狂，专门爱玩弄中国女人，但他不爱少女，专门要少妇，而且要名门少妇，还要会跳脱衣舞的少妇，这种女人，简直是凤毛麟角，我上哪儿去给他找啊。”

冷丽平转了转眼珠道：“嗯，这不难，我倒认识几个名门淑女，艳帜高张，四海纳贤，专做大官生意，那里面可是有几个会跳脱衣舞的，我可以推荐给你，相貌都在我之上啊。”

“那……好啊，”小野一听，双眼放出光来，“太好啦，我怎么把你忘了呢，你是交际花，这方面一定认识不少捞女，但有一个条件，这些女人必须得经过我先过目，还要严格的审查，当然请你放心，我绝不会染指的，我可不是什么女人都上的那种人。我审过之后，把她们的相片放进一个相册里，才能提供给冲山元司令官。不过，你就免了，我不会舍得把自己心爱的女人当作牺牲摆上祭坛的。”

“是这样的吗，小野先生？”冷丽苹狞笑道：“我好像听你说过，你已经把

我的芳名告诉了司令官，并且，冲山元还提出一定要见见我，真有这回事吗?”

冷丽苹故意摆出一副罗刹面孔，刀子样的目光直刺小野心底。

“呃，美人，你误会啦，不是这样的。”小野伸出双手，挡在脸前解释道：“是上次我们两人中枪以后，他得知是你在危急关头救了我，说这样有情有义、侠肝义胆的中国女子还不多见，提出一定要见见你，还说，还说……还说一定要亲手摸摸你那只受过伤的假乳房。你想啊，凭你的花容月貌，他见了一定会魂不守舍、惊为天人的，如果他一定要跟你……呃，那不等于要了我的命吗? 我我我……我怎么能干这么蠢的事呢?”

冷丽苹望着小野急红的面孔，知道这个男人已经跑出不自己的手心了。

好半天，冷丽苹终于“噗哧”一笑道：“好，算你还有点良心。算了算了，我提供别人吧。反正天下美女多的是，又不缺我一个，对不对? 那我怎么才能去大桥照相呢? 这个忙你帮不帮啊?”冷丽苹又跟他玩了一下娇嗔。

“我的美人呀，那里是军事重地，更是国民党和新四军袭击的首要目标，你又不是不知道。你吃一次黑枪不够，还想再吃一次吗? 而且，目前，冲山元司令根本就不会去。为什么? 因为大桥不安全，老有袭击事件发生，他的行程已经推迟了，已经是第三次推迟了，要推迟到下个月，可能是15号左右。妈的，那些记者们天天追着我问，讨厌死了。我虽然天天可以去大桥，但我是去执行秘密任务的，怎么能带你去呢?”小野哄着坐在他大腿上的冷丽苹说。

“哼，一说就是秘密任务，秘密任务，什么时候不能轻松一下，看你成天紧张兮兮的，哪天我们去游游西湖吧，好好放松放松。”冷丽苹娇笑着，又露出一脸的媚态，眼中有秋波在闪动。

“游西湖? 这可是个好主意。美人在抱，佳期如约，美景驰怀，赏心乐事，神仙也不过如此啊。你是杭州人，把那西湖说来听听吧。”

“水光潋滟晴方好，山色空濛雨亦奇。欲把西湖比西子，淡妆浓抹总相宜。”冷丽苹吟完了诗，扭头问道：“这是谁的诗，知道吗? 日本人?”

“是中国大诗人苏东坡的诗呗。我虽然是个日本人，也是喝中国文化的奶水长大的。”小野大言不惭地说。

一层阴翳倏然间蒙上了她的眼，冷丽苹幽幽说道：“如果没有日本人的炸弹，没有战火的装扮，西湖还要美丽得多。天堂是什么样的，西湖就是什么样的。这西湖啊，有著名的苏堤、白堤、断桥、西泠桥、望仙桥、锦带桥、

玉带桥、锁澜桥、三潭印月、平湖秋月、阮公墩、湖心亭，和西泠桥头的苏小小墓，清波门边的柳浪闻莺、钱王祠，孤山上的西泠印社、秋瑾墓、放鹤亭、楼外楼等，还有南边的白云庵、牡丹亭、净慈禅寺、报恩寺、观音洞，北边的保俶塔、双灵亭、岳庙、双灵洞、栖霞洞等。统而言之，即我们通常所谓的一山二月，二堤三塔，三竺六桥，九溪十八涧。”

“我的天哪，太美啦。中国的古人真是太伟大了，”小野洋平的眼中露出了一种复杂的神情，“每一颗丢在西湖里的炸弹，都是对神明的亵渎，对文明的犯罪。等这场仗打完了，我一定要向西湖磕三个响头，以赎我的罪过。”

“噢，这话太感人了，我都快掉眼泪了。”冷丽苹嘴上这样说着，其实她心里却在说：“一个魔鬼，胸腔里只长着狼心和狗肺，还有一肚子的蛇蝎心肠，却还要假装慈悲，真是无可救药了。”

小野说着说着，突然跳了起来，惊叫道：“哎呀，我把一件大事忘了，说好了要和高桥君见面的，坏了坏了，我得走了，对不起，美人，我们明天通电话吧。”

小野匆匆地跑出了公寓，不久，就听见下面汽车引擎声和车开走的声音。

本来今天冷丽苹准备跟踪他的，想要摸清他们到底把那个张工程师关押在何处，但他今晚是坐车来的，所以坐车离去，无法跟踪。尽管她知道他要跟高桥见面，见面所为何事，她也能猜个七七八八，但今天看样子盯梢是做不到了。

只好下次另找机会了。

冷丽苹拿起电话，拨出了一个保密的号码，她对着话筒小声道：“52 号吗，我要见你，对，马上。”

第十五章

仇人相见

“高，真是高，你姓高真是没姓错。我要佩服大本营的眼光了，选了你这么经验老道又深富谋略的大佐，简直就像一位狡猾透顶的间谍大师嘛。”

入夜，一辆黑色的豪华司蒂旁克轿车正在沿河路上飞驰。

副驾驶位置上坐着小野洋平，后排座位上坐着高桥一郎。他们今天是要去环湖酒店，见那个中国工程师张鼎诚。

小野抽出一根樱花牌香烟，顺手递给坐在后排的高桥，“高桥君，来一根?”

高桥挡住他递烟的手道：“小野君，我不抽烟，你是知道的。”

小野自顾自地点上烟道：“你真的是洁身自好，还是顾虑那个纪律?”

“都不是。”

“那好，今天和工程师谈完话，我们找个日本酒馆，去喝一杯怎么样?”

“酒，也不喝。”

“哦，不抽烟，不喝酒，那，女人呢? 别跟我说你从来不碰女人。”小野露出一脸的下流相，“我今天带你去一个高级地方，那里有全杭州城最漂亮的女人，中国有句古话，上有月中嫦娥，下有苏杭美女。”

“我记得那句话好像是，‘上有天堂，下有苏杭’吧。”

“嘿嘿，应该再改一下，上有天堂仙女，下有夕树舞子。哈哈哈哈。”小野得意地大笑起来。

“你真是个爱乱开玩笑的家伙。”高桥亲热地捶了他一拳。

小野回身道："叫我说，高桥君，一个既不抽烟，又不喝酒，还不碰女人的人，根本交不到朋友。你整天板着脸装圣人，就想着一件事，心中只有你的大桥，这怎么行？人生是多姿多彩的呀，作为军人，既要会打仗，又要会享受人生。你看你哭丧着脸，又在想那个'夕阳'了，我不是答应帮你去找了吗？不过，找不找得到，只有天知道。'女子报国队'，哼哼，干什么不好，去当慰安妇？多丢人哪。好了，好了，她们多少人？'女子报国队'先后来了好几拨，起码几千人呢，而且各个师团都有，东北、华北、华中，华南，都有，一时也不好查，我要是真查到了你的夕树舞子，你怎么谢我？"

小野乜斜着眼喷了一口烟，笑望着高桥。

"怎么谢你？本来我有一把家传古刀的，是日本五把名刀之一，被那个山本英夫骗走了，我现在，除了这个失散的女朋友，我是一无所有了。咳！无以报答，唯有友情和一片真心哪。"高桥沉重地叹息一声，低下了头。

"好啦，好啦，高桥君，振作起来。告诉你吧，只要你的女友还活着，我就一定把她找来还你。行了吧？再说了，友情就是友情，不能讨价还价。"

"那就，拜托了。"高桥鞠了一躬，转换了话题："哎，小野君，昨天夜里又有人偷袭大桥了。"

"我刚才听渡边中佐说了，好像还打起来了？"

"打是打了几枪，不过规模不大。"高桥的脸上毫无表情。

"什么意图，都是些什么人，搞清了吗？"

"没有。说偷袭不太准确，应该说是火力侦察吧。因为最近我们在晚上施工，加装道叉，加固工事，还有炮兵阵地加装电线什么的，敌人一定觉得奇怪，就来侦察，没想到吃了狙击手的黑枪。"

"加派狙击手的办法真是太高明了，是你的鬼主意吧？"小野露出钦佩和赞许的目光。

"是的，不过，我觉得以后不能再这么干了。"

高桥目光灼灼地说："你一开枪，就把人吓跑了，等于告诉敌人，这里有兵守着，下次他们再不敢来了，或者会换一种更加刁钻古怪的侦察手法，那我们会更加被动。所以我们要命令狙击手们，凡是发现有人潜伏侦察，绝不要开枪，也不要惊动他们，而是暗地里跟踪，并将敌人的具体侦察位置记录下来，画成图，这样，我就可以凭借他们的侦察地点，推测出他们将会从何处进行袭击了。他们一侦察，意图就暴露了，不是吗？"

"高，真是高，你姓高真是没姓错。我要佩服大本营的眼光了，选了你这

么一位经验老道又深富谋略的大佐，简直就像一位狡猾透顶的间谍大师嘛。大桥在你手里，我放心。”小野拍着高桥的肩膀称赏道。

“嘿嘿嘿嘿。”高桥终于笑出声来，“你放心？可我不放心哪，一会儿见了那个支那工程师，不知道他配不配合呢？我的全部希望，可都寄托在他身上啦。”

“你又有什么鬼点子啦，你这个家伙，鬼点子就是多。”

二人一路说说笑笑，车子不久就开到了环湖酒店。

环湖酒店是日军的内部宾馆，接待的全是军方的高官将领和驻杭州的高级官员及其家属。就连汪伪政权的官员进住，也须凭借特别许可证。一般军政人员出入，需要向门岗出示蓝色派司。而像小野这样的特工，有一种专门的红色派司。这种派司只有宪兵队和特高课的人才有，所以，跟免检证差不多。

小野和高桥向门岗出示了红色派司，门岗一见，立即放行，他们急步走进了酒店大堂。二人乘电梯上了三楼，走进了309包间。

这是个两连间的大套间，里面一间是卧室，外面一间是客厅兼办公室，墙上挂着一张大桥的效果图和一张施工图，还有一面太阳旗。四个守卫并排坐着，面色严峻。

张鼎诚背坐在桌旁，表情木讷，见二人进来，立即起身相迎。张鼎诚中等身材，长着一张国字脸，年约四十多岁，满脸的皱纹，头发很乱，向上欻着，胡子拉茬的，面布愁云，但是双目却炯炯有神。

高桥一见张鼎诚，立刻来了个立正，鞠躬道：“张先生，您辛苦了，住在这里，总不如家里方便，这是一套刮胡子用具，请笑纳。”高桥双手捧着用具，礼貌地递上。

张鼎诚板着的脸有些松弛下来，接过来，笑了笑道：“谢谢高桥大佐，有心啦。二位请坐吧。”

一位酒店服务人员送进了茶，很快就退了出去。

小野一屁股坐在沙发上道：“张先生，您上次提出的问题，我现在可以答复你了。你太太和孩子已经被我们皇军保护起来了，他们很安全，都有宪兵保护，请你放心。至于工作单位嘛，国民政府已经打过招呼了，虽然汪精卫已经不在了，但是陈公博和周佛海都知道你现在在为皇军工作，也是大力支持的。你的薪水嘛，翻三倍，会有人在月尾交到你本人手上，一分都不会少。

而且，事成之后，还有一笔奖金，约合三百两黄金，用法币和现大洋支付均无不可，金条也行。你还有什么问题吗？如果有，请说出来。”

“谢谢，那我就放心了。”张鼎诚笑了笑说道。虽然他在心里恨透了这个假眉三道的家伙，但表面上，他还不得不装出愿意为皇军卖命的样子。

“那好，我们说桥吧。”

高桥说道：“张先生，你可能不知道，这座桥建成之后，有些人就来捣乱，有打黑枪的，有搞漂流物的，有装伤兵混上大桥的，花样百出，还有些不明组织甚至想要把大桥炸掉，空中、水面都受到过不同形式的袭击。是的，总是袭击、袭击，不停的袭击。所以我们采取了很多措施来保护大桥的安全。但是，我们也清楚，只有你才知道大桥的软肋在哪里，怎样才能对大桥进行最为有效的保护？你是中国一流的工程师，所以我们来请教你，你不会眼睁睁地看着大桥被炸掉吧？”

张鼎诚叹息一声道：“唉，是啊，这大桥就跟我的孩子一样，保护它不受攻击，不被炸毁，是我天经地义的责任。更何况二位长官这么看得起我，又是保护，又是奖励的，让我感恩戴德，敢不竭尽全力吗？”

小野笑道：“很好。看样子我们找对人了，你说怎样保护？我们洗耳恭听。”

高桥掏出了一个小本子，眼睛盯着张工，准备记录。

“你们都是专家，我也不绕弯子了。这座桥，要害在什么地方呢，不在别处，在这里。”张工指着茶几上的地图道：“你们看，这桥有二十根桥墩，承重的主要是中间这四根，九墩、十墩、十一墩、十二墩，敌人想炸桥，我说的敌人我不知道是谁啊，管他是谁，就是想炸桥的人吧，它炸哪里最有效呢，就是这四根桥墩，只要一炸，桥肯定塌掉。这一点你们肯定也知道，对不对？敌人也知道，对不对？凡是稍微有点桥梁知识的人都知道，对不对？好啦，问题在于怎么保护这些桥墩不被炸掉才是关键。你们来看。”

说着，他拿出一条香烟，立着摆放在茶几上道：“比方这是桥墩。”他又拿出四块剪开的纸盒板，道：“用四块钢板，把这个桥墩包起来，怎么样呢？要那种三十公分厚，或四十公分厚的钢板，全包。你们说怎么样？”张工得意地盯着二人。

“全包？就是焊接起来？湾德浮（wondefuel），和我的想法不谋而合。”高桥赞道。

“对，焊接起来，但不用焊到水面，只要焊一半就行了，底部和岩石层密

接，非常稳固的。”

“嗯，这个办法好是好，可是那要多少钢板哪，我的天哪，把三菱重工搬到中国来恐怕都不够啊。”小野惊奇地瞪圆了眼睛。

“不是说要不惜一切代价吗?”高桥笑了笑道：“不会用太多钢板的，小野君。你想啊，水深 15 米，如果焊一半的话，才七八米，四面包，要用多少，一算就出来了。是不是，张工?”

张工笑道：“是的，长官们，如果贵国少生产一条军舰，就什么都有了。”

小野狞笑道：“不用，拆两座中国的工厂，就够了，这就叫‘以华制华’。往下说，下面一半用钢板，上面一半呢，总不能让它空着不做防护吧?”

“别急，听我说。钢板加了以后，就在每一块钢板上加上一个电极，直接连接到控制室，这就是大桥的神经末梢了，水下附近稍有动静，控制室里的红灯就会闪亮，就说明有人靠近桥墩，这是一个极其秘密的预警装置。另外，还要让桥墩长上‘耳朵’和‘眼睛’。什么是耳朵呢，就是声纳探测器。”

“什么什么，声纳探测器? 瞧瞧你用的都是些什么玩艺儿呀，我的乖乖，就是海军用的那种吗?”小野几乎惊叫起来。

“对。贵国的海军是世界一流的，搞一些小型的声纳探测器应该不难吧?当然用不了那么大，做成小型的就足够了，在 9 号、10 号、11 号、12 号桥墩的上部，每个上面安一个，在其他的桥墩，每隔两个墩安一个，这样，就形成了一个水下声纳阵，或声纳网，任你什么东西还没靠近就会被发现了，它的报警距离一般在 100 至 20 米左右，而且线都要通到控制室里去。”

高桥一拍大腿道：“妙透了，这下我的大桥就万无一失了。哎呀呀，幸亏我们找到了你，要不然，大桥可真的危险了呢。”

“别急，你刚才说还有什么‘眼睛’?”心细如发的小野追问道。

“对，眼睛。什么是眼睛呢? 就是潜望镜。怎么制造呢，找海军就行了，潜望镜是什么原理，它就是什么原理，做成超小型的，在几个关键的桥墩上安上这种潜望镜，就等于给桥墩加了眼睛。这一来，就是双保险了。当然，安眼睛技术上是难了点，难就难在成像技术，镜头捕捉到图像之后，通过线路传到控制室，如何还原成图像，目前是一种高技术，但如果下功夫，也不太难于解决吧?”

高桥思忖道：“传输也许难点，但可以先拍照，再用传感器把照片传输到控制室，再在电子屏上显示出来，也等于看到了水下的东西，虽然办法笨了点，但受目前的技术条件限制，也只能如此了。”

接下来，三人又聊了一些细节问题，技术环节问题，高桥向张工说了一大通感谢的话，就起身告辞了。

在回程的汽车上，二人对张工简直佩服得要命、要发疯。

高桥有一种如获至宝的感觉，有一种豁然贯通的感觉，心里一直压着的那块沉甸甸的石头终于一下子被搬开了。

小野心里更为得意，一方面有了向上邀功讨赏的资本，另一方面，他在想怎么“料理”这个张工，如何妥善处理他的“后事”。

“我以前一直认为中国是个劣等民族，现在看来，这想法不完全对了。”小野发着感慨道。

“把一个优等民族看作是劣等民族，这本身就是一种劣等想法。”高桥调侃了他一句。

“你？好，敢说这种不要命的话，你就永远见不到‘夕阳’了。”

高桥知道小野说的“夕阳”是暗指他的女朋友夕树舞子，也打趣道：“君子一言，驷马难追，小人一言，立时反悔。”

小野举起拳头道：“好，我今天就当一回小人。”说着，照着高桥一顿乱打。

傍晚时分，回家湘菜馆迎来了一天最多的顾客。

大厅里几乎座无虚席，堂倌满堂奔跑，端茶送饭，老板也忙前忙后招呼着熟客。

最里面一间包房是“东坡”厅，江雄风和丁时俊二人正在里面吃饭。

丁时俊悄声道：“老板，隔壁货栈和码头都租下来了，库房够大的，这下炸药有地方放了。”他起身关严了门，掏出怀里的绘制精美的地形图，摊开在桌上道：“这里日本人在修铁路，好像增加了两条叉道，估计是防撞车用的。还有这儿，水下也在施工，运的全是板材、钢板，但看不清楚在搞什么名堂。”

江雄风也掏出了一张图摆开在桌上，指着红圈道：“你看，这儿，和这儿，他们在架电线，还不知道是干什么用的，估计是给雷达和探照灯供电用的，还有六和塔上也增加了三个岗哨和一架探照灯。”

“我刚才听到了枪声，你没事吧？”丁时俊抬头问道。

江雄风苦笑一下，举起了礼帽，露出那个枪眼让他看。

丁时俊倒吸口凉气，“我的个乖乖，你可真是福大、命大、造化大呀。是

不是日本人闻到什么味了？我看下次别去那个地方了。”

江雄风指着地图道：“这个枪击点的位置在这儿，还有这儿，江边土山顶上，我怀疑是日本人新设的观察哨。从他们射击的准确度来判断，很可能是狙击手所为。”

“狙击手？日本人哪来的狙击手？”丁时俊感到万分讶异，“可能是观察哨吧？要不，要不还真就是狙击手？他妈的，小鬼子太狡猾了，把狙击手设在那儿，我们以后连江边都不能靠近了，更别说侦察了，早晚得挨黑枪。”

江雄风道：“我跟踪了一个狙击手，他们是两个人，我跟他们硬碰硬干了一家伙，他们怕了，我打中了一个，后来另一个藏在一所小木屋里，我摸进去的时候，人却不见了，但满地都是烟头，他显然是在那里长时间蹲守。”

二人正说着，万科长和赵营长掀帘而入。

“你们来得正好，情况怎么样？”江雄风急切问道。

万科长二人落座，端起茶杯痛饮了几大口道：“情况基本摸清，全标地图上了，你看。”说着，掏出怀里一份地形图摊开在桌上，“我把高炮阵地和探照灯阵地全标清楚了，这儿，这儿，还有这儿，全是炮兵阵地。共计有各种型号的高炮168门，包括高射机枪在内。我还发现了埋在树下的电线，估计是给探照灯供电用的，本来想切断它，但又不想惊动敌人，就没动它。”

“很好，老万，到底是老经验了。先不动它，留着，记住位置，关键时刻再切断它。”

万科长把地形图交给丁时俊：“图交给你，和你的图汇总吧。”

赵营长也掏出一张地形图，摊开道：“这个位置，就是伪军驻守的地方。大概有一个中队，这边相同距离也有一个中队，对大桥形成弧形包围，但离大桥都有500米距离，拉了两道3米来高的铁丝网，防止闲杂人等靠近大桥。这儿，这儿，还有这儿，架有15盏白炽灯，晚上照得雪亮，连只鸟都看得清清楚楚。老丁，这图交给你了。”

丁时俊拿过两张图，和自己手中的图、老江的图互相对照着，研究着。

江雄风看了下众人，面带嘉许地说：“第一步的任务已经完成，大桥的基本情况差不多摸清了。现在，有两个重要情况通报一下。一是，江边码头上，这几天陆续有船靠岸，有一些沉重宽大的木箱子接连运到，士兵们在往江边运输，不知道里面装的是何物，这需要进一步侦察，要设法搞清敌人的意图。第二，昨晚上，我在江边小山上挨了一记黑枪，差点为国尽忠了，你们看。”

他扬起礼帽让众人看了看道：“这说明，敌人派来了狙击手，就在这个位置，

不是一个，而是两个，还可能更多，这需要引起我们高度警惕了，我估计每个小山上都有狙击手。这里有一栋小木屋，是他们蹲守的据点，也要加倍注意。”

万科长道：“是啊，老板说得对，我们就这几个人，打一个就少一个，所以安全格外重要。本来嘛，我们在暗处，敌人在明处，可现在，敌人不仅在明处，而且暗处也有敌人的眼睛和耳朵，说明敌人有长进了。”

“老赵，要告诉弟兄们，眼睛放亮，耳朵要时刻竖起来，不许单独行动，没有我的命令，谁也不许靠近江边。”江雄风下令道。

“是，老板。”

“大家忙了一天了，快吃饭吧。”很快，饭菜端了上来，几人狼吞虎咽地吃起来。

这时，一个戴着礼帽和墨镜的男子掀开包间的帘子朝里面探了探头，一见有人，立刻退了出去，嚷嚷道：“哎，我说老板哪，这里有人哪，怎么搞的，你不是说给我找个单间的吗?”

“哎哟，对不起，对不起，我记错了，您的单间是‘西施’厅，不是‘东坡’厅。”门外餐厅老板招呼着那人的声音传来。

这是谁? 江雄风脑中一道电光石火闪过，他立刻想起一个人来，这个人，一定是一个他认识的人，怎么这么面善? 会不会是……他?

虽然那个家伙戴着的礼帽压得很低，墨镜也几乎遮住了半张脸，但从那与众不同的气质上，从那半张脸透出的杀气上来看，他一定是那个害得他蹲了半年监狱、差点丢掉性命的人，对，一定是他，错不了，就是他，方逸舟。

世上的事就是这么巧，一个仇人，一个曾经的老同学，一个与他在历史的关口分道扬镳的人，却突然出现了，等于撞在了他的枪口上。方逸舟呀方逸舟，真是踏破铁鞋无觅处，得来全不费功夫啊。我正在满世界找你，你却自投罗网，把一个报仇雪恨的机会，一个清算历史旧帐的机会，自动地送到我的手上，这怨谁呢，哼哼，只能怨你自己命不好。

江雄风一把拔出手枪，厉声对众人下令道：“刚才那个小子是个共党间谍，老万，你们带人堵住包间，老赵，你带人控制大厅，别让他趁机溜了，丁时俊，你跟我一起去抓他。”

几人同时“嗖”地拔出手枪，跟着江雄风来到“西施厅”门口。

“咚”的一声，江雄风一脚踹开了包间门，几人一起冲了进去，几支枪同时对准了正在低头喝汤的方逸舟。

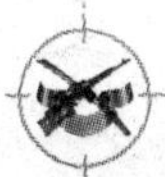

“你们，这是……?”方逸舟举着的汤勺停在半空，嘴角一丝粉丝还挂着。

“方逸舟，举起手来，你被逮捕啦!”江雄风用枪指着他的头，断喝一声。

“谁? 方什么舟? 你们是谁呀，动刀动枪的，你们找错人啦! 我不叫什么方什么舟的，你们走吧，别把我惹火了，快走，我还没吃完呢。”说着，他又低下头吸着一长条粉丝。

“装，装，装，方逸舟，再装啊，装得好，”江雄风狞笑道：“换了套行头就以为没人认得你了，皮扒了认得骨，骨头烧了认得灰，哼哼，你右眉骨上那道疤说不了假话，你就是那个死硬的共党分子，新四军独一团副营长方逸舟方大人，就是那个日本人的克星‘老秒神枪’先生!”

“谁?‘老秒’神枪? 谁是‘老秒’神枪? 啊? 这绰号不错，倒是头一次听说，他在哪，我还想见见他呢。”方逸舟把一大块排骨扔进嘴里，若无其事地说。

江雄风怒视着他道：“方逸舟，我摆明告诉你，今天你落到我手里，量你本事再大也走不出这个包间了，外面都是我们的人，别说你是什么神枪手，就是孙悟空，也翻不过我的五指山!”

方逸舟翻了翻白眼道：“你们人多势众，这不算本事，况且我也没有武器，用不着搞得跟如临大敌似的，有话慢慢说嘛，总得让我把饭吃完嘛。”

堂倌三不知走了进来，把一大盆西湖醋鱼放在桌上，连忙退了出去。

方逸舟咽着口水道：“嗯，西湖醋鱼，这可是一道天下名菜呀，雄风兄弟，你不想尝尝吗，其他兄弟一起尝尝?”说着，用筷子挑起一块肥鱼肉，扔进了嘴里。

江雄风摆了摆枪口，丁时俊走上前，在方逸舟身上从上到下摸了一遍，对江雄风摇了摇头，意思是他身上的确没有武器。

“嘿嘿，你们不吃，真的不吃? 那，我就不客气了。枪又不是筷子，可以先收起来了，这儿到处都是日本人的眼睛和耳朵，你们不怕呀?”方逸舟大口地吃着，还为自己倒了杯白酒，小口地呷着，不时地咂咂嘴，好像旁若无人。

“方逸舟呀方逸舟，我算服你了，你的确有本事，不但会打黑枪，还会装洋蒜。”

方逸舟吃着吃着，瞄了江雄风一眼，倒了杯酒，嘻笑着递给他，“来，哥俩好，走一个?”

江雄风盯着方逸舟，气不打一处来，但还是接过酒杯，一饮而尽。“咚”的一下把酒杯顿在桌上。

“还想着上次那一枪呢？看样子都是那一枪惹的祸，雄风老弟，我不是没给你机会呀，是你自己打偏了，你怨谁？你看看，疤还在，离心脏只差三公分，打胳膊上了。”方逸舟解开上衣，露出左臂上的伤疤，“谢谢你只打了我的左手，不然天下就少了一个神枪手喽。”方逸舟又举杯敬了他一下，自顾自地一饮而尽。

江雄风脸都气青了，愤声道：“要不是开枪的时候我犹豫了半秒钟，今天你就不会坐在这里。要不是那半秒钟，你和那个狗屁地委书记都会成为我的枪下鬼！”

“谁让你犹豫那半秒钟呢？”方逸舟哂笑一声，挖苦道：“喊，半秒钟，对一个枪手来说，瞬间就是永恒，一秒是27个瞬间，半秒是多少？足够把两个敌人送进地狱喽。半秒钟，足以让我逃过一劫了；半秒钟，说明我们同学一场，我没白交你这个朋友啊。我知道，你是不忍心向我下毒手，所以错愕之间，下意识地犹豫了一下，对不对？请接受我的大礼吧，为了你的半秒钟，为了那个伟大的半秒钟。”

说着，方逸舟站起身，恭恭敬敬地给江雄风鞠了一躬。

“死远点，没见过这么厚颜无耻的人。”江雄风没好气地说：“你知道那半秒钟的代价吗？六个月的铁窗生涯，三次酷刑，两次陪法场，如果不是为了这座桥，噢，不对，如果不是为了某个任务，我的头早就不长在这里了。”

“听说了，听说了，死刑犯，罪名是‘通共’和‘资敌’，军统把你打入了死囚牢，还大刑伺候过，差点哽儿了，真是对不起得很哟，好兄弟，在下我再次向你赔礼道歉。不过，我的人可是组织过几次像样的营救哦，这你应该知道的。”

“知道个屁！”江雄风怒眼圆睁，“你们共产党，都是好话说尽、坏事做绝的主儿，喊，营救，你会救我？你不是说过我不得好死吗？”

“那是你留学德国回来，我劝你投奔共产党，你不干，我说的是气话嘛。”

“少扯！我问你，跑这儿干什么来了？‘老秒’神枪同志？”

“干什么？干买卖，给队伍上采购点粮食不行么？怎么，听口气好像你是杭州城的警备司令啊？”方逸舟翻了下白眼，奚落道。

“别管我是谁。反正你今天走不了了，来呀，给我拿下，捆了带走！”

方逸舟急忙道：“哎哎哎，催人不催食，你总得让我把饭吃完吧，死也要做个饱鬼嘛，是不是，兄弟？还有啊，以后别老说我打黑枪，打黑枪的，多不好听啊，换个词儿吧。”

“哼哼，这个世界上，黑枪就属你打得最多，连日本人都怕你，那个守桥大佐野岛怎么死的？是谁用黑枪干掉的？别跟我说不是你。”

“嘿嘿，不好意思，正是在下所为，怎么，开枪之前还要向你请示吗？组长先生？”

“什么组长？你怎么知道我是组长？”

方逸舟抹了把脸，莫测高深地一笑，“看看看，招了吧，略施小计就不打自招了。还是干军统的呢，我看叫饭桶吧。是你刚才自己说漏了嘴，某个任务，什么任务，会到这儿来？还带着一帮手下，不是组长是什么？说穿了吧，还不是为了那个字来的？”

“哪个字？”

“桥。”

方逸舟说完，大口大口地吃饭，丁时俊等人无可奈何，看着他把饭吃完，几个手下一起上来把他捆了个结实，推推搡搡地走出包间。

这下方逸舟的麻烦来了。

他万万没有料到这一次会马失前蹄，冤家路窄，被他的死对头江雄风逮个正着，关进了货栈码头的仓库。

他本想到湘菜馆里来，一来为了填饱肚子了，二来是为了寻找耿剑青和他带领的一拨人马。这里离大桥很近，直线距离不到五公里，而且有水路相连，还有个码头，耿剑青他们一定会选择这里做落脚点的。他想加入到耿剑青率领的新的炸桥分队里来，他确信，凭着他和耿剑青的哥儿们交情，他一定会收留自己的。当然，从禁闭室里开溜的事儿他是绝对不会吐露半个字的。

可是事与愿违，江雄风的突然出现，给他来了个措手不及，而且他身上又没带任何武器，只好束手就擒。

丁时俊的人把他带进了这间很大、很破旧的江边仓库，外面有一个小型码头，还有一些露天空地堆放货物，这里原来是一个堆放货物的货栈，仅能遮雨，而且四面透风。

他被人捆在一个大方木箱子上，绳子紧紧地缠住了他的手和脚。这种境遇方逸舟还从来没“享受”过，急得嗓子眼里直冒火，一个劲儿地后悔，自己根本就不应该从草棚子里逃出来，这运气真是要多背有多背，连这种冤家路窄的事儿居然都遇上了，真是倒霉透顶了。

已经两个小时过去了，连个鬼影都没见着，看样子，他们今晚是不会理

睬自己了。虽然现在已是五月，但这里四面透风，黑灯瞎火又寒风嗖嗖，半夜还不把人冻僵吗?

他气得高喊道："喂，有人吗，给口水喝，给口水喝行不行啊!"他声嘶力竭地喊了足足有十分钟。

"喊什么喊，叫魂儿呢?"门口有人骂了一声，不一会儿，有人提着一盏马灯进来了，仓库里亮了些，几个高大的黑影终于出现在门口了，这回不是两个人，而是三个，其中一个是女的。

那个女人不看则罢，看了让他险些没晕过去。

那人竟是冷丽苹。

坏了，坏了，这下完啦，彻底完啦。本来遇见了江雄风，就够他喝一壶的了，这下又来了个女冤家，那个被他打掉乳房的人，这会儿正虎视眈眈地盯着自己，手已经去摸枪了，还说不定会把他阉了? 今天真的是见鬼了，冤家路窄加上倒霉透顶，再加上"情人"相见，分外眼红。

三个杀气腾腾的人终于晃到了面前，脸上都带着狞厉的奸笑，眼中杀机隐伏，方逸舟急忙低下了头。

"方逸舟，看着我的眼睛。"这是冷丽苹的声音，这声音无疑像个炸雷，把方逸舟炸得七荤八素，心慌意乱。他不得不抬起头来，看着自己的情人。

"世界上有人对敌人开枪，有人对无辜者开枪，可还有的人，专门对自己心爱的人开枪，知道是这个人是谁吗，'老秒神枪'先生?"

"是……是我……对……对不起。"方逸舟躲避着她凌厉的目光，话已经说不利索了。

冷丽苹冷笑一声道："哼，现在才说对不起，是不是晚了点? 你那一枪，打得可真准啊，竟然打得我连女人都作不成了，你真是不简单呢。"

"我看哪，天下如果有一种比赛流氓的狙击比赛，你一定能得冠军。"江雄风奚落道。

"我我我，我该死，我混蛋，行了吧，我绝不是有意的，丽苹，那一枪，你听我解释，那一枪完全是瞄准小野打的，谁成想你却出现在现场，那那那……那是误伤啊。"

"误伤?"冷丽苹冷哼一声，"那是误伤? 那个达姆弹是怎么回事? 你不会说是误装进枪膛的吧?"

"不，那颗达姆弹是自己长脚跑进枪膛里的。"万科长在一旁扇着阴风。

"不……不不不……不是。"

“哼，我看你呀，跳进黄河里洗一洗吧。”江雄风在一旁嘲讽道。

“是的，达……姆弹，是我一时糊涂装进去的，那一枪不仅伤了你，还把我自己打废了，那以后……我得了……狙……击恐惧症。”方逸舟露出万分痛苦的表情，“丽苹，反正我怎么说都是错，所以我不解释了。可有一点请你相信，我打的绝不是你，而是万恶的日本鬼子，不管你相不相信，你在我心目中，还是以前的你，还是那么完美，我对你的感情也丝毫没变，我会用一生来……来来来……赎罪的。”

“哎呀呀，方逸舟呀方逸舟，没想到你还是个情圣啊，把人都快打死了，乳房都打爆了，却还厚颜无耻地说爱人家，什么爱？子弹的爱吧？或者不如说是子弹的亲吻？”江雄风从后面晃了过来，阴阳怪气地嘲讽道。

“爆炸性的爱嘛。”万科长一旁帮腔道。

他的话立刻引来一阵嘲笑声。

“什么情不情圣的，谁自封情圣谁自己心里清楚，我们现在不扯！你说吧，江雄风，你准备怎么处置我？”方逸舟抖擞了一下精神，回过头狠狠地盯着江雄风。

“怎么处置你？现在还没考虑好，总不能让你死得太舒服吧。”

“你……”

江雄风转过脸来问道：“老万，你说说，怎么处置他？”

万科长看了看几人的表情道：“我看哪，对付共党，只有两种选择，一是就地处决，二是交上去，由戴局长亲自处理。”

“交上去？好办法。”江雄风狞笑道：“不是说我有意放跑共党要犯吗？这下可以洗清自己的罪名了，方逸舟，方先生，听说过‘渣滓洞’、‘白公馆’和‘息烽’的大名吧，这就送你去蹲蹲大牢，尝尝辣椒水和老虎凳的滋味，再让你享受一下‘电刑’和‘水刑’的新名堂，这就是你当共产党的下场，再下来嘛，就是吃板斧喽。”

“江雄风，你不能这么做！”方逸舟拼命挣扎道：“你也不会这么做的，你别忘了，我们可是老同学呀，从中学到大学，我们都是最要好的朋友，只是后来信仰不同，走上不同的道路，但是你恰恰忘了，你的枪口不应该对准我，应该对准日本人，那才是我们真正的敌人。”

“别动不动把老同学挂在口上，你以为叫叫老同学就能救你的命了吗？为了你，我背了多大的黑锅呀，又是‘通共’，又是‘资敌’的，受尽了酷刑不说，脑壳儿差点没丢了，这口气我怎么咽得下？”

“可你这么做，正是帮了日本人的忙，你知道吗？你可以恨我，也可以恨共产党，但你不能昧了中国人的良心，我们在打日本，救中国，可你们国民党却在干亲痛仇快的事儿，总是把枪口对准我们，你想想，这么做对吗？”

“我跟共产党没有仇，可我跟你有仇！”江雄风越说越来气，指着他的鼻子道：“是你害了我，如果不是你，我早就是上校了，可如今，却背着一个洗不清的罪名，又是‘通共’，又是‘资敌’的，这是多大的罪你知道不知道？现在还有什么戴罪立功，我有什么罪可戴，啊？不都是因为你！”

“你自己打枪打偏了，你怨谁，别拿你的老同学出气，有本事跟日本人横去！”方逸舟并不示弱，也回顶了他。

四个人，你一句，我一句，像是在开批判会。过了一会儿，骂也骂累了，训也训够了，众人你看看我，我看看你，大眼瞪小眼，局面僵持着。

沉默半晌，江雄风抬头问冷丽苹道：“丽苹，你说怎么办吧？到底是该毙、该送，或者该放，听你一句话吧？”

冷丽平掂着手枪，围着方逸舟转了两圈，脸色稍霁：“这个人倒是个大麻烦，如果交上去，局长还不剐了他呀，‘刀斧手’一生最恨的就是共产党。可我们俩都是他的老同学，这种断子绝孙的事我们不能干，对不对，江雄风？如果你就地处决他，不是不可以，但你理由并不充分，你凭什么处决他？他怎么你了？他开枪打过你吗？没有嘛，反而是你开枪打过他，只不过打偏了，让你背了一个黑锅而已。你想想，他是个神枪手，如果他当时回打你一枪，你还能活到今天吗？做人哪，话可以说绝，但事不能做绝。”

冷丽苹背着左手，右手掂着手枪继续说道：“再说了，国共对垒，两军对阵，互相攻打，也是题中之义，没有什么谁是谁非的，更没有谁高谁低。现在大敌当前，国共又在合作之际，我们还有什么个人恩怨不能放弃呢？你说是不是江雄风？”

江雄风有些困惑地望着她道：“你到底什么意思？冷丽苹，你这些绕圈子的话搞得我一头雾水，别忘了，他可是打伤你的凶手啊，那一枪打碎的可不仅仅是乳房啊，更是你做女人的尊严，冷小姐，难不成你要放了他？”

冷丽苹冷笑道：“放了他？我可没那么说，也没那么大的权力，你是组长，还不是得听你的。我只是讲个理儿，给点忠告而已，这年头，谁该杀，谁不该杀，你还不清楚，用得着我多说吗？”

江雄风犹豫道：“虎可抓不可放，放了他就会伤人……我可不想被他打一枪。”

“真是小人之心度君子之腹。”方逸舟冷冷地嘲讽了一句。

“你不仁，他不义，国共向来如此，”冷丽苹义正辞严地说，“你对他仁至义尽，他对你定会涌泉相报，听我一句没错，如今我们要枪口一致对外，不要自相残杀。”

“可他那一枪给你的肉体和心灵都造成了永久性的伤害呀，”万科长插言道，“他过去是你的情人，后来是你的仇人，现在，是我们的犯人。”

“仇人？江科长，那些旧账还用不着你来翻，要知道，我们之间没有仇人，没有犯人，没有情人，只有敌人。”冷丽苹目光凛然道：“如果我们再兄弟相残，杀来打去，日本人早就把我们杀光啦。”

江雄风犹豫着：“放了他？放了他？倒也不难，但是……但是……”

方逸舟急切地说：“没有什么‘但是’，你们放了我，我可以帮你们，很多方面都可以帮到你们。”

“帮我们，你知道我们在干什么吗？哼！”万科长窃笑一声。

“还用问吗？你们在干好事，一桩大好事，你们在给日本人的钱塘江大桥准备一份大礼、一份厚礼、一份地狱之礼，对不对？”

这句话一下点中了江雄风的心中穴位，他不由得一怔。这时，冷丽苹对二人神秘一笑，拉着他们走到一旁，小声嘀咕了一阵，作出了最后的决定。

江雄风走上前来，解开了方逸舟身上的绳索道：“好啦，方逸舟，话说开啦，你我恩怨，从此一笔勾销，你还是我以前的方大哥。冷丽苹说得对，你没有什么对不起我的地方，连她都不计较了，我还计较什么？你是最了解我的，我从来就不是一个小肚鸡肠的人。好啦，从今天起，我们一起对付日本人，大家一起玩炸桥吧。”

“这就对了嘛，老同学，”方逸舟揉着手腕，亲热地拍着他的肩膀道，“我早就知道嘛，你会做出明智选择的。当然还要谢谢二位。”方逸舟转头向冷丽苹和万科长拱了拱手。

“你去，开一瓶茅台，”江雄风对一个手下吩咐道，“等一下我们要和弟兄们来个一醉方休。另外，也要给这个家伙压压惊嘛。”

“压什么？喊，我何惊之有啊，”方逸舟耸耸肩膀道，“我脖子都洗干净了，就等你的砍刀呢，你不砍怨谁呀。”

“哈哈哈哈。”几人发出爽朗开心的大笑。

第十六章

铩羽而归

“不，监狱你们是回不去了，越狱犯只能被直接送往刑场。我也是职责所在，不得不为呀，请务必保持克制。”

入夜，江边码头上，日本人开始忙碌起来。

一条船停在岸边，有人把大大小小的木箱子从船上卸了下来。日本兵排成了一个长队，正往江边匆忙地搬运着木箱子。

两只高倍的白炽灯架在江边，把江水照得通明透亮。

高桥手里提着一个马鞭，正和张工程师站在码头上监督着士兵们。几个写着日文的方型木条箱子被搬来放在码头上，盖子打开，里面露出了各种各样的电子设备。高桥俯身看了看，十分满意，挥了下手，示意盖上盖子。

此时，一条快艇开来，高桥和张工程师先后上了艇，快艇迅速离岸，驶向桥下。

两艘巨大的施工船已经停泊在江上，一条离大桥近百米，另一条就在桥墩附近。

高桥和张工上了一条施工船，摊开地图，高桥道：“张工，你看，这里，有必要安装一些声纳设备，这边是上游，船只大都要从这里通过，所以这里非常危险。”

工程师看了看水况，又看了看图纸，说道：“可以，这里的确很重要，叫几个潜水员来。”高桥挥了下手，几个穿戴满身潜水服的潜水员走来，高桥小声向他们交待了几句，潜水员们点点头，先后跳进了水中。

另一边，巨型木箱子都运到了江边，士兵拿着撬棍，打开了箱子，把那

些钢板一块块地平放在地上。高桥来到江边，渡边匆匆走来，禀报道：“大佐，刚才狙击手报告，说江边发现有人偷窥，好像还不止一股人马，你看要不要打?”

高桥面色一凛道：“打，当然要打，但是命令他们都要向天开枪，不要打人，吓唬吓唬就行了，明白了吗? 还有，要把他们的偷窥方位都标注下来，去吧。”

“哈依!”渡边敬了个礼，匆匆离去。

当天的施工持续到深夜 3 点，第二天、第三天也都连续施工，第四天，工程完工了，江边安静了下来。

上午 10 时，宫崎参谋长匆匆走进师团长办公室。

司令官冲山元正俯案办公，宫崎禀报道：“司令官阁下，据高桥大佐报告，他们在六和塔上扣住了五个英国人，请示我们应该怎么办?”

“英国人? 干什么的?”

“全是商人，是什么东南亚商业考察团的，但我怀疑他们是美国人，您看?”

冲山元面布疑云道：“美国人，有证据吗?”

“没有。”

“那就放掉吧。现在英国人还没有和我们翻脸，不要惹出外交事端来。”

“哈依。还有，阁下，您去大桥视察的事，已经安排妥当了，您看何时动身?”

“嗯，大桥的情况怎么样?”

“很好，高桥上任以来，没有发生过任何袭击事件。”

“好，那就下个月初吧，具体时间临时再定。”

“哈依。”宫崎敬了个礼走了出去。

街头电话亭，一位日本青年军官走了进去，他拿起电话，十分警惕地瞄一下四周，神秘地说道：“冲山元要去大桥视察了……嗯……对对，时间定在下个月初，具体时间等我通知。”

日本男子说完，放下电话，走出了电话厅，机警地向四周觑一眼，迅速向一条小巷深处悄然隐去。

货栈内室，煤油灯照亮桌上一张大桥地形图，几人围着地图，图上标着大大小小的红圈。江雄风、丁时俊、方逸舟、万科长四人正围着桌子开炸桥方案讨论会。

江雄风指着地图道：“自从高桥上任以来，对大桥的防守进行了新的调整。这三天以来又连夜施工，不知道在搞什么鬼名堂，我估计是在水中安装了什么先进的设备，所以我们的‘烈火行动’要快，不然，越晚越难炸了。”

方逸舟望着地图道：“专业呀，有你们这张图太好了，省得我们重头调查。”

丁时俊笑道：“老方，别老你们、我们的了，今后咱们一家人不说两家话了，大家集思广益，精诚合作，我就不信炸不掉它。”

此时，赵营长走了进来，坐到桌子前来。

“怎么样，老赵?”

“我派了两个会潜水的弟兄下去看了看，发现中间一根桥墩都被钢板包住了。就是这根，全被包住了。”赵营长指着地图道。

“人呢？你们没惊动日本人吧?”

“没有，哪能呢，我让他们不能久留，一旦摸清情况，立即撤了上来。”

“很好。”江雄风道：“千万不要打草惊蛇。”

“狡猾，太狡猾啦，”方逸舟道，“这个高桥果然不是吃素的，他把桥墩一包，我们就更不好炸了，不过，这也反过来告诉我们，这个桥墩，可能正是它的软肋。”

“还有一个发现，”赵营长补充道，“这钢板只包了一半，上半截没被包住，不知什么原因。”

“哦，这倒有意思，”江雄风沉吟道，“既然包了，又不全包，这是为什么呢？难道他们舍不得那些钢板，还是有别的缘故?”

方逸舟道：“先不管他有没有别的原因，一时半会也很难查清，依我看，我们必须尽快采取行动，越晚越不利，而且越被动。”

“对，老方说得对，”万科长道，“我倒是有一个主意，也是原先就准备干的，一直没机会，也就没有下手。是这样的，我们组织一个爆破队，来个破釜沉舟的爆破办法，先在一艘船的船底凿上 3 个银元大小的孔，用木塞堵上，然后装上 2000 多磅 TNT 烈性炸药及雷管，上面再盖上稻草，从钱塘江上游把船放入水中，从我们这个小码头放下水也行，等船靠近桥墩时再拔掉木塞，让船靠近桥墩时沉入水底，再用发火器点着雷管，引爆炸药。你们看呢，这

法子可不可行?”

江雄风思忖片刻道：“这个法子嘛，有很多漏洞，一是用船目标太大，还没等你靠近大桥，一顿机枪就把你的炸药引爆了，还炸个屁呀。再有，你用什么船呢，用渔船吗，碰上快艇检查怎么办？那还不一查一个准啊？用渔政船吗？上哪儿去整？用水文船吗？只有英国人才有，他会那么轻易借给你吗？况且你是要在船上搞爆炸，他会借给你就出鬼了。所以，这法子我看不行啊。”

万科长道：“英国人的水文船船长叫史密司，我有一个朋友认识他，我可以想想办法。”

“别急，我看还有法子可想。”方逸舟道：“老万这个主意，也有可取之处。我反复考虑了，用别的法子都不行，只有用船来炸。但船只目标太大，这是个问题，这个问题怎么解决呢，我们不用船，用竹排子，用双层的竹排子摞在一起，足够吊住2000磅炸药了。我是会驾船的，我知道，竹排子不会沉，底下有重量的时候，它会半沉半浮，时浮时沉，这不正是我们要的效果吗？那炸药怎么办呢，把炸药分开装成四个袋子，吊在竹排子下方，这样，竹排子一动，麻袋跟着动，不就可以带炸药了吗?”

“嗯，有门儿，”丁时俊称赞道，“这办法可行。江面上还看不清楚你那个半浮半沉的竹排到底是个啥东西，等他们看清了，屁股就坐了飞机了。”

方逸舟补充道：“还有，那竹排子怎么去呢，要跟着船去，因为它自己没有动力，不能在水上行驶，所以，必须得有个船。有个什么船呢？我们自己当然没有船，但是可以偷偷挂在他人的船只后面，我说的是偷偷地挂，利用别人船的动力，当走到桥下时，再解开挂着的绳子，让竹排自己飘到桥下，就可以引爆了。”

江雄风越听眼睛越亮了，“嗯，这样动力问题就解决了，隐蔽性也很好，而且不用顾虑什么大雾、大雪和大风的天气情况了，还有，那桥墩下方不是有钢板护着吗，我们的竹排子吊着的炸药，刚好就在上半部分，避过钢板部分，专炸它的上半部，效果也是一样的好。”

“只要解决炸药串连、雷管安装等技术性问题，其他的就没什么大问题了。”

江雄风笑道：“三个臭皮匠，顶个诸葛亮，我们可是五个臭皮匠啊。”

“高桥啊高桥，你就要回去见天皇了，还是坐着土飞机去。”方逸舟笑着说道。

“老丁啊，赶快写份报告，报给老板，我们也要同时做些准备工作吧。”江雄风兴奋地搓着手说。

“笃、笃、笃”，这时响起轻微的敲门声。

老赵打开门，黑暗中立着一个戴礼帽的男子，万科长让男子进来，那人先敬了个礼道：“万科长，你们都在啊，戴局长有令，让江雄风、丁时俊和你一块去见他，不得有误。”

“什么时候去?”

“马上，门外有车。”

几人相视一眼，不知何事，但又不敢耽误，只好跟着来人走出了货栈仓库。

“荷塘”豪华客厅里，灯火通明。

戴笠和沈默然正坐在沙发上小声交谈，二人脸上都似有焦灼紧张之色。

一便衣特工领着两个美国客人走进了房间，戴笠和沈默然一见，立刻迎上来热情地握手，几人寒暄了一番后落了座。

戴笠担忧地望着其中一个美国人道：“顾问先生，听说你们被日本人抓了，有这样的事吗?”

一位叫迈克尔的美国人耸耸肩道：“虚惊一场，不值一提，要知道，我们顾问团在沦陷区用的都是英国护照，我们都是英国商人，日本人难道连这点面子都不肯给吗?”

戴笠笑笑道：“那就好，那就好，没事就好。你们一共是五个人吧，怎么样，在忠义救国军那里还玩得开心吗?”

另一位叫杰克的说道：“很好，戴先生，你的部下都很尽职，只是他们把我们看管得太严了，一点自由都没有。”

“对不起呀，这也是为了安全起见，不得不采取的保卫措施呀，这里是沦陷区，到处都是日本人哪，还是小心为上啊。”

“非常感谢你的照顾，将军阁下。”

此时，一个手下进来禀报：“报告，江组长到。”

戴笠：“叫他进来，一起听。”

“是。”手下领着二人走了进来。

江雄风和丁时俊向戴笠敬了个礼，在一旁的沙发上落座。

美国顾问迈克尔看了看大家，清了清喉咙，用生硬的中国话说：“局长先

生，我是美国军事顾问迈克尔，这位是我的搭档，爆破专家科瓦奇先生。这几天，我们先后五次上了六和塔，还在大桥周边转了转，我们研究了钱塘江大桥的结构，得到了一个初步的结论，像这样的大桥，必须要用 2500 磅的烈性炸药集中在桥墩引爆，才能对大桥起到关键性的破坏作用。但现在的问题是，如何才能把炸药安全地运到桥墩，并把它稳固地安放好，才能引爆。”

科瓦奇耸耸肩膀道：“是啊，根据我们几天的观察，觉得炸桥几乎是不可能的。不要说把两千多磅炸药运到桥墩，只身一人你也很难靠近桥墩，要在日本人鼻子底下炸毁这座桥，不管是谁，根本无法办到。所以，我们建议，你们要放弃这一行动计划。”

戴笠一脸愕然道：“什么什么，放弃?”

“对，放弃。”迈克尔耸耸肩道：“不得不放弃，除非你有轰炸机，或者有重型军舰，可是你没有，不是吗。”

科瓦奇拿出地图，做了个鬼脸，指着图道：“有轰炸机也不行，你根本就无法靠近它。据可靠情报，日军在这里和这里，都布置了一个威力极强的高射炮防空网，光高射炮就有 160 门，还不算高射机枪的数目，你们的飞机刚到这里就会被击落。”

“他们没有飞机，我说的是轰炸机。”迈克尔补充道。

戴笠正色道：“尊敬的迈克尔先生，尊敬的科瓦奇先生，我非常敬重二位，也非常愿意听取二位的建议，但我们中国人是从来不对任务说‘不’字的。”

迈克尔笑道：“这就是你们总吃败仗的原因。我们是在研究可行性方案，不是么? 但研究来研究去，得出的结论往往是不可行的。你想象当中的‘可行’，变成实际中的‘不可行’，这就是科学，就是规律。你们中国人想问题常常是一厢情愿、不顾现实，所以总是失败。当然了，如果你们不顾现实，一味要硬干的话，谁也不会阻拦你们，干就是了，但是后果却是可怕的。你一次炸不掉它，就等于永远炸不掉了。”

戴笠愕然：“二位先生，先别忙着下结论嘛，看看还有没有其他的办法，我想，办法总会比困难多的吧?”

迈克尔诡秘一笑道：“办法嘛，也不是完全没有，你调来一个军，再调来 200 门大炮，一个齐射就全解决了。”

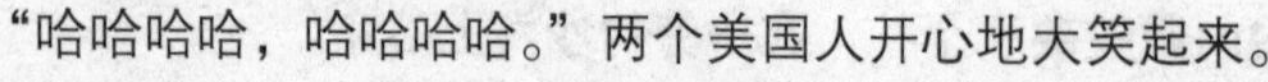

“哈哈哈哈，哈哈哈哈。”两个美国人开心地大笑起来。

“您这是开玩笑啊，”戴笠尴尬地说，“先生们，帮我们再想想，一定会有其他办法的。”

迈克尔道：“我是这方面的专家，我没办法，谁也没办法，他也是。你以为日本人是傻瓜或笨蛋吗？才不是呢，日本陆军是世界上最能征善战的军队，他们对这座大桥的防守，已经是我所见到的最严密的了，不可能再有什么办法了，除非天上下炸弹。好了，承认现实吧，我的将军，我们都不要违背科学和规律。”

迈克尔站起身道：“好了，我们还有事，告辞了。”

戴笠苦笑道：“那，好吧。不过，也还是非常感谢诸位专家对我们的指点。谢谢。默然，你送送贵宾们。”

沈默然领着美国人，快快地走出了房间。

一场突出其来的变故袭击了人们，客厅顿时像被死亡的阴影所笼罩。

戴笠沮丧着脸，望着江雄风和丁时俊，一句话也说不出来。

沉思良久，戴笠缓缓言道：“你们都听到了，这就是现实，任务……取消了。”沈默然带着四个黑衣特工走了进来，沈默然向他们使了个眼色，特工们上前将江雄风和丁时俊戴上了手铐。

江雄风向后一挣道：“是要把我们送回监狱吗？”

沈默然木然的脸上一点表情也没有，“不，监狱你们是回不去了，越狱犯只能被直接送往刑场。我也是职责所在，不得不为呀，请务必保持克制。”

身后传来戴笠苍凉的话语：“是啊，我也没料到会是这样的结局。桥不能炸，你们的存在就没有理由了，而且，上峰已经在追查了。”

江雄风挣扎着说道：“局座，能不能再给我们一次机会，我们有把握把桥炸掉！我们刚刚想了一个非常非常好的方法，只是方案还没来得及整理出来。”

“方案？不用了。”戴笠摇摇头，叹息道：“别说大话了，连美国专家都说不能炸了，就是神仙来了，也炸不了了。你们，认命吧。”他摆了下手，背过头，不忍再看二人的脸。

沈默然摆了下手，江雄风和丁时俊被带了下去。沈默然也跟了出去，显然他是去刑场监刑的。院子里传来一阵汽车引擎的声音，但很快就听不见任何动静了。

客厅里静了下来，戴笠双手捂面，窝在沙发里一动不动。这个打击太大了，对他而言无异于五雷轰顶。两个最优秀的特工就这样被带走了，绝望的

感觉立刻攫住了戴笠的心。那个“傻蛋”是他手里的十大王牌，不避斧钺、临难不苟、赴汤蹈火，从来都是一马当先，杀掉后再也不会有这样敢于用命的英雄了，可他又不得不杀。用他自己的话来说，“江雄风是属于那种你杀也不行，不杀也不行的主儿”，是那种“杀起来难度最高的主儿”。他不由得想起几天前为了向委员长请示炸桥之事，还是很费了一番心机和口舌的，好在委员长并没有大发脾气，也没有指责他，显然事前梅乐斯已经做过铺垫了。不过，委员长反复强调，这个事情务必要保守机密，炸不炸得掉都要保持沉默，即使是我们炸掉的，也要装作是新四军游击队干的，赖也要赖给共产党，原则是一定不要因此触怒日本人。所以，他只好作出壮士断腕的决定，让两个特工作出牺牲，虽然这个牺牲像从他的身上剜去一块肉一般的疼。

他感到被死神扼住了咽喉，突然，特工领班走进来禀报：“局座，梅乐斯将军到。”

戴笠一听，愣了一下，随即像中了电一样从沙发上弹了起来。

“戴将军，戴将军，怎么回事？怎么回事？”老远就听见梅乐斯的大嗓门在叫。

“噢，你好啊，梅乐斯将军。”戴笠上前紧紧握着梅乐斯的双手。

“迈克尔人呢？”梅乐斯的脸吊着，口气中责备的意味很浓。

“梅乐斯将军，顾问团的迈克尔和科瓦奇先生刚走。怎么了，出了什么事？”

梅乐斯挥了下手，愤声道：“这个迈克尔，还有那个什么科瓦奇，是两个蠢猪，两个白痴，我见了他们，一定要拧断他们的脖子！”

戴笠劝道：“梅将军，消消气，怎么了嘛，发这么大的火？”

“妈的，是谁说不让炸桥的，是不是这两个混蛋说的？啊？”

“是，不过……”

“你不用说了，我都知道了！”梅乐斯一屁股坐进沙发里，怒气上脸，面色通红，但他平静了一下情绪，缓声道：“他们反对炸桥，也许可以理解，他们或是出于谨慎，或是出于学者的良知，可现在是什么时候了？啊？战争已经到了节骨眼上，到了白热化的关头，盟军也已经准备全面反攻了，这就是大形势、大战略，可他们两个鼠目寸光的小人，军中的白痴，却偏偏看不到这一点，怕日本人就像“老鼠见了猫”一样，真是太可笑了。要知道，我们是军人，是战胜者，我们的使命就是全歼日本人，哪怕是一列火车，一座桥梁，一个岗楼，都要炸掉，毫不犹豫地炸掉！可他们还是军人，这哪像个军

人哪，这也不敢碰，那也不可以，你怕什么？军人就要不怕死，就要服从战争全局的需要。戴将军，你不要听他们瞎扯蛋，该怎么干还怎么干，明白了吗?"

戴笠眨着眼道："我……明白，明白。"其实戴笠在说这句话时，一点儿也不明白。

"一定要把大桥炸掉，一定要!!"梅乐斯用烟斗猛敲着茶几，恨声道："戴将军，你听着，以后谁再跟你说不要炸桥，你就让他来找我，我会用子弹招待他的，听清楚了吗?"

戴笠毕恭毕敬地说："明白，明白。一定这样说，一定这样说。"

"那好吧，我的宴会还没开完呢，我就不久留了。"梅乐斯说完，大步走出客厅。

梅将军刚走，戴笠突然像被针扎了似地从沙发上弹了起来，疯了一般地大喊道："万科长，万科长！备车！快备车!!"

万科长应声从门外进了客厅，立正道："局座，可能来不及了。"

"他妈的，还愣着干什么，快跟我去刑场！救人，救人!!"

郊外乱坟岗旁边有片小松林，林中有一片不大的空地。

夜间这里更是阴风阵阵，坟头鬼火点点，令人不寒而栗。

江雄风和丁时俊正被几个特工押着，走到一个土岗上，转过来面对枪口。二人脸上的黑布被人拿掉了，发现对面站着十来个手持长枪和火把的便衣特工。

江雄风露出坚毅的神情，勇敢而又绝决地望着前方，丁时俊扭头看了看他，转过脸瞪视着执刑人。

沈默然提着手枪，一脸的狞笑，站在远处，一个队长开始下令："预备……!"

"等一等！枪下留人!!"一声大吼，从一辆快速驶来的奔驰轿车上传来，踏板上跳下几个高大健硕的保镖，身后跟着戴笠和五六个龙精虎猛的贴身特工，沈默然慌忙地迎了上去，向戴笠敬了个礼。

戴笠摆了下头，沈默然立刻会意，走上前打开了江雄风和丁时俊的手铐。

从他熟练的动作可以看出，他不是第一次干这种枪口下放人的事情了。

戴笠盯着二人的眼睛，半晌，歉声道："你们两个，现在官复原职了，照原计划行动！我没时间跟你们解释了，回头万科长会跟你们说明一切的。"

江、丁二人举手敬了个礼，刚要走，戴笠厉声道："等等，要记住，要不惜一切价值，尽快把桥炸掉！一定要炸掉！你们坐我的车走吧。"

"是。"二人跳上了奔驰轿车，轿车迅即启动。

当晚，江雄风二人就被送回了码头货栈。

虽然经历了一场死亡游戏，但二人很快就释怀了。上司怎么做都是对的，错的只有自己，这种观念是军统多年的灌输，已经在他们的头脑里形成了不可动摇的理念。

现在他们只有一个意念，就是一定要炸掉大桥，来证明对党国的忠心和自己的清白。

面对方逸舟的询问，江雄风只是淡然一笑，就把话岔开了。

煤油灯下，江、丁、方、万四人聚在一起，继续研究着竹排炸弹方案，大家都认为这个方案好，隐蔽性强，突然性高，所以，进一步讨论着实施的细节和应变的措施。

只剩下最后一个问题，就是当前面的船走到大桥附近的时候，由谁去执行割断缆绳的任务。

方逸舟提出，既然是自己提出了竹排方案，自然是由自己去。而且自己水性也可以，割断绳索后，可以潜回岸边，不会暴露。

可其他三人觉得这样太冒险，都不同意由方逸舟亲自去，而且方逸舟已然成了炸桥小组的灵魂人物，万一有个三长两短，下面的任务可能更加难以完成。江雄风坚持改由别的队员去，要选一个身体条件出众、意志坚定、水性特别好的人担此重任。最后，选定了一名叫廖志刚的队员。

廖志刚被叫进了密室，几个人围着他，反复向他交待了需要注意的各种事项和细节，廖志刚表示，就是牺牲了，也要坚决完成任务，这让大家都看到了胜利的希望。

人选定了之后，江雄风进行了分工，由赵营长带人制作竹排，如有现成的，购买也可以，但必须在第二天完成。

由丁时俊找码头的李经理了解船期，特别要注意那种中型船舶，排水量在100吨至200吨左右，会从大桥下经过的商船或驳船，拉煤的船或拉沙石的船也可以。丁时俊上次租赁货栈，已经和李经理打过交道，二人很对脾气，一来二往，两人还成了朋友。所以，由丁时俊办这事儿最合适。

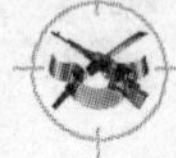

炸药的分装和串连，由江雄风和方逸舟二人负责，二人都是这方面的行

家里手，自然没有任何问题。还要准备防水油布、启爆装置、雷管等设备。

领取炸药的事情，由万科长负责，包括从地下工厂提货、炸药装车、运输、搬运、卸货、分包等等都是既危险又繁重的体力活，所以，万科长带着8个队员一起在办。另外，又抽调了一个人专门了解天气情况。天气情况越恶劣就越适合行动，比方打雷下雨，或刮大风、下大雾的天气，都会增加江面上的观测难度，就更加适合隐蔽行动。

大大小小百十来项工作，必须都在两天之内全部办完，分到十几个人手里，每人都领受了七八项甚至十几项工作，可见任何一项爆炸工作的繁琐和复杂。而且这些工作都需要在暗中秘密进行，更增加了工作的难度。江雄风有条不紊地指挥着大家分头行动，两天之后，所需物资、设备全部到位。

竹排扎好了，长十米，宽八米，双层捆在一起，炸药运来后，分装成四个麻袋，已经吊装到竹排下方，用电线串连好了，全部摆放在货栈的空地上。

一辆运煤船正停泊在码头上，有小工在上水，通过丁时俊得知，这条船今晚9时启航，将于40分钟后通过大桥主桥墩。江雄风拿来一条带铁勾的长绳，把其中一头拴在竹排上，带钩的另一头是准备挂到船尾上去的。

“炸药的吊绳有多长?”

“3米，足够了，不能再长了。”

“浮力没有问题吧?”江雄风小声问赵营长。

“才2500，没问题，再有2000磅，一样带得动。”

“等天一黑，就挂钩。”方逸舟小声说。

江雄风叫来了小廖，详细交待着任务，“你要一直埋伏在竹筏子旁边的水中，一动别动，千万不要上竹筏子，以免被敌人发现，你今天穿这身灰衣服也很好。等船快到大桥的时候，我们会从岸边发射一颗红色的信号弹，你看见信号弹，就立即割断挂钩，让竹筏子顺着惯性自己漂流，这时船已经开走了，当你漂到离大桥还有五六十米的时候，你就拉开引信，潜水离开，在爆炸前尽快离开。”

“放心吧，组长，我一定完成任务。”小廖信心满满地说。

9时整，运煤船准点启航。

方逸舟早已于1小时前赶往江边，准备发射信号弹。

天气还算帮忙，今晚没有月亮，是个阴天，非常适合行动。竹筏子挂在煤船的后面，没有引起船上的人注意，船尾掀起巨大的波浪，竹筏子也跟着

水流起起伏伏，小廖扶着竹筏子，露出半个头望向上方黑乎乎的船尾。

夜色中，站在码头上的江雄风和丁时俊，望着运煤船渐渐消逝了，他们知道，如果一切正常的话，35 分钟后，这条船就会通过大桥的主桥墩，驶往上游的某个港口。现在正是战时，煤作为一种重要的军事资源，日本人是看得很紧的，不但抢占了各地的煤矿，而且还自己生产。所以凡是运煤船，一般在江上都不查，就是查，也是派巡逻艇围着转两圈就开走了。

俗话说，谋事在人，成事在天，今晚这一锤子买卖能不能成，还真不好说，不由得二人把心都提到了嗓子眼儿上。

还好，江上没有遇上什么巡逻船，运煤船一路顺利，开到了离大桥还有约 100 米的距离时，趴在江边的方逸舟举枪在手，向天空放了一颗红色信号弹，放完之后，迅速离开。

江中，一直静静地趴在筏子边上的小廖见到信号弹，立即抽出刀来，一下割断了两根姆指般粗的绳子，江中一股浪打来，使他呛了口水，货船隆隆地开走了，只剩下竹筏子飘在水上。

竹筏子时浮时沉，顺着水流和船的惯性一直向大桥底部的桥墩冲去。

“狗日的大桥，我来啦，等着吃爷爷的炸弹吧！”小廖咬紧牙关，心里怒吼道。

“铃铃铃铃！”大桥控制室里突然警铃大作。

“嘟！嘟！嘟！嘟！”墙上一个装置发出阵阵鸣叫声，几个值班的日军官兵跑来跑去，有人打开了各种机器的旋纽，有人抓起了电话，还有人扳下了所有电闸。

高桥一个箭步冲了进来，高喊：“怎么回事，哪里响?”

“报告大佐，水中发现不明物体，好像是个竹排子。”渡边中佐说道，一边把一架望远镜递到高桥手中。

江边的探照灯“唰”地一下全亮了。警报器也“呜呜呜呜”凄厉地鸣响了。

高桥打开三楼桥头堡的窗户，探出头，用望远镜向江中扫视、观望着，“声纳有什么反应?”

渡边中佐：“报告，声纳显示，是四个方型物体，每个约有两尺见方，就吊在竹筏子的下方，正以每秒 3 米的速度逼近桥墩。”

“怎么看不见呀？在哪里？”

“好像……好像……在那边，上游方向，不会错，声纳不会说假话！”渡边也举着一架望远镜说道。

“哼哼，又是水下炸弹，”高桥斜咧着嘴狞笑道，“立即命令，桥上所有机枪、步枪，瞄准竹筏子开枪扫射、击碎它，马上给我开枪扫射！”

“哈依！”渡边抓起电话，下达了开枪扫射的命令。

高桥一把抓起一部电话，大吼道：“炮兵吗，听着，我命令，立即对准偏上游方向，桥墩附近，江中一个竹筏子，全力炮轰，全力炮轰！！”

“是，全力炮轰！”

顿时，江面上枪炮声一起响了起来。

“哒哒哒哒，哒哒哒哒！”密集交叉的火力扑向江中的竹筏子。

“轰隆隆，轰隆隆”高射炮摆平了，向江中齐射，江水被击起高达五米的浪涌。

江水被枪炮映得通红，探照灯也扫开了，交叉的光柱来回晃荡，不一会儿，就锁定了竹筏子，一串又一串的机枪子弹击中了竹筏子。

竹筏子被打碎了一半，另一半还没沉，还在顺着水流向桥墩冲过去，离桥墩还有二、三十米。

“轰！轰轰！”几颗炮弹落在竹筏子旁边，掀起巨大的浪涌。

“加强炮火”高桥一手举着望远镜，一手对着电话筒厉声下令。

“轰！轰！轰！轰！”

“砰！砰！砰砰！砰砰砰！”

竹伐子迅速接近桥礅，20 米……15 米……10 米……

突然，一发炮弹落在竹筏子上，“轰”的一声，竹筏子被打飞了，紧接着传来一声巨响，水下炸药爆炸了。

爆炸掀起的水柱高达十五六米高，可惜呀，爆炸点只离大桥不足 10 米。

扬起的江水喷到大桥桥面上日军士兵的身上，士兵们还在拼命开枪，直到把散了的竹筏子完全打成碎片。

两岸的枪声又持续响了半个小时，最后，枪声终于停了。

探照灯熄灭了。

一条江，一座桥，一片透着森森杀气的死寂。

第十七章

蝉前雀后

我们阔别数年，远行归来，本应该相拥而涕，把酒言欢，甚至歌呼竟夜的，可我们却恶语阵阵，绳索条条，刀光闪闪。

一只软如柔荑的手拉开窗帘，一张美艳的脸出现在环湖酒店三楼的一扇窗前。

城市的灯火映在冷丽苹清洌美丽的脸庞上。她此刻站在窗前在等一个人，这个人正是小野洋平。

这间房间，是他们今天约会的新地点。但就快到约会时间了，还不见小野洋平的鬼影，不知何故?

冷丽苹想起了前天晚上那惊险的一幕。

她实在没有料到，会在那样一种尴尬的情形之下，见到自己过去的恋人方逸舟。

虽然她也通过组织上了解到方逸舟已于半年前回到了国内，但一直因为地下工作的不便，没有和他取得任何联系。

当她被枪击负了重伤之后，她都不知道，那颗致命的子弹，竟然是出自方逸舟之手，出自他的狙击枪的枪膛之中。事后很久，当她已从伤痛中恢复过来的时候，一个偶然的机会，从一位老地下的口中得知了事情的真相，这也着实让她伤心了很长时间。一个与她有过深深爱恋之情的人，一个曾经在多少个深夜苦苦思恋着、期盼着、惦念着的人，竟然在一道命令之后就突然消失了，三年之间音讯全无，三年之后，又竟然悲剧般地出现了，这一切，

难道是一场梦？

她们的缘份是在大学里结下的，她还清楚地记得，他们曾多少次在校园中并肩参加地下抗日活动，一起参加游行示威，一起在深夜贴标语，一起冒着杀头的危险为地下党敌工委递送情报；后来她们一起参加了学校的秘密党组织，为过路的中共领导人带过路，曾穿过杭州市附近的日军的封锁线；她们还一起参加了针对投降日寇的大汉奸沈国富的集体除奸行动。那时候，江雄风跟他们最要好，成了好友三人组。他们就想把江雄风也发展成为中共地下党员。但江雄风倾向三民主义，迷信国民党那一套，甚至崇拜蒋介石，说他是什么军事强人，而中国目前最需要的就是军事强人，等等理论，和他们志趣并不相投，后来也就作罢。但江雄风对冷丽苹却追得很紧，极力向她献殷勤。虽然江雄风长得一表人才，但是冷丽苹却看上了相貌普通，但气质超群的方逸舟。一来，二人都追求思想进步，都以救国救民为理想；二来，二人情趣相投，爱好相近；三来，家庭境况相似，不像江雄风的大地主出身，是个典型的富家公子哥儿。为了得到她的爱情，方逸舟和江雄风在暗中展开了较量。如今二人心中的芥蒂，就是那个时候结下的。

就在他们一对恋人即将捅穿最后一层窗户纸的时候，发生了“七七卢沟桥事变”，日本人发动了全面的侵华战争，战火硝烟之下，三个好朋友只好分道扬镳：方逸舟参加了八路军，冷丽苹则留在杭州地下党敌工委继续地下工作，而江雄风却参加了国民党军，亲身参加了淞沪抗战。参军后的方逸舟和冷丽苹虽然仍旧保持着书信往来，但因为战争年代环境不断改变，二人虽然彼此牵挂，但也没有什么见面的机会，彼此的思念和情愫只能通过鱼雁往来，耦断丝连。

1939年，冷丽苹受命打入国民党军统，接常理，在倍加严酷的环境下，在虎狼环伺的敌巢里，他们的爱情就不可能再有什么续篇了。而可悲的是，方逸舟对此却一无所知。此刻的他，已经坐上了远赴异国的火车，去了那个革命的发源地苏联，去学习爆炸和狙击。命运的魔棒就是这样轻轻一挥，就把三个好朋友截然地分开了，三条道路铺展在各自的脚下，他们肩负着各自的使命和理想，一步一个脚印地走到了今天。可是，命运又再一次挥动了它的魔棒，让他们奇迹般地再次相逢。

都说是“历经劫波兄弟在，相逢一笑泯恩仇”。可让人哭笑不得的是，三个曾经是那么要好的同学，那么知心的朋友，现如今“兄弟”不在了，“冤仇”却发生了，拔刀相向、虎视眈眈、横眉冷对。就是因为这场战争，让他

们三人之间结下了一种说不清道不明的某种心结，某种怨怼，甚至是刻骨的仇恨。面对对方时，她们都讶异于自己还是不是原来的自己？怎么就变得连自己都不敢认了？这究竟是怎么回事？到底哪里出了问题？

都是这场可恶的战争，它是一切罪恶的渊薮，冷丽苹从心底里发出一声感叹。如果没有你，我们相爱着的人怎么会这样痛苦地分离，苦苦思恋，肝肠寸断？我们信任着的朋友，怎么会反目成仇，拔刀相向？我们纯洁的肉体和心灵，怎会投向敌人的怀抱，强作欢颜，假意趋奉？我们阔别数年，远行归来，本应该相拥而涕，把酒言欢，甚至歌呼竟夜的，可我们却恶语阵阵、绳索条条、刀光闪闪。

每个人的心里，都是一杯苦酒，一团乱麻，或干脆就是一堆碎片。

这人性怎么一瞬间都变了味？说不清，道不明，剪不断，理还乱。

冷丽苹愕然了，不知怎么自己就流下了眼泪，是那种无声的泪，汩汩的，很苦、很涩的那种。

冥冥中，一柄锋利的剑刺中了她心中最柔软的部分，那个藏得最深的东西，那个生命中的宝藏，永远地逝去了，粉碎了，远离了，再也不会回来，伴着阵阵锥心刺骨的痛。

“哇……”冷丽苹跌扑在床上，失声痛哭，终于可以释放一下了。

可，有人敲门了，那个小野洋平在最不应该出现的时候，准时出现了。

“哎呀呀，太对不起啦，今天师团长有要事跟我谈，所以耽误了点时间，本来会提前到的，结果特高课的人……怎么了，你哭了？”小野忽然发现了冷丽苹梨花带雨的脸，紧张地问。

冷丽苹故做生气道：“你看你，说好了八点到的，现在几点了，人家孤单单一个人，怎能不伤心呢。”

小野拥抱了一下她，安慰道：“好啦，美人，都是我不好，行了吧，给你陪礼了，我保证下不为例。”

“哼，谁信你。”冷丽苹嘴噘得老高，一脸的娇嗔之态。

突然，电话铃乍响，小野一怔，拿起电话道：“喂，嗯，我就是小野，嗯嗯，噢，好的，好的，我马上来，哈依！”

小野放下电话，转头道：“完啦，大桥又出事了，特高课要开会，今天看样子又没觉睡啦。美人，今天不能陪你了，我得先走了，等会儿我叫车送你回家，就这样吧。”

小野急步匆匆走出房间。

冷丽苹擦干眼角的泪痕，嘴角绽出一抹笑纹。小野的离去，刚好给了她实施今天一个特殊任务的机会。本来今天的幽会是在冷丽平自己的别墅里的，但为了进入环湖酒店，冷丽苹故意把会面地点定在这里，一开始小野并不同意这个地方，理由是这里是日军的内部宾馆，只接待重要宾客，而且一般人进出都要经过严格检查，还要有蓝色派司才行，手续颇为不便。但经不住冷丽苹软磨硬泡，最后只好答应在这里会面。为什么偏偏要在这里会面呢，其实冷丽苹醉翁之意不在酒，她是为了侦察那个张鼎诚工程师，究竟住在这栋楼的哪个房间和确认该人的相貌，为下一步行动做好侦察和铺垫。

自从得知张鼎诚被日军控制起来之后，冷丽苹就将情况汇报给了沈默然，沈处长给她的指示是一定要想办法查清日本人抓走张鼎诚的真实动机，这其中又和大桥有什么必然的联系？也许这里面隐藏着一个不可告人的目的和阴谋？所以，派她迅速查清情况，并向他汇报。为此，冷丽苹虽然几次跟踪小野都没有成功，但今天，让她略施小计，她人就进了宾馆，第一步的目的已经达到。接下来，就是想一个妥善而又巧妙的办法，见到那个工程师，并侦知他所被软禁的房间。

其实办法她早已经想好了，她收拾了一下，对着镜子整理了一下头发和裙服的花领结，打开房门，轻盈地走了出去。

不一会儿，她就出现在大厅的前台，对前台小姐说道："小姐，请问张鼎诚先生住几号房间，我是他家的亲戚，有事想找他。"

前台小姐看了看她，翻了翻入住登记薄，对她道："张先生住在309房间，但是我们有规定，你不能上去，有事只能在大堂见客。而且，见面时间不能超过10分钟，请问小姐，要不要叫他下来，再请问，您贵姓？"

冷丽苹冷静答道："我是他妹妹，当然也姓张，既然不能上去，那就请给他个电话吧，请他下来，就说我在大堂等他好了。但你不要说他妹妹找他，就说是他亲戚，我想给他个惊喜。"

前台小姐会心地笑了笑道："好吧，您稍等。可以在那边沙发上就坐。"

小姐拨通了电话，开始通话。

冷丽苹回身进了大厅旁边的一间女洗手间，两分钟后，等她再出来的时候，她已经完全换了一身装束，变成了一个地地道道的日本妇女，穿着白色的和服，头发也高高地盘在头上，脸上施着厚厚的脂粉，如果不仔细看，怎么也看不出她的本来面目。

她从容地坐在离前台15米开外的沙发上，拿着一份报纸遮住了自己的

脸，但眼睛却盯着楼梯和电梯的方向，注意着从里面出来的每一个中年男人。

来人肯定是张鼎诚，只见他东张西望，一会儿看看大门外，一会儿看看大堂的沙发上，神色有些焦急不安。

张鼎诚走到前台，问值班小姐："请问有人找我吗？我是张鼎诚。"

前台小姐道："啊，您就是张先生啊，刚才的确有个年轻女士找您，我让她在这里等您的。哎，这会儿，她人呢？"

"噢，谢谢啦，我自己找吧。"张鼎诚还在四下寻找着。

冷丽苹通过报纸的边缘，用眼睛的余光看到张鼎诚双鬓有些斑白，顶微秃，国字型脸，中等身材，记住了他的相貌。

张鼎诚四处张望，没有看到他妹妹的身影，怏怏不乐地向楼梯间走去。

冷丽苹放下手中报纸，站起身，也假装向楼梯走去。

她以十步远的距离跟着张鼎诚，上到三楼后，张鼎诚往右一拐，进了 309 房间，关上了门。

"309"的门牌赫然在目，冷丽苹瞥了一眼，不动声色地穿过那个房间，走进了自己刚才的房间，回身关上了门。

房间传来一个女人打电话的声音："喂，我找 502，我要见你，对，马上。"

深夜，货栈密室里，烟雾腾腾，油灯昏暗。

桌上摆着地图，江雄风、丁时俊、方逸舟三人聚在灯下研究下一步炸桥方案。

前天，竹排爆炸失败之后，那个阴影还笼罩着四人的心头，人人表情凝重，眉头紧锁，丁时俊更是一根接一根地吸烟。

"……哎，真奇怪，你们说，这日本人是怎么发现竹排的？天色那么暗，加上竹排是半浮半沉，别说一百米，就是几十米外也很难发现呀？"丁时俊抬头问道。

"哼，我也在琢磨呀，是不是运煤船目标太大，早就引起了日本人的注意？船过去之后，日本人的望远镜和什么其他的先进设备就发现了竹排。"江雄风分析道。

"有这个可能，但还有一种可能，是水底下有名堂。"方逸舟指着地图上桥墩附近道："你们看，这几天，日本人都在这里搞水下施工，安装的是什么东西，暂时还搞不清楚，但肯定是某种先进的仪器和设备。这些设备一定会

有某种功能，在百十米开外，就能发现水下异物，一旦发现异物，它可能就会立即报警。”

“报警？嗯，老方的思路很正确。”江雄风道：“我是瞎猜啊，比方他们放置了一种敏感电极之类的东西，在距离大桥一定的距离上，又比方在一百米远的地方，从两边的江中一拦，不论是上游来的东西，还是下游来的异物，这个电极上的设备会立即发现，然后报警，这样的话，我们搞漂流物的办法，以后就再也行不通了。”

“这个高桥一郎太鬼了，他等于是在水下安了眼睛嘛。”

“眼睛？还可能有‘耳朵’呢，说不定还有‘鼻子’。看样子，以后炸桥，难度会越来越大。”江雄风感慨地说。

“是啊，日本人科技太发达了，又有雄厚的军事工业做支撑，高桥有那么多资源可以调动，手中的牌多得不得了，如果换了是我，我也会这样做的。”方逸舟说道。

“真有你的，老方，我看，是得像你这样换位思考思考啦。”江雄风在方逸舟肩膀上拍了一下。

“哎，那个工程师找到了没有，我看很有可能是他出的点子，如果我们找到他，再把他控制在我们手里，那他们的水下阴谋就可以拆穿了。”丁时俊道。

“我早就想到这一层了，‘夜莺’已经出动了，估计很快就有眉目了。”

“什么夜莺？谁是夜莺？”方逸舟不解地问。江雄风和丁时俊交换了一下眼色，江雄风耸耸肩道：“事关机密，无可奉告。”“噢，我明白啦。”方逸舟立刻明白了个中奥妙。

突然，门外响起汽车引擎声，好像有什么货车开进了码头。

几人警惕起身，江雄风打开房门一条缝，只见一辆大货车上，跳下一个人来，匆匆向货栈密室走来。

原来是万科长。

万科长兴冲冲地走了进来，低声道：“‘刀斧手’让我把炸药拉来了，又是另一个2500磅。老板还说了，叫你们不要气馁、再接再厉、克尽成功。”

“好好好，叫他们快卸货吧。”江雄风挥了下手，二十几个队员都帮忙一起卸货，几十个大木箱子被搬进了货栈内仓。

“走，屋里谈。”几人一起进了密室。

万科长兴奋地对大家道：“现在，有个天赐良机突然出现啦，‘刀斧手’

要我们一定要抓紧时机，完成炸桥任务。你们看，是这样的。”

万科长指着地图道：“三天后，有个运粮船队铁定要从大桥经过，就从这里启航，在这个上游的码头上货，就是粮食，押船的除了少数的日本士兵，大部分都是民夫，船是那种五吨的沙石船，大约有20只，前后相连，最前面的是一条汽艇开路，他们的方向是一路向东直到上海。大桥是他们的必经之地，如果我们能够把炸药想办法装上船，船过桥的时候突然启爆，那不是一炸一个准呀。”

江雄风沉吟道：“嗯，好机会，一定要抓住它、炸翻它，你看呢，老方?”

“情报可靠吗?”方逸舟问道。

“绝对可靠。”万科长激动地说：“是我们安插在日军特高课的一个内线透露出来的。”

丁时俊道：“嗯，天赐良机，可问题是如何把炸药伪装成粮食装到船上去?”

江雄风：“是啊，这是个关键，如果这个问题不解决，其他一切都是画饼。但这可不易啊，守船日军端着刺刀，牵着狼狗，你怎么糊弄过去?”

“炸药如何安全上船? 如何安全上船? 如何安全上船?”方逸舟一边念叨着，一边焦急地点着了一根烟，在屋里来回踱步。

一屋子的人都沉默了，大家都陷入了紧张的思索之中，足足有十分钟没有人说话。

突然，江雄风猛地一拍桌子，高叫道：“哎，有了。你们看，这条江上游有英国人的水文测量船，经常在这一带航行，如果我们把它收买了，等运粮船队过来的时候，让水文船装作不小心撞坏它一条粮船，整个船队就不得不停下来，装粮食的麻袋就掉进了江里，这时候会是个什么局面?”

“什么局面? 这条水文船要急忙向对方道歉呗，你的下文呢?”丁时俊一脸茫然地问。

江雄风得意地一笑道：“对喽，船撞坏了，漏了个大洞对吧? 粮食还在往江里掉，这时候，不但要道歉，还要提出帮助修理，日本人没有不答应的。这个时候，我们就上去帮助补船，另外一拨人就帮助打捞水中的麻袋，这炸药不就神不知鬼不觉地搬进去了吗?”

丁时俊摸摸脑袋：“我还是不明白，这炸药怎么上去的?”

方逸舟也诡秘一笑道：“雄风这家伙，鬼透了，我给你揭发吧，他是想把炸药装在和粮食麻袋一模一样的麻袋里，事先就吊在水文船的下面，假装是

捞麻袋嘛，但捞上来的，是装有炸药的麻袋呀，兄弟。”

“调包?”

江雄风咧嘴一笑，“对喽，水下调包嘛。知我者，逸舟也。”丁时俊拍拍脑袋终于明白了。

“好计，真是好计一条。”方逸舟激动地赞道：“这次炸药可不在水下了，而是在船仓里，跟粮食混在一起，这样一来，他水下的什么狗屁玩艺儿和预警装置就都失灵了。”

“对，这就叫避实击虚嘛！”江雄风得意万分地说。

“那就这样定啦? 老板?”万科长问道。

“定了，就这么干，这回够小鬼子喝一壶的。”

“好咧，组长，那我们分下工吧。”万科长道：“联系水文船的事就交给我了，那个叫史密司的船长我曾经打过交道，是个爱酒如命的英国佬，我已经给他准备了一箱茅台酒，全是三十年的陈酿。另外，还有十条‘黄鱼’，我也带来了。”

“老方，老丁，我们这两天要分袋包装炸药，装成十个麻袋，然后找一只小木船，把那些麻袋运到上游码头，等万科长和史密司船长接洽好了，我们就悄悄地把麻袋挂到它的船下面去。”

大家都交换着兴奋的目光。

“好的，分头行动。”

俗话说“钱能通神”，此话一点不假，中国人爱钱，外国人也一样爱钱，特别是水文测量船船长史密司，更爱钱。他不但爱钱，还爱烟。但他爱的烟不是纸烟，而是中国的大烟。

这就有意思了，昨晚上，经过一个朋友的引荐，万科长在一个高级妓院里见到了那个留着一把大胡子的史密司先生。

史密司听了万科长的一番介绍后，没有马上答应他们借船的事，对于配合撞船的事也是讳莫如深，因为这种事情毕竟有些风险，搞不好就会得罪了日本人，被没收了船只事小，人要是被抓起来那可就是大事了。再如果，他的公司和船东一旦怪罪下来，他也吃罪不起。现如今，日本和英国虽然没有完全翻脸，但也都在暗中较劲，互相仇视。

所以，史密司面上显出了一丝犹疑之色。

就在事情即将卡壳之际，万科长不失时机地拿出了早已准备好的十条

“黄鱼”（金条），当打开红纸包的时候，那金灿灿的颜色的确让史密司眼前一亮。

史密司毫不客气地收下了金条，但他提出想抽一次大烟。他早就听说中国的大烟很神奇，有许多外国人都曾经尝试过那玩艺儿，回来后对他吹得神乎其神，有的人还说抽大烟的时候，会有一个光屁股的女孩在眼前跳舞。

“真有光屁股女孩在空中跳舞这回事吗?”史密司那长着浓密唇须的嘴唇下意识地作了个咂嘴的动作。

“要不要亲身见识一下呀，船长先生？烟土真的非常神奇，不光有光屁股女孩跳舞，还有更奇妙的东西会出现呢。我可是知道一家非常豪华高级的大烟馆，那里的老板是我的朋友，如果您能赏脸的话，今晚的全部费用都包在我身上。”万科长笑眯眯地说。

“好好好，太好了，”史密司涨红了脸道，“如果今天晚上能让我过瘾，让我满意，能让我见到那个在空中跳舞的光屁股女孩，那明天你们用船的事，就一点问题也没有了。”

“好，一言为定，我们走吧。”

万科长和他的朋友带着史密司，不久就来到了一间非常私密的大烟馆。

这间大烟馆，对外是不公开的，它位于西湖附近一条偏僻的小巷之内，主要客人是政商两界的头面人物，这里不但备有上等烟土供客人们享用，而且还提供洗浴、妓女、赌博等一条龙服务。

门面不太惹眼，但进门之后，却让人眼睛一亮，里面灯火通明，正厅竖着一面硕大的古典屏风，绕过去是一个中式大厅，厅内灯光昏暗，四边设有大通铺，上面躺满了高等烟民，人人手里拿着一杆大烟枪正在吞云吐雾，飘飘欲仙。

万科长三人一进门，就有一个领班前来招呼，非常客气地带领三人推开了一扇偏门，走进一个二进院落，又顺着曲折幽长的回廊往前走，园内非常清幽安静，处处给人一种神秘感。

转了几次弯，穿过几处月亮门，绕过一个水塘，把他们带入了一座花园式的院落中，这里更显得环境幽雅宁谧。

院落中共有八间贵宾室，其中几间都灯火通明，有几个房间灯光昏暗，不时传出男女调笑的发浪声。

他们进了贵宾室，这是个大套间，外屋陈设有上好的红木桌椅，还摆放四五盘新鲜的瓜果，湖蓝色的茶具相当考究精致，室内有淡淡的檀香味在飘动。

内室一个卧榻是专门用来抽大烟躺卧的，陈设豪华奢侈，被褥多是高级绸缎，摆列的家具也是非常豪华考究的，档次的确不低。

史密司环顾四壁，对这个环境相当满意。

此时，领班端了个盘子上来，上面放有一纸包鸦片，又拿出了一个非常小、带着灯芯的油灯和一杆竹烟枪，领班把烟枪递到史密司手里，示意他端平，又拿过一个小碗，比子弹大不了多少，他又去拿了一个新的灯芯和一瓶橄榄油。领班对万科长和他朋友说道："中国的菜油对肺非常不好。对于吸鸦片的人来说，橄榄油才是上选。所以，我们对尊贵的英国客人，当然要给他提供最好的橄榄油。"

他给那盏油灯装满了橄榄油，放入了新的灯芯，并点燃了油灯，然后，他给烟枪里填满了鸦片，接着给史密司作了一个标准的示范，就着油灯的火，吮吸着烟枪，把烟土烧成烟泡。

史密司开心地笑着，接过领班递过来的烟枪，对着火就要吸。领班立刻阻止他，又示意他，要将烟锅侧过来，呈一定的角度对着火焰，让火可以碰到烟土，然后再吸烟枪。

这一遍史密司学会了，他做了一下，动作虽然生硬，但还算标准，总算吸出了一口烟，他猛地呛了一下，咳嗽了几声。

三人看着他都笑了起来。史密司又学着样子吸了几口，觉得熟练了些。领班又示意他可以躺下，侧过身来对着火焰吸。

史密司照做了，感觉还不错，连吸了几口。

"你觉得怎么样，味道好吗?"万科长关切地问。

"好倒是很好，"史密司喷出一大口烟道："但是没有女人陪，好像少了点什么，很没劲。"

"女人? 有有有，有的是，不但外面有，其实烟里也有，等一会儿，那个光屁股的女人就会出现。"老万的朋友说道。

"好吧，我等着。"史密司闭上了眼睛，在一个高级藤椅上躺下，脚搁到另一张椅子上，就着火大口大口地吸起来，一面在耐心地等待着美丽女孩跳舞的幻象出现。

第二天上午，万科长得到了史密司肯定的答复，同意他们使用他的船，

当然条件是不能以任何方式惹恼了日本人。

万科长不知道，史密司是不是真的从大烟里看见了那个光屁股的跳舞女孩，又或是他的黄金起了作用?

反正不管怎么说，有船用就好。当晚，他把江雄风和方逸舟等四人介绍给了史密司，说是自己的朋友，也都是高级钳工、技师和手艺高超的木匠，当他们把对方的运粮船撞坏的时候，他们就会帮忙修船，一切请他放心就是了。那些人还真地带来了几大袋木工工具和必要的装备。

史密司也未及深想，因为一桌水陆并陈的酒席已发出了诱人的香味，就摆在他的船长室里。

几个人一直喝到深夜，猜拳行令，彼此劝酒，花天酒地，十分热闹。与此同时，赵营长已带着十几个队员趁船上的人不注意，悄悄地把十个麻袋从木船上卸下，吊挂到了水文船的下方，并用粗大的绳索牢牢地拴挂住了。

第二天一早，“夜莺”派人送来了情报，说那个运粮船队已于9时整准点启航。

8点30分，万科长走进船长室对史密司道：“可以启航了，船长先生。”

“启航。”船长下令。

这艘大型英国水文测量船的排水量达280吨，一面英国米字旗在主桅上徐徐升起，迎风招展。船头破浪前进，船身激起了巨大的浪涌。

英国船长史密司此刻正用望远镜观察着江面，万科长与他并肩而立，手里也握着一柄望远镜。不过，他今天换了一身打扮，穿着一件对襟的中式短衫，脚蹬草鞋，完全像个跑船的水手。

“哟，你这是要变戏法吗?”史密司的大胡子撅了撅，用不解的目光盯着他。

“对，就是变戏法，给日本人玩点小魔术，不过，请您放心，绝不会给您惹来麻烦的，一切都按我说的做，撞了船之后，等我们的弟兄们把他们的船修补好，您就加大马力，全速开走，您的使命就算完成了。”万科长平静地说。

史密司的腿有些打抖了，但他故作镇静，耸耸肩道：“你们这些中国人哪，真是胆大包天，连日本人的船都敢碰，那可是一群魔鬼呀，难道你们就一点也不怕? 不能理解，真的不能理解。到时候，你们的动作可得快着点，我可不想吃子弹，更不想吃炸弹。干完一票就走，下一次别说是一百两黄金，

就是一千两，一万两，打死我也不干啦。这都是什么事哟。”

万科长笑望着他紧张的表情，缄默不语。

水文船平稳航行，突然，前方江面出现了一串黑点。

“来啦，就是他们，运粮船队。”万科长举着望远镜道。

史密司举着望远镜，看见一个长长的运粮船队，排成一长串，正向着自己的方位驶来。那些运沙石的民船都装得满满的，每条船上都盖着草席。

运粮船队近了，近了，领头的船只从旁边驶过，这是一条机械动力船，载重十吨的那种，马达“突突突突”地响着，船上站着几个持枪的日本士兵，一个上尉军官站在船头，手拿望远镜，举着正向前方观望，并未理睬水文船。

两船相错，水翻浪涌，彼此的船身都有些摇摆。

万科长小声吩咐道：“船长先生，您照着最后一条船直撞过去。”

“现在吗?”

“对，马上!”

船长点点头，加大了速度，向最后一条运粮船笔直撞了过去。船上的日本兵发现了冲过来的水文船，大声喝骂，摇旗，打手势，还有人向天开了一枪!

船长打了个手势，水手拉下电闸，“铃……”铃声大作，水文船并未减速，笔直冲了过去。史密司船长跑上甲板，用英语向着船上的日本兵大喊：“船出事了，闪开，闪开……!!”

两船太近，闪避不及，“轰!!”两船相撞，船身巨烈摇晃，最后那条木船船梆被撞了个大洞，里面装粮食的麻袋一个接一个地掉入水中。

“八嘎!”日军上尉趴在船帮上向下查看，只见沙石船体的一个大洞正往里一个劲地倒灌江水。

运粮船队全部停驶了。

“撞坏了皇军的船，统统枪毙！统统枪毙!!”日军少佐挥舞着军刀狂喊。

史密司船长和大副顺着梯子下到了民船上，日本少佐用枪指着船长：“你的，有罪的，良心大大的坏了，撞坏了皇军的船，船只没收，全额赔偿!”

史密司船长分辨道：“对不起，太君，对不起太君，请您息怒，息怒，我是英国人，这是条英国的水文船，刚才发动机故障，制动器失灵，撞坏的船我负责修理。”

史密司递上了自己的护照，少佐验看了他的护照，厉声道：“修理? 怎么修理? 船已经漏了，粮食都掉到了江里。”

“别急，别急，总有会办法的，你们跟我来。”船长、大副领着少佐走进下层船舱，看了看漏洞，船长道：“我的有潜水员和木匠，可以帮你修好这个洞，还能帮你打捞掉进水里的麻袋。”

“你的，能够修理，还能打捞?”

“可以，可以，完全可以，您看，他们来了。”

只见万科长化装成一个民工，江雄风和方逸舟还有两个木匠手拿着各种木工用具，顺着梯子下到了民船上，几个工人随后也下来了。江雄风挥了下手，几个民工一起用棉被堵塞漏洞，另几个民工一起卖力地向外淘水。

“你的船上有木板吗?”少佐问道。

“有，有，大大的有，”史密司船长答道，“什么都有，我的人可以帮你重新钉好船梆。大副你负责打捞，我来监督他们修理船舱。”

大副闻言，挥了下手，上面一个开吊车的把起吊臂转了过来，一个大铁钩从起吊臂上缓缓放下。

江雄风悄悄地向方逸舟使了个眼色，方暗中点点头，二人一起纵身跳进了江中。

两人踩着水浮在水面上，等着那个钩子慢慢吊了下来，不一会儿，钩子垂到水面，进入了水中，江雄风一个猛子扎下水去。

此时水下，早有四五个“水鬼”已经等在那里了，“水鬼”把刚刚从船体下部吊着的绳索上割下来的麻袋推了过来，江雄风向他们伸了下拇指，把那个麻袋挂在钩子上，用力抖了抖绳索。

江面上，方逸舟感到水下的信号，向上高喊：“起吊!”只见吊机开动，轰隆隆一阵机器轰鸣声，吊臂缓缓吊出水面，一个麻袋被吊了起来。

“很好，很好，你的，良心大大的好。”少佐看见麻袋被吊了起来，几个工人把麻袋装进了船舱。

少佐掏出一根“樱花”牌香烟递给了史密司，史密司受宠若惊，急忙从衣袋里掏出自己的‘三五牌’香烟，递上后为少佐点上了火。

大副带着几个人，将很多木板从大船上搬运下来，厚的薄的都有。几个日军很满意地看着木板被运进了船舱。

水文船垂下吊臂，将一袋袋“粮食”从江底打捞了上来，装进民船船舱。

水中的方逸舟向万科长使了个眼色，万科长悄悄点头，跟着麻袋进了底舱。

底舱中，正一片‘叮叮咚咚’的响声，木工们在忙于修理船壁，几张大

木板被钉上了船体，遮住了船舱的漏洞。

少佐在一旁抽着烟，脸上露出满意的笑容，盯着修理工在抢修。

船长走来，掏出一叠厚厚的法币塞进少佐手里，少佐假意推辞一下，看见四下无人，就悄悄收下了。

水文船甲板上，大副站在船头，向过往的船只招手致意。

有两条日本巡逻快艇开了过来，围着船队转了两圈，见没有什么危险，又开走了。

一个麻袋，两个麻袋，三个麻袋，四个麻袋……

水里的方逸舟在心里默数，等数到十个麻袋的时候，他向从舱里走出来的万科长比了个"O"的手势，万科长微笑颔首，返身走进了底舱。

江雄风从水下冒出头来，方逸舟用手指了指上方，二人会意，从船上放下一个绳梯，二人攀着梯子，上到了甲板上。

不久，修理船舱的工人也陆陆续续地回到了大船上。

"好啦，史密司船长，可以开船啦。"江雄风对船长道。

舰长命令拉响了汽笛："嘟……"

"好啦，我们走啦，诸位，各就各位，启航!"史密司探头在驾驶室外向下面的粮船挥了挥手，"太君，拜拜啦，祝你们一路顺风!"

日本少佐站在船头，向史密司挥手道别时，脸上的肌肉还是僵硬的。

运粮船队继续前进了。水文船向另一个方向迅速驶离。

不久，大桥就遥遥在望了。

万科长和另一个蓝衣汉子站在船头，用衣襟擦着额头的汗水，心里开始紧张起来。

突然，一条日军巡逻艇快速靠拢，一个日军士兵对着他们的船队高喊："停船检查，全部严格检查。"

运粮船队又停了下来。

一个面目狰狞的少佐军官牵着两条狼狗上了船来，那是一种叫"狼青"的日本狼狗，体型高大，通体棕黑色的毛，鼻长、嘴阔、牙尖，正四下嗅着，鼻腔里发出"呼哧、呼哧"的声音。

一条船查完，又查下一条，现在该查最后一条船了。万科长和几个帮工紧张地看着，手揣向兜里，握紧了手枪，扭头看看约一百米外的大桥。

底舱里，两条狼狗闻着一个个麻袋，但没发现什么可疑的迹象，少佐挥了下手，其他人都离开了。

不一会，快艇开走了，运粮船队继续前进。

在离大桥还有五十米的时候，少佐和士兵下到了底舱，把所有人都赶到了船甲板上，面朝里，谁也不许动，并开始搜身。

万科长偷偷望了一眼近在眼前的大桥，身后就是日本士兵的刺刀，他只好向上举起手让士兵搜身。

这一招很厉害，把民工全都看起来，用枪和刺刀逼着，就是里面有人想搞破坏，也没有机会下手了。

在大桥约有30米的时候，万科长知道不能再等了，于是向另一民工使了个眼色，二人悄悄溜进了底舱。

但底舱门口就站着一个持枪守卫的日本兵，民工从后面扑上去，一扳手将其击昏，拖进暗处。二人迅速钻进一个角落，民工掏出火柴，万科长在麻袋上插入导火索，刚要点火，突然，传来呼喝声："干什么的，出来!"

"有人搞破坏！有人放炸弹!!"门口立刻传来日本人的惊呼声。

二人急忙闪身，"砰！砰砰砰!"身后枪响了，民工右臂中弹，火柴一下掉到了地上。万科长一看不好，返身打了三枪，"当！当当!"，急忙把民工扶起，民工也回身开枪，一场激战立刻在底舱爆发。

双方对射起来，少佐一怒，挥着指挥刀高喊："冲进去，冲进去，抓住他们!"日本兵仗着人多，凶猛地冲了进来。人越来越多，枪弹越来越密集，形势已万分危急。

民工一个飞身扑地，捡起火柴盒，一把扔给万科长，高叫道："老万，点火，快点火啊!!"

万科长接住火柴，刚划着火，少佐一枪打来，打掉了他手里的火柴，万科长迅速闪避，躲在角落里还击，趁少佐换梭子的当口，他迅速划着火柴点燃了导火索，"哧……"导火索冒出了火花。

"呜……"江边的警报器鸣响了。

"哒哒哒哒，哒哒哒哒!"大桥上守军的机枪响了，子弹像飞蝗似地打在船身上。

江两岸碉堡里万弹齐发，一时江面上枪声大作，弹雨横飞。

"砰！砰!"民工身中两弹，不支倒地。

密集的子弹像一张网一样罩住了粮船，不时有子弹打在船身上，发出"噗噗"的响声。

万科长还在顽抗，挥枪不断射击，子弹像长了眼睛一样，一枪一个，撂翻了几个冲进船舱的日军，但突然背后“啪!”的一声枪响，他胸部中了一弹，一下扑倒在地。

大桥下，运粮船队的首船已经到了桥下，但最后一条船离桥墩还有五六十米。

高桥威风凛凛在站在桥头，左手拿着望远镜，右手拿着指挥刀，脸上带着胜利者的笑容。他身旁，是几十个一字排开的日本士兵，都在向粮船疯狂扫射。

那条离去的巡逻艇重又扑了上来，船头的机枪喷吐着长长的火舌，向粮船拼命扫射。

万科长艰难地支起身子，一边准确地射击，一边随手往冲进船舱的日本兵人堆里扔出两颗手榴弹，“轰！轰!”随着手榴弹的爆炸，压制住了敌人。

万科长用受伤的手捂住重伤的胸部，艰难地抬头前望，心中在焦急地高呼：“那个桥墩呀……那个桥墩呀……”

船队像脱了缰的野马向大桥奔去……三十米……二十米……十米……

“轰！天崩地裂般一声巨响，粮船爆炸了，击起的水柱擦着桥墩冲天而起，整个船队被炸得粉碎，碎木板和炸碎的尸体满天飞扬，水花漫上了桥面，有几个日本兵被巨浪冲进了江里，但大桥依旧巍然而立，坚如磐石。

一条江，一座桥，一阵魔狱般的沉静和死寂。

“荷塘”的豪华客厅里，灯光发出惨淡的光。

沈默然急步走进来，向坐在沙发上的戴笠禀报道：“局座，桥……没有炸掉，万科长壮烈殉国。”

戴笠把头埋进手中，带着哭音悲叹道：“我已经知道了……这是给家属的抚恤金……你去办吧。”

沈默然拿起一个牛皮纸信封，低着头走出客厅。

第十八章

歧路惊魂

她原本就是艺伎出身，长得身材高挑，明眸皓齿，肌肤赛雪，她身上还有某种佻衅的东西，从她凝视的眼神，鲜艳的红唇和端庄的举止中流露出来。

一辆日军铁甲巡逻火车隆隆驶来，在桥头堡前停下，车头喷出大量蒸气。

小野洋平从这辆只有两节车厢的车上跳了下来，身后跳下十几个日本士兵，押着一个蓬头垢面的女人，向桥头堡走来。

高桥远远迎了上来，紧握着小野的手热情地说："小野君，是不是有什么好消息要告诉我?"

小野笑道："消息当然有，也可以算是好消息吧。高桥君，先说说你的胜利吧，听说你又挫败了一起炸桥行动?"

高桥若无其事地耸耸肩道："是的，船炸了，但桥没事。我的桥坚如磐石啊。敌人越来越狡猾了，竟然打起了运粮船的主意。咦，你消息真灵通啊。"

"当然啦，我是干啥吃的。"小野感慨地拍拍他的肩膀道："你不愧是帝国的精英呀，高桥君。有你在这守着，这些家伙想炸桥，简直是痴心妄想。好啦，我们上去谈吧，今天，我还要让你见一个人。"

小野指着身后那个披头散发、衣衫褴褛的女人道。

"她是谁，莫不是……?"高桥有些急切地问。

"噢，她不是你的舞子，她叫樱井淳子，她是和舞子一起从国民党的忠义救国军逃出来的人，走吧，上去让她先洗一洗，然后就会知道舞子的下落了。"

小野和众人一起到了楼头堡的三楼，淳子洗干净了脸，又换上了一件士兵的衬衣，坐在一把椅子上，脸色煞白，瞪着惊魂未定的大眼，望着高桥和小野发呆。

小野道："这件事说来话长，她们四十几个姐妹一开始是作为'女子报国队'应征入伍的，其中就有夕树舞子，原来在第 8 师团的一个慰安所里当慰安妇，就在南通附近。后来，她和舞子因为长得漂亮，得到优待，身价自然水涨船高。后来她们艳名太盛，长官们有些争风吃醋，就把她们转卖给了一个日本商人，当然这里面我也起了点作用，这些淳子都知道。后来有一次一个富商请她们吃包饭，让她们坐汽车到另一个城市的庄园，半路上遭遇到一支国民党军队的袭击，人被劫了，后来才知道是忠义救国军的人干的。她们被劫持后遭受了非人的待遇。一天深夜，她们几个要好的人趁士兵松懈的时候，偷偷跑了出来，但人生地不熟，在路上就跑散了，她被我们的一个巡逻小队救了下来，小队的人上报了大队，大队又上报了特高课，查问她的原属部队，他们报告了我，我一听樱井淳子这个名字就知道她是谁了，原来我认识她，甚至连你的舞子我也见过面，所以就带她来见你，你让她自己说吧，他知道夕树舞子的一切情况。"

高桥用疑惑的眼光望着小野："哦，你认识舞子吗，那你怎么听我说起这个名字时，一点反应都没有?"

"叫舞子的人太多了，谁知道哪个是你的?"小野一脸无辜地答道。

"噢，原来如此。"

高桥转头问道："淳子小姐，你原来是女兵吗?"

"是的。"

"那么说，夕树舞子也是女兵?"

"是的。"

"好了，你不用怕，我这里就跟家一样，非常安全，你可以把你知道的一切都告诉我，关于舞子的情况，一字不拉地告诉我。"高桥露出劝慰的表情，恳切地说。

"我们是 1940 年底来的中国，我和舞子一起参加了'女子报国队'。"

樱井淳子怯生生地眨着大眼睛，开始了她痛苦的叙述。

自 1938 年起，在日本国家号召下，日本的男学生们纷纷应召入伍，踏上了侵略中国的战场，许多女学生也自愿应招参加了"女子报国队"、"爱国青

年团”一类的组织，一同开赴中国。

1940年8月，侵华日军关东军第23师团分配来了45名“女子报国队”队员，交由师团参谋长宫本次郎负责进行训导教育。

原来，这些女学生在日本东京报名参加“女子报国队”，一开始军部是把她们分配到了陆军医科大学学习，准备在毕业后作为军医再派往中国的前线服务。可她们报国心切，不愿意再等待，于是她们在两个人的带领下，每个人都剪下一只小手指，装在一个玻璃瓶子里，送到了日军大本营，强烈表达她们上前线的决心。这两个领头的人，就是樱井淳子和夕树舞子。结果她们大胆自残的行为感动了大本营的将军们，破例撤销了她们的入学命令，改为批准她们参加“女子报国队”。

既然参加了“女子报国队”，那又如何报国呢？事先她们并不知道，等到了中国后，编入了日军序列，都穿上了军装，才知道所谓的“报国”，就是用自己的身体为日本军官进行性服务。这对许多人来说，不啻是当头一棒，但一切都为时已晚，悔之莫及。

美其名曰“女子报国队”，其实就是慰安妇，或者说是高级性工作者。服务的对象仅限于日军中佐以上的高级将佐，下层士兵只能望梅止渴，无缘染指。

宫本次郎是个军中的色狼，经常强奸中国妇女，但他总觉得在刀枪威迫之下的女人不够温柔，而且那些农村村妇粗手大脚、皮肤粗糙，很不对他的胃口。这一回师团分配来这么多如花似玉的同胞女兵，而且完全听命于自己，真是从心底里乐开了花。

日本军队中女兵从来就非常少，这下一次来了这么多女兵，不仅宫本高兴，而且日军部队从上到下都激情难遏、蠢蠢欲动。

第二天，宫本开始训练女兵。先是走队列，排着队，喊口令，后来还有齐步走，正步走，跑步走，做体操，最后要进行实质性的性服务训练。宫本知道，要进行性服务，首先就要让女兵们丧失贞操观念，放弃羞耻心，在日军官兵们面前，撕破害羞的脸皮，准备以后全心全意地为军官们服务。

其时，在侵华日军官兵中流传着一句话，“作战一年又一年，见了母猪赛貂蝉。”当宪兵队200名官兵一听说要来参观国内来的漂亮女兵训练时，都争先恐后、跃跃欲试。

宫本先命令女兵们跑步，女兵们在大操场上跑了一圈又一圈，许多女兵都累得倒在地上。宫本命突然命令她们：“都脱光衣服!”

围观的官兵们都惊呆了，一个个张开了嘴，瞪大了眼睛。

“我命令你们全部脱光衣服！听见了没有?!”宫本挥着指挥刀吼道。

他走到夕树舞子面前，用刀挑破了她的上衣，顿时雪白的肌肤露了出来。樱井淳子上前扶起衣不避体的舞子时，宫本冲上来，一把撕开了淳子的军装，让她的裸体也呈现在众人面前。

“哇!”场地里发出一阵惊叫。

女兵们顿时都明白了，所谓的报国，就是需要脱光衣服，用肉体报国，而且是在几百名官兵的众目睽睽之下，她们都流下了眼泪，顿时哭声一片。

宫本揪住舞子的脖子，大声呵斥：“你们是不是军人?”

舞子小声地回答：“是。”

“那你，是不是军人?”宫本挥刀指向颤抖不止的淳子逼问道。

“是，我是军人。”

“哼哼，你不但是军人，还是队长，是军人就要服从命令，今天你们不能在大庭广众面前脱光衣服，今后怎么能心甘情愿地为长官服务？啊？脱啊，全部脱!”

宫本大声下令，并用刀指着全体女兵。“呼啦啦”一阵响动，几十把刺刀一起指向女兵们。女兵们哭得梨花带雨，倒地悲泣，宫本见她们仍不脱衣，便走上前对“女子报国队”队长樱井淳子狠狠地抽了两记耳光，撕开她的上衣，蹬掉她的裤子，恶狠狠地说：“快脱，不然我就让男兵来给你们脱。”

官兵们听到长官要让他们给女兵脱衣服，立即狂呼起来：

“好啊，长官，我们来脱，我们来脱!”

“我还真没有看过这么白白、光光的大屁股呢!”

女兵们完全知道，那群野兽一样一哄而上的男兵会干出什么事来，她们只好在舞子和淳子的带领下，一个个羞涩地脱光了衣服，45 个一丝不挂、雪白如玉、线条优美的日本裸女，突然出现在一大群性饥渴的官兵面前，将会产生多么巨大的吸引力和震撼力呀，真是难以估量。

围观的官兵们开始骚动起来，性饥渴突然转变为性疯狂， “弟兄们，冲啊!”

“冲啊！向女人冲啊!”

200 名官兵如出山的猛虎一哄而上，45 名女兵变成了 45 个裸体的性发泄对象。为了尽快制止住这种场面，宫本提着手枪走到一堆官兵眼前，从中拽出一个一丝不挂的士兵，向他的头部连开了三枪，那个士兵脑袋开了花，红

白之物溅了舞子一身一脸。

“再不起来，统统枪毙。”宫本狂吼道。

官兵们不敢再胡来了，匆匆穿好军装，女兵们不停地惨叫，他命令女兵起立，结果没有一个人能站立起来了，竟发现有三个女兵已经断了气。其他人遍体鳞伤，有的被咬掉了鼻子，有的被抠出了眼珠，有的被啃烂了乳房，几乎所有女兵下身都已血肉模糊。

这是一个数百名军人的集体性疯狂的丑闻，这样的丑闻和兽行只能发生在日本军队之中。

这次事件，虽然一次性死了四个人，三个女兵和一个不服从命令的士兵，但是上面并没有过分追究，因为毕竟各战区对女性慰安妇的需要量太大了。于是，这批女兵被分成了两拨，一拨 22 人，分给了 13 战区的第 8 师团，一拨 23 人，包括舞子、淳子，被分给了第 6 师团，她们被送到了南京一所最大的慰安所里。

慰安所是专供日本军官享受女人的地方。这里以中国女人居多，在日本军官的眼中，所有的中国女人都是战利品，自己有权利尽情淫辱享用，根本用不着客气。但在慰安所里，不仅有中国女人，还有高丽女人、白俄女人、欧洲女人、以色列女人，当然还有日本女人，甚至有像舞子和淳子一样的女兵，只不过这些女兵只招待高级鬼子。

在这里，舞子出众的美貌发生了意外的作用。她原本就是艺伎出身，长得身材高挑，明眸皓齿，面如满月，肌肤赛雪，她身上还有某种佻衅的东西，从她凝视的眼神，鲜艳的红唇和端庄的举止中流露出来。

淳子虽然没有出众的美貌，但她明眸善睐，神态诱人，脸上总闪着盈盈的笑意，眼中燃烧着欲望的火焰。

就是这样两个美人，很快就在日军的高层之间出了名，她们的待遇也得到大幅度的提升，从一开始只接待普通大佐级军官变成只专门接待少将以上级别的军官了，而且每周可以休息两天，享受单间待遇，最后，她们只接待师团参谋长以上级别的军官了，成了高级军官们的专利品。

就在两个女人艳名远播之际，有一个人被惊动了，这个人就是师团长冲山元司令官。自己师团所属的慰安所里有这样的美人，自己竟然不知道，头锅汤叫别人先饮了去，这是不能原谅的。

冲山元立即叫来了小野洋平，要问他一个失职的罪名。

当他厉声质问小野为什么没有上报这两个女人的资料时，小野却没有说话，微微一笑，拿出了一个大大的相册，摆到了冲山元的面前，打开来，翻不了几页，那两个笑靥如花的女人竟赫然在列。

小野这才禀报道："司令官阁下，这两个女兵我早就报给您了，当时你军务缠身，公务繁忙，可能没有时间细看，就被您自己忽略和漏掉了。我记得，你后来叫的是另一名叫娜达莎的俄国女人。"

"不对，是个韩国女人，叫什么金英姬，哦，不对，叫什么……洪，人太多，想不起来了，好啦，好啦，不是你的责任，现在知道也不迟嘛。"

当他命令小野把这两个女人带到特定的别墅里私下幽会的时候，小野却告诉他，这两个人他根本见不到，因为她们已经被第 9 师团的长官们接走了，地点在上海。而且，要约见她们，必须提前 10 天预定。

预定? 八嘎牙鲁，一个婊子竟然值了大钱? 成了抢手货? 这不能不让冲山元醋性大发、雷霆震怒，他一气之下，下了道命令，让小野秘密处死她们，把她们剁碎了喂狼狗，以免惹来不必要的风波和麻烦。

冲山元的习惯是，他得不到的东西，一定要砸碎，谁也别想得到。

小野何等样精明的人物，他会处理掉她们吗? 他不会，他拉来两名中国妇女作了替死鬼，一扭头，把二人卖到了苏州一个高级俱乐部里作了舞女，转手之间，就赚了 60 根金条。

这间俱乐部是苏州顶级的军官俱乐部，里面的女招待个顶个都出众的漂亮，侍酒女郎有不少欧美和白俄等国的美女，这下又一次来了两名日本国美女，老板自然乐开了怀，生意自然越来越红火，搞得远近闻名。但是要让这两个日本美人提供性服务是需要额外花钱的，价格不是一般的高，而是特别的高，一般的军官消费不起，客人都是富商大贾、政府高官和军界将领。

这间俱乐部装修得像一家日式酒馆，内外装修非常豪华奢侈，老板名叫和贺英良，是一名来自京都的日本人商人，据说跟方面军总部的某个大人物是亲戚关系，所以苏州、南京、上海的军政界要人都过来帮衬和照顾他的生意。俱乐部内的环境和陈设全是典型的日本风格，简约中透着精雅与高贵，房间全部是雅间，而且还有正宗的日本艺伎陪酒、乐师伴奏和艺人清唱，价格自然是相当的昂贵了。

就这样她们在这间俱乐部里一呆就是三年。有一次，她们被一个大老板花重金包下，用轿子带到一个近郊的山庄去玩，可没想到半路上却被忠义救国军的一支部队截了车队，两人不慎落入了忠义救国军之手。

忠义救国军总部位于浙江淳安县城郊的西庙，她们被人带到了这里，被

严密监禁起来。那马志超司令手下有个叫林乐水的副官，是个贪财好色的主儿。经过审问，得知她们是日本人，而且是女兵，曾经作过高级慰安妇，就没有轻易处置她们，而是好吃好喝地供着，后来把她们悄悄地带到了一处偏僻的村子里安顿了下来，想留给自己今后做小老婆，还派了一个班的卫兵看守着她们。

与她们关在一起的还有两名中国妇女，也是长相甜美的大家闺秀。

四个女人被关在一起，一开始大家心存敌意，彼此蔑视，但日子久了，仇恨慢慢化解，再加上舞子原本就会说中国话，她们之间共同语言就多了起来，再后来，共同的命运竟使她们成了好朋友。但她们都是女人，都有亲人和家园，她们不愿意寄人篱下、苟且偷生，更不愿再作别人的性奴隶了，于是，同是天涯沦落人，她们想到了逃跑。

但要从八个拿枪的士兵眼皮底下逃跑，也绝不是一件容易的事，是需要一番勇气和智慧的。她们尝试了很多次，都没有成功。有一天，舞子拿出了珍藏已久的一个药丸，这是一种日本产的、配备给特工用的强力安眠药“WDW5”，她曾用这种药为自己化解过多次危机，所以随身带着，碰上那些嗜酒如命的色狼，只要放一小粒在酒中，就能迅速挥发，产生强力的麻醉效果。她把药拿了出来，建议给那些看守用上一次，或许可以令他们呼呼大睡，她们就可以趁机脱逃。几人计议已定，在山庄里静待良机。

一个月黑风高的夜晚，四人一起行动，先灌醉了看守们，然后大家一起跑进院子，赶出一个牛车，都化妆成乡下妇女的模样，悄悄地溜出了村子。那辆牛车慢腾腾地走了几里地后，她们听见后面好像有枪声，还有马蹄声，猜测也许是追兵来了，吓得跳下车来，钻进了一片树林中，四个人都逃散了。

夜暗风冷，淳子一个人藏身在一条水沟里，冻得实在受不了了，后来慢慢地爬上田埂，来到了一条土路上，碰巧看见一辆日本军车驶过，她迎着车头大灯跳了起来，拼命挥手高呼，车上下来几个日本士兵，问明了情况，就把她带回了军营。

她就这样逃出了生天，捡回了一条命。

淳子的故事讲完了，高桥一脸茫然地盯着她，轻声问道：“淳子，那舞子呢?”

“舞子? 不知道，真的不知道，都跑散了，也许已经被抓了回去，也许……”她实在说不下去了，双手捂住脸，呜呜地痛哭失声。

“我的舞子呀，你为什么这么命苦哇!”高桥低嚎一声，脸埋进双手中，俯身痛哭。

“怎么样，舞子姑娘，感觉如何?”

“好些了……只是头晕，浑身无力，还有些恶心。”

“你脸色有些红润了，要开始吃些东西了，不能光是输液，知道吗?”

“可我……一点也不想吃。”

“那怎么行，你看，我给你熬了些粥，等一下你要把它喝了。”

“耿大哥，你真是个好人，可你……为什么要救我?”

“没有什么为什么，以后别再说这些傻话了。”

这是一男一女两个人之间的对话，女的不是别人，正是高桥日思夜想、悲哭啼血的女友夕树舞子，她没有死，现在正躺在一间私家医院的女性病房里，手上连着一条输液管。

男的，也就是救她的人，叫耿剑青，是新四军另一个炸桥小分队的队长。三天前的一个晚上，耿剑青带着8个侦察员对大桥进行了侦察，在返回住地的路上，发现一个女人倒伏在路边，身上衣不蔽体，蓬头垢面，气息奄奄。

他们把这个女人救回了自己的住地：一间废旧厂房，后来看她病得不轻，又发高烧，又说糊话，就连夜把她送进了一家私人开办的小型医院。

医院的医生还算负责，对她实施了抢救，又给她进行了三天的输液。现在，她总算是脱离生命危险了。

在她清醒之后的交谈中，耿剑青得知了她的名字、身份和逃难的经过，他万万没想到自己竟会救起一名日本女子，而且还是一名女兵，一名慰安妇。这事让他感到有些为难和棘手。

这种事不碰也碰上了，你不管又不行，你不管她，她就会病死、饿死，被野狗咬死，或者继续流浪，最终也是个死。但你管她，怎么管？你在执行任务，哪里还有精力或人力来照顾她一个病人？时间长了连住院费都是问题。

为了处理好这个女人的事情，他们小分队为此开了个会。会上有人提出几种主要意见，第一种意见是把她作为战俘送交上级，由部队领导或地方政府来处理。第二种办法是把她作为难民，交由当地的日本青年反战大同盟分会，这是一间总部设在上海的日本人的组织，除宣传抗日和反战的进步主张外，还收容抗战期间流落在中国各地的日本人。第三种办法是她出院后，给她路费，让她自己离开，愿上哪上哪。总之，她不能留下来，必须离开。

可当耿剑青面对躺在病床上的舞子一副病奄奄、楚楚可怜的模样的时候，他始终难以启齿。但他知道，他必须如实地把情况告诉舞子，让她自己做出决定：也只能在三条道路之中，选择其中一条。

但现在，他还暂时不能说，等她恢复一下再说，她现在连床都起不了，更谈何离开。他扶起了舞子的头，一勺一勺地把红枣小米粥喂进了她的嘴中。

第十九章

夜莺展翅

冷酷残忍如戴笠，薄情寡义似沈默然，竟也会为一个属下的牺牲如此伤感动容，在她还真的是第一次见到。

炸桥形势越来越紧迫，几项重要的任务一下子全都压到了“夜莺”的肩上。

首先，“粮船炸桥”行动失败后，“烈火行动”陷入困局，她参加了江雄风和方逸舟他们的分析会议，会上总结了两次炸桥失败的原因。前一次，竹排炸桥行动，从方案制定到准备工作，都可以说是无懈可击，只是最后靠近桥体时出了问题，在距离成功仅仅只有最后15米的距离上功亏一篑，导致最后的失败。究其原因，大家一致认为，肯定是水下的某种设施起了作用，提前预了警，而这些设施，在高桥上任之前是绝对没有的，不然，此次竹排炸桥就成功了。由此看来，很有可能是造桥工程师起了指导作用，为敌人加装了某种可以提前预警的先进设备，可以提前探测到水下的异物靠近桥体。但究竟是何种预警设施呢？不得而知，颇费猜详。

第二次，粮船炸桥的失败，不能完全归结为偶然因素，但日本人对所有来往船只都加强了防范和警戒是一定的，特别对有中国人的船只提高了警惕心。这也说明，随着偷袭次数的增多，以后炸桥的难度也会越来越大。

大家一致认为，如何破解对方的预警设施，就成了下一步炸桥成功与否的关键。

方逸舟提出，解铃还需系铃人，既然是张姓工程师提出来的办法，要想破解，只有一途，就是找到那个工程师，并把他从敌人手里营救出来，为我

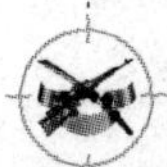

所用，这样，就可以以其人之道还治其人之身，采取更加高明的手段或办法将高桥的预警系统破解。

其实，寻找工程师的工作冷丽苹早就着手在做了。倒不是她有什么先见之明，而是沈默然早就预料到日本人会利用张鼎诚工程师制作某种先进的水下设备，加强水下的防卫，从而大大提高大桥的保险系数。果不其然，高桥充分利用了工程师，也的确产生了出奇的效果。所以沈处长要她紧密监视日本人的所作所为，监视小野的一举一动，甚至必要时采取极端手段，把张工从敌巢中营救出来，或干脆把他干掉。

现在方逸舟提出要劫持或干掉工程师，虽是亡羊补牢之举，但也未为晚也，冷丽苹就把她所侦察到的情况向在场的人一一作了描述。张鼎诚被日本人软禁在环湖酒店的房间里，虽然眼下生命没有什么危险，但时间一长就不好说了，一旦他的利用价值没有了，他就可能身首异处或者可能“人间蒸发”。对日本人的豺狼本性，大家都心里有数。

江雄风认为，事不宜迟，是到了营救工程师的时候了。因为如果工程师还在高桥手里，他就会为高桥不断地提出新的主意和办法，高桥就会不断地打出令我们伤透脑筋的“牌”来，更增加了我们炸桥的难度。本来一个狡诈万端的高桥就够难对付的了，现在再加上一个中国顶级专家在帮助他、指导他，那高桥就更是如虎添翼、有恃无恐了。所以，江雄风竭力主张，现在首要的任务不是炸桥，而是解救工程师，必要的时候，就是抢也要把他从敌人手里抢过来。

会上，这个“抢救”工程师的主张获得了大家一致的赞同，至于是叫“抢救”还是叫“营救”或者叫“劫持”，都区别不大，用词不同而已。于是，就让冷丽苹制定一个抢救的方案。其实，冷丽苹早有一个腹案了，但是她不想贸然提出，因为理智告诉她，这个方案必须做到严丝合缝、滴水不漏、万无一失。同时她也知道，虽然她在军统干了这么多年，但要在日本人的心脏地带从日本人的手中和眼皮底下抢救出一个大活人来，她还从来没有这方面的经验。

成功的把握到底有多大，她和大家一样，心里还真一点底也没有。

但是再困难，再危险，再高难度，她都必须挺身而上，因为她肩负着双重的使命：军统方面交下的任务她必须无条件地完成，出色地完成，因为这是她的立身之本、安身之本，然后才谈得上为共产主义理想、为打败日本侵略者、为全民族的解放事业而奋斗。以为一方的假服务，掩盖为另一方的真

服务，就是她这么多年在秘密战线上所从事的不被人理解的特殊事业。

回到“荷塘”，见到了“刀斧手”和沈处长，倒让她大大地吃了一惊。

她第一次发现戴笠变了，变得阴郁寡欢、沉默不语，双眼似有哭过的泪痕，又红又肿。沈处长也是长吁短叹、悲戚满面，动不动就乱发脾气。她知道，万科长的壮烈殉国，重创了二人的内心。冷酷残忍如戴笠，薄情寡义似沈默然，竟也会为一个属下的牺牲如此伤感动容，在她还真的是第一次见到。

万科长的死，谁的心里也不好过，她为此也非常的痛惜，非常的难过，她感到今后自己肩上的担子将会更加沉重。

万科长虽然不能名列十大特工王牌，但他仍是“刀斧手”的忠实干将，其忠勇果敢的性格，智勇双全的才干，唯命是从的秉性，也深得戴笠的赏识和器重。此番痛失爱将，就像剜掉了戴笠的心头肉一般。如果拿牺牲一个团和牺牲一个人相比，戴笠肯定会愿意牺牲前者，而绝不愿意看到自己多年心血栽培起来的将才一个接一个地牺牲掉。如今，他手中的可用之才、能用之才越来越少，这不能不使他更加痛心疾首、肝肠寸断。

戴笠尚且如此，那沈默然的痛苦就更加不堪了。万科长的离去，无疑是砍断了他的一只膀子，而且是唯一的一只臂膀。他手下能干的还有谁？冷丽苹是个直属情报员，名义上归他管，其实他根本管不了，也不敢管，那是老板的人，说不定什么时候就调回局本部了，他根本指望不着。而那个江雄风根本就是个白眼狼，是个吃里扒外、阳奉阴违的主，本事到是有，但问题是不走正道，尽和他对着干。不过，也不用太担心，这次把这小子弄去炸桥了，够他喝一壶的，早晚会玩砸的，必定会死在桥上。而江雄风一死，他的一块心病也就得到了根治。可问题是有将无兵，他像在唱一出空城记，东也不沾边，西也不靠谱，他沈默然还能指望谁？他已然成了一个光杆司令。

人去了，仇恨却留了下来，人是不能白死的，特别是戴笠的人，绝没有白死这一说。戴笠是个疾恶如仇、睚眦必报的人，谁若是惹上了他，无疑是跟地狱里的魔鬼结下了怨仇，那就要有好戏看了。日本人欠下的血债一笔一笔都要偿还，而且必须偿还，连本带利，一分一厘都不能少。“刀斧手”这一回痛下了杀心，严令沈默然和冷丽苹尽快实施一次血腥的报复，不仅要毫不留情，而且出拳要稳、准、狠，要痛击在日本人的要害部位，最好是心脏部位，以稍解他的心头之恨。

其实，心思缜密的冷丽苹早就准备好了一道美味的“甜点“，一道上等的“大菜”，此时恰好就该派上用场了。当她把这道甜品和大菜的来龙去脉汇

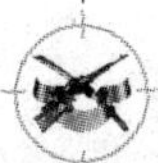

报给沈默然的时候，当下就获得了这位顶头上司的首肯，同意她立即实施此一方案。

这个方案的主角，叫洪恩熙，是一名韩国女人。

洪恩熙也是杭州社交界的红人，丈夫是一位专做海外贸易的皮货商人。虽然她只是三姨太，但仗着年轻貌美，在家里还是受到老公的百般痛爱和恩宠。

洪恩熙的父母原是韩国的富商，因为日本人 1910 年占领了朝鲜，全家人于 1925 年逃难到了天津。她是从天津嫁过来的，嫁过来时，光娘家的陪嫁品就拉了满满 8 大汽车。但洪恩熙刻意隐瞒了自己的真实身份，因此很少有人知道她其实是个韩国人，她的一口流利的天津话，让大多数人都以为她是土生土长的天津人。

冷丽苹和洪恩熙是在一次慈善晚会上认识的。二人一见如故，因为彼此都是杭州城的社交名媛、美女明星，也都艳名远播、人脉活络，自然惺惺相惜、趣味相投，一来二往，二人成了无话不谈的好姐妹和死党。

平常没事的时候，她们就在一起打麻将、喝咖啡、聊闲天，议论一下时政，交换一下新闻，甚至城里新来了某个英俊的男士、有钱的富商，也是她们关心的事情、逗趣的话题。通过这些，冷丽苹就更加了解了洪恩熙的思想感情和生活目标。

洪恩熙虽然生于汉城、长于天津，但她刚能识字时，她父亲就教她写下第一个本民族的词“韩国”。在写下这个词时，父亲给她灌输了这么一个概念：“你不是中国人，你是韩国人，你的祖国叫韩国！我们最大的敌人是日本人，我们现在已经是亡国奴了。”

洪恩熙就在这种民族意识的不断灌输下上了中学，她自学了韩国的历史、地理、英雄人物传记、民情风俗等知识。在潜移默化之中，洪恩熙对那个在 1910 年就被日本侵略者强行吞并的朝鲜国，产生了一种既亲切而又完全陌生的复杂情愫。

父亲对她刻意的信仰引导，让她产生了一种本能的共鸣：韩侨抗日复国信仰，那是一种狂热到骨子里的信仰。从高中到大学，她就积极参加了天津的韩国人组织“韩人爱国团”，和“太洛太”组织。这两个组织以天津为大本营进行着各种秘密的抗日活动，收集了日本人的政治、军事、经济等情报，还对日本在华的重要人物进行绑架和暗杀，完成的都是一些极为艰巨和危险的任务。但她凭着自己的机智和勇敢，每次都能在执行任务的紧要关头化险

为夷，从而出色地完成了组织上交给的任务。

1933年4月29日，洪恩熙参加了“韩人爱国团”和“太洛太”组织的一次重要的刺杀行动。刺杀的目标是日本军界颇有影响力的重要人物：日军上海派遣军司令官白川义则大将和第九师团长植田谦吉中将等上海的日本军政要员。

“韩人爱国团”的领袖是朝鲜独立党党员金九，他化名李春山，领导着秘密组织“韩爱团”和“太洛太”。他们在确定执行这次任务后，又与中共上海地下党组织取得了联系，并得到大力的支持。洪恩熙作为一个女同胞，刺杀小组原来并没有她，但她强烈要求参加这次刺杀行动，并表示宁愿牺牲生命，也要完成任务。但还有一个重要的理由是，尹奉吉是她的男朋友，他们曾发过誓，要同生共死、共赴国难。金九被这一对恋人的绝决态度所感动，另外，考虑到她也是一名非常优秀的“太洛太”成员，曾多次出色地完成过艰巨困难的任务，显示了她的胆色和才干，所以就答应了，并让她使用了一个化名：“李海东”。但没曾想比洪恩熙小三岁的弟弟洪恩民也坚持要参加这次行动，其理由是可以配合行动并保护尹奉吉和姐姐的安全，金九没太坚持反对意见，就答应了他们一起参加。

金九、尹奉吉、洪恩熙和洪恩民全化装成日本侨民，因为他们都是二十四五岁的青年，都会说一口流利的日语，他们只要稍加化妆，就跟当时的日本青年一样，让人难分真假。

1933年4月29日11时40分，在雨雾迷蒙之中，全场1．3万名日军官兵和数千名日侨高唱日本国歌，场面也算庄严。当大家的注意力都集中在检阅台上的巨幅天皇画像和两面巨大的日本国旗上时，尹奉吉从容不迫地取下挎在肩上的水壶，把壶举到嘴巴前做了一个佯装喝水的动作，突然，他将手臂向后一伸，像掷铁饼似地把水壶抛出，水壶划了一道弧线，“嗖”的一声，准确地落到了检阅台的中央。

“轰隆!”一声巨响，检阅台顿时被炸坍塌，日本军政要员个个血肉横飞，响起一片鬼哭狼嚎之声。白川义则被炸得遍体鳞伤，皮开肉绽，面部被炸伤8处，牙床碎裂，腹部、双臂和两腿被炸伤30余处，像一个血人一样；驻华公使重光葵被爆炸的冲击波抛上半空，犹如风中的一片枯叶，落地后他的右腿血流如注；检阅台上，日本的军政要员无一人幸免。

金九和洪恩熙一看行动已经得手，就向公园门口撤离，但日本人仗着人多势从围了上来，洪恩民二话不说，果断地引爆了一颗手雷，以自己的牺牲

换得了金九和姐姐逃出魔掌，但不幸的是尹奉吉躲避不及被日军当场逮捕。5月初被押解到了日本，关押在金泽监狱，由日本东京军事法庭进行审理。虽然他长期经受种种酷刑，但始终没有供出“韩人爱国团”和“太洛太”的组织机构和人员名单，严守了组织的机密，是个响当当、硬铮铮的好汉。当年12月19日7时40分，尹奉吉被日本人用最古老的残酷刑法行刑架分尸处死。

爆炸任务完成后，“太洛太”组织撤离了上海。其后日军的特高课加紧了对“太洛太”组织及其成员的严密搜捕，洪恩熙则嫁到了杭州，放弃了李海东的化名，恢复了自己的本名，巧妙地躲过了这一劫。

洪恩熙痛失了恋人和心爱的弟弟，这个打击对一介女子来说真是太大了，可谓刻骨铭心，她有好多年都没有从悲伤的情绪中恢复过来。原来她只有民族仇，现在她又有了家国恨和血泪史，对日本人更是恨之入骨，再加上有过那次不平凡的、重大的暗杀经历，不正是冷丽苹要找的人吗？她无论从胆量、智慧、经验、决心和必不可少的美貌上来看，她都是一个再合适不过的人选。

冷丽苹觉得这个人完全可以利用，让她当一回诱饵，当一道美味的大餐，通过小野，把她推荐给大色狼冲山元，顺便找机会给冲山元来个灯下黑，把他暗杀掉。当她把自己的暗杀设想告诉洪恩熙时，本想要做大量说服和开导工作的，没想到洪恩熙竟然一口答应下来，竟抢着说自己早就想会一会这个有名的日军高官，能够亲手痛宰一名日军中将，是她梦寐以求的美事和救国救民的勋业，她也必将名标青史，对得起生养自己的父母和多灾多难的国家，更对得起自己死去的恋人和弟弟了。洪恩熙还对自己10年前参与虹口公园爆炸案时，自己没能亲自动手而感到终生的遗憾。

对日本人的仇恨就像一堆炸药，始终在洪恩熙内心最深处的角落里摆着，只差一粒火星和一根导火索，就会把自己化作一团复仇的烈焰，而冷丽苹正是能够提供火星和导火索的人。

凡刺杀某个重要的人物，必须做足大量的准备工作，说白了就是一个系统工程。从人员、时间、地点、环境、暗杀方式、暗杀武器、装备或毒药的准备、安全撤离、配合策应等等各个环节，都要前后照应、考虑周详，不能有一丝一毫的疏漏、马虎和破绽。首先一关就是制定出一套周密完善的行动方案。

冷丽苹为此次行动制定了一套严密的行动方案，这是一个天衣无缝的连环刺杀方案。首先是实施电击，当冲山元进入浴池后，洪恩熙要假装用一个大功率的电吹风吹头发，趁他不注意时，迅速地把吹风筒抛入浴池，把在池

中泡温泉的冲山元当场电晕。五分钟后，从浴池的入水孔中会喷出一种混入剧毒液体的水流，这种毒液是德国人发明的，其学名叫“王水”。

“王水”是由浓盐酸和浓硝酸按比例3：1混合而成的，含有硝酸、氯气和氯化亚硝酰等一系列强氧化剂，还有高浓度的氯离子。它的氧化能力非常强，一些不溶于硝酸的金属，如金、铂等都能被王水溶解，更别说人的肉体了，因此它被称为水中之王。正因为它氧化能力强，所以会产生不少气泡，气味十分难闻。只需要10分钟，一个人先是被化掉肌肉，然后是骨骼，人体大部分被氧化后，只会剩下一小滩蓝色的粘液。10分钟后，当冲山元被“王水”化掉之后，又会从入水孔中喷出一股清水，把浴池中的蓝色液体冲洗干净，不留一丝痕迹。这样，经过“王水”的爱欲洗礼，冲山元就从人间彻底地“蒸发”了。万一这一套方案失灵了，还有一个备用方案，这些冷丽苹早就策划妥当了。因为现场的情况谁也不能提前预知，更无法控制，比方说，那天冲山元一反常态，就不下水，或者他临时起了皮疹，不能下水，你这套在水中玩的鬼把戏就一点也派不上用场了。这怎么办？还有最恶毒的一招等着他呢。这是一个老军统传授给她的秘技，对付色狼最灵了，其办法是这样的：在一个红酒瓶用的软木塞上，嵌入一个小小的刀片，在刀片根部埋有一种剧毒：神经毒素，这种毒素和一根细管相连，当刀片头部受到顶撞和压力时，神经毒素就会释放出来，这和蛇牙喷毒的原理是一样的，当人的血液一接触到这种毒素，人就会立刻失去知觉，不出3分钟，人就会全身抽搐、皮肤乌青，然后暴死。这个软木塞要倒放着推进女子的阴道深处，带有刀片的一方，正对着阴道的入口处。当那个色狼的“家伙”一碰到刀片，就会立刻体会到一种类似于艺术创作般的完美的痛苦。

“对付魔鬼，当然要用比魔鬼更魔鬼的手段。”洪恩熙的眼中，满含着残忍的凶光，透露出一种痛快淋漓的神色，冷丽苹终于可以放心了。

“电吹风筒”、“王水”、“软木塞上的剧毒刀片”，一环套一环，一招失灵一招接续，一招更比一招毒，这种方案只有神仙才想得出来，这是沈默然的评价，如果不出意外，冲山元这次必死无疑。

万科长的牺牲提供了复仇的“火星”，暗杀方案的制定相当于有了“导火索”，冷丽苹就把洪恩熙这颗特殊的“炸弹”介绍给了小野。

当然小野选择女人的标准，说复杂也复杂，说简单也简单，只有两条，一，要求有出众的美貌，二，要有好的出身。说白了就是家庭出身要是官宦人家或老实商家，本身没有污点，也没有明显的政治倾向。

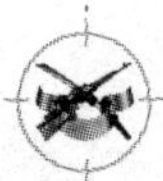

当然这个美貌的讲究也很多，首先必须是少妇，因为冲山元喜欢玩的就是少妇。另外，要知书达礼、气质高雅、肌肤白嫩、青春貌美。这些外在的条件，作为韩国人的洪恩熙都完全符合标准，因为韩国是一个盛产美女的国度，这一点是举世公认的。当她们如约在咖啡馆与小野见面的时候，出现在小野视野中的洪恩熙竟会是这种样貌：

一身的俏丽娇艳，既有东方人的野性，又有西方人的性感。她的脸蛋儿扑了层薄薄的脂粉，保留着红嫩的青春本色，那绿玉般的眼只用三个字形容就够了，那就是“大、深、亮”，她凝视着你的时候，那种欲拒还迎、风情万种的美会令人怦然心动。她宝石戒指戴左手，雪白的脖颈上挂着大粒的珍珠项链。双肩只裸露了一半，身材越发显得高挑窈窕，双腿又细又长，一对适中的乳峰在浅蓝色的略微透明的衣服下面十分惹眼，呼之欲出，两片丰厚肉感的嘴唇涂着腥红的唇膏，始终挂着迷人的微笑。

“我的天哪，你简直是上帝的杰作，活着的维娜斯。”小野直勾勾地看着她，发出了由衷的赞美。

不用说，小野目测这一关算是通过了，接下来，冷丽苹知道小野还会对洪太太的家庭背景作相应的调查。果不其然，小野派人了解了洪恩熙的家庭出身，得出的结论是，父亲是天津的一位殷实商人，政治历史清白，尚属可靠。夫家是杭州商人，本人是社交名媛。

小野对她的一切都非常满意，带着她的相片，就去见了冲山元。

而这边，“炸药”、“火星”、“导火索”全都准备就绪了，冷丽苹和洪恩熙只是静待佳音了。

今天是星期天，军务缠身的冲山元难得有一个能够喘息的清闲日子，他穿着日本和服式睡衣，一个人静静地坐在官邸会客室里的沙发上抽着雪茄，品着浓浓的雀巢咖啡，在他不远的写字台上，放着一叠信纸，他在准备给女儿写一封家信。

他边喝咖啡，边翻看着一本大大的影集，他自己的影集。里面的照片全是死尸照片，准确地说，是他和死尸的合影。这又是他的一大嗜好，专门搜集死尸照片。他不但自己搜集，还命令小野帮他搜集，小野隔三差五就会送来一批由本集团摄影师和其他集团的摄影师们拍摄的关于枪杀中国士兵和老百姓的死亡场面的黑白照片，有些还是从报社的记者手中高价购买来的。

望着这些血淋淋的场面和皇军刀下的尸堆，冲山元的嗜血欲望和杀人快

感得到了极大的满足，他起身走到桌前，鼓着腮帮子，思索良久，提笔在信上写道：

我亲爱的女儿，我的小摄影家，见字如面，吻吻你的脸蛋儿，爸爸非常非常想念你。你在东京的影展举行了吗？引起轰动了吗？如果举行了，我相信一定会盛况空前、万人空巷的。你上次来信说想要几张爸爸的近照，刚巧我制作了一个影集，有五大本，还收集了一大批照片，有的还没有来得及放进影集里。这影集里面都是珍贵而又难得的相片，现在我把它送给你留作纪念。或许，在下次影展上，你会把它们向世人展示出来，让人们都知道皇军的伟大战绩，都知道你有一个在中国当司令官的父亲呢。

当然，现在正在战争期间，所以爸爸的相片都是有关战争的，有关胜利的。其中有几张特别重要的相片，几张是‘抚顺煤矿万人坑’的照片，几张是‘石家庄战俘集中营’的照片，几张是‘南京中华门大斩杀现场’的照片，有几张是对抵抗分子和共党分子枭首示众的照片，还有我参观‘细菌战’与‘毒气战’实验室的照片。还有几张枪刺活人和解剖活人的相片，还有一张是狼狗吃活人的照片，可惜这只狼狗不在了。这些都是非常难得一见的，相信若干年后，它们一定会价值连城、身价倍增的。我们不是想发战争财，而是战争逼着我们不得不发财，战争本身就是一架制造富翁的机器嘛。最后一张，也是最为重要的一张，是我即将要为‘钱塘江大桥’剪彩的照片，那是一座雄伟的桥，一座世界上最坚固的桥，一座永远也炸不毁的桥。你也许要问，为什么都是杀人的照片，因为，对中国这种劣等民族就是要杀，不杀，他们的‘汉心’就换不成‘大和心’；不杀，皇军的王道乐土就不能够实现。爸爸是军人，军人的使命就是杀人，当然，军人生于战争，却死于和平。等打完这一仗，我就光荣退休，永远和你在一起，和那些相片在一起名扬世界。”

冲山元写完了信，得意地翻看着自己的影集，钱塘江那张还空着，不过，用不了多久，那张照片就会有了，他亲自去剪彩，穿着笔挺的戎装，佩着军刀，与其他军官站在一起，威风凛凛，傲视天下，那该是何等的惬意呀。他满意地合上了影集，面露微笑地凝望着远方。

冲山元一生有两大怪癖，或者说两大秘密，一是收集死尸照片，二是喜

欢看脱衣舞。

从他影集中的照片可以看出，他是一个杀人如麻的人间恶魔，一个撒旦和魔鬼交织而成的恶魔。这个禽兽不如的魔鬼对中国乃至亚洲人民犯下了不可饶恕的滔天罪行。

冲山元不仅是南京大屠杀的主犯之一，同时还犯有其他严重的战争罪行。1937 年时，他在担任师团长期间，率部入侵了中国的华北，参加攻击永定河、保定、石家庄等地的作战。尔后，又率部经海运进入杭州湾。11 月 5 日在金山卫以西地区登陆，遂率部向北突进。

淞沪会战结束后，由昆山经松江、嘉兴、平望镇、湖州、广德向南京前进，一路烧杀抢劫，无恶不作，于 12 月 5 日进至南京外围防御阵地前沿，与第 114 师团和谷寿夫率领的师团共同发起了对雨花台的三面进攻，遭到中国守军第八十八师的顽强抵抗。11 日，突破雨花台右翼阵地，以重炮把中华门轰毁，冲入城内的部分日军，被第八十八师全部歼灭。

12 月 12 日，第六师团攻占雨花台主阵地，并再次猛攻中华门及城墙。12 时 30 分，占领中华门附近一段城墙。冲山元命令部以猛烈的炮火轰击城内新街口、中山东路等处；同时命令主力辅以软梯攀登入城。

中国军队抵挡不住，仅仅三天，南京城就被日军攻陷了。

次日，冲山元司令官率领第六师团由中华门进入市区，开始了震惊世界的大屠杀。当时，逃难的市民拥挤在主要街道上，第六师团的官兵一边追赶，一边投掷手榴弹、用机枪扫射，数以万计手无寸铁的老百姓惨死在马路上。

12 月 17 日，在日军华中方面军举行的入城仪式上，司令官松井石根和参谋长冢田对冲山元大肆赞赏。直至 21 日，冲山元率第六师团回师芜湖，进行“清剿”作战，第六师团官兵在南京进行的大屠杀才被迫停止。

由于他是南京大屠杀的主犯之一，他被永远地钉在了历史的耻辱柱上。

冲山元刚写完信，小野敲了敲门，进来禀报：“司令官阁下，浴室那边一切都已经安排妥当了，您看今晚的温泉浴……?”

冲山元此刻心情很好，兴趣正浓，“哟西，既然都安排好了，那我们就动身吧。”他穿上了军装，跟着小野走出房间。

9 时整，一辆黑色奔驰轿车开进了环湖路一家私人俱乐部。

这里的温泉浴全杭州有名，过去曾是国民党的一个休养胜地，来这里洗温泉的人全是党国高官和知名人士。现在这里是只供日本人军界高层享受女

人的乐土。

冲山元和小野从车上走下来，在小野的带领下，走进了大门。

俱乐部老板和穿着和服的高级领班在前面引路，他们来到一间宽大豪华的浴室门口。

冲山元进了更衣室，换了一身宽大的和服，趿着木屐，先进了浴室。

那间浴室里面有一个洁白宽大的大理石澡盆，安放在地上，足以容纳四五个人同时在里面一起洗浴。此时浴池里已经泡好了一池清冽的温泉水，腾腾的水蒸气弥漫在空中。

浴室内，热气弥漫，气氛温馨。

很久没有泡如此舒服的温泉热水澡了，冲山元头枕着厚实的毛巾，伸展双臂搭在澡池的边沿上，将全身浸泡在烫烫的澡水中，皮肤很快就因水温而渐渐变红，仿佛浑身上下的每一个毛孔都张开了，有着说不出的舒坦。他喜欢这个私密的浴室，建造得如此典雅精致、华而不俗，澡池、淋浴、桑拿室一应俱全，澡池和地面全部用雪白的大理石铺就，不带一点杂色，中国的有钱人就是会享受啊，现在轮到我们日本人来享受了。

变态狂冲山元泡进了大池中，他笑望着玻璃门外，等待着他心目中的女神降临。大凡变态之人都有非凡的性欲，只不过激发的方式不同而已，而且越怪诞、越荒谬、越离谱，这种性欲被激发的程度就越强烈。

刚到9时，洪恩熙笑吟吟地走了进来，先向冲山元飞了个媚眼，当然说“走”有点不太确切，不如说“飘”了进来，或“舞”了进来。她今天穿了件紧身白丝绸半袖旗袍，两侧开叉已达胯部，包裹透明丝袜的修长大腿时隐时现，秀美纤细的双足上套着油亮的高跟皮鞋，走动间性感诱人。

好戏就要开场了。

“梭嘎。”冲山元打了个响指，音乐响了起来，那是一支由木笛和三弦合奏的日本民歌曲调。

在音乐的伴奏下，她的舞姿动作飘忽，性感撩人。

冲山元的欲火被点燃了。他粗大的喉结上下翻滚着，不时咽着唾沫，眼里冒火，几乎要扑出水池来。

可突然间，洪恩熙作了一个动作，让他愣了一下，伸出的手僵在空中。

洪恩熙拿起了一柄电动吹风机，在自己的头发上吹着，她在干嘛？她是想把散乱的头发吹成一个高高盘起的美丽的髻。

冲山元明白了她的意思，笑了起来，耐心地等待着，他知道，有时候等

待也是一种幸福。

吹着，吹着，髻吹好了，洪恩熙走近了水池，纤纤的玉足，雪白的大腿，当她刚要跨步迈进到水池中时，倏然间，她手一扬，那个电动吹风机在空中划出了一道优美的抛物线，一下扔进了水池中。

啊！麻啊……

水中的吹风机发出的电流只用了万分之一秒就立刻贯通了冲山元的全身，使他发出阵阵的酥麻和颤抖。他想挣扎着站起身来，但他根本做不到，腿脚已不听使唤，浑身不由自主地发出剧烈的战抖，就像上了电刑一样。

他开始“跳舞”了，一种古怪的舞，一种肌肉的舞。

这场面的确有些反讽和吊诡，本来他是来看跳舞的，结果自己却成了跳舞者，只不过跳的是一种电击之舞，死神之舞，而那个来跳舞的女人却成了观舞者。

电流照跑，“电舞”照跳，酥麻在他全身上下到处乱窜，意识开始模糊，眼睛出现了五颜六色的星斑，脸部肌肉扭曲鼓涨，浑身拼命抽搐。

“上帝呀，救救……我!”

这是他现在唯一的一点意识，可这点意识也在慢慢离开他的大脑。

谁能救他呢？他现在离地狱只有一步之遥了。

洪恩熙的脸上挂上了满足的微笑，那些刚脱掉的衣服，又用舞蹈动作一件件地被穿回到了她的身上。

一个从来不给别人活命机会的人，现在轮到他了，轮到天诛地灭了。世界……军队……女人……东京……女儿……战功……勋章……影集……大桥……一切的一切都在离他而去。

“啊啊……咔咔……嘎嘎……”含混不清的音节从他嘴里溢了出来。

五分钟，再有五分钟，一切就都结束了，等着他的将是会蒸发一切的“王水”，一个魔王从哪儿来就该回哪儿去了。那个安置在她身体秘密部位的巨毒刀片看样子是用不上了。

洪恩熙冷冷一笑，穿回了衣服，她不想看那些管子里将要流出的“王水”怎样溶掉他和蒸发掉他，那会使她恶心的。

她的使命就要完成了，后门，有一辆澳斯汀牌高级轿车在等她，冷丽苹派来的人已经在接应她了，她只要假装上厕所，溜出后门，就可以离开这个令人恶心的鬼地方了。

算计得很好，安排得也天衣无缝，连环计像一张无形的天网把那个猎物

网在了中间，她终于笑了，但她笑得似乎有点早了，这时，一个意外的情况突然发生了：电，断了。

无边的黑暗立刻降临，可能是短路了，因为吹风机掉进水池里，引得保险丝跳闸了。

“啊!! 不好，快跑!”洪恩熙发出了一声惊叫，想要拔腿就跑，她刚跑到门口，突然，电灯又亮了，洪恩熙回头一看，水池中已经没人了，突然脑后响起一阵风声，那个魔鬼冲山元此刻正站在她的面前，凶神恶煞般地逼视着她。

“啊?!”洪恩熙这一惊非同小可，她只有步步后退，冲山元却步步进逼，那张长满横肉的脸上挂着魔鬼般狞厉的奸笑，两只长满了长毛的手伸了过来。

“哈哈哈哈，哈哈哈哈!”一阵磔磔的大笑从这个魔鬼的口中爆发出来，“你，你想害死我? 你这个臭婆娘! 你这个国民党的间谍!!”

一记清脆的耳光搧到了洪恩熙的脸上，留下了五个清晰的指印，冲山元上前一步，像虎钳般的双手一下卡住了洪恩熙的脖颈。

“啊!”洪恩熙奋力挣扎着，甩动着双脚，双手用力想掰开他的魔掌，但是一点用都没有，脖子被死死地掐住了，一个女人，面对一个被激怒的野兽，能有什么办法呢?

“死死死!! 去死吧!!”冲山元眼里仇恨的火焰燃烧得正旺，额上青筋暴跳，脸部扭曲，双手卡得越来越紧，丝毫不松手，洪恩熙挣扎着，挣扎着，渐渐没了力气，最后，萎顿倒地。

“咚”的一声，几个保镖撞开了浴室的门，挥舞着手枪冲了进来，看见冲山元正俯身察看地上的洪恩熙到底死了没死。

“司令官，你没事吧?”

洪恩熙一动不动地躺着，脸色煞白，全无生气，她，已经死了。

“八嘎，想电死我，别做梦了! 这个女魔鬼终于让我掐死了，我们走!”

冲山元余怒未息，余悸在心，气哼哼地穿上了衣服，在几个保镖陪同下，狼狈地走出浴室。

一间浴室，一池碧水，和一颗未被启爆的“炸弹”。

第二十章

巧智劫持

当着这样多特工的面她竟然如此坦率镇定，把一个假身份扮演得滴水不漏，这样的女人会是什么样的人？是谁在她背后下指导棋？

又一个暗杀计划，在距离成功只有一步之遥时，失败了。

为什么魔鬼总是难以杀死？坏人总是那么长命？冷丽苹怎么也想不明白。洪恩熙以一介女子的脆弱生命，化身为一道绚丽的彩虹，在抗日英雄谱上绽放出异样的光彩。她以自身的“玉碎”昭示后人，中日间这场斗争，是场你死我活的绞杀，是正义与邪恶的最后较量，壮士的死，爱国者的死，只能唤醒更多的人起来与日本鬼子战斗。

暗杀不能成功，算那小子命大，但炸桥也总是失败，一个失败连着又一个失败，除了失败还是失败，让他们一伙炸桥人十分沮丧，倍觉窝囊，他们太需要一次胜利来鼓舞和激励自己继续战斗下去了。

这条桥难道真的炸不掉吗？真这么难炸吗？也许一开始我们的思路就有问题？那么换一个角度，换一种方式，是不是就能取得事半功倍的效果？方逸舟苦苦思索着下一步炸桥的对策。

洪恩熙死的第二天，江、方、耿、冷几人聚在一起，深入讨论之下，大家一致认为，必须采取一次绑架行动，果断出手，尽快救出张鼎诚工程师，才能谈得上下一步的炸桥行动。

为此，冷丽苹先介绍了一下酒店的情况。环湖酒店是日本人的内部宾馆，也相当于一个内部机构，日本特高课派了十几个人长驻那个酒店，还对整个

酒店采取了严密的保安措施。外面有宪兵站岗，共有三道门岗，外人不许随便进入，除非持有蓝色派司方可入内。内部工作人员持绿色派司，军方高层或执行特殊公务的人需凭红色派司方可入内。张工被秘密软禁在酒店里，很可能有贴身警卫专门“保卫”他。

冷丽苹又介绍了一下工程师的近况。

她这两天听小野说，准备为工程师改换一个新的羁押地，日本人也许是要灭口了。所以，要行动就要趁早行动，晚了，工程师很可能性命不保。而且，工程师已不在309房间关押了，据说已经更换了房间，也许狗鼻子闻到了什么不祥的味道?

怎么才能进入酒店侦察情况呢? 怎样才能摸清那个工程师住在哪个房间呢? 以及绑架之后如何安全撤退呢?

江雄风久在军统混，对绑架更是轻车熟路，他提出，整个行动应分为三个步骤进行：一、侦察；二、绑架；三、撤离。

所以，第一步就是派人进去侦察，摸清楚张工现在究竟还在不在环湖酒店里住，若在的话，在哪个房间关押?

既然派人进入，那么派谁最为合适?

派冷丽苹显然不太合适，为什么? 因为她的目标太大，也太明显，搞不好就会暴露整个行动意图。而且，她每次进入环湖酒店，都是小野带她进入的，里面有些服务员认识她，所以她不是合适人选。

最后确定由方逸舟和江雄风二人进去侦察。人选确定之后，冷丽苹将张工的相片让二人过了目，二人暗记于心，下面就是如何进入的问题了。

这个问题一时把大家都难住了。

最好有一个借口，一个非常自然的借口，让一个人可以光明正大地进入，以合法的身份混入，而又不引起任何怀疑。

有这种办法吗? 有，还是江雄风这个老军统拿出了杀手锏。

军统几年前曾跟英国人合作过一次行动，那次行动虽然是针对日本人的，但最后没有使用，这次刚好是个机会。

这是一个全新的思路和办法。其办法是把一种能发出强烈臭味的药片抛进酒店外面的水沟里。药片溶解后发出的奇臭就会沿着水沟进入整个酒店。这时酒店不得不找工人来检修，看看毛病出在什么地方，那时，伪装成管道工人的江雄风和方逸舟就可以混进去观察一番了。

“不错，这办法不错，这计划不但有用，而且有趣。”大家一致赞同。

一天以后，药片准备好了。

江雄风叫来几个当地的小流氓，每人给了一个光洋，但条件是把药片扔进酒店旁边的水沟里去。小鬼头们得了赏钱，自然干得非常卖力，只一会儿，就把 20 多片药片全扔了进去。

十分钟后，药力发作了，一种奇臭飘了起来，整个酒店里里外外到处都臭不可闻，路人都用手帕掩鼻而过，酒店的员工也在议论纷纷。

“下水道堵了，一定是下水道出了问题。”

那个叫村山的日本官员从楼上办公室走进大堂，对酒店经理说道：“他妈的，连抽水马桶都是臭的，每间房间都臭得不能进人了。”

几个女客从客房来到前台，大呼小叫，让酒店方面尽快消除臭味。说如果不解决臭味问题，她们就立刻搬走。

酒店经理急了，本来就只有一半客房在营业，另外一半被机关占用了，如果客人都走了，他们就要喝西北风，连工资都发不出来了。

“不行，要赶快找水管工检修。”经理说道。

日本官员用手帕捂着鼻子道：“快快快，尽快找人来修，一定要修好!”

经理二话不说，跑到大门口，正在发愁上哪儿去找人呢，突然看见一辆三轮机动摩托车停在路边，车身上写着“专业维修、疏通下水管道”的字样，车里坐着两个工人，正在抽烟聊天。

此二人不是别人，正是江雄风和方逸舟乔装的。

“师傅，师傅，我们的下水管道出了问题，劳您驾帮忙检修一下，行吗?”经理客气地请求道，一边递上了一支香烟。

江雄风斜叼着香烟，无精打采地说：“妈的，命苦，又该干活了。哪里的，环湖的?”

“是是是，环湖酒店。”经理赔着笑脸道。

“整个一条街都搞臭了，臭翻天，就是你们环湖。”方逸舟懒洋洋地说。

经理塞过来一把法币，“二位师傅辛苦了，一点小意思，笑纳。”

江雄风假意推辞一下，咂咂嘴，收下了钱道：“我看是市政管网的问题，可能他妈的又堵了，走，进去看看。”

江雄风和方逸舟背着工具袋，拿着大型扳手，跟着酒店经理大摇大摆地走进了酒店大门。

日本兵没有拦阻他们，经理带着他们先在一楼检查。他们在水房里装模

作样地查了一通，又开始对每间房间逐个进行排查。

一楼查完了查二楼，到三楼了，309房间开着门，里面没人住，是个空房间，二人应付着查了一下，来到318房间门口。

“打开门。”

“不行，这个房间最好别查了。”经理拦住了二人道。

“为什么不查，如果问题正好在这间呢?”江雄风不解地问道。

“呃，是不是一定要查这间?”

“当然一定要查，就这间最臭!”江雄风毋庸置疑地说。

“那，好吧，你们等一下，我去去就来。”

二人知道经理请示去了，等了一会儿，经理回来了，对二人道：“好好好，查吧，查吧。”说着，亲自用钥匙打开房门。这是一个双套间，外面有两个戴礼帽的男子坐在沙发上看报纸，一见来人，站了起来。

经理带着二人穿过里间，来到洗手间，二人注意到一个肤白体胖的中年男子在里间的床上躺着，这人一定就是张鼎诚工程师了。

工程师见了陌生人，起初有点紧张，但过一会儿也就放松了。

二人交换了一个会意的眼神，进了浴室，装模作样地查了一通。

整个六层大楼，他们全查了个遍，问题还是没有找到。

但他们来这里的目的却达到了：他们已经趁机摸清了酒店的情况。

中午的时候，经理带他们到酒店餐厅用餐，他们发现那个张鼎诚确实和几个日本特务和保卫人员混在一起，并同他们一桌吃饭。吃饭时几人有说有笑，旁若无人。

张鼎诚的房间仍在三楼，不过不是309，而是换到了318房，这个房间面临背街，窗前有小阳台。阳台离地面大约有10米高，必要时，人也可以从阳台外面翻进去。

酒店后面则是一条死胡同。他们借故检查水沟，进了死胡同，在死胡同的尽头处，有一扇铁门关着，上面挂着一把铜锁。铁门外面是一条通向市区的柏油公路，但没有路灯，夜晚一定十分黑暗。

他们从楼后数了数窗户，查出那一面大概有15间客房窗子。但只有318房间有小阳台。他们发现走廊尽头有一扇小窗，但是窗子上的玻璃是霜花的，不透明，而且从外面无法推开这些窗子，不知道是否可以从里面打开窗子。如果把“人”从上面放下来，需要一根长约10米的绳子。

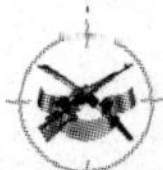

回来后，他们反复讨论，排除了一些危险性太大、成功可能性太小的办

法。最后，冷丽苹提出了一个方案，得到了大家认可。

这个方案是：冷丽苹乔装成张鼎诚的妹妹去会见他，并通过关系，开具了一张蓝色派司。而张鼎诚的确有一个妹妹，叫张彩凤，在上海一家报社当记者。这些情况冷丽苹早就了解清楚了。

但为什么要派人乔装他妹妹与他见面呢？因为必须得有人把实施营救的计划偷偷告诉他，以求得他的理解与配合。但是在目前这种虎狼环伺，防范严密的情况下，没有别的更稳妥的传达信息的办法了，只能用单刀直入的方法，直接见面，相信凭他工程师的高智商，会在一阵错愕之后，立即醒悟过来，明白对方是来救他的。这时，就可以瞒过保安和日本特工的检查，把记载营救信息的一张字条藏在礼物中留给他，让他晚上 9 时做好必要的准备，以便配合营救人员，最终逃出酒店。

当然，这个方案好是好，但有很大的风险。风险在何处呢？在于张鼎诚对她的反应是整件事情成败的关键。冷丽苹毕竟是假冒他的妹妹出场的，如果他一时愣住，回不神来，那问题就来啦。因为在这种情况下，一个正常人的反应必然是惊异、错愕、不相信、希望、警惕、怀疑，或者可能是这几种情绪的混合。否则的话，他就有可能是死心塌地为日本人服务的叛徒或汉奸。或者他干脆当时就大叫起来，那一切就都穿了帮，几个如狼似虎的保镖、特工就会立即扑上来，扭住冷丽苹，这不仅毁了冷丽苹，连带整个营救行动都会失败。

所以，评估一下，风险固然有，但成功的可能性也很大。也许一切都寄托在张鼎诚是否聪明、是否配合上了。但大家权衡再三，在没有更好的办法的前提下，觉得有必要进行这样的冒险。

冒险不怕，他们都是冒险方面的专家，关键是这个险值得冒。

还有一个细节不能遗漏，就是要有一张上海到杭州的火车票，而且必须是当天的真票。不过这并不难办到，冷丽苹会安排军统的某位关系人，从火车站售票处的朋友那里为她弄到一张按规定日期由上海站到杭州站的火车票。

后门接应由赵营长带两个人一起行动，事先开一辆轿车停在死胡同的路口处等待，那里离那扇铁门只有一箭之地，当他们看见人被救出来后，立即启动汽车，最后载上人就可以迅速开走。

一切计议停当，棋盘里的棋子已经各就各位，行动时间就定于第二天中午开始。

步骤一：上午 11 时，冷丽苹化装从车站出来，与关系人见面取派司；步骤二：中午12时兄妹见面，将字条送进去；步骤三：晚上8时整，江雄风和方逸舟以修下水道为由进入酒店，藏身于316房间；步骤四：9时整，迎接和掩护张鼎诚，将他引向后窗，再顺绳索爬下三楼，进入死胡同；步骤五：砸开铁门，跳上等待的车辆逃生；步骤六：行动中能不开枪，尽量不要开枪。

很快就到了第二天，他们开始了行动。

上午11时，上海到杭州的火车进站了，冷丽苹顺着人流走了出来，她今天完全换了身打扮，穿了一身湖蓝色的连衣裙，头上扎了个彩结，脸上戴着一个粉红边的太阳镜，左手里提着一个大大的蛋糕盒，右手拿着几件小包裹，大模大样地走出了火车站。

她已经完全换了一幅模样，认识她的人不仔细看，无论如何也认不出她的本来面目。

她伸手拦了辆出租车，不久，便来到了杭州市警备司令部，从一个男子手中接过一个信封，里面是一张蓝派司，又驱车来到了环湖酒店正门口。

冷丽苹机警地向身后瞥了一眼，昂着头走向门岗。

门岗刚伸手，冷丽苹就把蓝派司递到了他的手中。

门岗仔细地对照着相片看了看，挥手放行了。冷丽苹心里冷笑了一声，大步向大堂走去。

这时，那个叫村山的日本特工头子迎了上来，恭敬地对她道："小姐，有事么？有什么可以为您效劳的？"

"噢，我要见一个人。"

冷丽苹在大堂接待处放下了行李说道。

"见一个人，见谁？"

"见我的哥哥张鼎诚。"

"哦，你要见张鼎诚？你是他什么人？他可不是谁想见就能见的，你知道他现在是什么身份吗？"

村山一双贼眼上上下下打量着冷丽苹。

"哦，难道他的妹妹也不能见他吗？"冷丽苹露出挑衅的神情说道。

"他妹妹？他有妹妹吗？我怎么没听说过？"

"没听说过不等于没有啊。怎么，你不相信我吗？"

"要我相信你，不难，你只要告诉我，你从哪儿来，到哪儿去，所为何事？"村山那刀子一样的目光紧盯着冷丽平的眼睛。

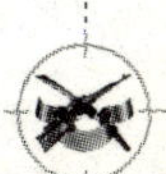

"哦，太君，原来为这个。喏，这是我今天上午从上海来的火车票，我是

专门来探望我哥哥的，他已经很久没有跟家里联系了，我们不知道他出了什么事，所以，我父母就叫我过来看望一下他。你知道，现在到处都在打仗，老人们不放心哪。”冷丽苹不慌不忙地解释道。

“哦，火车票?”村山接过车票，盯着票仔细辨认着。

“喏，这是我的工作证。”冷丽苹又递上了一个红皮烫金字的工作证。

冷丽苹虽然心里紧张，但她不能有任何胆怯的表现，否则马上就有可能被他看出破绽。因此，她毫不迟疑地打开了手提包，取出了工作证递给了村山。她心里暗暗骂道：那几个制作假证的都是蠢货，连个良民证和记者证都不能及时做出来，这不要命吗。

“你的良民证呢?”

冷丽苹脸上堆着笑，立马解释道，她的良民证和记者证寄到总社的社长那里去备查了。村山仔细地检查了冷丽苹的工作证，没有发现破绽，又上上下下打量了她一番，也没有看出什么名堂来。

村山左手拿着车票，右手拿着工作证，掂了掂道：“哦，你还是个记者?”

“是的。”

“都带了些什么东西? 你知道，这些东西是要接受检查的。”

“可以，随便查，都是些吃的，穿的，日常用品。”冷丽苹不屑地说。

村山把车票和工作证一起递还给了冷丽苹，接过她递上的所有东西，一件件仔细地检查起来。蛋糕盒子被打开了，提袋和包裹也被打开查了一通，什么也没能查出来。

村山又眼光灼灼地问道：“你见他，他知道你来吗?”

“当然，我父母昨天给他通过电话了。”

“嗯，那好吧，你跟我到接待室等一下，我会带他在那里与你见面。”村山狡黠地一笑，刁钻地说。

“接待室? 那，好吧，我们走吧。”冷丽苹拎起礼物，跟着村山上了二楼，来到一间很大的会客室。

会客室里面没人，冷丽苹定了定神，冷静地坐下了。只等了不一会儿，就听见几个人的脚步声由远及近地响起来。

玻璃门被一下推开了，张鼎诚激动地迎上来，一叠声叫道：“彩凤啊彩凤，你怎么连个招呼都不打就跑来啦?”

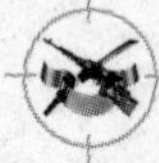

当他看清冷丽苹的面容时，一下愣住了。他身后有几个特工，紧紧地跟着他，也包围着他，有些人盯住了他错愕的表情和疑惑的眼神。

冷丽苹急中生智，一下扑到张鼎诚的怀中，失声痛哭。

冷丽苹一边哭一边说："哥哥呀，哥哥，见到你真是太好了，你不知道爸爸妈妈有多担心，这么长时间也不给家里来电话，连个平安也不知道报，人家可担心死了啦。"

这是谁？怎么会是这样的？张鼎诚心念电转，疑惑丛生。

张鼎诚一把推开冷丽苹，扶着她的双臂，盯着她的脸，眼里带着一个大大的问号。

冷丽苹哭得梨花带雨、泪痕满面，满腔忧怨地道："看什么看，两年不见，不认识啦，我是你的妹妹呀，我这次从上海来，主要就是给你送些御寒的衣物。你单身在外，又不会照顾自己，要是有什么急事，我们救都来不及救你。"

她故意把这个"救"字咬得特别重，同时，用眼睛向他示意。

我确定不认识这个女人，但她为什么要把我认作哥哥？她受谁的指使？她的真实意图是什么？这里面，难道有什么阴谋？或是某个圈套？张鼎诚心里升起一连串的疑问，他在猜想各种各样的可能性。

"哥哥，你倒是说句话呀，几年不见，连个妹妹也不会叫了么？"冷丽苹嘟起了嘴假装生气道。

"噢，好啦，好啦，彩凤妹妹，你一路辛苦了，大老远从上海跑来看我，哥哥谢谢你。爸妈身体还好吧？"

冷丽苹破涕为笑，心想这个呆子终于明白过来了，他反应还不算太慢。

接下来，张鼎诚开始上道了，他估计她是来救他的，言语间和她互相配合了。他早就盼望着有一天，有一个人，不论他是什么人，突然降临，把他从那些害人精手里拯救出去。这个人现在就站在他的面前，一口一个哥哥地叫着，可她竟然是个女人，一个胆子比天大的女人，当着这样多特工的面竟然如此坦率镇定，把一个假身份扮演得滴水不漏，几可乱真，这样的女人会是什么样的人呢？是谁在她背后下指导棋？是国民党的人吗？或者是中共地下党的人？

他得出了初步的结论，她来见我，绝不会是只认"哥哥"那么简单，她一定另有目的，这个目的只有一种可能，那就是救我出去。能出去当然好，求之不得，不然，跟日本人混得久了，他就会被世人当作汉奸，当作一个出卖民族和国家利益的败类，一个出卖良心和技能的帮凶和走狗。

不过现在，他的机会来了，他要感谢这个女人，他要紧紧抓住这个千载

难逢的良机逃出狼窝虎穴。

“妹妹”又跟他聊了一大堆家常，有些事情，根本就是她瞎绉胡编的，但她说得那么从容镇定，真假难辨，一幅亲情难抑的样子。

他们又这样聊了一会儿，他起身把妹妹送到酒店门外，恋恋不舍地挥挥手，目送着流泪的妹妹上了一辆出租汽车。

车开走了，张鼎诚提着礼物和包裹回到了自己的房间。

他趁特工们都在外间打牌的空档，悄悄地打开了包裹，在一件秋衣的夹层里，他发现了一张小纸条，纸条上写着很小的几个字：

> “相信来人，相信我们，我们是来营救你出去的抗日人士。今晚九时整，你前天见过的两个水管修理工会在对面316房间等你，我们会带你安全离开此地。你要做好准备。保重。”

前天的修理工？什么修理工？张鼎诚搜索着记忆，他忽然想起，前天是有两个修理工在经理带领下进过自己的房间，来检查臭味的，噢，原来是他们，张鼎诚明白了一切。

晚上吃晚饭的时候，他特意叫了几瓶啤酒，给几个特工美美地灌上，几人喝得尽兴，回到房间后，几人脱光了膀子玩开了扑克，而张鼎诚则推说犯睏，倒头便睡。

他装睡睡到8时50分，觉得时间差不多了，正准备起身，突然进来了一个日本特工，对着打牌的人说了几句什么，几人不打牌了，一个特工对他道：“喂，请你穿好衣服，我来带你去见高桥，他有事找你。”

张鼎诚一听懵了，这可如何是好？

这帮人，早不来，晚不来，现在就在自己准备逃跑的时候，突然来了，难道日本人发现什么了？不可能啊，他们如果发现我要逃跑，早就把我铐起来了，还会这么笑眯眯地站在房间门口等我吗？

不行，我不能跟他们走，我得想办法甩开他们。张鼎诚急中生智，对特工道：“对不起，我要拉肚子，可能今天的啤酒喝坏了，能不能让我先上趟厕所啊。”

特工看着皱着眉头、抱着肚子的张鼎诚，点点头，侧身让他进了厕所。

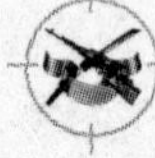

张鼎诚假装坐在坐便器上，脑子里飞快地旋转着。怎样才能脱身，怎样才能甩掉这些家伙？我不能让营救我的人白等啊。

忽然他心生一计，系好裤子，站在走廊上大声说道："这个高桥先生也真是的，早不见我，晚不见我，偏偏这个时候要见我，我想睡觉，明天去见他行不行啊?"

他说这话时声音很大，这声音一定会让对面316房间的人听见的。

特工组长冷冷道："不行，不行，快快走，不要罗嗦，快快走。"

张鼎诚只好跟着三个特工沿着走廊来到楼梯口，三人上了电梯，张鼎诚也进了电梯，但就在电梯门要关上的一刹那，他突然跳出电梯，向身后大喊一声："哎呀，你们先下，我东西忘了拿，我马上下来啊。"

电梯门关上了，三个特工被关在里面，急得干瞪眼没办法，电梯载着他们下行了。

张鼎诚一看甩掉了日本特工，一个箭步冲到了对面房间，刚要敲门，门却无声地开了，江雄风和方逸舟二人迎上来，紧紧握住张鼎诚的手道："张工，快，跟我们走。"

"你们是来营救我的吗?"张工一脸紧张地问。

"对！快跟我们走，没时间解释了，快走!"江雄风急切说道："拐过这个走廊，到另一边去。"

三个人急步跑过长长的走廊，跑到那个毛玻璃小窗子前，方逸舟打开窗子，甩出一条长绳，自己先沿着绳子下到地面，向上招了下手，张鼎诚爬出窗子，也沿着绳子爬了下来。

当他刚下到二楼的时候，听见三楼走廊上传来一阵急促的脚步声。他心一慌，差点掉了下去，方逸舟低吼一声："小心，抓紧!"

"当!"枪响了，方逸舟估计是江雄风跟追上来的特工交上火了。

"当，当当当!"

一阵枪声在走廊的共鸣作用下，显得更加响亮。

张工的脚总算踩到地面了，方逸舟长出一口气，抬头望着三楼的小窗。

上面枪声响成一片，一场激战在三楼走廊打响了。

突然，江雄风的头露了出来，只见他一纵身爬了出来，根本没用绳子，飞身从三楼跃下，"啪"的一枪，身后的玻璃被打碎了。

"危险!"方逸舟大呼一声。

江雄风凌空飞起，飘然落地，但他的一只左脚却被扭伤了，只能一瘸一瘸地跳着跑。

这时，整个酒店灯火大亮，枪声爆响，日本人全体出动了。"呜……!"

警报器鸣响了，发出尖锐刺耳的声音。楼内楼外枪声响成一片。

“有歹徒！有凶手！有人劫持工程师！”有人用日语大叫。

有人用中国话大叫：“抓住那个姓张的工程师，别让他跑了！”

一个中队的鬼子迅速布控了酒店前的停车场，人人持枪在手，如临大敌。

探照灯来回交叉扫射，铁马也架了起来，有宪兵吹起了哨子：“瞿瞿瞿瞿……”

方逸舟和张鼎诚架着伤了脚的江雄风快步跑到铁门前，方逸舟一枪打落了铜锁，三人打开了铁门，跑出了死胡同口。

远远的，赵营长带着两个弟兄在向他们招手，暗夜中，远处枪声阵阵，火光闪闪。

江、方、张三人窜上了路边的轿车，赵营长和另两个弟兄跳上汽车脚板，轿车迅即启动，引擎怒吼着，向着夜幕深处狂奔而去。

这项非常艰难而又非常危险的营救任务终于圆满完成了，让戴笠和沈默然既深感震惊又赞叹不已，事后戴笠给了八个字的评价：

“巧智劫持，虎口脱险！”

第二十一章

幽灵袭击

作为一个狙击高手，他知道绝境意味着什么：三发子弹，六个敌人，这种情况翻盘的可能性不大。这根本就是一个死局。

张鼎诚工程师被从虎口里营救出来之后，还要等着另一个人来决定他的生死，这个人就是戴笠。

沈默然为此打好了腹稿，面见戴局长。

“对于这个张工，救是救出来了，该如何处置，我倒想听听你的意见。”戴笠不阴不阳地说。

沈默然嘿嘿一笑道：“局座，我看这种人不能再留着了，留着他迟早都是祸害。”

“哦，祸害？何以见得？”戴笠突然想起前天接到的梅乐斯的一通电话，催问炸桥的事进展如何了，他简单汇报了几次炸桥失败的经过，梅乐斯语气很严厉：“简直办事不利，此事美国海军部的将军们已经等得不耐烦了，你一定要抓紧时间，要加派最得力的人手去，不然，我不好向上面交待，而你更不好向你们的最高领袖交待。”想到这里，他只觉得心里沉甸甸的，像被压了一块大石板。

沈默然却振振有词地说：“您想啊，高桥为什么要抓这个张工，因为他掌握着大桥的全部秘密，特别是大桥的要害在哪里，他是一清二楚。日本人威逼利诱是少不了的，可问题是作为一个中国人，他的骨气跑到哪儿去啦？他的良心跑到哪儿去啦？就连作为一个知识分子的良知也叫狗吃了。他就那么

甘心情愿为小日本卖命啊，把大桥的机密统统出卖给了日本人。还出谋划策，搞了那么多水下预警设备，让我们的‘烈火行动’屡屡失败，他的这种作为，说轻了，就是卖身投靠、贪生怕死，说重了就是出卖民族和国家利益，简直跟汉奸一个样。您说，这样的人不该杀吗?”

沉默半晌，戴笠点点头，皮笑肉不笑地说：“你说的不错，他是该杀。但问题是，日本人聪明绝顶，可以利用他，难道我们就不能利用他吗？你杀他一刀还不简单吗？简单。可现在杀他等于灭口，你知道他给日本人出了什么计谋，划了什么良策吗？你不知道，你知道水下有多少新设施、新花招、新名堂吗？你更无从知晓。日本人知道先下手为强的道理，我们怎么竟会愚蠢到端着金碗要饭？他现在就像一张王牌，一个重量级的法码，过去攥在高桥手里，高桥就主动，现在攥在我们手里，主动权易手了，天平该向我们倾斜了，我们一下变被动为主动了，该我们折腾他们了，我们要出什么牌，就由不得高桥了，这是高桥最不愿意看见的事情。他高桥想哭，可哭都没眼泪了，他那些水下的预警设备已无密可保了，而我们却可以避实击虚，利用其他部位的漏洞和软肋，以更加出其不意的方法再次进行袭击，大桥岂有炸不毁之理?”

“局座高见，职下智愚识浅，实在是惭愧。”沈默然一脸愧色地说。

“再说了，”戴笠意犹未尽地说，“我们费了九牛二虎之力，才把他从日本人的狼窝里解救出来，劫持出来，为了什么？就为了给他一刀吗？你呀，有时候人特精，有时候总犯傻，想问题总是一根筋，他是汉奸，是不是，是，但又怎么了吧？汉奸就不能利用啦？不能拉拢了？不能为党国卖命啦？以后能不能有点逆反思维啊，啊？提醒你多少次，能不能改一改?”

“听老板一席话，职下胜读十年书啊。”沈默然毕恭毕敬地说道。

“行啦，就这样吧，留着他，你跟他谈次话，让他参加小分队，跟江雄风他们一起研究炸桥吧。要叫他痛改前非，将功赎罪，把自己的聪明才智都使出来，真正为国家、为民族出点力吧。”

“职下一定照办，一定照办。”沈默然鞠躬道。

张鼎诚工程师自然是非常愿意为民族和国家出力，愿意尽到一个中国人的责任，打击日寇、炸毁桥梁，以实际行动将功赎罪。

几天来，他已多次参加了江雄风他们的炸桥会议。会上他把自己为高桥提议加装的设备和预警部位向大家悉数作了介绍，使大家掌握了大桥水下预

警装置的特点、数量和规模。

方逸舟提出，前几次炸桥，大多采取的是水下方案，但都没有获得成功。现在应该调整思路，另辟蹊径，而不应一味固守水下袭击的老路，这才有可能达至突然性，使炸桥取得突破。

这个提议很有启发性，实际上是给大家的思路打开了一个新的方向和道路。

思考良久，憋了很久的张工提出一个非常新奇、大胆的建议，他提出用一架飞机去炸桥。

飞机炸桥？这难道不是异想天开吗？

难道我们冒险救出来的人是个疯子吗？要不就是个傻子？

众知周知，防卫这座桥的防空火力之密集，布署之严密，已经创下了日军守护军事目标之最了。他竟然提出要用飞机去炸，这不是以己之短，击敌之长吗？这种提议偏偏出自一个工程师之口，真让大家有些匪夷所思了。

这到底是愚者的无知之论，还是智者的惊天之举呢？

乍听之下，这一提议的确显得幼稚、荒唐。但世上的事情就是这样奇怪，恰恰是在最不可思议的地方，也许就隐藏着某种智慧的闪光，孕育着成功的种子和希望。

张工解释道："表面上看起来，从空中炸桥成功的可能性非常之小，不仅我们这样认为，日本人更是这样认为。但这恰恰是达成突然性的地方，符合军事上讲的出敌不意、以奇制胜。"

张工阐释道："用一架小型轰炸机，在离大桥非常近的地方突然腾空而起，在敌人还没有来得及反应的时候，飞机已到了大桥的上空。想想会出现什么局面吧，敌人一定是手忙脚乱，阵脚大乱，连反应都来不及的时候，飞机已经带着5000磅炸药，进行撞击式攻击，或者叫作自杀式攻击了，这桥还有个跑吗？这样成功的可能性就非常之大了。为什么要5000磅炸药呢，因为，对于一座大桥来说，一个点的爆炸难以伤其筋骨、动其架构，所以，一般都是从两个点或三个点一起爆炸，才能炸得毁一座桥。但如果炸药的当量够大时，情形就有很大不同了。5000磅的炸药一起爆炸，再加上飞机的爆炸力，只要炸准第10桥墩，就不仅可以掀翻大段的桥面，而且还可以一次性炸毁中间两根桥墩，这样一来就重创了大桥，让敌人在半年之内都无法修复。

近距离腾空而起？想法很好，新奇而大胆，但多近的距离算"近距离"？

张工提出，在钱塘江上游方向，有一个郊外垃圾场，规模还不小，占地

有50几亩，稍作平整后，作为飞机的隐蔽起降点足够了。这个距离，足以让飞机腾空后约2分钟即可飞临大桥上空，2分钟，作为一种空中动作，不用完全拉起和拉平机身就足够了，飞机到了大桥上空就做压低机头的动作，然后就带弹撞下去。当然为了达成完全的突然性，飞机必须在半夜起飞，而且要沿着江面低飞，这样可以降低暴露自身的风险。

江雄风提出了一个疑问，垃圾场的地面坑坑洼洼，怎样保证飞机起飞所需的平整的地面或跑道？而且是一条最低不少于1500米长的跑道。这个问题不解决，其他问题都是空中楼阁，废话一堆。

张工说道："这个问题我想了好久，有一个办法可以解决，就是更换飞机的起落架，把轮式的起落架，换成轨道式的，说白了，就是在类似火车轨道的铁轨上滑行和起飞。当然这需要对飞机进行必要的改装，虽然有相当的难度，但是从技术上来说，是完全可行的。"

方逸舟笑起来道："飞机不用轮子起飞，而改用轨道起飞，这在世界航空史上，恐怕是一个惊人的创举呢。"

张工答道："是啊，不是我们愿意这样做，想哗众取宠，搞什么新发明，而是战争，是任务，逼得我们不得不这么做。"

这时候，有一个人最有发言权了，这个人就是丁时俊。因为他进军统之前曾经作过一年的飞行员，不过，他驾驶的不是轰炸机而是歼击机，就是那种画着狰狞鲨鱼头的"P—40"战斗机。有过300小时的飞行时间和正规的飞行训练，还在三战区组织的一次美国机师培训活动中听过美国飞行专家的授课。

丁时俊以行家的眼光认为，改轮子为轨道，如果能够保证工艺和质量的话，方法是可行的。这需要把飞机的起落架上的轮子卸下来，换成一种滑轮，滑轮的凹陷部分，正好对准轨道的凸出部分，这样，飞机就可以不再需要平整的跑道了，而是由轨道提供了跑道的全部功能。

但用飞机，代价是相当大的，谁都明白这意味着什么：一架飞机加一条人命。

由谁驾驶飞机去撞大桥呢？中国空军中有这样具有献身精神的飞行员吗？这又是一个关键问题。如果这个问题不解决，其他问题又都成了空中楼阁。

用飞机就有这点不利，它是一个大的系统工程，下面有许多分系统，每个系统需要配合的条件太多，如果有一条做不到，其他条件就都成了泡影，成了空话一堆。

而且用飞机代价相对也是比较高的，但跟全局性的战略利益相比，这个代价还是必须要的，这一点，相信报上去，戴局长也会同意，上峰也会批准的。

现在问题是能不能找到飞行员，一个愿意为这次炸桥行动英勇献身的飞行员才是关键？如果其他问题都落实了，最后没有人愿意去飞，愿意为国捐躯，那也是瞎忙活一场。

就在此时，丁时俊作出了郑重表态，如果实在没有人愿意飞的话，他愿意顶上去，甘愿牺牲一己生命，也要把大桥炸掉。大家听了他的话，都在用感激和钦佩的目光望着他，并相信这不是他一时激动之下的随便表态。

好了，飞行员的问题基本解决了，但飞机呢？飞机从哪儿来？整个国军此时只有约一百架战斗机，十几架轰炸机，且大都在成都机场，当然陈纳德的飞虎队还有不少飞机，但那是美国人的财产，你也不好张口就要。看样子这个问题还得报请“刀斧手”，让局长去想办法啦。

好了，假设飞机也有了，下来的问题是起飞场地究竟放在哪里合适？张工介绍说，郊区的垃圾场有一个破旧的厂房，战前是准备安装一套垃圾焚烧炉的，后来因为战事就弃置不用了，现在，这座旧厂房里面完全空着，如果把飞机拆卸，分零件打包装箱后运来，偷偷在旧厂房里重新组装起来，也不容易被日本人发现。而且每天进出垃圾场的车辆也较多，你可以把零件箱子伪装成工业垃圾运进厂里，也不容易引起日本人的怀疑。

还有一个问题就是飞机轮轨改装和与铁轨匹配的问题，这个张工承诺由他来设计图纸并监督制造，一定不会有大的问题。

方逸舟提醒江雄风应该起草一个详尽的方案上报戴局长，得到上面肯定的答复和批准后，再进行下一步的准备工作。

江雄风也觉得这是个庞大的系统工程，全局统摄局部，局部的问题会牵一发而动全身，反过来影响全局，所以，应予以特别的重视。

其实张工已经写好了一个方案草稿了，在这个基础上，江雄风很快就完成了“飞机炸桥方案”，报上去后，三天就得到了戴局长的口头表扬，不久，在军委会特别会议上就获得了通过。戴局长还派人告诉江雄风，上峰特别批准，从成都机场调一架美制小型轰炸机过来，该机将被拆卸打包装箱，三天后由某农机厂的几辆大卡车运到郊区垃圾场。

大家一看方案这么快获得了批准，并且飞机也落实了，都觉得挺受鼓舞，一时间群情激奋，士气高涨，各项准备工作也按部就班，紧张有序地开展起

来。先是由丁时俊与当地伪市政部门接洽，谈妥了垃圾场地的租赁事宜。张工也开始了飞机起落架的改装设计工作。轨道制作也联系好了专门的厂家。并组成了一个由张工牵头的三人小组，负责技术方面的所有工作。赵营长也带人，将第三战区新配备的5000磅炸药提前运到了码头货栈，并稳妥地隐藏了起来。

3天后，8辆大卡车沿着郊区公路飞快地行驶，最终开进了垃圾场。

卡车上遮着蓬子，车身上喷着“汉阳农机厂”的字样，车里面堆满了各种工业垃圾和废旧家具之类的杂物，其实在这些杂物下面，板条箱子里装的才是“真货”。

江雄风和方逸舟站在垃圾场前的广场上，看着几十个工人一起从卡车上不断卸货，把车上的东西全卸了下来。江雄风向方逸舟使了个眼色，方逸舟带着姓李的领班经理，指挥工人把箱子全搬进了地下室。其他杂物堆得跟小山一样，都堆放在场地上。

李经理是个高大的中年男子，他是前来交接飞机的，他的真实身份是空军98师的地勤科长。

江雄风和他一见如故，江雄风问了许多关于空军战机数量和中日间空战的近况，得知最近我国空军接连重创日本空军，打下的日机越来越多，抑制不住激动的心情，连连称赞着李经理。就在二人相谈甚欢之际，一个工人领着一个腰挂军刀的日本上尉走了过来，工人禀报：“李经理，这位太君想了解一下我们是从哪里来的，来干什么事情。”

江雄风马上掏出自己的证件，递给上尉道：“太君，我姓蔡，是垃圾场的主管，他们是汉阳农机厂的，刚拉来一批废旧家具和杂物，要不要我带您四处看一下?”

日军上尉瞪着眼睛道：“看一下? 我已经看过了。蔡经理，最近几天，开始宵禁，我要正式通知你，凡没有本地良民证的人，一律不许在此地停留和过夜，晚上人员一律不许上街。一旦发现有可疑人出现在垃圾场或附近，你要立刻上报皇军，如果藏匿不报，死啦死啦的。我的办公室就在前面的村子里，我叫本田义刚，以后叫我本田好了。”

江雄风立即递上一支“大前门”香烟，陪着笑脸道：“噢，太君，您是大大的好人，我代表本场谢谢太君的关照。我们垃圾场一定遵照皇军的规定，发现可疑人员，一定向您报告。不过，我们的工人太多，都刚从家乡来，没

有办良民证，您看怎么办呢?”

“有多少人哪?”

“25个人。”

“嗯，每人交一百元法币吧。”

“啊? 这要多少啊，太君，您看我这是小本生意，能不能少收点?”

“不行的，上面的有规定。”本田吊着脸说。

“嘿嘿嘿嘿，太君，您给通融通融嘛。”江雄风说着，悄悄塞了一大把法币在他手里。

本田上尉假装推辞了一下，就收下了钱，故作大度地说：“那，好吧，你的，明天交个名单来，给你办了吧。”

说完，本田上尉大摇大摆地出了门，扬长而去。

当夜，江雄风和李经理开始拼装飞机。

由于白天突遭日军检查，江雄风遂加强了垃圾场四周的警戒，让赵营长负责警卫工作，今后白天、晚上都要派人站岗。

半夜一点之后，几盏煤油灯点燃了，盛装飞机部件的箱子被从地下室中搬了上来，部件从箱子里搬出，李经理和另外两个随同而来的技术员在旧在厂房里地面上，把部件一一对接拼装。

随着时间的推移，飞机的轮廓渐渐显露出来。这种美国产的小型轰炸、运输两用机，翼展只有12米，下面有几副挂弹架，机身长15米，铝合金外壳，起飞重量也不过10吨左右，再加上两吨半的炸药，安全起飞没有问题。

张工带着另两名工程师来与李经理见面接洽，几人一起讨论了机轮拆卸和轨道安装的几个关键问题，回去后将抓紧设计和轨道制作。因为制作一定宽度的轨道的工程量太大，所以工厂恐怕要连夜加班赶制了。

组装飞机一直持续了一整夜，这样的进度很让李经理满意，他说再有三天时间，飞机就可全部安装完毕了。

天亮之后，为了不引起日本人的怀疑，他们把一些草席覆盖到推到角落的飞机身上，前面再堆上旧家具和杂物，这样即使有人突击检查，也很难发现飞机。

第二天夜晚的组装一切顺利。但张工发现了一个问题，即用作飞起跑道的基础路面的垃圾场中间，有几间砖房卡在那里，使得跑道的长度不够了，张工就和江雄风研究，要赶快拆掉中间的房屋，以便为跑道铺平道路。

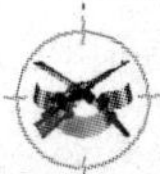

但白天拆房动静太大，容易引起日本人怀疑，所以他们连夜加班，把几间房屋拆除了，一条长达 1000 米的基础路面已初具雏形了。轨道制作好之后，只要摆放在上面，就是一条钢铁的跑道了。

当晚，飞机的主体部分已经组装完毕，就剩下翅膀部分了，明天晚上再干一个通宵，就全部组装完了。根据时间安排，后天一整天都安排得满满的，白天是飞机试车时间，上午飞行员就要到位，下午，研究和确认最后行动方案，晚上 7 时铺轨，晚上 9 时装炸药，10 时整，起飞攻击。

看在眼里，喜在心头，江雄风和方逸舟的眼中仿佛已经看见了胜利的曙光。

第三天晚上，飞机翅膀安装完毕。李经理告诉江雄风，飞机已经可以正常起飞了。

到了上午 11 时，飞行员一直没有出现，大家一直担心的情况出现了。说白了，就是没有人愿意为党国献身了。这时，丁时俊二话不说，跳上了飞机，李经理也过来给他讲解了仪表，丁时俊认真地听着，将电源打开，仪表盘上亮了一片绿幽幽的灯光，按动引擎按钮，发动机点火了，飞机发出隆隆的声音。

江雄风、方逸舟站在飞机旁边，有些担心地望着坐在驾驶舱里的丁时俊。

“一切正常，完全可以起飞。”丁时俊竖起拇指，微笑着向二人说道。

江雄风抬腕看了看手表，说道：“张工他们的滑轮和轨道也制作得差不多了，下午 3 点，滑轮全部到位，到时候就把它们焊接到飞机的起落架部位。”

下午 4 时许，方逸舟骑着一辆单车出了垃圾场的大门，到前面公路边的小铺里买了一包“大重九”香烟。他掏出一根烟，点着火狠狠吸了一口，抬眼向公路方向张望。

不一会儿，开来两辆带蓬的大卡车，卡车正从他的身旁经过，驾驶楼里坐着张工等几个人，他知道，滑轮运来了。

卡车一溜烟开进了垃圾场的大门，方逸舟扔掉烟屁股，扭头望了一眼公路，准备骑车返回。

突然，一辆日军的警备车远远开了过来，到了垃圾场门口停下，车上跳下八九个便衣，人人身上挎着手枪，有一人留着平头，有两个戴着墨镜，一看就是日本特高课的便衣特工队。

“不好，难道被特务发现了?”方逸舟的心一下揪紧了，他躲在一棵树后偷偷地观望着。

几个日本特务交头接耳，对着垃圾场方向指指点点，小声议论着。那个小平头显然是特务头子，他站在中间，向几个特务交待着什么，特务们纷纷点头。小平头挥了下手，汽车发动了，特务们跳上车，汽车准备向垃圾场里开进。

“不行，我得想办法引开他们，这个时候，可不能让他们进去。”方逸舟知道，这个时候他们一进去，飞机就暴露了，全盘计划就泡汤了。方逸舟反应非常快，他掏出后腰上的左轮手枪，“啪”的一枪打中了警备车的车身，击起了一片火花。

枪声未落，方逸舟飞身骑上车子，沿公路飞快骑行，一边骑，一边回身张望。

警备车立刻停了，几个人跳下车来，向方逸舟“逃跑”的方向张望，一个日特指着方逸舟的背影，大喊：“有歹徒，有歹徒!”

小平头从驾驶室探了下头，狞笑着伸手示意让特务们上车。

“追!”

警备车调过车头，沿公路狂追上来。

方逸舟知道，他必须把这伙特务引开，为江雄风他们赢得伪装飞机的时间。他把单车骑得飞快，看见那辆黑色的警备车远远地追了上来，他回身又开了一枪，这一枪是告诉日本特务队：我在这里，你们别跟丢了。

“啪啪，啪啪!”警备车上的日特开枪了，几粒子弹带着尖锐的嘶鸣从他耳边呼啸而过。

方逸舟俯低身体，拼命踩着单车的脚蹬，快，快，再快点，把敌人引得越远越好。他知道凭这个速度，一时半会儿汽车还追不上他。他刚才第一枪，等于已经向垃圾场里的人报了警，江雄风他们一定已经做好了警戒和掩藏飞机的准备。

单枪匹马引开敌人，为同伙赢得掩盖和隐藏飞机的时间，他这样做固然有很大风险，但他必须这样做，不然，飞机的秘密就全暴露了。

一路风驰电掣，大约骑行了五里地，前面不远处，出现了一片废旧厂房，一条土路和柏油路相连，方逸舟一个侧骑，单车拐了个大弯，骑上了土路，窜进了旧厂区。

这是一个旧钢铁厂，显然废弃已久，里面荒草及膝，一个人影也没有。

钢铁厂外，原来的大铁门依旧关着，门上一把大锁已经锈迹斑斑。方逸舟扔下单车，捡了块石头，很轻易地就把大门锁砸开了。他推开了大门，大门发出一阵“嘎嘎嘎”的沉闷、刺耳的声音。

他跑进厂区，只见里面是个很宽敞的大院子，场地里堆放着一些原料和煤炭。有些炼钢用的废铁堆在那里，另一边还有一大堆的煤块和钢渣。院子的地上已经长满了杂草，从那些废铁架的缝隙中钻出来。

正面就是炼钢厂房，有三层楼高的小高炉，右边是员工生活区，都是些平房。方逸舟跑进厂房里，想找个藏身之地，他知道日本人很快就会追过来。只见到处是废弃的炼钢设备，后面还有个大炉子以及熔铁池。

本来他还想再打一枪的，但方逸舟掏出左轮，旋开枪膛，见里面只剩五发子弹了，可敌人有 8 个人，他必须得省着点用弹药了。

他穿过一个厂房，看了看厂房四周的情况，见右边有个地势比较高的小山坡，从那儿可以看到部分钢铁厂内部的情况。

此时，员工的生活区正背对着他，那是一排三层的平房，由于外面有围墙挡着，只能看到二楼和三楼的部分。

他继续往厂房纵深跑去，里面没有什么动静，视力所及，都是一些弃置的废旧炼钢设备。

藏在这种地方，就像鱼入了大海一样，让小鬼子们折腾去吧。

一阵汽车的引擎声从大门口方向传来，他知道日本特务们到了，他又听见“嘭”的一声关车门的声音，估计敌人全部进了厂区大院了。

他潜伏在三楼一个巨大的铁架上面，一动不动，右手握着左轮手枪，眼睛却是一眨不眨地盯着钢铁厂里面。从这个位置可以偷窥到整个厂区，不论是院子，还是小型库房和道路，都尽收眼底，而日本特务却很难发现他。

不久，他就透过两块钢板的缝隙看见了那个小平头，手握一把手枪，弯着腰，鬼鬼祟祟地搜索前进，后面跟着三个特务，都握着枪，四下窥视。

怎么只有四个家伙，还有四个人呢？噢，他们一定是兵分两路，另外四个家伙肯定在另一面进行搜索。

方逸舟冷笑了一下，心想，我就不动，看你们怎么办？你们找去吧，累死你也找不到我，等捱到天黑，就可以借着夜幕的掩护溜之乎也。

又等了大约 20 分钟，突然，他听见一阵轻微的隆隆声，好像有人在登楼梯，他估计有人正向上面摸来，他探出头，发现两个特务举着手枪，悄悄向

他藏身的地方搜过来。

“不好，他们可能发现我了。”方逸舟心里“咯噔”了一下，紧了紧手里的左轮，瞄准前面一个戴墨镜的特务的头。

方逸舟想到了自己的那杆狙击枪，如果自己的“扎伊采夫”在手里的话，别说你们这几个家伙，就是再多几个，也不够我打的。可惜呀可惜，枪叫团长没收了，都怪自己硬撑着不愿检讨，其实现在想来，鲁团长虽说不讲情面，态度过于严厉，但他对自己也是恨铁不成钢，人家那样处理也没错，错的倒是自己，早知道认个错，也不至于搞得现在这样被动，有敌人在当面，却没有一支合适的武器，真叫人郁闷。

这种左轮，说起来是美国产，其实根本就是样子货，20 米外就失了准头，这可如何是好?

那个墨镜仔离他越来越近了，看样子他是藏不住了，得干点什么了，不然，叫他发现就完了，方逸舟不再犹豫了，对准墨镜仔扣了一下扳机，“当”的一声枪响，子弹击中了墨镜仔的胸口，只见他一个倒栽葱，从三层楼的架子上掉了下去，空中传来“啊!”的一声惨叫，那个墨镜仔摔成了肉饼。

“砰！砰砰！砰砰!”后面那个家伙一见墨镜仔中枪掉下去了，急忙开枪，子弹击起火花四溅，打在方逸舟藏身的钢板上，发出叮叮当当的响声。

方逸舟闪避着袭来的子弹，一个闪身，窜进了对面的一个房间。这个房间堆着许多床架和大量废弃的生活用品，他估计这里是员工宿舍。外面还有一个阳台，阳台上有一个连廊，通向前面的几间房间，嗯，很好，这里可攻可守，实在不行，就从这里撤。他探头看了看外面，见没有什么动静。又侧耳听了听楼梯，也没有声音。

敌人还没有那么快上来。

已经打过三枪了，枪膛里还剩下四发子弹，可还有七个敌人，得省着点用了，射击的节奏一定要把握好，不然，他的麻烦就大了。

楼梯方向又有了动静，他那一枪显然已经惊动了敌人，也告诉了敌人他所在的位置，敌人都是经过特殊训练的特务，可能正在采取某种包围的方法，想堵住他，并困住他。

突然，“当啷”一声，一个空罐头盒子扔了过来，掉在他前面不远的地上。

敌人太狡猾了，想引他开枪，进一步暴露自己的位置，他才不上当呢。

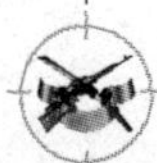

“喂，小子，你跑不了啦，出来投降吧，皇军优待俘虏!”一句生硬的中

国话从那边墙后传来，声音听上去离得很近。

方逸舟没理会，以不变应万变，看看他们还有什么花招。

又过了一会，一个声音又响起来：“喂，小子，我们队长说了，你是个好样的，你的枪法很准，你已经干掉了我们一个高手了，值得敬佩。但我们还有七个人，七个日本精英，都是经过忍者训练的神枪手，你不可能把我们全干掉，你打过三枪了，枪里面最多还剩四发子弹，你想想顽抗到底是什么下场？你现在出来投降还来得及，我们保证不杀你。”

方逸舟不吭气，沉着冷静地卧着，他突然看见一个黑影一闪，好像是一个人闪进了对面的房间，他刚要调转枪口瞄向那个方向，突然，又一个黑影出面在另一个方向，显然敌人已经包围住了他。

方逸舟以卧姿匍匐前进，悄悄靠近一个大箱子，那后面藏着一个家伙，一个危险的隐患。突然，他脑后风声响起，方逸舟紧接着一连串的翻滚，在翻滚中瞅准了一个黑影扣动了扳机，“当”的一声，一个沉重的黑影倒下了。

妈的，又干掉了一个。

门外射进来一阵雨点般的子弹，“乒乒乓乓”地打在钢板上，发出阵阵的回响。

“啪啪，啪啪，啪啪！”六个敌人从不同方向一起开火了，方逸舟一跃而起，一个纵身翻上阳台，顺着阳台爬过了两个房间，从另一个房间翻进了屋里。他发现这是一间仓库，里面放着大大小小的机器零件和各种设备。

他藏身在一个车床后面，机警地握着手里的枪。现在只剩下三发子弹了，他有点后悔刚才离开那个房间，如果冲上去，捡起那个死者的枪，他就又有了至少五六发子弹，他就不会如此被动了。

时间又过去了十多分钟，双方都没有再开枪，也许都在窥伺对方，寻找射击良机。

方逸舟第一次有了陷入绝境的感觉。自打他当狙击手起，他就没有为子弹发过愁，当然那时候条件不同，处境也不同，今天要不是为了给江雄风他们通风报信，他根本不会鸣枪示警，主动让自己陷入这种绝境。

作为一个狙击高手，他知道绝境意味着什么：三发子弹，六个敌人，这种情况翻盘的可能性不大。

这是一个死局，自己能活着出去已完全没有可能了。雄风兄弟，你们进展如何了？如果我的死，能够换来你们的飞机平安起飞，最后炸桥成功，那也值了，自己也算为了抗日壮烈一回了。

“喂，小子，你听着，”对面不远处，那个声音又响起来，“你快没子弹了，你不可能战胜我们的，我们还有六个人，我们准备再牺牲三个，剩下三个，就是收拾你的人。你要是聪明，现在投降还来得及。中国有句俗话，识时务者为俊杰，你要是再打，就是傻瓜，因为你不是‘老秒神枪’，即使你就是‘老秒神枪’，你也不可能把三颗子弹变成六颗子弹。”

方逸舟听了这话，心里暗笑，他很想告诉对方，自己恰恰就是“老秒神枪”，死也要让他们死个明白。但他不能说，也不能动，因为双方距离非常近，稍有动静，对方就会发现他的藏身之处，他就有可能变成对方的猎物。

方逸舟又在原地趴了十几分钟，他心想不能在这么僵持下去了，必须想办法打破困境，如果再呆在原地不动，无疑就是等死。

方逸舟匍匐爬行，动作轻得像个狸猫，附近应该没人，他立起身来，侧耳听了听门外，刚挪了下脚，一下踩在了一块废铁片上，把它踩断了，发出了“咔嚓”一声，声音太响了，自己也暗吃了一惊，立刻停下了脚步，过了一会儿，见四周毫无动静，这才继续往前走，他慢慢地拐过那个走廊拐角。

但他心想如果别的房间里藏的有人，刚才的声音一定已经听见，那应该有所反应的。想到这里，他便紧紧贴着墙壁一动不动。

有一阵极其轻微的脚步声正往这边走来，听得出是皮靴的声音，但对方在极力控制脚下的力度，近了，更近了，他已经能听到人的呼吸声了，是那种紧张的喘息声，方逸舟一不做，二不休，从拐角处突然一个倒地现身，上半身探了出来，在身体腾空之际打出了一枪，“当!”那个距他只有五米的特务的天灵盖被打飞了，红白之物溅了他一脸一身。

又干掉了一个，赶紧转移阵地，但要先把特务身上的枪拿过来。他钻进了一个房间，躲在一台机器后面，在门边靠墙卧着，伸出头往外看了看，但只看到了那具尸体的脚。

身后突然“砰”的一声，幸亏他只是试探性地伸出半个头，迅即退了回去，那窗户上的玻璃已经很老旧了，经过子弹的冲击，碎成了好几块掉了下来，一块玻璃片刚好砸在他的脑袋上。

他等了一会儿见没有动静，他刚想爬过去捡那把尸体上的枪，但又听见“砰”的一声，震耳欲聋，一颗子弹从他对面的房间打在他藏身的机器上，发出一阵火花。他一缩头，连忙躲到墙边，然后移到下一个门口，他伸出头看了看子弹射来的方向，然后迅速移到另一边，用这样的方式接近刚才开枪的那个家伙所在的房间。

他看到有人在走廊上朝着有尸体的房间这边跑过来，动作极其敏捷，像个幽灵一闪即逝，显然是个久经沙场的老将。但他视线是斜着的，只能看到人影一闪，却万万打不到，于是他向右边移动了一段距离，正对着一个房间的门，就在那里守着，想等那人的身影一出现，就立刻开枪。

等了大概有五分钟，那人呆不住了，突然跃起，想冲进房间来，方逸舟一扬手，“当!”的一枪，从眼睛看到、手指反应到扣动扳机，都在瞬间完成，那个特工一个狗吃屎栽倒了，一动不动，头上一个血窟窿。痛快，又干掉了一个。

好，机会来了，他立刻跳起身，几步冲下楼梯，脚踩在那钢铁楼梯上发出“噔噔噔噔”的响声。他冲到了二楼，他不知道敌人藏在哪个地方，也不知道在哪个房间，因此，他先看了看第一个房间，然后迅速跑到门的另一边，查看第二个房间。

他一闪身进了这间房间，立刻弓着身子紧贴在墙上。

“啪”的一枪打来，把墙皮打掉像碗口大的一块，他头一缩，砖渣子溅了他一身。

方逸舟心想，如果下一步冲到一楼，就有机会逃出去了，可现在，他不能动，也许敌人正在暗处等着他犯错误。

他的枪里只剩最后一发子弹了，怎么办?是留给自己，还是喂给敌人?可敌人还有四个人，他们也许已经堵住了去一楼的通道?

他发现有一根粗管子从二楼一个楼板的空档处直通一楼，嗯，这个地方也许可以滑下去?

他从门后探出头四下窥视一遍，没有发现可疑之处，他一不做，二不休，立刻跳了起来，飞身抓住管子，顺着管子“呲”的一下从二楼滑了下去，“咚”的一声，他的脚触地了，一个屁股墩坐到一楼的地板上，这下好了，终于可以逃生了。

他拍了下身上的土，站了起来。

当他转过身来的时候，一下愣住了，眼前站着四个日本特务，人人手里举着一支手枪，凶神恶煞地对准了他的胸膛。

方逸舟一看不好，立即举枪对准了四个日本特务。

双方怒目而视，眼中都有怒火在闪动。

时间刹那静止，五个举枪对峙的人一动不动地死盯着对方。

“砰!”的一声，方逸舟的枪先响了，一粒火花瞬间钻进一个日本特务的前额，那人向后飞起的同时一片血雾溅得老高。

小平头撇了撇嘴，狞厉一笑，用生硬的中国话说道：“嗯，五比零，不错的战绩。怎么样，‘老秒神枪’先生，你的，还要再打吗？你打呀，开枪呀，怎么不开枪啦？啊？哈哈哈哈！你睁开眼睛看看吧，你已身陷必死之阵，你那支百发百中的枪现在只是废铁一堆，而我的枪只要一响，就等于给你在阎王簿上签了字、画了押。你的，虽然不是那个‘老秒神枪’，但我还是把你当成‘老秒神枪’，能够一次性杀死我的五个属下，在中国也是绝无仅有的。他们都是大日本帝国特工中的精英，经过忍者训练的高手，英勇果敢，枪法精准，居然被你一个人干掉了，这不能不说是个奇迹。哼哼，可下一个奇迹就轮到我来创造了，不是吗，‘老秒’先生，能够把你当作‘老秒’送下地狱，那是我小泽的光荣和骄傲。能够亲手杀死‘老秒’，是一个多么伟大的奇迹呀。”

方逸舟面露机警，左手张开举着，右手平端着手枪，半蹲着，身体像张弓，眼睛犀利地盯着对方。但此刻他不准备再做反抗了，形势明摆着，最后胜利的天平已倒向日本特务一方，他随即放松下来，直起了腰，脸色淡定从容，露出一派大义凛然、欣然就戮的神态，唇边绽露出一丝轻蔑的微笑。

小平头料定没有危险了，直起腰身得意地说道：“你这个也许是‘老秒神枪’的先生，你不用指望还有别的什么奇迹会发生了，不会有人在最后一秒种出现了，也不会有人在枪口下来救你了，那种绝路逢生的事情只能发生在电影里，而在现实中，在我的枪口之下，永远不会发生！现在我们三比一，很快就是三比零了，这难道不是一个奇迹吗？哈哈哈哈！”三个日本特工的脸上露出了胜利的笑容。

“放下你们的枪!!”一个炸雷般的声音突然在空中炸响，“中国的土地上，绝不允许强盗横行，魔鬼撒野!!”

方逸舟惊异万分，循声望去，只见二楼栏杆上，站立着八位新四军战士，人人手里平端着一支美式“汤姆森”冲锋枪，横眉立目，威风凛凛，枪口一起指向三个日本特务。

“耿剑青，是你们?”方逸舟张开的嘴怎么也合不拢了。

“对，是我们，我们才是奇迹，小泽先生，我们久候了。”

三个日本特务彻底慌了，个个吓得脸色煞白，双腿发抖，三把手枪掉在了地上。

耿剑青用嘲讽加戏谑的语气说道：“小泽先生，我很遗憾地告知你，你对

面的这位，就是‘老秒神枪’，你们能够在临死前见他一面，也算是你们的造化。本来嘛，应该由他来收拾你们，但他已经没有子弹了，还是我来代劳吧！你们这群日本狗强盗，还我山河来！还我同胞来!!你们去死吧！不服气吗，到地狱里讲理去吧!!”

“哒哒哒哒，哒哒哒哒……！”耿剑青铁青着脸扣响了扳机，冲锋枪暴跳着，愤怒的弹雨带着民族仇恨的怒火扑向了三个日本特务，顿时把他们打得飞了起来，身上像蚂蜂窝一样遍体血窟窿。

枪声骤停，地上又增加了三具血肉模糊的尸体。

“耿剑青，我的好兄弟！好战友！”方逸舟流着眼泪扑上去，和从二楼楼梯上跑下来的耿剑青紧紧拥抱在一起。二人盯着对方的脸和眼睛，双方热泪涌溢，随即又紧紧地拥抱在一起，久久不愿分开。

经过一场九死一生的搏命枪战，方逸舟一人击毙了五名日本特务高手，在最后的危急关头，绝路逢生，被耿剑青从枪口下救回了一条命，这不能不让人感慨万分，欷歔不已。

两位战友一沟通，才知道这场危机中的解救，原来是这么一回事。

耿剑青的炸桥小分队一周前悄悄进驻了这里。因为这个废旧的钢厂地处偏僻，四周都是荒郊野地，不容易引起日本人的怀疑，也不会遭到经常性的搜查。这里离大桥又很近，步行去大桥只要十分钟就到了，而且住在这里又安全又少人打扰，连旅馆费都省了，所以，他们就把这里作为了炸桥的前进基地。

刚才的枪战，其实耿剑青他们早就看见了，只不过不想参与其中，只想静观待变，因为他们也搞不清是谁在跟谁打，以为是两帮土匪在火拼，或是什么江湖仇家在攻杀，也并没有当回事。可后来一名战士告诉他，其中一方很像日本特高课特务队的人，另一方，很像是独一团的副连长方逸舟。

什么，方逸舟？怎么会是他？他不是被关禁闭了吗？

耿剑青感到十分意外，于是命令战士们先不要惊动双方，先把他们都包围起来，他则躲在暗处偷偷观察，但那个人隐蔽功夫太好了，根本看不清他的脸，只见他一个人一把枪，打得对方死伤连连，估计他应该是方逸舟没错了，就在暗中对他进行了保护。

直到最后，当他确认那个人就是方逸舟的时候，他已经打光了枪里的子弹，陷入了绝境，耿剑青知道该自己出场了，于是，就演出了那场“最后一

秒钟”枪口下救人的传奇。

方逸舟和耿剑青过去曾经一起执行过几次战斗任务，配合得非常默契，任务完成得也非常出色，两位连长不仅性格相和，而且彼此更对对方打一手神枪敬佩不已，正所谓英雄惜英雄，好汉敬好汉。此次没想到老友相逢，挽狂澜于既倒，解危难于倒悬，让方逸舟感慨良多。

二人又交流了一下近况，方逸舟把他与江雄风合作的经过向耿剑青作了详细介绍，还把今晚的重要行动告诉了他。

耿剑青听了他们的“飞机炸桥”方案，也不禁叫绝，认为成功的把握非常大。他还表示，愿意在飞机攻击时，进行适当的配合行动。

方逸舟也觉得这样挺好，既可以起到分散敌人注意力，又可以起到误导敌人的作用。遂建议耿剑青和他一起去见见江雄风。

耿剑青对部下作出布署，让大家尽快带上炸药安全转移，因为此地已不能久留，日本人可能很快就会来搜查，而他则跟着方逸舟来到了垃圾场。

江雄风一行人正在担心方逸舟的安全，没想到方逸舟奇迹般地回来了，还带回了另一支炸桥生力军，这让江雄风喜出望外，自然又是一番紧紧的拥抱，一番劫后余生的欷歔感慨。

方逸舟把耿剑青介绍给了江雄风，江雄风非常欢迎他的加入，且说早就听说过耿剑青的大名，两双大手紧紧地握在了一起。

但时间紧迫，时不可待，他们立即进行了起飞前的最后一次分工会议。

方逸舟提出，为了有力配合飞机轰炸，他和耿剑青各带一支人马，对大桥的左右两个桥头堡进行了火力偷袭，把敌人的注意力都吸引开来，造成敌人的错觉，认为有人从陆路偷袭大桥，必然会分兵抵抗，这时飞机再突然出现，就一定会获得成功。

江雄风同意了这个方案。另外，他还提出了一个关键点，即要事先破坏掉敌人的雷达和探照灯。由他自己带几个人，把电线剪断，让敌人变成聋子和瞎子。

所有事项安排妥当之后，几人一起来到飞机跟前。

见张工带着几个技术工人，已将飞机的起落架改装成了滑轮。飞机虽然还停在厂房里，但已被拉上轨道，随时可以发动起飞。

此时，轨道已经基本铺好，那些轨道都固定在枕木上面，比一般的火车轨道要宽些，几百根枕木连接起来，整整1000米长，从厂房里一直延伸到远

方，看起来非常壮观。

全部起飞工作已经完工，准备就绪，大家都很满意。

丁时俊向张工提出了一个问题，即这种飞机的起飞，对跑道的要求是1800米，但现在只有1000米跑道，感觉不够长，怕飞机拉不起来怎么办？张工想了想，提出可以把最后十节轨道垫高，使轨道有一个自然向上的仰角，这样就可以使飞机脱离跑道后，靠惯性跃升起来，就拉得起机头了。大家都认为这个办法可行，于是，找来一些旧家具和钢板、钢架之类的硬物，垫到最后十节轨道的下面，一个向上仰起的跑道就完成了。

傍晚，大家饱餐一顿，准备停当，这时天已经完全黑了，江雄风看看夜光表，时间已经八点半了，方逸舟和耿剑青带着两个小分队向江边出发了。分手前，几人再次拥抱，眼里都有泪光在闪动。

方逸舟握着丁时俊的双手，一时不知说什么好，他知道，这次分手就是永别，丁时俊会驾驶着这架轰炸机与大桥和那些日本守军一起同归于尽，他第一次知道，国民党里也有视死如归的英雄豪杰。

方逸舟和耿剑青的身影消逝在夜幕中了，垃圾场里又恢复了原有的平静。

不过，这平静，不是寻常那种夜幕掩盖下的平静，而是一种充满了张力的平静，是一种酝酿着千钧霹雳的平静，是光明与黑暗即将决出胜负的平静。

9点半，丁时俊走向飞机，但他看见江雄风走了过来，带着一脸的悲戚和哀伤。丁时俊微笑着将一封信交到江雄风的手里："雄风哥，拜托了，把这封信交给我老婆。"

"好。我一定亲手交给她。放心吧，好兄弟。"江雄风的声音有些暗哑了。

丁时俊最后拥抱了一下江雄风，义无返顾地跳进了座舱。

江雄风忍不住展开了那封信，几行字迹映入眼帘。

瑞华吾妻：

我军此次奉命炸毁钱塘江大桥，任务重大，关系抗战全局的成败，值此关键时刻，我决心挺身而出，以死殉国，以酬男儿铁血报国之壮志。自古忠孝实难两全，我一直从军，无暇顾及父母家庭，一直愧疚在心，不能释怀，今后全部重担又将落在你一人肩上了，拜托了。今后，父母家庭、你和儿子的生活，政府自有照顾，可以放心。务令吾子能够大学

毕业，好好做人，继我遗志，报效党国，则我可含笑九泉矣。

夫·时俊

民国三十三年七月5日

丁时俊开启了飞机引擎，发动机发出隆隆的轰鸣声，丁时俊知道，棋盘里的棋子已经各就各位，各路车、马、炮就要展开进攻，而自己就是那个义无返顾、一拱到底的卒子。

江雄风和李经理小声交谈几句，看了看手表，走出厂房，对轨道做最后的检查。

9点40分，方逸舟小组对大桥的袭击准时打响。

方逸舟的神枪开始发威了，他先一枪撂翻了一个站在桥头堡上的哨兵，又一枪，把桥头堡的太阳旗的旗杆打断了。

紧接着，小组成员的八支“汤姆森”冲锋枪一起咆哮起来，枪口怒焰纷飞，串串弹雨向着守桥日军狂猛扑去。

他们是从江左岸展开攻击的，一顿冲锋枪，扫倒了几十个日军，大桥上顿时乱作一团，敌人四处乱窜，拼命喊叫，像一群马蜂炸了窝一样。

晖警报器鸣响了，日军开始向枪响的方向集结。

江边的探照灯“唰”的一下全亮了。

大桥控制室里警铃大作。几个值班的日军官兵跑来跑去，有人打开了各种机器的旋纽，有人抓起了电话，还有人扳下了所有电闸。

高桥一个箭步冲了进来，边穿军装边高声叫喊：“怎么回事？怎么回事？都不要慌，沉住气！敌人在哪里?!”

渡边中佐慌慌张张跑进来：“报告大佐，江南岸有一伙不明身份的匪徒向大桥开枪射击，火力很猛，暂时还搞不清他们的真实意图。”他边说边把一架望远镜递到高桥手中。

高桥打开三楼桥头堡的窗户，探出头，用望远镜向江中扫视、观望着：“声纳有什么反应?”

渡边中佐：“报告，声纳没有显示，水中探测器也没有发现异物，显然水中是安全的。”

“不可大意，继续监视！”高桥下令道。

“是。”

“给我接雷达团和探照灯团。”

一个日军士兵紧忙拨通了电话，“大佐，通了。”

高桥一把接过电话道：“雷达团吗？本空域有什么情况吗？”

“一切平静，一切如常，没有情况，没有情况。”听筒中传来雷达团的回话声。

高桥厉声下令：“严密监视领空。一旦发现异常，立即报告！”

“哈依！”

高桥又拿起另一部电话道：“探照灯团吗，我是高桥，你们的自启动装置开启了吗？”

“报告大佐，时刻待命，保证没有问题。”电话里传来对方的声音。

“嗯，很好，保持高度警惕。”

“哈依！”

高桥又打了几个电话，询问了伪警检查站，回答是没有受到攻击，铁路上一切正常。

高桥判断这只是小股匪徒的捣乱性攻击，或骚扰性攻击，遂向各部下达了固守大桥、击退袭击敌人、做好自身防卫的命令。

9点50分，耿剑青的攻击开始了。

这是从江北岸发起的一阵猛打猛攻，耿剑青的神枪手们，一阵齐射，就击毙了守桥的30几名日军，传来一阵阵鬼哭狼嚎般的叫声。

耿剑青的小组卧在江边的草丛中，300米外就是灯火通明的大桥，他们对冲上来的大批日军进行了一场射击比赛。耿剑青拿一杆三八大盖，一枪一个，打得十分过瘾。

大桥控制室里气氛更加紧张。

“报……报告大佐，江北发生袭击！”一个少佐冲进大桥控制室，上气不接下气地向高桥报告。

“什么袭击，在哪里？”高桥举着望远镜向江北岸方向张望。

“好像……好像在那边，在那边！”渡边也举着一架望远镜说道。

“今晚怎么啦，出鬼啦，怎么到处都是袭击？”高桥紧皱眉头，纳闷地说。

“我看不像攻击，倒像一种骚扰，八格牙鲁的，一伙亡命徒，简直丧心病狂，前来找死！”渡边咬着牙恨声道。

高桥转身对渡边下令：“你，立刻带着一个中队去江北桥头，把进攻的匪徒全部消灭，记住，火力要猛，一个也不要留，统统干掉！”

“哈依！”渡边立正敬礼，转身跑去。

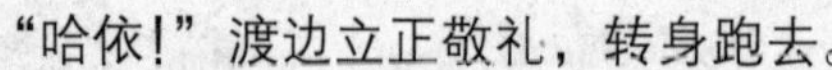

高桥一把抓起一部电话，大吼道："炮兵吗，我命令，立即对准江北方向，全力炮轰，全力炮轰!!"

"哈依，全力炮轰!"

顿时，江面上枪声、炮声一起响了起来。

"轰隆！轰隆隆!"江边群炮齐发。

"哒哒哒哒，哒哒哒哒!"密集交叉的火力扑向江南岸和江北岸两个攻击阵地。

"嗵嗵嗵，嗵嗵嗵，嗵嗵嗵嗵!"高射机枪开火了，向江北岸耿剑青小分队的藏身之地齐射，江水被击起阵阵浪涌。

江面被枪炮映得通红，探照灯也扫开了，交叉的光柱来回晃荡。

"嗡……"一个蚊子样大的黑点出现在茫茫夜空中，这"蚊子"沿着江流的走向飞行，身形在暗夜中逐渐增大，一会儿就变得像一只黑色的大鸟了，平伸着双翅，向大桥迅速扑来。

"大鸟"就要飞到大桥上空了，"死神"已张开了黑色的双翼。

"嘟嘟嘟嘟!"控制室墙上的红灯瞬时亮了起来。

"大佐，空袭警报！空袭警报!"一少佐失声大叫。

凄厉阴惨的空袭警报再次鸣响，大桥上的日军都不知所措，停止了枪击。

"什么什么？空袭？这不可能!"高桥扑身到桥头堡窗前，举起望远镜紧张地向空中了望。

"确实是空袭，雷达已探测到空中有一架飞机，正向大桥领空飞来。"

"什么什么？飞机?"

"对，是飞机，距离大桥5公里。飞行高度250米。"

高桥一把抓起电话："雷达团吗？什么飞机？哪里有飞机?"

"报告，是轰炸机，美式DC—52式超小型轰炸机。正以每小时950公里的时速飞临大桥上空。请问要不要开炮?"

"啊？轰炸机!"高桥大惊失色，但他立即镇定了一下自己情绪，对着听筒下令："炮兵，我命令，对准飞机……"

突然，电断了，黑暗立刻笼罩了室内，机器全部停止了工作。

高桥急得大吼道："八格牙鲁，自启动！自启动!"

这时，轰炸机已飞临大桥上空，坐在驾驶舱里的丁时俊已经能够清楚地看见那个恢弘庞大的桥身了，他心里一阵激动，握着操纵杆的手有些发抖，

他双眼紧紧盯着大桥，忽然发现大桥断电了，整座大桥像一条黑乎乎的长蛇，匍匐在黑色的江面上。

“好，太好了，敌人看不见我了，我来了，小鬼子们，让你们尝尝炸弹的滋味吧！”他一推机头，把引擎开到最大，对准第十号桥墩猛撞过去。

再有十几秒钟，一切就结束了。

突然，大桥上的电灯又亮了，仅仅停电了 10 秒种，大桥就恢复了供电，自启动装置的确管用，探照灯雪亮的光柱又向天空交叉扫射起来。

三七防空高炮向飞机发射出一串串炮弹。

大口径高炮射出阵阵炮弹，有些炮弹就在飞机前面爆炸。

空中一片火光，爆炸声声传来。桥上桥下的防空机枪形成了密集交叉的火力网，把飞机紧紧地罩在中间。

正面火力太猛，驾机的丁时俊急中生智，一个左满舵，飞机翅膀一摇，向左侧飞过去，绕开了密集火网，从上空越过了大桥，再调过机头，对准了第十墩……

突然，“轰隆”一声巨响，他的机尾中弹了，机身立刻起火燃烧，“咚”，又一发炮弹打来，打掉了他的机舱盖，刀子样的冷风立刻灌了进来。

飞机晃了一下，向江中一头栽下。丁时俊急红了眼，猛拉操纵杆，稳住了浑身乱颤的飞机，不顾一切地向着第十墩撞了上去。

五十米……四十米……三十米……二十米……

只听天崩地裂一声巨响：“轰！”飞机撞在桥上部的铁路桥上，炸药爆炸了，机身在钢架上撞得粉碎，猛烈的撞击引发出一个硕大的火球，一阵火雨随之喷起，漫天挥洒，连带掀翻了一大段桥面上的钢架，但桥墩却躲过了这一劫，没有受损，大桥仍然屹立未倒。

铁路桥在大火下熊熊燃烧，余下的战斗又持续了一整夜，枪炮声时断时续，时密时疏，天亮的时候，战斗停止了，火焰熄灭了，一切又归于平静。

一条江，一座半损毁的桥，一片暴风雨肆虐过后的沉静和死寂。

第二十二章

以鱼钓人

她心里暗笑，为自己这个绝妙的“金点子”而自鸣得意：从来世上只有人钓鱼，而今她要来个“鱼钓人”。

深夜，货栈密室里，被一片愁云惨雾笼罩。

飞机炸桥归于失败，丁时俊壮烈殉国，对每个人的打击都很大。

江雄风一脸的悲戚，双目哭得通红肿胀，正端着茶碗猛灌一气。方逸舟坐在桌旁一个劲地抽闷烟，耿剑青则默然不语，脸色凝重。赵营长蹲在墙角，双手抱头，叹息连声。

“咳，散伙吧，任务取消了，‘烈火’熄灭了，这桥……我们不炸了。”江雄风懊丧地说。

赵营长抬起头，血红的眼珠一瞪：“什么什么，不炸啦？那丁时俊不白死了？还有我的弟兄也死了四个，他们的血债也不让日本人偿还了？”

方逸舟先是一怔，随即发出一声苦笑道：“江雄风，我认识你这么多年，今天才知道，你原来是个胆小鬼，哼，是个在困难和灾难面前挺不起脊梁骨的懦夫！”

江雄风泪眼迷离，神情恍惚，“我不是懦夫，我也不是胆小鬼，我只是个承认现实的人，不想打肿脸充胖子，炸不了就是炸不了……也许日本人说得对，这真的是一座……炸不毁的桥……”

方逸舟冷笑道：“真的炸不毁？那你以前在干什么？狗屁炸不毁，我就不信这个邪，天底下决没有这样的事！我们几次行动，不都是只差一点点嘛？只要再稍稍做点努力，就一定能炸毁！我看哪，你是怕了，你的勇气、胆量、

决心都让狗吃了，你根本就是日本人的手下败将!”

“准是手下败将?”

“你!”

“你放屁，谁是日本人的手下败将?”江雄风“虎”地站起，怒目圆睁，“啪”的一下把茶碗摔得粉碎。

冷丽苹刚迈脚进屋，被这个举动吓了一大跳。

“你！懦夫江雄风！怕死鬼江雄风！逃兵！缩头乌龟！可怜虫!”方逸舟毫不退让，边骂边拍案而起，愤然对视。

“你们吵什么吵？中国人的老毛病又犯啦?”冷丽苹喝斥道：“日本人正要看我们的笑话，我们可好，什么事还没干成，自己人先吵成一锅粥。”

“不是我想吵，是有人想当逃兵。”方逸舟没好气地说。

江雄风气哼哼地坐下，挥挥手道：“方逸舟，你少来，用不着使激将法，老子不吃你那一套！不自量力的事儿我从不干，这桥炸不了就是炸不了，白忙活一场，有些人就是睁开眼睛不顾现实，还嫌人死得少？从今天开始，大家散伙，散伙！我反正是不干啦，爱谁谁。”

屋里的气氛一下子紧张起来，仿佛是一个油桶，一颗火星都会引起爆炸和燃烧。

方逸舟哂笑一声：“大家散伙？真的散伙？那好，散伙吧。江雄风，等你们上刑场的时候通知我，我说不定还来得及救你。耿剑青，我们走!”

方逸舟和耿剑青收拾好了自己的东西，走到屋门口。

“等等!”江雄风大吼一声，“方逸舟，你给我站住。你说什么屁话，你怎么知道老子会上刑场?”

“哼，我怎么知道，是你那天自己在睡梦中高喊的：‘局座，留我一条命，让我上战场’。”方逸舟扮着鬼脸调侃道。

江雄风重重地跌回凳子上，半天吐不出一个字来。“你你你……你说的对，我们不能回去，回去也是个死……我们是过河的卒子，没退路了……这就是我的命，人啊，挣不过命。”

方逸舟走过来，一把把江雄按到桌前，给他倒了杯茶水道：“来来来，喝杯茶，消消火，你说过河卒子没退路了，这话我最赞同了，我们都是过河卒子，只能一门心思地往前拱。老同学，实话跟你说吧，这条桥关乎着我们所有人的命运，不但你回不去，我也回不去，我是从禁闭室里偷跑出来的，桥炸不了，我回去也得背处分，还是个大处分。他耿剑青有退路吗，你问

问他?”

耿剑青道：“没完成任务，撤职是小事，我可丢不起那个人，从来没吃过败仗，回去没法交待。”

方逸舟缓了缓语气继续说道：“我虽然不太了解军统，但我了解戴笠，丁时俊的一条人命在他看来也许不算什么，但一架飞机让你搭进去了，这祸可就闯大了，你怎么向他交待? 他又怎么向上面交待? 怎么向梅乐斯交待? ‘刀斧手’能不拿你当替罪羊吗? 你原来就是死刑犯，而且负案在逃，现在又浪费了一架飞机，这下全加一块，你还有活路吗?”

听了这话，江雄风的头沉重地低下了。

“死有余辜，罪无可赦。”冷丽苹补充道。

方逸舟看着江雄风懊丧的脸，恳切说道：“说实话，我们不是离了你不行，老江，你不干，我和耿剑青一样能干，而且一定能干成，除了‘烈火’还有‘霹雳’，不怕告诉你，我们的行动代号就叫‘霹雳’，是一场为日本法西斯准备的霹雳大餐，一场复仇的迅雷和雪耻的风暴，我们会战斗到把这些战争狂徒和侵略魔鬼烧干烧净为止。不信你就走着瞧。但是，我们还是要拉着你一起干，这也正是我们共产党人和你们国民党人不同的地方，我们不会畏惧困难，更不会临阵退缩、贪生怕死，这也就是为什么我们新四军能够越战越强，打下今天这个局面的原因。这些大道理我就不想说了，你比我明白，我们只是希望你能鼓起勇气，不要赌气离开，还当我们的组长，和我们一起完成这个艰巨的任务，一直到把桥炸掉为止。而且我还建议，把两个行动合成一个代号，就叫‘霹雳火’。”

“霹雳火? 太好了，两个代号合并为一个，既寓意着自然界最暴烈的雷电现象，也象征着国共一起合作来完成一个共同的光荣使命!”一直在旁观的冷丽苹动情地劝说道：“方逸舟说得对，我们的命运是联在一起的，我也没有退路了，军统那些没完成任务的人不都‘人间蒸发’了吗? 我回去还有个跑吗? 也许下次见面就在‘修养斋’里了。老江，我们哪，不能退，只有众人一心，坚持到底，才有成功的希望。万万不可意气用事，头脑冲动，动不动撂挑子，耍小孩子脾气，那样定会一事无成。我们虽然失败了，一次又一次失败，这又有什么奇怪的，我们都不是圣人，当兵的谁没吃过几次败仗? 怕什么? 而真正可怕的是，我们精神上败了、意志上败了、信心上败了，那才是真正的失败，无可救药的失败。”

“可那个高桥一郎太狡猾、太可恨、太诡计多端了。”江雄风恨恨地说。

“什么什么？什么一郎？”耿剑青听了这个名字大感诧异。

“高桥一郎，怎么了？”

“高桥一郎，你确定，是叫高桥一郎？”

“是啊，是高桥一郎啊，就是那个守桥大佐。怎么啦？”江雄风问道。

“那就对上号啦。现在，有一个人在我手里，而且这个人跟高桥一郎还有特殊关系，你们想，会怎么样？”耿剑青有些得意地说。

方逸舟催促道：“行啦，别卖关子啦，是谁你就快说吧。”

“是高桥一郎的女友。”

“什么什么？高桥的女朋友？她怎么会在你的手里？这都什么时候了，还开玩笑。”方逸舟埋怨道。

“开什么玩笑，这是真的。”耿剑青一脸正经地说道：“你们不知道啊，十几天前，我们小组在去大桥侦察的路上，救下一个快死的女人，这个女人发着高烧，满嘴的胡话，我们把她送进医院，打了三天吊针才救活。后来才知道，她是日本人，曾经作过高级慰安妇，是 1939 年被大本营派到中国占领军总部的，后来被分配到第 6 师团某慰安所。嗨，反正经历很复杂，她几次被人骗卖，中间还有一段时间被忠义救国军劫走过，后来逃了出来，流落街头。如果不是我们救了她，她早就死了。为了感谢我们的救命之恩，她把自己的实情都跟我说了，我这才知道她的底细。她说过，她是为了寻找她的男朋友才报名参加‘女子报国队’来到中国的，他的男朋友就叫高桥一郎。”

“你没记错，是叫高桥一郎吗？”江雄风追问一句。

“没错，我记得很清楚，她常常念叨来着，所以刚才你一说，我就觉得是那个名字。”

“她叫什么名字？”冷丽苹问道。

“噢，我倒把最重要的忘了，她叫夕树舞子，还是一名女兵呢。”

冷丽苹沉吟道：“噢，夕树舞子？高桥一郎？……夕树舞子？高桥一郎？这里面，也许有一篇大文章可做呢。”

方逸舟一拍掌道：“嗨，天上掉下个‘林妹妹’，这难道不是个天赐良机吗？也许上天有心要成全我们，让这个夕树舞子落入我们手中，我们怎么办呢？这么好的一张王牌，我们难道不打吗？”方逸舟以征询的眼光看看耿剑青道：“我们完全可以利用她，把高桥一郎引出来和她见面，然后，哼哼，我们就可以把高桥一郎干掉啦。”

“干掉？”江雄风问道：“老方，你的意思是，我们虽然炸不掉大桥，可我

们把高桥干掉，也等于把桥炸掉一样，给敌人以致命的一击?”

“对喽，”方逸舟得意地说道，“其实，‘炸桥’和‘干掉高桥’二者是可以划等号的，你们想啊，如果我们真地用‘舞子’这个诱饵把高桥骗出来杀掉，敌人一时半会儿也找不到像高桥那么精明的人来守桥，我们则可以乘虚而入，一鼓作气把大桥炸掉，这样我们就是双重的胜利。”

江雄风频频颔首道：“嗯，我看可以，如果这个计策成功，先干掉了高桥，对日本人精神上的打击那可是太大了，那种震慑力和杀伤力比炸毁一座大桥的意义更大，少了真正的行家来保卫，大桥便是我们的囊中之物了。”

“你说呢，‘夜莺’，我想听听你的高见。”方逸舟转头问道。

冷丽苹微微一笑道：“你怎么知道我叫‘夜莺’? 嗯，谈不上高见，愚见倒有一点，我认为，事关重大，我们不能草率从事，得先从调查清楚事实入手，然后还要多问几个为什么。这个夕树舞子真的是慰安妇吗? 她真有一个男朋友叫高桥一郎吗? 我们不得而知。不能单听她一面之词就下结论，以免上当。仗如今打到这个份上我们输不起了，所以一定要慎重。据我所知，日本人里面叫高桥一郎这个名的有很多，这个守桥的高桥一郎是不是她的男朋友，还没有得到证实，所以，我们首先得证实这个事情。”

江雄风点点头道：“‘夜莺’说得对，我们输不起了，这一次抓高桥，我们一定要做到万无一失。可你说的调查啊，证实啊，怎么操作呢?”

“这个我来办，我已经有主意了。”冷丽苹胸有成竹地说：“耿连长，你带我去会会这个夕树舞子，一切都要从她身上入手。她就是开场白，没有她的开场白，这戏没法往下唱。”

“好，明白，我带你去。”耿连长爽快地答应了。

当天晚上，冷丽平在耿剑青的带领下，在“悦来客栈”的单间里，见到了夕树舞子。

舞子是五天前出院的，耿剑青本来决定要把她送交当地地下党敌工委的，但一来因为炸桥的事情特别紧急，无暇顾及，二来是因为一时还没有联系到当地党组织，所以，暂时还没有对她作出处理，只好派了一个人守着她，以免她到处乱跑，或出现什么意外。

在来的路上，耿剑青把他们对舞子的三种处理办法都告诉了冷丽苹。冷丽苹认为，既然情况有变，应该放弃前三种办法，要在第四种办法上做文章，充分发挥她的最大利用价值。

冷丽苹一见到夕树舞子，二人就谈得十分亲热融洽，到底女性之间隔阂要少一些。冷丽苹以一个知心老大姐的形象出现，跟她拉起了家常，关心地问起了她的生活，说有什么困难一定要告诉她。二人聊了很久，最后她了解了舞子和高桥是如何相爱，舞子又是如何当兵，如何来到中国，又如何被分配到第6师团，以及后来她如何被多次转卖，如何被劫持，及如何逃难等等情况。

舞子向冷丽苹提出想回日本的想法，问她能不能帮助她实现这个愿望。冷丽苹想了想，一口答应了下来，因为这样，舞子就不会逃跑或不辞而别，让她有个想头和盼头，冷丽苹才有时间来实施她的计划。

为了证实舞子的男友究竟是不是高桥一郎，冷丽苹提出让她见一个人，但出于谨慎，并没有告诉她所见何人，只说是一个她认识的人，是一个能够帮助她的人，等她见到了，自然就知道了。

舞子觉得冷小姐的提议有些奇怪，但又不便多问什么，只好答应下来。她心想，见就见吧，反正没有坏处，说不定还是自己过去的一个姐妹呢，如果这样的话，自己返回日本的愿望，就又多了一分实现的可能。

但怎样让她见到高桥呢，这也不是一件容易的事。因为只可让她见到高桥，却不能让高桥见到她。让她见高桥只为证明一件事，就是她究竟是不是高桥的女朋友，如果是的话，他们就达到了目的，他们就可以进行下一步行动："利用她做诱饵，劫持或干掉高桥。"

这就需要创造一种场面，既有高桥在场，又不能让高桥看见舞子。但这种场面如何创造？有一种办法或许可行，可以让江雄风的人带着舞子潜伏到大桥附近，当高桥露面的时候，让她从望远镜里看一下。但她转念一想，又觉得此法有些笨拙和可笑，如果那个高桥死不出来，几天甚至更长时间都不露面的话，那他们要等到猴年马月？这显然不是一个好的办法。

她苦思冥想着，始终想不出一个稳妥的办法："只让女方见到男方，而男方却懵然不知。"

难就难在她无法调动高桥，谁能调动高桥呢？谁？也许有一个人，他，或许能够调动高桥，那个"他"就是小野洋平。

对，小野一定能够调动高桥。可如何能够调动小野呢？这又是一个难题。

这时，一个点子从她脑海中蹦了出来，对，"西湖醋鱼"。

她心里暗笑，为自己这个绝妙的"金点子"而暗自得意：从来世上只有人钓鱼，而今她要来个"鱼钓人"。

怎么个“鱼钓人”法呢？且看她如何表演。

当晚，她带着小野来到杭州城一家叫“苏堤春晓”的酒楼，酒楼就在西湖边上，可以边吃饭边赏景，小野自然是十分高兴。日本清酒也不喝了，要了瓶中国茅台酒，喝上了劲。

冷丽苹特意为他点了几道杭州的传统名菜：“油焖春笋”、“龙井虾仁”、“清汤鱼圆”、“蜜汁火方”、“生爆鳝片”、“东坡肉”和“叫花童鸡”。

小野是那种表面上痛恨中国文化，而骨子里却又很崇拜中国文化的人，这一点，从他的吃相上就表露无遗了。在一道又一道名菜面前，他那不可一世的表情不见了，代之以惊讶、感叹和赞美。

小野发出了一番高论：“亲爱的，你听过人生有三大享受这一说吗？”

“三大享受？”冷丽苹睁大了眼睛问道：“什么三大享受？”

小野咂着嘴道：“嘿嘿，这三大享受啊，就是一、吃中国菜，二、讨日本老婆，三、住西洋房啊。”

冷丽苹笑了起来，“真有你的，就你俏皮话多，这么多美酒佳肴还堵不住你的嘴。”

小野仰脖干了一杯茅台，亮了下杯底道：“我今天呢，是一个“三美享受”：窗外的‘美景’、面前的‘美人’加满桌的‘美味’呀。人生之乐，莫过于此啊。”

冷丽苹为他又斟满了酒杯，笑着说：“嗯，好啦，美的东西多着呢，你先尝尝这个东坡肉吧。”说着用筷子夹了块肉送进他的嘴里。

小野品了品肉道：“嗯，好吃，太好吃了，从没吃过这么好吃的东西，它是怎么做出来的，你们中国人哪，太不可思议了，告诉我，它是怎么做出来的？”

冷丽苹微笑道：“‘东坡肉’是苏东坡发明的。苏东坡不仅是我国公元11世纪的一位大文豪，就是在烹调艺术上，也自有一手绝活儿。当他触犯皇上被贬到黄州时，常常亲自烧菜与友人品尝。苏东坡烹调红烧肉的秘诀是：‘慢著火，少著水，火候足时它自美。’不过，烧制出用他的名字命名的“东坡肉”，还是他第二次回杭州做地方官时发生的一件趣事。那时西湖已被葑草湮没了大半。他上任后，发动数万民工铲除葑草，疏浚湖港，当时，老百姓赞颂苏东坡为地方办了这件好事，听说他喜欢吃红烧肉，到了春节时，都不约而同地给他送猪肉。苏东坡收到那么多的猪肉，叫家人把肉切成方块，用他的烹调方法烧制，送给民工。他的家人在烧制时，把‘连酒一起送’领会成

‘连酒一起烧’，结果烧制出来的红烧肉，更加香酥味美，食者盛赞苏东坡送来的肉烧法别致，众口赞扬，趣闻传开，后来这种独特的烹制方法在实践中不断改进，所以流传至今。”

“噢，是用酒作出来的？太妙啦。”小野发出由衷的赞美。

“还有更美的呢，尝尝这个‘叫化童鸡’吧。”

小野夹了块鸡肉扔进嘴里，随即叹道：“嗯，别致，太别致了。”

“别致？你也算美食家呢，一下就尝出味道来了。”

冷丽苹适时地称赞道：“别致的煨法，别致的口味。杭州的‘叫化童鸡’是用烂泥把鸡包起来，把泥团放在篝火中烧煨。鸡煨好后，敲开泥团，鸡毛粘在烤干的泥团上随之脱落，香味四溢，因此成了人们来杭游览都想一试的杭州传统名菜了。”

小野津津有味地听着、吃着、喝着，冷丽苹见火候差不多了，该下钓钩了，于是对他说道：“你听说过杭州的另一道名菜‘西湖醋鱼’吗？”

“西湖醋鱼？听过，听过，那可是一道中国名菜呀。只是一直想吃，宴席都摆好了，却几次都因为公事给推掉了，没有吃成，太遗憾了，你知道哪里的‘西湖醋鱼’最好吗？我们去吃一回吧？”小野酒色上脸地说。

冷丽苹笑道：“告诉你吧，那才是天下的至味啊，这次我带你去一家，保你满意。全杭州城，只有‘楼外楼’的‘西湖醋鱼’做得最地道、最好吃、最上乘，我们就去那里吃吧。”

“好好好，去‘楼外楼’，去楼外楼吃西湖醋鱼。”小野打着饱嗝说。

“你没听人说吗？不到杭州不算到中国，不吃‘西湖醋鱼’不算来杭州啊。”

小野听了这话，笑着调侃道：“哦，你言下之意是，不吃‘西湖醋鱼’，就不算来中国吗？”

“真聪明，”冷丽苹故意打趣道，“话让你一说就透。要知道，博大精深的中国文化，不只是用来看的，还是用来听的，更是用来尝的。不是吗？我尊敬的日本先生？”

“哈哈哈哈，说得好，说得妙，冷丽苹啊冷丽苹，你今晚可用杭州名菜给我这个痛恨中国文化的人洗了脑了……让我见识了什么才是正宗的、地道的、原汁原味的中国文化。好吧，好吧……我服你了，也服中国名菜了，你带我去品尝那道杭州名菜……‘西湖醋鱼’吧，你看，我的口水都流……下来了呢。”小野已经有些语无伦次了，一边用手帕擦着嘴角。

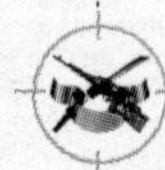

冷丽苹嫣然一笑，“今天你喝高了，明天晚上吧，不过，不是我请客，而是我的两名记者朋友请客，她们指名道姓要见一见高桥一郎先生。”

“哦，为什么要见他，见我不行吗？我难道不算杭州城的……名人吗？”小野恬着脸说。

冷丽苹打了他一巴掌道：“去，听说他最近接连粉碎了三次重大的袭击行动，保卫了钱塘江大桥，那可是闻名世界了呀，人家想见一见这位英雄的尊容。”

“哦，记者请客，哪个……报社的？”

“英国《泰晤士报》和美国《大美晚报》的记者。是两位女士，一位叫艾丽莎，一位叫蒂法妮。”

小野有些犹豫道：“可以是可以，不过……上级有规定，高桥是不能随便见记者的，也不能接受采访，他的一切行动都得经过……上级批准。”

冷丽苹故意生气道：“哎呀，你这个人怎么这么死心眼啊，她们是我的朋友，难道朋友间请客吃饭还得经过上级批准吗？谁说要采访啦，就是聊聊天不行吗？她们只是想见一见你们的英雄，只见一面，足慰平生。怎么样，行不行还不是你一句话。”

“只见一面？”

“只见一面，绝不照相，绝不采访。话说回来了，你还有什么上级，你不就是自己的上级吗？”

望着冷丽苹煞有介事的面孔，小野阴阴地笑了，打着饱嗝说道：“好吧，好吧，看在你的面子上……不，看在‘西湖醋鱼’的面子上，我就答应你。明晚七点……我们‘楼外楼’见，我一定把高桥给你带来，怎么样，满意了吧？”

“这还差不多。”冷丽苹抛了个媚眼说。

杭州“楼外楼“菜馆。

晚六时许，菜馆内已是灯火辉煌，笑语喧哗，高朋满座。

在坐的大都是当地政商两界的名流，文化艺术界的知名人士，社交界的名媛淑女，还有许多珠光宝气的阔太太、阔小姐，自然还有不少戎装笔挺的日军高官。

菜馆正门口挂着四盏大红灯笼，门楣上有两副有名的对联：“一楼风月当酣饮，十里湖山豁醉眸。”这副楹联说的就是杭州西湖著名菜馆——“楼

外楼”。

“楼外楼”坐落在景色清幽的孤山南麓，面对淡妆浓抹的佳山丽水。这座已有100多年悠久历史的名菜馆素以“佳肴与美景共餐”而驰名海内外。此楼业主是一位清朝的落第文人，名叫洪瑞堂。他与妻子陶氏由绍兴东湖迁至钱塘，定居在孤山脚下的西泠桥畔，以划船捕鱼谋生。因夫妻双双是从鱼米之乡的绍兴而来，在烹制鲜鱼活虾方面有一技之长。先是捕鱼虾选佳者烹制出售，后来想到西泠桥一带无饮食店，便在略有积蓄之后开了一片规模较小的菜馆，当初仅是一处平房，地处六一泉旁，位于俞楼与西泠印社之间。因为菜馆建在近代著名学者俞曲园先生俞楼前侧，洪瑞堂就到俞楼请先生命名，曲园先生就借用南宋林升的“山外青山楼外楼”的名句，起名叫做“楼外楼”。

冷丽苹带着二位外国女士早已等候在三楼的包厢里了。与“楼外楼”一楼之隔，对面还有一座仿古建筑，也是一家有名的菜馆，在三楼上一间包厢里，江雄风和耿剑青带着夕树舞子已经坐在那里品茶了。

这场特殊的“见面”已经安排好了，就等“主角”出场了。

6时45分，小野带着高桥来到了“楼外楼”。他们今天都换了一身浅灰色的西装。两人谈笑风生地上了三楼，冷丽苹大方地迎了上去，两位外国女士争先恐后地想与高桥握手，高桥彬彬有礼地向两位女士鞠躬后，大家才落座寒暄。

艾丽莎小姐自我介绍道：“小野先生，高桥先生，我叫艾丽莎，认识二位真是很荣幸，早就听说你们的大名，今日一见，足慰平生。二位都是大日本帝国的英雄，战绩辉煌，连我们远在美国的朋友们，都十分仰慕二位呀。”

高桥淡然一笑道：“我们不是什么英雄，小姐，您过奖了。”

蒂法妮小姐道：“高桥先生，能谈谈您的桥吗，听说前天遇到了一次空袭，有人居然用飞机来炸桥，真有这样的事吗？我的上帝，真是太可怕了。”

高桥与小野交换了一下眼神道：“空袭？没有的事，那都是别人瞎传的。请你们也不要乱写，绝对不会有什么空袭之类的事。凭借大日本皇军的神威，谁敢不要命来袭击大桥呢？那不等于找死吗？”

冷丽苹插言道：“那是啊，袭击就等于找死，炸桥就等于鸡蛋碰石头。”

“对对对。”小野接过话头道：“好了，好了，小姐们，我们不是来谈什么大桥的。我们今天是来品味天下第一美味‘西湖醋鱼’的，不是么？美丽的小姐们？”

“噢，是的，当然。”冷丽苹灿然一笑，语气从容地说道：“这西湖醋鱼啊，今天是专为我们的大英雄准备的，说起‘西湖醋鱼’，还真有一个传说呢。‘西湖醋鱼’又叫‘叔嫂传珍’。相传古时有宋姓兄弟两人，满腹文章，很有学问，隐居在西湖上以打鱼为生。当地恶棍赵大官人有一次游湖，路遇一个在湖边浣纱的妇女，见其美姿动人，就想霸占。派人一打听，原来这个妇女是宋兄之妻，就施用阴谋手段害死了宋兄。恶势力的侵害，使宋家叔嫂非常激愤，两人一起上官府告状，企求伸张正气，使恶棍受到惩罚。他们哪知道，当时的官府是同恶势力一个鼻孔出气的，不但没受理他们的控诉，反而一顿棒打，把他们赶出了官府。回家后，宋嫂要宋弟赶快收拾行装外逃，以免恶棍跟踪前来报复。临行前，嫂嫂烧了一碗鱼，加糖加醋，烧法奇特。古代有文人吃了这个菜，诗兴大发，在菜馆墙壁上写了一首诗：‘裙屐联翩买醉来，绿阳影里上楼台，门前多少游湖艇，半自三潭印月回。何必归寻张翰鲈，鱼美风味说西湖，亏君有此调和手，识得当年宋嫂无。’诗的最后一句，指的就是‘西湖醋鱼’创制的传说。”

她的话刚说完，跑堂的就端上了“西湖醋鱼”，还有七八道传统名菜也一起上来了，有“叫花童鸡”、“东坡肉”、“油焖春笋”、“龙井虾仁”、“清汤鱼圆”、“蜜汁火方”、“生爆鳝片”。

几人有说有笑地吃了起来。

冷丽苹扭过头，抬了下手，招呼跑堂的拿一瓶茅台酒来，其实她是在向对面三楼的江雄风发暗号，她借故去洗手间离开了宴席。对面楼上江雄风会意，对同桌的舞子说了句什么，舞子转过头，望向这边。

隔楼相望，惊魂一瞥。

两个楼相距只有十来米，舞子肯定看见了高桥一郎，但她目光却只在高桥的脸上停留了片刻，又看了一下小野，目光就转开了，江雄风有些纳闷，不知道她究竟看没看见高桥。

江雄风为了保险起见，再一次指着这边让她看，她则再也不看了，只低着头喝汤、吃菜，话也没刚才那么多了。

又吃了一会儿，酒足饭饱之后，耿剑青估计时间差不多了，向江雄风使了个眼色，二人起身，带着舞子离开了对面的菜馆。

时间到了9点，一场宴会圆满结束，大家都吃得非常满意，小野和高桥今晚都很尽兴，三瓶茅台喝得净光，一桌名菜也风卷残云，几人微笑着起身和记者小姐们分手告别。高桥上了自己的车，小野则用车把两位记者送回了

住处，最后把冷丽苹也送回了家。

深夜 12 点，冷丽苹家的电话铃突然急促地响了起来。

睡梦中的冷丽苹迷迷糊糊抓起电话，一听之下，令她大惊失色，“什么什么，舞子失踪了？嗯嗯，嗯嗯，你怎么搞的嘛，耿剑青，这么重要的人质却让你们弄丢了！”

冷丽苹从电话中了解到，耿剑青他们从酒楼出来之后，就把舞子带回了“悦来旅社”，仍旧关在房间里，由一人守着，其他人离开了。到 11 点时，另一个守卫前去换班，发现那个前面的守卫倒在门口，满嘴的酒气，已经人事不醒，而房间里的舞子早已失去了踪影，她的衣物也带走了，什么也没留下。

这下糟了，舞子的失踪使她感到事态的严重。不仅她精心策划的一连串的努力都白费了，而且，人质没有了，下一步劫持高桥一郎的全部计划也成了泡影。不仅如此，这个舞子是个当兵的出身，虽然只是个慰安妇，但她受过一定的训练，具有起码的军事常识，如果她重新投入敌人怀抱，很可能会向敌人出卖耿剑青的情况，那江雄风的货栈码头就有危险了。

从刚才耿剑青的电话中她还了解到，今天傍晚在酒楼，舞子的表现十分奇怪，她明明看见了高桥，却装作什么也没有看见，表情平静，神态坦然，好像什么也没有发生。这说明什么？这说明这个女人并不简单。

他们都小看了她，也许她心里早有逃跑的准备了，知道今晚见的这个人绝不寻常，所以她才表现得从容镇定、若无其事，把大家都糊弄了。耿剑青软禁了她这么长时间，她不可能不有所觉察，发现事情不对头，自己成了人质的时候，逃跑也就顺理成章了。

由于耿剑青的疏忽大意，舞子逃跑成功了，下一步她会如何动作？她会去找高桥吗？不会，她根本不知道高桥在什么地方，如何去找。那她会去哪儿？她会去找某个日军部队或到特高课报警吗？也不会，她不想再冒一次险，被人关起来，失去自由，那她就可能永远见不到她的高桥了。

那她会去哪儿？她身上并没有多少钱，支撑不了多久。要回日本吗？更不可能，她现在连正式身份都没有，谁会给她买飞机票？谁会批准她一个日本人在战时随便离开杭州？

冷丽苹分析来，分析去，认为只有两种情况可能性最大，一是她会去找她的旧友，那些还在某处作慰安妇的朋友，如果是这样的话，要再找到她无异于大海捞针。还有一种可能，就是她会通过某种渠道找到小野。她会去找

小野吗？为什么不会呢，因为小野现在负责特高课，下面一切情况，都会在第一时间反馈到小野那里。

她如果最终落到了小野手里，会怎么样呢？小野会让她见高桥吗？可能不会，但也可能会，而且后一种可能性比较大。从今天高桥和小野的表现来看，他们之间的关系应该很不一般，二人行事和言谈都比较默契，关系相当热络。而且平时从小野的口气来看，他对高桥也是赞美之声不绝于耳的。

舞子要是先找到高桥，他们的计划就泡汤了；要是最终落入小野之手，事情就麻烦大了。事不宜迟，冷丽苹想到这里，立即拿起了电话："喂，我是'夜莺'，给我接52号。"

沈默然刚好今晚在"荷塘"值班，接到"夜莺"的紧急电话，他让她火速赶到"荷塘"来。

在"荷塘"三楼的办公室里，冷丽苹把这次抓获舞子的经过，和她们下一步准备劫持高桥的计划向沈处长作了详细汇报，当然她隐去了耿剑青一节。

但沈默然的心思可不在这上面。这几天，沈默然对飞机炸桥失败一事正耿耿于怀，苦思良策，他担心这么重大的损失"刀斧手"迟早有一天会怪罪到他头上来，一架飞机，还是轰炸机，要值多少钱？这个账他不会算不清楚，他正想怎样推托这个责任呢。虽然直接行动者是江雄风，但作为顶头上司，他难逃干系。替罪羊是一定会有的，问题是谁来作这个替罪羊？他？还是江雄风？可笑的是这个江雄风到现在还执迷不悟，硬充好汉，居然要在老虎嘴上拔毛，劫持什么高桥？

劫持日本人？胆子大过天，真他妈的光屁股撵狼，胆大不知羞，你冷丽苹也在里面瞎掺合。叫你们玩炸桥，你们却玩劫持，现在玩上瘾了，抓了个狗屁慰安妇却当了个宝，还什么人质？人质个屁！日本人个个精得像鬼灵精，是那么好欺骗、那么容易上当的？

不过，沈默然毕竟老谋深算，从他时阴时晴的脸上你永远猜不透他的真实想法。他本来想阻止他们，但又转念一想，让他们试试也好，上次劫持工程师，那么高难度，不是也完成了？这次玩劫持，居然玩到日本人头上，简直是瘦驴拉硬屎！不过，也说不定，搞不好还真能玩出点花样来，那就让他们去玩，什么时候把自己的小命玩丢了，那更好，省得我动手了，日本人把你狗日的就收拾了。

冷丽苹说接下来可能是场硬仗，想请处长大人派几个得力的帮手帮帮她，

可沈默然却嘿嘿一笑，推说人手实在紧张，让她自己想办法。还假惺惺地提醒她注意自身安全，并答应可以让他使用备用汽车。

冷丽苹对沈默然会有的态度早就心知肚明，只好苦笑一声，悻悻离开，她要按自己的计划行事。

天刚蒙蒙亮，一辆黑色的司蒂旁克轿车已停在一栋公寓楼前的街角处。

冷丽苹坐在驾驶座上，她已经换上了一身男装，灰西装，花领带，脸上架着墨镜，双眼目不转睛地盯着公寓的出口处。

这栋位于江汉路 38 号的公寓是小野的住处，昨夜，他位于三楼的房间里亮了一夜的灯，一男一女两个影子不时映现在窗帘上，这一切，都没有逃过冷丽苹锐利的眼睛。她对这里太熟悉了，她曾经在这里和小野多次幽会过。

5 点钟的时候，来了一拨人，都穿着黑色西装，戴着黑呢礼帽。从他们神色匆匆的神情可以看出，这是一伙日本特工，像是发生了某种紧急的事情。

5 点半的时候，铁门从里面推开了，几个日本特务押着舞子从里面走了出来，很快上了那辆棕灰色的林肯牌轿车，四个特务也坐了上去，汽车一溜烟开走了。

冷丽苹看见小野从三楼的窗户里探了一下头，很快又缩回头，关严了窗户。判断不错，终于让我发现了目标。冷丽苹二话不说，迅即启动了轿车，紧紧咬住前面那辆轿车，追了上去。

前面的轿车一直向郊外行驶，冷丽苹跟在后面，此时天色还很黑，她怕对方发现跟踪，没有开车灯，保持着相当的距离，只在远处“吊”着。

约摸一个小时后，前面的轿车来到了一个地方停下了，哦，这不是汤山温泉招待所吗？这个招待所位于南京市东 30 公里处的江宁县的汤山镇。这里离杭州已经相当远了，他们跑到这里干什么来了？

汤山温泉地处僻静，却是个自然风光绝佳的所在，更以地下自喷温泉而著名。20 年代末期，国民党国际部出资在这里建造了这个豪华气派的温泉游泳池，并配套了若干温泉洗浴设施，客房、歌舞厅、酒吧、会议室、通讯设备一应俱全，因此命名为汤山温泉招待所。由于隐秘的环境和舒适的设施，过去国民党的党、政、军要员经常频繁出入这里，不但经常在这里举行重要的秘密会议，还举办各种各样的宴会、舞会和其他社交活动。这里还是各国间谍挖掘情报的富矿。现在这里归日本人所有了，而且只招待高级官员、日军将领和有着特殊身份的人物。

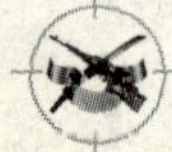

冷丽苹把轿车停在离招待所约有100米的地方。这里有一条土路，通下去有一片很茂密的小树林，她把车直接开进树丛中，又用几根厚厚的树枝把车盖严实，拍拍手上和身上的尘土，向招待所的后院围墙摸了上去。

夕树舞子是昨天深晚10点逃出关押她的“悦来旅社”的。

本来她并没有外逃的想法，她天生就有一种天真和率直的性格，对救命恩人耿剑青十分信任，甚至还有几分崇拜。但自从耿剑青跟她谈过那次话之后，她的心理就完全改变了，方寸大乱。是“战俘”这个字眼儿刺激了她，她不知道自己怎么会成为战俘的，自己又没有参战，也没有向中国人开过一枪，怎么就莫名其妙地背上了“战俘”这个罪名？这让她百思不得其解。

耿剑青他们到底是一伙什么人，来无影，去无踪，行踪诡秘？平时，他们不让她上街，甚至连个打电话也不允许，这让她感到自己被软禁了，人身自由丧失了，她为此提出了意见，但得到的答复却是一切都是为了她的安全不得不采取的防范措施，希望她能够理解。

她能理解吗？她越来越不能理解了，她被看管得越来越严。特别是昨天下午，在“楼外楼”的那一幕，让她下了最后逃跑的决心。她万万没有想到，他们让她见的人，竟然是高桥一郎，那个昔日的情人，那个让她魂牵梦萦、痛断肝肠的人，那人就坐在离她不远的地方，正兴高采烈地与一群人谈笑风生。她本想一下跳起来，嚎叫着向他扑去，紧紧地抱住他，再也不要离开他的爱人。可她没有这样做，理智告诉她，这是一个圈套，一个陷阱，而她则是一个诱饵、一枚棋子，要不然高桥就是诱饵、是棋子，谁知道呢？她不要被人利用，她已经被人利用、被人愚弄、被人摆布、被人耍弄得够久了，她不想再一次身陷绝境，她这一回要把命运牢牢掌握在自己的手中。而要掌握自己的命运，就要装作什么也没有看见，什么也没有认出来一样，脸上和眼里平静得没有一丝波澜，谈笑如常，让这一切都变成一场表演，而对于从小就以演戏为生的她来说，“表演”是再容易不过的事了。

好在这一切都被不动声色地掩盖过去了，耿剑青他们什么也没有觉察，又把她送回了旅社，这就给了她一个绝佳的逃跑机会。当晚，她拿出一瓶从酒席宴上偷来的红酒，和守卫一起对饮起来。守卫的酒量太小，没喝几杯就醉得不醒人事，她一看逃跑的时机到了，就迅速地溜到了大街上，跳上一辆黄包车，没命似地向夜幕深处遁去。

但往哪里逃呢，这让她犯了难。车夫问了几次，她都说一直往前拉。可

拉到哪里是个头呢？她忽然想起了一个人，这个人今晚就坐在高桥一郎身旁，就是那个把她卖给了贺英良的小野洋平。对，就是他，那个人面兽心的家伙，她一下就认出了他，她恨透了他，可现在能救她的，也许只有他了。她知道小野是特高课的头目，而且跟高桥关系一定不错，找到小野，不就等于找到高桥了吗？对，就找他！这是她万般无奈下的选择呀。

她想定之后，付了车资下车，伸手拦住了几个正在巡逻的日本士兵。士兵得知她的情况之后，立即打电话向上司报告，就这样一级一级报了上去，最后，小野闻讯把她接走了，把她安置到了自己的公寓，并进行了连夜的审问。

这下该轮到小野吃惊了。

小野万万没有想到夕树舞子还活着，还会再次来找他，这个傻妞啊，天下还有比她更傻的人吗？但舞子的哭诉和眼泪还是打动了他，她的离奇命运和逃难经历，的确引发了他仅有的一点点恻隐之心，他想成就舞子和高桥的这段苦难多舛的相思情缘。但他不能让他们在杭州相见，那样也许会引起什么不必要的麻烦或议论，那就安排他们去一个远离是非的地方，所以，他就派人用车子把舞子载到了这里。这里位于杭州和南京之间，又地处穷乡僻壤，不会引起外人注意，而高桥明天就会来这里与舞子见面和团聚。

“笃笃，笃笃笃”，响起了轻微的敲门声。

“谁呀？”舞子穿着睡衣问道。

“服务员，送开水的。”

舞子打开了门，一个女服务员走了进来，放下一瓶开水，转过身来。

舞子惊讶地发现，服务员的手里平端着一把小巧的手枪，那黑洞洞的枪口正发出不祥的味道。

“别怕，舞子小姐，我是冷丽苹，是你的大姐，我是来救你的。”舞子抬头定睛一看，原来那个服务员竟是冷丽苹乔装的。

“冷大姐？你你你，你想干什么？”舞子吓得脸色惨白，连连后退，双腿不停地颤抖。

“站过去，”冷丽苹用枪指了指里面，回身关严了房门道，“你不用害怕，我不会伤害你的，我是来保护你的。”

“保……护我？冷小姐，我不明白，他们也说要保护我，我到底该……相信谁？”舞子恐惧地瞪大了眼睛，说话声音抖得厉害。

“你已经被小野出卖了，舞子小姐，天一亮慰安所的人就会来接你，像你

这样的一支美艳之花，可是要值大价钱的，可你还蒙在鼓里，在发你的春秋大梦呢。想一想吧，他们为什么带你到这里来？为什么不让你直接见高桥一郎？为什么把你软禁在这里？这一切，难道你还不明白吗？"冷丽苹冷笑着说道。

"我我我……我不明白，他们为什么要一再骗我？为什么不让我见高桥一郎？"

"现在一时解释不清，你快穿衣服，我带你离开这里，"冷丽苹摆了下手枪，厉声下令道："快，听我的，等到了安全的地方，我会给你一个满意的解释的。"

"你……不骗我？"舞子满面疑惑地问。

"没时间啦，你必须要快。听见了吗？跟着我走，不许乱喊、乱动，否则，我的枪子儿可不认人。"冷丽苹沉着脸再次下令。

舞子低头看看枪口，又看看冷丽苹毫无表情的脸，用最快的速度穿上了衣服，冷丽苹打开房间门，瞥一眼门外无人，二人悄悄溜出门去。两条黑影无声地穿过院子，来到后墙跟下，冷丽苹一个纵跳，扒住墙头，伸手把舞子拉了上去，二人跳下墙头，很快便消失在院墙外面的阴影之中。

第二十三章

千钧一发

想劫持我？诡计居然玩到我头上来了？可见敌人智穷计尽、穷途末路了，连这种下三滥的招数都使出来了，不得不在我身上打鬼主意了？

日军第 6 师团司令部，冲山元办公室。

小野正低着头，聆听冲山元的训斥，和他站在一起听训的还有特高课课长尾崎正男。

小野最近连办了几件蠢事，令冲山元十分恼火，雷霆震怒，用冲山元的话来说，就是犯了不可饶恕的错误。

第一件事，张鼎诚工程师被人莫名其妙地绑架走了，至今查无下落。一伙匪徒居然明目张胆地从日军防守最为严密的环湖酒店把人劫走，等于是在日军眼皮底下作案，其行动之诡秘、计划之完善、手段之狡诈、动作之迅速，都绝非一般人能干得了的，一定是国民党军统组织所为。但就是这样一个劫持案，小野带人进行了全市大搜查，查了商场、公园、影院、旅社、酒店、澡堂、学校、医院、工厂、仓库、郊区的废旧厂房、垃圾场、码头、车站及一切人员来往的必经之地，全都查了，甚至还挨家挨户地进行了排查，但查来查去，却一点线索也没有，甚至连半点蛛丝马迹都没查到，成了死案和悬案，这不能不说是小野的失职，更是特高课的耻辱。

冲山元知道，张鼎诚虽然是个不起眼的中国人，但他的利用价值还很高，

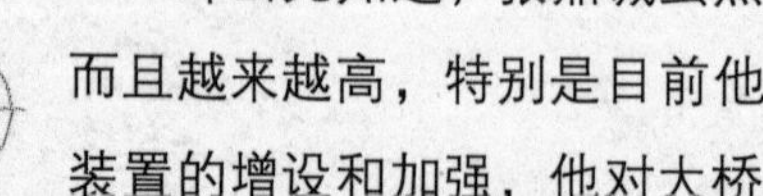

而且越来越高，特别是目前他正在和高桥进行新一轮的设备改进和水下预警装置的增设和加强，他对大桥的重要性，怎么估计都不会过高。但现在毁啦，

人被绑架啦，一切计划都泡了汤。敌人太狡猾，也太可恨了，居然敢老虎口里拔门牙，把他活生生地劫走了？这分明是和大日本皇军开了个天大的玩笑嘛。

这样下去还得了吗？这个风头必须刹一刹！

冲山元把心头的怒火劈头盖脸向两个愚蠢的属下砸了过去。

这种事情绝不允许再次发生！他后悔自己没有早一点同意把那个张工干掉，在他刚刚完成预警装置的时候，就应该痛下杀手。当时宫崎提出了灭口建议，但他没有同意，现在想来，的确是留下了无穷的后患，无穷的烦恼，这让他悔之莫及。

更可怕的是，张鼎诚落入了军统之手，如果再和阴谋炸桥的人合于一伙，那危害性就大得无法想象了。这些歹徒不把桥炸毁是不会收手的，以前加装的设备和预警装置，在那些炸桥匪徒眼中全都无密可保了，敌人很快就会找出漏洞，进行新一轮的猛烈袭击。

而到那时，他最担心的事情就会发生，一声爆炸，会将大桥连带着高桥一郎和自己的前程一起送上青天。

如此看来，这条桥不仅仅关乎着皇军命运，更是关乎自己命运啊。

这一切当然小野是有责任的，特高课也有责任，但也不能全怪小野他们，小野只是在事后进行追查，肇事的那些蠢货才是真正的罪魁祸首。那些人里头，该撤职的撤职，该枪毙的枪毙，他已经处理过一大批了。

可小野在另一件事情上却犯了认人不清、推荐不当的错误。那个死刁婆子洪恩熙，就是经他之手推荐上来的，居然会对自己进行暗杀，手段太毒，让他猝不及防，如果不是当时突然断电，那他的老命就算交待在这个女人手里了，现在想来，还让他从心底里直打寒噤。可事后小野的人又查了一通她的家庭背景和她的行为举止，还是一点问题也没有。

真的没有问题吗？不可能没有问题，查不出问题，本身就是最大的问题。真是天下之大，无奇不有，一个好端端的女子，竟然转眼间变成了罗刹面孔，用电吹风也敢杀人？八格牙鲁，这个世界难道真的有鬼不成？

再就是昨天晚上发生的事，也让他气得七窍生烟，五脏俱焚。三个训练有素的特工，竟然连一个女人都看不住，最后让歹徒杀得片甲不留，横尸公路。可到底是什么人，出于何种目的，又有何种动机去劫持一个女人呢？这后面又隐藏着一个什么样的阴谋呢？

冲山元抬起凌厉的目光，紧盯着小野和特高课长尾崎的脸。

二人勾着头一声不吭，好半天小野才战战兢兢地道："司令官阁下，这个女人叫夕树舞子，就是三年前您叫我处理掉的那个慰安妇。我当时命令田中去执行，可他半路上喝酒喝醉了，却让这个女人跑掉了，她一直在外流浪，估计是无法生活了，就又回来找我。职下该死，请您严厉地处罚我吧。"

冲山元露出阴森的笑容，恶狠狠地说："蠢货！说一句该死就完了，当时就应该枪毙掉她，可你却用人不当，让田中这个死猪去执行，现在惹出这么大的麻烦，你这个机关长就不要当了，把你的权力都归还给尾崎正男吧。"

"哈依。"

沉默了一会，冲山元语气稍缓，脸色稍霁，"你准备下一步怎么办啊？"

小野立正："报告将军阁下，我已经和尾崎君制定了一个新的搜查方案，重点放在悦来旅社、货栈码头和'回家湘'湘菜馆，已经派出暗探对这几个地方进行严密的监视。"

尾崎立正："报告司令官，我的人已经发现了几个形迹可疑的人，出现在湘菜馆和货栈码头附近，我怀疑他们都跟炸桥有关，但我们并没有打草惊蛇，准备放长线，钓大鱼，最后来个一网打尽。"

冲山元眼里露出诡谲的神色，"哟西，要注意保密，要切记，过早或过晚出击，都是同样的致命，你们去吧，尽快把那些匪徒抓获，确保大桥安全无虞。"

"哈依。"二人立正敬礼，躬身而退。

这一次，如果不是冷丽苹冒着九死一生的风险，把舞子硬生生地从日本人手里重新抢回来，那下一出戏他们还真的不知道如何往下唱。

冷丽苹追回了逃跑的舞子，怕再有什么闪失，把她直接带回了货栈码头。

下一步的目标很明确，就是用舞子作诱饵，引诱高桥和她见面，然后一举成擒，劫持高桥。

冷丽平和江雄风、方逸舟、耿剑青四人聚在一起，开会研究劫持方案。

大家一致认为，会面地点是这次劫持行动成败的关键。这个地点，既不能离杭州太远，又不能离大桥太近，更为关键的是在劫持高桥之后，让日本人无法形成包围圈，便于我们迅速撤离和安全转移。

先把限制条件和前提条件列了出来，大家在多种方案之间进行了比较和选择。

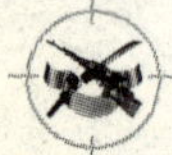

经过一番激烈争论，最后大家选定了一个风险相对较低、成功把握较大

的方案：即用一条船，载着舞子当作人质，让高桥在钱塘江上的某段江面上和舞子见面。当高桥上了他们的船之后，即刻把船开走，即使敌人想向船只发起攻击，但也怕伤着高桥而作罢。

用船的好处是环境相对封闭，人质不容易逃跑，而且隐蔽性、突然性和机动性都很高，如果江面地点选择得当的话，一旦将高桥劫持后，船只即可选无人处靠岸，岸上人马配合接应，船上人员可以立即转移，即使事后日本人来追，也只能得到一只空船，人员早就转移走了。

谈到用船，他们自然想到了那位英国船长史密司，那个喜欢抽大烟的英国佬，自从上次打过交道之后，史密司并没有受到日本人的怀疑和盘查，他的船仍旧可以畅行在钱塘江上。

计议已定，他们很快找到了这位史密司船长。

史密司船长关切地问起万科长，江雄风没把万科长已经为国捐躯的事告诉他，推说他有事去了上海。

江雄风这次给他的见面礼是二十条“黄鱼”，没费太大的周折，史密司就答应了他们用船的要求，但强调两点，一是不能干激怒日本人的事，至于用船干什么，他不管，而且届时他也不上船；二是时间限于三个小时，不能再多。江雄风自然是满口答应了他。

方逸舟去找蒋会长，让他把一封信交给他的日本朋友，那个守桥的中佐中村，通过中村把信转呈给高桥，告知其后天晚上 11 时整，在钱江中游距游艇码头 300 米处与舞子见面。

中村收到蒋会长派人送来的信，立刻呈报给了高桥大佐。当高桥看完了信之后，他的心情是又惊又喜，又急又气，一时间百感交集，心头狂澜骤起。

他一眼就看出，这纯粹是一个诡计，是一伙炸桥匪徒设下的圈套，说什么只要他出面，就会放了舞子，完全一派胡言。这明摆是一个诱饵，一个引他上当的圈套，他如果出面，必定会被对方劫持。他高桥是什么人？是帝国最优秀的军官，军中最精明的头脑，日军最犀利的眼睛，除了受到过严格、完整的军事教育之外，还接受过一年的情报搜集和反间谍训练，这点小伎俩、小玩闹都识不破，他在军界不是白混了？

想劫持我？诡计居然玩到我头上来了？可见敌人智穷计尽了，穷途末路了，连这种下三滥的招数都使出来了，不得不在我身上打鬼主意了？让他们统统见鬼去吧，我会理睬你们才怪。

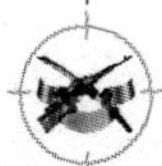

高桥决定也写一封信，把他们美美地讽刺挖苦一番，再嘲笑痛骂一顿。

可他转念一想，又不忍放弃这样一个到了手的机会，一个跟心爱的人相会的机会。毕竟舞子还活着，这就是他最大的安慰、最大的满足、最大的收获，他来中国是为了什么？别人不知道，他自己最清楚，一切都是为了舞子，为了找到舞子，救回舞子，带上他的舞子平安地返回日本。

可眼下，舞子就在歹徒们手心里攥着，周围是黑洞洞的枪口和虎视眈眈的眼睛，整日里以泪洗面，度日如年，忍受非人的折磨、痛苦、饥寒和煎熬。

说不定舞子早就被他们强奸了，想想这些就心如刀搅、痛断肝肠，可他自己呢，却和舞子咫尺天涯却不能相见、不敢相见，他扪心自问，自己还算不算是一个真正的男子汉？配不配作舞子的男朋友？前怕狼，后怕虎，瞻前顾后，犹豫彷徨，还算是无所畏惧的帝国军人吗？我们武士道精神中最根本的一条，就是勇敢。可我呢，是不是已经被中国人的炸弹吓破了胆？炸掉了魂？

他开始痛骂自己，痛批自己的无能、胆怯和懦弱。他狠狠抽了自己两个耳光，又用手死死地揪着头发，揪下了几把头发扔在地上，用脚猛踩，还吐了几口吐沫在上面。

刻骨的仇恨淤积在心中，高桥眼中凶光毕露，一字一顿地说："就是刀山火海，龙潭虎穴，为了我的舞子，我也要往里跳！义无返顾地跳！跳！跳！"

他很快就写好了一封回信，用信封封好，交给中村，让他转交给蒋会长。

蒋会长收到高桥的复信后，立即亲自送到了货栈码头，交给了方逸舟。

方逸舟展开了高桥的信：

"江先生：我已同意按江先生的意思和夕树舞子在水文船上见面，时间和江面地点都按你们定的办。但我衷心希望，贵我双方都要最大限度地保持克制，让交接顺利完成，我只要舞子平安归来，不想发生任何意外，因为中国人有句老话：'以和为贵。'我对此深信不疑。谢谢关照。高桥一郎。"

方逸舟看完了信，交给江雄风和耿剑青二人看。

江雄风看了信，微微一笑道："这个高桥不仅会说一口流利的中国话，这一笔中国字也写得中规中矩，看样子，他的确是个中国通。"

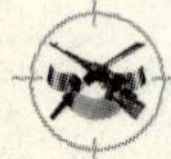

方逸舟道："高桥要来，我看并不那么简单，他会一个人前来送死吗？他会看不出这是给他布下的一个陷阱吗？"

"聪明的鱼儿不上钩，"江雄风说道，"可最聪明的鱼儿呢，会让自己也变成一个饵，一个钩，反过来钓那个钓鱼人。"

"对喽，"方逸舟心有灵犀地一笑道，"精明狡诈如高桥者，世上没几个人能胜过他，他一定会跟我们玩将计就计，最后来个反包围，把我们一网打尽。"

耿剑青看看二人，发表了自己的看法："高桥的如意算盘一贯打得很精，按理说他不会露面，既然知道舞子还活着，他的目的就已经达到了。只要派出特高课的人搞一次全城大搜捕，再出动特务队来个地毯式搜查，不怕舞子会飞上天去。但他为什么明知山有虎，偏往虎口送呢？目的很明确，就是想把我们一次性解决掉，扫除他的后顾之忧，那他的大桥就安全啦，他也可以高枕无忧很长一段时间啦。"

方逸舟点点头道："老耿说得对，既然他想跟我们玩反包围、反劫持，我们怎么办？放弃用船见面的方案？是不是考虑换个方案？或者临时变更见面地点？你们说呢？"

江雄风大手一挥手，"不行，那样反而让高桥看出破绽。其实高桥心里是很虚的，即使他布置好了一个反包围的圈套，他也不敢轻易下手。为什么？因为他担心我们会撕票，舞子还在我们手里，他也绝不敢轻举妄动。双方一动手，子弹横飞，难保不伤到谁，所以，我们仍按原计划行动，今晚十点半，老方你把水文船开到这个地方，这儿有个小码头，人很少，货也不多，而且十分偏僻和隐蔽。"

江雄风指着地图说道："等你的船到了，我和耿剑青从这个码头上押着舞子从这儿上船，11 时整，我们的船到达这里，这就是我们和高桥会面的地点。"

方逸舟和耿剑青二人盯着地图看了看，方逸舟道："嗯，这里好，这里江面比较窄，万一有事，我们的船可以迅速靠岸，然后撤离。这里，让老赵派辆车等着接应我们，那样就万无一失啦。"

"这个你们放心，"江雄风胸有成竹地说，"我已经安排老赵了，沿途都有人接应，这儿，这儿，还有这儿，有三辆车接应我们。关键是我们动作要快，一旦劫持了高桥，船必须迅速驶离这段江面，最理想的是从这里上岸，因为出去就是郊区，再往前走是火葬场，再往前就进山了，所以，即使日本人来追，一时半会也追不上。"

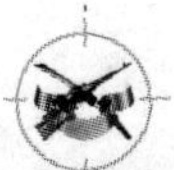

"很好，我看行。"方逸舟拍拍江雄风肩膀道："你不愧是个老军统，制定

出来的计划都严丝合缝，滴水不漏。”

“好啦，事不宜迟，赞美话留待事成后再说，我们分头行动吧。”

“好嘞！”方逸舟和耿剑青都站了起来。

深夜，钱塘江上游，江水涌起阵阵波涛，发出“哗哗哗哗”的响声。月光映照在江面上，发出惨白的清光。

一艘英国水文船，准点于十点一刻出现在钱江上游的某段江面上。这艘大型英国水文测量船上，一面英国米字旗正迎风招展。船头破浪前进，船身激起了巨大的浪涌。

驾驶室里，方逸舟站在指挥台上充当临时船长，胸前挂着一副大大的望远镜，身边的大副仍是本船的大副，那个叫富勒的英国人，轮机手是几个中国人，还有几个英国船员正进进出出，前后忙碌着。

船长史密司不在船上，此刻正躺在杭州市中心一个叫“逍遥津”的大烟馆的烟榻上，左手拿着烟枪，吞云吐雾；右手搂着美女，亲吻拥抱，享受着人生的至乐，作着他的温柔绮梦。这一切，都是方逸舟通过蒋会长作出的安排。

船行江上，15 分钟后，也就是 10 时 30 分，水文船在一处小码头上靠了岸，一挂绳梯放了下去，不一会儿，只见两男一女顺着绳梯爬了上来，上来的是江雄风、耿剑青和被捆着手的夕树舞子。

方逸舟迎了上去，向二人打了个招呼，转头望了望舞子，见她手被绳索捆着，一脸的忧戚和恐惧。耿剑青把她带进了一个放工具的房间，关了起来。

方逸舟向大副挥了下手，示意开船，船继续开进了。

江上无风，波平浪静，水文船航行得极为顺利。

江面一切如常。

此刻，方逸舟正用望远镜警惕地观察着江面，江雄风和大副与他并肩而立，手里也都握着一柄望远镜。

“一艘快艇！”大副惊叫一声。

方逸舟已经从望远镜中看见了那艘挂着太阳旗的快艇，正高速驶来。

他低头看看腕上的夜光表，指针正指着 11 点差 5 分的位置上。

“日本人真准时啊。”方逸舟和江雄风交换了一下会意的眼光。

“方先生，你们……你们不会打打打……打起来吧？”大副显然有些担心地问。

“不会的，放心吧，富勒先生。”方逸舟笑着用英语说道：“如果万一日本人不守信誉，先开了枪，那我们也许会小小地回敬他们一下，如果你怕的话，可以躲到底舱去，我们干一票就走，到时候，你把船开回去就行了。”

江雄风补充道：“是的，富勒先生，如果事后没有追查就最好了，万一有人追查，你就说船被贼人偷走了，跟你一点关系也没有。”

“好好好……好吧，”大副咽着口水，战战兢兢地说，“那，我我我……我还是现在就到到到……到底舱去吧。”说完，头也不回就跑出驾驶室。

江雄风摇摇头哂笑一声：“这些英国佬啊，都是怕死鬼。”

快艇已经接近水文船了，但它并不靠过来，而是绕着水文船转开了圈子。

转了一圈，又一圈，艇上没有站人，几个日本兵都在驾驶室里藏着，快艇转了四五圈后，突然一个调头，向远处开走了。

“他妈的，小鬼子想搞什么名堂？”方逸舟不解地望着远去的快艇。

“不管它，以不变应万变。”江雄风冷静地道。

“可能是侦察船。”耿剑青道。

果不其然，不一会儿，另一条快艇靠了过来，这次高桥站在船头，左手插腰，右手按着军刀，一束强力探照灯光束从他身边射出，直刺水文船上。

高桥高喊道：“谁是江先生，请他出来讲话！”

江雄风走下驾驶室，站到水文船船头，低头望向快艇，礼貌地说：“您就是高桥大佐吗，久仰久仰！我们应该说是老朋友了，今天相见，也应该是一场幸会呀。”

“老朋友？我们是老朋友？”高桥忍不住放声大笑：“哈哈哈哈，哈哈哈哈，江先生，我很欣赏你的幽默，更佩服你的胆量，你的人前赴后继，狗胆包天，把我的大桥当作一顿美味的大餐，不自量力地袭击我、轰炸我、攻打我，可惜呀，你们从一开始就犯了不可饶恕的错误，屡战屡败，屡败屡战，死不认输，直至死光最后一个人，这种精神，的确少见，所以我敬佩你！我高桥从来只敬佩真正的英雄，而你，就是这样一个永不认输的英雄。”

江雄风潇洒一笑道：“认输？放你的狗臭屁吧，我们中国人的字典里，从没有这两个字，况且谁输谁赢，还没最后决出高下。别看你的大桥还立在那里，好像没有人能动得了它一根毫毛，但我明白告诉你，你的狗屎运走到头啦，你的桥被炸掉只是时间问题，它必定要被中国人民的抗日烈火烧光烧尽，你们这群侵略者，也必定会被中国人民赶回老家去。你们如果胆敢赖着不走，就把你们彻底、全部消灭干净，一个也不留！”

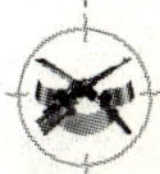

“哈哈哈哈，我原以为只有日本人里才有狂妄之徒，没想到中国人里也有，喊两句口号，说两句大话，吹几句牛皮，就能吓倒我了，就能炸掉我的大桥啦？做你的美梦去吧！你们中国人，永远是我的手下败将，不信就走着瞧！事实胜于雄辩，狂言只属妄想！你们一个劲地炸呀，炸呀，炸呀，你们有多少炸弹，有多少本事就来吧，看看谁是真正的强者，谁是最后的胜利者！”

高桥激动地挥动着两个拳头，上下摆动着，脸上露出胜利者的笑容。

“好啦，高桥先生，废话我就不想说，过去我们之间只用子弹和炸药说话，今天我们换一种方式，以一种和平的方式，想不想见一下你的心上人哪？”江雄风问道。

“我当然要见她，请告诉我，我的夕树舞子在哪里，你们把她怎么样了？”高桥已经急不可耐地伸出了双手，仰起头，眼巴巴地望着大船船头。

“她很好，我们一直对她很优待，就像其他日本战俘一样，她也很想见到你，但是很遗憾，你只有上到我们的船上来，才能见到她。”江雄风向下高喊道。

“你们为什么要让我上去，就让我在船边看她一眼吧，只看一眼。”

“不行，你要见她，只有上来，其他免谈。”

“你们……你们是一群不可理喻的暴徒，一群骗子！一群浑蛋！”高桥气急败坏地叫骂着。

“哈哈哈哈，高桥呀高桥，拿出点勇气来，拿出点武士道的精神来，又不是让你去死，你怕什么？不过是让你上船来，情人相会嘛，没有胆量可不行，难道你真的不想见一见你朝思暮想的心上人吗？”

高桥低头深思片刻，猛地抬头道：“好，我上！你们要遵守诺言，不能向我开枪！”

“哦，绝不开枪，绝不开枪！”江雄风信誓旦旦地保证道。

方逸舟放下了那道长长的绳梯，高桥沿着绳梯向上攀来。

不一会儿，高桥攀上了甲板，拔出腰后的手枪，拉开了枪栓，举枪对着江雄风和方逸舟。当他看见二人手里并没有武器，才稍显放心。

耿剑青押着舞子从房间里来到甲板上，一对恋人终于见面了。

“舞子！”

“高桥！”

二人向对方扑去，紧紧地搂在一起，放声大哭。哭了好一阵，二人停住了哭声，高桥突然回头，拉起舞子就要往船边的绳梯方向跑。

江雄风一个箭步挡住了高桥，“哼哼，高桥先生，想跑，没那么容易，既来之，则安之嘛。”

“你们想干什么?!”高桥把舞子挡在自己身后，惊慌地问。

“哼哼，干什么，这还用说吗? 来呀，给我拿下!”方逸舟和几个队员迅猛地扑向高桥，两个队员已经扭住了高桥的左右臂，方逸舟把手铐向他的手腕卡去。

“嗨!”一声怒吼，高桥两臂一振，两个队员飞了起来，重重地摔倒在地，高桥拔出手枪就要击发。

江雄风眼明手快，飞起一脚，踢飞了高桥的手枪，回身大吼一声，“开船，快开船!”

方逸舟急忙向驾驶室跑去。

高桥与江雄风和四个队员打斗在一起，五个人把高桥围在中间，混战一场，一时打得难分难解。

方逸舟从驾驶室探出头高喊道：“耿剑青，快把舞子押回到舱里去!”

耿剑青推着舞子向舱里退去，但舞子泪流满面，声嘶力竭地哭喊着。

水文船启动了，快艇上的日本士兵一看情形不对，几个士兵立即向天空鸣枪示警。

高桥施展着自己一流的柔道功夫，频频出手，接连几拳打得队员们难以招架，纷纷倒地。江雄风一看势头不好，一个低头弯腰，飞起扫堂腿将高桥扫倒，接着扑了上去，他知道，不能拖延时间，必须尽快降伏住高桥，不然，江面上的敌人快艇会越来越多，形势会对我方越来越不利。

“咚”，一颗炮弹落在水文船旁边，击起了冲天的水柱。

“哪里打炮?”方逸舟举起望远镜向江面张望，从镜头中，他看见两条快艇和一艘炮艇正高速向水文船扑来。

“小心敌人炮艇!”方逸舟高喊，他话音刚落，“轰隆”一声，一颗炮弹在后甲板上爆炸了。“哗啦啦”，驾驶室上的玻璃窗全被打碎了，玻璃碎片撒了一地。

前甲板上，高桥此刻正被江雄风压在身下，只见他猛的一掌，击向江雄风的面门，江雄风向后一避，高桥趁势一个鲤鱼打挺，翻身而起，江雄风一个黑虎掏心，从下三路猛攻，高桥收起腿，一脚踹来，正踢在江雄风的下体，他身体不支，向后便倒。

生死攸关，刻不容缓，高桥运足全身力气，挥起右拳，以断石开碑之势砸了下来，江雄风一个就地十八滚，躲开了致命的一击。

方逸舟一看不妙，从驾驶室里冲出，举着一柄铁斧，劈头照高桥砍来，高桥一个侧闪，让过方逸舟的铁斧，再起一脚，踢飞了方逸舟的铁斧，接着一个二踢脚，踢中方逸舟的胸部，方逸舟趔趄了一下，给了高桥一个喘息之机。

二人正在对峙，快艇上的机枪开火了，密集的弹雨向大船前甲板扑来，打在钢板上，弹出点点火星，发出“当当当当”的响声。

“咚咚，咚咚！”又是几颗炮弹打在水文船附近，击起了很高的水柱。

两条日军快艇速度很快，已经快要逼近大船了。

“机枪！对准快艇，给我狠狠地打！”方逸舟厉声下令，一面用手枪频频向快艇上的日军射击。

“哒哒哒哒，哒哒哒哒！”大船上的两挺机枪和三支冲锋枪一起开火了，密集的火力封锁住了江面，使敌人的快艇不敢靠近，只在江面上盘旋和绕圈。

高桥刚要扑来，一个队员拔出手枪，抡枪要打，高桥眼明手快，一个飞脚，踢飞了手枪，接着一个鱼跃，扑身甲板上，借势一滑，捡起了那把手枪，对准江雄风的前胸扣动了扳机。

“闪开！”方逸舟一个前扑，大吼一声，扑倒了江雄风。

“当”的一枪，子弹擦着江雄风的脸呼啸而过。

方逸舟连续两个翻滚，在翻滚中拔出手枪，对着高桥的手腕就是一枪。“当”的一声，击中了高桥的右腕，高桥痛得大叫一声，扔掉了手枪，手上顿时血流如注。

“抓住他，快！”江雄风向手下人高喊。四个队员从地上爬起来，紧紧把受伤了高桥围在中心。

高桥见对方人多势众，形势对自己不利，躬身向后倒退，退着退着，退到了船弦边上，他急中生智，好像要向左边移动，但他一个虚晃，飞身跃起，跃入空中，向后一个筋斗，身体已离开了船体。

江雄风追到船边，一伸手没拉住，只见高桥向下直直坠入江心。

队员们追到船边，向着高桥入水的地方连连射击，子弹打在江面上，击起阵阵浪花。

“哒哒哒哒”，江面上几只日军快艇上的机枪连珠炮般响起，打在船弦上，有两个队员被击中胸部负伤，一名队员中弹牺牲。

方逸舟一枪撂翻了快艇上的一名日军机枪手，又一枪打哑了另一挺机枪。

江雄风正频频向江中射击，方逸舟匍匐着接近江雄风道："敌人火力太猛啦，等一下还会有增援，我们撤吧。"

"咳，真可惜，只差一步，叫他跑了！"

"咚咚！"又有两颗炮弹落在前甲板上，形势已越来越危急。

江雄风下令道："加大马力，全力撤退！"

方逸舟："好，撤！"

水文船加大了马力，高速驶离现场。

日军的快艇和炮艇并不追赶，只是远远地放枪放炮。

漆黑的江面上，露出了一个小黑点，那小黑点沉了下去，一会儿又冒了上来，几束探照灯光锁定了黑点，几条快艇高速靠了上去。

第二十四章

教堂鏖战

“老秒神枪”根本不是人，而是一个传奇，他枪法极准，弹弹爆头穿心，一击必杀，是皇军的梦魇。没想到这个人竟然从一个狙击手，变成了大桥的掘墓人。

高桥被冲上来的快艇救起，捡回了一条命。

那条英国水文船狼狈地逃窜了，带走了他的舞子，也带走了他的灵魂和希望。

沮丧、懊悔和愤怒几天来一直啃噬着他的心，高桥的右手手腕处被昨天那颗子弹擦破了皮，好在没有伤到骨头，简单清创、缝合、包扎一下就可以了，不然，他就得在医院里躺上一阵子了。

这让他非常窝火，也非常后怕，那个脸上带疤的人出枪速度简直快得出奇，如果不是他那一枪，那个姓江的早就做了他高桥的枪下之鬼了，没有人能在这么近的距离上逃得过他致命的一击。

闪电枪击？那个人究竟是谁？

他会不会和狙击野岛大佐的就是同一个人？很有可能，而且非常可能。高桥还听说，前几天，特高课的8个特工健将，在一个废旧钢铁厂房里追捕一个新四军的便衣，但后来却被这个便衣枪手全部干掉了，一个也没活着逃出来。这个人很可能就是他，就是那个新四军中有名的“老秒神枪”，那个日军的梦魇、帝国部队的丧门星。据说已经有200多个帝国将领和士兵做了他的枪下亡魂，而且这个记录还在不断攀升。这个“老秒神枪”根本就不是人，而是一个传奇，他枪法极准，弹弹爆头穿心，一击必杀，创造了一个又一个

狙击神话。前线的日军部队一听他的名号，心理都会崩溃，没想到这个人竟然出现在这里，从一个狙击手变成大桥的掘墓人。

高桥觉得后脊梁丝丝地直冒凉气，这个可怕对手的出现，就是自己的悲剧，是自己守桥的最大障碍、最大危险，稍有不慎，自己就会被这个疤脸汉送下地狱，去尝尝刀山剑树、滚油汤锅的滋味。这个狙击手还有理由继续活着吗？不，绝不可以，必须来一次决战！一场决出胜负的决斗，为皇军清除这个心腹大患，扫除这个人间煞星，为帝国创造新的神话。

可一场决战，他靠谁？对付一个狙击高手，最有效的办法当然是找同类人。值得欣慰的是，有多少日军的狙击手都以干掉“老秒神枪”为最高荣耀，都以亲手击毙“老秒”为自己人生最崇高的目标。而他的手下，正好就有四个这样的狙击高手。

首先是那个方脸平头、长着一双眼角上翘的狐眼的铃木晓雄，一个真正的狙击骁将。铃木晓雄生长于北海道一个猎人的家庭，少年时代就跟随父辈进山狩猎，15 岁时就已经是当地闻名的神枪手了。四年前，他被军方选派前往德国进行军事学习，主课是军事战略学和军事谍报课。但有着精明头脑的铃木却在第三年选择了德军最主要的狙击手训练基地——图普塞塔乐艾普狙击学校，进行了两年的狙击学习。在那里，他有幸聆听了德军著名王牌狙击手的课程，并与这些高手进行了全面的切磋和交流。这个有着聪明头脑和坚强意志的日本小子，得到了几个德军王牌狙击手的认同和青睐。那个来自山地部队的马蒂亚斯·海岑诺尔是德军中最著名的王牌狙击手，他的狙击纪录是射杀 385 名苏军将士，他曾拍着铃木晓雄的肩膀说：“日后亚洲的日本军队中，要想有真正的狙击手，就要靠你的努力了，去创建一支狙击部队吧，不要轻视狙击、看不起狙击，告诉那些崇尚武士道精神的日本军队指挥官，一名真正的狙击手，不仅仅只是躲在暗处打冷枪的杀手，他的作用往往比一支正规军还要强大，他对敌人精神上、心理上的打击力、震慑力、瓦解力，胜过物质上和肉体上的打击许多倍。”

铃木受到鼓舞，学成归国后一心想要雄心勃勃地在亚洲战场上建立他的卓越功勋，但没想到的是，他创建的第一支狙击部队的建议在军部受到了冷落甚至是嘲笑。大多数人不看好狙击作战，理由是，狙击作战只是正规作战的附属和补充，并不一定必要，而真正的军人是在冲锋陷阵、浴血奋战中建立功勋的，靠打冷枪和打黑枪，不是英雄本色和正当作为。

这个学成归来的狙击高手竟然未得到日本军方的任何重视，甚至都没有

给他一个一展长才和过人神技的机会。

可“老秒神枪”的出现，震撼了日本军界，有些聪明的军事理论家开始反思狙击作战的意义和作用，应该创建日军自己狙击手的理论被提了出来。二战中，只有苏军和德军中才有正规的狙击手，而今，日本军队中也应该有，不然就会处处挨打、处处被动。这个来自于北海道的猎人已经敏锐地嗅出了机会降临的味道，这是一种令人兴奋、激情澎湃的感觉。

随着“老秒神枪”战果的不断扩大，日军组建狙击部队的步伐加快了。去年年底，支那方面军司令部就组建了一支由铃木晓雄担任队长的狙击分队，有24名队员被从各个部队的神枪手中选了出来，铃木作为队长，带着这支队伍先进行了三个月的封闭训练，主要是狙击和伪装训练，接着，就上了华东前线，在第9师团、第6师团、第22师团、第58师团所属各部队进行实战锻炼。这24名狙击手在不到一个月的时间里，居然击毙了1800多名国军士兵，一个月消灭了18个连哪，这让日军高层看到了狙击战的强大威力和辉煌前景。

铃木有三个最优秀的学生，他们是山本骏、大原正男和东通弘。这三个人在参军前就是民间各地射击比赛上的冠、亚军选手。参军后更是进步神速，屡立战功，现在，又得到铃木最严格、最正规的调教和训练，如今更是枪法神准，射艺精湛，都已经从神枪手变成了狙击人。

而今，这四个人正在自己的麾下，负责保护大桥的安全，是师团长冲山元经过多方申请，报请方面军冈村宁次将军特批的。自从他们来了之后，击毙和击伤了20余名妄图接近和偷袭大桥的匪徒，取得了不菲的成绩，在大桥遭到袭击的关键时刻，他们从侧后方实施火力夹击，每次都给来犯者致命的打击。

现在，决战的时刻到来了，他们可以大展抱负，一逞雄风，实现击毙宿敌“老秒神枪”的愿望了，这对他们来说，无疑是一剂强心剂。

哼，你们给我布圈套、施骗局、抛诱饵，好哇，这回我给你们布下一个人质陷阱，一个反包围的圈套，看看谁怕谁，看看谁才是最终的胜利者。高桥挥笔写下另一封信，派中佐中村送到了蒋会长的安徽同乡会馆。

蒋会长连夜把信送到了货栈码头上江雄风的手里。

此时江雄风、方逸舟、耿剑青三人正在开会，突然接到这样一封信，三人又惊又喜，急忙展开信，只见上面写道：

“江先生：本来这个接信人不该是你了，但船上一战，关键时刻那个神枪手击伤了我，让你从我的枪口下捡回了一条命，所以这封信，还不得不写给你。真是对不起得很哪，江先生，我还活着，有声有色地活着，我的命硬得就跟我的桥一样，钢筋铁骨，坚不可摧，永远是你们的梦魇。这是一个我们两人都不愿意看见的局面，那么好吧，就让我们进行一场决定胜负的决斗吧，是到了该算总账的时候了！如果你们吓破了胆，就叫你们那个‘老秒神枪’躲起来吧，像乌龟一样把头缩进壳中，我的四个日军第一流的狙击高手正在等待着给他送葬，正准备用子弹向他致敬，为死在他枪口下的两百余名日军将士报仇雪恨。我们将在后天晚上9点整，在杭州基督教会崇一堂恭候阁下大驾光临。顺便说一句，如果你们想和平解决，那更好，请把我的舞子带来并交还给我，新仇旧恨一笔勾销，让我们共同书写中日友谊的新篇章。高桥一郎上。即日。”

方逸舟看完了信，哂笑一声道：“狂妄透顶，无耻至极，这个高桥，真是活腻歪了，迟早有一天要被我干掉！”

“高桥在叫板了，”江雄风道，“我们一定要给他一个迎头痛击，这次是个大好机会，我们一定要好好利用一下。”

“妈的，日本人都是一个吊样，你不把他打得跪下来求饶，他就永远不会认输。”耿剑青愤然道：“你4个狙击手有什么吊用，以为我们就怕了，你再来40个狙击手，也一样会被我们的‘老秒’消灭干净。”

江雄风道：“对付狙击手，一定要用狙击枪，可‘老秒’，你的枪呢？”

“我的枪？”方逸舟的眼光顿时黯淡了下去，“我的枪啊，叫团长给没收了，咳，都怨我，死不认错，其实当时写个检查，也就什么事儿都没了，枪也会回来的。”

“犟脾气，和我一个熊样。”江雄风不无埋怨地说道。

耿剑青笑道：“老方，我有一个办法，可以要回你的枪。”

方逸舟闻言惊喜抬头，“什么办法？”

耿剑青道：“我今天刚好要回队伍上去，把3个伤员带回去，另外再带回几个生力军过来，你给鲁团长写个检查，我代你交给他，说不定他一高兴，枪就还给你了呢。”

“哎，对对对，老耿啊，真有你的，我马上写检查，马上写。”

很快，方逸舟的检查就写好了，同时，他还在检查里特别把这次劫持高

桥，还有和日军狙击手对阵的情况写了进去，耿剑青揣着信，带着伤员走了。

三天后，耿剑青回来了，不但带来了10个人，还带回了他的那支叫“扎伊采夫”的狙击步枪，同时带来的还有一份给方逸舟的“处分通知书”。

耿剑青煞有介事地告诉他，鲁团长托他转告“老秒神枪”一句话，只有三个字的一句话。

“啊，又是三个字，我的妈呀，这下完啦。”方逸舟估计自己可能被队伍上给开除了，紧张地问：“老耿，行行好，告诉我，老鲁说了三个什么字呀?”

“三个要命的字啊，自己猜猜吧。”耿剑青冷眼斜觑着他。

“猜猜? 三个字不是吗? 是不是‘炒—鱿—鱼’?”

“不对，再猜。”老耿有些想笑，但还是忍住了。

“判—死—刑?”

“不对，再猜。”

方逸舟腆着脸搬着手指道：“回—来—再—收—拾—他? 不对，这是六个字呀。”

耿剑青实在憋不住笑了出来，“告诉你吧，鲁头儿的三个字是‘好好干’哪。”

这让方逸舟喜出望外，他在那份通知书上亲了一口，又在他的“扎伊采夫”上狠狠地亲了一大口，接着就把枪赶紧拆开，做了全面的清洗和养护。

看见方逸舟这劲头，江雄风知道他一定准备迎战那四个日军狙击手了，但他多少还是有些担心，高桥的邀请，明摆是个陷阱，难道他们真的要往里跳?

但不跳能行吗? 不入虎穴，焉得虎子，他们如果不很好地利用这最后一次机会，劫持高桥就成了一句空话，炸桥也将变得虚无缥缈、遥不可及了。

这时，冷丽苹走进了货栈码头的密室中，她是昨天接到江雄风的通知赶来的。她先看了看高桥的信，沉默了片刻道：“老江，我知道你们担心何在，是不是正顾虑劫持了高桥之后，不好撤离?”

“是的，”江雄风道，“崇一堂就在市中心，四面都有日军部队，可以说是真正的四战之地，我们即使成功地劫持了高桥，日军把我们一包围，我们又没有直升飞机，一个也跑不掉啊。”

“我有一个办法，可以调虎离山。”

“什么办法?”江雄风、方逸舟、耿剑青一听围了上来。

“我们现在一共有多少人？”冷丽苹问。

江雄风道：“我这边 11 个，老耿那边也是 11 个，再加上老方、老耿我们 3 个，一共是 25 个人。”

“这就够了。”冷丽苹胸有成竹地说：“你们说，敌人的医院、仓库、车站最怕什么？最怕失火啊，如果我们把 20 个人分成四个放火小分队，在杭州城四个角上各放一把火，会是个什么局面？”

“火烧杭州城，好计策！”江雄风激动地指着地图说：“你们看，城西南角是日本陆军医院，在这里来上一把火；城东北角有一仓库，堆的是军用物资和粮食，在这里放上一把火；城南是车站，这里再烧一把火，人越多的地方烧起来影响就越大；还有这里，北面是个油库，给他送上一把火引子，说不定还会引起爆炸呢！”

“这就叫全面开花、中心突破嘛！”耿剑青补充道。

“对，只有全面开花，四处起火，才能打乱日军的阵脚，让他顾东就顾不了西，救北就救不了南，而且，放火的时间与我们动手的时间要同步，都在 9 点整开始，这时候，我们中心突破，动作要快，就该你方逸舟的神枪大展神威了。”江雄风望着方逸舟说道。

“要消灭那几个狙击手，你看得多长时间？”耿剑青问。

方逸舟用油布擦着手道：“四个人，最多半小时吧，问题是劫持了高桥之后怎么安全撤离？消灭敌人对我们狙击手来说，只能算完成了任务的一半，另一半是安全撤离，才算圆满完成任务。”

“用汽车显然很不安全，你们看这儿。”江雄风指着地图道：“这里有一条地下管道，是城市排污系统的主管道，离教堂只有两公里，我怎么知道的呢，有一次，我们追捕两名中共地下党，对不起，老方、老耿，你们别介意呀，他们居然顺着管道一直往里爬，我当时以为这回一定会抓活的呢，可没想到，这管道直通钱塘江，最后叫他们给溜掉了。”

方逸舟哼笑一声，讥讽道：“老江啊老江，你真是一条军统的老姜，怎么尽干这种傻事啊，不是打枪打偏了，就是枪口下人溜掉，再不就是追人追丢了，丢不丢人？”

“去去去，你少来，等你明天晚上消灭不了那四个狙击高手，再和你算账。”江雄风打了他一拳道。

冷丽苹道：“这条路线可以。等你们劫持了高桥后，老赵带人带车在这个路口接应，你们上了车要迅速离开现场，摆脱包围圈，到这里下车，钻入下

水管道，潜行5公里，一直到这里再上来，然后我带两辆车和一些日本兵的军服在这里接应你们。”

“很好，就这么办，大家分头准备吧。”江雄风下令道。

基督教崇一堂。

崇一堂是一座什么样的教堂呢？江雄风没有进去过，方逸舟和耿剑青也一点不了解，他们找来了蒋会长，向他作了详细的了解。

原来，崇一堂迄今已有70余年的历史了，位于杭州市上城区清泰街77号，属于基督教中国内地会。崇一堂及周围的土地有22．471亩，是杭州城的一座占地面积最大的西式教堂。

崇一堂的历史可以追溯到1866年11月由英国内地会创办人戴德生牧师从上海来杭。他通过丘先生在新巷一号找到了一处有30个房间的大屋，用合理的价格租下来并设立了杭州总部，于1867年2月开设了一间医疗诊所。因信徒日渐增多，于1867年7月开始了建堂工作，并立王南正为牧师，担任传教工作。1901年又在清泰街购入土地一块。1902年崇一堂建成后，曾向英国内地会宣告脱离关系并定名为中国内地会崇一堂教会，并向邻近外县拓展。1935年，成立了中华基督教浙江内地会崇一堂教会委员会管理教会事务，并设崇一小学。抗战期间，被日寇强占作为仓库，会务停顿后又恢复会务和传教、讲经、布道等活动。

教堂采用中心角度，半径为53米的扇形平面，用大跨度钢架悬挑楼座，二楼和三楼有几根柱子和连廊。中间大厅宏大开阔，天棚镶着五彩的玻璃，顶楼上面有一个巨大的钟楼。

教堂内部装饰风格中西合璧，富丽堂皇，讲台两边柱子上有一幅对联，据说是冯玉祥部下张之江将军所作，词为“感谢耶和华恩赐生命水，讴歌弥赛亚声动浙江潮”。张之江是一名基督教徒，经常自费购买圣经并在书上写上“此乃天下之大经也”送给他人。

教堂的夜，神秘，宁静，肃穆。

月色融融，清风徐徐，一幢幢高楼和一家家仓库货栈都在月光中投下靛青色的暗影，露出又长又黑的建筑轮廓。

整座城市已进入梦乡，四周没有一星灯火。

在银灰色天幕的映衬下，这座典型的西式建筑外表壮严，高高的塔尖，灰色的塔楼，上面高悬着巨大的十字架，四周是土黄色的围墙，仿佛一切都蒙上了一层浓重的神秘色彩。

子夜时分，一条黑影闪过，出现在教堂后围墙边，黑影一纵身窜上墙头，四下机警地观察了一下，翻过墙头，进入了院子。

一条青石板路弯弯曲曲直通教堂的正门。

黑影没有走石板路，而是穿过一片长满稻草的空地，动作像狸猫般轻盈敏捷，脚步如风，一点声音也没有。

教堂的正门紧紧关闭，门上有一个电灯泡，此刻正发出昏暗的幽光。

黑影绕过正门，沿着漆黑的过道来到后墙下，蹲在墙角的暗影里一动不动。

远处有脚步声传来，“咔咔咔咔”地响起，黑影判断出是那种翻毛皮鞋踩在青石板上的声音。不一会儿，两个背枪的日本士兵从围墙后面走了出来，向着黑影隐蔽地方走来。

黑影穿着夜行衣，全身漆黑，只露出两只精芒四射的眼睛，他静静地匍匐在院墙下的草丛中，屏住了呼吸。

日本巡逻士兵站住了，其中一个掏出一支烟递给了对方一支，自己也叨了一支，用火柴划着火，二人点着香烟，用日本话叽哩呱啦交谈起来。

大约过了十几分钟，两个日本兵看看四周没有可疑迹象，便向另一个方向慢慢走去。

黑影悄悄起身，来到教堂后墙根下，掏出一根头上带挠钩的绳子，使劲向上一抛，钩子钩住了墙头，黑影抓住绳子，攀了上去。

黑影动作利索地攀上墙顶，收起绳子，沿着墙头来到另一段后墙，这里有一段矮墙，上面有一个圆形的窗户，上面的玻璃都是五彩的。

翻过圆形的窗户，黑影钻了进去，沿着里面的台阶往上走了三层，黑影发现自己来到了顶层的钟楼上。

黑影纵身一跃，轻轻落地，突然“扑棱棱”一阵拍打翅膀的声音传来，几只鸽子被惊飞了。

黑影呆了一会儿，钟楼里的景物渐渐清晰起来。他看见中间有一个巨大的轮机，上面都是钢铁的齿轮、绞架和铁链子，那个装置的中心是一个可以摇摆的大铜钟。铜钟周边地上，杂七杂八地堆着一些大大小小的木箱子，有的摆在地上，有的层层摞起，还有很多废旧家具、油画架子、装修材料和其他杂物，地上还有很多彩色玻璃碎片。

黑影松了口气，把脸上的面罩拉下，露出方逸舟那张棱角分明的脸。

方逸舟抬腕看了看夜光表，时间是11点半，这个时间刚好，他还可以好好地睡上一觉，以逸待劳。看样子，今天一个白天他都要在上面度过了，他的野战背包里早已准备了干粮和足够的水。

方逸舟爬到一堆箱子的最上头，找了块平地躺了下来。这个位置非常有利，可以居高临下，一杆枪就可以封锁整个塔楼。

他不知道那几个日本狙击手会不会像他一样，提前埋伏在现场，以抢占先机，避免被动？

也许他们已经来了？只是自己还没有发现他们的鬼影？日本人的行事风格他十分清楚，一旦认准目标，不达目的，绝不罢休，而且心思极其缜密，做事井井有条、纹丝不乱。更不要说这是几个训练有素的狙击高手，几个凶残歹毒、充满复仇心的杀手，他们怎么会忽略这个呢。

不行，绝不能大意。

为了安全起见，为了确保今天行动的成功，我应该把这个地方仔仔细细地搜一遍。

想到这儿，方逸舟拿过狙击枪，解开枪身上缠着的麻布，举起枪瞄了瞄，把枪靠箱子立着，再盖上一块厚绸布，然后掏出腰上的美式左轮，轻轻拉开枪栓，顶上了火。

他握着手枪，从箱子上下到了平地上。

钟楼很大，方逸舟足足花了半个小时，才把整个塔楼犄角旮旯仔仔细细地搜了一遍，什么可疑之处也没有发现，这下他放心多了。

虽然没有灯光，他的高效电筒也不敢用，但今夜月光熹微，透过天窗有一片银白色的光影映在窗上，但整个塔楼却仍是漆黑一片。

几个可疑之处被他一一排除，他可以利用这个空档放心地小睡一会了。

第二天上午10时整。

“当……当……当……当！”浑厚悠长的教堂钟声长鸣，震撼着大地，震撼着杭州城，崇一堂的礼拜开始了。教徒们正虔诚肃立，双手合十，有许多人在胸前不断地划着十字，祈祷上帝保佑，并饶恕自己的罪过。

牧师正在台上布道，底下信众坐在座椅上，约有数百人，男女老少都有，人人正襟危坐，静静聆听。

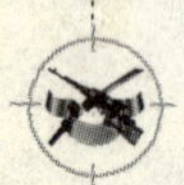

傍晚7时，大街上，一辆日军警备车驶过，车后扬起漫天尘土。

高桥一身戎装，眼光灼灼地盯着坐在后座的四个狙击手。只见他们人人手里都抱着一只捆得像柴禾似的狙击枪，全包着麻袋片，他们全换上了中国老百姓的衣服，有的戴着破毡帽，有的竟装扮得像个乞丐。

高桥点点头道："嗯，很好，知道怎么行动了吗？铃木君？"

"知道，大佐先生。"铃木狂傲一笑道："你看，"说着，他把一张教堂平面图摊开，指着图道，"教堂的结构是三层裙楼加一个塔楼，中厅最上面是钟楼，也是塔楼的楼顶，这里，我让山本骏去控制，因为钟楼是个制高点，所以，我派最强的人上去，如果那个'老秒'正在上面的话，山本足以对付他。只要枪一响，大原正男要立刻上去支援山本骏。相信他逃不过你们二人的致命绝杀。

"守三楼的是东通弘，他就守在楼梯口附近，一有动静就立刻开枪，如果'老秒'赢了你们两人，他会下来的，这时候，你就藏在拐角处，对他进行偷袭，记住，要一枪毙命，绝不要留给他喘息之机。

"我负责整个二楼，我会尽可能地隐蔽待敌。还有，根据我前天的考察，发现天花板上的玻璃上面是个隐蔽攻击的好地方。这里，全是彩色玻璃，可以承重，如有必要我就藏到上面去，只要不动，谁也发现不了我，等他正好走到我的下方，我会从他头顶上开枪，如果打得好，说不定子弹会从他的屁眼儿穿出来呢。"

三人听了这句话，全笑了起来。

高桥满意地笑了："很好，计划很周密，我深信铃木君的战场直觉，我等着大日本皇军狙击部队的第一击，你们一定要用胜利的枪声向我报捷。要记住，我今天是来作人质的，我高桥一郎的命就交给你们了，你们不要辜负我的一片至诚，大日本皇军这座桥的命运，全仰仗诸位的神枪啦！拜托啦！"

铃木道："大佐，有我们在，你今天就不用出场了吧。"

"不，我一定要出场！"

高桥露出坚毅的神情道："这场戏，缺了主角就没法唱了，那样的话，我的舞子就没有希望了，歹徒们很可能会杀掉她，用以泄愤，那对于我来说，就生不如死了。没有舞子，我活着还有什么意义？一个堂堂日军大佐，连自己最心爱的女人都保护不了，我还有什么脸面见人？我就不配做一个英勇的男子汉，再也没有面目雄立于天地之间了。"

高桥顿了顿，盯着几人的眼睛道："所以，我不仅要出场，还要不带任何

武器地出场去做一个人质，歹徒们以为我轻易就范了，一定会丧失警惕，你们就要尽快下手，把那个狗屁‘老秒’送下地狱，然后我们一个反包围，叫他们一个也跑不掉!”

“我有一个问题。”山本骏说道。

“什么问题，你说。”高桥回望着他。

“他们没有回信是不是一定要来，如果他们怕了，不来了，我们怎么办?”

一抹阴笑掠过高桥的嘴角，“哼，这个世界上，傻瓜都最聪明，他们能放过最后一个抓我的机会吗? 不会的，是大鱼总会咬钩的，可惜他们聪明玩过了头，以为这次一定会钓到大鱼，岂不知，真正的高手惯于玩逆反，钓鱼人反被钓，掘墓者变成殉葬人。好了，快到崇一堂了，到时候你们先别进去，等到8点，天全黑了再行动。”

“哈依。”四人一起道。

夜幕降临了，崇一堂前一片寂静。

决定命运的时刻终于到来。

8点整，警备车的车门无声地划开了，四条黑影从车上窜了下来，一闪身，钻进了夜幕之中。

四个人提着枪，很快来到了教堂下面，里面有人打开了门，四人闪身进了门。

铃木一走进教堂，就感到有一股咄咄逼人的杀气迎面而来，战场直觉告诉他，那个“老秒神枪”已经来了，而且就潜伏在暗处窥伺着他们。多年的战场历炼和自小在山林里打猎的经验，使他敏锐地感觉到有一种莫名的威胁和无形的压力正向他隐隐袭来，这是真正经历过残酷战争的人特有的直觉，但他告诫自己，必须迎难而上，直面死神，置之死地而后生。他向三人挥了下手，示意三人各自散开，立即开始行动。

山本骏顺着教堂里面的楼梯摸上了二楼，看看四周没有动静，又顺着二楼楼梯摸上了三楼。

三楼里漆黑一片，一点动静也没有。他四处搜索了一会儿，找到了那扇通往钟楼的小门。

小门虚掩着，用手一推就开了，山本骏没有马上进去，而是先让眼睛适应了一下黑暗，竖起了耳朵，这才鬼鬼祟祟、小心翼翼地向钟楼摸了进去。

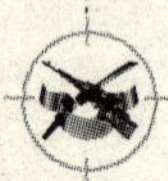

一步，两步，三步，倏然间“扑啦啦”一阵翅膀扇动的声音传来，把他

吓了一大跳，他定睛一看，原来是一大群野鸽子被惊飞了。

山本胆战心惊地挪了几十步，终于来到了钟楼上，但上面漆黑一片，一点光亮都没有，显得一片死寂。

黑暗中发出一种不祥的味道，第六感告诉他，这里有人，那个“老秒”肯定已先他一步藏身在某个阴暗的角落里，就等他来送死了。

“当啷啷”，他的脚踩到了一个空罐头盒，发出一阵要命的响声。

山本立刻就地卧倒，接连打了两个滚，藏身于一个木箱子后面。

没有声音，没有人影，没有枪声，什么也没有发生。

山本不敢动，趴在地上，连鼻息都不敢大声，只能张着嘴呼吸。

一阵酸腐的恶臭混合着人的屎尿骚味向他的鼻子里一个劲儿地钻，搞得他直想呕吐。

山本抬起头，忽然发现离他不远处的上方，有一个圆形的天窗，正把一丝淡淡的月光洒了进来。而他的狙击枪正指向前方，正对着窗口的方向。

“不好！有反光。”山本心里发出一声绝望的呼声。

他刚想翻身，对面 50 米开外一个木箱子后面闪出一团火光，一切都晚了，随着“当”的一声沉闷的枪响，一颗子弹钻进了他的前额，掀开了天灵盖，他离开世界的最后一个念头是：月光?

“这个蠢货，连狙击镜会反射月光都不懂，还当什么狙击手啊。”方逸舟心里发出一阵诅咒，恨恨地骂道。

黑夜里，这一声枪响传得很远，楼下的铃木和三楼的大原正男都听见了。

铃木小声叫道：“大原，大原，你过来。”

大原听见铃木的叫声，从天花板上下来，爬到铃木面前。

铃木指了指上面道：“你，上去看看，看看是不是山本已经得手了? 万一山本君已经殉难，你，一定要把‘老秒’干掉，干不掉他，你就不要下来，听见了吗?”

“听见了，放心，我一定完成任务。”大原信誓旦旦地回答。

大原十分狡猾，他没有从楼梯上钟楼，而是顺着外墙的下水管道攀爬了上去，铃木目送着大原向上攀登，心里感到这一次成功的把握非常大。大原会从那人的背后发起偷袭，也许根本就用不着自己动手了。

大原悄悄地攀爬着，不一会儿，就上到了钟楼那一层，他越过栏杆向里张望，见里面漆黑一片，伸手不见五指，一阵强烈的血腥味扑鼻而来，他知道有一个人已经死了，但死者是谁? 是山本骏，还是“老秒神枪”?

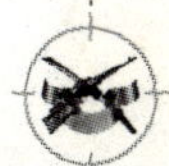

他侧耳倾听，里面一点声息都没有，仿佛连死神都屏住了呼吸。

大原蹑手蹑脚地翻过栏杆，闪入钟楼。他先是卧在地上一动不动，然后，慢慢地匍匐着一点一点地向前爬行，突然，他的手摸到了一个热乎乎的东西，好像是一只手，还是温热的，他吓了一跳，急忙缩回手，俯下身子，静等着有什么事情发生。

但什么也没有发生，四周静得出奇，只有无边的黑暗和恐怖包围着他。

大原拿过狙击枪，枪口对准前方黑暗之处，警惕地张望着、搜寻着，想要从一片黑暗之中找到可以击发的移动目标。

他感觉身体右方有什么东西动了一下，他扭头一看，把他魂都吓飞了，那是一张脸，准确地说是半张脸，山本骏的头盖骨没有了，一只眼睛掉出了颇外，另一只眼睛大睁着，瞪着他，离他的脸只有 20 公分。

“山本死了，八格牙鲁，我一定要为你报仇!”他心里暗暗叫骂着。

他抬头向上看了看，发现那个天窗透进来一束光，他立刻明白山本为什么会被打死了。他立刻收回了枪，把枪上狙击镜拆了下来，揣进怀里，再把枪口慢慢地伸向前方。

对方一定藏在前面那一堆箱子后面，我应该想办法把他引出来，或者给他放个诱饵。

大原颇为得意地想着，悄无声息地捡起地上一个空罐头盒，向左面一块空地使劲抛了出去，在抛出的一瞬间，他瞄准了对方的箱子。

“咣啷啷”，空罐头盒掉到地上，发出很大的响声。

大原连续两个翻滚，藏身到另一个箱子后面，举枪瞄准前方，做好了击发的准备。

响声没有惊动什么，对方显然已猜到了他的诡计，仍旧深藏不露，那个“老秒”太狡猾了，他绝不犯错。

其实双方都在等待对方犯错。在这种近距离上，只要动作稍大一点，或者不慎弄出响动，或者身形稍有暴露，就会立刻变成对方的活靶子。

大原是深富战场经验的人，在战场上，他几乎弹无虚发，枪枪夺命，但在这么近的距离上进行狙击，在他还是头一遭儿。

形势对他很不利，不但距离太近，而且光线太暗，几乎伸手不见五指，这让他一点办法也没有。当然，不利的不只是他这一方，对方也一样，大家都处在同等情形之下，谁能打死谁，也许完全得凭运气了？

大原不想坐以待毙，他想创造一个机会，让对方暴露自己的位置。一旦

对方动了，哪怕是极其微小的动作，他的子弹就会毫不犹豫地飞过去，把对方打得灵魂出窍。

此时就是比耐力、比意志的时候，他不相信“老秒”会一动不动地趴着，总有露出破绽的时候和地方。

大原还有一个绝招，就是他擅长“翻滚开枪”。他的枪是半自动的，可以连续击发，这为他翻滚开枪提供了硬件条件。这一招在战场上曾经屡试不爽，很多狙击高手就是上了他的当，以为他第一击不中，大原就暴露了自己的位置，岂不知，大原正是用这种先暴露自己位置的方法来诱使对方开枪，从而暴露对方藏身的位置，结果反被他后几发子弹击中而身亡的。

这一招是他首创的，很少有人不上他的当。因为狙击手都知道要抢时间、争速度，当对方一击不中时，就是自己开枪的最佳瞬间。岂不知，你一开枪，恰恰将自己的位置暴露给了大原，大原在翻滚中，不断用子弹校正着枪击的目标方位，直至最后一发子弹将对方击毙。

“老秒呀老秒，没想到创造新的神话的机遇，却由你亲自送到了我面前，这就怨不得我了，只怨你命不好，等着和死神亲吻去吧。”大原从心底发出一阵磔磔的狂笑。

大原把五颗子弹压进了弹仓，竟然没弄出一点声响，他太专业了，枪身前指，准备击发了。他又伸出脚，把旁边一块空地上带钉的木板轻轻踢开，为自己下来的翻滚挪出了一片空地。

方逸舟的位置也非常有利，他身下是个高台，上面有几个大箱子摞着，他藏身于箱子后面，只要稍稍露一下头，就可以看见整个钟楼上的情形。虽然钟楼上非常黑，但他已经在这里呆了十几个小时了，眼睛已经完全适应了黑暗。他知道，那个后上来的日军狙击手，还不能马上适应这种黑暗，这是他的劣势。那个家伙就藏身于楼梯口附近的大木箱后面，刚才自己击毙的那个枪手还在那里挺尸呢。

刚才那家伙故意扔了一个空罐头盒，想引诱自己开枪，从而暴露自己的位置，从这一点来看，这是个狡猾透顶的枪手，他也许很快会有进一步的动作。

果不其然，黑暗中火光一闪，他听见一声枪响，一颗子弹打在离他两米远的一个木箱上，接着又是一枪，对方连打了五枪，他发现那家伙在地上接连做着翻滚动作，从一个箱子后面，滚到另一个箱子后面，五个翻滚一气呵成，瞬间完成。

这是一个狙击高手，已毋庸置疑，他想引诱我开枪，让我暴露位置，他的后几发子弹就会接踵面来，其用心何其险恶。可惜他想错了，我就是不开枪，更不暴露，看你怎么办?

两人就这样僵持着，双方都一动不动地趴着，手里紧握着枪。整个钟楼有一种压抑中的寂静，这种寂静充满了恐怖的张力。

时间在一分一秒地流逝，又过了大约十几分钟，方逸舟听到了一种极其轻微的声音，像是什么东西在碎玻璃上爬动的声音，也许那个家伙沉不住气了? 也许是他的又一个诱饵? 但那个声音在慢慢向自己的方向靠近，他不得不做好了应急的准备。

方逸舟从野战背包里掏出折叠式潜望镜，悄悄向上举起，利用镜头玻璃的反光，观察着整个钟楼。他看见地上有一种东西在动，原来是一只老鼠。

他扭动了一下镜头玻璃片，突然，一个黑影映入玻璃片中，那分明是一个人影，正从一个木箱子后面，窜到另一个箱子上面。弯着腰，手里端着枪，好像要向这个方向摸过来。

距离：50 米。

突然，一个黑乎乎的东西向他隐蔽的地方飞来，“咚”的一声，砸在他身旁不远的箱子上，引起了一阵稀里哗啦的响声，原来是只小箱子被扔了过来，看样子，那个家伙耐不住寂寞了，这一点恰恰是一个狙击手的大忌。

方逸舟顺手捡起一个玻璃瓶，扬手向对方藏身之处抛了过去，可能是月光的反光，玻璃瓶在空中划过一道弧线，对方搞不清是个什么东西，只觉得白花花地当头飞来，一紧张，“当”的一声，对方开枪击碎了那个玻璃瓶。

枪击的火光在黑暗的顶楼显得格外明亮，立刻暴露了准确的开枪位置，方逸舟没有犹豫，只用了不到半秒钟，就调顺了枪口，朝着火光闪亮的那团黑影扣动了扳机。

“当！当！当!”一连三枪响过，方逸舟一个翻滚，离开了原地。他还从来没有为了一个目标打过三枪，这时他听见一个沉重的东西倒下了，四周立刻安静了下来，他知道，那个日军狙击手也去阎王那儿报到了。

此刻在教堂的正厅里，高桥一郎早已登场，正气定神闲地坐在椅子上，舞子坐在他身旁，正用惶惑不安的目光望着他的脸。

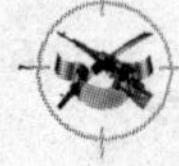

高桥一脸的安祥，江雄风坐在高桥对面，脸上毫无表情，三个手持“汤姆森”冲锋枪的人威严地站在他身后，三个黑洞洞的枪口对准了高桥和舞子。

远处有人们的呼喊声传来，尖利而悠长的警报嘶鸣着，虽然隔得很远，但能听得很清楚，还有哨子声、脚步声、呼喊声，乱成一片，零星的枪声夹杂其间，天空忽明忽暗，似有大火在燃烧，一片红红的火光映照在教堂的窗棂上，把玻璃都映红了。

不一会儿，城市的另一个方向也传来救火车"呜呜"的鸣笛声和尖利的警报声。

高桥望了望窗棂上火光的倒影，狞笑着讥讽道："今晚上杭州城热闹喽，一场四处起火的好戏正在火爆上演，江先生，火烧杭州城，有必要这样做么？这一切都是你导演的吧？我可明白地告诉你，杭州城不是好莱坞，你不用给我演荒腔走板的火灾闹剧。"

江雄风哂笑一声，得意地说："不错，这里不是三国周郎赤壁，但是对于你们这伙禽兽军队来说，是需要来一场火爆刺激的好戏，你们日军的油库和车站也需要一份火势薰天的大礼，它们很久没有尝过大火是什么滋味了，今晚让它们开开洋荤，过过火瘾嘛。那些警备救火大队也需要来一场火急火燎的实战演练嘛。风趁火势，火助风威，四面起火烧起来，那叫一个猛啊，等一会儿军火库那边还会施放'礼花'呢，你就等着听'冲天炮'吧，咳，可惜呀，这么火热爆棚的节目你是欣赏不到了，我真替你感到遗憾哪。"

"哼，你别得意的太早了，玩火者必自焚！"高桥强掩着内心的恐惧，颤声说："你们……你们早就被包围了，即使你们抓了我，也别妄想出去了，小野和特高课的人早就等在门外了！还有整个宪兵队，除非你变成孙悟空，翻个筋斗逃走，可惜呀，贪婪和无知害了你们，想抓我？嘁，有那么容易吗？这就叫自投罗网，插翅难逃！江先生，不要再执迷不悟了，如果你明智点的话，现在放了我和我的舞子还不晚，我说不定会看在你们送回舞子的份上，放你们一条生路。怎么样，江先生，你可得考虑清楚喽。"

"放了你？别做梦了，刚才钟楼上的枪声你都听见了，等上面的战斗结束了，你的什么狗屁狙击手都死光了，外面的四把大火也正在火头上，那时我们就会带你们离开这里。"

"离开这里？说得多么轻松啊。离开这里？离开这个世界还差不多。"

高桥抬头望了望楼上，又和舞子交换了一下目光，眼中露出了紧张、期待和担忧的混合表情。

钟楼上的方逸舟检查了一下第二具死尸，在强力微型电筒的照射下，大

原俯身在地，后心部位中了两弹，一股黑血正汩汩流出。

方逸舟拉开枪栓检查了一下弹仓，补进了两发子弹，合上枪机，悄悄地顺着楼梯摸了下来。

他到了三楼的走廊，没发现什么动静，俯身栏杆，向下窥望，看见天井的正中，吊着一盏昏黄的电灯，江雄风和高桥对坐在一张桌子前面，神情轻松，默然不语，舞子紧紧拥着高桥，透出一脸的恐惧与不安。

三个炸桥队员手握冲锋枪，站在江雄风身后，怒视着高桥和舞子。

方逸舟知道，还有两个枪手藏在暗处，正等待着自己现身。但对手一定非常狡猾，说不定他们的枪口正想锁定自己呢。

方逸舟身形暴起，一个箭步隐藏在一个柱子后面，枪身直立握在手中，双眼紧张地搜索着三楼和二楼的走道和每根廊柱。

敌人深藏不露，很久没有发现异常。这让方逸舟有点困惑，他们到底藏在什么地方?

因为有一楼的灯光反射，三楼的光线还不算太暗，勉强可以看得见远处的物体和东西。如果有什么移动的物体，一定逃不过他锐利的目光。

突然，传来一声极其轻微的“嘎嘎嘎”的响声，像是有窗户被推开的声音，方逸舟警惕地扭回头，四处搜索着，发现楼道的尽头处的一扇窗户正在慢慢地推开，一个黑洞洞的管子伸了进来。

“啊，小子，你在这儿呢。”藏身于立柱后面的方逸舟立刻调转了枪口，对准了那支枪伸出的方向。他估计，那外面是个阳台或建筑物的某个凸出的部分，刚好可以藏得下一个人。

方逸舟的狙击镜已锁定了那支枪，那枪口慢慢地伸了进来，窗户又被推开了一点点，露出后面一个戴着头套的脸。方逸舟刚想击发，但那脸一晃就不见了，好像发现了什么危险。枪口一下缩了回去，可过了一会儿，那枪口又慢慢地伸了出来，只是再也看不见后面那张戴着头套的脸了。

对方的狙击镜已经出现在方逸舟的狙击镜正中的十字分划线上了，虽然还是看不见脸，但可以肯定的是，狙击镜后面一定是对方的右眼。

还犹豫什么? 方逸舟凶狠地扣动了扳机，从狙击镜中望去，对方的狙击镜被一下打炸了，随即发出一声惨叫，“啊……!”一个黑影从三楼外重重地摔了下去，“咚”的一声闷响，砸在下面的水泥地面上。

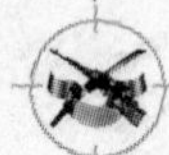

又干掉了一个! 还剩最后一个，但这个家伙到底藏在哪里?

方逸舟击发后，已经迅速换到了另一个立柱后面，隐蔽待机，四处搜索

着，目光顺着前方的立柱、窗户、栏杆、平台一一划过。

倏然间一阵寒噤掠过全身，第六感提醒他，他被锁定了，危险来自上方！

“不好！”他急忙一个翻滚，离开了原地，不停地打滚，当他刚想站起身来时，“当”的一声枪响，他只觉得右臂一阵钻心的疼痛，右手腕处立刻冒出了一股鲜血。

“我中弹了！”方逸舟心中一凛，那一枪是从上面打下来的，刚好击中了他的右腕，如果不是他在地上连翻了几个滚，很可能那一枪就要了他的命。

方逸舟的右手已无力支撑狙击枪的重量了，他的枪一下掉到了地上，而且鲜血一个劲地从伤口向外冒了出来。

“必须止住血！”他强忍剧痛，撕下一块裤腿，用布条扎住了右腕，用左手和牙齿把布条勒紧。

他从左腿上的枪套里拔出那支 M1910 美式左轮手枪，左手握枪，连翻几个滚，隐蔽到一个供桌下面，抬头警惕地望向刚才枪击的地方。

“啊，狡猾的家伙，居然敢藏到天花板上面。”方逸舟望着天花板，那是一块巨大的玻璃顶棚，那些彩色的玻璃拼出了一个天堂的景象，非常的壮观，此刻却透出一种鬼魅般的意味。

这么多玻璃，他究竟藏在哪一块玻璃上面呢?

方逸舟心生一计，诱他出来，他不相信那家伙会呆在上面一动不动。

“当！”方逸舟向天棚开了一枪，打碎了一块玻璃，玻璃渣子四下飞溅，但枪声停了之后，又没有了动静。

过了一会儿，方逸舟又瞄准另一块玻璃打了一枪，这时，天棚上立刻传来一阵脚步声，有人“咚咚咚咚”地从左向右急跑而去。

“好机会，到地狱报到去吧！”方逸舟举起左手，左轮跳动着打出一发又一发子弹，他一气打空了弹仓，子弹紧紧追着那个脚步声响起的地方，玻璃一片又一片被打碎了。

在打光了枪膛里的五发子弹之后，那脚步声停住了，天地静穆了，隔了一会儿，上面似乎有一个重物翻倒了，只听“哗啦啦”一声巨响，天花板的玻璃顶棚突然碎裂开来，遍体血污的铃木从上面一头栽了下来，“咚”的一声砸在地面上，头被撞得粉碎，腿抽了两抽就不动了。

一直坐着的高桥吓了一大跳，没料到一个死尸会从天而降。高桥倏然一惊，脸色煞白地扑了上去，抱起地上的尸体，流着泪高呼道：“铃木君，铃木君，你醒醒，醒醒呀！你不能这样死呀，你不能死呀，你们都死了……我怎

么办?”

江雄风冷笑一声，凛然站起道：“好啦，一场好戏结束了！你的四大高手，都被我们的‘老秒’送下了地狱，相信你也快了。走吧，高桥先生，跟我们回去，该给你算算总账了。”

“走!”一声断喝传来。

两个队员上前把高桥和舞子捆了起来，推搡着二人走出教堂前门。

第二十五章

中日论战

我们曾建起过一条物质的长城，自我欺骗和自我折腾了两千年，可我们应该大声问一句，我们精神上的长城在哪里？

高桥终于被成功劫持了。

虽然在押解回货栈码头的路上还发生了一些小规模的战斗，但跟抓住这样一个极其重要的人物相比，都算不了什么。

在关键时刻，方逸舟的神枪再次发了神威，他凭借机智、勇敢、顽强的战斗精神和出神入化的枪法，干掉了日本人的所谓四大狙击高手，也打碎了日军妄图在中国本土建立狙击部队的美梦。

作为劫持行动的组成部分，当夜的四把大火同时点燃，把整个杭州城烧得乌烟瘴气，日军的多支部队疲于奔命，四处灭火，但还是被烧得焦头烂额，徒呼奈何，这些出奇不意的放火行动，有力地配合和侧应了教堂的劫持行动。

现在，小分队已经安全返回了货栈码头仓库，全部人员无一伤亡，这不能不说是一个奇迹。

高桥被紧紧捆在一个大木箱子的前面，关押在码头仓库的一个僻静的角落。

为了防止夕树舞子再次逃跑，耿剑青把她单独关押，并捆紧了手脚，还派了两个精干的队员严密看守。

高桥没想到自己的如意算盘没有得逞，人质陷阱加反包围之计全盘落空，居然被这伙歹徒抓来这里，想想就怒火攻心、愤愤不平。

输阵不输人，成败岂能论英雄，高桥摆出了一副帝国精英的傲然面孔。

但对于炸桥小分队来说，怎么处置高桥，又成了一道难题。

为此，江雄风、方逸舟、耿剑青和冷丽苹开会进行了研究，几种意见一时相持不下、争论不休，有主张毙的，有主张剐的，有主张上交的，最后大家决定还是和高桥谈一次话，听听反面意见也好，总归会找到一个妥善的处理办法。

四人一起来到仓库的角落，出现在高桥的面前。

高桥一见四人，像一头受伤的野兽注视着猎人的枪管，带着愤恨怨怼的神色，瞪着血红的眼珠，嘶哑着嗓子说："江先生，请问我可以认识一下哪一位是'老秒神枪'先生吗？"

"可以，有什么不行，那一位系着绷带的就是'老秒'神枪。"江雄风指着负伤的方逸舟说。

方逸舟那天在教堂战斗中负伤的右臂幸好没有伤到筋骨，找了个私家医院，经过简单的清创、缝合之后，除了还不能使太大的劲外，基本没什么大碍了。

"败将高桥，见过先生！"高桥虽然被捆着，还是挣扎着来了个日本人典型的立正鞠躬动作："老秒的大名，如雷贯耳，我昨天才见识了谁是世界上第一神枪。我们日本人的狙击手，在先生面前，只能做活靶子。我们也不用再想创建什么狙击部队了，有朝一日，我高桥能死于先生枪下，将是我的荣幸。"

方逸舟哂笑一声道："高桥大佐，用不着玩这一套，我的牙都酸掉了，我太知道你们日本人了，都是死不服输、顽固透顶的东西，用不着再玩花样啦。"

"不，绝不是玩花样！"高桥神情坚毅，信誓旦旦地说："我高桥，是帝国真正的军人，只对真正的英雄顶礼膜拜、心悦诚服，别的人，我看都不会看他一眼，除非他光明正大地赢了我。"

"光明正大地赢你？你言下之意，我们抓了你，不是光明正大？"江雄风嘲讽道："嘁，从来用兵都是兵不厌诈，出奇谋、设诡计，真真假假，尽在情理之中，怎么，你一个帝国真正的军人，连这些起码的军事常识都不懂？"

"我不是不懂，我是不服！"高桥梗着脖子道。

"不服？哈哈，不服，都是阶下囚了，死到临头了，还有什么不服的？"江雄风挖苦道："你们日本人都是这个熊样，不见棺材不落泪！"

“哼，一次小胜算不了什么，抓了我一人也没什么了不起，看看整个中国吧，都在帝国的脚下喘息和哭泣。你们所谓的国军，叫皇军打得屁滚尿流、狼狈不堪，除了失败连着失败，就是逃跑接着逃跑，还有什么像样的抵抗？新四军更不成气候，总共几千人，却成天嚷着要抗日，可我们大日本皇军，却有30几个师团，300多万部队，很快我们就要占领全中国了。”高桥的眼中似乎透出一种胜利的光彩。

“占领全中国？放你妈的狗臭屁！”江雄风愤慨地说：“睁开你的狗眼看看，现在什么年代了，1943年啦，盟军已经在整个太平洋地区发起了全面反击，歼灭了你们几十万陆军和整个太平洋舰队，而在中国的土地上，你们已扔下了100万具尸体，你们除了占据了沿海的一些大中城市外，其他地方都快被我们解放了。你们离灭亡已经不远了，还狂妄什么？还叫嚣什么？”

“灭亡？大日本皇军会灭亡吗？笑话。”高桥冷笑道：“我们可能会有小的失误、小的挫折，局部的失败也有可能，就是不会灭亡，因为我们还有700万军队，是你们总兵力的7倍，比整个盟军加起来还要多，而且还有最先进的武器装备、雄厚的工业基础，有钢铁、有资金，还有战无不胜的武士道精神，所以，最终胜利的一定是我们！”

“胜利？真是厚颜无耻，都要见阎王了，还在吹嘘胜利，到地狱里和你们那一百万鬼魂吹嘘去吧！你们日本军官，除了战争狂人，就是牛皮大王，牛皮吹上天，明明是一条破桥嘛，却要吹嘘成是什么世界上最坚固的桥、炸不毁的桥，老子偏偏就要炸毁它，把它炸个稀巴烂！不信你就走着瞧！”江雄风道。

“善于吹牛是大和民族一个优良传统呢。”

方逸舟接着讥讽道：“你这个‘火残王子’的子孙，不会不知道那段神话吧，你们日本人的祖先编造了自己的历史，把大和民族的历史延伸得十分古远，吹嘘得比任何民族都更加悠久、更加优越，还说日本天皇是‘太阳神’的后裔，开始有天地时，天皇已经居于宇宙的中央了。第一代天皇天照神武是太阳神的‘火残王子’，天皇的臣民是“火残王子”的子孙，所以你们自称为‘神国’。一个连历史都要靠编造才能活得下去的民族，还有什么脸面立于世界民族之林呢？”

高桥脸上的肌肉抽搐了一下，讥刺道：“不论是不是编造的历史，总比屈辱的历史要好。你们，不是号称什么文明古国吗？什么强大的东方帝国吗？可历史上，一百万蒙古人却统治了五六千万中国人近百年，真是丢尽了人。

二百万满洲人统治了两亿汉人两百多年，这就是你们的光荣历史。一个老旧的民族，一个东亚病夫，难道不需要我们一个现代化的民族来拯救、启蒙和医治你们吗？今天因明治维新而脱亚入欧、焕然一新的日本，完全有资格和能力来统治与管理中国。”

“你也配跟我们谈历史吗？”

冷丽苹接过话头道：“我们秦朝的时候，你们日本人还呆在树上没下来呢；我们念唐诗的时候，他们还呆在山洞里茹毛饮血，还在海边用贝壳、死鱼充饥呢。我们唐朝犯的最大错误，就是为这个世界培养了一群充满了狼性、狗性、兽性的人，一群人类文明的掘墓人。明明自己是个农夫嘛，却偏偏要去怜悯那条冻僵了的蛇，中国就是那个农夫，日本就是那条蛇。当这条蛇长出了钢铁的肌肉、科学的牙齿，就反过头来咬你个半死，扬言要把你炸回石器时代。你们日本人学去了我们中国的文字、服饰、建筑、锻造、医道、武术、饮食、茶道，甚至佛教，完全可以这样说，没有中国，你们现在还光着屁股要饭呢。还厚颜无耻地谈什么国家，谈什么历史？”

高桥闻言，心中一凛，随即笑道：“这位女士，我以为你只是位记者，没想到还是一位雄辩家呢。佩服！你说的不错，我们大和民族从唐朝时起就一直对中国执弟子之礼，我们的确向你们学习了许多东西，我本人也一向非常崇敬博大精深的中华文明。可是从明治维新时起，你们落后了，我们却向德国学习了工业技术，向欧洲学习了法制建设，向英国学习了海军及军事，我们现在是你们的老师了，你们不承认吗？你们现在挨打、挨杀，怨谁呢？山林中自有‘弱肉强食’的法则，这种法则也适合这个世界，弱小总是要臣服于强大！”

高桥顿了顿继续说道：“我国有个大学者叫内藤湖南，他研究了贵国的民族性，认为中国人，哼哼，保守、顽固、愚昧、野蛮、肮脏、贪婪、好色、奢侈、懒惰、自大、虚伪、排外、残忍、变态、不团结、无国家观念。他断言你们的国民性已经彻底堕落了，成了一个老废的民族。而我们，拥有优等生文化，可以指导落后的人民，这正是我们的使命，也是我们来中国的目的。我们并不想打你们，只想帮助你们。”

“帮助我们？不是侵略，是帮助？真是天字第一号谬论！”江雄风讥讽道：“你们出动了两百多万军队来帮助我们？用飞机、用炸弹、用刺刀、用毒气、用大炮、用万人坑、用南京大屠杀来帮助我们吗？真是强盗的逻辑！”

方逸舟道：“侵略就是侵略，战争就是战争，赖是赖不掉的，你们那个狗

屁首相田中义一不是发过这样的谬论吗：欲征服中国，必先征服满蒙，欲征服世界，必先征服中国。日军所到之处，无不疯狂地奸淫、抢劫、焚烧和破坏，使中国人民蒙受了无比沉重的灾难。你们是一群双手沾满中国人民鲜血的刽子手，一群禽兽不如的魔鬼。"

"可这是战争，而战争总是要死人的。"高桥辩解道："决定战争是上层的事，可我是个下层军官，我只知道服从命令，我只是一个握在别人手里的枪或机器，叫我干什么我就干什么。就像你们一样，上司叫你杀人，叫你炸桥，你不杀不炸行吗？所以说，你们刚才所说的罪行，不能算到我高桥一个人头上，我也不能为此负任何道义上的责任。"

"你错了，完全错了！"方逸舟厉声道："别把自己推脱得那么干净，你手上早就沾满了中国人民的鲜血！你每杀一个中国人，都是对人类犯下的不可饶恕的罪行，要知道，执行者比策划者更可恶！正是有了你这样千千万万的下层军官，中国人才血流成河、尸骨成山。对你们这样的人，只有一种下场，就是把你们干净、彻底、全部地消灭掉。"

高桥愣愣地望着方逸舟，理屈词穷，无言以对。但他想了想，又道："你们中国人的最可怕之处，是说到做到，除此之外，一无可取。"

江雄风点着他的鼻子道："高桥呀高桥，你今天落入我们手中，你不服气、不甘心、不承认失败，打算带着花岗岩的头脑下地狱，都没有关系，事实会教育你，现在盟军来了，美军已占领了太平洋上的许多重要岛屿，切断了日本的海上交通线。连日本人也意识到，自己失败的命运已无法挽回，战火很快会烧到日本本土，等待着你们的将是最终的失败、战败、惨败，死不认输就叫你们灭亡，事情就这么简单。"

高桥顿了一下道："大日本帝国虽然也许会战败，惨败，但我们曾以一个小小的蕞尔岛国，却几乎占领了大半个中国，除了我们军事上的强大以外，还有最重要的一点你们知道是什么吗？那就是团结！这是你们中国人永远不具备的品质。三个日本人就是一条龙，三个中国人就是一条虫，这一点想必诸位先生、女士不会否认吧？大和民族永远是世界上最优秀的民族，最团结、最有战斗力的民族，这一点已经被证明了，它还会为它的再一次强大，不断的强大而奋斗。我今天和你们进行的这场枪口下的辩论，就是为了证明大和民族的斗志永远不会衰竭和消失！"

方逸舟回首道："残酷的战争已经令中国人民在现实中受到了教育，不再自强，只有败亡！这场战争，虽然给我们国家带来了苦难和灾祸，但同时也

唤醒了中国人的自强意识。历史上中国的确有被弱小民族统治和征服的过程，但我们不会灭亡，我们不仅有优秀的文化，我们还有良知，民族血脉中没有疯狂、残暴和兽性。回望一下世界历史，比起希特勒的军队来，只有日本法西斯军队才创造了不齿于人类的滔天罪行。”

高桥冷笑道：“我们日本若是有中国这样广大的国土，早已称雄世界了。即使再有一百个‘老秒先生’这样的狙击天才，也不会改变什么，因为你们的政府是一个无能、腐败、专制的政府，把一个好端端的大唐盛世延续下来的强大东方帝国搞得千疮百孔、病弱不堪。说白了，你们中国人的麻烦是自己惹来的，自作自受吧，一个不自强的民族就要灭亡，优胜劣汰，就是你们的宿命。大日本军队的被动或可能的失败，在于错误地发动了太平洋战争，树敌太多，还在于我们的陆军求胜心切、不顾现实、盲目进攻，如果我们大日本军队和国家所有的力量都集中在中国战场上，不给你们以喘息之机，你们中国人就永远不会发起什么战略反攻，永远是我们日本人的手下败将。”

江雄风冷笑道：“谁是谁的手下败将还用费话吗？我们本来准备马上送你下地狱的，但现在我的想法变了，我想让你看一看，没有了你高桥，你那条桥还能够撑多久？叫你亲眼看一看我们是怎么炸掉它的，叫你们的牛皮吹破天。最终让事实来证明，哪一个民族更伟大，哪一种文化更富有生命力吧！”

高桥昂起头，倔犟地盯着四人，不再说话，但他内心却掀起了狂涛巨浪。

是的，每一个参加战争的人，其实都在同时打两场仗，一场是表面的物质之仗，真刀、真枪、真炮之仗，另一场则是自己的内心之仗、天人之仗、主义之仗、正义与邪恶之仗。高桥的内心之仗其实早就打输了，对自己国家侵略中国、吞并东南亚、进攻盟国的残暴行为，他认为是一种征服其他民族的不义之仗、野蛮之仗、不自量力之仗，因此也是必败之战，早在他给天皇上书之时，他就深刻和痛切地认识到了这一点，不然他就不会自绝于人类、自绝于大和民族，准备剖腹自杀。现在，他的物质之仗也打输了，成了敌国的阶下囚，成了一个可耻的俘虏，一个大桥的陪葬者，一个军国主义的殉道者。他知道，自己已经同时输掉了两场战争。

方逸舟望着眼前的老对手高桥一郎，这个负隅顽抗的阶下囚，这个死不服输的战争狂，他深切地感到，世界上任何一场战争的背后，其实都是一种人性的对峙和文化的对垒。自己和这个号称“中国通”的日本军事精英，以及他所代表的日本侵略军之间，也是在同时打两战争，炸桥和守桥，根本就是一场“必炸之局”与“死守之阵”的殊死搏战，这是一场铁血交融的军事

之战，胜负尚未决出定论；而在它的背后是另一场精神之战、人性之战、中日文化之战。不错，我们曾建起过一条物质的长城，自我欺骗和自我折腾了两千多年，可我们应该大声问一句，我们精神上的长城在哪里？这座长城什么时候才能变成一把斩魔杀鬼、驱邪断恶的利剑？什么时候？唉，中国人哪，我们什么时候才能猛醒、才能觉醒、才能惊醒，最终打赢这场心灵之战。方逸舟真的不知道，他手中的真理，这“批判的武器”什么时候才能代替“武器的批判”，让自己成为这两场战争的最后赢家。

此时，码头上激战方酣，小野已经闻风而动了。

自高桥被劫持之后，小野洋平和特高课的尾崎正男率领的特务队像通了电的电锯一样飞转起来。从各方面侦察到的情况汇总来看，货栈码头仓库是一个高危之地，很可能是炸桥匪徒们的盘踞、藏身之所。

那里整日里各式各样的人员进进出出，各种运输车辆来来往往，环境非常拥挤、混乱和嘈杂。小野派出的眼线虽然没有发现什么异常情况，但经常有三五成群的年青人走来走去，这些人虽然都穿着搬运工的衣服，但都身体强壮，从精神气质上看，个个显得精明干练。经验告诉他，这些人都很值得怀疑。他们显然不是一般的普通工人、乞丐或流民，从走路、神态和作派来看，很像一群受过正规训练的军人。

尾崎正男曾多次建议对这里进行一番仔细的搜查，抓几个人进行严刑拷问，但都被小野否决了，他认为这里虽为藏污纳垢之所，但作为炸桥基地的可能性并不大。

但现在不同了，自从高桥被劫持以来的两天，这里进出的人员明显增多，气氛也显得十分诡秘，人人神色紧张，行为鬼祟，与往日明显不同，而且有一辆无牌的中吉普经常进进出出，似有什么重要人物藏在车上。

小野决定亲自带队，采取了一次迅速、果断的行动，不是搜查，而是直接包围，把里面的人全部抓起来，如果一旦遇到武力反抗，就更加说明高桥被歹徒羁押在这里，那就全力进攻，把高桥营救出来，把匪首全部抓获。

尾崎正男调来了全部特务队的60多个特务，小野通过师团长的授权，调来了宪兵队一个中队250人，于当晚八时整包围了货栈码头仓库。

“给我打！”尾崎一声令下，几十支冲锋枪一起开了火。强大的火力一下封锁了码头大门，没来得及躲避的搬运工立刻死伤遍地。

接着一阵阵惊叫声传来，枪声大作，一片混乱。

枪声就是战斗的信号。全体炸桥队员立刻展开了反击，20 多支冲锋枪形成一个扇面形火网，把进攻的特务队挡在大门前。

一时间枪焰频闪，弹雨横飞，日军宪兵队发动了一次又一次的疯狂进攻。

小分队一排手榴弹甩出来，日本人扔下十几具尸体，爆炸声中顿时传来惊慌失措的叫喊声、警告声和急速退却的脚步声。

炸桥小组的火力压制十分有效，日本人死伤遍地，一时冲不进仓库。

小野看见冲不进去，举着手枪大吼道："投弹！快投弹！"

日式掷弹筒瞄准了货栈大门，几十颗手雷也飞了进来，爆炸的火光立刻笼罩了码头前的大门和货场。

几个队员当场牺牲，剩下的队员正拼命抵抗。

仓库角落里，江雄风和方逸舟闻枪悚然一惊。

外面传来阵阵炒豆般的枪声，紧接着传来一阵又一阵的爆炸声，知道是敌人攻进来了，江雄风身形一挫，闪电拔枪，立刻下令："日本人来了，冷丽苹，你带舞子先撤，去码头搞条船，先走！"

"我去看看！"方逸舟用左手拔出手枪，迅速向前门枪声最密集的地方冲去。

"不行，我们走了，你们怎么办？"冷丽苹焦急万分地说。

"别管我们，情况危急，你不能暴露，快走哇！"冷丽苹闻言，迅即回身跑去。

江雄风拔出手枪，双睛喷火，拉开枪栓道："耿剑青，你押着高桥先撤，我掩护！其他人，跟我上！"他不容置疑地下令。

一连串枪声怒吼着，火舌狂喷。

一声尖锐的枪声响起，一名队员中弹倒地，血流不止。

仓库大门被撞开了，十几个日军便衣特务边开枪边冲了进来，一起向江雄风等人猛烈开火，江雄风挥舞着手枪，带着十几个队员一起开枪还击。

仓库里弹雨横飞，双方展开了一场近距离枪战，所有的枪口都吐着火舌，弹雨倾泄而出，一时刺耳的枪声、子弹撕裂肉体的闷响、垂死者的惨叫在屋里响成一片。

耿剑青顶着密集的子弹，押着高桥向后门撤退。

小野俯身于一个大箱子后面，依仗居高临下的有利地势，频频开枪射击，又有几个队员中弹倒地。

高桥趁耿剑青开枪的当口，猛地向后一挣，绳索从耿剑青手中脱落，他趁机回身就跑，耿剑青一看不好，抡枪便射，但情急之中，枪打偏了，高桥连忙就地卧倒，双手捂住了头部。

小野正躲藏在墙角，瞄准耿剑青，扣动了扳机。耿剑青右臂中弹，手枪掉到地上，这时两个队员上来扶起他，边撤边打，他们顶不住日军的疯狂进攻，匆忙撤出了仓库。

小野连连击发，但身后一枪打来，他险被打中，赶紧藏进一个桌子下面。

子弹在头顶和身边嗖嗖地飞过，一个原本受伤的队员突然一声闷哼，踉跄着倒在高桥脚边，一颗流弹穿过了他的胸膛。

趴在地上的高桥看见了小野，急忙高呼："小野君，我在这里！"

码头前院，激战方酣。

江雄风连连射击，接连放倒了几个日军特务。但日军宪兵队人多势众，火力太猛，再加上特务队疯狂射击，他身边的队员不断有人中弹负伤，有几个已经被打死了。

江雄风一看再打下去不是办法，随即下令道："快撤！快撤！都撤到码头上去！"

队员们听令，边打边退，一面向日军开火，一面纷纷撤出前院。

江雄风抄起一支冲锋枪，疯狂扫射，一阵弹雨向扑上来的日军迎头扫去，登时撂倒了十几个宪兵，后面的日军都急忙卧倒，伏地射击。他回头看看队员都撤进了仓库后面，才抄起枪，边打边向后面退去。

码头上，躺着一地的死尸，许多船只都开跑了，有几只着起了大火。

耿剑青跳上一辆汽艇，迅速发动了引擎，向冷丽苹招手："快快快，冷丽苹，到这儿来！"

冷丽苹押着舞子跳上汽艇，三个队员跟着也跳了上来，耿剑青一踩油门，汽艇启动了，船头高翘着，向江面高速遁去。

几个冲得快的日军特务频频向汽艇射击，但子弹只打在江面上，击起阵阵水花。

当江雄风赶到江边时，刚好看见汽艇已越开越远，他回身看看身后，黑压压一片日军宪兵举着枪，冲了上来。

"他妈的，小鬼子来得太快了。"他举枪就射，但枪里已经没有了子弹，

他灵机一动，钻进了一个空油筒中，并把油筒翻过来，立起来。

小野带着两个特务，扶着浑身是血的高桥来到了码头上，他看着死伤满地的现场，紧紧地皱着眉头。

日军宪兵死伤惨重，许多人倒伏在地，有几个负了重伤，痛得在地上打滚、嚎叫。

枪声渐渐稀落了，尾崎挥着手枪跑了过来道："小野君，他们全被消灭了，击毙了 17 名歹徒，只跑了 5 个人。"

"很好，要严密检查现场，不能留一个活的。"

"哈依！"

"我的舞子呢？"高桥满脸黑灰，狼狈地问小野。

"这个时候还管别人，你能捡回一条命就是万幸啦！"小野恼怒地说。

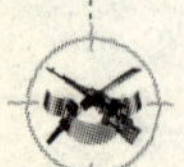

第二十六章

绝处逢生

天底下还有比他脸皮更厚的人吗？还有比他头皮更硬的人吗？如果世界上真有脸皮最厚、头皮最硬的比赛，江雄风这小子一定能得冠军。

“荷塘”会客厅里，刚经过一场暴风雨的洗礼。

江雄风被沈默然狠狠地臭骂了一顿，此刻他坐在沙发上，哭丧着脸，低着头一声不吭。

沈默然万万没有料到，被日本人一气端了老窝的江雄风居然还敢回来，还敢来向他再要一支人马去炸桥？天底下还有比他脸皮更厚的人吗？还有比他头皮更硬的人吗？如果世界上真有脸皮最厚、头皮最硬的比赛，江雄风这小子一定能得冠军。

作为一个炸桥小分队队长，一仗下来输干赔净，20 多个队员死光光了不说，到了手的俘虏也叫日本人给救走了，人质也失了踪，逃得连影儿都没了，自己输得连裤子都没得穿了，还有脸回来再要兵马，还声言再给他 20 个人，他一定会把桥炸掉？

天底下有这样的无赖、笨蛋加傻瓜吗？

沈默然气得脸上肌肉扭曲，额上青筋乱跳，双睛喷火，死死地盯着江雄风的脸。

“哼，烈火行动？我看叫‘拉裤裆行动’，叫‘臭狗屎行动’或者叫‘猪尿泡行动’更合适吧。”沈默然铁青着脸挖苦道。

江雄风对这次行动失败无从辩解，说明实情之后，他就老老实实地低着

头听训，再难听、再尖刻的挖苦话他也得生生往肚子里咽。因为事情都明摆着，全军覆没，“烈火计划”彻底泡汤，俘虏被救，人质失踪，他的责任是逃不掉的。

以往有很多军统同仁也出过类似的事，当事情大到会危及自身安危的时候，大都选择负案逃亡和人间蒸发，避免受到军统家法的无情制裁。

可他不能这样做。他不是没有想过逃跑，但他是一个执着的人、一个有责任心的人、一个把任务看得比生命更重要的人，他如果一走了之，谁能担此重任？谁敢担此重任？他逃了，等于这座桥就永远也别想炸掉了，日本人就该更加狂妄了、更加有吹嘘的资本了。全军统局上上下下千百个一级特工，除了他，别的人没有这个技术，更没有这个胆量来炸桥，那就等于彻底输掉了这场战争。

他是一个有信念的人，他不相信这座桥炸不掉。这次损失固然非常大，但只要还有一个人在，只要他一息尚存，就要继续战斗下去，绝不气馁，绝不认输，直到完成任务为止。

但是他回来，后果也许很严重，这一点他不是没想过。军统历来对没有完成任务的人、对于败军之将的处罚都很严厉，手段也很血腥，搞不好脑壳就搬家了，成了某些人的替罪羊和殉葬品。

但他还是要回来，他的“傻劲儿”一上来，九头牛都拉不回头。他认为，一个不能面对失败、面对惩罚的人，是没有资格承担如此重任的，这就是他与其他人的不同之处。他要用行动告诉沈默然，他，江雄风，从来就是一个铮铮硬汉，一个为了任务早已把生死置之度外的人，错了就认错，有罪就认罪，罚也好，关也好，杀也好，一切都勇于面对，敢于承担，处之泰然，也许这样，往往可以置之死地而后生。

但沈默然却不这样想。桥炸不炸得掉他从不关心，他只关心自己的官位会不会被别人顶掉，现在好了，这个狂妄之徒正如他所料，玩炸桥终于玩砸了，全军覆没，铩羽而归，把除掉自己的把柄硬生生地塞进了他的手中，世上还真有这样“傻得可爱”的人吗？这等于送肉上砧，投羊饲虎，我如果不趁机做点什么，不就对不起这个“傻蛋”了吗？

于是，他一不做，二不休，立刻把江雄风惨败之事汇报给了“刀斧手”。

戴笠当然听得七窍生烟，火冒三丈，他从来不给属下两次机会，这一次又是那个江雄风，上一次刀下留人，已经给过他一次活命机会了，不，是两次，准确地说是三次，可这次他居然又玩砸了，把一场“烈火”变成一泡屎

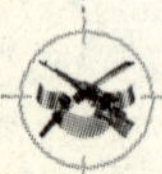

尿，把他的计划全毁了，这让他有何面目去见梅乐斯？况且赔上一架飞机的账还没算呢，空军和军委会已经有人在讲闲话了，中统的人也在落井下石，大肆鼓噪，在背后煽阴风、点鬼火，说什么戴笠只重用有通共嫌疑的人。很快这件事就会传到委员长耳朵里去，到时候真地追究起来，他的确无法向上峰交待。

怎么办？是到了必须采取措施的时候了？也许这一次该痛下杀手了？他犹豫再三、反复斟酌，最终还是下达了拘押江雄风的命令，让沈默然去办吧，先把江雄风关进“修养斋”，看看风头再说，如果上面追查得急了，就让他“上路”，免得给自己带来麻烦。万一梅乐斯上门问罪，他也好有个缓冲和交待。

这时，四个军统的内勤走进了“荷塘”的会议室，沈默然看也不看地摆了下手，来人给江雄风带上了手铐，将江雄风押了下去。

沈默然知道，他这两天就会接到电话，就要到“修养斋”给江雄风去“善后”了。而“刀斧手”总有心情不好的时候，这一点他一清二楚。

此时的方逸舟，正躲在蒋会长的会馆里。

那天仓库一战，打得十分惨烈，码头仓库被日本人彻底捣毁，大部分队员牺牲，方逸舟因为是左手开的枪，准头上差了些，顶不住日军的疯狂进攻，和耿剑青他们打散，一时失去了联络，生死两茫茫，很为耿剑青他们的安全担心。

但他很快找到了蒋会长，通过蒋会长，他得知耿剑青一行人自从那天逃出来之后，也来找过蒋会长，蒋会长给他找医生治伤，还把他们安排在郊区一座废旧关帝庙里安身。

方逸舟跟着蒋会长连夜赶到了关帝庙，见到了负伤的耿剑青，但另外两个队员没有受伤，他也才算稍有点放心了。

耿剑青告诉他，舞子还在他们手中，现在关在后院；他已经派人回部队报告了，很快就会再带些人过来，充实炸桥小分队，同时，炸药也在联系中，这两天也会运来，看样子，耿剑青炸桥的决心丝毫未变。

好样的，方逸舟在心里暗暗佩服耿剑青，到底是久经战阵的老同志了，一次挫折和失败，吓不倒他。倒是耿剑青担心方逸舟会丧失信心，会不会打退堂鼓。毕竟“霹雳火行动”已经陷入了危局和死局，下一步棋如何走，他已经完全乱了方寸。可方逸舟却笑着告诉他，他们现在是一对儿伤兵，一对

儿难兄难弟，但这点伤吓不倒他，再大的困难挫折都不足以让他放弃战斗意志，就是剩下他一个人，他也要举着这把“霹雳火”，直到把桥炸掉，把天良丧尽的日本鬼子烧干烧净为止。

当夜无话。第二天中午，冷丽苹突然来了，还带来了一个非常不好的消息，江雄风被戴笠的人再次羁押，随时都会被处决。

这条消息让大家心情格外沉重。虽然江雄风是国民党军统的人，但跟他们合作这么久，也算有了缘份，彼此间建立了深厚感情和战斗情义。这样一个有爱国心和正义感的人，一个难得的人才，戴笠这样对他，太不公平。他现在身陷囹圄，面临杀身之祸，我们应该想尽一切办法，把他从军统的魔掌下拯救出来。

方逸舟对二人道：“我有一个办法，可以让戴笠乖乖地把江雄风放出来。”

“什么办法?”冷丽苹瞪了他一眼，“事情都到这个份儿上了，如果没有石破天惊的举措和绝招，举起的屠刀怎能轻易放下?”

“你们听我说啊。”方逸舟有些故弄玄虚地说：“这两天我脑子一直没闲着，终于让我想出一条炸桥妙计。什么妙计呢? 我们需要一条船，但这条船不是我们的而是日本人的船，是艘商船。我们派人在船底下搞它一个窟窿，要设计好，刚好走到大桥底下，船底漏水船无法动弹了，而且船底裂缝在不断扩大，船还在不断往下沉，这时候，日本人就急了，你说他们会怎么办?”

耿剑青道：“沉船会堵塞航道的。日本人只有两个办法，一个是找条船把这条船拖走，另一个办法是赶紧找东西来垫底，以免船继续下沉啊。”

方逸舟笑道：“对喽，他只有这两个办法。但找条船并不容易，最近的码头离这里也有一百多里，等船调来，这条船早沉了。而且沉船会阻塞航道，这办法日本人想一想肯定就会放弃。既然找船不现实，那怎么办? 只有一个办法，就是在船下找东西支撑，不要让船继续下沉。找什么东西呢? 又要够大，又要够硬，还要不太远。太远就来不及了，所以日本人就会在附近寻找。”

冷丽苹笑道：“我已经明白老方的诡计了。要找一些水泥墩子，如果没有，就做一些水泥墩子，事先把炸药装进水泥墩子里去，做成又大又方的水泥墩子，摆在哪呢? 这附近刚好有个船舶修理厂，叫什么‘杭东修理厂’，就摆在修理厂最显眼的地方——大门口，让日本人一眼就能看见。”

方逸舟笑道：“对喽，到底是搞情报的，脑子就是好使。你们想啊，2500磅炸药估计20来个水泥墩子就够装了，事先装好，到时候日本人病急乱投

医，一定会到处乱找，当发现这些水泥墩子时，一定会要这些墩子。那好，我们可没人搬，要的话你们自己搬，日本兵就会自己来搬运这些水泥墩子，就这样，神不知鬼不觉地就把炸药运进去了。”

耿剑青一拍大腿道：“哎呀，好计呀！真妙呀！老方，三十六计里都没有这么绝妙的计策。小日本万万想不到，炸药是他们自己搬进去的。”

“这就叫诡计嘛。你们先别急着说好，你们看技术上有什么问题?”方逸舟对二人道。

耿剑青道：“嗯，船底那条裂缝，可以用氧焊切割法，这个我不太在行，如果张工在就好了，估计割一条二尺长的裂缝，用布条塞住，等船到了桥墩附近，再把布条拿掉，船下就可能会进水，加上船自身的重量，会使裂缝越来越大，船就会迅速下沉，这就用得上那些水泥墩子了。”

冷丽苹道：“嗯，这个办法很绝，不容易引起日本人的怀疑，而且炸药还是日本人自己搬进去的。你刚才说有办法救江雄风，但你这个方案怎么救得了他?”

“咳，刚夸你脑筋活络，就转不过弯来了?”方逸舟急切地说：“你想啊，现在戴笠最担心的是什么? 这你应该比我清楚，炸桥还是他的首要任务，因为只有桥炸了，美国人才能满意，他当海军部长的美梦才能实现。他为什么不马上枪毙江雄风? 就是怕一旦梅乐斯追究起来，他好有个退路啊。而我们呢，投其所好，把这个方案形成文字，你去交给他，他可是个行家，是不是好方案一看就知道。他会想，既然方案有了，由谁去执行呢，谁是炸桥的最佳人选呢? 除了江雄风，还有谁?”

冷丽苹终于明白了，“嗯，一个方案能换回一条人命，的确值了，这下你就不欠江雄风什么了。”

方逸舟笑道：“我原本也不欠他什么，没有他我们也一样能把桥炸掉，只是我们不忍心看着他被你们那个狗屁局长做掉。”

冷丽苹站了起来，“好了，仁至义尽，这就是我们共产党人的胸怀。”

当晚，冷丽苹就带着文字方案单独拜见了戴局长。

戴笠是个非常重视方案的长官，下属都知道他的这个习惯，所以任何行动都会事先形成完整的文字方案上报给他。他这回的确是认真看了方案。看完方案，他思忖良久，用疑惑的眼光盯着冷丽苹：“这方案是谁写的，你写的? 还是另有高人? 你要如实告诉我。”

“是我写的，局座。”冷丽苹面色坦然地说：“其实我早就想好了，只不过没有及时拿出来而已。只有这个办法，才能瞒得过狡诈万端的小鬼子。”

“方案写得很好，你们早就应该拿出这样高质量的方案来嘛。日本人做梦也想不到，炸药竟是用自己的手运进去的。但是，再好的方案没有人去执行也是白搭，也是空话一箩筐，你说是不是?”戴笠试探性地问道。

“是啊，可惜呀，现在人才都死光了，能拿得出手的人一个也没有了。”冷丽苹知道“刀斧手”在试探她，所以，她才不提江雄风呢。

她顿了顿说：“实在没人，只有我上了。”

“你? 你不行，绝对不行。”戴笠摆了下手，狰狞的面目绽出一丝苦笑，“军统再没人，也不能让你一介女流之辈去担当如此大任。好啦，想想还有谁能去?”

“要不，叫沈处长亲自出马?”冷丽苹趁势扇了一把阴风。

戴笠一听，怔了一下，“他? 沈默然? 要论搞暗杀、搞情报倒是把好手，可……搞爆炸，他还是个地地道道的外行啊。”

“要不，从局本部调个人过来?”

“调谁? 现在已经火烧眉毛了，远水难救近火。况且，苏浙区的这些特工里，有技术的没胆量，有胆量的没技术，忠义救国军和别动队里吃粮不当差的居多，智勇双全的人一个也没有。唉，难啊，一道难题接着一道难题，关关难过关关过，我这个狗屁局长真他妈不想干了。唉，还是叫那个谁去吧。”戴笠说着颓丧地倒进沙发里。

“谁?”

“刀斧手”盯着她，半天才从牙缝里挤出仨字：“江——雄——风。”

冷丽苹故作讶异道：“啊，江雄风? 他他他……他不是已经毙了吗?”

“毙了? 差一点就和死神接吻去了。”戴笠咧嘴冷笑道：“你来得也太是时候啦，如果不是这个方案，他就活不过明天了。你知道我这人，不是喜欢杀人，有些人你不杀不行啊，再不舍得杀，有时候也得杀。但江雄风不同，他是属于那种你杀也不行，不杀也不行的主儿，是那种你杀他心尖儿直打颤的主儿，是我这辈子碰到的杀起来难度最高的主儿，所以也必定是个杀完就后悔的主儿，唉，头痛啊！我的心在流血呀，算啦算啦，由他去吧，也许这一次，他真的会瞎猫碰个死老鼠呢。”

冷丽苹道：“老板这么宽宏大量，他定当舍命相报，终必成功，我看好他。”

江雄风的脸一直在戴笠眼前晃荡，这个“傻蛋”根本就是个“滚刀肉”，脖子三番五次在刀口上蹭，可你就是下不去杀手，真的让戴笠哭笑不得、苦无良策，生生地看着他在鬼门关前潇洒出入。

戴笠极不耐烦地挥了挥手道：“行了，你去办吧，叫他官复原职，再从忠义救国军选调20个精干人选，组成新的炸桥小分队，“烈火行动”的最后一把火，务期成功！记住，就像下棋一样，要步步绝杀，不给对方留下任何喘息之机，才能稳操胜券、大功告成！”

“是！我一定记住局长教诲。”冷丽苹敬了个标准的军礼，大步走出门去。

戴笠果然言而有信，江雄风说放就放了。

但他的生命就像一截已被点燃的导火索，正冒着火花“呲呲”的向最后的炸点奔去。

方逸舟一个方案，换回了江雄风一条人命。“朋友”，他们俩同时在心底呼唤着这个伟大的字眼。当二人再次相见，意外之中不胜欷歔感慨，劫后余生，让他们更加亲如兄弟，生死与共、义无返顾地向大桥扑去。

江雄风带回了20个人来，炸药也足数。耿剑青又从山里的部队带来15个战斗英雄，双方共同组建了一个将近40人的炸桥小分队，当时打散的赵营长也回来了，连张鼎诚工程师也重新加入了进来。

冷丽苹为了今天的会也赶了过来。炸桥分工、布署会准时在旧庙召开。

油灯下，江雄风对与会的众人道：“诸位，‘霹雳火行动’最后一击，就看我们的了。要按照老方的新方案实施，启爆时间定在后天晚上9时整。现在，都听我的命令，老方，你带人去做水泥墩子，注意，定时器的那个墩子要做成一个活口的。”

“这个我懂。你忘了，我可是鼓捣地雷出身的。”

江雄风转头道：“今晚，我和张工带上技术人员，去上游码头破坏日本人的船。冷丽苹，你要化装成记者，尽快与冲山元接近，他不是后天要到大桥参加典礼吗，你就跟他的火车一起过来，一定要在9点整到达大桥，让他的视察变成一场火葬！一切都按我们路上商量的办。”

“好的。”

江雄风转头对耿剑青道：“老耿，你带上一伙人化装成宪兵队，半路上搞点小故障，争取混上冲山元的火车，只要能上去，一切就大功告成！”

“没问题，看我的吧。”耿剑青信心十足地说。

江雄风又对赵营长道:“老赵，你亲自带两个人，把舞子弄到金华去，后天下午6点钟之后放掉她，有意让她落进日本人的手里，日本人得到她后会立即通知高桥，这样，高桥就会为了与她见面而在晚上 8 点钟赶往金华市。那样，高桥就被调开了，让他在9点钟刚好赶到金华，炸桥的时候，他根本无法赶回来。”

“我明白了，调虎离山，我一定完成任务!”赵营长满怀信心地说。

“起立，我们一起发誓!”全体队员站了起来，跟着江雄风举起了拳头，齐声宣誓道:“国共一心，敌忾同仇，霹雳烈火，埋葬日寇!”

钱江上游某大型码头。

入夜，码头上已阒无人迹，探照灯光柱扫来扫去，码头上停泊着几艘大型的日本货船。一队荷枪实弹的日军巡逻队从码头上走过，皮鞋发出“咔嚓咔嚓”的声音，给整个码头笼罩上了一层肃穆、阴森和恐怖的气氛。

钱塘江水拍打着码头的船桥，发出“嘭嘭啪啪”的响声。

夜深人静，日本“舞和丸”商船下，浓黑的水里突然冒出两个人头来，一个是江雄风，一个是张工。二人摘下潜水镜，互视一眼，江向上指了指，意思就是这条船，二人会意，戴好呼吸面罩，又潜了下去。

水下，另一个潜水人也来到船底附近，手里拉着根电线，技术员拧开电门，氧气切割机发出淡蓝色的火焰，技术员对准张工手指的部位，开始切割。

焊花闪闪，水中弧蓝色的火花映照着三个人的脸，都露出专注的神情。

第二天上午8时，大桥边的“杭东船舶修理厂”已开始忙碌起来。

各式各样、大大小小的船只摆放在空地上，厂房里工人们正在紧张忙碌地干活，有人在搬运，有人在修理，有人在焊接。

三小时后，开来三辆大卡车，方逸舟戴着安全帽跳下车来，对指挥工人干活的耿剑青道:“水泥墩子全拉来了，卸哪里?”

“哟，你动作挺快嘛，”江雄风用油布擦着手道，“就这儿吧，就堆在门口这块空地上吧。”

“昨晚上加了一夜的班，就全部赶出来了，水泥也干了。”方逸舟悄声道。

“好啊，辛苦啦，喂，快点卸啊!”江雄风招呼着不远处的几个吊车司机。

吊车开来了，耿剑青领着大批工人开始卸车，一排水泥墩子就沿路排成了一排码放着。

大桥控制室。

高桥大佐放下电话，回身对水泽中佐下令："水泽，你去检查一下大桥的各处守备，'舞和丸'号货轮下午5点要从大桥下经过，船上装的都是战略物资，船只一定不能出问题。"

水泽："哈依。"带着几名士兵迅速离去。

"舞和丸"是一艘日本中型货轮，排水量500吨，现正满载货物顺江而下。船长伊藤是个50多岁的日本人，此刻正站在船长室里，举着望远镜观察着江面。

江面上波平浪静，仅有的几只轮船在远处航行，江面显得异常空阔。因为在战时，钱塘江上允许航行的只有日本商船和少量的外国船只。中国商船只有得到特殊许可才可航行。

"我们的船什么时候到大桥?"船长扭头问大副道。

"再有半个小时吧。"大副看了看手表道。

与此同时，小野正带着冷丽苹面见冲山元。

冷丽苹现在的身份是《大美晚报》的高级记者。

沈默然为了这次见面也是煞费了一番苦心。半个月前，他通过美国驻杭州领事馆找到了《大美晚报》的经理，经过一番说服和收买，对方同意让冷丽苹作为一名高级记者加入了《大美晚报》社工作。

换了身份的冷丽苹对小野表示，想见一见冲山元本人。一开始小野非常反对，但冷丽苹的条件是，如果冲山元同意见她，那么，他冲山元出席大桥剪彩和落成典礼的照片就可以在《大美晚报》上刊登出来，这样一来，世界各地都会看到冲山元和大桥在一起的照片，这个影响可是非常巨大的。

小野一心想着宣传大桥，这下不仅宣传了大桥，还可以为司令官歌功颂德，他自己也会名满天下，这样一举三得的事，他真的难以拒绝。他为此请示了冲山元，很快得到了批准，所以，今天带着冷丽苹来到了第6师团司令部。

小野和冷丽苹走进了冲山元的办公室。

从来不起身迎客的冲山元，今天破例站了起来，宽大的双手握住冷丽苹的手，满脸堆笑地说："啊，美丽的冷小姐，我终于见到你了。"

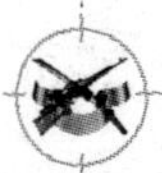

冷丽苹礼貌地说道："您好啊，司令官阁下，久仰您的大名，帝国的大功臣，皇军的大英雄，今日能得赐见，足慰平生了。"

冲山元满脸堆笑道："哪里，我早就听小野说过你，也很仰慕你的艳名啊，在整个杭州城，你可是艳冠群芳、风华绝代呀，今日一见，果然名不虚传。怎么，你什么时候改行当了记者?"

冷丽苹道："改行? 我一直就是记者啊，只不过没有公开过身份而已。听说您也是个摄影爱好者，我们以后可以多多交流。这是我拍摄的部分照片，其中有许多皇军官兵胜利者的形象，什么时候也能够给您照一组照片呢? 因为您才是大日本帝国真正的英雄啊。"

冲山元接过她的相册，一边颔首，一边一页页地翻看着。

"噢，你过奖啦。"冲山元脸上笑开了花，"嗯，你的摄影技术大大的好，能够让大美女给我照张相，真是求之不得呢。这样吧，我明天要去钱塘江大桥视察，主要是举行一个通车和落成典礼，我还要剪彩，正好缺一名摄影师，如果你不嫌弃的话，你就跟我同车去吧，做我的私人摄影师，路上我们还可以好好地交流一下，深入地交流一下? 好不好，我的大美人?"

他要上套啦，这个蠢货。

冷丽苹心里暗笑，可嘴上却道："噢，跟您同车，那不会影响您的公务吗?"

"完全不会，有美人在抱，噢，不，美人在侧，那才是人生最大的幸事呢，是不是，小野? 你就不要去了，我交给你的事，还要抓紧去办。"

"哈依。"小野鞠躬，但他抬头的时候，却在竭力掩饰自己厌恶、担忧和慌乱的情绪，生怕这些情绪流露到自己的脸上。

冲山元此时哪有闲功夫注意小野的细微情绪变化，笑眯眯地用眼睛抚摸着冷丽苹的脸蛋儿，"那么我们就说好了，明天下午 5 点启程，小野会送你到火车站，你就陪我一起去视察大桥。路上我还要视察一些沿线部队，估计 9 点整到达大桥。"

冷丽苹笑道："那好，我们一言为定。再见。"

"美人，再见。"冲山元一脸淫相地把冷丽苹送出门口。

"舞和丸"商船在江面平稳地行驶着，它终于走到了大桥的下面。

在靠近 11 号主桥墩的地方，船突然停住不动了，船身发出阵阵颤抖和"嘎嘎嘎嘎"的响声。

船长伊藤来到船弦边，向下张望着，不知发生了什么事。

大副跑了过来，“报告船长，船出故障了，可能是船底漏水了。”

船长：“船底漏水？不可能，不可能……你，立刻带潜水员下去检查一下！”

“哈依。”大副匆匆跑去。

一艘巡逻快艇快速向“舞和丸”驶来。水泽中佐傲立船头，两个日本兵端着三八大盖，一两分钟后，快艇驶到了船下。顺着绳梯爬上船，水泽中佐在船员带领下出现在船长室里，水泽厉声问道：“谁是船长？”

船长：“我是船长。”

水泽：“你的船为什么停了？你不知道大桥是军事要地吗？你要立刻把船开走！”

大副带着潜水员进来道：“船长，不好了，船底漏水了，根本走不了了，如果不及时抢救，不出一个小时船就会沉。”

此时“舞和丸”在继续往下沉，船身剧烈抖动着，摇摆着，“嘎嘎”直响。

水泽瞪大眼睛问：“什么漏水？什么沉船？八嘎，沉船的不行，万万不行！知道嘛，这里是主航道，一条沉船就会堵死全部航道，船长先生，堵塞航道，你要负全部责任。”

船长苦笑道：“中佐先生，现在说责任是不是太早啦，重要的是赶快找东西来支撑。”

水泽思索片刻道：“嗯，支撑？用什么支撑？”

船长：“用硬物支撑，比方说大型钢架、铁柜、废旧汽车底盘之类的东西。”

水泽：“嗯，为什么不找条船把它拖走？”

船长：“最近的码头离这儿也有100余里，不要说有没有船只愿意来拖，就是有，等船赶到，这只船也沉了。”

水泽转身对士兵下令道：“你去报告大佐，让他想办法调一条船来，船长先生，这附近有个船舶修理厂，我们一起去看看能找些什么东西来支撑吧。”

船长道：“好吧。”船长、大副跟着水泽上了快艇。

杭东船舶修理厂。

一辆日军中吉普开进了修理厂大门，在办公室前停下，水泽、船长和大副走进了平房办公室。

方逸舟、江雄风乔装成工程师和修理工的模样，正和几个潜水员在房间里抽烟、聊天。

水泽："你们这里谁是管事的?"

江雄风恭敬地鞠了一躬道："太君，我是厂长，叫李有才，请问有事嘛?"

水泽："我们有一条船出了故障，要找些硬物来支撑船体，你们这有没有废旧船只或钢架之类的硬物?"

"硬物?"江雄风道："船只出了故障?支撑船体?对不起，太君，我们没有什么硬物。"

一个日军少佐进来禀报道："水泽中佐，我看见路边堆了一堆水泥礅子，又大又方又够硬，可不可以用它来顶船?"

水泽闻言一惊，"水泥墩子?有多大?走，去看看。"

一行人跟着水泽来到厂区大门，果然看见一排水泥墩子整齐地排放在空地上。

水泽围着约有1米见方的水泥墩子转了两圈，满意地点点头，眼珠转了两转，对江雄风道："很好，就用它了，厂长先生，我们要用这些墩子，可以吗?就算我们借你们的了。"

"借?哎，不行不行，这些水泥墩子是用来支撑龙骨的，我们不借。"

"不借的不行!皇军要征用，你的明白，再废话，死啦死啦的!"水泽转身对夏目少佐道："你回去调车来，快快的。"

夏目回身跑去。

不一会儿，三辆大卡车开进了船舶修理厂的大门，卡车上站满了日本兵。

水泽向士兵"叽哩哇啦"说了一阵，士兵们跳下车，向水泥墩子扑了上去，纷纷往车上搬运。

水泽又指挥几个士兵开了几辆铲车，还有一个士兵把吊车也开来了，一起往卡车上装载水泥墩子。

江雄风故意上前阻拦道："中佐先生，中佐先生，这些墩子是我们用来施工用的，你们搬走了，我们用什么?"他故意上去阻止士兵们搬运，但哪里阻挡得住，士兵推了他一个趔趄，只顾往车上装运水泥墩子。

水泽在催促士兵："快快地运，快快地运!"

三辆卡车已经装满，另两辆卡车又开了过来。

第二十七章

霹雳怒火

“但江雄风不同，他是属于那种你杀也不行，不杀也不行的主儿，是那种你杀他心尖儿直打颤的主儿，是我这辈子碰到的杀起来难度最高的主儿，所以也必定是个杀完就后悔的主儿。”

大桥上，正对沉船的位置。

装水泥墩子的卡车开到桥上，停在正对沉船的位置上，水泽从驾驶楼跳下来，在大桥边向下张望，“舞和丸”号正在下面，水泽回身对一士兵道：“去把麻绳拿来。”

不久，几个士兵拖了几大捆麻绳，士兵用绳子捆住一个墩子，十几个人拉住绳子，往下吊。

“舞和丸”还在下沉，船身也倾斜得越来越严重，船长急得抓耳挠腮，焦急地站在船弦边上，看着从桥上吊下的水泥墩子，眼里充满期待的神情。

水中，几个潜水员正牵引着一个水泥墩子靠近主桥墩，第一个水泥墩子终于入水了。

水下，方逸舟和张工戴着潜水面罩，帮助船员把水泥墩子放在桥墩的下方。

不久，第二个水泥墩子也吊了下来，牵引入水，放置在第一块墩子上面，放好后解开了绳索。

桥上，江雄风过来帮助日本士兵把墩子一个接一个地吊了下去。水泽站在旁边，紧张地注视着。

街头电话亭。

一个日军年青军官走进来，关严了门，神秘地对着电话道：“他出发了，9点到大桥。”

另一个街头电话亭。

一个戴礼帽的男子对着话筒压低声音道：“冲山元出发了，9点整到达大桥。”

平房院落。

新四军浙东分区三北独立一团鲁团长正俯案看地图，一个参谋进来报告：“报告鲁团长，据内线报告，冲山元已经前往大桥参加剪彩仪式，今晚9点整到达大桥。”

鲁团长直起身，“哦，这个南京大屠杀的主犯，我们等了他两年了，这一次他终于出来了，好，今天定要叫他有来无还。你去通知方逸舟，启爆时间就定在今晚9点整，让耿剑青带小分队去劫火车，立刻行动！”

“是。”参谋人员领命而去。

大桥控制室内，电话铃急促响起。

高桥一把抓起电话：“嗯，我是高桥，什么什么？你再说一遍，舞子她在金华？嗯嗯，她还好吧？嗯嗯，好好好，我立刻赶来。”

高桥穿好军装，匆匆跑下了桥头堡三楼。

他跳上一辆专用巡逻火车，命令司机马上开车。这辆只有两节车厢的火车吐出一阵白烟，向着西南方向急驶而去。

大桥下。

方逸舟和江雄风在“舞和丸”上指挥着几个人正在帮助日本兵往水中吊运水泥墩子。

一个便衣男子匆匆走来，俯耳对方逸舟道：“老鲁让我通知你，那个大家伙出来了，9点整到大桥，让耿剑青去执行劫车任务。”

方逸舟点了下头，对不远处的耿剑青小声交待了几句，耿剑青急忙离去。

沪杭线上。

一辆日军专列火车高速驶来。这个专车是1节车头，拖着8节车厢。

贵宾车厢内，只坐了两个人，一个是冲山元，另一个是冷丽苹。

冲山元对冷丽苹的相机相当感兴趣，他问道："冷小姐，你这部莱卡是世界上最好的相机吗?"

冷丽苹笑答："那是当然，德国相机一贯以优良无比的性能在世界上占有至高无上的地位。与它齐名的还有蔡斯、斯耐得相机，我们社里就有两部。司令官阁下，听说您女儿也是个摄影家?"

"噢，是的。"冲山元满眼笑意地说："不但她喜欢照相，我也喜欢，我有一个大大的影集，里面都是我拍摄和收集的相片，下次一定给你看。"

"我知道你们日本是一个盛产能工巧匠的国度，你们日本的相机也不遑多让，好像正在迎头赶上呢。"冷丽苹奉承道。

冲山元道："是的，我们什么都要争第一，不光是打仗方面。日本在大正和昭和初期，军用光学器材如炮队镜、火炮瞄准镜、望远镜、狙击枪瞄准镜等多由德国引进，然后进行小修、小改的仿制。在照相机方面，日本也是崇尚德国的产品。不过用不了多久，我们就会超过德国。"

"那是一定的。"

"我们谈点别的吧，你的裙子的料子好像也是日本产的吧?"冲山元瞪着色迷迷的眼睛，一只长满长毛的手向冷丽苹的胸部摸了过来。

突然，"哐啷"一声，一个急刹车，火车停了，冷丽苹起身道："怎么回事，我去看看。"

前方铁轨上横挡着一堆枕木，火车不得不急刹车，停了下来。

火车上跳下一个中佐，大喊道："怎么回事?"气势汹汹地走了过来。

前方铁轨上，一群日军宪兵正在搬运枕木，耿剑青此时已化装成了一个宪兵中佐，上前道："有人破坏铁轨，估计是游击队干的。"他说的是纯正的日语。

中佐："游击队? 你们是哪部分的?"

"第二旅团宪兵队队长松山，我负责这一带铁路的安全。"耿剑青指着身后的4个"日本宪兵"道。

中佐满面狐疑，"松山? 嗯，松山队长，铁轨被破坏了吗?"

"没有，只是堆了一堆枕木，小骚扰，把它搬开，火车就可以开行了。"

冷丽苹走了过来，在旁提醒道：“中佐先生，这一带听说游击队经常搞破坏和爆破，我看还是要注意安全哪。”

“哦，冷小姐说得有道理，前面还有游击队吗，松山?”中佐紧张地问。

“当然有，我更担心会有爆炸物。”

“爆炸物？是地雷和炸药吗？你的，宪兵队的干活？那，你们上车吧，一定要保护好司令官的安全。”

“哈依。”耿剑青敬了个标准的军礼。

枕木已经搬清了，耿剑青挥了下手，5个随从跟他一起上了车头，火车再次启动，向前急驶而去。

火车贵宾室。

冲山元坐在沙发上吸雪茄，不时看看窗外的夜色和闪过的灯光。

冷丽苹推门走进来，冲山元问道：“怎么回事，为什么停车?”

她刚要回答，中佐进来抢先禀报道：“报告将军，车头加了些水，耽误了一下，不过现在没关系了，9点整一定会到达大桥。”

“哟西。”冲山元低头看了看手表，指针已指在8点30分的位置。

金华火车站。

日军巡道火车停下，高桥从车上跳下，黑泽中佐带着舞子大步迎了上来。

“舞子!”舞子扑进了高桥怀抱，二人紧紧拥抱，一阵热吻。

舞子抬起挂满泪珠的脸，“哦，亲爱的，我以为再也见不到你了，那些中国人可把我们害苦了。”

“哦，好啦，宝贝，没关系了，一切都过去了，我会给中国人更大的教训的，血的教训。哦，谢谢你，黑泽君，请把你的巡道车借我用一下，我必须在9点整赶回大桥，冲山元司令官要来视察和剪彩，可不能耽误了。”

黑泽：“9点啊？怕来不及了，我马上去调头。”黑泽看了下手表，一溜小跑去了。

很快，那辆两节车厢的巡道火车调了个头了开回来，黑泽对高桥道：“刚才接到水泽君的电话，他说大桥出事了，让你即刻赶回大桥。”

“什么，大桥出事了?”高桥正拉着舞子的手跳上车，“八嘎，早不出事，晚不出事，现在关键时刻出事，真是要命啊。司令官9点整就到大桥了，我必须开到最快，快快快，快开车!”

“呜……！”火车急吼着驶出车站，车轮飞转，车速越来越快。

大桥控制室。

“嘟嘟嘟嘟，嘟嘟嘟嘟，”红灯一闪一闪，警铃急响。

水泽厉声问道：“怎么回事，哪里响？”

士兵：“报告中佐，大桥的四个桥墩附近都有人在活动。”

水泽：“什么，四个桥墩？”四盏红灯频频发出闪光，看得水泽心惊肉跳。

士兵：“你看，会不会是那些安放水泥墩子的人搞的鬼？”

水泽一惊：“不好，要出事，快，跟我来。”水泽拔出手枪，带着人冲出控制室。

“舞和丸”上，方逸舟站在甲板上，十几个“弟兄”从水中陆续上了船，江雄风从船边走来，小声道：“水泥礅子全部到位，定时炸弹也已经放好了，9点整炸，我们可以撤了。”

方逸舟点点头，“好，走。”

“啪啪！”两声清脆的枪声突然传来，大家都一怔，只见大队的日本兵迅速向大桥中心跑来。水泽挥舞着手枪边跑边喊：“统统抓起来，抓住那些支那人！抓住中国人！游击队要炸桥！阻止他们！快快快!!”

方逸舟立刻抽出手枪，“糟糕，日本人发现啦！”其他人也都抽出枪来，卧倒在甲板上，长短武器一起开始还击，枪声立刻响成一片。

大桥上的日军开始疯狂射击，桥下的日军也拼命开枪。方逸舟撂翻了几个日本兵，回头对江雄风道：“老江，我们不能全死在这，你快走！”

江雄风边射击边大吼，“炸弹还有5分钟爆炸，你们先撤！我顶着！”

方逸舟：“还争什么，快走，再不走就来不及了！”

江雄风：“要死大家一起死！”

水面，日本的巡逻艇高速向货船冲来，艇上机枪喷着火舌。几十名组员同时开枪还击，密集的火力压制住了疯狂进攻的日本人。

火车驾驶室。

火车在高速行驶，驾驶室里，火车司机已被捆住手脚，塞着嘴，扔在角落里，耿剑青在驾驶火车。

他回头对随从厉声下令：“你们守住门口，有人来就开枪，坚持3分钟，

火车就到大桥了!”

“咣咣咣咣!”车厢门上响起激烈的敲门声，有人吼道：“开门！开门！再不开门就开枪了!”

“当！当!”耿剑青回手甩了两枪，回身把速度杆压到最底。

车轮飞转，越来越快，发出“锵锵铿铿”的响声。门外一阵冲锋枪扫来，把车门打成了蚂蜂窝。

火车贵宾室里，中佐慌慌张张地跑进来，冲山元厉声喝问：“怎么回事，哪里打枪?”

中佐立正：“报告司令官，车头发现中国人，可能是新四军游击队，车头已经被他们占领啦!”

冲山元倏现惊色，怒气冲冲质问道：“什么？游击队？八嘎牙鲁！你立刻带人把车头抢回来！一定要快！快快快!！叫卫队上!”

中佐立正：“哈依!”回身急急跑去。

火车驾驶室，耿剑青稳稳操纵着火车。

大群日军穿过走道，疯狂向驾驶室扑来，边扑边猛烈射击。耿剑青带着几个队员拼死抵抗，顽强射击，过道里死尸遍地，血流成河，枪声震响，大队的日本卫队踏着尸体往前冲来。

耿剑青甩出两颗手榴弹，抬腕看了看手表，指针差 1 分钟就 9 点整了，他双眼紧紧盯着前方，双手紧握操纵杆。

黑夜中，大桥巨大的钢铁桥身已经在望。

车轮飞转，车身像一枝离弦的利箭，向大桥飞驶而去。

巡道火车上。

由南向北的巡逻火车上，高桥频频看表，凶狠地对着火车司机高喊：“快！再快点，开到最快!！前面就是大桥了。咳，真要命!”

司机哭丧脸道：“对不起，大佐，再快锅炉就要爆炸了。”

高桥一把掏出手枪，抵着司机的后脑道：“八嘎，我不管，再快点，不然我毙了你!”

车轮隆隆飞转，高桥探头窗外，巡逻车由南向北飞速向大桥扑来。

火车贵宾室。

冲山元胆颤心惊地听着越来越密集的枪声，紧张得满脸是汗，他一把拔出手枪，对冷丽苹道：“快，冷小姐，跟我跳车！”

他忽然看见冷丽苹面布煞气，手中平端着一把小手枪，黑洞洞的枪口正指着他，他当即心下大惊，骇然变色。

“你?”他调转了枪口，对准了冷丽苹，眼中露出一道凶光。

“对，我！我代表上帝，来找你清算南京大屠杀那笔血债！”冷丽苹面色凛然。

“哦，又一个收魂使者，你你你，你根本不是……”冲山元话音未落，只听“当”的一声枪响，冲山元的右手手腕被击中，手枪差一点掉到地上。

“你你你……你怎么敢开枪? 你不是记……者吗? 你究竟……代表谁……谁谁谁?”冲山元紧捂伤口，面容惨白，声音发抖。

冷丽苹横眉冷对，面带严霜，义正辞严地说：“冲山元，我代表正义！代表全中国人民！代表死在你们日军屠刀下的无数冤魂，向你这个侵华战争的元凶，大屠杀的主犯，双手沾满中国人民鲜血的刽子手讨还血债！”

“你你你……你个支那鬼……你个女骗子……你个女暴徒……你胆敢开枪杀我? ……我的卫兵马上就会来救我……你逃不了啦！”

“咚咚咚咚！”身后响起猛烈的敲门声，有人在外面大喊：“开门！开门！快开门！”

冷丽苹回头看了一眼贵宾室的门，冲山元趁机抬腕一枪，“砰！”正中冷丽苹的前胸，登时鲜血从她的指缝中冒了出来，冷丽苹向后倒下的同时，连连击发，把三颗染毒的子弹全打进了冲山元的前胸和肚子里。

冲山元捂住肚子，大团的血块从嘴里冒了出来，他挣扎着抬起受伤的右腕一看表，痛苦地惨叫道：“啊，一分钟！”他张开了血红的大嘴，暴出磔磔的疯笑：“哈哈哈哈！哈哈哈哈……不!! 中国人还没有杀完……我不能死……我不会死……我不想死啊……!!”

大桥控制室。

电话铃急响，一少佐接听电话：“对对，这里是大桥。什么，司令官的火车? 嗯嗯，嗯嗯，我知道啦，搬道义，哈依，搬道叉！”

少佐按下了控制道叉的电闸，水泽风风火火走了进来，厉声喝问：“混蛋，为什么要搬道叉?”

少佐："师团长的火车快要到了，上面坐着冲山元司令官哪。"

水泽："坐着谁也不行，难道你想让高桥大佐的火车开到江里吗？立刻搬回来！"

少佐："哈依！"一只手重新把道叉搬回原位。

"舞和丸"上。

双方仍在激战，战火满天，硝烟弥漫，方逸舟手持着狙击枪，以射手的姿势匍匐着，两眼紧盯前方，一枪一个，撂翻了不少日本兵。他向后扫了一眼，看见江雄风还在船弦边上顽强射击着，他身边的队员一个接一个倒毙了。

面对敌人冲锋带来的铺天盖地的杀气，所有人都会忘记其他，脑子里只有拼命地射击！射击！战斗！战斗！

敌人的轻重火力疯狂地咆哮起来，子弹嗖嗖地从他身边掠过，激起炙热的空气仿佛想和他来一次亲密的接触。大桥上，穿着土黄色军装的日军越聚越多，像蚂蚁一样密密麻麻地往桥中心舞和丸的方向拥了上来。

面对大兵压境的危险，方逸舟没有慌张，冷静地扣动着扳机，一发发子弹无情地撕碎着遇到的一切。

"轰！"一枚炮弹就在方逸舟身边不远处爆炸了，巨大的气浪将他掀翻在地，他的耳朵里面"嗡嗡"作响，眼前直冒金星，只感到背上火辣辣地疼，接着有热热的东西流了出来，他用力甩甩头，知道自己负伤了。

方逸舟爬过去，猛的一把把江雄风推到了船弦边上，大叫道："没时间啦，你快走！不然大家都得死！"方逸舟一把把"扎伊采夫"塞进江雄风的手中，使尽平生力气猛击一掌，江雄风一个趔趄，跌进了江里，刚浮出水面，他又看了方逸舟的最后一眼，方逸舟望向着激流中的江雄风，高喊一声："好兄弟，永别了！"

话音未落，一个奇迹倏然乍现：

载着冲山元前来视察的火车，由北向南高速驶上大桥，就要开到桥中心了。

高桥乘着另一列巡逻火车，由南向北快速驶上大桥，50 米……40 米……30 米……20 米……

两列火车头对头，向大桥中心狂奔而来。高桥从车头的窗户探头向前张望，发现对面 30 米处有一列火车正迎头驶来，他想高喊停车、快停车，可一切都晚了。

9 时整，时间归零。

蓦然间，江水中冒出一个冲天的水柱，紧接着传来山崩地裂一声巨响，水底的水泥墩子爆炸了，第十桥墩处掀起巨大的浪涌，那艘轮船被抛出水面，倾斜着轰然倒了下去。

“轰隆隆……！”两辆疯狂对开的火车头对头撞到了一起，发生了一场钢铁般的热吻。冲山元乘座的火车被掀上了夜空，被冷丽苹的毒弹击毙的冲山元受到了死神第二次热烈的拥抱。

爆炸声中，高桥一郎和夕树舞子紧搂着飞到了半空，他在人世的最后一个念头是：他和舞子的幸福天堂竟然变成了万劫不复的无间地狱，他们的火车变成了一具火棺材。

“轰隆隆!!”日本商船、钱塘江大桥和两辆对头的火车撞在了一起，为人类军事史的天空抒写了一首空前绝后的葬礼诗篇，为世界反法西斯战争的胜利绽放了又一团辉煌的焰火。

那一连串的爆炸，绽放出的火光犹如节日里盛放的焰火，如雨的弹幕像正在举行的死亡盛会，争先恐后地收割着战场上年轻的生命。片片火光映红了夜空，冒起了一股接一股红白混合的烟柱，大桥在巨烈摇动，两个主桥墩先后被炸塌了，巨大的水泥柱砸在轮船上，船倾斜着沉没了，船员都落了水，在水中拼命挣扎着。

“轰！轰！轰！轰!”闪光频频，水下的水泥墩一个接一个地爆炸了，引发了桥面的冲天大火，浑身着火的士兵们在抱头鼠窜，响起一片鬼哭狼嚎之声。

霹雳火不断持续着，整个大桥陷入了一片火海，不断能看见被爆炸的气浪掀飞起来的鬼子兵蹦上了半空中，接着又一个个栽进了熊熊烈火之中，这场大火犹如中国人心中那滔天的怒焰，将大桥上所有侵略者都烧成了灰烬。

桥毁人亡，烈焰腾腾，一副地狱般的景象。

不算前面数十次的爆炸行动，国共联合分队的第五次“霹雳火”行动终于获得成功!

此刻，日军第 6 师团司令官办公室里充斥着死一般的静寂和恐怖。

“啪”的一声，冲山元那本贴满了侵略罪证的影集掉到了地上，被摔得粉碎，就在小野洋平的脚下。

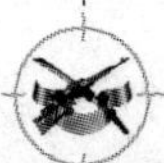

小野洋平面容悲戚，双目红肿，脸上肌肉抽搐跳动着，第一次体尝到了

寒彻透脊的感觉。他抽出冲山元挂在墙上的那把“京积正宗”短剑，把一块白布铺在地上，然后跪在上面。他抬起头来，面向天皇裕仁的画像、日本国旗、日军军旗，磕了三个响头，悲痛地自语道：“天皇陛下，我有罪，是我害死了师团长阁下，我也没有能够挽救回高桥一郎的生命，我没有面目再活在世上。我要说的最后一句话是：死亡、死亡、死亡，死亡就是胜利！牺牲就是光荣！献身就是忠诚！为天皇陛下而生，为天皇陛下而战，为天皇陛下而死！”

小野洋平露出胸腹部，用白布擦干净匕首，双手紧握刀柄，猛然刺入腹部左边，用力向右边割去，在刀痕的末端，迅速向上转动，他又将匕首拔出来，然后再从后颈部直接刺入喉头。

一道兽血斜喷过来，刚好遮住影集上冲山元那张狞厉惨笑的脸。

第二天上午9时整，在“荷塘”豪华客厅里。

江雄风大踏步走了进来，脚步沉实，面带胜利的微笑，神情越发显得刚毅而潇洒。他向坐在沙发上的戴笠敬礼道：“局座，我回来了，桥炸了，任务完成。”

戴笠一怔，悚然抬头，“怎么，就活着回来你一个？”

“对，他们都牺牲了。”

“冷丽苹呢？”

“她死了，她把那个魔鬼冲山元送下了地狱。”

“很好，冲山元这个南京大屠杀的凶犯，终于罪有应得，落得暴死钱江的下场！你可以告诉我了，桥是怎么炸掉的？”

“桥、船、火车一起爆炸！连带那个守桥大佐高桥一郎，全部葬身火海！”

“真是出乎意外呀，我没想到你居然能把它炸掉。”

“连我自己也没想到，可就是把它炸毁了！”

江雄风说这话时，内心正如倒海翻江、狂涛怒卷，这场炸桥之战对他来说，无异于同时打了两场仗，一场仗是真枪、真炮之仗，他率领国共两个炸桥小分队的63名抗日勇士全部牺牲，终于用血肉之躯换来了桥毁人亡的辉煌胜利。另一场仗则是自己的内心之仗，天人之仗，正义与邪恶之仗。他差一点就输在自己的动摇、犹豫和彷徨之下，如果不是方逸舟这些共产党人的激励、鞭策和鼓舞，他也许就是一个胜利的失败者。作为一个战士，战胜敌人不难，难的是首先要战胜自己。他知道，正是因为他战胜了自己心中的魔鬼，

才最终同时赢得了两场战争。

戴笠双眼放光道："好，很好，昨天晚上我看到天边的火光就知道，奇迹终于让你一手创造了！'烈火行动'大功告成，你可为党国立了大功劳啊。冷丽苹也是好样的，我一定给她补一枚抗日勇士勋章！你，江雄风，可以名垂战史了！我早就说过嘛，什么困难也难不倒我的王牌健将呀。好了，从今天起，你的罪行得到了赦免，官升三级，局里马上下文，我明天就给你授勋，怎么样，我说话算话吧？"

江雄风冷冷道："不用了，局长，这把枪，完璧归赵。"他掏出左轮手枪，放在桌上，推到戴笠面前。

"你？这是什么意思？"戴笠感到万分诧异。

江雄风冷冷言道："我实话告诉你，这座桥，不是我炸的，而是我们和共党的人一起炸的。"

戴笠倏现惊色，转身道："什么什么？你说清楚，共党怎么啦？"

江雄风神色坦然，一字一顿地说："这么说吧，这次炸桥，是两个小分队合伙炸的，一伙是我们，另一伙是新四军小分队，我们是合作炸桥，行动代号是'霹雳火'，共实施了五次袭击才最终成功。新四军先后共派出了3个小分队，38个英雄全部牺牲了，这里面主要计谋都是方逸舟出的。"

"方逸舟？他不是那个日本鬼子的丧门星'老秒神枪'吗？"

"对，就是他，方逸舟，他才是真正的炸桥功臣，冷丽苹给你的那个最后的方案，就是他写的。当然我们也死了28个人，1个科长，1个营长，4个科级特工，包括中校谍报参谋冷丽苹。"

戴笠面带严霜，声音像从冰窟中飘来："我明白了，你是要投靠共产党？要去做叛徒？有人给我报告说，你当初放的人就是方逸舟，对不对？江雄风啊江雄风，说你是傻蛋你还真是个傻蛋，是天下最大最大的傻蛋。我为什么被属下称为'刀斧手'的，难道你忘啦？我亲自定的军统局'直入横出'的规矩，你说我会不会亲手打破？"

戴笠气哼哼地负手踱蹬，眼中杀机隐现，"你现在刚立了大功，提拔在即，正是你应该为党国英勇效命，再立新功的时候。江雄风，何去何从，你可要想清楚喽，别再犯傻啦，那样做是要付出代价的！"

江雄风淡然一笑道："局座，如果你硬要把上前线杀日本鬼子理解为投奔共产党，或理解为犯傻，那是你的事。我是死过翻生的人，又是你手里的死刑犯，早就该枪毙了，是你给了我一个活命的机会。现在，桥炸了，我们扯

平了。领袖那里也给你挣足了面子，美国人那里也给你加重了法码，于党于国，功德圆满。一句话，我对得起你。”

“你对得起我？啊？哈哈哈哈！你恰恰忘了，我专杀对得起我的人！沈默然开溜了你知道吗？我已经派人去上海到香港的轮船上‘请’他了。”戴笠獰笑着一把抓起手枪，拉开栓，对准了江雄风的胸膛，眼中凶光毕露。

江雄风面无表情，直立在戴笠面前，冷冷言道：“我没别的意思，局座，只想离开军统，走一条正大光明的路。我给你当枪使的历史该结束了，你那个从袁世凯那儿学来的‘左手钱，右手刀’的把戏在我这儿已经不灵光了，你那个‘抓了放，放了抓，杀又不想杀，放又不忍放’的游戏我也玩腻歪了，不玩啦，全军统局敢于面对你枪口的‘傻蛋’只有我一个，现在就站在你的面前，要杀要剐，悉听尊便。”

戴笠闻言悚然一惊，眼中闪过犹疑之色，但他的手还是紧紧地攥着枪，双目死死地盯着江雄风。

此时的戴笠突然发现自己是在同时打两场战争，一场是和日本人之间的军事之战、武力之战，另一场是和共产党以及被他们蒙蔽和煽动起来的那些有血性、有正义感的中国人之间的精神之战、主义之战、民心之战，从江雄风的叛逆来看，和日本人之战他是虽胜犹败，和共产党之战他是未败已败，他已经同时输掉了两场战争。

江雄风镇定自若、淡然一笑，从怀中掏出了一本小册子，随手递给戴笠道：“局座，如果您还不打算开枪的话，就没机会了，这是我的临别赠言，你好好看看吧，我就是看过它才知道中国的出路究竟在哪里的。”说完，把小册子交给戴笠，头也不回地大步离去。

戴笠直愣愣地望着走廊上的江雄风，准星上出现江雄风的身影，那身影晃着，晃着，晃着。戴笠正犹豫间，低头看一眼小册子，目光一下被那上面的文字吸引住了。

黄帝陵祭文：

中华民国二十六年四月五日，苏维埃政府主席毛泽东、人民抗日红军总司令朱德遣代表林祖涵，以鲜花束帛之仪致祭于我中华民族史祖轩辕皇帝之陵：

赫赫始祖，吾华肇造，胄衍祀绵，岳峨河浩。聪明睿智，光披遐荒。建此伟业，雄立东方，世变沧桑，中更蹉跌，越数千载，强邻蔑德。琉台不守，三韩为墟，辽河燕冀，汉奸何多。以地事敌，敌欲岂足，人执笞绳，我为奴辱。忞为我祖，命世之英，涿鹿奋战，区宇以宁，岂其苗裔，不武如斯，泱泱大国，认其沦胥。东等不才，剑屡俱备，万里崎岖，为国效命。频年苦斗，备历险夷，匈奴未灭，何以家为。各党各界，团结坚固，不论军民，不分贫富，民族阵线，救国良方，四万万众，坚决抵抗。民主共和，改革内政，亿兆一心，战则必胜。还我河山，卫我主权，此物此志，永矢勿谖。经武整军，昭告列祖，实鉴临之，皇天后土。尚飨！

戴笠心中一凛，再一次体尝了寒彻透脊的感觉，不由得从心底发出沉重的喟叹："这个炸弹专家呀，引爆了一颗炸弹，却留下了另一颗落雷和霹雳！"

出了"荷塘"，江雄风背着那支"扎伊采夫"，踩着满地落叶，迎着狂风大踏步向前走去。在那支狙击步枪的枪柄右侧，就在"马萨耶夫"和"扎伊采夫"俄文名字的旁边已经刻上了方逸舟和江雄风的姓名，在那两个中国名字的后面，是一道深深的刻痕。

戴笠探头窗外，他这辈子所碰到的杀起来难度最高的主儿，居然堂堂正正、大摇大摆地走啦，敢跟他"玩再见"?

戴笠似有所悟地抬起了头，茫视着前方，手伸着，黑洞洞的枪口前面，是江雄风越走越远的身影……

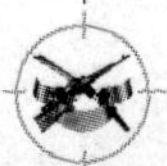

尾　　声

孙子问："爷爷，那个在你背后的人，最后开枪了吗?"

爷爷答："无所畏惧的人是打不死的。"

墓碑。鲜花。泪眼。

青松翠柏。红星勋章。狙击步枪。

孙子："爷爷，那个在你背后的人，最后开枪了吗?"

爷爷："无所畏惧的人是打不死的。"

孙子："要我我就不走，我会跟他拼的。"

爷爷："说这话的才像我的孙子。阳阳，这支枪我今天正式传给你，你要把它一代一代地传下去，直到地老天荒的那一天。以后，不管到什么年代，不管什么人，不管他来自南京或来自四川的什么地方，不管他的官有多大，说了多少好话，不管他出多高的价码，你都不能把这支叫'扎伊采夫'的枪上交，或者捐给博物馆，因为，说不定哪一天，敌人还会再次出现……"

孙子："我记住了，爷爷。"

图书在版编目（CIP）数据

霹雳火行动/王海著．—北京：时事出版社，2011.4
ISBN 978-7-80232-408-4

Ⅰ.①霹… Ⅱ.①王… Ⅲ.①长篇小说－中国－当代 Ⅳ.①I247.5

中国版本图书馆 CIP 数据核字（2011）第 044043 号

出版发行：时事出版社
地　　址：北京市海淀区万寿寺甲 2 号
邮　　编：100081
发行热线：(010) 88547590　88547591
读者服务部：(010) 88547595
传　　真：(010) 68418647
电子邮箱：shishichubanshe@sina.com
网　　址：www.shishishe.com
印　　刷：北京百善印刷厂

开本：787×1092　1/16　印张：23.75　字数：400 千字
2011 年 4 月第 1 版　2011 年 4 月第 1 次印刷
定价：36.00 元

（如有印装质量问题，请与本社发行部联系调换）